CB001021

MEAGAN BRANDY

PROMETE PARA MIM

Traduzido por Samantha Silveira

1ª Edição

2023

Direção Editorial: Anastacia Cabo
Tradução: Samantha Silveira
Preparação de texto: Marta Fagundes
Revisão Final: Equipe The Gift Box
Arte de Capa: Bianca Santana
Fotos de Capa: anniespratt (Unsplash) e stuartbur (iStock)
Diagramação: Carol Dias

Este livro segue as regras da Nova Ortografia da Língua Portuguesa.

CIP-BRASIL. CATALOGAÇÃO NA PUBLICAÇÃO
SINDICATO NACIONAL DOS EDITORES DE LIVROS, RJ
Gabriela Faray Ferreira Lopes - Bibliotecária - CRB-7/6643

B822p

Brandy, Meagan
Promete para mim / Meagan Brandy ; tradução Samantha Silveira. - 1. ed. - Rio de Janeiro : The Gift Box, 2023.
420 p.

Tradução de: Say you swear
ISBN 978-65-5636-276-2

1. Romance americano. I. Silveira, Samantha. II. Título.

23-84257 CDD: 813
CDU: 82-31(73)

DEDICATÓRIA

Para aquele que tinha medo de cair, mas ousou pular mesmo assim.
Isto é para você.

CAPÍTULO 1

ARIANNA

A viagem para Oceanside é geralmente tranquila, mas meu irmão, Mason, e seus dois melhores amigos, Chase e Brady, chegaram a um acordo tácito ontem à noite que "só mais uma" significava mais uma dúzia de cervejas. Ficaram até tarde, acenando suas despedidas bêbadas aos nossos colegas de classe na última festa de verão em nossa cidade natal.

Como minha amiga Cameron e eu sabíamos que era melhor não ficar até tarde na noite anterior à viagem, voltamos para casa cedo para terminar de fazer as malas para nossa última ida à praia antes que a vida universitária começasse.

Uma viagem que não *deveria ter* levado mais de três horas e meia, só que já estamos neste maldito SUV há cinco. Aprendemos anos atrás que longas viagens com homens de ressaca não são divertidas, e aqui estamos de novo, por livre e espontânea vontade, mas participantes um pouco irritadas do experimento "quantas vezes um homem precisa parar para mijar".

A resposta é sete. Já paramos sete vezes, graças à bexiga do Brady.

Pelo menos parecem ter ficado sóbrios nos últimos quinze minutos, finalmente deixando a gente aumentar o volume da música a ponto de conseguirmos ouvi-la, de fato.

Sinceramente, eu não deveria reclamar.

Passeios de carro em grupo são praticamente a única vez em que finjo inocência quando me recosto um pouco mais ao famoso jogador das minhas fantasias, mais conhecido como o melhor amigo do meu irmão.

"Agir, mas não forçar" é o jogo ao qual sou obrigada a me contentar e sou boa nisso. Provavelmente, porque, nos últimos seis anos, passei a maior parte do tempo me aperfeiçoando nisso.

Olha só, no dia em que Chase e sua família se mudaram para o outro lado da rua, eu *o vi* primeiro. Foi como se um selo invisível descesse e estampasse sua testa, uma grande etiqueta vermelha que berrava *meu*.

Claro que eu só estava no ensino médio, mas tinha visto *O Garoto da Casa ao Lado*. Reconheci o poder da obsessão, e a minha começou no minuto em que coloquei os olhos nele. Tudo bem que a minha obsessão não era do tipo assassina, e assistir a esse filme me deu objetivos corporais explícitos e inatingíveis, mas isso não vem ao caso.

Chase Harper tinha chegado à minha rua, e eu estava determinada a ser a pessoa que mostraria o bairro para ele, então apertei os freios da minha bicicleta na beira de seu gramado, ganhando sua atenção.

No instante em que o aparelho em seus dentes brilhou no sorriso que deu para mim, do outro lado da entrada, meu gêmeo apareceu do nada, algo em que ele é inconvenientemente bom.

Mason correu até ele e o jogou no chão, e quando ele se levantou, declarou ao Chase algumas palavras com as quais, às vezes, eu gostaria que ele tivesse se engasgado.

Ele rosnou:

— *Fique longe da minha irmãzinha!*

Horrorizada, vi Chase se levantar – literalmente – parecendo uma espécie de macaco-aranha. Prendi a respiração, me preparando para a briga que eu suspeitava que aconteceria – sim, meu irmão era conhecido por apagar um garoto por minha causa –, mas então Chase riu e todos nós ficamos em silêncio.

O menino de cabelo castanho e olhos verdes se virou para meu irmão com um punhado de grama na boca, um sorriso torto, e perguntou para qual time de futebol o Mase jogava. Ele estava procurando um para jogar.

Bufei e fui embora, porque sabia que com aquela única pergunta, Mason e Brady haviam se declarado novos melhores amigos, e eu fui, mais uma vez, deixada de lado com uma placa invisível de 'não se aproxime' pendurada no pescoço.

No espaço de cinco minutos, a dupla do meu irmão se tornou um trio, e nossa casa virou seu ponto de encontro. Nunca entendi todo o lance do fruto proibido até então – de que não ter algo só faz você o querer mais.

É um monte de bobagem, se me perguntar.

Infelizmente, para mim, ninguém perguntou, então eu me sentei, e fui forçada a ver os atletas do ensino médio se tornarem os gostosões da escola.

Toda garota queria um pedaço, mas quem podia culpá-las?

Eles eram alunos exemplares, grandes atletas e *bad boys* disfarçados. Não importa o tipo de garota, um dos três se encaixaria perfeitamente.

Gosto de brincar que todos tem um pouco do Dwayne Johnson, já que ele parece ser diferente, mas muitíssimo apto, independentemente do papel. Brady seria, definitivamente, a versão de um lutador de luta-livre.

Mas sério, todos os três eram dotados de bons genes. Mason, meu gêmeo superprotetor, é alto e magro e poderia, literalmente, ser dublê de um Theo James um pouco mais jovem. Brady é tipo o boneco Ken bombado, e Chase é, bem, o epítome da perfeição.

Para a minha infelicidade, *todas as* meninas concordam.

Ele tem a mesma altura e estrutura de Mase, mas seu cabelo castanho é alguns tons mais claro. Seus olhos, vívidos e animados, são uma mistura de grama e algas marinhas. Ele é gentil, forte e confiante. Quase tão mandão quanto Mason e Brady, mas dos três, ele é o único que deixa a gente em paz de vez em quando.

Eu me convenci de que é a maneira dele de se diferenciar de um irmão mais velho protetor para um homem com olhos e desejos ocultos, mas sou conhecida por ser sonhadora.

Nove em cada dez vezes, penso no homem ao meu lado.

É o clichê mais antigo dos livros querer alguém que você não pode ter. Amor não correspondido pelo melhor amigo do seu irmão, um irmão que é insanamente protetor e, sim, todos sabem que um pouco psicótico quando se trata daqueles com quem se importa. Mas ele não consegue se conter. Assim que crescemos a ponto de entender como meu pai perdeu sua irmã caçula, Mason fez de sua missão de vida ser a sombra de cada um dos meus passos. Combine isso com a morte do namorado da nossa amiga Payton, há algumas semanas, e ele é pura paranoia.

O fato de que Chase passou a maior parte da viagem desmaiado talvez tenha me salvado de uma dúzia de olhares atravessados através do espelho retrovisor. Tenho certeza de que é por isso que Mase insiste que eu me sente no meio toda vez que andamos de carro juntos, para ele ficar de olho em mim o tempo todo.

É bonitinho como meu gêmeo leva seu papel de "irmão mais velho" tão a sério.

Só que também é irritante.

Se tivéssemos ficado na linha esta manhã, teríamos chegado por volta das onze, mas aqui estamos nós, acessando a longa entrada da casa de praia faltando quinze minutos para dar uma da tarde.

Mason mal estaciona seu Tahoe direito quando Cameron abre a porta e pula do carro. Ela corre até a metade dos degraus e gira, descalça, sorrindo e com os braços erguidos.

— Vamos, pessoal! O tempo já está passando!

— Temos o resto do mês! — grita Mason, pela janela aberta.

— E já perdemos metade do dia! — retruca Cam.

Sorrio, acariciando o ombro do meu irmão.

— Por favor, Mase, estamos metade do dia atrasados — caçoo, e meu irmão resmunga quando saio, seguindo Cameron pela varanda que contorna a casa.

Ela sorri, pulando para se sentar à beira do corrimão, então eu me junto a ela, e Brady se aproxima um segundo depois.

— Isso é muito irado, porra! — Cam balança a cabeça, olhando para frente.

— Porra, é, sim. — Brady encara o oceano com um sorriso.

Passos pesados atrás de nós indicam que os outros dois se aproximaram e, nós nos viramos ao mesmo tempo.

Ficamos os cinco lá por um momento, respirando o ar fresco à beira-mar em silêncio, encarando a janela do chão ao teto da casa de praia.

Da *nossa* casa de praia, por um mês.

A minha mãe e a de Cameron e Brady são melhores amigas desde a faculdade, e antes mesmo de se casarem com nossos pais, compraram uma casa de praia juntos. Com o passar dos anos, vieram os casamentos e nós, os filhos. Continuaram com a casa para termos um lugar de descanso. Então, quando éramos menores, acho que houve uma crise no mercado imobiliário, e nossos pais tiveram a sorte de conseguir casas de veraneio na praia, e desde então, é aqui que nossas famílias passavam todas as férias escolares. Nunca entendemos o porquê, mas não venderam a casa original que compraram, e essa é a casa em que estamos prestes a entrar, mas não se parece em nada com o lugar que vimos quando crianças.

Eles a reformaram, algumas partes foram demolidas e não só reconstruídas, mas também adicionadas. Está toda renovada.

Na cor azul-turquesa, o lugar é imenso. Tem uma varanda enorme que rodeia a casa, e que leva até um grande deque no fundo – onde estamos agora – e a um caminho privado que leva a uma bela doca cercada por papoulas-douradas. Tem até mesmo um sistema de som completo com alto-falantes embutidos nos cantos das paredes, terraço e painéis de madeira a cada poucas dezenas de metros – não há um único ponto dentro ou ao redor da casa que a música não alcance. Ficar hospedado no lado oposto e mais isolado da rua pode ser uma boa opção para quem deseja férias relaxantes sem se incomodar com a música.

É a fuga perfeita, um palácio sobre as águas.

E acabou de ser dado a nós.

Para *nós* cinco.

Nossos pais nos surpreenderam em nossa festa de formatura, entregando-nos uma escritura do imóvel, todos os nossos nomes listados como proprietários com partes iguais. Disseram que decidiram fazer isso por nós anos atrás, como uma maneira de tentar manter nossa turma próxima, não importando onde a vida possa nos levar depois da faculdade, assim como o lugar fez por eles anos depois.

Dividi-la entre nós significa que ninguém pode decidir vender sem a autorização dos outros, e se a vida nos afastasse por um tempo, sempre teríamos esse lugar para voltar a qualquer hora.

Dizer que estávamos animados é um eufemismo, mas para mim, também trouxe uma pitada de medo. Foi uma espécie de conversa deprimente, para ser honesta. Não sou tão ingênua para pensar que nossas vidas permaneceriam as mesmas, que seríamos nós cinco para sempre, mas é meio aterrorizante considerar a alternativa.

Novas pessoas entrarão em nossas vidas. Eu sei disso.

Algumas podem ser para melhor, outras para pior.

Mas o que acontece se um dos nossos mundos for virado de cabeça para baixo?

E se nos afogarmos no naufrágio?

Se nos perdermos ao longo do caminho, quem estará lá para nos tirar da água?

Talvez seja um pouco dramático, mas é uma possibilidade real. Uma bem ruim.

Em menos de um mês, a partir de hoje, o futuro começa.

Meu irmão e os meninos irão para a Universidade Avix começar oficialmente suas carreiras no futebol americano universitário, e Cam e eu iremos para casa fazer as malas, nos preparando para encontrá-los no campus alguns dias antes da orientação.

Sair de casa é bem real.

Será a primeira vez que meu irmão não estará a uma porta de distância. Embora seja um pouco assustador, também é uma beleza que a moradia dos jogadores de futebol fique do lado oposto do dormitório em que eu e Cam ficaremos. Ou seja, Mason não será capaz de "verificar" a gente com tanta frequência. Isso, por si só, é digno de se comemorar no dia da mudança.

Eu amo meu irmão, mas droga. Às vezes, ele precisa recuar. Tem sorte de eu não ter escolhido uma faculdade do outro lado do país.

Ele também sabe que eu não teria sido capaz de escolher outro lugar.

Não me dou bem sem a família por perto. Alguns podem chamar isso de codependência.

Eu só chamo de coisa de gêmeo mesmo.

— Então, a arrumação dos quartos sobre o que conversamos há algumas semanas continua valendo, certo? — Mason rompe o silêncio. — Meninas no quarto com banheiro conjugado no andar de cima, deixando o quarto de hóspedes, o extra, pra gente no andar de baixo?

— Mamãe decorou nossos quartos quando veio ver Payton e abasteceu a geladeira semana passada, portanto...

— Não vale mudar de ideia! — Cam me interrompe com um sorriso.

Os meninos riem, e então Mason respira fundo, pegando a chave do bolso.

— Nada de mudar de ideia. — Ele sorri. — Estamos prontos para novas oportunidades? Sem pais, sem regras.

— Ninguém é menor de idade desta vez. — Brady empurra a mim e Mason de brincadeira já que Brady, Mason e eu fizemos dezoito anos há três dias.

Olho para Chase, que olha para mim ao mesmo tempo. Ele sorri, e retribuo com um sorriso singelo.

— Ai, merda — provoca minha melhor amiga. — Estamos mesmo prestes a nos tornarmos adultos!

Quem me dera ter sabido que a declaração de Cameron se tornaria tão verdadeira depois, mas eu não tinha a menor ideia.

CAPÍTULO 2

ARIANNA

— A geladeira está aberta, o álcool está na mão, então venham e vamos começar a festa! — Cameron bate uma garrafa na bancada e não para até que estamos entrando na cozinha para nos juntarmos a ela.

— Pega leva com a bancada, Cami baby. Desconte em mim em vez disso — brinca Brady, inclinando-se nos próprios antebraços.

— Outro dia, Brady, outro dia. — Ela sorri.

Quando ela começou a servir as doses de shot, Chase foi ajudá-la, e eu deixei meus olhos vagarem.

A cozinha é tudo o que se esperaria em uma casa de praia, de cor clara e arejada. A mesa de jantar é um grande banco em forma de U com almofadas brancas e azul-claras nos cantos. Fica em frente à grande janela panorâmica, e permite ver a praia e ao nascer e pôr do sol sem precisar sair lá fora. Há uma grande ilha de mármore no centro, o fogão e fornos duplos logo atrás, onde Cam está agora empoleirada, com cinco copos cheios até a borda ao seu lado.

Ela espera cada um de nós pegar um copo e fica com o último.

— Vamos brindar a toda idiotice que vamos fazer enquanto estamos aqui e também à onda de euforia que vamos ter ao fazer isso.

Começamos a rir, e seus olhos azuis se estreitam, brincalhões.

— Estou falando sério, idiotas. Esta pequena folga agora será oficialmente nossa última lembrança antes de nossas novas vidas começarem. É importante!

— Ela está certa. — Chase se aproxima de Cam com um sorriso. — Vamos aproveitar ao máximo.

— Quando não saímos e nos divertimos pra caralho? — Brady estende a mão, apertando o joelho de Cam. — Estamos prestes a dominar esta praia, garota.

Cameron aperta suas bochechas, juntando seus lábios como os de um peixe.

— Esse é o espírito, garotão. — Ela dá um selinho nos lábios dele, depois entorna seu shot.

Nós seguimos o exemplo, bebendo nossas doses de uma vez.

Meus olhos enrugam com o ardor da bebida, e dou risada quando Cameron sacode a cabeça, com a língua para fora.

— Certo, essa merda é horrível. — Ela ri, e toda alegre, passa a garrafa para Brady quando ele a pede.

— Encontro vocês na praia, seus cretinos. Mase, ligue para o seu primo, fale para vir aqui, e um de vocês traz a bola! — Com isso, Brady desaparece pela porta dos fundos.

Cam se vira para mim, o ar travesso escrito no seu rosto.

— Venha, garota, vamos nos trocar. Há uma turma de garotos de praia lá fora chamando nossos nomes.

Agito as sobrancelhas.

— Talvez a depilação à brasileira vai compensar, afinal de contas.

— Ah, nem ferrando, estou saindo fora daqui — resmunga Mason, correndo em direção à porta dos fundos. Ele para antes de sair, voltando-se para prender Chase com um olhar expectante. — Você vem?

No começo, Chase não se mexe, mas depois balança a cabeça, e Cameron cobre sua risada com uma tosse, sabendo que pintamos uma imagem mental em sua cabeça.

— Sim. — Ele pigarreia e pega a bola do balde perto da porta. — Estou logo atrás de você.

Assim que a porta se fecha, Cam e eu nos dobramos de tanto rir.

— Isso foi mara. — Ela bate a mão na minha, e subimos as escadas correndo, arrastando nossas malas e desaparecendo em nossos quartos.

— Acho que vou de rosa-choque hoje! — grita Cam.

— Imaginei que sim! Acho que vou com o meu preto. — Abro minha mala, planejando desfazer mais tarde, e tiro meus trajes de banho.

Estou amarrando as laterais da parte de baixo do biquíni quando ela vem do nosso banheiro.

— Amarre isso para mim. — Ela se vira de costas para mim. — Além disso, estou vetando o maiô preto em favor do vermelho.

Reviro os olhos e arrumo a regata dela conforme se olha no espelho de corpo inteiro que fica na parede à nossa frente.

— Obrigada, Victoria, por sua superpromoção de verão — murmura.

— Ela deve estar fazendo algo errado, porque não vejo nenhum segredo nessa coisa — brinco, e ela manda um beijo para mim.

Minha melhor amiga tem um corpo incrível, tonificado e firme em todos os lugares certos e quase oposto a mim em todos os sentidos.

Cam tem fácil 1,77 metros onde eu tenho, no máximo, 1,65 metros. Ela é alta, está em forma e tem o estilo de uma modelo com intensos olhos azuis-claros. Embora não haja como negar, ela odeia ser chamada de magra.

Conforme crescíamos, as pessoas a provocavam por ser *bem alta* e *muito magra*. Quero dizer, eram espancados por Mason ou Brady, mas, ainda assim, brincavam. Foi ruim por um tempo. Os meninos sempre tentavam fazer com que sua altura parecesse insignificante, mesmo quando, por um momento no passado, ela chegou a ficar mais alta do que eles, mas não conseguiam tirar a mágoa que as palavras dos outros lhe causavam.

Ela tentou de tudo, desde dietas de carboidratos até medicamentos, até adicionou suplemento nutricional às suas refeições todos os dias durante meses e nada. O metabolismo dela simplesmente não funciona assim. Agora que crescemos, ela aprendeu a dominá-lo, preencheu mais em outras áreas e vai sempre com os meninos para a academia para manter o pouco de músculo que conseguiu para ter mais peso. Independente disso, ela sempre teve uma atitude confiante, do tipo "nunca permita que a vejam nervosa".

Cameron amarra seu longo cabelo loiro em um rabo de cavalo alto e se vira para mim.

— Agora. — Ela joga meu novo biquíni vermelho em cima de mim. — Estou morrendo de vontade de ver como ficam esses bebês neles. — Ela gesticula para o meu peito.

— Sério?

— Ah, sim, ou dê o máximo de si ou desista.

— Mason pode me arrastar para casa se eu aparecer nisso no primeiro dia — zombo, pego o maiô e olho por cima do decote profundo da frente. — Essa coisa é digna de algo do tipo "quinto encontro, tente a sorte".

— Você está falando como se já não tivesse tirado seu top para vesti-lo.

— *Touché*. — Tiro o maiô preto, me enfiando no vermelho minúsculo.

Cam se esparrama na minha cama, dando uma rápida conferida em suas notificações, mas depois me encara quando eu giro, fazendo a minha melhor pose de Marilyn Monroe para ela.

— O que acha?

— Acho melhor agradecer todos os dias ao Grandalhão lá em cima por essas grandes garotas com que Ele te abençoou. — Ela me olha de cima a baixo. — Essas garotas da nova geração *Baywatch S.O.S Malibu* não devem nada a você.

— Ah, obrigada, amiga. Agora, vamos.

Vou em direção à porta.

— Espere. — Ela se apressa em dizer, rastejando até a beira da cama. — Vamos conversar por um segundo.

Está claro que está nervosa por algum motivo, então sento-me no colchão ao lado dela, esperando que fale.

— Nossa última viagem terminou com uma tempestade de merda com seu primo e o acidente de carro de Deaton. Foi pesado, mas esta é a nossa chance de terminar o verão com o pé direito.

Por isso fomos para casa com nossos pais por algumas semanas, para apertar o botão de reset.

— Não, eu sei, é só que agora estamos mais perto do início da faculdade, e assim que chegarmos à Avix, nossos horários vão estar um caos. Pela primeira vez, não teremos uma tonelada de tempo livre juntos — continua, um pouco séria demais para ela.

— Cam, somos colegas de quarto. — Dou risada. — Nos veremos muito, e sempre teremos os fins de semana.

— Sim, mas… — Ela bufa. — Acho que só quero viver, sabe? Esta é a última vez que não teremos praticamente nenhuma responsabilidade a não ser ficar bêbados e não acabarmos assassinados.

Dou risada, mas ela continua:

— Então, eu voto que façamos como na nossa pequena viagem secreta, quando nos divertimos mostrando os dedos do meio invisíveis para os garotos pelo caminho.

— Vamos tomar banho de sol de topless, os meninos que se danem?

Ela solta um gemido divertido e se senta, sacudindo meus ombros.

— Não disse para tentar fazer com que nos matem — brinca, com um sorriso. — Mas sim, é nessa pegada.

Nós duas rimos.

— A verdadeira diversão dos dezoito anos, nadar, sair, comer churrasco, beber, dançar, flertar… — Arqueio uma sobrancelha.

— Dar uns pegas em alguns garotos de praia que nunca mais veremos — acrescenta com uma rebolada e termina com um dar de ombros. — Os garotos vão fazer isso, então, se quisermos o mesmo, devemos fazer isso. E a melhor parte é que ninguém aqui terá medo do "irmão mais velho e seus amigos". — Ela sorri.

Rindo, eu me levanto, andando de frente para ela e em direção à porta.

— Sem excesso de análise, sem dúvidas, só seguir o fluxo do tipo de diversão se tivermos ou não que sair escondidas dos garotos.

— Mas se não conseguirmos...

— Dedos médios invisíveis, e faremos mesmo assim.

— É *exatamente disso* que estou falando. Dane-se esses garotos e sua necessidade obsessiva de saber de tudo! Vamos nos divertir o máximo possível e aconteça o que acontecer, assim será.

— Aconteça o que acontecer, assim será — concordo.

Cam grita, pula e joga o seu relógio na minha cama.

— Agora, vamos fazer alguns coitados babarem. Não passamos os últimos quatro meses no treino pesado de pernas e bumbum por nada.

Ela recosta a testa à minha e sorrimos uma para a outra.

— Que comecem os jogos, vadias.

Damos uma olhada pela praia assim que saímos pelo deque, avistando os garotos a cerca de nove metros na faixa de areia, então vamos até eles.

— Parece que Brady já encontrou a garota mais gostosa da praia para mantê-lo ocupado — brinca Cam, apontando o queixo na direção dele.

Eu semicerro os olhos, avaliando o pequeno grupo e me concentrando na linda garota de pele bronzeada e cabelo escuro empoleirada em uma pedra, e um sorriso toma meu rosto.

Kalani Embers é o nome dela, e é, definitivamente, a garota mais bonita dos arredores, mas ela não está disponível. Ela é a futura esposa do meu primo Nate, que tivemos a chance de conhecer e passar um tempo quando viemos para arrumar a casa no início do verão. Ela também é a única garota que já venceu Brady em curiosidades esportivas. Ele, literalmente, comprou todos os livros de jogos possíveis para "estudar" as respostas, assim da próxima vez que a visse, recuperaria seu título de sabe-tudo, mas Kalani, ou Lolli como a chamamos, nasceu no jogo – toda a sua família faz parte do mundo da NFL – e as estatísticas são o que ela mais gosta. O coitado não tem chance.

Ela não é apenas a mais jovem, mas a primeira mulher proprietária de uma franquia na história da NFL.

— Merda, lá vem problema! — Brady assobia, ganhando a atenção dos outros.

Mason geme, balança a cabeça e grita na mesma hora:

— Vocês estão tentando me fazer bater em algum filho da puta?

— Qual é o problema, Mase, com medo de alguém morder a isca? — retruca Brady, com um sorriso.

Não é segredo que Cameron tem uma queda por Mason, mas nenhum de nós realmente sabe o que ele sente por ela. Ele faz coisas como afugentar os caras que tentam falar com ela e a consola quando ela chora, mas é difícil porque é isso que o Mason é. Protetor por natureza. Ele cuida dela da mesma forma que cuida de mim, está ao seu lado quando precisa dele, assim como os outros meninos. Igual a mim. É o que fazemos. Somos uma família, nós cinco, e de onde viemos, esse pequeno fato supera todo o resto. É também o que torna tão difícil de entender. É como eu disse, Mase a trata igual ele me trata, então há uma chance de não haver nada de romântico nisso. Não tem meio-termo com ele; é sempre ele com tudo o que é.

É uma bênção, e uma maldição, às vezes, porque ele enfatiza e analisa mais do que o necessário, mas não consegue evitar.

Meu irmão é a pessoa mais durona que conheço. Ele é tudo o que um pai esperaria de um filho e mais do que eu poderia pedir de um irmão. É a pessoa mais importante da minha vida, e se há uma pessoa neste mundo a quem quero deixar orgulhosa, é ele. Meu gêmeo é a outra metade de quem eu sou, mas isso não significa que entendo cada atitude dele, nem se eu quisesse.

De qualquer forma, Cameron se recusa a pensar nisso para evitar que suas esperanças aumentem. Ela não está apaixonada, de forma alguma, e não fica sentada e esperando igual a mim, que sou pateticamente conhecida por fazer isso, mas do jeito que está, ela aceitaria a sua mão se ele oferecesse em um piscar de olhos.

O que torna um pouco mais difícil é que Mason é o maior paquerador da paróquia, bem provável que é pau a pau com Brady, mas ele não faz isso por mal e jamais daria falsas esperanças a ela de forma consciente, então acho que só o tempo dirá.

Lanço um olhar a Mason quando ele mostra o dedo do meio para Brady, e ele apenas ri.

Lolli sorri, saindo da pedra em que estava tomando sol.

— Bem, bem, renovada como sempre.

Eu sorrio, lembrando-me de não a abraçar. Lolli não é do tipo que gosta de toques.

— Tive que tentar acompanhá-la.

— Garota, por favor. Devia ter visto o maiô que ela tentou usar hoje. Eu mesmo a pegaria de jeito.

— Então Chase tem que agradecer, hein? — Lolli sorri.

Curvo os lábios de lado e ela ri.

Lolli adivinhou meus sentimentos por Chase no dia em que nos conhecemos, e ela adora soltar piadas de mau gosto para deixar os meninos desconfortáveis enquanto ainda tenta ser discreta, mas apenas por minha causa. Ela diria a ele para me despir na areia se dependesse dela. Ela é baixa assim.

— Já teve notícias da Kenra? — pergunto da minha prima, a irmã mais velha de Nate, quando os eventos de algumas semanas atrás passam pela minha cabeça.

Kenra acabou de sair de um relacionamento abusivo, que piorou quando seu agora ex-noivo sofreu um acidente de carro com ela e seu irmão mais novo. Ele e Kenra conseguiram sair vivos, mas seu irmão mais novo, o pai do bebê de Payton, não teve tanta sorte. Ele tinha dezessete anos.

Uma verdadeira crueldade.

— Como está a Payton?

Lolli ergue um ombro, olhando para trás, onde vejo Payton andando pela praia.

— Procuro não perguntar. Sou melhor com a diversão, então a mantenho ocupada quando posso.

— Aposto que ajuda mais do que imagina. — Cam sorri para ela.

Lolli concentra o olhar no horizonte, desconfortável com assuntos profundos, portanto mudo de assunto.

— Então, qual é o plano para hoje, ou melhor, temos um? — pergunto, olhando para todos.

Brady dá de ombros, jogando a bola no ar.

— Acho que devíamos começar assim: sair para comer, dançar, encher a cara, depois ficar de boa e fazer uma fogueira amanhã?

Cam e eu acenamos com a cabeça.

— Achamos uma boa ideia. Lolli, vocês estão dentro?

— Meu lindo se apresenta para o treino em dois dias, então isso seria um não. — Ela dá um sorrisinho. — Ficaremos trancados no quarto a noite toda, mas nos vemos amanhã, tenho certeza.

— Por falar nisso... — Nate se aproxima, nos abraça, e dá adeus no segundo seguinte, levando sua noiva em direção a sua casa bem depressa.

— Bem, tudo bem então. — Cameron ri. — Uma noite de dança sexy, mas primeiro! — Ela decola, indo direto para o mar, com Brady na sua cola.

— Esperem, vou pegar a bonitinha. — Ele balança a cabeça na direção de Payton. — Ela precisa se divertir um pouco. — Com isso, Mason corre alguns metros pela praia em direção à jovem loira sentada sozinha em uma pedra, procurando respostas que não encontrará nas ondas da Califórnia.

Devagar, Chase e eu nos aproximamos da beira da água.

Ele bate com o ombro no meu.

— Está feliz por estar de volta à praia?

— Sempre, sabe disso. — Eu sorrio para ele, mas respiro fundo quando olho à frente. — Tomara que desta vez seja menos traumático.

— Sim — concorda. — Não consigo imaginar o que ela está passando.

Olhamos para Payton a tempo de testemunhar seus olhos se arregalarem, vendo Mason só no último segundo em cima dela. Ele se curva, levantando-a sem esforço, e ela grita no ar, nos fazendo rir.

Sorrio para o meu irmão, e uma calma que só o oceano parece ser capaz de me fazer sentir me domina.

— Acho que esta viagem será diferente.

Ele olha para cima.

— Acha?

— Acho — afirmo. — Quando o final de junho chegou, ainda parecia que tínhamos acabado de sair da escola, sabe? Como se tivéssemos o verão todo pela frente, mas não temos mais. O verão está quase acabando, e vamos nos mudar e morar sozinhos assim que sairmos daqui. É apenas... diferente. Como se fôssemos adultos, e esta é a vida agora. — Enrugo o nariz e me viro para olhar para ele. — Você não acha?

Aquele sorriso torto que tanto amo aparece.

— Acho. Acredito que é diferente. — Ele fica quieto por um segundo antes de acrescentar: — Talvez muitas coisas sejam diferentes agora.

É como se ele estivesse falando mais para si mesmo do que para mim, então não respondo.

Um instante depois, ele para de andar e me encara. Ele franze o cenho para o meu maiô, e não consigo segurar o riso.

— Algum problema?

— Sim. — Ele acena, os olhos focados nos meus. O franzido de sua testa se acentua ainda mais, mas um segundo depois um sorriso puxa seus lábios, um que reconheço.

— Chase — advirto, porém antes que eu possa fugir, ele já me jogou por cima do ombro e está correndo para o mar.

Os outros riem quando sou arremessada de bunda na água, então nadam para se juntar a nós.

Gostaria de poder congelar este momento, toda a nossa turma aproveitando o restinho do sol de verão, porque quem sabe o que a lua do verão trará.

Olho para Chase, que sorri para mim do outro lado da água.

Eu, por exemplo, mal posso esperar para descobrir.

CAPÍTULO 3

ARIANNA

— Depressa, pirralhas! O Uber deve chegar a qualquer instante! — Mason grita do pé da escada.

— Argh, aquele homem, eu juro, é tão estressadinho. — Cam sorri para o espelho. — Acha que ele vai me deixar ajudá-lo a se acalmar?

— Cameron. — Dou risada. — Eca!

— Ah, calma, Virgem Maria. — Ela me olha e se inclina na pia para terminar de passar o rímel. — E o que pensa que está fazendo? — Lança uma olhada ao meu vestido. — Tire essa coisa horrível. Parece que está prestes a caçar ovos de Páscoa, não se divertir na pista de dança.

— Não é tão ruim assim, e não posso usar esse pedaço de tecido que chama de vestido.

— Sim, você pode.

— Você *quer* se divertir? Tenho que escolher quando quero transar, e a primeira noite não é a noite.

Com o dedo erguido, ela o aponta na minha direção, arqueando uma sobrancelha loira perfeitamente delineada.

— *Au contraire*, pelo contrário, minha amiga florzinha... — Ela gira. — Esta noite é a noite perfeita para o sexo. Está na hora de encher a cara e se isso significa que Mason será forçado a encarar o fato de que você realmente tem uma vagina, então que assim seja.

Fecho os olhos, pois não quero nem pensar nesse comentário.

— Vamos! — Cameron ri. — Combinamos de nos divertir!

— E iremos, mas não posso ir ao limite no primeiro dia.

— Querida, digo em nome da sua periquita quando afirmo que precisa tirar esse vestido. Tipo, direto para o lixo.

Tento não rir, mas não adianta.

Cam e eu ainda estamos rindo quando Brady começa a bater na minha porta.

— Ei! Vocês parecem estar se divertindo demais. Se tiver travesseiros e calcinhas envolvidos, eu quero entrar! — grita.

— Sai fora, Brady! — O grito de Mason segue de... vai saber de onde. Ele nunca está muito longe.

A risada de Brady ressoa até nós.

— Mas sério, estão prontas? O Uber está chegando!

— Merda. Sim, estamos indo! — grita Cam, me lançando uma olhada maligna.

— Eca! Eu te odeio — resmungo, tirando meu vestido por cima da cabeça, então estendo minha mão para ela. — Me dê essa porcaria.

Com um sorriso triunfante, Cameron joga o vestido justo preto na palma da minha mão.

Eu o visto, calçando depressa os sapatos pretos com salto dourado que ela colocou na minha frente depois.

— Feliz? — Faço pose.

— Em êxtase. — Ela sorri. — Agora vamos, antes que seu irmão entre.

Meu vestido é simples, mas sexy. É frente única, com decote e justo na cintura, e solto nos quadris para permitir uma dança sedutora. Estou com meu cabelo castanho-escuro bem preso em um rabo de cavalo alto, e o olho esfumado está em pleno vigor.

Não uso "maquiagem completa" todos os dias, mas é uma das minhas partes favoritas quando se trata de sair.

Pego um par de brincos pretos da bolsa e sigo pelo corredor atrás de Cam, sorrindo com a vista enquanto a observo.

Ela está usando um vestido tubinho roxo-escuro que é justo do peito até a bunda. Ela combinou com saltos nude e deixou as pálpebras sem sombra, optando por usar apenas uma espessa camada de rímel. Seu longo cabelo loiro está solto, com grandes ondas douradas. Minha melhor amiga está linda.

— Tudo bem, vadia! — Ela passa o braço pelo meu quando chegamos ao último degrau da escada. — Hora do show!

Fecho o brinco e mantenho a cabeça erguida.

Brady, como sempre, é o primeiro a nos ver, e seu assobio infame o segue.

— Caramba! — Brady se aproxima de nós, plantando um beijo em nossas bochechas enquanto nos agarra pelas mãos. — Dê uma voltinha para mim. Quero ver vocês.

Rimos, mas giramos como pediu.

— Que tal, Brady? Aprovadas?

— Com louvor. — Ele sorri. — Vamos tomar shots na cozinha antes de sairmos.

— Achei que nosso Uber estava aqui?

— Precisava fazer suas belas bundas virem aqui de algum jeito — admite, dando um tapa em nossos traseiros.

Mason se vira quando entramos, franzindo a testa na hora.

— Que diabos? — dispara. — Juro que você quer que eu vá para a cadeia.

— Calma aí. — Dou risada, balançando a cabeça. — Sem algemas esta noite.

— Quero dizer — começa Cam, batendo os cílios, exagerada —, a menos que você queira que tenha...

— Tudo bem. — Ele ergue as mãos. — Tanto faz. Use um vestido que caberia na nossa vizinha que está na primeira série o quanto quiser, mas vou precisar de uma dose dupla para aguentar essa merda.

— Deixa comigo, meu chapa. — O sorriso de Brady se alarga. Ele lança um olhar furtivo em minha direção, malícia estampada em seu rosto.

Ele estende a mão, passando a mão para cima e para baixo no meu braço devagar, parando para apoiá-la no meu quadril. Então usa a outra mão para servir minha dose, levando o copo até meus lábios.

— Abra, Ari baby — pede, em tom baixo e rouco.

Travo os olhos nos dele, jogando seu joguinho, e faço o que pediu.

Seu olhar não se desvia do meu, a risada na ponta da língua enquanto derrama o líquido ardente na minha garganta. Depois de engolir, ele estende a mão para passar o polegar no meu lábio inferior e pega a única gota que não chegou à minha boca.

— Você é um idiota. — Mason rosna, de brincadeira, e não conseguimos segurar, nós dois caímos na risada.

— Tudo bem, filho da puta, chega de palhaçada. — Chase franze a testa, apontando para a garrafa. — Agora nos dê uma dose para sairmos daqui.

Disfarçadamente, Cam desliza a mão às costas e eu dou um tapinha em um cumprimento secreto, sorrindo e continuando a olhar para frente.

Brady bate palmas.

— Muito bem, pessoal, para a nossa primeira noite como adultos que bebem legalmente! — Ele pega seu shot e o ergue no ar. — Bem, de acordo com as identidades falsas que consegui, quero dizer!

— Uau! — grita Cam.

Nós brindamos nossos copos e bebemos.

— Vamos nessa, vadias! — Cam diz, por cima do ombro, a caminho da porta.

Nós quatro a seguimos.

Brady passa os dez minutos inteiros repassando o que fazer e o que não fazer quando pegamos nossas identidades falsas, mas sua preocupação é desnecessária.

O segurança na entrada nos deixa passar depois que Cameron sorri para ele. Ela também pode ter pedido a ele para verificar o zíper nas costas do vestido, mas, ei, ele ficou feliz em ajudar.

Os rapazes, no entanto, tiveram que mostrar suas identidades, mas o sósia de Tom Hardy não piscou duas vezes para eles, portanto, devem parecer legítimas. Isso, ou não ligou, na verdade.

Assim que entramos, Cam dá um gritinho, agarrando meu braço.

— Esse lugar é incrível! — grita, já mexendo o corpo ao ritmo da música.

A boate é um círculo gigante com um piso plano aberto. Cabines circulares com mesas e cadeiras brancas se alinham nos lados direito e esquerdo, com o bar se estendendo pela parede ao fundo. A iluminação é escura com um tom azul, mas não do tipo de luz negra. Passa mais a sensação encantada e gelada. O chão metálico e lustroso aumenta essa ilusão.

Cameron nos leva a uma mesa perto do bar e nos sentamos para tomar alguns drinques.

Uma hora e três *Midori Sours* depois, meu corpo está vibrando e estou pronta para ir dançar. Para ser sincera, nós, garotas, estávamos prontas assim que entramos, mas os garotos queriam "analisar a cena" primeiro – brutos superprotetores.

Contemplando meu próximo movimento, olho ao meu redor. Estou bloqueada na cabine, Chase à minha esquerda, os outros à minha direita, então só há uma direção lógica a seguir. Claro que potencialmente problemático. A bebida em mim não parece se importar, porém, já que minha bunda está levantando do assento.

Eu me movo depressa para não ser impedida e antes de me acovardar, deslizo o corpo sobre o de Chase, cada músculo travando no contato. Não tem muito espaço entre as mesas e os assentos, então a única maneira de passar pelo espaço é pressionar a bunda um pouco no colo dele, e é o que faço.

Na hora, suas mãos agarram meus quadris, ele me ergue e, com cuidado, me coloca de pé ao lado da mesa, seu olhar se fixando em Mason pouco antes de ele falar:

— Você poderia ter pedido para ele dar licença, Ari. — O olhar do meu irmão queima minha bochecha.

Eu ignoro.

— Como pode ver, querido irmão, não havia necessidade. Estou de pé e agora... vou dançar.

Cam grita, se postando ao meu lado num piscar de olhos.

— Não sem mim, vadia!

— Droga. — Brady se estica todo, fazendo com que todos nós viremos as cabeças na direção em que ele está babando.

Com um sorriso gigante no rosto, ele cutuca o ombro de Mason.

— Sai daí, mano. — Gesticulando com o polegar por cima do ombro, Brady aponta para a morena inclinada sobre o bar. — Tenho que ir até lá.

— Não dá nem para ver o rosto dela daqui. — Cam torce o nariz.

— Olha aquela bunda — responde, olhando para mim com expectativa.

Dou um grande sorriso, entendendo o que ele quer dizer.

— Essa bunda toda...

— Naquele jeans — termina Brady, rindo, levanta a mão para um merecido cumprimento meu. — Sabia que não me decepcionaria.

— Está certo, sabichões, vamos. — Cameron revira os olhos, me puxando para a pista.

A gente se enfia entre alguns grupos de pessoas, encontra um lugar agradável e lotado perto do meio, e nos soltamos.

— Menina, estou me sentindo bem agora! — Cam grita por cima da música.

— Idem! — Dou uma risada. — Aquela última bebida me pegou.

She Knows, de Ne-Yo, começa a tocar nos alto-falantes, e nós nos entreolhamos.

— Ai, merda! — gritamos de tanto rir e depois vamos dançar.

Rebolamos os quadris, giramos nossos corpos ao ritmo, aproveitamos nossa primeira noite em um clube.

Fecho os olhos e deixo a música tomar conta do meu corpo como sempre faz. Quando estou feliz ou triste ou brava, qualquer coisa, música é o que procuro. Relaciono a vida com as letras, o tom com o humor.

A batida pode me despertar ou me derrubar. As palavras podem me animar ou me deixar toda emotiva. Muitas pessoas evitam músicas que as fazem lembrar da dor quando estão se afogando nela, mas eu digo para deixar aquela merda colocar você na fossa. Quando as pessoas se sentem bem, elas tendem a tocar uma música alegre que as faz dançar, então se vai dançar quando sentir vontade de dançar, por que não chorar quando estiver precisando?

Preciso de música como meu irmão gêmeo precisa de futebol; está em nossas almas, e agora, minha alma está se sentindo sensual.

Não demora muito para que um cara loiro atravesse a multidão e comece a se esgueirar mais. Eu sorrio, dando a abertura, então ele se aproxima e começamos a dançar. De canto de olho, percebo Chase e Mason dançando com algumas garotas só a alguns metros de distância. Não tenho dúvidas de que é proposital, o jeito deles para ficarem de olho em nós, garotas, mas, para dar crédito a eles, nenhum dos dois me interrompe.

Bem possível porque mantemos nossos parceiros à distância. Algumas músicas depois, *Loyal*, de Chris Brown, começa, e Cam grita ao meu lado.

Ergo os braços novamente, trocando o loiro pela minha melhor amiga, e nós cantamos como duas garotas bêbadas em um bar de karaokê – alto e desafinado.

Cam aponta o queixo na direção dos nossos garotos, e sei muito bem o que ela está pensando. Vamos até eles, bem a tempo de cantar junto com o refrão, provocando um outro ataque de riso.

— Bonito, meninas. — Mason ri, afastando-se da ruiva carrancuda. — Muito bonito.

Cameron sorri, abanando-se.

— Preciso de água e outra bebida!

Mason olha ao redor, presumivelmente em busca de Brady, e então, coloca o braço sobre os ombros de Cameron.

— Eu a levo! — grita, e a puxa em direção ao bar, mas não antes de apontar para mim, com os olhos em Chase. — Fique com ela.

Eles se afastam, e eu encaro Chase. Agito os ombros dramaticamente, ele ri e balança a cabeça em negativa, recusando meu convite, então danço sem ele.

Fecho os olhos e mergulho na música, cerca de alguns minutos depois, o calor da proximidade de Chase me ataca. É preciso muito esforço, mas não abro os olhos, ainda não. Espero, continuo a dançar ao som da música e, finalmente, ele se aproxima um pouco mais. Meus sentidos são inundados com seu cheiro gostoso de sândalo, e meus olhos se abrem, travando em seu olhar injetado de sangue.

Seus movimentos estão um pouco soltos por causa da bebida, mas ele segue o ritmo, e quando coloco as mãos em seus ombros, me aproximando um pouco mais, ele permite.

— Bem, olha isso — provoco. — Estamos quase dançando.

Um sorriso surge no canto de sua boca, e eu respiro fundo quando sua mão livre segura meu quadril.

— Você é corajosa por usar essa coisa. — Ele puxa o tecido flexível.

— Gostou?

Ele franze a testa e solto uma risada baixa, mas não digo mais nada, o calor de sua mão fritando o meu cérebro. É tudo em que consigo pensar.

Suas mãos em mim.

A cada segundo que passa, minhas fantasias me puxam mais profundamente, meu batimento cardíaco fica descontrolado.

Mover-me com o corpo dele roçando no meu serve como um acelerador, bombeando meu sangue em um ritmo acelerado, enviando o álcool no meu corpo direto para o cérebro e, com ele, levando embora meu bom-senso, ou pelo menos, é a única coisa que consigo pensar para explicar por que, de repente, eu me atrevo a arrastar as mãos um pouco mais para baixo.

Com nossos quadris ainda roçando, lentamente corro as mãos sobre a curva de seus ombros, deslizando-as por cima dos sulcos de seu peitoral.

Os olhos de Chase se conectam aos meus, e minhas mãos decidem subir, cada vez mais alto, até meus dedos se posicionarem ao longo de seu pescoço grosso. Chase engole em seco, o cenho com um leve franzido.

O baixo da música soa descontrolado sob nossos pés, as luzes mudam de cor, escurecendo o espaço ao nosso redor, e as pessoas parecem se misturar. Estamos cercados agora – Chase e eu.

Já dançamos antes. Em aniversários e festas de bodas de nossos pais, alguns bailes da escola, mas não assim. Não próximos e nunca depois de algumas bebidas.

É novo. Estranho.

Meus dedos entremeiam por seu cabelo, e arrasto as unhas pouco acima da nuca com um movimento suave de massagem. Eu me mexo um pouco, sem querer, e ele exala quando minha coxa roça a prova de sua excitação.

Ele está duro.

Puta merda, ele está duro por minha causa.

Começo um novo ritmo, meu corpo aplicando um pouco de pressão em sua ereção a cada movimento; suas mãos sobem, agarram meus pulsos e seus lábios encontram minha orelha.

— Ari, o que você está fazendo?

Sinto o forte cheiro da tequila em seu hálito, e isso envia uma pontada de expectativa quando me lembro da minha conversa com Cameron, uma confiança recém-descoberta flutuando pelo meu corpo.

— O que estou fazendo? — repito a pergunta dele e me afasto para encontrar seu olhar atento. — Estou fazendo o que quero. — *Que se danem os garotos.*

Suas feições se contraem, tensionando cada centímetro.

Então esmago seus lábios com os meus.

Chase fica tenso, as mãos se contorcendo contra mim em um segundo, subindo para agarrar meu bíceps no próximo, e depois ele está se afastando, os braços estendidos ao máximo. Olhos arregalados e vermelhos encontram os meus, e seu rosto empalidece.

Chase balança a cabeça, o semblante apreensivo.

— Arianna... não.

Minha boca se abre, mas nada sai, então ele esfrega o próprio rosto.

Lágrimas brotam em meus olhos quando observo a expressão mortificada em seu rosto. Minha pele fica vermelha de embaraço, e desvio o olhar.

Mason e Cam atravessam a multidão naquele instante, e as mãos de Chase se afastam do meu corpo, agora se enfiando em seu cabelo, enquanto coloca o maior, mais falso e mais tenso sorriso que já vi na cara.

Meu interior se parte quando a realidade me atinge.

Eu queria beijá-lo, e ele não queria me beijar, só que nada dói mais do que o olhar horrorizado em seus olhos quando percebeu o que eu tinha feito.

Sem sua permissão, eu o forcei a cruzar a linha que ele mantinha três metros à sua frente. Essa pequena linha agora está coberta por uma camada de areia molhada, e todo mundo que já pisou no mar sabe que não é tão fácil de ser apagada. Fica mais espesso com o vento e as ondas, e estamos no sul da Califórnia, então aqui tem em abundância.

Não que isso importe, porque se sua expressão de pânico disse alguma coisa, é que ele vai jogar essa merda até o fim do oceano se for preciso.

Felizmente, o álcool não só se espalha por nós dois, mas também pelos dois que agora se juntam a nós, sem terem percebido qualquer coisa. Quando meu irmão me passa uma garrafa de água, beija minha testa antes de se virar para seu melhor amigo com um sorriso relaxado, eu a aceito com um sorriso tenso. Bebo a metade e me viro para Cameron. Ela me entrega uma das doses em suas mãos, e antes de entorná-las de uma vez, Brady aparece do nada, pronto e com sua própria bebida.

Nós cinco formamos um pequeno círculo, bebendo de uma só vez, e não paro por aí, por conta da necessidade de ficar bêbada mais do que nunca, então, sempre que alguém sugere outra dose, faço questão de animar todo mundo.

Eu me sinto uma idiota, mas a parca iluminação e as doses de bebida embaçam a minha vista e escondem as lágrimas que escorrem sem permissão. Ainda bem, porra, e graças ao céu pelos bartenders generosos que nos atendem após a última rodada.

Só bem depois das duas da madrugada é que descemos tropeçando do Uber e caminhamos até a nossa porta da frente.

Cameron tira os sapatos e começa a pular na ponta dos pés.

— Depressa, Mase! Você nem imagina o tanto que preciso fazer xixiiiii.

Ele ri, pelejando com a maçaneta.

— Estou tentando, mas essa chave quebrou ou algo assim — resmunga.

— Meu Deus! — Suspiro, olhando ao redor. — Esquecemos Brady! — Dou um chute em Mase.

— Merda, Ari! — Ele começa a saltitar, mas perde o equilíbrio e cai contra a parede ao nosso lado.

Começo a rir e tropeço em alguma coisa, me apoiando rapidamente à coluna da varanda à minha direita.

— Brady saiu com aquela garota — lamenta Cameron, ainda dançando, esperando para entrar.

— A garota da bunda grande?

— Não, a garota de seios grandes.

Ah, sim. Eu me lembro dela.

Mason se atrapalha com a fechadura de novo e, assim que consegue alinhar a chave com o buraco, ela escorrega de seus dedos, caindo no chão.

— Porra. — Ele ri, segura a maçaneta e sacode.

Chase ri atrás de mim, e eu me viro para encontrá-lo dobrado sobre o corrimão, segurando firme. Um estrondo alto soa, e eu me viro a tempo de testemunhar Mason tombar quando ele tenta agarrar o cordão com a chave.

— Merda! — grita Cam, caindo de joelhos na frente dele.

Meio segundo depois, "aí, merda" soa de Chase.

Eu me viro quando ele tropeça para trás, caindo de bunda da varanda, com as pernas estendidas nos degraus à frente.

Estou presa olhando, minha cabeça balançando de um lado para o outro, o que me deixa enjoada.

Cam começa a rir, descontrolada, cai de bunda e inclina a parte superior do corpo em cima de Mason, que parou de tentar se levantar, os olhos já fechados.

— Poderíamos tirar vantagem deles agora mesmo. — Ela sorri.

Não consigo deixar de rir, e então tiro os sapatos, desabo em uma das espreguiçadeiras da varanda e solto uma respiração profunda.

Um brinde a nós.

CAPÍTULO 4

ARIANNA

O sol está quente e convidativo hoje, o oposto de ontem, quando nós quatro acordamos com a risada barulhenta de Brady por volta das cinco da manhã.

Não conseguimos entrar em casa, desmaiamos espalhados do lado de fora – exatamente como Brady nos encontrou. Depois de dormir um pouco, tentamos ir à praia para ficar com nossos primos e amigos, mas não passamos do deque, nossas ressacas levando a melhor. Então, voltamos e nos jogamos nos sofás. Era um dia de maratona de filmes.

Hoje, porém, acordamos animados e prontos para um pouco de diversão. Fomos tomar café da manhã no Oceans Café, um lugar que Lolli indica a todos, e então seguimos à lojinha de conveniência para testar a identidade falsa de Brady lá. Deu certo, e dobramos nosso estoque, só por precaução.

Já que temos tudo o que precisamos para a fogueira esta noite, guardamos as coisas para a festa e fomos à praia.

Cam, Mason e Brady disparam, indo direto para a água fria, mas eu estendo minha esteira de praia e não perco tempo ao me deitar. Fecho os olhos e sorrio quando o sol aquece minha pele, mas a leve agitação ao meu lado me faz olhar para cima.

Chase está ali, olhando para nossos amigos com o cenho franzido. Depois de criar coragem, puxo sua bermuda para chamar a atenção.

Ele olha para baixo e eu me apoio em um dos cotovelos, usando a palma da mão para proteger meus olhos do brilho do sol. Faço um movimento com a cabeça para que ele se junte a mim.

Ele hesita por um segundo, então, sem lançar um olhar na minha direção, se deita na canga e espelha minha posição.

Uma pontada de ansiedade toma conta de mim, pois sei que não podemos mais escapar do que aconteceu na boate. Este é o primeiro momento que tivemos sozinhos desde aquela noite, e sei que não sou a única que percebe isso.

Admito, acordei um pouco envergonhada no dia seguinte, mas não a ponto de me arrepender. Se ele tivesse mostrado algum sinal de raiva ou me ignorado depois, eu, provavelmente, me arrependeria, mas ele não o fez. Ele não encontrou o meu olhar em momento algum, mas também não o evitou. Porém, agora está evitando, a tensão em seus ombros aumentando a cada segundo que passa enquanto tenta se concentrar nos outros brincando no mar diante de nós, mas sei que ele nem está enxergando o que está à frente. Sua mente está confusa perto de mim. Ou melhor, por minha causa.

Ele baixa a cabeça e suspira.

— Estamos bem? — pergunta, concentrado na areia.

— Por que não estaríamos?

— Qual é, Ari. Não faça isso. — Ele balança a cabeça, olhando para a praia.

Uma onda de apreensão toma conta de mim e respiro fundo.

— Chase, olhe para mim, por favor.

Ele olha, revelando tristeza e confusão.

— Converse comigo. O que está acontecendo aí? — pergunto, batendo na minha têmpora com a outra mão.

Suspirando, ele se deita ao meu lado e vira a cabeça para olhar bem nos meus olhos.

Como diabos eu deveria me concentrar com ele tão perto, não faço ideia, mas dou um pequeno sorriso, encorajando-o a falar.

Ele está me encarando com tanta atenção que quero desviar o olhar, mas me contenho.

— O que foi aquilo na boate? — pergunta, tocando no assunto com calma.

Um nó se forma na garganta, porém engulo em seco.

— Eu estava me divertindo.

— Beber com os amigos é se divertir.

Seus olhos se estreitam, e eu suspiro, sentando-me.

— Se você está procurando por um pedido de desculpas, não posso te dar um.

— Só estou tentando entender.

Uma risada magoada e sem graça escapa de mim, e eu olho para o céu.

— Não finja que não sabe — sussurro. — E não finja que não estava tão curioso quanto eu, mesmo que não quisesse. Sei que pensou nisso.

— O que você quer dizer?

Viro a cabeça na sua direção e franzo a testa.

— Pode ter se afastado, mas não antes de me segurar com força.

— Fiquei assustado! — sussurra. — Era a última coisa que esperava que fizesse.

— Ah, é? — Arqueio uma sobrancelha. — Foi o *espanto* que te deixou de pau duro?

— Uau! — Ele ergue as mãos, em rendição, e, mais uma vez, lança um olhar ao redor. — Foi por causa da bebida e do clima e…

— E de mim. — Balanço a cabeça. — Talvez não quisesse que nada acontecesse, mas não pode negar. Eu sei que estávamos bêbados, confie em mim, não preciso do lembrete. Provavelmente teria sido muito covarde para fazer isso sóbria, mas não me arrependo de nada. E faria de novo.

— Não. — A negação sai tão rápido de seus lábios, em um fôlego só, que só depois ele se toca do que disse.

Ficamos tensos.

Chase abaixa o olhar novamente para a areia, e, devagar, o conecta ao meu.

— Não — sussurra, tão baixo que quase não escuto direito. — Não pode acontecer de novo. Eu te amo, Ari, sabe disso, mas isso não é… nós não podemos.

— Não podemos, tipo, não deveríamos? — Engulo, me obrigando a não desviar o olhar, mesmo que tudo o que queira fazer agora é me esconder. — Ou não podemos, como se você não quisesse?

Chase respira fundo, um sorriso triste curvando o canto de seus lábios.

— As duas coisas, Ari.

Eu me afasto, colocando mais espaço entre nós, e ele estende a mão para mim, mas eu recuo.

— Desculpa. — Seus ombros cedem, derrotados.

Inspiro, voltando meus olhos aos dele.

Quero ficar com raiva. Berrar e gritar, mas não vou permitir que minha decepção nuble a verdade, porque eu sei já sei.

Chase não está dizendo isso para ser cruel. Ele não é maldoso ou manipulador.

Só que ele… é o melhor amigo do meu irmão.

Olhamos um para o outro por um instante, e então seus lábios se contraem.

— O quê?

— Só estou um pouco surpreso que tenha feito isso. — Ele sorri.

Uma risada envergonhada escorrega dos meus lábios, e afundo o rosto nas mãos, mas ele estende a dele, afastando-as.

Volto a rir, mas Chase se mantém sério, e aos poucos, toda a diversão começa a desaparecer.

Engulo em seco.

— Chase…

— Cuidado!

Antes que eu tenha tempo de reagir, sou atingida na cabeça por alguma coisa, o impacto do objeto estranho me derruba na areia.

— Merda! — Chase ergue os braços, assustado. — Ari! Você está bem?

Esfrego a cabeça, vendo uma bola de futebol perto dos meus pés.

— Sim, estou. Não doeu, não… — Minhas palavras se alojam na garganta e a pele formiga, o peso de uma mão quente toca minhas costas nuas logo abaixo da alça do biquíni.

Olho por cima do ombro, e minha respiração para quando dou de cara com um estranho.

Um estranho de olhos azuis.

Um azul tão profundo, parecido com a noite de uma tempestade tropical.

Não, está errado.

Está mais para meia-noite. Quando a lua está mais brilhante no céu, lançando uma sombra sobre o mar escuro.

Ou é azul metálico, tipo um peixe arco-íris?

Não sei dizer.

Examino o cabelo dele, um tom profundo e escuro de marrom; é como se tivesse acabado de sair da água, e talvez tenha saído. Não sei. Tem aquela vibe um pouco estilizada e bagunçada. Queria saber se é macio.

Parece bem macio.

E aqueles lábios. Eu…

Espere.

Que merda estou fazendo?

Nem sei o nome do cara.

Mas sério, quem tem lábios tão perfeitos assim? E o jeito que se movem quando ele fala parece a sincronia perfeita de uma sinfonia…

Espere. Os lábios dele estão se mexendo.

Ele está falando comigo E agora está… sorrindo?

É um sorriso muito bonito, também, meio torto e fofo.

Meu Deus, ele está rindo de mim. Meus olhos disparam para cima, encontrando humor e curiosidade inundando seu olhar.

— Eu… — Engulo. — O quê?

O calor se espalha pelo meu peito, e sei que não há nada que eu possa fazer para esconder o rubor tomando conta de mim.

O homem misterioso solta uma risada baixa que faz com que algo incendeie o fundo do meu estômago.

E é oficial. Estou *oficialmente* enlouquecendo.

Alguém pigarreia às nossas costas.

É Chase.

Meu Deus, Chase!

Fico de pé num piscar de olhos, me distanciando um pouco, e deixo Chase sentado no chão com o cara misterioso agachado ao lado dele.

— Você está bem? — pergunta o cara misterioso, escondendo o sorriso.

Eu disse escondendo? Quis dizer tentando esconder seu sorriso e falhando. Completamente.

— Ei, dezenove! — Uma voz familiar chama de algum lugar à distância.

O cara vira a cabeça, recusando-se a desviar o olhar do meu até o último segundo, quando então olha por cima do ombro.

Sigo sua linha de visão para encontrar Brady vindo até nós.

Brady acena com a cabeça, o gesto universal de "estou prestes a arremessar esta bola, e é melhor pegá-la" que todos os caras parecem entender, e faz exatamente isso.

O cara pega sem esforço. Sério. Sem qualquer dificuldade. Ele praticamente se levantou, ergueu a mão e *bum*. Bola encontra a palma da mão aberta.

Aí está aquela risada de novo.

Brady corre até nós, com Mason e Cameron logo atrás.

O cara misterioso olha para mim e sorri, lançando um breve olhar pelo meu corpo, mas não de maneira pervertida, talvez nem sequer de propósito. Mais como, "você é uma mulher com um biquíni minúsculo, e eu sou um homem com olhos".

Chase parece perceber isso também, porque sai da névoa em que estava, se levanta e se posta bem atrás de mim. Estou falando de contato pele com pele; tão perto que viro a cabeça para trás, sobressaltada, e noto sua cara fechada.

Brady nos alcança, reparando na mesma hora a proximidade entre mim e Chase. Ele franze as sobrancelhas loiras em confusão, com um ar inquisitivo. E, do nada, Chase se afasta de mim.

Meu peito aquece por uma razão totalmente diferente agora.

— E aí, cara? — Brady sorri, indo para o infame aperto de mão tipo *bromance*, uma espécie de tapinha. — Não sabia que voltaria à cidade.

— Espera. — Meu olhar se intercala entre o estranho e Brady. — Vocês se conhecem?

O cara misterioso olha para mim com um sorriso malicioso.

— Ah… ela fala.

O olhar de Brady se estreita com expectativa.

Então explico:

— Fui vítima de uma bola de futebol desgarrada.

Outra risada merecida, mas quando olho em sua direção, não consigo ver sua expressão porque Brady invade meu espaço pessoal, beijando o topo da minha cabeça.

— Você está bem, Ari baby? — pergunta, com sinceridade, acariciando do meu cabelo como se eu fosse um cachorro.

— Estou bem. — Tento empurrá-lo, e ele se afasta apenas para colocar o braço ao meu redor.

Em seguida, ele acena e encara seu, ao que parece, amigo.

— Presumo que ainda não conheceu minha garota?

Curioso, o cara misterioso lança um rápido olhar em direção a Chase.

Ah, que maravilha, ele acha que sou uma fã agora.

Antes que eu possa me *defender*, Mason chega e faz isso por mim:

— Ela não é a sua garota, babaca. — O aborrecimento do meu irmão é evidente em seu tom.

Brady ri, e eu deslizo para fora de seu alcance, olhando para o meu irmão.

Mason dá um sorriso completo, do tipo que você dá quando é criança e entra no estádio em seu primeiro jogo de futebol profissional.

— Mano, e aí? Como está?

O cara misterioso está olhando para mim, mas se dirige a Mason:

— Ótimo, só relaxando enquanto posso. — Ele lança um olhar em direção a Mase, mas logo volta a se concentrar em mim. — Tem certeza de que está bem?

— Estou bem, não foi nada demais.

Assim que respondo, Mason se posta à minha frente, o semblante cerrado.

Puta merda, esses garotos.

— Eu disse que estou bem, Mason. Calma. Fui atingida pela bola. Estou viva e respirando. Como eu disse, nada demais.

— Foi culpa minha — diz o estranho, uma pitada de humor oculto em seu tom melódico. — Calculei mal o passe.

Mase assente, recuando quando um sorriso divide seus lábios.

— Um passe perdido. Não parece o cara que eu conheço.

— Tenho certeza de que posso te ensinar uma coisa ou duas sobre lançamentos — ironiza Chase, com arrogância inconfundível.

Minha postura retesa, porém me obrigo a não olhar para ele.

— Harper. — O cara gesticula o queixo. — Como está o ombro?

— Perfeito.

— Uh — conclui Cam. — Estamos prestes a começar um torneio de mijo, talvez devo arrumar uma régua, também?

Não consigo evitar e olho para Cameron, que sorri para o recém-chegado.

— Não, estamos bem. Acho que ele está preocupado com a sua garota — diz o homem misterioso, o olhar nunca se desviando do meu.

Tento reprimir um sorriso, e, de alguma forma, ele percebe; na mesma hora, sua língua umedece os lábios para disfarçar o seu próprio.

Que bela maneira de colher informações – jogar o verde para colher maduro. É certeiro, e ele sabe disso, assim como sei que Cam vai aproveitar a oportunidade para cutucar.

Minha amiga não decepciona.

— Ela não é a namorada dele, não é, Chase? — Cam desafia Chase com uma sobrancelha arqueada.

Pegue ele, garota.

Em vez de deixar Chase responder – não que ele fosse responder –, Mason toma a frente, como de costume:

— Não sei de onde tirou essa ideia, mas está enganado, mano. — Mase se aproxima de mim. — Ari, este é Noah Riley. Ele é o capitão do nosso time. Noah, esta é minha irmã gêmea, Ari, e nossa amiga Cameron. — Ele aponta para ela. — Elas estão indo para Avix com a gente.

Noah, que acabou de ser apresentado por Mason, sorri.

Cameron fala no segundo em que Mason para, olhando Noah de cima a baixo.

— Se você é alguma indicação do que está por vir, vamos ter sérios problemas este ano. — Seus olhos estão grudados em Noah, e ela inclina a cabeça de lado. — Não é verdade, Ari?

— Não responda. — Mason me fuzila com o olhar, e logo faz o mesmo com Cameron.

— Tudo bem — interrompo, antes que qualquer um deles decida abrir a boca de novo, e me viro para Noah. — Prazer em conhecê-lo, Noah, e já que tenho a sensação de que vai perguntar outra vez, sim, juro que estou bem. Esses três me acertaram na cabeça com uma bola de futebol mais vezes do que me lembro. Nada além de normal a essa altura do campeonato.

Ele me encara, e avisto o lampejo de algum propósito desconhecido estampado em seus olhos.

— Certo, um irmão *quarterback*.

Noah sorri, e não consigo conter o meu próprio.

Deus, esse cara é muito lindo. É desconcertante.

— Então, qual é a boa, cara? — Mason pergunta a ele. — Vai ficar alguns dias por aqui?

Com relutância, Noah muda seu foco.

— Bem que eu gostaria. Tenho algumas reuniões, depois preciso voltar para o campus. Sempre tem alguns calouros ansiosos que chegam mais cedo. Se eu não estiver lá para explicar as coisas, o treinador vai arrancar o meu couro. — Ele sorri, olhando para mim. — Na verdade, vou embora amanhã cedo.

Chase entra na conversa:

— Que pena, acho que nos veremos na faculdade.

Noah assente, olhando para Chase.

— Bem, amanhã é amanhã, portanto, tem que vir à nossa festa da fogueira hoje à noite. — Cameron afasta o cabelo molhado do rosto.

— Sim, cara, venha — acrescenta Brady.

Noah olha para algo atrás dele, um pouco incerto.

— Eu vim com alguns outros caras do time, então odiaria invadir sua festa.

Cam fica boquiaberta.

— Tem mais iguais a você?

— Jesus amado — resmunga Mason.

— Sim — responde Noah, lutando contra o sorriso que ameaça tomar conta de seus lábios carnudos. — Estamos em quatro, para ser exato, e a irmã do meu amigo está aqui com algumas amigas. — Noah encontra meu olhar.

— Bem, poderíamos dispensar a irmã.

— Cameron! — murmuro, brava.

— Só disse o que estávamos pensando.

Minha melhor amiga idiota interpreta claramente minha expressão *"que porra é essa"* e retribui com a dela que grita *"sabe que concorda"* comigo enquanto acena com a mão dela, desdenhosa.

A vaca até mesmo pisca para mim.

Vou matá-la.

— Não liga para ela — avisa Brady, depois aponta para Mase. — Acho que ela está com fogo na periquita.

As sobrancelhas de Noah arqueiam.

— Fogo na periquita?

Pelo amor de Deus, não. Por favor, não...

— Sim. — Brady dá de ombros como se seu absurdo fizesse sentido. — Sabe, com a gente rola o lance das bolas azuis, doloridas, com elas, o negócio fica mais para inchado, sensíveis pra cacete, fogo na periquita.

Afundo o rosto entre as mãos.

Amo minha turma até a morte, mas puta que pariu!

Mason ri, e não preciso olhar para Cameron para saber que está concordando.

— Quem está aqui? — Chase pergunta, seu tom cordial pela primeira vez desde que Noah apareceu.

— Nick, Jarrod e meu amigo que não estava na concentração, Trey Donovan.

Minha cabeça se ergue, os olhos fixos em Cam.

— Ele está no time, jogador de linha defensiva.

— Não achava que a concentração era opcional — brinca Brady, fazendo Noah sorrir.

— Confie em mim, não é, mas ele está no último ano, perdeu o *draft* no ano passado, então tem pouco tempo. Ele foi convidado para os testes no *Pro Day* em...

— Tampa — Cam e eu soltamos ao mesmo tempo, fazendo com que a cabeça de todos se virasse em nossa direção.

— Sim, isso mesmo... — continua ele.

— Puta merda... — sussurra Cam, e aos poucos, seu olhar se fixa no meu, o sorriso aumenta, e logo está apertando meus braços. — Cacetada! — grita, animada. — Todo o esforço para não o ver nunca mais foi em vão!

— Como vocês duas... — Noah para no meio da frase e um lento sorriso curva aqueles lábios. Ele me encara por um segundo antes de seus olhos abaixarem. — Borboletas?

— Aaaah... — diz ela, toda boba. — Ele te contou de nós?

— Que merda é essa que tá rolando? — pergunta Chase.

— Isso é exatamente o que quero saber — resmunga Mason.

— Eu sabia! — grita Brady.

Cam e eu congelamos, nossos olhos arregalados grudados uma na outra em um segundo de pânico.

Ops.

— Sabia o quê, droga? — esbraveja Mason, disparando o olhar irritado a todos.

— Vocês duas — acusa Brady, apontando para Cam e para mim. — Escaparam no minuto em que saímos para o treinamento. — Ele cruza os braços, franzindo a testa.

— O quê?! — gritam Mason e Chase, cada um dando meio-passo à frente.

Boquiaberta, resmungo com Brady:

— Como é que sempre faz isso?

Noah levanta as mãos.

— Ei, eu não queria...

— Não, Noah, não é sua culpa. — Cameron o encara. — Esses idiotas tentam nos manter na rédea curta, sem os benefícios, se é que me entende. Então, sim, cabeçudos, fizemos isso. Viajamos sem vocês. Minha melhor amiga e eu sentimos o gostinho da liberdade por três semanas inteiras em São Petersburgo. — Ela coloca as mãos nos quadris, recusando-se a se sentir mal por isso. — Conhecemos algumas pessoas incríveis, incluindo Trey Donovan, que, aparentemente, é seu novo companheiro de time, e nós nos divertimos pra caralho.

— Filho da puta! — berra Mason, ergue os braços, revoltado, mas abaixa rapidamente. — E mamãe foi? *O papai?*

Ergo um ombro.

— Paul estava a trabalho lá — comento sobre o pai de Cameron. — Falamos com ele, ficamos em um quarto ao lado do dele.

O olhar de Mason não vacila, mas seu corpo perde uma pontada de tensão.

Saber que não estávamos sozinhas, ou melhor, sem ele, o deixa mais tranquilo, mas não a ponto de impedir que eu acabe chateada. Ele ligará para nossos pais mais tarde e os encherá com todas as razões possíveis pelas quais nunca devem permitir que isso se repita, mas vai entrar em um ouvido e sair pelo outro. Até que enfim. Temos dezoito anos agora. Eles vão aconselhar, porém meus pais não são controladores. De onde Mason herdou isso, não sei. Meu pai diz que ele era igual quando jovem e que Mase vai amadurecer e parar com isso, mas não tenho tanta certeza.

— Tudo bem, vamos parar por aqui, que tal? — Brady dá um tapinha no ombro de Noah, agarrando o braço de Mason e levando-o com ele enquanto se afasta; Chase logo atrás deles. — Noah, estamos na casa que tem a doca, no final da praia. Te vejo às sete. Todos vocês.

Cameron suspira, oferecendo a Noah um aceno curto antes de também ir para a casa.

Fico olhando até chegarem à nossa varanda dos fundos e depois me viro para Noah.

— Desculpa por tudo isso. Não é nada pessoal contra Trey. É só que, bem... — Exalo um suspiro derrotado, olhando para a casa outra vez. — Nossa, é um monte de coisas, acho.

Noah encontra meu olhar, concordando com a cabeça como se entendesse.

Que estranho. Tenho a sensação de que ele entende.

— Cam pode ser complicada nos dias mais calmos. — Dou uma breve risada, esfregando os braços com as mãos para me livrar do frio que atravessa a pele. — Ela gosta do meu irmão, mas ele, eu nem sei...

Eu olho para Noah, na expectativa de ver uma expressão de tédio ou de ele estar procurando uma maneira de voltar para seus amigos, mas, em vez disso, deparo com seus atentos olhos azuis como o oceano, a cabeça inclinada como se estivesse interessado no que tenho a dizer, mesmo que não tenha nada a ver com ele.

— Desculpe, eu estava divagando.

O canto da boca se curva para cima.

— Não precisa se desculpar. Eu meio que gosto do som da sua voz — brinca.

— Claro que gosta. — Dou uma risadinha, apontando para a casa de praia. — É melhor eu ir ajudá-los nos preparativos da fogueira.

Ele concorda.

— Sim, é uma boa ideia, provavelmente.

— Bem, talvez a gente se veja hoje à noite. — Sorrio e me afasto, fazendo o esforço consciente de não olhar para trás.

Meus passos são lentos conforme repasso a última meia hora.

Chase, por fim, reconheceu nosso beijo, mas não da maneira que eu esperava.

Querendo admitir ou não, ele estava atraído por mim, pelo menos por um momento. Ele estava com tesão, pressionado contra o meu corpo.

Ele me queria.

Ou talvez estivesse apenas excitado pelo clima e pela situação como ele disse.

Talvez não fosse por mim, no fim das contas.

Então, o que foi aquela expressão tristonha de hoje?

No que ele estava pensando?

O que ele ia dizer?

Ele estava prestes a dizer alguma coisa, não estava?

Uma respiração áspera passa pelos meus lábios, e eu paro ao pé das escadas da varanda.

Se ao menos não tivéssemos sidos interrompidos por Noah.

Mordo a bochecha por dentro.

Noah. Um cara qualquer na praia.

Ou nem tanto, mas o novo capitão do time.

Toco o corrimão, e antes que me dê conta do que estou fazendo, viro a cabeça e lanço um olhar por cima do ombro, totalmente atraída para o local exato onde deixei Noah Riley.

O local exato onde o estranho de olhos azuis continua parado, a atenção focada nesta direção.

Não sei o motivo, mas ergo a mão e aceno, e assim que faço isso, minhas bochechas coram porque, de alguma forma, sei que o gesto o faz rir, mesmo que não consiga ouvi-lo daqui.

Tinha a sensação de que esta viagem seria cheia de surpresas, e parece que tem muito mais por vir.

CAPÍTULO 5

ARIANNA

— Oi. — Aceno para Mason quando ele coloca a última caixa de gelo no chão, terminando nossos preparativos para a fogueira desta noite, oficialmente. — Tem mais alguma coisa que preciso fazer antes de ir tomar banho?

— Acho que não. Brady correu até a casa de Nate para buscar os copos, e então fica tudo pronto. — Ele olha por cima do ombro. — Chase está acendendo o fogo agora.

— Legal. Vou chamar Cam e voltaremos daqui a pouco. — E me viro para a casa.

— Ari, espera.

Eu me volto para ele, que se posta diante de mim, agora balançando a cabeça.

— Vocês viajaram mesmo sem a gente? Para a Flórida? Para o lugar que sempre comentamos de ir.

— Vocês têm que ficar no campus para o treinamento. Nós só queríamos um pouco de diversão, também.

— Então porque não vieram para cá ficar com a Lolli e o Nate? Naquela época, os dois já estavam instalados.

— Você quer dizer por que não viemos para o lugar onde Nate poderia ficar de olho em nós?

— Não. — Ele cruza os braços. — Quero dizer, onde alguém que se preocupa poderia proteger e manter os babacas longe de vocês.

— Então, tudo se trata de Trey.

Seus olhos se estreitam.

— Isso não é justo.

— Será que não mesmo?

Mason balança a cabeça, soltando um longo suspiro.

— Me fale sobre esse cara.

Olho para o meu irmão por um segundo e decido pressionar:

— Por quê, Mase?

— Ari — adverte.

— Não me venha com "Ari" para cima de mim. Me diz por que você quer saber, e eu vou te falar.

— Ele vai ser meu companheiro de time. Os caras conversam no vestiário, Ari. *Bastante*. Se há algo a ser ouvido, preciso de um alerta, para não arrancar a cabeça de alguém e estragar tudo antes mesmo de começar. — Ele bufa, colocando as mãos nos quadris.

Ele está falando sério?

— É sério isso? — Eu fico olhando, de queixo caído. Antes que ele tenha a chance de responder, ergo as mãos para detê-lo. — É com isso que está preocupado, de verdade? Ou talvez não saiba o que está incomodando porque é teimoso demais para considerar que pode ser outra coisa?

— O que quer que eu diga, Ari, hein? — grita. — Que gosto da Cameron? Claro que gosto, você sabe muito bem, mas não é disso que se trata! Preciso saber se algum idiota tem algo a dizer da minha irmã que não quero que outras pessoas ouçam, e sabe de uma coisa, sim, eu preciso saber se algo aconteceu com Cameron, também.

— Para acabar com os boatos, né?

— Se fosse outra coisa, acha mesmo que eu estaria aqui agora e não trancado naquele quarto com a garota para ter certeza de que quando ela saísse, fosse para ficar comigo e só comigo? — Seu tom é firme, o olhar límpido e fixo no meu. — Você me conhece muito bem. — Seu olhar parece suavizar, quase como se já estivesse se desculpando antes pelo que diria a seguir: — Se eu a quisesse, Arianna... ela já saberia a essa altura.

Uma pequena pontada atravessa meu peito ao pensar na minha amiga. Meu irmão pode ser agressivo e possessivo e tudo mais que vem atrelado com essas duas coisas, mas ele não é mentiroso.

Concordo com a cabeça, e faço o melhor que posso para não demonstrar a tristeza que sinto.

— Trey gosta dela, e muito, pelo que pude perceber. Eles ficaram, mas ela disse a ele que estava emocionalmente indisponível para algo mais. Nós viemos embora e isso foi tudo o que aconteceu. Eles não trocaram números ou disseram para onde iam no outono. Ele queria falar e saber mais, mas ela disse não. Ela pensou que nunca mais o veria de novo, mas agora que ele está aqui... — Dou de ombros. — Quem sabe.

Ele dá um curto aceno de cabeça.

— E você?

Contraio os lábios, balançando a cabeça.

— Sem histórias para contar.

— Se esse cara falar mal dela, vou acabar com a raça dele — promete o meu irmão.

— Eu sei.

Ele não hesitará em *defender* as pessoas de quem gosta, foda-se o time, mas acho que ele não deve se preocupar quando se trata de Trey.

No entanto, vou deixar que descubra isso sozinho.

Então, com tudo dito, enlaço o braço ao dele e o arrasto de volta para casa comigo.

Fogueira, aí vamos nós.

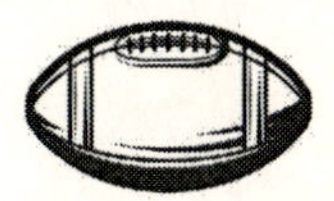

A festa está a todo vapor. As bebidas estão circulando, o fogo está aceso e todos parecem estar se divertindo.

Com o braço entrelaçado ao de Cam, ela e eu nos largamos em um tronco que os meninos rolaram para nos sentarmos. No segundo em que nossas bundas estão acomodadas, Brady aparece atrás de nós, segurando duas cervejas sobre nossos ombros.

— Ah, obrigada, Brady. — Cam pega a dela, mas eu nego.

— Ainda não está pronta, Ari baby? — sonda, com a voz arrastada.

— Ainda não, grandalhão. — Dou risada, olhando para Mason e Chase quando se aproximam.

— As meninas estão bem? — Mase vira seu copo, pegando o que Brady me ofereceu.

— Fora sua irmã me obrigar a beber sozinha, estamos. — Cameron sorri. — Ainda bem que Brady está me mantendo bem hidratada — brinca, se afastando para beijar a bochecha de Brady.

— Cadê o meu, borboleta? — Uma voz profunda soa às nossas costas.

Cam vira a cabeça por cima do ombro e um grande e lindo sorriso ilumina seu rosto.

Com um grito alto, ela corre e pula em cima de Trey, os braços e pernas o envolvendo na hora. Ele ri e a segura com força enquanto a gira.

Dou uma espiada nos meninos, cada um olhando direto para ele, sem saber como lidar com a situação.

Trey a coloca no chão e solta um suspiro profundo.

— Droga, garota. — Ele dá um passo para trás, mas não tão afastado para poder segurar a mão dela, e a olha da cabeça aos pés. — Você é a Barbie Malibu da vida real. — Ele sorri. — Nunca achei que voltaria a ver esses olhos.

Cam fica vermelha e olha para mim; Trey segue seu movimento.

— Aí está ela! — Ele me puxa para um abraço apertado. — Como vai, garota?

— Estou bem, e você?

— Melhor agora. — Ele olha para Cam e depois para os meninos à minha direita. Todos os três se aproximam um pouco mais. Ele acena com a cabeça, estendendo a mão livre, a outra ainda segurando a de Cameron. — Trey.

O queixo do meu irmão se ergue e ele aperta a mão de Trey. Demora um pouco, mas seu sorriso aparece.

— Mason Johnson.

— Ah, certo. — Ele acena, lançando um rápido olhar para Cameron antes de se voltar para mim. — Irmão, né?

— Gêmeo. — Sorrio.

— E o cara que quer preencher a vaga de QB no ano que vem, correto? — Trey assente. — Eu vi algumas gravações de jogos seus, mano. Ansioso para entrar em campo com você.

Os ombros de Mason relaxam e ele sorri.

— Sim, senhor. Estes são meus amigos, Brady Lancaster e Chase Harper.

— Vi o de vocês, também. — Trey ri, apertando suas mãos. — Vamos fazer picadinhos dos times este ano.

— Pode apostar. — Mason leva a bebida aos lábios, e me lança um olhar discreto que só pode ser interpretado como *"até agora tudo bem"*. — Preciso de outra cerveja. Trey, quer uma?

— Opa. — Trey solta a mão de Cameron, que o empurra de leve para seguir os meninos.

E lá vão eles.

Cam e eu nos sentamos, nervosas, ouvindo quando Trey conta um pouco da sua viagem a Tampa e como nos conheceu. A última coisa que qualquer uma de nós esperava era que esses garotos estivessem no mesmo lugar.

Cam, coitada, não terá mais unhas até o final desta noite, do jeito que as está roendo agora.

Ela ficou atraída por Trey assim que o conhecemos em Tampa, o que é compreensível. Ele é alto, quase tanto quanto Brady, com cabelo castanho-escuro curto e olhos castanhos. Sem falar que o conhecemos na praia, onde seu corpo musculoso ficava à mostra o dia todo para ela babar sem parar. Sua pele brilha igual caramelo torrado e ele tem uma grande tatuagem que cobre metade das costas e parte superior dos braços. Ele é definitivamente bonito de se olhar, mas esse não é seu único atrativo. Pelo que vimos, ele também é um cara legal que ama sua família e é leal aos amigos, coisas que valorizamos da mesma forma. Mais importante, porém, ele trata Cameron do jeito que ela merece.

Não acredito que ele está aqui.

Eu me viro para Cam, e ela sorri, batendo seu ombro no meu. Juntas, olhamos para a casa de praia, sorrindo para as luzes penduradas que meu pai colocou da última vez que estivemos aqui.

— Amo esse lugar.

— Não acredito que é nosso. — Cam ri. — Podemos vir aqui quando quisermos agora.

Dou risada.

— Não é? Boa sorte em nos levar para casa nas férias agora.

— Verdade, não pensaram muito nisso.

— Borboleta! — grita Trey quando a música muda, com um sorriso largo. — Poderia vir aqui?

Cam ri, olhando para mim.

— Vá. — Eu a empurro e me inclino para trás em minhas mãos.

Deixo escapar um suspiro longo e melancólico, sorrindo para meus amigos.

Bem à frente, Chase e Brady estão jogando vira-copo com um grupo de garotas, enquanto Parker e Nate começam a jogar futebol. Mason está perto da fogueira, conversando com Lolli e Payton.

Ele sorri, estendendo a mão para puxar o rabo de cavalo de Payton, e eu balanço a cabeça, rindo do jeito que ela o diverte.

Uma rajada de vento passa, e me abraço para me manter aquecida e, um instante depois, uma voz familiar chega aos meus ouvidos.

— Com frio?

Olho por cima do ombro, sorrindo para o andarilho solitário que se aproxima.

— Você veio.

Ele inclina a cabeça, de um jeito provocador.

— Estava me esperando, hein?

Eu me viro para o fogo quando estala como uma desculpa para desviar o olhar, pulando um pouco quando os nós de seus dedos roçam minha mão, conseguindo recuperar minha atenção.

— Só estava brincando. — Sua voz é baixa, mas depois sua boca se curva de lado. — Sem chance de eu ter tanta sorte.

— Sente-se, Romeu. — Meus lábios se curvam, incapaz de conter o sorriso, porque ele sabe muito bem o que está fazendo.

Uma risada pecaminosa escapa dele, e pouco depois ele se senta ao meu lado.

— Romeu, hein? Gosto disso.

Não preciso olhar para saber que está sorrindo; é evidente em seu tom de flerte.

— Mas sério, desculpe pelo atraso. Demorei mais tempo do que pretendia para arrumar as malas.

— Bem, como pode ver… — Faço um gesto para a pequena aglomeração ao nosso redor. — A festa sobreviveu sem você.

Ele sorri. Inclina para a frente e apoia os antebraços nas coxas.

— Então, o que estamos vendo?

Espelho sua posição, inclinando a cabeça para Cam e Trey.

Noah sorri na hora.

— Você devia ter visto a cara dele quando contei que estavam aqui hoje.

— Posso imaginar. — O calor enche meu peito pela minha amiga, mas o desconforto ainda está presente.

— Ela parece feliz em vê-lo.

Meus olhos se movem em sua direção, estudando seu perfil e observando os traços elegantes de sua mandíbula, a firmeza de seus ombros. Um tempo depois, ele encontra meu olhar.

— Quanto ele te contou?

Ele faz o possível para disfarçar como se não soubesse de nada, mas tenho um pressentimento…

— Meu Deus, ele te contou tudo? — Fico boquiaberta, apoiando um joelho dobrado no tronco quando me viro para ele.

Noah ergue as mãos, bancando o inocente, mas eu as seguro no ar.

— Ahhhh, nem pensar. Desembuche, Sr. Riley. — Dou risada.

Sua risada é baixa, seus olhos focando onde minhas mãos ainda estão prendendo as dele. Eu as solto na hora, mas ele é mais rápido e agarra e gira meu pulso, virando o dorso das mãos para a areia.

— Tudo bem, eu vou te contar. — Noah começa a desenhar formas na palma da minha mão, sinto arrepios onde seu leve toque encosta.

Ele percebe, porque reprime um sorriso e não se preocupa em erguer os olhos enquanto fala:

— Trey me disse que conheceu duas garotas divertidas e independentes que estavam experimentando a vida sozinhas pela primeira vez. Ele me disse que não importava o quanto tentasse, acabou se apaixonando por uma delas do dia para noite, mesmo sabendo que ela estava apaixonada por outra pessoa. — E ergue o olhar para o meu. — Ele me contou da melhor amiga dela. Como era incrível, gentil e bonita.

— Ele não disse bonita.

— Você tem razão, ele disse sexy, mas eu estava tentando ser um cavalheiro — admite, e nós dois rimos. Noah desvia o olhar para nossas mãos, voltando o olhar para mim, rapidamente. — Ele me disse que sabia que eu ia adorar essa melhor amiga, e ele não costuma errar. — Pisca para mim, seus olhos percorrendo meu rosto agora vermelho de vergonha, mas depois Noah olha para frente. — Ele esqueceu de dizer algo importante, no entanto.

— E o que é? — Eu não pretendia sussurrar.

Abaixando um pouco o queixo, ele faz um gesto para que eu siga sua linha de visão.

Hesitante, desvio o olhar, espiando por cima das chamas em busca do alvo pretendido.

Eu vejo na hora.

Ou devo dizer que *o* encontrei?

Chase está do outro lado da fogueira, olhando para cá, mas desvia o olhar no segundo em que percebe que o flagrei. Uma pitada de vergonha toma conta de mim, e eu me viro para Noah, que é perspicaz demais para um estranho.

— É tão óbvio? — murmuro baixinho.

— É para ser um segredo?

Uma exalação pesada escapa de mim, e nego com a cabeça.

— Não, na verdade, não, mas, às vezes, parece que ele realmente não tem ideia. — Não é uma paixonite de adolescente. Tem raízes profundas abaixo da superfície. É real.

— Confie em mim — diz Noah, baixinho. — Ele sabe.

— Como pode ter tanta certeza?

— Porque ele está olhando para cá desde o segundo em que me sentei.

Conforme meus músculos travam, balanço a cabeça, negando o que ele está tentando dizer.

— Não é o que parece. Eles estão sempre observando, ainda mais quando a espécie masculina está a menos de vinte metros.

— É só ele, Ari, e ele está olhando apenas para você. — Noah levanta minha mão, beija a parte interna do pulso, e quando se afasta um pouco, seus olhos prendem os meus. Sua boca se abre, o hálito quente sopra o local úmido e uma cócega sobe pelo meu braço.

— Confie em mim, não se trata de mim. É por sua causa.

— Isso mesmo. — Seus olhos se fixam nos meus e, com movimentos cautelosos, como se eu fosse me afastar, ele estende a mão e coloca uma mecha do meu cabelo atrás da orelha. — Nada, e eu quero dizer *nada*, obriga mais um homem a enfrentar seus sentimentos por uma mulher... do que o interesse de outro homem por ela.

— Você disse interesse?

A risada de Noah é instantânea, e eu mordo o interior do lábio para não sorrir.

— Você dá um trabalho, hein?

Dou de ombros.

— Eu tento.

Noah baixa os braços, e eu puxo as mangas da minha blusa para cobrir minhas mãos.

— Aposto que sim.

Ele olha por um instante, o peito se expandindo com uma respiração profunda, e quando sua cabeça aponta mais uma vez, minhas sobrancelhas arqueiam, em confusão, mas espio na direção que ele apontou.

Com certeza, Chase está observando. Só que desta vez, quando deixo claro que notei, ele não desvia o olhar, mas eu, sim.

Encaro Noah, procurando algo para dizer, mas as palavras parecem fugir de mim.

Um momento se passa, uma expiração suave escapa de seus lábios quando se levanta devagar, e eu me pego me levantando com ele.

— Preciso ir. — Ele acena.

— Não precisa ir — disparo, antes que seja capaz de me conter, e me esforço para entender o que estou realmente dizendo: — Quero dizer, você ainda nem disse 'oi' para seus amigos.

— Sim. Tenho que ir. Além disso, eu vi a pessoa que vim ver. — Ele pisca.

— Aham, claro — ironizo, meus lábios se curvam de um lado.

Noah permanece parado, olha para mim por um longo momento, e sua mão se levanta como se quisesse me tocar, mas não o faz.

Minha pele formiga, mesmo assim.

— Foi um prazer conhecê-la, Arianna Johnson — sussurra, e então se vira e vai embora.

Fico ali, meu olhar grudado em suas costas, e pouco antes de sua silhueta desaparecer na noite, eu me inclino para frente e chamo seu nome.

Noah gira, olhando com curiosidade.

— Estou… feliz por você ser péssimo em pegar a bola.

Ele solta uma risada alta, e o som faz uma vibração estranha percorrer meu corpo.

— Eu também. — Sorri, parando quando um pequeno e dissimulado sorriso surge em seus lábios. — Tchau, Julieta.

— Julieta? — questiono.

Seu sorriso se torna brilhante de uma forma quase impossível.

— Se eu sou Romeu, então você tem que ser a Julieta!

— Você sabe que foi uma trágica história de amor, né? — grito, sorrindo do mesmo jeito.

— Épica. — Ele começa a recuar, mas virado para mim. — Foi uma história de amor épica! — Ele acena e, após um segundo de hesitação, se vira. Noah Riley desaparece na escuridão, e eu fico ali o vendo partir.

CHASE

Empurrando as mangas do moletom para cima, vou em direção ao barril, meu corpo e cabeça voltados para frente, mas meus olhos nela.

Ou talvez estejam *nele*.

Por que continua tentando tocá-la? Juro, toda vez que olho, ele está com as mãos a um centímetro de distância dela.

Cadê a porra do Mason?

Por que não está pulando em cima desse filho da puta como sempre faz?

Como faria comigo.

O babaca passa os dedos ao longo de seu cabelo, e minha pele esquenta.

Líquido espirra sobre mim, e estremeço, olho para baixo e vejo meu copo esmagado na palma da mão, a bebida pingando em meus malditos tênis.

— Porra. — Dou um pulo para trás, sacudindo a mão para me livrar da cerveja barata.

Brady zomba de algum lugar próximo, e viro a cabeça e o encontro sentado em uma pedra a menos de um metro de distância, com os olhos em mim. Ele leva o copo aos lábios, olhando para Arianna e para mim. Sem pressa, ele se levanta, enche um copo e o estende com a testa franzida.

— Ela está de mãos vazias.

A inquisição em seu tom faz meu pulso disparar, e meus olhos se desviam com culpa.

Mas por quê?

Porque tenho que me sentir culpado?

Só estou de olho nela, e é porque me importo.

Sempre me importei. Merda, eu me importo tanto quanto ele, tanto quanto Mason.

Mason.

Meus músculos retesam, e eu olho de volta para a garota de cabelo castanho no canto da fogueira.

Com a cabeça confusa assim, eu não deveria ir até ela, *não deveria mesmo*, mas vou, e antes mesmo que ela me veja, estou falando:

— Vocês dois pareciam bem à vontade.

Seu olhar se foca em mim, as ruguinhas nos cantos denotando a confusão.

Confusão que também sinto, porque não foi por isso que me aproximei dela.

Não foi isso que eu quis dizer.

— Acabamos de nos conhecer — defende-se, hesitante.

— Não parecia.

Ela empalidece, e tudo em que consigo pensar é: o que diabos há de errado comigo?

Devagar, Arianna inclina a cabeça.

— Bem... — Ela se arrasta. — Não tenho muita certeza do que dizer a respeito disso, então... se tiver algo *que* queira dizer... pode falar.

Seu tom é gentil e curioso, e me pego engolindo.

— Não, não, uh... — Pigarreio de leve, recuando, atormentado pela irritação queimando dentro de mim e me recusando a pensar no motivo disso. — Me desculpe, é que fiquei sabendo que viajou, passou um tempo com esse cara, Trey, e então, Noah aparece, olha para você e... — eu me interrompo, fechando a boca conforme a encaro.

Ela se aproxima.

— E... o quê?

Respiro fundo e franzo o cenho.

— Não me diga que não percebeu.

Ari baixa o olhar, e eu inclino a cabeça, vendo a pequena curvatura que ela tenta esconder em seus lábios.

Por que isso a faz sorrir?

É por causa dele?

De mim?

Por que diabos isso importa?

— Ele poderia muito bem ter convidado você para sair bem na frente de todos nós.

— Ele não me chamou.

— Essa não é a questão.

— Então o que é?

— O fato de ele querer. — Fecho a cara. — Sabe disso, não sabe? Que ele queria?

Arianna dá um passo à frente, pegando a bebida que eu trouxe da minha mão. Quando está prestes a passar por mim, seu olhar se fixa ao meu, e com a sombra de um sorriso, sussurra:

— *Eu sei*... que ele foi embora.

— Queria que ele não tivesse ido?

Seus lábios se abrem e fico tenso, então me apresso a falar antes dela:

— Não responda a isso.

— E se eu quiser responder? — murmura, me espreitando com os olhos semicerrados.

— Arianna.

— Chase.

Eu a encaro e ela sorri.

Uma risada baixa se segue, e ela passa por mim.

— Vou ver a Cam.

Ela sorri, olhando para baixo e estou prestes a me enterrar na areia.

Não sei que merda está rolando comigo agora, mas amanhã, é melhor estar tudo normal.

Senão, quem vai saber o que acontecerá?

Eu, com certeza, não sei.

CAPÍTULO 6

ARIANNA

Nós cinco acordamos cedo na manhã seguinte, mas só para terminar a limpeza da noite passada. Depois, Cam e eu nos enfiamos embaixo das cobertas, comendo salgadinhos e molhos no café da manhã. Estamos no terceiro episódio de *Emily em Paris* quando ela dá pausa com um suspiro.

Já sei o que vai dizer e, para ser sincera, demorou um pouco mais do que eu esperava.

— Mason apertou a mão dele — murmura, e nossos olhares se encontram. — Ele apertou a mão dele…

Meu sorriso é triste, porque nós duas sabemos o que isso significa.

Mason não se sentiu ameaçado por Trey, nada de ciúme ou raiva.

Ele não despertou o 'Mason' possessivo para fazer um escândalo, nem deu uma surra em Trey e o desafiou a se levantar.

Meu irmão apertou a mão de Trey.

Foi a primeira vez que os sentimentos de meu irmão se fizeram claros de verdade.

Ele ama Cameron, mas não do jeito que ela quer.

— Sabe o que é estranho — sussurra, os olhos cheios de lágrimas ao encontrarem os meus. — Não dói do jeito que pensei. Dói, mas eu meio que pensei que sentiria como se estivesse morrendo. — Ela ri entre as fungadas. — Faz sentido?

— Claro que sim. — Eu me enrolo de lado, enfiando as mãos embaixo da cabeça.

— Estou triste, mas não sei. Também estou feliz por Trey estar aqui.

— Como você deveria estar. Nós dissemos que estávamos nos divertindo, garotos que se danem, lembra? Então, que se danem. Agora você tem um belo homem disposto a transformar suas noites da água para o vinho. Não posso dizer o mesmo de mim.

— Verdade. — Sua risada é misturada com um soluço, mas ela balança a cabeça. — Não acredito que Trey está mesmo aqui.

— Talvez seja um sinal.

— Um sinal de que preciso transar.

Sorrio, e o famoso sorriso de Cameron volta.

— Boa menina.

Com isso, ela aperta o play, e a gente fica de boas o resto da temporada, comendo no jantar as mesmas besteiras que comemos no café da manhã. Não saímos da sala para nada.

Às sete, Cam subiu para o quarto dela e nós desmaiamos. Foi um dia fantástico, mas muito cedo para ir para a cama, ainda mais quando basicamente tiramos minicochilos o dia todo.

Agora estou bem acordada e meu quarto está escuro, apesar de as cortinas estarem fechadas, e quando olho para o relógio, descubro que é só uma da manhã, ainda faltam muitas horas para o amanhecer.

Tento encontrar outra série, mas depois de trinta minutos assistindo aos trailers, desisto e desço as escadas na ponta dos pés para beber alguma coisa, com cuidado para não acordar os outros.

Pego uma garrafa de água na geladeira, vou até as imensas janelas, admirando o mar além delas.

O brilho da lua contra as águas escuras é surreal e uma das minhas vistas favoritas. É tranquilo, assustador demais depois de uma maratona de filmes de terror, mas tranquilo em qualquer outro momento.

— Oi.

Solto um grito, mas uma mão grande rapidamente envolve minha boca, e eu giro, ficando cara a cara com Chase.

— Merda. — Meus ombros relaxam, uma risada abafada me escapa. — Você quase levou uma garrafada na cara.

Ele sorri, e aos poucos me solta enquanto olha ao redor.

— Andando no escuro?

Esfrego os lábios, inclinando a cabeça para ele.

— É assim que toda a diversão acontece.

Uma careta se forma em seu rosto, e seguro uma risada.

Ele não diz nada por vários segundos, depois gesticulo com a mão.

— Vou voltar para a cama. — Mas antes que eu possa escapar, Chase segura meu pulso com delicadeza, então olho por cima do ombro, deparando com seus olhos verdes.

— Tomei vitamina mais cedo. Estava horrível — diz, do nada.

Reprimo um sorriso.

— Que pena.

— A culpa foi do Brady.

Dou risada, e seu sorriso se abre.

— Estou com vontade de sundae. — Seus olhos procuram os meus. — Você sabe que também quer um.

— É meia-noite.

— E daí? — Ele dá de ombros.

— E daí… — Olho ao redor, sem ter ideia do porquê estou tentando escapar. — Pego as colheres?

— Essa é a minha garota. — Chase se vira para o freezer, e finjo que ele quis dizer de uma forma muito mais literal. Vai até o armário para pegar coberturas, colocando-as no balcão à sua esquerda.

Com o olhar concentrado no piso, ele vem em minha direção. Achando que ele está vindo pegar as colheres, deslizo para o lado, mas Chase me dá um puta susto quando seu braço esquerdo dispara e me prende.

Lanço um olhar para ele, e suas palmas encontram meus quadris. Ele me levanta, e me coloca devagar sobre a ilha da cozinha.

O frio inesperado do granito me faz gritar, meu corpo se inclina para frente, bem contra o peito de Chase.

Ele ri quando agarro seus ombros, minha bunda se acostumando ao frio pouco depois.

Quando olho para cima, perco o fôlego. Sua boca está a menos de um centímetro da minha, e não sou a única que nota este fato.

Tudo o que eu teria que fazer, tudo o que qualquer um de nós precisaria fazer, seria inclinar um pouco a cabeça, e nossos lábios se tocariam, mas tentei isso uma vez, e nós dois sabemos como acabou.

Não vou tentar de novo, mesmo que, desde aquela noite, algo tenha mudado. Vejo em seus olhos, em suas palavras.

Sinto em seu toque.

É quase como se, pela primeira vez, ele estivesse testando a sensação da minha pele. Suas mãos me seguraram milhares de vezes, mas não com firmeza, e nunca se demoraram. Não como agora.

Chase está paralisado, imóvel quando olha para a minha boca, e não posso deixar de me perguntar se ele repassou nosso beijo, por mais fugaz que tenha sido, em sua cabeça tantas vezes quanto eu.

O calor se espalha pela minha barriga, então, em um esforço para não me envergonhar mais do que já fiz esta semana, desvio o olhar. No segundo que olho para baixo, estremeço ao perceber algo.

Saí da cama e só desci para tomar um pouco de água, talvez um lanche... usando nada além de uma camiseta com a gola recortada e um fio dental – a bancada congelando meu bumbum deveria ter me lembrado disso.

Chase segue minha linha de visão para o local onde a camiseta está embolada na altura do meu quadril, para o V amarelo brilhante da calcinha, que agora se recosta à vontade contra seu abdômen.

Ele se sobressalta, gira e volta a se concentrar no que estava fazendo.

— Quer calda de caramelo? — murmura, pigarreando depressa.

— Chocolate. — Eu me xingo por parecer ofegante, mas que filho de uma égua!

Quem é este homem, e... posso ficar com ele?

Zombo internamente porque, sim, com certeza. Ele só está animado com o verão. Ou algo assim.

Seja como for, não vou perder a oportunidade, então relaxo e observo como seus músculos se movem conforme prepara o sorvete.

Comentei que ele está sem camisa? Porque é magnífico.

Seu cabelo castanho está perfeitamente bagunçado, a pele bronzeada por passar todo o tempo possível sob o sol, e tão lisinha. Ele fala em fazer uma tatuagem há anos, mas até agora, continua com a pele intacta.

Lambo os lábios.

Tão lindo.

— Consigo sentir você me olhando. — Ele não se dá ao trabalho de se virar para confirmar.

— É, estou. — Agarro a bancada e me inclino um pouco para a frente. — Quando o Homem acima nos abençoou com vinho, nós nos entregamos. É justo que Suas outras obras-primas recebam o mesmo tratamento.

Chase abaixa a colher de sorvete e se vira, com um sorriso malicioso. Ele encosta a bunda no granito, uma perna cruzada na frente da outra, e abre os braços.

— Então, faça o favor. — Ele me surpreende pela terceira vez em três dias, me encorajando a ficar secá-lo com os olhos.

Ele está sendo brincalhão, e eu vou aproveitar.

Então aceito seu convite inesperado antes que ele caia em si.

Pela primeira vez, não tenho limite de tempo, não preciso espiar sob os cílios ou me esconder atrás das sombras. Olho para ele, observando descaradamente desde as pontas do cabelo castanho até a planta de seus pés descalços.

No começo, é uma passada rápida por seu corpo, e então recomeço. Traço a firmeza de sua mandíbula, seguindo pelo pescoço, notando a forma como engrossa, alargando-se em seus ombros largos, cortesia de anos de futebol. Passo para os braços e os músculos trincados que desaparecem às suas costas, vago por cada gominho de seu abdômen, e me desafio a viajar mais ao sul.

Meus joelhos se juntam conforme percorro com o olhar o contorno de seus quadris, a calça do pijama solta e perfeitamente baixa. Sugo a bochecha por dentro, temendo soltar um som incrivelmente embaraçoso enquanto faço o melhor para evocar a forma da protuberância pressionada contra o tecido de algodão grosso e listrado.

Meus olhos disparam para cima, e o olhar dele...

É novo.

Misterioso.

Desesperado?

O pomo-de-adão de Chase se agita quando ele engole devagar, e meu centro lateja. Abaixo um pouco meu ombro esquerdo, ciente de que minha camiseta vai deslizar junto, e é o que acontece. A gola aberta permite que continue escorregando pela minha pele, e só para quando o tecido encontra o colo do peito, delineando a curva dos meus seios.

Só uma provocação... bem de leve.

Ele me encara com os olhos entrecerrados.

— O que está fazendo?

— Parece que você só sabe perguntar isso essa semana...

Seu cenho se fecha um pouco.

— Talvez eu devesse me preocupar um pouco menos.

Meu estômago se contrai.

— Talvez devesse.

Sentindo-me corajosa, permito que minhas mãos deslizem mais para trás, desejando que ele se aproxime, tentando deixar o mais claro possível, caso ele não esteja entendendo.

Quero você.

Na hora, seu olhar recai para a minha boca, então, me sentindo muito nervosa, deslizo a língua pelos meus lábios.

Isso tem resultado.

Chase se afasta do balcão e, como um animal em busca da sua próxima refeição, vem até mim.

Mais três passos.

Seus punhos se flexionam ao lado do corpo.

Mais um…

Ele me alcança.

Eu endireito a postura.

Meu irmão aparece.

Merda!

Levo um susto e os olhos atentos de Mason disparam entre nós.

— Que porra é essa? — grita Mason, a porta da varanda acertando sua bunda por ter parado no meio do caminho.

Quase pulo do balcão e saio fugida dali, mas meu corpo passou do ponto de fuga para a paralisia em um segundo.

Sou mais uma vez a adolescente que foi puxada para o palco em um show do One Direction e vomitou nos sapatos de Zayn Malik.

Graças a Deus, Chase não está com os olhos arregalados e a língua travada igual a mim.

— Nada, cara, só pegando um sorvete. Quer um pouco? — pergunta Chase, estendendo a mão às minhas costas com casualidade; ele fuça o armário e pega os potes de sorvete esquecidos.

— Ari, vá para a cama.

Isso me tira do sério.

— Estou tomando sorvete. — Não me preocupo em esconder a irritação.

— Tome no seu quarto — exige, com as narinas dilatadas.

— Talvez eu não queira… espera. — Lanço um olhar atento a ele, descobrindo que ainda está de jeans e moletom, e que acabou de entrar pela porta dos fundos. — Onde você estava?

— Vá. Agora.

Revirando os olhos, dramaticamente, só para irritá-lo, pego a garrafa de água e pulo do balcão, o olhar do meu irmão incendiando minhas costas quando dou a volta pela bancada.

Esbarro o ombro no de Mason ao passar por ele, e ele é rápido em segurar meu braço. Seu aperto é gentil, mas os olhos estão bravos e direcionados para seu melhor amigo.

— Você tem pijama por um motivo, Arianna. Use-os — diz, ríspido.

— Vou te dizer uma coisa: quando começar a usar camiseta na academia, vou pensar no seu caso.

Ele franze a testa e eu passo por ele.

Mase pode ter seu pequeno acesso de raiva o quanto quiser. Enquanto isso, estou aqui tentando reunir todo o controle possível para não escapar para o meu quarto, mas no minuto em que entro, faço uma dancinha feliz.

Puta. Merda.

Ele não conseguia desviar o olhar.

Não era capaz de *ficar* longe.

Eu nem sei se percebeu.

Talvez tenha sido melhor Mason ter interrompido naquele instante. Se tivesse passado quinze segundos, ele poderia ter visto algo completamente diferente.

Porque Chase não pode fingir que esta noite foi só eu. Não foi.

Ele me pediu para ficar.

Ele veio em minha direção.

Ele...

Minha porta se abre, me sobressaltando.

— Chase — sussurro.

— Esqueceu seu sorvete. — Suas sobrancelhas estão franzidas e ele coloca o sorvete na mesa perto da minha porta, sem nem ver direito.

Olho para a tigela, com muita calda de caramelo.

— Esse é o seu.

— Verdade.

Ele se vira, saindo para o corredor.

Confusa, começo a fechar a porta, mas antes de batê-la, ele está volta, e então sua mão está se enfiando por entre o meu cabelo. Sou girada e pressionada contra o batente.

Ele me encara, e com a mão tremendo, diz:

— Que se foda.

Sua boca toma a minha, e eu suspiro contra seus lábios.

Ele se aproxima ainda mais, me segurando com força, e quando minha boca se abre, permitindo que sua língua entre, ele geme.

Depois se afasta e some tão rápido quanto o beijo, e eu fico congelada, com a mão no ar.

— Vaca! — soa um murmúrio, entre os dentes, e minha cabeça se vira para a direita.

Cameron espreita das sombras, saindo do banheiro, com o queixo caído de admiração.

Eu a encaro, e gritamos baixinho, pulando em cima da minha cama.

Meu sorriso não poderia ser maior, porque, *finalmente*, consegui um sinal que esperava encontrar.

Um que não pode ser negado.

Chase Harper não é tão imune a mim quanto gostaria que eu acreditasse… ou *queria* que eu tivesse acreditado.

Aquele era ele em sua essência.

De onde esse cara veio, eu não sei e não ligo.

Seus olhos agora estão bem abertos, e isso é mais do que eu poderia esperar.

Eu sorrio, me enterrando debaixo das cobertas.

Cam suspira.

— Talvez nós duas tenhamos um gostoso para transar neste verão.

Olhamos uma para a outra e rimos.

Pode ser, caramba.

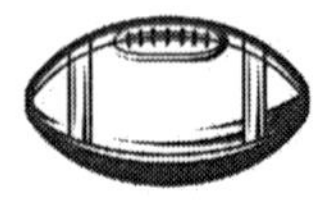

Hoje é um daqueles dias de verão no sul da Califórnia, onde o sol quente decide aparecer depois do almoço e desaparece antes mesmo de você ter a chance de comer. Então, Cam e eu guardamos nossas toalhas e encontramos Lolli e Payton no centro para comer tacos, enquanto os garotos ficaram para trás assistindo aos destaques do futebol no YouTube.

Assim que chegamos em casa, Cameron subiu para pintar as unhas e eu me joguei no sofá.

Estou terminando minha ligação quando Mason entra na sala.

— Mamãe? — pergunta Mason.

— Sim. Ela conversou com a tia Sarah sobre a Kenra e tentou ver como a Payton estava, mas ela não atendeu. Eu disse que provavelmente está dormindo.

Ele zomba com uma risada.

— Comida mexicana tem esse efeito nas pessoas.

— Pode acrescentar a isso o fato de ter um ser humano crescendo dentro de você. — Seus lábios se contraem. — Papai disse que estão quase prontos para a viagem.

— Bom, eles precisam tirar férias agora que estaremos fora de casa. Chega pra lá. — Ele bate no meu joelho para caber no lugar ao meu lado e posiciona o braço no encosto do sofá.

— Acabou de sair do banho? — Observo seu cabelo molhado.

Ele assente, pegando o controle remoto da minha mão com um sorriso malicioso.

— Sim. Temos um novo equipamento de levantamento de peso que o pai de Brady mandou para ele. E de verdade. Assim que tivermos a chance de trazer o supino dele para cá, teremos tudo o que precisamos e não precisaremos mais pagar uma academia no centro da cidade.

— Vou ter que testar.

Olhamos um para o outro e rimos.

— Ei, você teria ficado orgulhoso de mim no treino que eu e Cam fizemos. Só fiz... cinco pausas sem autorização. — Sorrio.

Ele dá risada.

— Fica só na esteira, irmã, que vai dar tudo certo.

Dou um sorriso, me aconchego de novo e puxo o cobertor de lã até o queixo.

Depois de alguns minutos tranquilos relaxando em frente à TV, o sorriso em meu rosto começa a desaparecer.

São as pequenas coisas como essa que mais sentirei falta, e é um pouco doloroso pensar que esses tempos podem desaparecer.

— Ei, Mase? — pergunto, baixinho, meus olhos na TV. — Você acha que ainda vamos vir aqui todos os verões depois dessa vez?

Ele acena com a cabeça, distraído, colocando no *SportsCenter*.

— Sim, com certeza.

— Acha mesmo? Tipo, sério mesmo?

Ele ri, seu olhar agora focado em mim.

— Tipo, sério mesmo. Por quê?

— Muita coisa pode mudar na faculdade. — Dou de ombros. — Podemos estar no mesmo campus, mas não é igual quando vivemos todos na mesma casa.

Pequenas rugas agora emolduram seus olhos.

— Tenho certeza de que vamos ficar ocupados com a vida em algum momento, claro, mas sempre arranjaremos tempo uns para os outros e para este lugar. Quero dizer, é por isso que nos deram a casa, né? Pra manter a gente próximos?

Concordo.

— Tá, mas será mesmo assim tão simples?

— Não sei, Ari. Merda. — Ele passa a mão pela nuca, os olhos se desviando para a TV. Ele franze a testa. — Deveria ser.

Encaro Mason por um momento.

A possibilidade – ou probabilidade – de mudança é um assunto que meu irmão odeia. Pura e simplesmente, isso o assusta, e quando Mason está com medo ou triste ou qualquer coisa assim, a raiva e a frustração são suas reações imediatas. Ponto-final. Ele tem sido assim toda a sua vida.

Não sei se todos os gêmeos sentem o mesmo, mas eu e Mase? Somos um pouco codependentes. A ideia de ficar sozinha não combina com nenhum de nós. Pode ser porque nunca estivemos realmente sozinhos. Pode ser porque temos uma família grande e amorosa, da qual Cam e Brady fazem parte desde o nascimento, e Chase se juntou quando tinha 12 anos.

Mason olha para mim, a acusação em seus olhos.

— Você acha que não vejo, ou que não sei, mas está enganada. — Ele não precisa dizer as palavras. Os dois sabemos ao quê, ou melhor, a quem, ele está se referindo. — Sou do jeito que sou por motivos que ainda não entende. Só estou tentando te salvar de...

— De quê?

Ele suspira.

— De uma decepção. Durante toda a nossa vida, você esteve ao nosso lado, fazendo o que fazemos, e nunca reclamou, mas longe de nós, Ari?

— Tentei isso na Flórida e me encheram o saco por isso.

— Não é o que quero dizer. — Ele balança a cabeça. — Talvez eu tenha exagerado um pouco, e é porque fui pego de surpresa, mas estou falando de amizades... experiências que você ainda não teve. — Meu rosto fica um pouco rosado, mas não desvio o olhar. — Há mais coisas lá fora além de nós.

— Talvez eu não precise de mais.

Seu sorriso é sutil.

— Como sabe?

Puxo os joelhos para cima, envolvendo-os com os braços e dando de ombros. Acho que não, mas sempre me bastou. Não vejo isso mudando.

Entendo o que ele está dizendo, e não está errado. Os cinco, literalmente, fazemos tudo juntos.

Férias, feriados e todas as pequenas coisas entre isso.

Fizemos compras, comemoramos aniversários e fomos juntos para a escola todos os dias desde sempre. Primeiro, nós nos sentamos nas mesmas fileiras no ônibus escolar e depois nos amontoamos na van da mãe de Brady quando ele tirou a carteira de motorista. Mase foi o primeiro a passar no teste, então, daquele dia em diante, fomos com ele. Todo. Santo. Dia.

Os cinco. Éramos inseparáveis. Uma unidade.

E nós adorávamos. Continuamos adorando. É por isso que estamos todos indo para a mesma faculdade por mais quatro anos.

Ele quer que isso mude?

— Se afastar na Avix vai te fazer bem — diz ele, com delicadeza. — E ainda estarei lá quando precisar de mim. E quando não precisar.

Uma sensação de inquietação me domina.

— Você está falando como se fosse o fim de tudo. De nós cinco.

— Somos uma família, e família não acaba. — Ele balança a cabeça, suas próximas palavras soam tranquilizadoras: — Mas é exatamente por isso que é importante todos nós continuarmos amigos, para que as coisas não fiquem estranhas. — Mason olha para frente, esticando a perna. — Para que as coisas não estraguem.

— Entendo.

Ele vira a cara emburrada para a TV, enquanto eu me foco no fiapo das minhas meias.

Olha como as coisas são: um dia antes do colegial, Mason pediu a Chase e Brady que ajudasse a cuidar de nós, garotas, o que significava que estávamos só na amizade para evitar o drama extra que nossa adolescência certamente traria. E eles cuidaram, aqui e ali, mas essa linha era clara e todos nós sabíamos disso.

Eu, mais do que qualquer um, só que não estamos mais no ensino fundamental.

E essa linha?

Eu diria que já era.

Só tem um problema.

E ele está sentado ao meu lado.

CAPÍTULO 7

ARIANNA

Quando saímos do estacionamento do restaurante, no banco de trás com Payton, vejo-a cobrir a barriga com as mãos, então me ajeito no assento para encará-la um pouco melhor.

— Você já sentiu o bebê chutar?

— Acho que sim, mas é difícil dizer — revela. — Parece que sou uma tigela de água, e toda vez que me mexo, ela espirra.

Mason e eu rimos e admiramos sua barriguinha, que acabou de começar a despontar através de suas roupas.

— Você quer sentir, não quer? — Ela ergue uma sobrancelha loira bem-delineada.

Meu sorriso é instantâneo e dou risada.

— Não quero que se sinta desconfortável, mas, sim.

Ela balança a cabeça.

— Vocês são demais — reflete, com um sorriso, e meus olhos se estreitam, mas então ela agarra a minha mão, colocando-a no ponto mais alto de sua barriga.

O calor se espalha por mim no mesmo instante, minha pele se arrepia quando toco com cuidado sua barriga por sobre a camisa. Deslizo a palma para cima e para baixo e, depois, desço um pouco pela curva da barriga.

— É tão firme — sussurro. — Redonda e minúscula, é perfeita. — Ergo o olhar para o dela.

Ela concorda com a cabeça, os olhos marejados ao tentar sorrir, mas imagino que está toda confusa. Feliz por ter um pedaço do homem que não estará aqui para ver seu filho nascer, e triste pelo mesmo motivo.

Não consigo imaginar.

— Minha mãe e tia Sarah — menciono a mãe de Nate — vão ter uma síncope. Sério, ele...

— Ou ela — comenta Mason.

— Vai ser tão mimado. Você terá uma babá sempre que precisar.

Isso faz Payton rir, e sua cabeça se recosta ao apoio de cabeça.

— Sim, sua mãe, literalmente, liga ou manda mensagens todos os dias para saber como estou me sentindo e tudo mais.

— Ela fala de netinhos há uns quatro anos. Assim que Nate ficou noivo, juro que pegou o primeiro avião para ver a tia Sarah só para comemorarem o bebê que estava a caminho.

— Eles conheceram Lolli? — brinca. — Porque aquela garota não quer nem emprestar os moletons do Nate. O bebê dele? Pode esquecer.

Caímos na risada, e Mason para na frente da garagem da casa de Payton.

Seu irmão nos encontra na garagem, abrindo a porta de Payton antes que ela toque na maçaneta.

Ela sai e Parker enfia a cabeça para dentro do carro.

— Lolli disse que estão indo para a festa na praia? — Ele olha para Mason, depois por cima do ombro para ver se Payton não está ouvindo. — O que aconteceu? Ela mudou de ideia?

— Ela só combinou de fazer um lanche antes, e ficou bocejando e tal, então a gente não forçou a barra — esclarece meu irmão.

Parker assente.

— Ela diz que está dormindo bem, mas acordou bem cedo igual à Lolli a semana toda. Ela continua tentando falar com a mãe de Deaton e com as pessoas em casa para saber onde ele foi enterrado, já que nunca houve um anúncio do funeral, mas ninguém sabe de nada e aquele lixo de mulher não atende.

— Kenra não pode perguntar por aí, agora que voltou?

— Ela perguntou a algumas pessoas, mas teve as mesmas respostas. — Ele balança a cabeça, batendo no teto. — Tudo bem, divirtam-se. Vou ficar em casa com ela, mas Nate e Lolli foram para lá tem uns dez minutos.

— Avise se precisarem de algo — diz Mason a ele, franzindo a testa.

— Pode deixar.

Meu irmão acena e engata a marcha do carro.

— Temos que buscar nossas coisas em casa. Até mais.

Com isso, voltamos para casa.

Cam, Brady e Chase chegam junto com a gente; os três tinham ido abastecer na volta para casa.

Colocamos as pranchas de *Stand up* e a caixa de gelo nos carrinhos dobráveis em minutos, e saímos.

Cam enlaça meus ombros com o braço.

— Cerveja, churrasco e garotos de praia, aí vamos nós.

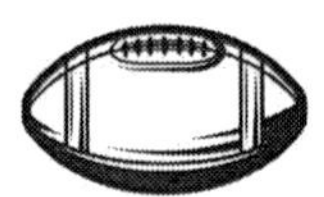

Uma hora depois, estamos dançando na areia ao som de uma banda hipster, ao vivo, com nossas pranchas preparadas e prontas para entrar na água. Os meninos decidem tomar uma cerveja antes de se juntarem a nós, depois Cam e eu saímos em nossas pranchas para brincar.

Um pouco depois, Lolli se junta a nós, então seguimos para a pequena enseada onde um grande grupo se reuniu.

— Tudo bem, Ari — começa Lolli, deitada em sua prancha para tomar sol. Ela coloca a mão sobre os olhos para protegê-los do sol e olha para mim com um sorriso malicioso. — Desembucha os detalhes sujos. Há uma razão para o seu modelo Abercrombie continuar olhando para cá, e não é a mesma pela qual Mason e Nate estão.

Sorrio, olhando por cima do ombro, e, com certeza, ele está olhando, mas agora todos estão, cada um empurrando suas pranchas na água, então vai saber.

— Ele tem sido um pouco mais...

— Brincalhão? Melindroso? Visivelmente excitado? — dispara, fazendo nós três rirmos.

— Algo parecido. — Dou risada. — Não sei o que pensar disso, na verdade. Por um lado, ele é apenas Chase sendo Chase, e por outro é... — Ergo um ombro, sem saber como explicar.

Tento não tirar conclusões precipitadas, mas está ficando cada vez mais difícil não me perguntar "e se".

Lolli assente, de olhos fechados, o rosto virado para o sol.

— Digo para você agarrar o pacote dele debaixo d'água e ver o que acontece. Aposto que vai te cutucar com ele.

Cam e eu rimos, imitando a posição de Lolli na prancha, mas não demora muito para que os outros se juntem, e todos brincamos no mar.

Brady e eu corremos até a praia. Mason, é claro, remou até a metade do caminho à nossa frente e paira por ali *caso eu tenha cãibra.*

Como não o amar.

Os garotos jogam queimada em cima das pranchas com um grupo de rapazes, e nós nos sentamos para torcer por eles.

Brady é o último homem de pé, então quando Chase dá um tapa na perna de Mason e os dois começam a se levantar, Cam pega rápido o telefone do pescoço – capas à prova d'água são essenciais quando se ama viver no mar.

Brady encara a todos, regozijando-se da maneira que só ele sabe fazer, e os meninos se lançam contra ele, derrubando-o na água.

— Seus filhos da puta! — Ele ri ao cair, e, depois, se reveza para pegar cada um em uma chave de braço, afundando-os de uma vez.

Cientes do que *sempre* vem a seguir, nos preparamos para eles, cobrindo nossos rostos enquanto somos jogadas na água e de um para o outro como se fôssemos batatas quentes.

Lolli grita quando Nate faz o mesmo com ela, e então ela nos empurra.

— Obrigada pelo aviso, babacas! — Ela ri. — Bonito, vai ficar chupando dedo esta noite!

— Me desculpe, amor! — Nate sorri, segura o rosto dela e a beija, fazendo-a mudar de ideia.

— Tudo bem, vamos sair da água, comer e jogar bola? — Brady se senta em sua prancha.

— Sim, estou morrendo de fome. — Vou em direção à minha, mas me deito nela para usar os pés em vez de remar de volta.

Todos concordam, e voltamos à praia.

Brady pega algumas cervejas, servindo-as em copos descartáveis, para que a patrulha da praia não tenha motivos para vir nos questionar. Eles sabem o que está acontecendo, mas é o tipo de coisa "sem problemas, sem infração".

Assim que nossas mãos estão secas o suficiente, nós espanamos a areia de nossos corpos e seguimos até a churrasqueira montada para pegar alguns sanduíches com carne.

O sol se põe atrás de uma parede de neblina, não muito tempo depois, e as fogueiras são acesas, então, enquanto os outros dançam ao som da música, enchendo seus copos pela terceira vez, eu me movo em direção às chamas.

Não está exatamente frio, mas tem uma leve brisa fresca no ar, e meu cabelo ainda está molhado; com os braços cruzados e envolvendo meu corpo, me viro de costas para que o calor aqueça minha pele.

— Aceita *S'mores*?

Olho e vejo um cara loiro com o cabelo preso em um coque samurai e um sorriso nos lábios.

— Quero sim. — Eu me viro, solto o cabelo e me aproximo dele.

Ele me entrega um palito e eu enfio no saco de marshmallows.

— Obrigada.

Seu sorriso aumenta.

— Sem problemas. Eu te ofereceria um cachorro-quente para assar, mas já comi o último.

Dou risada.

— Você assou um cachorro-quente aqui?

Ele leva o dedo aos lábios.

— Não diga nada; tecnicamente, essa churrasqueira é do *food truck*, e acho que não vão gostar de eu grelhar a minha comida e não comprar a deles.

Olhando ao redor, aceno e seguro meu marshmallow sobre a chama.

— Acho que estão bem sem vender para você.

— Veio bastante gente, hein?

Sopro a chama do meu palito, e ele o espreme entre duas bolachas, com um pedaço de chocolate no meio, e o entrega para mim.

— Você está aqui de férias? — pergunta, empoleirando-se na beirada da pedra.

— Está mais para uma breve viagem. A gente sempre vem pra cá, então esse lugar se tornou muito mais como uma segunda casa do que uma casa de veraneio.

Ele ri, olhando para a festa.

— Entendi. Estou aqui mais durante o verão, mas tento vir algumas vezes por ano, além desse período. — Ele se curva, revirando a pequena caixa de gelo perto de seus pés, e pega uma cerveja. — Quer uma?

— Ela tem uma. — Ouço às minhas costas, e a cabeça do cara se vira na direção da voz.

Chase se enfia entre nós com um olhar mordaz, me bloqueando completamente do surfista à minha direita, e estende um copo recém-abastecido.

Eu me inclino para encontrar os olhos do cara e dou um sorriso, erguendo meu copo.

— Obrigada, mas tenho uma, e obrigada pelo *s'more*.

O cara acena, um sorriso descontraído nos lábios.

— Tranquilo, tenham uma boa-noite, hein? — ele se despede, pega sua bolsa e vai até um grupo de pessoas a alguns metros de distância.

Encaro Chase, erguendo a bebida aos meus lábios.

— O quê? — Ele franze a testa.

— Isso foi grosseiro.

— Você nem conhece o cara. Por que pegaria alguma coisa dele?

— Ele só estava sendo legal.

Chase zomba, sem olhar para mim.

Agora quem pergunta sou eu:

— O quê?

— Nada. — Ele dá de ombros. — Não pensei que Cam estava falando sério dessa coisa de garotos de praia, só isso.

Abro a boca, mas nada sai, então me ocupo com minha cerveja.

Isso é ciúme?

Não pode ser, pode?

É só ele sendo babaca, imitando Mason, como sempre.

Antes que eu possa pensar mais no assunto, Cam se aproxima.

— Está pronta para ir? Está escurecendo e tenho areia em lugares que os olhos nunca viram. — Cam ri.

— Sim — responde Chase, e Cameron ergue uma sobrancelha, mas a abaixa antes que alguém perceba.

A distância da festa até em casa parece levar o dobro tempo.

Estamos cansadas do sol e do surf, e acrescente a isso o pouco de bebida que tomamos durante o dia.

Nate e Lolli acenam para nós quando vão para a casa deles, e nós nos arrastamos pela entrada da garagem.

Cam e Brady nos venceram no "pedra, papel e tesoura", então ganharam para tomar banho primeiro, e nós, os perdedores ficamos com a limpeza.

Juntos, puxamos a caixa de gelo para o terraço e voltamos para guardar nossas pranchas e remos.

Mason e Chase colocam as pranchas nos suportes, e eu venho por trás deles, passando a trava pelas tampas. Prendo tudo junto, mas a fechadura está suja de areia e não fecha.

— Porcaria. — Suspiro, tentando colocar a maldita coisa no lugar.

Chase limpa as mãos no short e vem por trás de mim, os braços me envolvendo e me enjaulando. Suas mãos cobrem as minhas quando ele retira a trava das minhas mãos.

— Aqui, deixa eu te ajudar.

Não tenho certeza se ele sussurra, mas parece que sim; sinto seu hálito quente sobre a pele molhada com precisão lenta. Olho por cima do ombro, e seu olhar encontra o meu, um sorriso dissimulado tentando escapar.

Ele leva o item de metal próximo à boca, soprando a sujeira, e meus olhos se fixam em seus lábios.

Quero senti-los de novo. Quero que deslizem ao longo do meu pescoço do jeito que sua respiração está fazendo.

A fechadura estala e Chase ri quando dou um pulo por conta do ruído.

E volto a pular quando os remos são jogados aos nossos pés, o corpo de Mason se enfiando à nossa frente, para começar a deslizá-los em seus lugares.

Chase recua e faz o mesmo, então fujo em direção ao deque.

Quando chego lá, meu olhar se desvia na direção deles mais uma vez e, com certeza, os olhos de Chase estão em mim.

Mordo o canto do lábio e continuo indo para casa, onde meu sorriso se abre.

Enquanto corto uma maçã e coloco um pouco de manteiga de amendoim em uma tigela pequena, não posso deixar de me lembrar das palavras ditas no escuro só algumas noites atrás.

Nada, e eu quero dizer nada, *obriga mais um homem a enfrentar seus sentimentos por uma mulher do que o interesse de outro homem por ela.*

Não tenho certeza se é isso que está acontecendo aqui, mas abençoando seja Noah Riley, por conhecer tão bem os homens.

Você pode ser a razão pela qual vou conseguir tudo o que sempre quis.

CAPÍTULO 8

ARIANNA

Fomos para a casa da Lolli hoje tomar o café da manhã e, depois de comer, saímos para jogar Cornhole – onde tínhamos que acertar os sacos de areia no alvo –, mas, nós, garotas, não duramos muito, então todos decidiram dar um passeio pela praia até a cafeteria.

Mason, Chase e Brady pairam sobre Payton quando ela sobe o pequeno lance de escadas para se sentar ao nosso lado em um posto de salva-vidas abandonado, o único lugar na praia que oferece alguma sombra quando não se tem um guarda-sol.

Tão protetora, nossa turma. Podemos ter conhecido Payton só no início deste verão, mas ela é irmã de Parker, e Parker é como uma família para Lolli, fazendo com seja importante para todos nós. Pelo menos foi assim que começou, mas foi só o começo. Não demorou muito para que cada um de nós a recebesse com entusiasmo. Ela vem de uma situação péssima. Sua mãe, embora seja podre de rica, era cruel e controladora. Fora Deaton, Payton não tinha nenhum amigo de verdade, então, às vezes, eu a pego sentada, observando nossa turma, como estou fazendo agora com os garotos.

É um lembrete desnecessário da enorme incapacidade de Mason de se acalmar.

Imagino Chase sendo o líder no conselho de *"ficar longe da minha irmã"*, mas ele não tem sido tão bom em *defender* seu título.

Claro, ele se afasta e me poda com seu discurso de *"não, nem pensar"*, mas ele está mudando aos poucos. Não tínhamos bebido uma gota de álcool quando ele me beijou no meu quarto. Foi ele. Agora, só quero sentir seus lábios em mim de novo.

Em qualquer lugar.

Em todos os lugares.

— Garota, pare — o sussurro risonho de Cameron atrai meus olhos para os dela, e seu sorriso aumenta. — Seu rosto está vermelho.

— Cale a boca! — sussurro de volta. — Sério?

— Ah, sim. — Ela concorda, e entrecerro meus olhos ao reconhecer o brilho travesso nos dela.

— Cam, não…

— Ei, Chase, jogue essa bebida para a Ari, beleza? — Ela segura uma risada, apontando para a garrafa meio vazia de Mason. — Nossa garota *está com sede.*

Chase olha de Cam para mim, um sorriso perspicaz esticando seus lábios conforme pega a bebida; o olhar de Mason se intercala entre nós três antes de apontar para a outra loira a menos de seis metros de distância.

Mas Chase não a passa para mim.

Melhor ainda, ele se aproxima, mas em vez de colocar a garrafa na minha mão estendida, ele se inclina para mais perto e a coloca ao meu lado, o peito nu roçando meu ombro. Seu olhar encontra o meu ao se afastar, mas ele não diz uma palavra e volta para onde estava com meu irmão.

Só quando está mais afastado, soltamos nossas risadas.

Lolli faz um som de engasgo, e nós a pegamos fingindo chupar um pau, suas sobrancelhas sacudindo, então jogo o acolchoado da cadeira em sua cabeça, voltando a olhar para Chase mais uma vez.

Deixo escapar um suspiro torturado, mas sinto a atenção de meu irmão em mim e retribuo seu olhar. Recebo uma cara fechada, qual a novidade disso? Ele nunca foi de conter seu desagrado quando se trata de atenção individual de alguém com um pau, ainda mais um de seus melhores amigos.

Idiota.

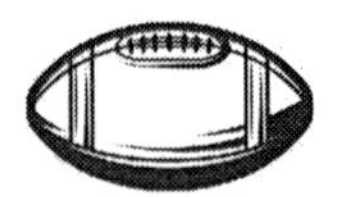

Arrastando-se pela varanda de trás, Cameron geme.

— Por que concordei em caminhar até a cafeteria? Meu corpo está dolorido.

— Idem. — Bocejo, usando o corrimão para me ajudar a subir os últimos degraus. — Como posso estar tão cansada quando estávamos deitadas na cama às seis da noite ontem?

— É exatamente por isso que está cansada. — Chase sorri.

— Isso… ou as duas horas que você passou remando *contra* a maré. — Mason balança a cabeça. — Se aprendesse a treinar na academia, não sentiria tanta necessidade de forçar tanto os músculos por aí.

— Quer dizer que ela não sentiria que estava morrendo dias depois? — brinca Cameron.

— Não sinto que estou morrendo dias depois, em um dia, sim, mas nada mais. — Dou risada. — Além disso, gosto de como o exercício na água não parece exercício. Faço isso por essa razão. E não aceitar instruções significaria que não faço o que você diz, mas faço. O problema é que sou fisicamente incapaz de aguentar o que você quer que eu faça.

— Só peço que tente.

— Tentar levantar uma quantidade obscena de peso.

— Se você se concentrasse, conseguiria, mas ri no segundo em que seus músculos se contraem. — Mason olha.

Começo a rir, e ele me acompanha.

Mase passa o braço em volta do meu ombro e me puxa para ele, beijando minha cabeça.

— Você é uma fedelha, só isso.

— Sim, mas meu irmão "mais velho" me transformou em uma.

— Assumo essa responsabilidade — concorda, destranca a porta e nos deixa entrar.

— Vou dormir um pouco. Me acordem antes de colocar as pizzas no forno. — Mason sai correndo pelo corredor, o resto se espalhando pela sala.

— Não sei vocês, mas estou achando que ele está nessa vibe de hora da soneca. — Brady se levanta da poltrona e liga a TV. — Querem ver qual filme?

Pego o cobertor no encosto da cadeira e me enrolo ao lado de Cam.

— A decisão é sua, garotão.

Claro que ele escolhe algo que já viu centenas de vezes e apaga nos primeiros cinco minutos. Nem dez minutos depois, Cam começa a ficar inquieta.

— Vá embora se vai continuar se remexendo assim. — Dou uma cotovelada nela.

— Meu corpo está dolorido — choraminga e depois ofega. — Chase! — quase grita, olhando para ele. — Você fez aquela aula de massagem em um desafio no ano passado.

Chase inclina a cabeça para trás, sorrindo.

— Fiz.

— Não me faça implorar, Chasey, porque eu vou.

Ele ri, sentando sobre as pernas dobradas no chão.

— Venha, então.

— Eba! — grita, se jogando no chão na frente dele.

Depois de um minuto ou dois, Cam solta um gemido suave e meio chapado, seguido por outro, e Brady, é claro, ouve durante o sono. Ele joga um travesseiro na nuca de Chase.

— Babaca. — Ele ri.

Cam se vira para olhar para mim e pisca, e eu reviro os olhos de brincadeira, fechando as pálpebras em seguida.

Estou quase dormindo quando Cam toca meu braço e me dá uma leve sacudida.

— Sua vez, melhor amiga — sussurra, com um sorriso maroto. — Vou para a cama.

Olho para Chase, que está sentado esperando por mim com um sorrisinho, e então espio Brady, que agora está com o rosto enterrado no meio das almofadas.

Tomo o lugar de Cam.

— Espere — sussurra Chase, com certeza tomando cuidado para não acordar os outros, e se estica para a direita, pegando um cobertor da cesta de vime perto da lareira.

Ele faz sinal para que eu me deite, então faço o mesmo que Cameron e tiro a camiseta e me ajeito no carpete.

Estou profundamente ciente de cada movimento de Chase, e prendo a respiração quando ele sobe em cima de mim, posicionando o quadril bem na curva da minha bunda. Eu tento, sem sucesso, reprimir uma risada.

— Algo engraçado? — Ele afasta meu cabelo para o lado, as palmas das mãos abertas sobre meus ombros.

Bem, já que perguntou...

— É que quando imaginei a gente nessa posição, foi bem diferente. — Sorrio contra a dobra do meu cotovelo.

Ele congela, mas depois pigarreia de leve e começa a aplicar pressão em meus músculos.

Chase começa no alto e trabalha com as mãos conforme vai descendo, esfregando e massageando com os nódulos dos dedos. Eu nem tenho certeza de quanto tempo se passa comigo ali completamente relaxada, mas bem quando sinto que estou começando a adormecer, a mudança no toque de Chase me faz abrir os olhos.

É mais lento, quase forçado, como se tivesse que se lembrar do que fazer… ou, ouso dizer, do que *não* fazer.

O próximo movimento de Chase me faz pensar que talvez seja a última opção.

Devagar, e com um toque ligeiramente trêmulo, as pontas de seus dedos encontram minha pele conforme segura as tiras da parte de cima do meu biquíni.

Ele espera um pouco, como se eu fosse discutir, e então puxa.

Sua respiração sussurrante sopra ao longo da minha pele nua, e cerro os punhos com força para não me contorcer sob seu toque.

Eu já recebi uma massagem antes, de Brady e alguns outros, tudo por diversão em busca de relaxar, mas nunca quis que nenhum deles me despisse. Então, sim, é bem diferente.

Merda, não quero nem respirar com medo de afastar Chase.

Não há como negar que ele está agindo com maior descaramento. Desamarrar meu biquíni é a prova disso, assim como o jeito que empurra as alças de lado logo depois.

Ele arrasta as palmas das mãos ao longo das minhas costas sem nenhuma barreira para romper o contato de sua pele com a minha.

Praticamente me finjo de morta, deseperada pelo próximo movimento, enquanto digo a mim mesma que seu único propósito é facilitar a massagem: uma superfície lisa para deslizar.

Sua mão me deixa e ele se estica, um cobertor caindo sobre nós no próximo segundo. *Encobrindo-nos.* Meus olhos se abrem tão rápido que demora um pouco antes que eu consiga enxergar.

Minhas mãos estão entrelaçadas abaixo da cabeça, e os dedos cruvados de Chase tocam minha clavícula, deslizando suavemente até que encontrem o ponto mais alto de minhas costelas. Suas palmas se abrem ali, seu toque é leve, e o movimento não se parece nem um pouco com uma massagem.

É um toque por curiosidade.

É ele explorando a sensação da minha pele contra a palma de sua mão.

É tão emocionante quanto chocante.

Engulo em seco quando Chase baixa o corpo e seu calor paira acima de mim.

Tento me mexer, dominada por um desejo desesperado de me virar para ele, mas ele não permite. Sua testa se apoia entre minhas omoplatas, e ele balança a cabeça devagar de um lado ao outro.

Seu cabelo faz cócegas na nuca e eu estremeço abaixo dele. Meus pulmões se expandem, famintos, e solto com dificuldade uma respiração entrecortada pelo nariz, e inspiro rápido quando lábios quentes e úmidos encontram minha coluna.

Meus olhos se fecham e, depois sinto outro beijo.

— Chase. — Soa quase como um gemido, e arfo quando seus lábios roçam meu ouvido.

— Shh... — sussurra, a ponta do nariz deslizando ao longo da minha mandíbula. — Me diz para parar. Não sei o que estou fazendo...

— Você está indo bem.

Seu corpo treme com uma risada baixa, e então suas mãos estão do meu lado, deslizando aos poucos até as pontas de seus dedos alcançarem a lateral dos meus seios.

Ele se contrai, e depois suas mãos se afastam por completo.

Uso isso a meu favor, rapidamente virando meu corpo abaixo dele, meus seios nus ocultos sob sua camisa larga.

Ele não estava esperando por isso, e seus olhos se arregalam.

Chase começa a negar com a cabeça, um flash de pânico recaindo sobre ele, e ofereço um sorriso sutil.

Por favor, não fuja...

Suas sobrancelhas franzem quando contempla como acabamos aqui, então eu dou a ele um empurrãozinho disfarçado de rendição.

Inclino a cabeça para trás, deito-me e afasto o travesseiro, esticando o queixo um pouco para expor o pescoço, deixando para ele decidir o que fazer – caso faça algo, é claro.

Seu pomo-de-adão sobe e desce ao engolir em seco e, após um momento de hesitação, ele aninha o rosto na curva do meu pescoço.

Ele não se move a princípio, o calor de sua respiração gerando um latejar entre as minhas pernas, mas, pouco depois, ele exala profundamente.

Eu me contorço quando sua língua encontra minha pele, saboreando, quando seus lábios pressionam minha clavícula.

Rapidamente, antes que ele tenha tempo de se opor, arrasto as mãos sob sua camiseta, e tudo se agita dentro de mim quando sinto os músculos travados de seu abdômen.

Já sequei com o olhar esses músculos centenas de vezes, imaginei explorá-los em outras milhares, mas não tenho certeza se acreditava que algum dia teria a chance de delinear com as pontas dos dedos os entalhes de cada gominho.

Chase se afasta, só um pouco para encontrar meu olhar, seu rosto estampando a mesma expressão tensa de antes.

Ainda assim, sorrio como se dissesse que "eu o desafio a seguir meu exemplo", pois está claro que ele está lutando contra si mesmo, tentando decidir se está ou não tudo bem. O que é certo ou errado. Em que ele baseia suas decisões, não faço ideia, mas o ajudo segurando uma de suas mãos na minha e a coloco na curva esquerda das minhas costelas, logo abaixo do peito. Deixo para ele decidir o que quer fazer a partir dali, enquanto imploro com os olhos para que ele me toque.

Ele leva a boca ao meu ouvido, sussurrando:

— Você não pode me olhar assim. Estou tentando...

— Pare de tentar. Seja o que for, só... pare.

Ele ri, mas sua expressão confusa volta e, na velocidade de um caracol, ele desliza a mão um pouquinho para cima. Minha respiração acelera e corro as mãos de seu abdômen para as costas, trazendo-o para mim.

Seu polegar encontra o volume do meu peito, e meus lábios se abrem com um gemido baixo.

Infelizmente, no segundo em que o som me deixa, os olhos de Chase se arregalam, suas mãos somem do meu corpo e ele desaba no espaço ao meu lado.

Incapaz de encontrar meu olhar, ele me entrega minha camiseta, saindo devagar debaixo da coberta, mas fico com raiva e me sento, deixando essa droga cair na cintura.

Brady ainda está de frente para as almofadas, então finjo que não ligo se alguém entrar e visto a camiseta sem pressa.

Fico de pé, martelando o piso de madeira com os pés descalços ao ir para a cozinha.

Pego água na geladeira e, quando a fecho, Chase está bem ali, franzindo a testa.

— Você está brava.

Alguém, desde a existência da humanidade, *gosta* de mudanças repentinas?

Passo por ele, mas ele agarra meu braço, me girando de volta.

— Não fique chateada. E se Brady acordasse? — diz, baixo. — E se Mason entrasse?

— E se você descobrir o que quer sem se preocupar com outras pessoas?

Sua boca se abre, mas nada sai, e ele abaixa o olhar.

— Certo. — Eu me viro e subo as escadas, me trancando no quarto.

Encosto a cabeça na porta e fecho os olhos, sem querer que as lágrimas escorram.

Minhas esperanças estão altas mesmo, e a culpa é minha.

Chase está sendo brincalhão, forçando um pouco os limites, e eu devo muito bem ser a maldita de uma intimidadora. Preciso deixá-lo definir as jogadas e, mesmo que eu esteja frustrada neste momento, algo me diz que ele o fará.

Tudo o que sei é que estou pronta para quando ele estiver.

Não importa quando. Não importa como.

CAPÍTULO 9

ARIANNA

— Com uma tacada no buraco um, baby! — Cam levanta as mãos sobre a cabeça, vitoriosa.

— São três seguidas! — grita Brady, cruzando os braços, fazendo beicinho. — Você está trapaceando.

Todos riem, e Mason dá um tapa nos ombros do grandalhão.

— É sempre a mesma merda, meu chapa. Por que acha que minigolfe é sempre ideia dela? — Ele sorri, curvando-se quando Cameron levanta o queixo com um sorriso.

— Está tudo bem, baby Brady — provoca. — Todos nós sabemos que você é o melhor atleta de todos nós.

Dou risada, e um hálito quente encontra meu ouvido.

— Essa risada significa que concorda?

Eu me viro para lançar um olhar ao Chase, mas ele já está se afastando, os lábios curvados em torno da garrafa de água, e fico nervosa.

Ele sabe que ainda estou olhando para ele e...

— Payton — Parker fala, devagar, tão devagar quanto seu corpo levanta do banco ao meu lado como se estivesse se aproximando de um animal ferido e temesse que ele corresse. — O que aconteceu?

Todas as nossas cabeças giram em sua direção, os tacos caindo das mãos de nossos garotos quando correm atrás de Parker.

Ela não emite nenhum som, mas quando sua cabeça se levanta da tela de seu telefone, as lágrimas correm livres, rápidas.

Desolada, ela não pisca e, quando olha para o irmão, não tenho tanta certeza de que ela o vê.

— Payton. — Lolli tenta desta vez, parando ao lado dela, e, gentilmente, curva o pulso de Payton, para que ela possa ver a tela. Assim que confere, ela se vira para Parker, com raiva.

— Ele se foi — diz Payton, a voz assustadoramente desprovida de emoção.

— Quem se foi? — pergunta Mason, cuidadoso, se aproximando devagar.

Payton ergue seus olhos para os dele, a tensão emoldurando suas feições. Ela balança a cabeça, entrega o telefone a ele e corre em direção à saída.

— Porra. — Lolli joga sua bebida para Nate e corre atrás dela, enquanto Mason se abaixa para pegar o telefone.

Ele inclina o corpo na direção de Parker, os dois lendo a tela ao mesmo tempo.

Mason o enfia na mão de Parker, virando-se para olhar na direção em que Payton desapareceu.

— Lolli está certa. — Ele balança a cabeça. — Porra.

— Fala, cara. — Nate olha para Parker.

Os ombros de Parker se envurvam, em derrota, e ele olha para o telefone mais uma vez.

— O funeral. Eles já fizeram. Não podiam ser honrados por um minuto e permitir que a garota carregando o bebê dele estivesse presente.

Meu Deus.

— Como tem certeza? — Cameron roe as unhas.

— Mase…

— A vaca da mãe dele mandou para ela uma foto do funeral. — Mason se vira para nós. — O caixão enterrado e tudo mais.

Arfo, cobrindo a boca com a mão.

— Puta merda — sussurra Cameron, vira-se para mim e envolve os braços nos meus.

— O que nós faremos? — pergunto ao Parker.

Ele balança a cabeça.

— Não sei. Não sei o que podemos fazer. Lolli contratou alguém para investigar, mas ele era menor de idade, e sua família deve ter gastado muito para manter tudo em segredo.

— Sim, aposto, cacete. — Nate franze a testa. — Também ia querer manter em segredo o máximo dessa merda possível, se meu filho mais velho fosse o motivo da morte do meu filho mais novo. Por que continua culpando Payton e não a ele, não consigo entender. — Ele joga o refrigerante da Lolli no lixo e tira do bolso as chaves de seu Hummer. — Vamos. Vamos levá-la para casa.

Assentindo, seguimos atrás deles, entro em silêncio no Tahoe do Mason, e menos de dez minutos depois, estacionamos na frente da casa de Lolli.

O rosto de Payton está estoico quando desce.

Ela não olha para ninguém, com as mãos rígidas ao lado do corpo enquanto segue o irmão para dentro de casa, indo direto para o quarto.

A porta do quarto é fechada com movimentos calmos, mas no segundo em que a porta se fecha, cada um de nós congela quando os gritos angustiados de Payton ecoam no corredor, ricocheteando nas paredes ao nosso redor.

Ficamos parados, olhando uns para os outros, impotentes, por bem mais de uma hora. Lolli faz café e nós andamos pela casa, sobressaltados cada vez que suas explosões repentinas chegam aos nossos ouvidos.

— Isso não é bom para ela. — Chase balança a cabeça, a preocupação estampada em seu rosto.

Estendo a mão, apertando a dele, e Mason esfrega as mãos no queixo.

Lolli pede licença, saindo para a varanda – ela não se dá bem com emoções, mas está aprendendo, e o homem que a ensinou a amar a segue.

Mordo meu lábio interior, a perna não para de pular.

Se fosse eu, estaria implorando por minha mãe, mas Payton não tem ninguém que se importe. No entanto, imagino que poderia se beneficiar de um carinho agora, e minha mãe é a melhor mulher que conheço para isso. Então, não hesito em ligar para ela, mas não passo da primeira frase, pois descubro que meu irmão foi mais rápido do que eu.

Olho para ele, e como se soubesse o que eu ia dizer, ele diz, rouco:

— Eles já estão a caminho.

Aceno com a cabeça e ele suspira, aproxima-se e me envolve com os braços.

— Ela vai ficar bem?

— Sim — afirma, soando tão inseguro de sua resposta quanto eu.

— Que mãe esconderia uma coisa dessas?

— Ela não é mãe. — Meu irmão está furioso. — Ela é uma megera sem coração. Payton está carregando um pedaço do filho daquela mulher. Ela deveria estar adorando a garota, implorando por perdão por tratá-la feito lixo durante todo o relacionamento. Ela não é mãe — repete.

Essas são as últimas palavras ditas por várias horas até que, enfim, meus pais batem à porta.

Nate os recebe e eles dão uma rodada de abraços.

Parker responde às perguntas que pode e mostra a minha mãe o quarto de Payton, onde ela fica pelo resto da noite, e meu pai na cozinha preparando algo.

As horas se passam, pegamos no sono para acordar a cada tantos minutos, uma inquietação em todos nós.

Por volta das quatro da manhã, meu pai sacode meus ombros e meus olhos se abrem.

— Vamos, querida. Vou levar vocês para casa.

Começo a negar, mas ele dá um aceno severo, então eu me levanto, encontrando os outros ao redor fazendo o mesmo.

Meu pai nos leva embora, estacionando no meio-fio. Ele se vira, apertando minha mão.

— Durma um pouco, querida. Comeremos no Nate por volta do meio-dia. Ligaremos para vocês, tá bom?

— Se ela quiser que a gente volte...

— Eu aviso. Acho que ela só quer ficar sozinha um pouco.

— Mason está acampado do lado de fora da porta dela.

— Bem, Mase é Mase. Só temos que deixá-lo fazer o que acha que precisa fazer.

— Você o traumatizou quando nos contou da morte de tia Ella.

Ele concorda.

— Você pode estar certo, mas tinham acabado de começar a andar de bicicleta e perambular pelos bairros, então precisavam saber como era perigoso.

— Foi difícil depois que ela morreu?

Seu sorriso é triste.

— Sim, querida, foi. Fiquei anos sem andar de bicicleta e, quando chegou a hora de tirar minha habilitação, fiquei com muito medo de dirigir, pensando que poderia bater em alguém como alguém bateu nela.

— Seus pais não deveriam ter te culpado — resmunga Brady, do banco de trás. — Não foi sua culpa, tio E.

Meu pai suspira, dando um ligeiro aceno de cabeça.

— Eu sei, filho, mas a morte é difícil para as pessoas, e você não sabe bem como vai lidar com isso até que aconteça. — Seus ombros parecem ceder, mas ele ergue o queixo. — Entrem. Nos veremos amanhã.

Com isso, nós quatro entramos.

Todos se jogam nos sofás, mas saio em silêncio pela porta dos fundos, caminhando até o cais. O sol ainda está escondido atrás do horizonte, mas logo nascerá.

Ando até onde a água encontra os postes de madeira, tiro os sapatos e mergulho os pés na água fria.

Sempre foi um lugar tranquilo para mim – o mar, tão cheio de possibilidades e esperança.

Sempre amei como, embora nada mude aqui, também nunca é o mesmo. As ondas variam minuto a minuto. As faixas de areia se dobram e depois se curvam. É uma verdadeira maravilha, o mar. Forte e dominante, mas suave e frágil, como as conchas quebradas empurradas para a superfície, só para serem arrastadas pela maré. As imperfeições estão ali, mas escondidas, enterradas. Só quem estiver disposto a cavar mais fundo descobrirá as falhas do mar.

Com um suspiro suave, fecho os olhos, ouvindo o barulho das ondas à minha frente, e inspiro tanto quanto meus pulmões permitem. Os fios salgados no ar atingem minha garganta, e a sensação sufocante que me atormenta começa a desaparecer.

Hoje foi terrivelmente trágico e serve como mais um lembrete de que não importa as escolhas que fazemos, qualquer coisa pode entrar e agitar nossas vidas a qualquer momento. As chances são de que nunca iremos prever nada, e isso é aterrorizante.

Penso em minha família e amigos, em meus sonhos pessoais e na vida que desejo para mim no futuro. E então penso nisso sendo roubado de mim, assim como foi de Payton. Como se as ondas estivessem roubando a areia debaixo dos meus pés neste exato momento com sua luta pelo domínio, deixando o chão instável abaixo de mim, de repente, tão instável quanto parece o mundo ao meu redor.

Talvez seja dramático ou bobo, mas as lágrimas enchem meus olhos quando se abrem para contemplar o brilho da lua refletindo ao longo da superfície do mar, desaparecendo cada vez mais à medida que se aproxima da costa.

As ondas quebram mais alto agora, o frio queima minha pele, mas não me afasto e, no momento seguinte, alguém para do meu lado.

Não preciso olhar para saber quem é. Os dedos gelados de Chase tocam os meus, e as lágrimas escorrem dos meus olhos.

— Como aquela mulher pôde fazer isso com ela? — Balanço a cabeça. — Ela o amava e, pelo que ouvimos dizer, ele odiava a mãe. Como ela pôde negar à única pessoa que significava o mundo para ele a chance de dizer adeus? — Minha voz falha. — Ela está carregando o filho dele. Seu neto.

— Não sei. Não consigo imaginar — ele mal sussurra.

— Espero que ela tenha tido a chance de dizer todas as coisas que queria. Que devastador se não conseguiu. — Engulo em seco. — Meu pai não teve. Sua irmã tinha apenas dez anos. Deus, a vida é...

— Imprevisível… — Seu tom pensativo atrai meus olhos em sua direção. Um leve franzir de cenho aparece em seu rosto. Bem devagar, seus olhos verdes se erguem para os meus, e sua mão os acompanha e toca minha bochecha com delicadeza.

As vias aéreas em meus pulmões se contraem quando sua palma desliza mais alto, as pontas de seus dedos agora perdidas em meu cabelo.

Devemos ter nos virado, porque a próxima coisa que sei é que estamos de frente um para o outro, a claridade da lua criando um brilho suave no lado direito de seu belo rosto.

— Ari… — suspira, sua garganta se move ao engolir em seco, seus dedos se contorcem contra minha pele gelada. Ele solta um palavrão baixo, mas não recua.

Chase não me solta.

Na verdade, sua outra mão sobe para tocar a bochecha esquerda e seus lábios se abrem.

É óbvio que ele está lutando para aceitar o que quer que esteja passando por sua cabeça, e isso é compreensível. É como eu disse, foi um dia longo e difícil.

Eu deveria ficar e esperar por ele, dar todo o tempo que precisa, estar aqui quando estiver pronto para falar as palavras que se encontram na ponta da língua; a língua que desliza ao longo do interior de seu lábio, como se estivesse lutando para escapar, mas é forçada a permanecer escondida.

Mas não consigo… não com ele tão perto e não quando seus olhos estão escurecendo a cada segundo, me atraindo e me afogando sem uma única palavra dita.

Então, tomo uma decisão que me beneficia.

Fico na ponta dos pés e pressiono os lábios nos dele.

Chase suspira em minha boca e começo a me afastar, mas quando meu corpo desliza para trás, as mãos de Chase se afundam em meu cabelo. Ele acaba com o espaço entre nós.

Ele me beija e, desta vez, não para.

Sua língua mergulha em minha boca, explorando mais fundo, e eu amoleço em suas mãos.

De alguma forma, em algum momento, nós nos movemos em direção ao nosso deque, porque a próxima coisa que eu sei é que meus braços estão descendo, nossas camisetas sumiram há muito tempo e nossas mãos estão vagando um pelo outro de maneiras estranhas. Minhas costas encontram a areia fria, estou com nada além do sutiã e da calcinha. Um arrepio percorre meu corpo, mas então ele se acomoda entre minhas pernas, seu corpo quente aquecendo o meu por cima.

Sua pele é macia, seu corpo duro, assim como a protuberância sob seu jeans, jeans que meus dedos cuidadosamente deslizam para baixo.

Abro o botão e Chase não protesta.

Ele não afasta os lábios dos meus quando liberto o seu corpo, erguendo meus pés para ajudá-lo a se livrar da peça de roupa.

Minha calcinha é a próxima a sair.

Sem perder tempo, empurro meus quadris contra os dele, esfregando-me nele, e Chase geme, afasta-se dos meus lábios e pressiona minha bochecha e mandíbula, estabelecendo-se na curva do meu ombro.

Eu rebolo, e ele murmura um palavrão. Um súbito desejo de senti-lo toma conta de mim, então alcanço entre nossos corpos. Eu o agarro, queria que minha mão parasse de tremer.

Cada músculo de seu corpo congela, incluindo seus lábios.

Seu olhar tenso encontra o meu.

Seus olhos verdes estão me implorando para parar enquanto suplicam para que eu deixe isso acontecer, para continuar.

Ele não sabe que pensei nisso por anos, até sonhei com isso?

— Eu quero — sussurro. Acalmando as linhas de preocupação em sua testa com uma mão, segurando-o com mais força com a outra. Não desvio o olhar do dele. — Quero você.

Não sei se é a certeza ou o desespero em minha voz que o impulsiona, mas ele se ajoelha, pegando seu jeans descartado.

Ele tira uma camisinha, focando os olhos em mim quando abre a embalagem, ele me vê o observando enquanto se cobre.

Fico nervosa, meus músculos tensos, mas respiro fundo e a ansiedade diminui quando ele se acomoda sobre mim de novo, suas mãos afundando no meu cabelo.

Seus olhos hesitantes e temerosos pedem permissão uma segunda vez, e respondo levantando os quadris, forço a ponta dele dentro de mim. Ele geme, e deslizo as mãos por seu corpo até que estou segurando seu rosto. Corro o polegar ao longo de seu lábio inferior.

— Por favor — murmuro.

Chase cede.

Ele geme, e prendo a respiração quando me penetra lentamente.

Cerro os dentes, engolindo o silvo doloroso que ameaça escapar e, felizmente, ele abaixa a cabeça na curva do meu ombro. Meus olhos se fecham, meu aperto nele aumenta conforme ele empurra tudo para dentro.

Ofego, meu quadril travado, e ele beija minha pele.

Arde mais do que dói – é preciso se acostumar com a pressão desconhecida.

Chase começa a balançar, agradável e lento, puxa para fora e empurra um pouco mais a cada vez. Ele se move como se estivesse seguindo o som das ondas quebrando abaixo de nós. Espelho seus movimentos e um gemido baixo me escapa.

Abafo a leve ardência e me concentro no inchaço dele dentro de mim.

Fecho os olhos e me perco no homem de cabelo castanho e olhos verdes acima de mim.

Chase beija ao longo da minha mandíbula, a palma da mão sobe e desliza sob o sutiã que nunca tiramos.

Ele aperta, o polegar roçando o mamilo, e começo a tremer embaixo dele.

Sua respiração acelera, sussurros curtos deslizam por seus lábios, criando arrepios onde sopra ao longo da minha pele. Ele geme.

Meu centro se contrai, e sei que vou gozar.

As estocadas de Chase aceleram, seus gemidos se tornam mais profundos, e quando ele geme meu nome, bem contra a cavidade da minha orelha, eu explodo.

Meu corpo dispara, minha boceta trava em torno dele enquanto pulsa dentro de mim.

— Ari… — sussurra na noite, mais uma vez, e meus lábios se curvam em um sorriso.

Passo as mãos por seu cabelo e, quando meu corpo amolece na areia, o peso do homem por quem estou apaixonada toma conta de mim.

Fecho os olhos, gravando em minha memória cada segundo disso ao som das ondas do mar, tarde da noite.

Suspiro satisfeita e exausta, sei que nunca vou esquecer esta noite.

Não tinha ideia do quanto eu ia querer isso…

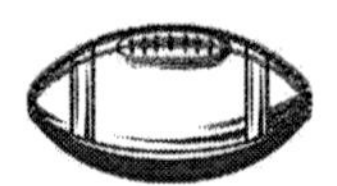

CHASE

Ari puxa o cobertor sobre os ombros, a cabeça se mexe no assento de vime para me olhar.

Sorrio, esticando as pernas em cima da pedra da fogueira.

— O fogo está diminuindo. Coloco mais graveto?

Ela balança a cabeça, sem tirar os olhos de mim.

— Eu podia nos trazer alguns…

— Mas que *porra* é essa?

Dou um pulo em pé tão rápido que meus pés se enroscam no cobertor e tropeço, minha mão dispara rapidamente para me segurar no encosto da cadeira.

Meus olhos disparam para Mason.

Sua mandíbula está cerrada e ele se inclina para frente, pegando o cobertor e enrolando-o em suas mãos.

— Ari — diz ele, entredentes. — Levanta.

— Mase, qual é — argumenta ela.

— Não — sussurra.

— Só estamos sentados aqui, mano. Não é nada. — Balanço a cabeça, e só depois que as palavras saem de mim é que percebo que foram as erradas.

De soslaio, vejo a cabeça de Ari virar em minha direção.

A inquietação toma conta de mim quando ela se levanta sem pressa, pega o cobertor das mãos de Mason e entra pela porta dos fundos.

Ergo os olhos para Mason quando ela passa perto de mim.

Ele abre a boca, mas depois a fecha, balança a cabeça e sai furioso.

Caio de volta na cadeira, enterrando os rosto nas mãos.

Porra!

CAPÍTULO 10

ARIANNA

Quando minha avó morreu, foi inesperado. Mesmo sabendo que ela estava doente, sabendo que os tratamentos não estavam funcionando e que a droga estava tomando conta de seu corpo, *eu* não esperava. Não quando no dia anterior ela estava acordada e viva, sorrindo, aparentemente se sentindo melhor ou bem… diferente de todos os outros dias nos seis meses anteriores.

Acho que essa foi a revelação – a bandeira branca da rendição. Aquele dia perfeito de risadas e sorrisos e lembranças que ela nos deu. Que *ela* se deu. Esse foi seu último dia forte, feliz e completo antes de se juntar ao meu avô.

Talvez essa devesse ter sido minha primeira pista, a felicidade desinibida e o alívio que senti há menos de duas horas, quando Chase foi meu por aqueles poucos minutos na areia.

Foi perfeito e importante, e Chase não era aquele cara. Nunca transaria comigo, para depois me descartar. Claro que ele pega todas tanto quanto Mason, e não tanto quanto Brady, mas jamais faria isso comigo, com nossa amizade. Não quando sabia como eu me sentia. Posso nunca ter soletrado em letras garrafais e destacadas, mas ele sabia. Ele tinha que saber.

Ontem à noite, ou pela manhã, dependendo do ponto de vista, nós nos vestimos e fomos para casa. Chase trouxe um cobertor, acendeu a fogueira e ficamos sentados sob as estrelas, curtindo a companhia um do outro, observando a lua desaparecer com o nascer do sol.

Cerca de vinte minutos depois do amanhecer foi quando Mason voltou para casa.

Eu não me mexi, mas Chase saltou três metros de altura.

Estávamos só sentados perto, nossos corpos se tocando, mas não enrolados um no outro. Acho que o fogo e o nascer do sol fizeram com que parecesse mais íntimo do que parecia, e talvez fosse um pouco demais pela primeira vez que ele viu Chase e eu juntos. Mas por outro lado, eu me deito com Brady o tempo todo e, embora Mason faça um comentário, ele não se descontrola como faz quando se trata de Chase.

Ele não confia nele?

Ele não confia nele comigo?

Tudo estava tão perfeito quanto possível antes disso. Eu finalmente tive o que queria há tempo – aquele momento perfeito com a pessoa perfeita. Tudo foi perfeito.

No entanto, aqui estamos nós, na manhã seguinte, olhando um para o outro através de uma fogueira bem diferente.

Estamos sentados no deque, e Chase está me avaliando, uma expressão dividida estampada em seu rosto conforme me implora para entendê-lo quando ainda não disse uma palavra.

Não que pudesse agora, e por isso, agradeço porque ele não precisa dizer nada para eu saber exatamente o que vai sair de sua boca se tentasse.

Como prometido, fomos até a casa de Nate, onde nossos pais prepararam um banquete gigante para nós. A intenção é levantar nosso ânimo, mas o tom é solene, então posso me esconder um pouco atrás da mágoa que todos sentimos pela jovem que ainda não saiu de seu quarto esta manhã.

Meu irmão se junta a nós nos fundos, esfregando o rosto com as mãos quando se joga ao meu lado.

— Como ela está? — consigo sussurrar, obrigando-me a manter o foco em meu irmão.

Mason suspira.

— Ela disse que está bem, mas vai saber. Parker disse que ela é do tipo que "sofre em silêncio", então acho que está mentindo. Ela está segura e onde pertence, portanto, acho que está sendo bem-cuidada. Ela deixou Lolli entrar, acredito que deve ser um bom sinal.

Concordo com a cabeça, e ele recosta a dele no meu ombro, fechando os olhos por um momento. O meu olhar passa rápido por entre as chamas.

As sobrancelhas de Chase se franzem tanto que quase se tocam, e seu olhar abaixa.

Estremeço com a dor literal que dispara em meu peito, e a cabeça de Mason se vira na minha direção.

Ele franze a testa na hora, e sei que meus olhos estão chorosos, mas ofereço um sorriso tenso, que ele se convence de que é pela dor que nossa família está passando.

Minha mãe sai, com as mãos cheias, mas recusa ajuda quando coloca uma travessa na mesa de piquenique que meu tio Ian fez de presente para Lolli e Nate. Depois de servir nossos pratos, algo que sei que ela vai sentir falta, meu pai os entrega onde nos sentamos.

A refeição é mais ou menos feita em silêncio, ou se há conversa, não presto atenção, perdida demais nos sussurros em minha própria cabeça para ouvir qualquer coisa ao meu redor.

Um pouco depois, todos estão se isolando de novo e minha mãe comete um deslize. Ela me abraça, em silêncio compartilhando algo comigo, mas também passa despercebido.

A próxima vez que olho para cima, estamos a sós de novo, Chase e eu, seu prato intocado diante dele.

Ele não se moveu.

Queria que tivesse.

Gostaria que fosse embora, mas já sei que não será assim.

Ainda mais que seus olhos estão fixos em mim, de novo ou focados... não sei, mas quero que desvie o olhar porque não aguento, e está me matando aos poucos por dentro.

A expressão perturbada e atormentada olhando para mim agora, implorando para que eu entenda, não deveria estar ali.

Eu deveria estar olhando nos olhos de um homem determinado e resoluto, pronto para saltar montanhas, tombar e cair enquanto nos levantamos outra vez até encontrarmos uma base firme no topo. Juntos. É assim que o amor é, certo?

Uma confusão de emoções?

Um passeio turbulento?

Uma experiência emocionante?

Mas quem diabos sou eu para dizer o que é o amor?

Tudo o que sei é o que vi de meus pais, e isso aqui não é nada disso.

É agonizante.

Olhando para ele agora, para o movimento da chama refletindo naqueles olhos verdes, ambos sombrios e desanimados, eu me pergunto se estou sendo injusta.

Chase e eu ainda não havíamos chegado a um ponto de partida, então esta manhã aconteceu.

Nossas emoções estavam desorientadas. Estávamos magoados e confusos, focados na perda e perdidos em dúvidas. O momento falou mais alto.

Passamos da atração ao sexo na praia sob a lua brilhante.

De zero a cem – *bem rápido.*

Quero sorrir com a minha incapacidade de bloquear as letras da minha cabeça, mas não consigo encontrar em mim essa minha característica agora.

A certeza da situação é clara. Só um tolo negaria o que é mais do que óbvio, e é isso que significa mais do que admito para mim mesma, deve ter significado muito menos para ele.

Sei que Chase sentiu algo, assim como sei que é sofrido para ele, também. Um tipo diferente de sofrimento, mas doloroso mesmo assim.

Sempre me perguntei se era melhor não arriscar, mas agora sei que é verdade.

A realidade é triste.

Estou triste, mas vou ter que superar, porque como meu irmão tem tentado me dizer, manter nossas amizades próximas é mais importante do que qualquer coisa.

Não fizemos promessas; não pedi mais dele antes de dar tudo a ele, e isso é responsabilidade minha. Suportarei o fardo se significar que posso mantê-lo de alguma forma.

Com esse pensamento em mente, inspiro, oferecendo um sorriso suave para o homem à minha frente.

É como se ele estivesse prendendo a respiração, quando uma rajada de ar sai de seus lábios, e se levanta, vindo até o espaço vazio ao meu lado.

Seu olhar dispara para o meu.

— Arianna…

— Eu sei — afirmo, engolindo o nó na garganta, incapaz de manter os olhos secos. — Não precisa dizer nada.

Suas feições ficam mais tensas.

— Eu me sinto um idiota. Sabia o que estava fazendo e… eu queria. — Ele olha nos meus olhos, e eu vejo a sua verdade. — Eu queria *você*, Ari. É só que, eu não sei. Não pensei. Só agi. — Sua cabeça se vira, frustrado. — Sinto que estou te sacaneando, como se estivesse tratando você como se não fosse importante para mim quando é.

— Chase. — Luto muito para evitar que minha voz falhe. — Olhe para mim.

Ele olha, mas apenas com os olhos, como se a ideia de me encarar fosse demais.

— Eu sei muito bem disso. — O lado esquerdo da minha boca se ergue em um sorriso triste, uma lágrima escorrendo pela bochecha. — Você foi bom para mim. — Coloco a mão trêmula em seu joelho, com medo de tocá-lo, mas precisando que me ouça. — Não me arrependo.

Ele me avalia, em busca de sinceridade, mas seu aceno é incerto.

— Você não é uma garota qualquer, Ari. Você é mais que isso. Você é muito… muito importante. — Meu coração me dá um soco nas costelas, e eu gostaria que ele se levantasse e fosse embora, parasse de falar ou algo assim, mas continua: — Eu nem sei o que aconteceu — sussurra, sério. Arrependido. — Estávamos parados ali no escuro, seu cabelo ao vento, e você… estava tão linda, Ari. E triste. — Cerro os dentes para evitar que um soluço escape. — Tudo com Payton, não sei. Tinha que te beijar. E quando fiz isso, não consegui parar. — Ele engole, e eu uso todas as minhas forças para não desviar o olhar.

Chase volta sua atenção para o chão, e eu me preparo, acrescentando mais alguns pregos no órgão batendo atrás do peito para mantê-lo sob controle, porque sei o que está por vir. Eu sei o que ele está prestes a dizer, e vai doer como nunca.

Olhos verdes suaves se erguem para os meus, e as unhas fincam nas minhas coxas, focando na dor física ao invés da tortura emocional que ele está prestes a infligir.

E ele conclui.

A voz de Chase é baixa e arrependida quando sussurra palavras que jamais esquecerei.

— Foi um erro.

Suspiro por dentro.

— Não sei, Ari. Talvez se as coisas fossem diferentes, eu… nós…

É tudo que sou capaz de aguentar, porque as coisas poderiam ser diferentes. As coisas *seriam* diferentes… se ele quisesse.

Mas no fim das contas, os fatos são claros.

Sou muito importante para Chase, mas sua amizade com meu irmão significa mais.

E tudo bem.

Sei disso há anos. E continuarei a saber nos próximos anos.

Espero que a dor não dure tanto quanto a esperança.

Eu me levanto, mal conseguindo forçar um sorriso.

— Vou para casa com meus pais hoje à noite.

Ele está de pé no próximo segundo.

— Não…

— Tenho que ir, Chase — interrompo. — Estou bem. Eu só… — *Não posso ficar perto de você.* — Preciso ir. — *Preciso descobrir como vou conseguir encarar você depois disso.*

— Tá, tudo bem — diz, baixinho, cabisbaixo. — O que vai dizer ao Mason quando perguntar por que está indo embora?

Uma centelha de raiva queima em meu peito, mas eu a afasto.

— Não sei, mas depois de ontem à noite, tenho certeza de que ficará feliz em me ver partir.

Começo a descer os degraus, os dois sabendo que minhas palavras não são verdadeiras. Meu irmão vai ficar chateado, com raiva até, mas não posso ficar naquela casa com Chase no final do corredor por mais um dia.

À beira do deque, as palavras sinceras de Chase chegam até mim, mas não me acalmam como ele pretendia.

— Não quero perder você. Pode não parecer agora, mas você significa muito para mim, Ari...

— Sim. — Respiro fundo, enquanto a minha cabeça sussurra: *mas não o suficiente.*

Mais tarde naquela noite, quando atravesso a rua para entrar na caminhonete do meu pai, faróis chamam minha atenção de um quarteirão abaixo, me cegando. Ergo a mão para proteger os olhos e tentar ver melhor, mas então a luz se apaga, e não vejo nada além de escuridão outra vez.

Subo no banco de trás, fecho os olhos e torço muito para que, quando chegarmos a Avix, seja como se nada tivesse acontecido.

CAPÍTULO 11

ARIANNA

— Onde você está, menina!

Segurando um suspiro, deixo minha caneta cair dos dedos e uso a interrupção do momento para me alongar. Não me dou ao trabalho de responder à chata e irritante Cam, sei que vai enfiar a cabeça no meu quarto a qualquer segundo, e é o que acontece.

— Ei! — Ela cai de cara na minha cama, rolando de bruços para me encarar, seu sorriso revelador demais.

Desconforto me deixa tensa, mas tenho me aperfeiçoado em disfarçar, tanto que ela não parece notar mais.

Cam sacode as sobrancelhas.

— Nós vamos sair.

Forço uma risada, pegando a caneta.

— Não posso esta noite. Tenho de estudar.

Ela agarra meu travesseiro, rosnando dramaticamente.

— Ari, vamos. Estamos na terceira semana do semestre e você ainda não saiu comigo. Entendo que quer ficar em dia com as aulas, mas, merda, nós deveríamos estar vivendo as experiências juntas, e você continua me abandonando, me fazendo parecer a carroça abandonada.

Arqueio uma sobrancelha.

— Você sabe, né? — fala, exasperada. — A última carroça perdida no fim do comboio. Somos três caras e eu onde quer que vamos. Isso é uma merda! Preciso de outra vagina comigo para equilibrar as coisas um pouco.

Um pequeno sorriso surge em meus lábios, e balanço a cabeça.

— Você é uma idiota.

— Você me ama.

— Eu não vou.

— Por favor.

— Cameron, não posso. Tenho muita lição. — Não é bem uma mentira, mas ela sabe que é mais do que isso.

Ela fica quieta, suspirando enquanto se levanta. Caminha até minha cômoda, passando os dedos pelas fotos que cobrem a parte superior da placa de fibra de carbono barata, e pega uma dos meninos segurando nós duas no colo. Ainda com seus uniformes e recém-saídos de sua grande vitória no jogo do campeonato, estamos deitadas em suas mãos, sorrindo para a câmera.

Quase enfiei aquela na gaveta muitas vezes, mas não consigo fazer isso.

— O primeiro jogo da temporada regular é neste fim de semana, já sabe.

— Sim. — Engulo a queimação na garganta, evitando o olhar dela. Claro que eu sei.

Escrevi no meu calendário de parede meses atrás, sabendo que viria comigo, até circulei com canetinhas azuis e douradas.

Cam abaixa a foto, e me lembra do que eu já sei.

— Você vai deixar o Mason arrasado se não for.

No dia em que saí da casa de praia, Cam veio comigo e, embora eu soubesse de sua suspeita de que algo havia acontecido, esperei até irmos para o campus e só depois de uma semana que conversei com ela. Contei tudo e, como sabia que reagiria, ficou com raiva e, um pouco depois, chorou.

Eu não queria esconder isso dela, mas também não queria que meus próprios problemas internos criassem uma segunda barreira em nosso pequeno grupo. Precisou de meio pote de sorvete de menta e um fardo de cerveja para fazê-la largar seu desejo de morte por Chase e entender a situação: uma noite cheia de emoção que nos levou a um caminho sem volta.

Ninguém teve culpa e ninguém fez nada de errado. Simplesmente era o que era, e então acabou.

Chegamos a Avix duas semanas antes do início das aulas e, durante esse tempo, ela ficou grudada em mim parecendo a melhor amiga linda. Aos poucos, desfizemos as malas e decoramos o que seria nossa casa no próximo ano, fizemos caminhadas e fomos conhecendo a região.

Fomos ao cinema e saímos com algumas garotas do primeiro andar do nosso dormitório. Almoçávamos juntas nos intervalos. Ela me mantinha ocupada com tudo e qualquer coisa em que conseguia pensar e, na maioria das vezes, funcionava, mas assim que eu ficava sozinha no quarto, o sofrimento voltava. Ela sabia disso, e é por isso que não passamos um único dia dentro de casa desde o dia da mudança até a noite antes do início oficial das aulas.

Essa também foi a primeira noite em que os garotos tiveram um tempo livre.

Eles nos pediram para ir até lá, conhecer o lugar onde estavam e a seus amigos.

Cam estava tão animada, mas eu era exatamente o oposto. O pavor recaiu sobre mim e me senti presa.

Minha melhor amiga tentou não ir, mas não permiti. Eu a encorajei. Afinal, já se passaram dezessete dias desde que saímos com eles… desde aquele último dia na praia.

Mase ligava à noite e Brady forçava sua cara na câmera, mas Chase nunca fazia mais do que ficar em segundo plano e, por isso, eu estava agradecida.

Cam foi vê-los naquela noite e, embora eu não tenha pedido, sei que ela mentiu para meu irmão quando apareceu sem mim. Ela precisou, ou ele estaria na minha porta dentro de uma hora.

Mas isso foi no meio do mês e agora agosto está quase no fim.

Sua paciência está se esgotando e é compreensível. Eu vim aqui para viver com minha melhor amiga, e ela acabou sozinha enquanto tentava me tirar do estado cíclico de afogamento em minhas tristezas.

Não é que eu não quero ir, porque quero, e já me convenci disso mais vezes do que me lembro, mas nunca consigo dar esse passo. É frustrante, mas fisicamente não consigo suportar a ideia de vê-lo, e seria ingênuo supor que ele não estaria por perto. Com certeza estaria, e bem possível, com uma turma de garotas reunidas ao seu redor, como sempre estiveram.

Meu coração não aguenta.

Eu não aguento. Ainda não.

Cam disse que eu precisava sair, esquecer as coisas, mas como posso fazer isso quando ele está *sempre* por perto?

Já era torturante me forçar a manter nossa tradição de estudar nas arquibancadas enquanto treinavam, mas tenho que mostrar algum tipo de normalidade, ou meu irmão surtaria e exigiria respostas. Ele não tem ideia de como abordar as coisas em um nível normal; ele vai com tudo em um segundo, e isso é a última coisa que preciso, então, alguns dias por semana, Cam e eu sentamos nossas bundas nos assentos do estádio para fazer as lições enquanto os meninos trabalham no calor abaixo de nós. É algo que começou como uma saída para ficarmos "seguras" sob seus olhares atentos, e se transformou em algo que ansiavam. A cada boa corrida ou nova jogada, olhavam para cima com sorrisos, sabendo que receberiam um de nós.

Nunca fizemos muitas lições lá.

Um pequeno sorriso enfeita meus lábios, mas meu estômago embrulhando o rouba, e fico com raiva de mim mesma por causa disso.

Estou tão cansada de ficar triste.

O bom de manter a tradição aqui, se é que existe, é que os garotos também têm que ir para os vestiários depois. No colégio, eles levavam as bolsas para casa no final do dia, então era do campo para o carro. Aqui, porém, posso escapar antes de ser forçada a enfrentá-los, eliminando a possibilidade dos olhares desajeitados de Chase que me levariam a fazer algo embaraçoso.

Além daqueles dias a cinquenta metros de distância, vi Chase uma vez desde que chegamos. Foi durante nossos jantares de domingo obrigatórios juntos – uma precondição de nossos pais quando concordaram em nos hospedar nos dormitórios sofisticados em estilo estúdio.

Eles começaram a primeira semana de aula e, enquanto absorvia a dor que seus olhos distantes causavam, não consegui passar dos primeiros dez minutos, então menti. Eu disse que estava com dor de estômago e me tranquei no quarto pelo resto da noite. Achei que Brady iria arrombar minha porta porque, nem um minuto depois de todos entrarem, ele começou a me dar o que gostamos de chamar de "O olhar Brady", aquele que diz que "eu sei de algo, mas ainda não vou desmascarar você, por enquanto". Abençoado seja o seu coração.

Na semana seguinte, eu disse que meu grupo de estudo não abria mão do horário e que eu não podia faltar. Eu nem estava em um grupo de estudo, mas desde então, estou procurando por um.

A única razão pela qual não ouvi merdas por isso é, provavelmente, porque fui inteligente com minha ausência, encontrando horários em que sei que os outros estão na aula para me encontrar com meu irmão para o almoço ou me ajudar nas lições. O mesmo com Brady. Alguns dias o encontro em uma cafeteria, ou nos encontramos fora de nossas salas de aula e conversamos durante os pequenos intervalos antes da próxima aula.

Mas só um de cada vez, porque isso os levaria a perceber que falta uma ponta do triângulo. Não suporto isso. Ainda não.

É difícil quando você percebe que simplesmente não é suficiente para alguém, e é ainda mais difícil quando todos com quem está conectado também estão conectados a essa pessoa.

Embora não seja mais diariamente, às vezes, ainda choro baixinho até dormir à noite. Eu sei que é irracional, alguns podem chamar de drama, chorar por alguém que nunca foi mesmo seu, mas por mais clichê que pareça, meu coração dói como se fosse.

Ou talvez porque a realidade me obrigou àquilo naquela noite enquanto as ondas rolavam sobre meus pés, roubando mais do que apenas a areia debaixo de mim. Tudo o que pensei que um dia poderia ter, foi levado para o mar.

Minha segunda casa levou meu talvez, minha esperança e minha virgindade.

Quando pensava no futuro, a possibilidade do melhor amigo do meu irmão e de mim sempre esteve presente. Passei tantos anos com as mesmas imagens na cabeça que nem sei imaginar outra coisa. É tão doloroso quanto irritante.

Mas perder o primeiro jogo dos nossos meninos como atletas universitários?

Nunca faria isso.

Encontro o olhar de Cameron.

— Eu estarei lá.

Ela acena, inspecionando as cutículas, sua voz quase um sussurro:

— Ouço você algumas noites, sabe. — Seus olhos se erguem para os meus. — Você não é tão quieta quanto pensa.

Solto um longo suspiro.

— Estou bem, Cam. Prometo.

— Não posso te ajudar a esquecer se não me deixar tentar.

— Eu sei. — Desvio o olhar. — Mas isso cabe a mim e tenho que resolver sozinha. É o único jeito.

— Promete que vai se esforçar mais? — sussurra.

Meus lábios se curvam e ergo a mão, minha melhor amiga se aproxima para um rápido abraço.

— Prometo.

— Tá. — Ela me aperta antes de se afastar e vai até a porta. — Vou me preparar. Eu saio em vinte se mudar de ideia.

Concordo com a cabeça, apreciando Cameron ainda mais. Ela sabe que eu ficar em casa não tem nada a ver com as lições, e está permitindo, porque sabe que é disso que preciso.

Estava falando sério a respeito de tentar mais. Estou tão cansada disso e pronta para me livrar desse vazio que me consome, mas, apesar de nossa conversa, ainda recuso todos os seus convites nos dias seguintes, e quando a noite do jogo finalmente chega no próximo fim de semana, meus nervos estão à flor da pele.

Estou toda rígida, a dor em meus ombros é profunda por tê-los tão tensos que nem percebo. Estou pronta para chegar lá e, infelizmente, para que acabe logo.

— Depressa, piranha! — grito, andando pela entrada do nosso dormitório.

Respiro fundo, torcendo as mãos no ar, e depressa as abaixo de lado quando a porta de Cam é aberta.

— Calma, sua indecente, estou pronta.

Ela caminha pelo corredor, e não posso deixar de sorrir.

— Ai, você está tão bonitinha!

Ela tem os números de Chase e Brady escritos em suas bochechas com delineador e os de Mason pintados bem grandes em sua camiseta branca com tinta azul. Ela está usando os famosos shortinhos da Cam e sandálias gladiadoras de tiras douradas. Seu cabelo loiro está preso com grandes cachos soltos. Ela está linda.

— Espera, espera! — Ela gira, e o número quatro está escrito atrás. Ela me espia por cima do ombro. — Tinha que representar o Trey, também.

Rimos, e ela se vira para o longo espelho pendurado na parte de trás da porta, revirando os olhos quando eu a abro.

— Bem pensado. Agora vamos. — Eu a empurro para o corredor e seguimos para o elevador.

Lá dentro, Cam me analisa.

— Podia ter usado a jersey de treino do Mason ou algo assim.

Fecho a cara para o seu reflexo nas portas prateadas.

— Estou vestindo uma camiseta de futebol da Avix.

— Sim, com calça larga e suas velhas botas de neve para passear com o cachorro.

— Não comece.

Ela aperta o rabo de cavalo.

— Não vai para a festa com a gente depois?

— Não.

Ela rosna. Literalmente, e se vira para me encarar.

— Juro por Deus, Arianna Johnson…

A porta se abre e eu a silencio, mas ela me mostra o dedo do meio.

— Não me venha com “shh” pra cima de mim. Controle-se e saia! — sussurra, mas seu beicinho cede assim como a curvatura de seus ombros. — Chase estará lá, e daí?! Grandessíssima coisa!

Em pânico, olho ao redor, observando os olhares curiosos que recebemos conforme caminhamos pela área comum.

— Cameron, pare.

Seus olhos brilham com raiva.

— Que se danem essas vadias fofoqueiras. Até parece que eu ligo.

Dou um pulo adiante, plantando os pés na frente dela.

— *Eu* ligo, tudo bem? Não preciso que as pessoas saibam da minha vida!

— Que vida seria essa, porque a meu ver, você não tem nenhuma!

— Será que poderia parar e raciocinar por um minuto? Acha mesmo que eu quero ver as garotas se jogando em Chase, um jogador de futebol, no estádio do time, depois do primeiro jogo em casa do ano? — Minhas sobrancelhas se erguem.

Ela baixa o olhar.

— Quero ir ver meu irmão e meus amigos jogarem, e só. Encontre outra pessoa para ir ou supere isso.

— Tanto faz. — Ela franze os lábios, me estuda por um instante, depois passa por mim. — Mas, só para deixar claro, não vou parar de te chamar para sair, então *você* supere *isso*.

Um sorriso desliza em meu rosto, e passo pela porta que ela segura aberta para mim, um grande e falso sorriso em seus lábios rosados.

Só quando passamos pelo portão e chegamos nos nossos assentos no estádio é que me viro para Cameron.

— Só para deixar claro, não quero que pare de me chamar.

Ela me lança um olhar, mas algo paira em seus olhos, e ela acena, estendendo a mão para apertar minha mão.

— É só que você… estou preocupada, sabe?

Engulo o nó na garganta.

— Eu sei.

Ela funga e endireita a coluna.

— Tudo bem, acha que a gente consegue convencer aqueles caras ali a nos pagarem uma cerveja?

Rimos e olhamos para a frente.

Vinte minutos depois, a multidão está rugindo, o estádio lotado de azul e dourado.

Parece que metade dos estudantes veio esta noite para assistir ao jogo de abertura da temporada.

É um pouco estranho olhar ao redor, saber que nenhuma de nossas famílias está aqui, algo que os garotos nunca viveram. Não tinha um único jogo quando crianças em que pelo menos um dos pais não estava presente, e noventa e cinco por cento do tempo, ambos estavam. Tivemos muita sorte.

Eles sempre nos apoiaram, então, assim que chegamos ao campus, eles partiram para viajar pela Europa, algo que planejaram e economizaram nos últimos quatro anos. Assim que o pai de Brady conseguiu tirar a licença, eles começaram os preparativos. Assim que meus pais souberam que Kenra estava bem, viajaram, mas não tenho dúvidas de que estão amontoados em frente a uma TV ou computador agora, onde quer que estejam, assistindo.

A primeira jogada da partida é um passe excelente de cinquenta jardas, do tipo que te dá arrepios enquanto segue a espiral perfeita, e todo o seu corpo se ilumina quando cai sem esforço nas mãos de um *receiver* da Universidade de Avix. Só fica mais emocionante a partir daí.

O ar está eletrizante, a torcida animadíssima e o time se alimenta da energia.

É exatamente o que eu precisava, um pouco de normalidade. As noites de jogos sempre foram as minhas favoritas.

O tempo voa conforme estamos paradas, gritando e torcendo sob um conjunto todo diferente de luzes de sábado à noite.

Sendo a fera que é, Brady teve a sorte de estar na maior parte do jogo, enquanto Chase e Mason estiveram a maior parte do tempo no terceiro e quarto período. Chase não conseguiu tocar na bola, mas fez alguns bons bloqueios e, embora Mason não tenha mostrado a potência de seu arremesso, na troca de passes na linha da defesa foi certeira, seu jogo de pés ainda melhor.

Meu irmão sempre foi habilidoso e, desde os poucos minutos que passou no gramado hoje, é óbvio que ele só melhorou.

Mas o cronômetro está quase zerado e os titulares estão de volta ao campo agora, quase todo o estádio de pé assistindo, na expectativa de ver qual será a jogada.

O *quarterback* avança com a bola, e o homem vestindo o número dezenove finta um *cornerback*, que ameaça derrubá-lo, gira sobre as ombreiras do segundo *defender*, e a multidão explode, arrepios surgindo em meus braços quando fico na ponta dos pés a tempo de vê-lo pular sobre um enxame de Sharks determinados, que levam o time defensor para o campo de defesa.

O apito soa bem quando o *quarterback* pula ao comemorar, e é o quarto *touchdown*. A Universidade de Avix leva a vitória com uma vantagem de um ponto nos últimos cinco segundos do jogo.

Cam e eu pulamos com o resto da multidão, abraçando e aplaudindo.

Lágrimas enchem meus olhos e contraio os lábios. Este é um dia que Mason, Brady e Chase jamais esquecerão. Caramba, eu nunca vou esquecer. Eles trabalharam muito para chegar até aqui e estou muito orgulhosa dos três. Não vejo a hora de eles conseguirem mais tempo em campo.

Cam grita, puxando-me com ela através do túnel lotado.

— Foi demais, Ari! — Ela cumprimenta um grupo de caras com um "toca aqui" que passam correndo e cantando bêbados e animados. Rindo, ela se vira para mim, suas bochechas bronzeadas coradas de emoção. — Você tem que esperar comigo e dar os parabéns para eles!

— Eu vou. — Sorrio, mas até eu percebo que meu aceno é um pouco exagerado.

Ela aperta meu braço.

— Você conseguiu, mana.

— Sim. — Inspiro profundamente.

Talvez.

Uns bons quarenta minutos se passam antes que o time comece a sair dos túneis do estádio e os fãs do lado de fora vibram com aplausos mais uma vez. Os sorrisos de nossos meninos se tornam mais largos ainda quando olham para a loucura que não conseguiram ver ao entrar. Ainda assim, através do rugido da multidão e além das garotas seminuas, eles nos veem paradas no poste e vêm direto para nós.

Meu sorriso é incontrolável. Eu me afasto do poste e enlaço o pescoço de Brady quando ele vem para mim a toda velocidade. Ele me pega e me gira, rindo no meu pescoço.

— O que achou, Ari baby?! — grita, dando um beijo na minha bochecha e depois me troca por Cameron.

Meu irmão se aproxima, envolvendo-me em seus braços com uma risada. Ele me sacode.

— Nem sei como explicar como foi.

Eu me afasto e olho para o rosto sorridente de Mason. Conversamos sobre esse dia desde os sete anos, quando ele começou no futebol juvenil. Este é o começo de algo importante para o meu irmão gêmeo, e não consigo deixar de me emocionar.

— Pare com isso. — Ele ri, me empurrando de leve. — Nossa, você tá igual a mamãe, chorona — brinca.

Dou risada através do soluço.

— Sim, bem. Estou orgulhosa de vocês.

O rosto de Mason abranda, e ele não precisa falar nada. Ter-me aqui com ele na Avix significa o mundo para ele. Pode ser mandão e mal-humorado, mas como eu, meu irmão precisa da família e de pessoas de quem gosta por perto. Ele fica tão bem quanto eu sozinho, e é, provavelmente, por isso que estou demorando mais do que deveria para acordar do meu estágio de autopiedade porque tenho afastado minha família e meus amigos em vez de me consolar por ele estar aqui comigo. Se ao menos eu permitisse isso.

E eles estariam, mas como eu disse, não vou criar uma barreira entre a minha família. Vou lidar com isso sozinha para que não precisem sentir o vazio que acontece depois.

Uma mão hesitante acaricia a parte inferior das minhas costas para chamar a atenção, e eu olho por cima do ombro, sentindo um nó na garganta quando meus olhos encontram olhos verde-musgo.

Chase.

Seu sorriso é singelo, cauteloso e de partir o coração.

Meus ombros cedem e eu saio do abraço do meu irmão, virando-me para ele.

Ele dá um suspiro de alívio quando me forço a abraçá-lo como fiz com os outros.

Sua respiração pesada faz minhas costelas se contraírem, e engulo as emoções que ameaçam me delatar.

— Você foi incrível esta noite, Chase — sussurro. — Estou muito feliz por você.

Fecho os olhos com força, esperando que ele me solte logo, sem saber se sou capaz do mesmo.

Seus braços soltam meu corpo com facilidade.

Por que não soltariam?

Chase pigarreia ao dar um passo para trás, sorrindo com incerteza. Um pedido de desculpas se esconde atrás de seus cílios, e odeio isso. Não quero seu pedido de desculpas ou remorso ou qualquer outra coisa relacionada a arrependimento, então faço o possível para fingir que não percebi que ele está implorando em silêncio por perdão e compreensão.

— Como se sentiu? — pergunto, tudo revirando por dentro; tento bloquear as patéticas conversas que inventei na cabeça para este exato momento.

Deus, como foram diferentes.

Estávamos deitados no sofá enquanto ele passava as mãos pelo meu cabelo, sussurrando, repassando as imagens de seu primeiro jogo da faculdade, uma noite que ficará marcada para sempre em sua memória.

Uma memória da qual não farei parte, porque não será sobre os meus travesseiros que ele estará deitado esta noite.

Por que pareço uma adolescente?

— É meio surreal. — Os olhos de Chase se iluminam, criando uma tensão atrás dos meus. — Foi uma loucura lá. Eles eram enormes.

— Nem precisa dizer. Eles pareciam um time cheio de Bradys! — Cam ri, pulando nas costas de Brady.

Mason sorri, olhando ao redor.

— Acho que todo mundo está se preparando para sair. — Ele se vira para mim, seu sorriso virando uma carranca quando olha para minha calça. — Você não vem de novo. — Seu tom é acusatório.

Dou de ombros, olhando para qualquer lugar menos para ele.

— Essa noite, não.

Meu irmão me espera erguer o olhar e, depois move o seu para Chase, que está conversando com Cam agora, tudo para trazê-lo de volta para mim.

Sustento seu olhar, mas não revelo nada.

Depois de um instante, ele solta um suspiro frustrado.

— Acompanho você de volta.

— Nosso dormitório tem um grupo de caminhada, estão no portão da saída, mas tenho que ir até lá porque saem em dez minutos.

Seus olhos se estreitam.

— Tudo bem, mas me mande mensagem quando chegar em casa. Esqueça, e eu estarei batendo na sua porta.

— Não vou esquecer. — Meus lábios se contraem, e olho para os outros mais uma vez. — Bom trabalho esta noite, pessoal. Vejo vocês...

— Amanhã. — Brady me prende com um olhar aguçado. — No jantar.

— Certo — concordo. — Tchau.

Saio correndo, juntando-me ao grupo como prometido.

No caminho, enfrento uma batalha com meu cérebro.

Eu me xingo, querendo acordar amanhã e ver que tudo voltou ao normal, ao mesmo tempo em que imploro por uma jogada de mestre que me arrume uma desculpa que meu irmão aceitará quando eu disser que não irei jantar com eles amanhã. De novo.

Mas quando caio na cama, sozinha no meu dormitório enquanto meus amigos estão comemorando esse marco que nunca se repetirá, lembro-me da promessa que fiz a Cam.

Lembro-me do motivo pelo qual nossas famílias nos deram uma casa de praia e o propósito de todos nos esforçamos tanto para garantir que pudéssemos estudar na mesma faculdade.

Meus sentimentos não podem me tirar tudo isso.

Então vou me recompor, levantar e sair.

Começando *depois* do jantar de amanhã.

CAPÍTULO 12

ARIANNA

A semana seguinte passa num borrão, e antes que eu perceba, o fim de semana chegou mais uma vez, mas, desta vez, estou preparada para Cam e seu tormento.

A batida da porta da frente me faz sair correndo do banheiro tão rápido que escorrego, mas estendo a mão bem a tempo de evitar a queda. Assim que me endireito, faço de tudo para não rir.

Aperto o roupão em volta da cintura bem depressa, sigo até a sala e me sento no sofá enquanto Cam enfia apressadamente algumas porcarias na geladeira.

— Ei! — grita Cam, me ouvindo entrar. — Corri até a conveniência no campus, paguei um milhão de dólares, mas comprei coisas para o café da manhã, pensei em ficar no sofá o dia todo amanhã e comer besteiras.

Ela não espera pela resposta e passa por mim sem me olhar, correndo para seu quarto. A porta do armário dela se choca ao batente, e o clique dos cabides faz meu joelho balançar. Não dá nem um minuto e ela está indo ao banheiro de sutiã e calcinha, um vestido coral passado pela metade da cabeça, abafando suas palavras por trás do tecido flexível enquanto tenta vesti-lo.

Sabia que ela ia voltar para casa antes de sair; ela me disse depois do jogo desta noite. Decidi não ficar para parabenizar os rapazes desta vez, optando por uma mensagem em nosso grupo, e voltei para casa com a turma da caminhada de novo depois que ela resolveu esperar com algumas amigas de seu curso.

Cam sai do quarto alguns segundos depois e desaba no sofá ao meu lado, enfiando os pés em uma sandália Anabela dourada.

— Então, vou me encontrar com Trey hoje à noite para umas bebidas no Screwed Over Rocks. Parece divertido… — ela me dá uma indireta, mas não olha para cima.

— Tenho certeza de que será. Você sempre parece se divertir com ele.

— Sim. — Ela amarra a sandália esquerda. — Acho que o time está dando uma festinha lá na moradia, mas ele não está gostando muito…

Tento esconder o sorriso.

— Sim, Mason me mandou mensagem alguns minutos atrás, me avisando.

— Oh. — Cam se levanta, seu aborrecimento evidente conforme caminha em direção à porta.

Quase fico nervosa, mas minha amiga nunca me decepciona. Nunca decepcionou. E jamais irá.

Ela faz uma pausa quando sua mão envolve a maçaneta, seus ombros cedendo.

— Você podia vir, Ari. Chase não estará lá.

Até que enfim, Cameron olha para mim, seus olhos baixos encontrando os meus. Leva apenas meio segundo, e ela se vira com a cara fechada.

— Mas que merda é essa?

Explodo com uma gargalhada e, literalmente, pulo nas almofadas ao abrir meu roupão.

Ela ergue as mãos.

— Espera, você está... o que está fazendo? — Ela repara no meu rosto maquiado, cachos dignos de comercial de xampu e vestido justo no meio da coxa, aquele que ela escolheu para mim na última vez que fomos às compras.

— O que estou fazendo? — Pulo do sofá, enfiando os pés nos saltos que coloquei ali na beirada, e sorrio. — Vou me embebedar com a minha melhor amiga.

— Vai? — sussurra, seus olhos agora marejados.

Eu merecia uns tapas por isso, mas reprimo minhas próprias emoções e confirmo.

— Sim.

Cameron dá um gritinho, me agarra e então nós duas caímos no sofá.

Quando nos levantamos de novo, ela suspira e me bate com sua bolsa-carteira.

— Nunca mais, Arianna Johnson. Vou acabar com você, se tentar. — Ela me encara, mas seus olhos estão cheios de lágrimas não derramadas, e sua voz cai algumas oitavas. — Você estava me assustando.

— Eu sei. Eu sei. Desculpe. Ainda preciso colocar a cabeça no lugar, mas agora preciso me divertir mais.

— É o que eu tenho dito. Saia da sua cabeça.

Enlaço o braço com o dela.

— Acha que pode me ajudar com isso, melhor amiga?

— Oh, pode apostar nisso! — Ela sorri, me puxando para frente.

Com isso, saímos... mas não antes de parar no balcão para um shot antes da festa.

Screwed Over Rocks é um bar de estudantes a alguns quarteirões do campus e, pelo que nos disseram na orientação, são rígidos quanto à idade para beber, mas olhando em volta, tenho certeza de que é um "ninguém sabe, ninguém viu" quando se trata de identidades falsas. Ou seja, mostre uma que diga que tem maioridade para beber e entre.

É a primeira vez que venho aqui, mas já sei que vou querer voltar.

O espaço é amplo e descontraído, com uma pista de dança que se espalha por todo o salão quadrado. Há mesas alinhadas nas paredes à esquerda e direita, permitindo que alguns se sentem e relaxem. Ou se peguem.

Banquetas típicas alinhadas pelo contorno do balcão do bar, estendendo-se ao longo do canto nos fundos, e as luzes penduradas acima emitem um brilho vermelho suave, um contraste atraente para o piso preto com dourado.

O DJ fica isolado no canto mais afastado, e a aparelhagem permite que a música seja ouvida em vários volumes por todo o bar: estrondosa no centro da pista, suave e superficial perto das mesas, e nítido e puro nas laterais do bar.

Cam estica o pescoço e avança, minha mão na dela.

— Vamos! Ele está ali!

Quando o alcançamos, Trey sorri, alegre, diz como estamos bonitas e coloca doses em nossas mãos.

— O que é? — pergunto a ele, olhando para a bebida escura.

— É o seu suco da felicidade, garota. Ouvi dizer que precisava. — E oferece dois limões.

Dou uma olhada para Cameron, e ela dá de ombros, sem esperar por mim, entornando sua bebida. Ela morde o limão e limpa a boca com as costas da mão, sorrindo para mim.

— Vai negar, lindinha? — Ela sorri, com a cabeça inclinada.

Arqueando uma sobrancelha, viro a minha, batendo meu copo com força no balcão e um sorriso no rosto.

— Não. — Jogo meu limão nela, e ela ri, seus olhos iluminados pela emoção só de estar na minha companhia.

Eu amo minha melhor amiga.

— Eu vou dançar!

— Boa garota! Logo te encontro lá! — grita Cam quando Trey pede outra rodada.

No minuto em que meus pés pisam no meio da pista de dança, onde a música está mais alta, a adrenalina toma conta e, na mesma hora, eu me sinto melhor, algo que não acontece há semanas.

Meus pulmões se expandem e, embora esteja no meio de uma aglomeração que só aumenta, consigo respirar.

Duas músicas depois, Cam e Trey se juntam a mim, com as mãos cheias de bebida.

Viramos mais dois shots.

Mais ou menos uma hora depois, estou me sentindo bem. Meu sorriso fica um pouco preguiçoso, o corpo solto, nada na cabeça além da batida ao meu redor.

Vejo Cam me observar, suas costas pressionadas no peitoral de Trey.

Estendo a mão, apertando seu pulso, e ela pula em mim, me fazendo rir enquanto circula meu pescoço com as mãos.

Ela me entende.

Obrigada, amiga.

— Eu te amo, mulher! — grita, mais alto que o necessário em meu ouvido, e nós rimos, nos separando.

Trey coloca o braço em volta da cintura dela, e meus olhos passam do braço dele para o dela.

Ela dá de ombros, reprimindo um sorriso.

Trey percebe, mas abre um sorrisão.

— Outro? — pergunta.

— É uma boa. — Dou de ombros. — E uma água?

— Deixa comigo.

— Vou com você, volto logo. — Ela me manda um beijo e eles saem.

— Estarei bem aqui.

Continuo dançando, balançando os quadris ao som da música e aproveito cada minuto de liberdade que a música me oferece.

Quando a música termina e o DJ toca outra, solto um "aí, sim" na minha cabeça, e deixo meu corpo me levar a movimentos mais sedutores enquanto *Dangerous Women*, de Arianna Grande, toca ao fundo.

Dois versos depois, e alguém se junta a mim por trás, sua sombra larga, me envolvendo inteira. Embora o calor do corpo do meu novo parceiro de dança esteja ridiculamente presente, ele não se aproxima, pairando um pouco afastado, e é como se um botão fosse acionado.

Minha frequência cardíaca dispara, meu corpo aquece. Sorrio na pista escura e continuo me movendo com a música, minhas mãos deslizam ao longo das costelas e canto baixinho para mim mesma.

Mãos fortes se levantam para cobrir as minhas; na verdade, ele não está tocando meu corpo, mas usa a posição da minha própria mão para pressionar logo abaixo do umbigo, trazendo-me para mais perto dele.

Eu permito, sentindo o ritmo provocador da música conforme corre pelo meu corpo, e quando seus dedos se abrem sobre os meus, eu os entrelaço.

Testo meu parceiro de dança, balanço os quadris para um lado e giro os ombros para o outro, desenhando "s" com as costas. Minha cabeça balança devagar com os movimentos, e, minha nossa, ele continua combinando cada giro e volta do meu corpo com o dele. Ele não precisa parar, recuar ou reajustar uma vez sequer. Estamos em perfeita sincronia.

É inebriante. Catártico.

É exatamente o que eu precisava, uma maneira nova e saudável de liberar todas as minhas emoções reprimidas sem quebrar e chorar.

Meu queixo se ergue quando o dele abaixa ao mesmo tempo, mas só um pouquinho, seu hálito quente agora se espalhando pela pele suada da minha nuca. É como se o fogo encontrasse o gelo e me deixasse ofegante. Juro que seu peito incha com o som.

Ele afasta nossas mãos unidas do meu corpo, levantando-as acima da minha cabeça, seus dedos nunca deixando minha pele. Ele os desce bem devagar pelo meu corpo até chegar ao quadril. De alguma forma, minhas mãos, abandonadas no ar, sabem o que fazer, sabem o que ele *quer* que façam.

Dançando no ritmo da batida, meus dedos encontram as pontas de seu cabelo curto e macio. Enquanto minha mão direita desliza por seu pescoço, agarrando-se ali, minha mão esquerda abaixa, agora segurando firme nos fortes nódulos de seus dedos desta vez.

Ele reage, seu aperto nos meus quadris se contrai, e meu corpo decide empurrar o dele, minha cabeça pendendo para trás, o peso repentino insuportável.

Como se sentisse meu próximo movimento, sua mão direita sobe, gentilmente me impedindo de olhar em sua direção.

Ele não pode ver meu rosto, mas de alguma forma sente meu beicinho;

sua risada o delata, e meus olhos se fecham, absorvendo o som profundo e áspero.

Seu sorriso é evidente na forma que respira, sua diversão no jeito que ele dança. É como se sua alegria corresse em minhas próprias veias, e quando desentrelaça sua mão da minha, espalma seus dedos em minhas costelas, a curiosidade é evidente em como seu coração bate junto ao meu.

Quero ver você.

Ele sabe disso, então quando a música muda, paramos de nos mover, o que não é inesperado.

Meus dedos do pé se curvam quando começo a me soltar de seu aperto, mas fico enraizada no lugar quando seus lábios pressionam com gentileza a curva da minha orelha.

— Já pode virar, linda — diz, em um sussurro profundo, e uma sensação revigorante me atinge.

Prendo a respiração, mordo o lábio inferior ao me virar, mas não encurto a minha diversão ao encarar seu rosto logo de cara; em vez disso, baixo o olhar aos poucos, encontrando um pescoço musculoso e com as veias sobressaltadas, pele bronzeada e a gola de uma camiseta cinza simples. Não baixo o queixo, mas permito que meu olhar viaje para baixo tanto quanto a posição permite e encontro a ponta de uma tatuagem sob a manga direita.

Então ele ergue a mão, e admiro seus músculos ficarem mais pronunciados. Ele ri de novo, e fecho os olhos, me preparando para o toque que sinto que está por vir, e ele vem.

Dedos fortes e ásperos pressionam meu queixo por baixo. Ele dá uma cutucadinha, pedindo minha atenção sem palavras, e minhas pálpebras se abrem.

Sua mandíbula é forte e impecavelmente curvada, seus lábios formam um sorriso de canto de boca, mas não do tipo que diz que ele é convencido. É agradável. Encantador.

Familiar?

Seu peito sobe com uma respiração profunda, então sua mão livre se contrai ao meu lado e, finalmente, ergo o olhar.

Quando encontro os olhos azuis-acinzentados e sinceros, paro de respirar.

Ele não diz uma palavra, apenas me olha sem piscar, e quando sua boca se curva mais para cima, eu reajo, com um largo sorriso.

Ele ri, e sua mão relaxa ao lado.

— Oi, Julieta.

— Noah.

CAPÍTULO 13

ARIANNA

— Espere um minuto! — Cam engasga com a risada. — Ela convence você a levá-la para casa, e daí? — Suas sobrancelhas se erguem. — Diz espera um pouco, deixa eu puxar o tampão, mas rápido, para não fazer bagunça?

Noah ri por baixo do punho e eu uso a palma para cobrir a boca e conter uma risada, assim também não cuspo água por toda a parte, lágrimas escorrem dos meus olhos.

Trey sorri.

— Não. Ela esperou até que eu colocasse a camisinha, enfiei a mão entre suas pernas, tirei aquela merda dela e joguei no chão como se fosse um lance supernormal.

Minha boca se abre, e Cam ri tanto que ela *cospe* água… no colo de Trey, mas ele só sorri, cutucando o ombro dela com o dele.

— Tudo bem. — Noah franze a testa, divertido. — Chega de suas histórias de fraternidade esta noite. — Ele sorri, sem nenhuma sugestão de julgamento presente.

— Vamos ouvir algumas das suas?

O olhar de Noah se volta para mim, os olhos brilhantes.

— Minhas?

Concordo com a cabeça, tomando outro gole de água.

Sua risada é baixa e ele lambe os lábios, mas é Trey quem fala:

— A menos que você queira uma descrição detalhada do campo de treinamento, academia, mercado e talvez um ou dois postos de gasolina locais, provavelmente vai querer me acompanhar para se divertir. — Ele ri, virando a cabeça de lado para evitar o amendoim que Noah joga em sua direção.

Noah sorri, bem-humorado, estendendo o braço ao longo da parte de trás da cabine ao se acomodar melhor nela.

— Um homem caseiro então? — pondero.

Noah traz aqueles olhos de volta para mim, um sorriso oculto ameaçando escapar.

— Depende.

— De quê?

Seu olhar se estreita um pouco, mas um sorriso está escrito nas rugas emoldurando seu rosto.

— Do dia, da situação e do motivo que eu teria para sair de casa.

— Não quis dizer que ele é um vovô. — Trey ri. — Ele é um filho da puta focado, só isso. Estou surpreso por conseguir fazer ele sair esta noite. — Ele olha para o amigo, e então o sorriso de Trey se alarga. — Na verdade, não estou.

Eles compartilham uma risada secreta e eu sorrio, olhando ao redor da mesa conforme as conversas fluem, aproveitando mesmo a tranquilidade da noite.

Depois da surpresa do meu parceiro de dança, Noah e eu achamos Cam e Trey no bar, e logo encontramos uma mesa vazia para ficarmos por mais um tempo. Estamos sentados aqui há cerca de uma hora, ouvindo histórias hilariantes e horríveis de Trey e seu primeiro ano na faculdade, quando ingressou em uma fraternidade na UCB, onde terminou seu primeiro ano. Ele se transferiu para Avix no segundo ano e aprendeu bem depressa que futebol e fraternidades nem sempre se misturam quando se quer estar no topo da sua capacidade, ou seja, na moradia em que Mase e os meninos moram.

Chase.

Meu estômago revira só de pensar nele, e encho o copo com o restante da garrafa antes de devolvê-la no balde. Quando coloco o copo cheio na mesa, meus olhos se erguem, encontrando Noah me observando, com a cabeça ligeiramente inclinada.

Sua língua espreita, umedecendo os lábios, e as sobrancelhas escuras se contraem, estranhamente tornando seu rosto ainda mais bonito. Ainda bem que Cameron começa a falar, assim tenho uma desculpa para desviar o olhar.

— Estou só o pó. — Ela se vira para mim com um sorriso bêbado. — Você deve estar morrendo se estou cansada.

Sorrio, mas baixo o olhar para o meu copo. Odeio saber que um pensamento simples e sem intenção que estava relacionado com o Chase me deixa mal-humorada, mesmo com a bebedeira.

Honestamente, ainda não estou cansada, e a última coisa que quero fazer é ir para casa e ficar deitada na cama por horas, pensando em coisas das quais não tenho controle e em um homem que preciso *esquecer*. Ainda assim, estou prestes a concordar, virando-me para ela, mas Noah fala antes de mim:

— Que tal Trey ir com você e eu garanto para que Ari chegue em casa sã e salva depois que ela terminar a bebida que acabou de se servir? — Ele gesticula para o meu copo, sorrindo para a minha amiga.

Cam franze a testa, virando a cabeça para mim.

— Ari?

Reprimo um sorriso, mas ela sabe.

— Anda, mulher. — Ela sorri, sentando-se. — Vamos ouvir.

Trey sorri e Noah franze ainda mais as sobrancelhas.

— Estou perdido aqui! — Seu olhar se intercala entre nós três.

Trey estende a mão, batendo no braço de Noah.

— Cara, não te falei que essa menina vem equipada com uma jukebox?

O olhar de Noah dispara para o meu com intensidade crescente.

— Não.

O calor sobe pelas bochechas, e abaixo um pouco o queixo.

— Tudo em todos os lugares a lembra de música. Ela é fisicamente *incapaz* de não pensar em uma, não importa a situação. É estranho, mas você se acostuma. — Cameron ri.

Fico boquiaberta.

— Não é estranho, chata.

Noah olha de mim para Cam, confuso.

Cam revira os olhos e fico mais envergonhada.

— Eu disse que estava indo embora. Você se ofereceu para acompanhá-la até em casa e, na cabeça dela, a senhorita aqui cantou...? — Ela olha para mim com uma sobrancelha erguida, na expectativa.

Dou risada baixinho, tentando me acalmar antes de cantar desafinado:

— *If you get there before I do, don't wait up on me*... Se você chegar lá antes de mim, não espere por mim... *If You Get There Before I Do*, de Collin Raye.

— Viu. — Cam sorri para Noah. — Isso. A música não tem nada a ver com o que estamos fazendo. Na verdade, é triste pra caramba, e ela muda as palavras quando necessário, mas a coisa de eu ir para casa foi o gatilho. — Ela dá de ombros. — Estranho, mas é a cara de Ari.

Noah ri e cruza os braços sobre a mesa, seus bíceps flexionando ao se inclinar para frente, capturando meus olhos castanhos com seu azul hipnótico.

— Mais cedo, você sorriu sozinha e desviou o olhar quando Trey colocou a jarra na mesa...

Meu sorriso aumenta, surpresa por ele ter percebido.

— Já assistiu *Grease*?

Ele concorda com a cabeça, os olhos cheios de admiração.

— No baile, Doody, Sonny e Putzie abaixam as calças para a câmera.

Ele balança a cabeça devagar, sem entender o que estou descrevendo, mas minha parceira de longa data ao meu lado começa a rir.

Eu olho para ela, e juntas cantamos em um tom baixo de barítono:

— *Blue moooon.*

Noah inclina a cabeça para trás, rindo, seus olhos azuis entendendo a cada segundo.

Sorrio, pegando o copo que acabei de colocar *Blue Moon* e tomo um grande gole.

Noah acena com a cabeça, descansando as costas no assento, seus olhos não se afastam dos meus, nunca perdem a intensidade.

— Podem ir, pessoal. Eu vou com ela.

Com ar inseguro, Cameron se vira para mim.

Esta é a primeira noite que me aventuro, então sei que ela está preocupada por eu não voltar com ela, mas um olhar e ela sabe que preciso ficar.

Com um aceno em concordância, ela se levanta.

— Só para deixar registrado, se Mason não parar de me ligar procurando por você, eu vou te dedurar.

Dou risada, assentindo.

— Justo, mas aposto ele está bem bêbado agora.

— Como se houvesse um nível de embriaguez que Mason Johnson pudesse alcançar que apagaria sua necessidade de saber onde está sua preciosa gêmea e o que ela está fazendo.

— Considerando que ele não tem ideia de que estou saindo com você agora, eu diria que estamos bem.

— Se você está dizendo, ainda vou te entregar se for preciso! — Ela me joga um beijo e eles vão embora.

Rindo, eu os observo desaparecerem antes de olhar para frente de novo e deparar com Noah, que continua inclinado para frente, só que agora mais perto e me observando atentamente.

Eu permito, sem mudar ou fugir de seu olhar pensativo.

Enfim, ele suspira e se recosta, um sorriso triste surgindo em seus lábios.

— Você dormiu com ele. — Seu tom é baixo, gentil e seguro.

Minha boca se abre, a negativa na ponta da língua, mas as palavras jamais saem, a verdade, de alguma forma, marcada em seu olhar. É como se ele soubesse se eu sequer tentasse mentir.

Então não minto.

Eu concordo.

Algo indecifrável passa por sua expressão, e seu lento aceno segue o meu, assim como seu reconhecimento.

— Ele te machucou.

Abaixo o queixo, inspiro e solto uma respiração profunda, depois olho para cima. Algo na expressão sincera de Noah me fez revelar todas as coisas que guardei nos últimos meses, coisas que não queria contar a Cameron porque não queria que ela, inadvertidamente, tomasse partido. Já era difícil para ela testemunhar a mudança que o verão causou em mim.

Então, quando Noah me pede para começar do princípio, e sinto seu desejo sincero de entender, é exatamente o que faço.

Conto a ele de nós quando crianças e nossas interações. Repasso como, na minha festa de aniversário de quinze anos com Mason, Chase bateu no cara que me deu o meu primeiro beijo, dizendo que ele era um idiota que não merecia isso e depois não falou comigo por duas semanas. Compartilho da noite de nosso baile de formatura, onde Chase ficou bêbado e me pegou em seus braços na pista de dança, cantando junto com a versão da música *Always Be My Baby* na voz de David Cook...

Conto a ele que, ao longo dos anos, meus sentimentos ficaram mais fortes do que eu pretendia, e esperei feito a garota ingênua que claramente era, na esperança de que Chase percebesse enquanto explicava como Mason encarava a tudo isso. Não deixo de fora nenhum detalhe do nosso tempo na casa de praia, exceto a nossa experiência sexual, nem a reação de Mason ou a falta de resposta de Chase.

Abro o jogo, e nem uma vez sou atingida por um sentimento de julgamento ou pena pelo homem na minha frente. É uma estranha sensação de conforto.

— Quero dizer, a noite anterior foi pesada. Estávamos mentalmente confusos e exaustos, então acho que deveria ter imaginado, mas não estava pensando no que aconteceria depois. Mesmo que tivesse, não teria mudado nada naquele ponto.

Sem chance de que eu teria desistido. Não com o jeito que Chase olhou para mim naquela noite; ele realmente me viu, e mesmo que não tenha passado disso, sempre terei aquele olhar desesperado dele, sua necessidade visível por mim. Nunca vou esquecer o desejo em seus olhos naquela noite.

— Pensando bem, na verdade, não lidei bem com a situação. — Meu nariz enruga ao pensar nisso. — Ou melhor, não soube lidar mesmo. Fui injusta. Tenho sido injusta. Eu só... fui embora, e agora... — Solto um suspiro pesado. — Agora, acho que poderia dizer que eu me escondo. — Dou uma olhada para Noah.

Quando meus olhos baixos se fixam nos dele, Noah observa ao longo do meu rosto, a preocupação estreitando os seus enquanto os meus tentam disfarçar.

— Nunca pensei que conseguir algo que você sempre quis pudesse ser mais doloroso do que querer, mas nunca ter. Realmente não há meio--termo.

Não tenho certeza se está em minha expressão ou em meu tom de voz, mas Noah percebe minha autocensura e se recusa a permitir.

— Julieta... — fala, com uma firmeza terna, espera que eu olhe para cima de novo, e quando o faço, uma única palavra escapa de seus lábios, sua expressão não deixa espaço para discussão: — Não.

Com seu sussurro dolorido e cheio de tristeza, a represa se rompe.

— Argh. — Olho para o teto, permitindo que as lágrimas desçam.

Noah pragueja e sai do seu lugar, mas eu só olho para ele quando pega minha mão e me puxa, gentilmente enxugando as lágrimas do meu rosto com a ponta do polegar, e me leva em direção à porta.

Meus pés estão um pouco instáveis por causa do álcool, mas Noah me mantém firme com seu corpo.

Caminhamos para o campus em silêncio e, apesar de eu ter saído chorando, não sinto constrangimento entre nós.

A seis metros do prédio de arenito, onde meu dormitório está localizado, Noah estende a mão para segurar a minha, parando meus passos, e quando meus olhos encontram os dele, aponta com a cabeça em direção à fonte.

Com uma leve risada, eu o acompanho, sentando na borda de cimento ao lado dele.

Ele se inclina para ficar de frente para mim, e depois de um momento concentrado nos meus olhos vermelhos, ele acena.

— Você não contou a ele, não é? — fala, baixinho.

— Contar o quê?

— Que foi sua primeira vez. — Ele adivinha.

Uma dor aguda me atinge nas costelas, minha atenção indo para o chão sob meus pés.

Nego com a cabeça, de alguma forma nem um pouco surpresa com sua perspicácia.

— Merda — murmura, então se aproxima de mim.

Ele ergue o meu queixo, deixando sua mão descansar na minha bochecha. Sua testa está franzida, dividida entre algumas emoções que não consigo denominar.

— Ele foi gentil? — Ele se esforça para não franzir a testa, posso ver na tensão entre suas sobrancelhas.

— Noah…

— Diz pra mim — ele me interrompe, baixo. — Me fala, Julieta.

Sua voz mal passa de um sussurro agora, e algo em meu peito se aquece.

Este homem, que encontrei um total de três vezes, parece a coisa mais distante de um estranho.

Meus lábios se curvam um pouco e estendo a mão, colocando uma mão em seu peito.

— Ele foi gentil. Talvez até demais. — Dou uma risada sarcástica. — Ele não fazia ideia, mas me tratou melhor do que eu poderia ter pedido. Temos um relacionamento complicado, ainda mais agora, mas jamais me machucaria. — Dou um sorriso triste. — Nunca intencionalmente, de qualquer maneira.

Noah assente e levanta a mão direita para cobrir a minha em seu peito.

— Você sabe que isso não tem nada a ver com você, não é? — enfatiza. — É com ele e suas incertezas.

Quando tudo que ofereço é uma contração dos meus lábios, seus olhos se estreitam um pouco.

Ele endireita os ombros.

— Acredite, aposto que ele só está com medo e não sabe o que fazer.

— Ele não me vê, Noah. Não como eu queria que fizesse.

— Ele te enxerga, sim. — O olhar firme de Noah flutua em meu rosto. — Como não poderia?

Suas palavras gentis me fazem engolir a sensação de vazio no estômago, mas ele está errado. Pensar dessa forma é o que me colocou nessa confusão.

— Ele me ama e me respeita do jeito que eu gosto de Brady, do jeito que Cameron me ama, só isso. — Dou de ombros. — Entendo, mas ainda é um saco, e está demorando mais do que eu gostaria para aceitar isso. — Eu me abaixo, passando a mão pela água da fonte ao nosso lado. — Vou superar e, com sorte, nossa amizade vai continuar assim que eu superar. Tem que ser assim, pelo meu irmão e pelos outros. Por nós também, eu acho.

Noah fica quieto por alguns momentos antes de falar:

— É por isso que não te vi em casa.

Não é uma pergunta.

Sorrio para a água, admirando a forma como a luz da lua brilha.

— Esteve me procurando, hein? — brinco, jogando as suas palavras no dia da fogueira de volta para ele.

— Sim.

Sua resposta instantânea faz meu olhar disparar para ele.

Ficamos sentados ali, olhando um para o outro por um tempo, e então, de repente, Noah se levanta com um pulo.

— Vamos, Julieta. — Ele estende a mão robusta. — Vamos levar você para casa. Misturou uísque e cerveja esta noite. Sua cabeça vai te matar de manhã.

Solto um gemido e permito que ele me levante. Noah insiste em me acompanhar até a minha porta, depois ignoro as intrometidas nos corredores conforme passamos.

Adoro a normalidade de estar acordada às três da manhã na faculdade.

— Vai ficar bem esta noite? — Ele se encosta no batente enquanto eu destranco a porta.

Sorrio, entro e me apoio na porta.

— Vou ficar bem.

Um leve franzir desliza sobre seu rosto, mas ele concorda.

— Estava mesmo precisando desta noite. Obrigada por... você sabe, por tudo. — Desvio o olhar, o calor subindo no rosto. Não acredito que desabafei todos os meus problemas com ele, mas Noah apaga o mal-estar nadando em meu estômago.

— Você não tem nada para se envergonhar. — Ele me encara por um tempo, sua respiração baixa vem a seguir e ela dá um passo para trás. — Me faça um favor e beba um pouco de água antes de dormir esta noite.

Encosto a cabeça no batente.

— Como fazer isso é um favor para você?

Ele inclina a cabeça um pouco, me fazendo sorrir.

— Vou beber, prometo.

Satisfeito, ele se afasta.

— Boa noite, Julieta.

Ergo a mão e, assim que fecho a porta atrás de mim, só tenho um único pensamento.

Ainda não estava preparada para ele ir embora.

CAPÍTULO 14

ARIANNA

São dez para as dez quando batem à porta. Vários gemidos se passam em meus cobertores, mas os pés de Cameron nunca tocam o chão, e então eu me lembro de que ela apontou a cabeça mais cedo para me dizer que estava saindo.

Uma segunda batida soa, e eu me viro de costas, bufando para o teto, levantando sem pressa.

— Já… — tento falar, mas minha voz é um caos rouco, então pigarreio e tento mais uma vez. — Já estou indo. — Bocejo no meio da palavra, usando todos os músculos que estão trabalhando agora para destrancar e abrir a porta.

Meus olhos se arregalam, meu corpo congela, e o piloto automático me faz fechar a porta assim que a abro.

Uma risada profunda ecoa do outro lado, e bato devagar a testa contra a madeira barata.

— Você só pode estar de brincadeira comigo — sussurro.

— Vamos, Julieta. Abra. — O humor é claro em seu tom. — Já te vi agora.

Eu gemo, movendo-me só um pouco para olhar no espelho ao lado da porta. Lambo os dedos e esfrego sob os olhos, tentando me livrar um pouco do delineador preto que escorreu pelo rosto e ajeito o cabelo embaraçado que está espetado para todos os lados.

Respiro fundo, baixo as mangas do moletom que roubei de Mason até cobrir as mãos e levá-la à boca.

Abro a porta e me deparo com um grande e brilhante sorriso matinal, do tipo que exige um em troca, apesar do horror e constrangimento de minha aparência.

— Bom dia, flor do dia.

Meus olhos se estreitam de brincadeira e dou um passo para trás, recebendo-o em casa.

— Bom dia, Noah. — Fecho a porta e me inclino contra ela, cruzando os braços sobre os seios sem sutiã.

Observo sem palavras enquanto ele dá alguns passos em direção à cozinha, colocando um porta-bebidas do que suponho ser de cafés e uma sacola de cafeteria no balcão. Noah pega uma garrafa de água do bolso do moletom, abre a tampa e a coloca ao lado dos outros itens. Em seguida, sua mão desliza no bolso da frente da calça jeans, tirando um pequeno frasco de analgésico e, até que enfim, minha cabeça cansada e de ressaca percebe.

Noah não veio aqui apenas para ver como eu estava; veio cuidar de mim.

É claro que está acordado há algum tempo. Está com os olhos brilhantes e com um par de jeans limpo, moletom cinza leve parecido com o que estou usando, e seu cabelo escuro está penteado para a direita como se tivesse dado um breve passada de mão nele e encerrado o dia.

Ele se vira para mim, seu rosto todo sério.

— Aqui. — Ele ergue o punho fechado, o olhar fixo ao meu.

Reprimo um sorriso ao me afastar da porta e o encontro onde ele está, abrindo a mão como solicitado.

Ele empurra meu moletom para trás com a parte interna de seu dedo médio, e meu olhar se foca no ponto de contato, confusa quando a pele exposta do pulso arrepia. Noah coloca os comprimidos na palma da minha mão e me passa a garrafa de água.

Água em uma mão, comprimidos na outra, meus olhos se erguem para ele.

Um leve sorriso se forma em seus lábios como se respondesse a uma pergunta que eu não precisava fazer.

— Queria ter certeza de que estava bem. Cam apareceu em casa cerca de uma hora atrás e disse que você ainda estava na cama — comenta.

Fecho a cara antes que eu consiga me segurar, muito menos entender o motivo, e Noah ri.

— Não decidi vir quando soube disso. — Ele sorri. — Eu já estava planejando vir antes de vê-la.

Contraio os lábios, lutando contra o rubor que ameaça se espalhar.

Noah nota, o calor sobe ao longo do meu pescoço, mas ele é um cavalheiro e se vira, deixando-me com a minha vergonha.

Por que importaria se ele só tivesse vindo porque Cam provavelmente fez parecer que eu morri e voltei um zumbi? Eu não estava *tão* bêbada, e não é como se eu esperasse que ele aparecesse. Por que apareceria?

Fecho os olhos e me dou uma sacudida mental antes de jogar os comprimidos na boca e acabar com metade da garrafa de água.

— Então — fala Noah, de costas para mim. — Tentei não arriscar e comprei café simples... imaginando que, se fosse uma garota, já teria creme, e alguns lanches para o café da manhã.

Passo por ele e pego o creme de caramelo de Cam e o meu de menta, colocando-os no balcão na frente dele.

Ele olha para os frascos, seus olhos se estreitando, pensativo.

— Acho caramelo muito básico para você.

— Não sei... sou meio básica — brinco.

— Discordo. — Ele sorri, tirando as tampas e colocando um pouco de cada até que os copos descartáveis estejam cheios, depois coloca os dois na minha frente. — Prove que estou errado.

Ergo uma sobrancelha, pego o caramelo enquanto ele me olha, e então coloco na frente dele, logo depois, damos risada.

Um sorriso satisfeito surge em seus lábios quando tira os lanches da sacola.

— Presunto ou salsicha?

Enrugo o nariz, e seu rosto mostra a decepção.

— Você também não gosta? — Ele quase faz beicinho, e meu sorriso é instantâneo.

— Gosto dos dois, e estou morrendo de vontade de tomar esse café, mas... se importa se eu tomar um banho? Talvez, não sei... vestir uma calça?

Ele franze o cenho, sua atenção indo para as minhas pernas nuas, e as sobrancelhas escuras se arqueiam.

— Merda. Desculpe. — Ele fica de costas para mim, passando a mão nos cabelos da nuca.

Dou risada.

— Serei rápida, pode procurar algo para assistirmos. A menos que não possa ficar, é claro, obrigada por...

Ele olha por cima do ombro.

— Eu posso ficar.

— Tudo bem, então. — Sorrio, pego o café e o levanto em um cumprimento. — Obrigada, Noah. Sério.

Ele acena enquanto vou para o meu quarto para pegar minhas coisas. É em momentos como este que aprecio o banheiro privado que Cam e eu fomos bastante abençoadas para conseguir.

No chuveiro, penso em Noah estar aqui, e também em como Mason o mataria se soubesse. Na verdade, talvez seja a mim que ele mataria por permitir que Noah entrasse, mas não sei. Ele mora na mesma moradia que meu irmão, joga no mesmo time e até agora ninguém falou mal dele. Mase nunca teria me deixado na praia com Noah naquele dia se não confiasse nele de alguma maneira, muito menos o convidaria para a fogueira naquele dia, então não parece uma má decisão.

Além disso, me diverti muito ontem à noite. Ter alguém com quem conversar de fora da minha turma foi revigorante de uma forma que nunca havia experimentado.

Adoro conversar com Cam e confiaria a ela todas as coisas do meu mundo, mas eu tinha a cabeça fresca com uma perspectiva nova e acho que era exatamente o que eu precisava. Embora parecesse incomodá-lo por eu estar chateada, ele não foi ferido pela situação como eu, Chase e Cameron fomos, ou como Brady ou Mason ficariam se soubessem. É diferente, e eu amo isso.

Não ficamos sentados o tempo todo limpando as coisas ou evitando o constrangimento. Foi divertido e sem estresse. Foi fácil.

Noah estar aqui agora, porém, eu não esperava, nem em um milhão de anos. Foi fácil ver que ele estava sendo genuíno ontem à noite. Que ele queria mesmo ouvir o que eu tinha a dizer, mas não pensei exatamente além dessa conversa.

Agora não posso deixar de pensar se Noah poderia precisar de um novo amigo tanto quanto eu.

Saio correndo do chuveiro, coloco minha camiseta favorita "Descafeinado, nem morta" e uma legging. Penteio meu longo cabelo escuro, escovo os dentes, pego meu café e saio do banheiro, com o cabelo molhado e o rosto limpo.

Noah está no sofá, como eu esperava, e caio no espaço ao lado dele. Ele sorri para mim, passando-me o lanche de presunto e o controle remoto, dando uma mordida em seu próprio lanche.

Quando o comercial termina, olho para a TV e percebo que ele já está há cerca de vinte minutos no filme *Gente Grande*, então jogo o controle de lado e me acomodo para assistir com ele.

Assim que termino de comer, seguro meu café entre as mãos, dobrando as pernas no sofá.

— Obrigada, Noah — agradeço de novo, olhando para ele por cima da borda do copo quando ele olha na minha direção. — Por ontem à noite e hoje. Por esse momento agora. Eu me fechei muito ultimamente, então é muito bom ter você aqui.

— Não precisa me agradecer.

— Preciso.

— Não precisa. — Noah se vira para me encarar. — Eu vim porque quis.

Deixo a cabeça recostar na almofada, sorrindo para ele.

— Bem, obrigada mesmo assim.

Algo sombreia seus olhos, mas ele concorda.

— Estava ocupada demais sendo um bebê ontem à noite, não cheguei a te falar, mas você arrasa no jogo.

Isso traz um largo sorriso de volta ao seu rosto, mas ele se vira, escondendo-o de mim.

— Estou falando sério. Seu primeiro lance no primeiro jogo e aquela jogada que você avançou sozinho? Foi ligeiro. — Dou risada quando ele balança a cabeça, ainda sem olhar para mim. — E ontem à noite, aquele lance ensaiado; bola sai do *snap* para sua mão, você passa para o *running back*, ele ameaça que vai correr e devolve para lançar, foi genial. Eu me sinto uma idiota porque nem me liguei que você era o jogador principal até que te vi ontem à noite e me lembrei. Você é fodão, número dezenove.

A boca de Noah ainda está curvada com um sorriso, mas continua olhando para frente, apenas movendo os olhos em minha direção ao tentar minimizar suas habilidades.

— O jogo de ontem à noite foi difícil, mas conseguimos. O time todo contribuiu.

Enrolo os lábios para engolir meu sorriso.

Ele é tão diferente do meu irmão e dos meninos. Mason teria dito algo como "porra, sou foda pra caralho" ou comentaria mais jogadas além das que listei, mas acho que esse não é o estilo de Noah. Ele é humilde, e isso é raro, considerando sua posição. Para qualquer atleta deste nível, na verdade.

Ele quase tem essa vibração de alma torturada, mas não do tipo que o torna amargo ou cruel. Do tipo que decorre de perdas e decepções, em que quase se tem medo de querer, porque o universo pode decidir brincar com você e o derrubar.

— Mason está arrasando no treino — revela, desviando a atenção de si mesmo. — Ele vai se sair muito bem se continuar assim.

Estudo suas feições, sem encontrar nenhum sinal de falsidade. Ele acredita mesmo no que está dizendo e fala sem malícia ou ciúme, sem ameaça ou medo de perder seu lugar para o famoso calouro. E meu irmão *é* uma estrela.

— Você quer que ele se dê bem. — Eu quis dizer isso como uma afirmação, mas o espanto da situação se infiltra em meu tom e soa como uma pergunta.

A cabeça de Noah se inclina um pouco para trás, quando é pego de surpresa, e quase me preocupo por tê-lo ofendido, mas sua risada logo irrompe e meus músculos relaxam.

— Claro que sim — concorda. — Mason conseguiu. Ele é bom. Ótimo mesmo. Precisávamos dele esta noite e ele se saiu melhor do que o esperado, para ser honesto. Quando sofri aquela última pancada, precisei sair. A defesa deles tinha meu tempo e jogadas cronometradas até o quarto período. Quando isso acontece, e temos um reserva sólido, é óbvio fazer a troca. Mason foi lá e acabou com eles, fácil. — Ele ri e, por algum motivo, o som infantil me faz sorrir. — Ninguém esperava que o novato QB entrasse lá e fizesse o caos, mas ele fez. Passou por cima deles, também. — Ele sorri, finalmente se virando para mim.

Gosto do sorriso dele. É um pouco mais elevado à esquerda, revelando um pedacinho de seus dentes brancos. A barba por fazer ao longo da mandíbula não estava lá ontem à noite e mostra uma leve sombra agradável, ajudando seu sorriso a brilhar mais, também faz seus olhos parecerem mais claros do que as ondas do mar à meia-noite.

— Ele ficaria feliz em ouvir isso, mas se contar, vai ficar mais cabeçudo ainda — brinco, e quando os lábios de Noah se contorcem, suas feições abrandam.

Depois de um momento, ele acena, abrindo a boca para falar, mas depois se vira para frente e pigarreia de leve.

— Tenho que ir. — Ele se levanta, olhando para mim. — Os domingos são um pouco agitados para mim.

Aceno.

O que tem aos domingos?

Noah fica parado mais um segundo e depois recolhe nosso lixo, indo em direção à cozinha, mas eu fico onde estou, observando.

É tão estranho ele estar aqui no meu espaço.

Não tão estranho quanto parece ser natural com os meninos.

Noah vai até a porta, abre e me prende com um sorriso malicioso por cima do ombro.

— Anotei meu número em um guardanapo e coloquei na geladeira. Se me mandar o seu número, talvez da próxima vez eu te avise antes de vir. — Com isso, ele pisca e sai.

Sorrindo, eu me levanto e pego o tal guardanapo. Volto para o sofá, com o telefone na mão, e digito uma mensagem, esperando que ele não ache que minha síndrome da doida da música seja demais. Ele disse que talvez ligasse da próxima vez, então...

Eu: Aqui está o meu número caso queira, sabe, me ligar... talvez.

Sorrio com a minha escolha de música – *Call Me Maybe*, de Carly Rae Jepsen – e espero por sua resposta.

Romeu: Hahaha. Quer saber um segredo?

Claro que quero saber!

Respondo um pouco mais sutil.

Eu: Não é segredo se me contar.

Romeu: Sabia que ia me mandar algo relacionado com uma música.

Minhas sobrancelhas se contraem.

Romeu: Não franza a testa.

Mas que...

Mordo o lábio e digito a próxima mensagem.

Eu: Como sabe?

Romeu: Bem, Julieta, não será segredo se eu contar.

Droga. Sorrio.

Ele é bom.

Noah me deixa de tão bom humor esta tarde que esqueço por completo o que os domingos são para minha turma e, algumas horas depois, quando ainda estou sentada no lugar que Noah me deixou, a porta do meu dormitório se abre.

Meus pulmões param de funcionar quando Cameron entra, com Mason e Brady logo atrás dela. A porta começa a se fechar, e eu agarro o cobertor, cobrindo o colo com mais força à medida que se aproxima cada vez mais do batente, mas no segundo em que ela encosta, é aberta de novo.

Chase entra, seus olhos encontrando os meus no mesmo instante.

Merda.

Considerando que me encontraram descansando com uma pilha de cobertores e uma caixa de rocambole meio comida, dar uma desculpa aleatória foi impossível, e é por isso que agora estou imprensada entre Mason e Brady, que acabaram de despencar no sofá, fingindo que planejei estar aqui o tempo todo.

Mason passa o braço em volta do meu ombro e me puxa para ele com um grunhido brincalhão.

— Sinto sua falta, irmã. Sinto que te vejo cada vez menos. Dói.

Uma dor aguda ataca minha caixa torácica, e eu olho para meu irmão, a cabeça cheia de culpa pesada, mas um sorriso em meus lábios.

— Eu também, irmão. — Eu o abraço, afastando-o quando ele morde minha cabeça.

— Que merda é essa? — Dou risada, e ele sorri, pegando o controle remoto do meu colo e mudando para ESPN. *Claro.*

— Como vai aquele grupo de estudos? — pergunta Brady, e eu olho em sua direção. Seu olhar se estreita, ciente de que sou uma grande mentirosa, portanto, faço a única coisa que ele está pedindo.

Aceno, admitindo.

Brady acena de volta, me puxa para ele e beija minha cabeça, roubando a outra metade do meu cobertor ao se ajeitar.

Chase é o próximo, e ergo a mão para dar oi, mas ele faz o que eu *não* esperava, inclinando-se para um abraço. E eu o abraço como já fiz centenas de vezes antes, só que parece a coisa mais distante do normal.

Machuca.

Não sei se é o jeito dele de manter as aparências, mas o jeito que me aperta e as palmas das mãos se abrem nas minhas costas faz com que pareça um apelo, mas eu não saberia dizer o motivo disso, nem se eu tentasse...

Quando ele se afasta, eu me viro para olhar por cima do ombro na direção de Cameron como uma desculpa para esconder o desconforto em meus olhos antes que ele tenha a chance de ver.

— Você precisa de ajuda? — ofereço, pronta para pular do sofá.

Todo mundo ri, e eu franzo o cenho.

— Ah, que engraçado, só que não. Eu não sou inútil. — Empurro Mason, e ele só ri mais.

— Não, querida, você não é — Cameron me acalma, brincando. — Mas eu cozinhei nas últimas duas semanas, então é oficialmente a vez deles.

E sinto mais culpa.

A partir daí, graças a Deus, os meninos colocam a mão na massa, cortando ingredientes que trouxeram e fritando hambúrgueres; Brady entrega as famosas batatas fritas caseiras de sua mãe. Cam e eu pegamos alguns pratos e bebidas enquanto terminavam.

A gente se acomoda na pequena cozinha, e eu, finalmente, consigo ouvir algumas das histórias que os garotos contam de seus primeiros meses aqui, rindo da terrível sorte de Brady em pegar mulheres malucas. Depois, jogamos alguns jogos de nosso jogo de dados favorito, Tizy, e nos acomodamos na sala com as sobremesas – vaca-preta.

Um leve suspiro me escapa quando espio ao redor da sala, percebendo o quanto sinto falta disso, o quanto sinto falta deles.

Arfo quando algo frio toca minha coxa, e os olhos de Brady se arregalam.

— Merda! — Ele olha para sua bebida derramada, ainda caindo no meu colo.

Agito as mãos, e os outros riem.

— Está gelado!

Eles correm em busca de guardanapos, mas é Chase quem mostra um e, ao passá-lo, repara no que tem nele.

Meus músculos travam quando sua cara fechada aumenta aos poucos.

Cameron se aproxima, joga uma toalha em mim, e eu pulo, agindo o mais rápido possível para pegá-la com uma mão e agarrar o guardanapo ainda estendido da mão de Chase... tudo isso para tê-lo arrancado por Cameron.

Ela se concentra no nome e número de Noah, sua cabeça virando na minha direção.

Por favor, não.

— É. — Ela arrasta a palavra com um chiado, sendo excessivamente dramática enquanto o coloca no chão ao lado dela. — Não vamos perder isso.

Faço de tudo para não olhar para Chase, mas quando finalmente o faço, fico aliviada ao encontrar seus olhos apontados para a TV, depois fico irritada comigo mesma por presumir que ele poderia se importar.

Menos de cinco minutos depois disso, sou cuidadosamente lembrada por que pulei os jantares de domingo, e tudo mais, quando Mason começa a falar com Chase das garotas da festa na noite passada... e suas caminhadas da vergonha esta manhã.

Meu estômago revira e, pela primeira vez hoje, o álcool de ontem ameaça aparecer. O calor aumenta em meu peito, espalhando-se pelo pescoço, e estou prestes a começar a suar.

Quero cobrir os ouvidos. Quero me levantar e sair correndo antes que qualquer outra coisa seja dita, mas não posso. Os outros vão olhar para mim como se eu fosse louca, e então ficarão bravos e exigirão saber um motivo para o meu surto, mas não posso ficar sentada aqui. Não quero sentar aqui.

Eu...

Meu telefone solta um bipe e eu o pego depressa, vendo uma mensagem de Noah.

Romeu: Estive pensando e tem uma coisa que devo te dizer.

AH, NÃO.

Dobro os joelhos para cima, minhas sobrancelhas começando a franzir.

Eu: Vá em frente.

Sua resposta é instantânea.

Romeu: Odeio café caramelizado.

Uma risada me escapa e, ao meu redor, todos os olhos se voltam para mim, mas não olho para cima, nem mesmo quando um certo par de olhos verdes queima a lateral do meu rosto.

Eu me ajeito no lugar com um sorriso e mando uma mensagem para meu novo amigo.

Deus abençoe você e seu *timing* perfeito, Noah Riley.

CAPÍTULO 15

ARIANNA

Meu telefone soa com um bipe, o cronômetro dispara informando o fim da quilometragem, então diminuo meus passos.

Assim que tiro os fones de ouvido, meu telefone vibra e o tiro da braçadeira.

Sorrio para a tela e abro a mensagem de Noah.

Romeu: Comi ovos no café da manhã.

Meus pés estacam e eu sorrio ao responder a mensagem.

Eu: Achy Breaky Heart, de Billy Ray Cyrus.

Romeu: Sério?! Como sabe quem ele é?

Ele está sorrindo agora, certeza.

Antes que eu consiga responder, outra mensagem chega.

Romeu: É da Hannah Montana, não é? Você era uma daquelas garotas malucas que choravam quando a pequena Miley cresceu e se tornou... meu tipo de Miley.

Ele manda uma carinha piscando, e eu começo a rir, em parte porque ele está certo, principalmente porque essa conversa é ridícula, mas é bem por isso que é tão divertida.

Eu: Mentiroso. Miley é muito louca para você e sabe disso. Acho que você é mais do tipo "Emma Watson".

Romeu: Tem certeza?

Contraio a barriga, uma pequena gargalhada me escapa.

Eu: Não, acho que não... mas mesmo assim ganhei. De novo.

Romeu: Eu ainda te pego, Julieta. Me aguarde.

Eu sorrio, prendo meu telefone de volta na braçadeira e termino o resto da minha corrida, já que não consegui melhorar meu ritmo, como Mason me desafiou.

Segunda-feira de manhã, quando acordei, Noah me mandou uma mensagem, dizendo que o treinador elogiou Mase depois da sessão de filmagens do time naquela manhã. Respondi a mensagem para ele com "coisa boa" da música *Good Thing*, de Sage the Gimini.

Sua resposta foi um grande sorriso. Sabia.

Naquela noite, recebi outra mensagem, alegando que viu algo estranho no mercado – manteiga de amendoim sabor de Oreo. Enviei o link do KC e JoJo da música *Tell Me It's Real* – Diz que é verdade.

Desde então, tem sido uma brincadeira entre nós dois. Ele me manda algo aleatório e eu provo que as palavras de Trey estão certas. Na verdade, sou equipada com uma jukebox. Como eu disse, é divertido, alegre e tenho certeza de que o único propósito é simplesmente fazer o outro rir, caso um de nós precise. Não é a única vez que conversamos. Como esta manhã, mandei uma foto dos meus tênis depois de entrar sem pensar na poça de lama que eu tinha pisado, um irrigador quebrado deixado para trás, e ele respondeu com uma foto das anotações que estava fazendo na aula.

Nada demais, apenas nós dois conversando um pouco como novos amigos fariam.

Enxugando a testa, saio da pista e vou para o vestiário feminino tomar um banho rápido antes de encontrar Brady para minha prometida sessão de estudo.

Vesti meu short jeans e uma blusa de manga comprida cor de vinho e fui para a biblioteca menos de quinze minutos depois, trançando o cabelo pelo caminho.

Vejo o corpo gigante de Brady no segundo que entro pela porta e rapidamente amarro o cabelo enquanto corro para salvar a coitada da auxiliar de estudante que não tem ideia de onde está se metendo se eu não a resgatar. Sua postura rígida e a maneira como está segurando os livros contra o peito me dizem que não está pronta para todo o charme de Lancaster, mas o intenso brilho em seus olhos grita que gostaria de estar.

Ele vê, e é por isso que está se aproximando, elevando-se sobre o pequeno corpo dela.

Que bobo.

Eu me aproximo e bato a mão em seu ombro. Ele não se mexe nem um pouco, nem sequer olha para mim.

— Bem-vinda à festa, Ari baby.

Os olhos da pobre garota se arregalam ainda mais, e ela baixa o olhar para o carpete manchado sob seus pés.

— Vamos, grandalhão. — Dou risada. — Hora de estudar.

— Estou tentando estudar. — Seu corpo balança de leve, tentando atingir cada nervo com sua pequena insinuação. Só imagino que seu sorriso se tornou feroz porque quando a garota olha para ele, suas bochechas claras ficam de um vermelho-vivo brilhante.

— É melhor eu ir — sussurra a garota e sai das garras de Brady antes de se afastar, desaparecendo atrás da estante mais próxima.

Brady endireita a postura, exalando alto.

— Quase a peguei.

Dou risada e o empurro para as mesas disponíveis.

— Não, não pegou.

Ele sorri, mas não discute.

Sentamos nas cadeiras, e Brady pega duas garrafas de água e quatro lanches de presunto e queijo, colocando-os na mesa entre nós.

Dou risada, sendo rápida em pegar um e dar a primeira mordida.

— Você sempre me salvando.

— Sabe que pode contar comigo. — Ele pisca, atacando o seu lanche.

A gente se perde no mundo da psicologia e, antes que percebemos, já é tarde da noite. Com rapidez, a biblioteca está se enchendo de toda uma nova raça de humanos, os procrastinadores detestáveis e aqueles forçados a dar aulas de monitoria aqui depois do horário.

Recosto na cadeira e Brady imita minha posição.

— Meu cérebro está acabado, Brady. — Coloco a cabeça em seu ombro, e ele descansa a dele em cima da minha.

— Tamo junto. — Ele joga o lápis na mesa. — Quer comer?

Dou risada porque, com Brady, é futebol, comida ou, bem, sexo. Eu concordo.

— Comer seria bom.

— Legal. — Ele me cutuca de leve e se levanta, enfiando os livros na mochila. — Vamos encontrar os caras na lanchonete fora do campus.

Devo hesitar muito porque ele para no meio do caminho e se apruma à sua altura total. Seus olhos azul-esverdeados se estreitam em mim.

— Nem um pio. Você vai comigo.

Bufo e me levanto.

— Não tem como você vir na minha casa?

— Não quero.

— Podemos ir naquela pizzaria descendo a rua?

— Tá bom. Vou ver se eles querem ir para lá.

— Brady... — Olho para a minha bolsa.

Ele suspira e dá a volta pela minha cadeira, me dando seu grande e único abraço de urso.

— Não vou mentir, agora você está me irritando um pouco, Ari baby. Mas tenho olhos, sei que alguma porcaria aconteceu com você e Chase, e está tentando ficar afastada, mas não é justo com o resto de nós. Nós somos seus meninos. Você é a *nossa* garota. Engula essa merda, ou vou acabar expondo meu melhor amigo.

Uma risada triste escapa de mim.

— Não quero deixar nada estranho para ninguém, e é meio... difícil para mim.

Brady fica um pouco tenso.

— Eu sei. — Ele se aproxima do meu ouvido para sussurrar: — Ainda bem que aperfeiçoou essa pose impenetrável, hein... preciso que a coloque para mim bem rapidinho.

Eu me afasto quando ele recua e franzo o cenho para ele.

Ele dá um aceno sutil antes de sua atenção se erguer sobre a minha cabeça.

— E aí, manés! Vieram sondar a área? — Ele sorri. — Porque se foi isso, eu vi a ruivinha tímida ali primeiro. — Ele aponta o polegar por cima do ombro.

Ótimo.

Minha frequência cardíaca dispara e respiro fundo quando os garotos andam ao redor da mesa, e me cumprimentam.

— Irmã. — O sorriso de Mason vacila conforme me olha cada vez mais, mas forço outro para ele se sentir melhor.

— Irmão.

Seus olhos estreitam um pouco.

— Vamos comer alguma coisa, pensei que talvez já tivessem acabado. — Mason olha para minha mochila aberta. — Parece que acabaram.

Chase olha para mim, mas mantenho o foco em Mason.

Merda. Pense, Ari!

— Ah, bem, uh, eu…

— Oi.

Meu coração já acelerado dispara, mas suspiro de alívio quando meu olhar passa por cima do ombro do meu irmão.

Naquele segundo, todos os três se viram para encarar o rapaz que caminhava atrás deles.

Meu irmão abre um largo sorriso, oferecendo ao capitão de seu time um cumprimento de punho fechado.

— Noah, e aí?

Noah retribui o cumprimento de Mason, lançando uma piscadela sutil na minha direção quando meu irmão diz outra coisa que não entendo.

Ele ri.

— Não, cara. Só vim buscar a Ari.

Oooh. Merda.

Minha pulsação está saltando da pele; tem de estar. Estou com muito medo de olhar para o meu irmão, então não olho, em vez disso, me foco nos olhos de Noah. Seu queixo abaixa, provavelmente de forma imperceptível para os outros.

— Está pronta?

— Espera, como assim? — A sombra de Brady me cerca por trás e, à minha direita, meu irmão se aproxima.

Noah não se move um centímetro, mantendo seus olhos azuis em mim.

— Desculpe o atraso, fui pego no centro estudantil.

— Não se preocupe — entro no seu jogo. — Terminamos agorinha.

Um lado da boca de Noah se abre em um sorriso, e eu luto contra o meu.

— Uh… — Mason arrasta a palavra, pigarrenando, e eu, finalmente, o encaro. Ele estende a mão, coçando a cabeça, sua cara franzida oscilando entre a minha e a do meu salvador. Eles se fixam em mim. — Você tem planos… com ele?

Volto a arrumar minhas coisas como desculpa para desviar o olhar, insegura de sua reação e o que ele fará a seguir. Sinceramente, não tem como saber.

— Sim. — Não é bem uma mentira a partir de agora. — Não sabia que vocês viriam, ou não teria feito planos. — Isso foi definitivamente uma mentira.

A postura de Brady se alarga ao meu lado, e eu quase arranco o zíper da mochila devido ao nervosismo.

— Espere um minuto, cacete — Brady, embora bastante calmo, fala devagar, e também não tenho certeza de como avaliá-lo. Ele olha para mim, depois para Noah.

Noah não vacila, mas mantém os olhos firmes nos de Brady, com respeito. Brady arqueia a sobrancelha franzida para mim.

— Quer que eu leve sua mochila para casa?

Meus ombros relaxam.

— Pode deixar, Brady, mas *obrigada.*

— Hum-hum. — Ele beija minha cabeça e se vira para pegar suas coisas.

Quando acho que estamos nos safando com facilidade, uma pergunta repentina, mas prevista, vem da fonte mais *inesperada.*

— Onde estão indo? — pergunta Chase.

Noah está parado em silêncio, aproximando-se para pegar minha bolsa quando começo a colocá-la no ombro e, com um sorriso tenso, olho para Chase como se a visão dele não mexesse com minha cabeça.

— Não decidimos.

Seus olhos verdes se estreitam.

— Então por que não vêm com a gente?

Na hora, procuro Noah, talvez para pedir ajuda, e embora ele não desvie o olhar, não mostra nada além de uma expressão vazia. É a maneira dele de permitir que eu tome a decisão e me dizer que estará ao meu lado seja qual for a minha escolha, em vez de escolher por mim.

— Hum...

Os olhos de Noah perfuram os meus.

Não sei o que fazer. Se eu disser que sim, posso morrer um pouco mais por dentro, e Noah deslizou no modo de resgate como se soubesse que eu precisava disso. Mas se eu disser não, como vai parecer?

Por que eu me importo?

— Ari? — insiste Chase, um pouco menos irritado desta vez.

Noah deve ter notado minha indecisão porque sua tristeza se torna mais vibrante a cada respiração que solta, e seu queixo se ergue uma fração de centímetro, encorajando-me a fazer uma escolha. Uma escolha por mim.

Algo em mim se acalma.

— Não, acho que não — enfrento Chase.

— Por que não? — O cara que me afastou ousa perguntar.

— Não estou com vontade.

Sua cara feia se aprofunda.

— É assim, né?

Injustamente, culpa envolve meus músculos, mas antes que eu seja capaz de responder, Mason – meu irmão louco, controlador e exagerado, que normalmente faz esse tipo de pergunta – cala seu melhor amigo.

— Cara, Chase. Deixa ela em paz, meu. — Ele fecha a cara e dá uma olhada para ele. — Ela disse que não quer ir.

Minha boca quer tanto se abrir agora, mas eu a mantenho fechada na marra, observando... bem, não consigo descobrir se é por horror ou fascínio, quando Mason se vira para Noah, e o cumprimenta com um *soquinho* de novo.

Hum... *o quê?*

— É melhor a levar para casa inteira, assim não preciso ir atrás de você e acabar saindo do time. — O rosto de Mason está mortalmente sério.

Noah responde com um simples:

— Levarei.

Brady ri ao meu lado, me puxando para um abraço.

— Engraçado como esses planos surgiram do nada, não é, e o cara, também? — sussurra.

— Desculpe — murmuro, contra seu suéter.

Brady odeia mentiras. Ele é a nossa voz da razão à sua maneira pervertida e maluca, e basicamente me encobriu.

— Não se preocupe. Se tivessem perguntado abertamente, eu teria contado a verdade. Para sua sorte, não o fizeram, então está tudo bem.

Eu me afasto e sorrio.

— Vejo você amanhã na aula.

— Eu serei o sexy da frente. — Ele sorri, e eu bato em seu ombro.

Com uma inspiração revigorada e uma nova sensação de bem-estar, eu me volto para Noah.

Ele sorri, e eu retribuo o gesto.

— Pronta?

Ele acena com a cabeça bem devagar.

— Tchau, pessoal — digo, mas não olho para eles.

Caminho ao lado de Noah e, juntos, seguimos para a saída mais próxima.

— Meu Deus, Noah, que cheiro gostoso — digo, ao sair do banheiro.

Eu sigo o som de sua risada baixa até o pequeno canto da cozinha, bem quando ele puxa um peito de frango da pequena grelha do fogão da bancada e começa a cortá-lo em longas tiras.

— Onde aprendeu a cozinhar? — pergunto. Espiando por cima do ombro enquanto mexe a carne na tigela de frango com molho Alfredo caseiro que ele preparou como ninguém e num piscar de olhos.

— Minha mãe. — Ele sorri. — Ela me fazia ajudá-la com o jantar todas as noites, dizia que eu precisaria aprender para momentos como este. — Ele pisca para mim.

— Mulher inteligente. — Sorrio, apoiando o queixo no cotovelo sobre o balcão.

— Sim. — Ele ri, mas é um som pesado que me faz olhar da comida para ele.

Um leve franzir de cenho aparece, mas não diz nada, então não pergunto o que aconteceu.

Tenho vontade, mas não pergunto.

— Onde estão os pratos e outras coisas? — Começo a me mexer. — O mínimo que posso fazer é arrumar a mesa.

— Tem pratos descartáveis em cima do micro-ondas. Espero que não tenha problema para você.

— *Minha* mãe disse que teve filhos para nunca mais precisar lavar louça. Então, sim, pratos descartáveis são perfeitos. — Dou risada, e ele se junta a mim.

— Mulher inteligente.

— Não é? Foi uma piada, mas entendi a graça.

Noah ri, desliga o fogo e lava as mãos na pia ao lado do fogão.

— Quer pegar umas bebidas e eu limpo a mesinha de centro para comermos mais à vontade?

— Sim. — Coloco os pratos ao lado do fogão, meus olhos passam rápido para a mesinha encostada na parede. É uma mesa de dois lugares, não grande a ponto de caber as longas pernas de Noah, muito menos as de uma segunda pessoa.

— Esse lugar é muito legal — grito. — Do lado de fora, nunca saberia que está aqui.

Ele contorna a parede que separa a cozinha da sala.

— Sim, meu treinador chama de vantagens de ser capitão do time, mas, às vezes, o espaço não vale toda a chateação que preciso lidar da moradia. No entanto, facilita para tentar manter os primeiros anos sob controle.

— Então, você é basicamente proclamado o estraga-prazeres?

— Não. — Ele coloca o macarrão em uma tigela grande e acena, fazendo sinal para que eu vá na frente dele.

Pego os pratos e vamos para a sala, ouvindo enquanto explica melhor.

— Deixei que se divertissem. Faz parte de toda a experiência que ganharam ao chegar aqui. Contanto que sejam respeitosos e não exagerem durante a semana, sabem que os sábados são suas noites livres para aproveitar, geralmente.

Aceno e me sento ao lado dele no sofá de veludo cotelê, colocando nossas bebidas na mesa.

— Agora fora da temporada… — Ele balança a cabeça com um sorriso. — Fica um pouco descontrolado.

— Aposto que sim. — Tiro meus chinelos slides, dobrando as pernas para cima. — A primavera em casa foi uma loucura, mas mais divertida, com certeza. Os meninos não foram tão rígidos consigo mesmos desde que acabaram os jogos, o que significava que não eram tão duros com a gente. — Balanço a cabeça com um sorriso. — Não que o futebol tenha mesmo "acabado". Sempre havia treinamentos ou algo assim, mas nenhum jogo oficial significava que poderíamos nos divertir um pouco.

— Sim, treino de leve e nenhum treinador na cola. — Ele ri. — Agradeço por haver uma porta no final da escada em vez de no topo. Mantém os descontrolados longe, e não preciso me preocupar com pessoas bêbadas caindo e quebrando a cabeça quando estão perdidas procurando o banheiro. — Vai. — Ele cutuca meu ombro. — Pegue seu prato primeiro, para que eu me sinta um cavalheiro.

Inclinando-me para a frente, faço o que ele pede, admitindo.

— E eu aqui tentando ser educada esperando o sinal verde, mas já aviso, sou conhecida por comer igual a um homem, então nada de julgamentos.

Ele ri.

— Não ousaria. — Ele liga a TV e abaixa o volume, deixando na reprise de *The Office*.

Comida empilhada no prato, mordisco meu lábio por dentro.

— Obrigada, Noah.

— Julieta, olhe para mim.

Meu olhar desliza em sua direção, e ele sorri.

— Pare de me agradecer como se eu estivesse fazendo um favor. Não estou. Eu vi você sentada lá com Brady no segundo que entrei. Fui para encontrá-la, em específico, se quer mesmo saber, e eu estava prestes a perguntar se queria dar uma volta quando vi Mason e Chase se aproximando por trás de você. Tudo o que fizeram foi chegar antes de mim na largada. — Ele olha de volta para a comida e, então, como se decidisse seguir com seu último pensamento, me dá um sorriso malicioso. — Parece que venci.

Minha mão cobre a boca quando começo a rir, e eu olho para ele.

— Então o que está dizendo é... que estou olhando para um vencedor?

Ele se vira para mim com a boca cheia de comida e pisca, satisfeito com a música escolhida – *Winner*, de Jamie Foxx, com participação de T.I. e Justin Timberlake.

Toda boba, concentro-me na minha refeição.

Parece que Noah me entende.

Acho que gosto disso.

Depois de comermos, Noah joga nossos pratos no lixo e volta para se juntar a mim no sofá.

Ele fica quieto e quando me viro para encará-lo, ele faz o mesmo.

— Você nunca esteve aqui, não é? — pergunta.

Suspiro e me recosto nas velhas almofadas.

— Não. Agora que tocou no assunto, eu me sinto como uma idiota. — Balanço a cabeça. — Eles vão se magoar quando descobrirem que vim aqui hoje, certeza.

— Estavam esperando que viesse?

— Mason e Brady me convidaram tantas vezes, mas eu só... não vim.

Ele me olha.

— Chase não te chamou? Implorou para você vir?

Respirando fundo, eu digo:

— Não, não fez nada. Não consigo decidir se está me dando o espaço que deixei claro que preciso ou se está fazendo isso por si próprio, mas de qualquer forma, estou meio cansada disso agora. — Olho para baixo, descascando o esmalte cintilante das unhas. — Quero poder sair, assistir filmes e não fazer absolutamente nada além de estar com meus amigos outra vez. Burrice, né? Já que sou eu quem estraga tudo, para começo de conversa.

— Você não está estragando nada se estiver fazendo o que sente ser o certo.

— Aí é que está — digo, baixinho. — Não parece certo. Necessário, mas certo, não. Quando brigávamos enquanto crescíamos, tudo estava resolvido no dia seguinte. Nós acabávamos bravos um com o outro, sabe? Nenhum de nós. Irritados, putos, o tempo todo, mas não com raiva, com raiva *de verdade*. É uma merda, e nós não viemos para a faculdade juntos para que isso acontecesse durante o nosso primeiro semestre.

Noah não diz nada a princípio, mas assim que olho para ele, ele fica mais à vontade.

— Como aconteceu tudo?

Meu olhar cai para onde seu joelho coberto pelo jeans agora toca o meu, e um pequeno sorriso surge em meus lábios. Ele não percebe, está simplesmente relaxado, e percebo que eu também estou. Estou sem chinelos, as pernas dobradas debaixo de mim, e meu corpo acomodado nas almofadas como se eu tivesse sentado neste lugar mil vezes.

Meio que me sinto assim.

Olho para cima e encontro seus olhos azuis insanos me analisando e, por algum motivo, sinto a necessidade de desviar o olhar.

— Ari?

— Hum?

Noah sorri.

— Como toda a sua turma veio parar na Avix?

— Ah. — Eu ri. — Tá bom. Então, nossos orientadores no ensino médio pensaram que éramos loucos porque, literalmente, no primeiro dia do primeiro ano, fomos todos juntos para o escritório, com bilhetes de nossos pais em mãos, e contamos a eles nosso plano, pedindo horários que ajudariam a fazer isso acontecer. Tínhamos aulas de verão todos os anos para nos adiantarmos e, no caso, de termos dificuldades mais tarde. Assim que concordamos nesse plano, começamos a restringir as faculdades com base no que todos queriam. Ninguém queria deixar a Califórnia, então isso estreitou a lista, mas ainda nos inscrevemos fora do estado, só por precaução.

Sabíamos que os garotos entrariam em qualquer lugar, então procuramos o melhor time em vez do melhor programa de educação infantil para Cameron. No final, escolhemos a Avix.

— Não ouvi seu nome aí.

— Você tem razão. Não ouviu. — Sorrio. — Não me importava para onde íamos.

— Sério? — Ele está mais curioso do que surpreso. — Nem uma única condição?

— Não.

O canto da boca de Noah se curva.

— Por que tenho a sensação de que tem uma razão por trás disso que está optando em não me contar?

— Porque tem. — Dou uma risada. — É muito embaraçoso para revelar, mas admito que pressionei por uma grande casa fora do campus, mas meu pai negou num piscar de olhos. Depois que os garotos tiveram sua reunião com o diretor esportivo, que era meio babaca, a propósito, descobrimos que isso estava fora de questão, de qualquer maneira. Sinceramente, o dormitório do terceiro nível que encontramos é perfeito, no fim das contas.

Noah sorri, concordando.

— E você?

— O que tem eu?

— Como Noah Riley, *quarterback* superstar, acabou em Oceanside?

— Ha-ha — brinca e desvia o olhar, antes de olhar de volta para mim.

A princípio, eu me pergunto se ele não vai contar, mas então acena.

— Sou da região, fiquei próximo para ficar perto da minha mãe.

— Ah, que fofo — digo, com a voz meiga.

Noah dá um olhar brincalhão, e não consigo deixar de rir.

— Adoro isso. É basicamente por isso que queríamos ficar, também. — Eu me inclino para trás, abraçando os joelhos dobrados. — Ela é a verdadeira master chef, não é? Eu sei que me disse que ela te ensinou a cozinhar, mas aposto um dólar que as receitas que usa são dela.

— Um dólar, hein?

— O que posso dizer? Sou uma universitária falida. — Dou de ombros.

Noah ri, mas está sério, e não posso deixar de procurar mais em seus olhos.

— Você e sua mãe, vocês são próximos. — Meu tom é gentil.

— Sim — admite. — Ela é tudo que eu já tive.

— Aqui em Oceanside?

Seu olhar encontra o meu.

— Em qualquer lugar.

— Sério?

Ele concorda.

— Nada de irmãos… um pai desaparecido, talvez?

— Não, também, não. Sem primos, tias, tios, nem mesmo avós. Somos apenas nós.

Uma pequena dor se forma em meu peito.

— Isso é triste.

Ele dá de ombros, desviando o olhar.

— Normal para mim. Nunca tive nada além dela, então não havia nada a perder.

— Você deve sentir falta de vê-la todos os dias. Deve se sentir sozinho aqui.

A piscadela de Noah é lenta, mas não diz nada.

Agora que penso nisso, nunca o vi com ninguém. Está sempre sozinho.

Será que ele gosta dessa forma?

Não consigo imaginar a vida sem meus amigos e família. Seria tão duro se eu não tivesse em quem me apoiar quando a vida ficasse difícil.

Quem ele tem em sua vida para pegá-lo caso caísse?

— Então, você e Cameron — ele muda de assunto — sempre foram melhores amigas?

— Desde o nascimento, sim. — Dou risada.

— Ela vem sempre aqui.

— Sim — concordo. — Acredite em mim, eu sei. Faz questão de me dizer.

— Por que não vem junto com ela da próxima vez? Sobe aqui para ficar comigo — sugere.

Minhas bochechas esquentam e ele ri.

Olhamos um para o outro por um momento, e seu sorriso desaparece aos poucos. Sua língua se projeta para molhar os lábios, chamando minha atenção para sua boca, mas só por um segundo.

Eu me levanto.

— Tenho que ir.

— Sim… Eu levo você.

Eu sorrio.

— Posso ir andando, Noah. Moro do outro lado do campus.

Ele franze a testa e fica de pé, forçando meu queixo a levantar para encontrar seu olhar.

— Acha mesmo que eu deixaria você descer essas escadas, passar por uma casa com vinte ou mais caras, e sair sozinha?

— Sabe que meu irmão e meus melhores amigos estão entre eles, né? — Sorrio, e seus olhos se estreitam mais, me fazendo sorrir. — Vamos. Desça comigo, e se Mase *não estiver* por perto, eu te levo comigo.

— Que tal planejarmos que eu leve você, mas ainda pode ver se Mason está aqui de boas?

Minhas bochechas esquentam e dou risada conforme descemos a escada.

— Vamos, Romeu.

No último degrau, Noah estende a mão por cima do ombro e destranca a fechadura, abrindo a porta.

Alguns caras grandes acenam com a cabeça para Noah quando saímos, sorrindo para mim como se soubessem exatamente o que estávamos fazendo. Seus sorrisos são muito parecidos com o de Brady – uma mistura de papai orgulhoso com um pequeno toque travesso. Conforme Noah para e responde a uma pergunta de um deles, passo pela entrada e entro na área comum, permitindo que meus olhos viajem pelo grande espaço.

Tem uma TV em cada uma das duas paredes, uma mesa de sinuca no centro e dois sofás encostados em lados opostos. As paredes são de um azul profundo, um gigantesco logotipo branco da Avix Sharks pintado bem no meio. A lareira tem troféus – espero que estejam colados – espalhados ao longo dela, com algumas latas de cerveja abandonadas aumentando a realidade de uma moradia cheia de universitários.

Sorrio, vendo o lugar pela primeira vez. É bem o que imaginei, talvez até um pouco mais limpo do que pensei. Deslizo a mão pelo batente da entrada, tampas de garrafas de cerveja aleatórias presas ao longo das bordas, procuro por Mason, mas não vejo muito antes de uma voz clara irromper atrás de mim:

— Pensei que tinha *saído* para jantar?

Eu me viro, ficando cara a cara com Chase.

Minha respiração congela na garganta, e dou uma olhada rápida para Noah, que ainda está conversando com seu companheiro de time. Eu me forço a olhar para Chase, rezando para que minha voz saia firme ao responder:

— Noah cozinhou para mim.

Chase zomba:

— Sim, aposto que decidiu levá-la em seu quarto *de última hora.*

Levanto a cabeça.

— Vai mesmo agir assim agora?

Chase se aproxima, sua voz um sussurro tenso apenas para eu ouvir:

— O que espera, Arianna?

Meu peito aperta de raiva, mas por baixo disso tem o sofrimento, a dor. Pisco, balançando a cabeça.

— Nada. — Lanço um rápido olhar para Noah, que ainda não viu Chase, mas agora está vindo em minha direção. — Não espero nada de você, Chase. Aprendi minha lição.

As sobrancelhas de Chase se franzem, mas não diz nada.

Ainda bem que Mason aparece no segundo seguinte, seus olhos se estreitando quando observa nosso estranho confronto.

— Ari? — Meu irmão lança seu olhar tenso para Noah ao se aproximar de mim. — O que está fazendo aqui? Veio ver a moradia? — pergunta.

Não entro em detalhes, em vez disso, fico com as respostas mais simples.

— Estava procurando por você.

Ele se aproxima, apoiando o cotovelo na parede para bloquear meu rosto dos outros, linhas de preocupação se formando em seu rosto, mas aceno com a cabeça.

Estou bem. Prometo.

Mase assente.

— Pode me levar para casa?

— Sim, vou pegar minhas chaves — diz, bem quando uma loira se enfia debaixo de seu braço apoiado na parede. Assim que olha para baixo, ele sorri.

— Quer saber, está tudo bem — digo, apressada, uma necessidade repentina e desesperada de fugir dali.

— Como assim? Não. — Ele gira os ombros, mais para dispensar a garota. — Está tudo bem. Claro que vou te levar.

— Eu vou levá-la. — Chase começa a caminhar em direção à porta como se suas palavras fossem definitivas, mas meu irmão se adianta.

— Não, está tudo certo. — Mason balança a cabeça, dando uma rápida olhada na garota.

Ofereço a ela um sorriso de desculpas, olhando para Noah conforme se aproxima, e aquela respiração que estou segurando se transforma rapidamente em um nó que engulo em seco.

Os nervos formigam minha pele enquanto espero, sei o que está por vir e não tenho ideia de como vai acabar.

— Pode deixar, cara. — Noah dá um sorriso fácil. — Eu já queria levá-la embora. Disse isso a ela antes de virmos aqui.

Meu estômago aperta com sua admissão direta e espero pela resposta do meu irmão.

Mason vira o olhar em minha direção, a cara fechada para mim, mas então sorri, voltando sua atenção para Noah.

— Aposto que ela ficou vermelha, hein?

Minha boca se abre e Noah ri, mas não confirma. Ele guarda essa informação para ele.

— Tem certeza, mano? — Mason estende a mão e eles batem os punhos no cumprimento típico de garotos.

— Afirmativo. — Noah se vira para mim, apontando para a porta.

Quando me preparo para passar, meus olhos deslizam para Chase.

Ele fica parado com o maxilar firme e virado para a frente, mas não diz nada.

Por que diria?

Noah me leva para casa, me deseja boa-noite e vai embora.

Eu me deito. Outro dia arruinado quando as lágrimas que não consigo conter começam a cair.

CAPÍTULO 16

ARIANNA

— Como é possível estar tão quente? — Cam reclama ao se levantar da arquibancada, começando a arrumar seus livros.

— Sentar nesses assentos de plástico não ajuda muito. Estou pingando de suor.

— Devíamos mandar os meninos colocarem um toldo para nós.

— Porque eles têm tempo para fazer isso antes do treino.

Ela ri, tirando os meus pés do encosto da cadeira à minha frente para que possa passar.

— Verdade, mas podemos continuar falando dos motivos de ainda estar muito quente, e estamos oficialmente em outubro? Quero dizer, que merda é essa? Estamos no sul da Califórnia, pelo amor de Deus.

— É o metal, a relva e o sol. Você já sabe. Fique na sombra e vai cair uns sólidos quinze graus.

— Por isso sugeri o toldo. — Ela sorri. — Beleza, tchau. Meu professor quer que eu vá ao centro de educação infantil para conhecer alguns dos pais na saída hoje.

— Você estará em casa esta noite?

— Sim. Até mais.

Aceno e coloco meu livro no peito, fechando os olhos para assar sob o brilho suave do sol.

Não tenho certeza de quanto tempo se passou quando o barulho das chuteiras no cimento chega aos meus ouvidos.

Protejo os olhos com a mão e os entrecerro para a sombra que se aproxima.

— Está tentando pegar uma queimadura de sol?! — grita Noah, algumas fileiras abaixo.

Ainda não consigo ver seu rosto, mas me sento com um sorriso.

— De jeito nenhum, o sol e eu nos conhecemos há muito tempo. Ele é bom para mim.

Noah ri e, ao subir os próximos dois degraus, finalmente aparece.

Ele está com o rosto vermelho, pingando de suor e... ridiculamente atraente.

Ele sorri, passando a mão no cabelo liso e escuro, e as mechas suaves e mais claras por conta do sol aparecem.

— O que está fazendo aqui? Veio me ver? — provoca.

— Rá! Desculpe, mas faço isso há anos. Acho que você é só um bônus.

Suas ombreiras levantam e ele pisca.

— Foi o que pensei, considerando que te vi aqui semanas atrás.

— Agora já sabe?

Ele apenas sorri, então bato no livro no meu peito.

— Cam e eu começamos a vir para os treinos deles no ensino médio, então continuamos a rotina quando chegamos aqui.

— Legal — concorda.

— Terminaram por hoje? Ainda é cedo. — Olho para o meu telefone.

— Sim, assistimos a dois jogos nossos esta manhã, fizemos musculação logo depois, então o dia foi redobrado hoje. — Ele pega a toalha enfiada na parte de trás das ombreiras e enxuga as sobrancelhas. — Mas abriu o apetite.

Sorrio.

— Abriu, né?

— Abriu. — Ele inclina a cabeça. — Quer me ajudar a cozinhar de novo esta noite?

Baixo os pés da cadeira à minha frente, colocando o livro no meu colo.

— E que ajuda eu fui para você da última vez?

— Você me ajudou a comer. — Seus lábios se curvam de um lado.

Uma risada escapa de mim, aparentemente um pouco alta demais, porque chamo a atenção de vários de seus companheiros de time quando estão indo para o vestiário e, claro, Brady e Chase estão entre eles. Ambos param, seus olhos disparando para onde estamos. Subconscientemente, eu afundo no assento.

Noah percebe o movimento e olha por cima do ombro, acenando ao se virar para mim.

Quero me encolher, constrangida com minha reação infantil, mas quando olho para Noah, não vejo qualquer traço de julgamento, muito pelo contrário.

O sorriso leve de Noah me faz soltar a respiração, o brilho de compreensão em seu olhar me faz admitir:

— Odeio isso.

Os lábios de Noah se contorcem.

— Eu sei.

— O treino acabou, Arianna! — grita Chase, ainda parado no mesmo lugar, mas meus olhos estão em Noah, que vira a cabeça para disfarçar, mas não antes de eu perceber a cara fechada.

Forçando-me a olhar para o túnel de entrada do vestiário, vejo Mason alguns metros atrás. Ele acompanha o time, tira as ombreiras enquanto caminha, e quando ele olha para cima, vê Chase parado. Os olhos de Mason seguem sua linha de visão para mim e Noah. Ele franze o cenho, hesita por uma fração de segundo, mas então cutuca o ombro de Chase por trás para fazê-lo se mexer.

Eles desaparecem de vista com os próximos passos dados.

Um suspiro me escapa e eu me levanto, incapaz de olhar para Noah.

— Acho que não serei uma boa companhia esta noite. Podemos remarcar?

— Claro — responde Noah, sem um pingo de desagrado. Então, por que um forte sentimento de decepção me pesa?

Só mais tarde naquela noite, quando estou vasculhando o freezer, é que percebo que a decepção que senti antes… era comigo.

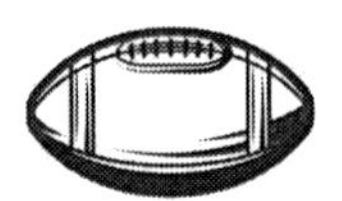

— Droga — diz Cam, com a voz arrastada. — Aquele homem é impecável.

Suspiramos, olhamos uma para a outra e caímos na gargalhada.

— Sério, Ari. Você precisa agarrar esse cara.

Sorrio, observando quando Noah faz o mesmo, mas o dele é direcionado para uma linda garota loira que está caminhando em sua direção com o que parece ser um prato de cookies.

Algo no meu estômago se agita e eu franzo o cenho.

— Quem é aquela? — pergunta Cam.

Dou de ombros, observando a maneira graciosa com que ela se move – parece uma bailarina flutuante.

— A Bela Adormecida para seu belo príncipe.

— Hummm, não. Você entendeu tudo errado.

Arqueando uma sobrancelha, brincalhona, eu me viro para ela.

— Explica.

— Claro, o homem pode parecer um príncipe e, a propósito, o da Cinderela é que tem cabelo escuro, e não de qualquer Bela Adormecida pudica. — Dou risada, e ela continua: — Enfim, sim, ele é todo bonitinho e essas coisas, mas por baixo de toda essa beleza é um animal. Tem que ser. Ele é muito bom para ser domesticado.

Cameron se apoia nos cotovelos, sorrindo para mim.

— Aposto que ele ganha vida no quarto.

— Cale a boca. — Dou risada.

— Não estou brincando. Aposto que ele se transforma em outro homem, dando aquela vibe do melhor dos dois mundos. — Ela reflete um minuto. — É. Ele não faz sexo; ele adora foder.

Fico boquiaberta com ela e, rimos de novo juntas.

— Tá bom, já chega antes que ele te ouça.

— Estou te dizendo, ele é uma fera, e você é a coisa mais próxima da Bela que já vi.

— Você é idiota.

— Vamos perguntar. — Ela dá um pulo, e meus olhos se arregalam, minha mão dispara para segurar seu pulso, mas ela abre a boca antes que eu consiga puxá-la para trás. — Oi, Noah! — grita, e meu rosto se transforma em um tomate quando ele e a bailarina viram seus sorrisos para nós. — Uma perguntinha, nada demais, só uma resposta, tá?!

Noah vira seu olhar para mim, depois de volta para Cam.

— Estou ouvindo!

Cameron pisca para mim por cima do ombro, voltando-se para Noah com a mesma rapidez.

— Bela Adormecida ou A Bela e a Fera?

Ele olha na minha direção, minha pele arde quando seu olhar queima meu rosto, tentando decifrar o absurdo de Cam. Quase que imperceptivelmente mais rápido, os olhos de Noah vão para a garota ao lado dele, e depois se voltam para mim. Pode ser que agora eu não esteja vendo nada, mas também posso jurar que ele segue o comprimento do meu longo cabelo castanho até onde desaparece sobre meu ombro esquerdo.

Dou um suspiro involuntário quando ele vira seu sorriso para Cam.

— Ah, qual é. Não me faça responder a isso.

Sua resposta é a cara *dele*.

Meus lábios se contraem.

Satisfeita, Cam volta a se sentar, sussurrando:

— Você percebeu que ele entendeu tudo, tipo, pegou no ar o que eu estava querendo dizer?

— Pare de chatice, você não sabe ao certo — sussurro, entredentes.

— Cara, Ari. É fofo que você finja o contrário. Agora, seja discreta, mas olhe para ele.

— Não.

— Por favor — implora. — Aposto um batom que ele está esperando por seu olhar.

— Tudo bem, mas eu escolho a cor.

— Fechado.

Sento-me, passando os dedos pelo cabelo para tentar parecer indiferente ao olhar em sua direção. Infelizmente para mim, congelo, visivelmente, e o homem... que está, sim, olhando para mim, percebe. Sempre um cavalheiro, ele lambe os lábios para esconder o sorriso, e minha pele ameaça me delatar, mas então percebo que isso não é tudo.

— Meu Deus, você me paga, ele está vindo! Com a garota!

A cabeça de Cameron se inclina para trás, rindo.

— Isso só melhora. Ele está prestes a resolver a merda, observe.

— Cale a boca.

— Você vai me agradecer.

— Você é um saco.

— Você me ama.

— Oi.

Nossas cabeças se voltam para os recém-chegados, um grande e gordo sorriso falso e *envergonhado* estampado no meu rosto, um sorriso legítimo e divertido no de Cam.

— Oi! — dizemos juntas, e luto contra a vontade de cutucar suas costelas com o cotovelo.

— Cameron. — Ele quase não olha para ela.

— Noah. — Ela se recosta, apoiando-se nas palmas das mãos.

O cabelo escuro de Noah está quase todo escondido sob o capuz, os olhos azuis brilhando em contraste com a cor cinza. Ele tira o capuz devagar.

— Esta é minha amiga Paige. — Ele aponta com a cabeça para a linda criaturinha ao lado dele.

Não preciso olhar para minha melhor amiga para saber que ela está sorrindo, satisfeita.

Ergo a mão na tentativa de acenar, mas ela dá um passo à frente, envolvendo-me em um abraço leve e inesperado, antes de recuar e voltar para o lado de Noah.

— Prazer em conhecê-la, Ari. — Ela cruza as mãos atrás das costas. — Ouvi muito ao seu respeito.

Minhas sobrancelhas se erguem e procuro as palavras certas, mas meu cérebro está travado, então rio para disfarçar o nervoso.

Espio Noah, e ele me dá uma piscadela brincalhona.

— Prazer em conhecê-la, Paige.

Paige sorri, mostrando mais perfeição.

— Deveríamos sair algum dia.

Hum...

Sorrio.

Ela se vira para Cam.

— Prazer em conhecê-la, também, Cameron. Odeio ir embora agora, mas os domingos são meio loucos para mim.

Meus olhos se voltam para ela.

Então ela e Noah estão "ocupados" aos domingos?

Noah pigarreia.

— Vou acompanhá-la até o estacionamento.

Paige sorri, acenando quando começam a se afastar.

— Espero vê-la de novo, Ari.

Mantemos nossos sorrisos no lugar até eles desaparecerem e nos viramos uma para a outra.

Fico a encarando.

Cam retorce o nariz.

— Talvez ela seja gay?

Solto um gemido e me levanto.

— Ele gosta de você, Ari — diz ela.

— Cale a boca, Cam. — Eu me afasto.

— Não aja como se não ligasse! — grita.

Mostro o dedo do meio para ela, vou até a fileira de *coolers* comunitários e pego uma água.

Sendo domingo, deveria ser um jantar em família esta noite, mas como o time teve a semana livre, a moradia deles está realizando o que nos disseram ser o churrasco anual. Eles convidam familiares e amigos e qualquer outra pessoa que não veem sempre, e é um ponto de grande encontro improvisado ao lado do campus. Ainda bem que os meninos estão contando isso como nosso encontro semanal.

Depois de alguns pequenos goles, vou até meu irmão, que está cuidando de uma das muitas churrasqueiras.

— Oi, irmão.

— Oi, irmã. — Ele olha para mim e depois para o frango que está virando. — Se divertindo?

— Estou. — Olho ao redor.

— Bom. — Ele pega sua cerveja e dá um gole, me olhando por cima do gargalo da garrafa. — Você está bem?

Minha boca se abre, mas eu a fecho, oferecendo um pequeno aceno de cabeça.

— Tem certeza? — pergunta.

— Eu... — Suspiro, cedendo um pouco. — Tive alguns meses difíceis, mas estou me sentindo melhor agora.

— Melhor, ou um pouco melhor?

— Depende do dia.

Suas feições se contraem com a minha honestidade e seus ombros cedem. Seus olhos castanhos procuram os meus.

— Se algo estivesse errado, se precisasse de mim, você me diria, né? Mesmo que eu possa ser um idiota, às vezes, nunca deixaria de me procurar se precisasse de mim, não é?

— Se eu precisasse de você, *quando* eu precisar de você, não vou hesitar, sabe disso — respondo, baixinho e com sinceridade, e o canto da boca dele se ergue. — Mas talvez seja preciso dizer que, às vezes, haverá coisas que não vai querer ouvir, e essas coisas serão as que decido não dizer.

Sua mandíbula cerra e ele desvia o olhar, mas quando seus olhos voltam para os meus, estão calmos.

— Acho justo — concorda. — Eu te amo, sabia? Mais do que tudo.

Sorrio e me inclino para abraçá-lo.

— Sim, Mase. Eu sei.

A tristeza em meu tom de voz é acidental, mas ele percebe. Meu irmão simplesmente não entende, e é por isso que está frustrado comigo.

Ele não tem ideia de que cavou um buraco do tamanho da Represa Hoover entre mim e Chase, porque eu não disse a ele que arriscamos sem pensar. Ele sabe de alguma coisa, mas não tem a menor ideia de como isso é profundo. Em sua cabeça, tudo o que faz relacionado a mim vem da proteção, mas o que ele está começando a entender muito, *muito* devagar, é que não somos mais crianças. Tem algumas coisas que ele não pode e não deve me proteger.

Independente disso, apenas um idiota colocaria a culpa em Mason.

Pode ter sido ele quem apagou o fósforo, mas foi Chase quem o jogou no mar.

Essa foi uma decisão que ele teve que tomar, me afastar ou me aproximar, e decidiu me afastar.

E está tudo bem.

Se houvesse uma coisa que eu gostaria que ele e eu tivéssemos, seria a oportunidade de descobrirmos juntos que não daríamos certos. Talvez assim eu pudesse chegar ao ponto de entender sem toda a confusão.

É uma pena sofrer por um homem que nunca tive.

A dor dentro de mim se revela ao acaso, e essa dor vem de um amor que nunca existiu. Um que nunca teve a chance de crescer.

É aquela sensação de ser roubada que dói mais do que qualquer coisa a essa altura, mas se há algo positivo a se tirar dessa experiência, é que o amadurecimento só vem do sofrimento.

De que outra forma deveria descobrir o que deseja de verdade?

Do que você se recusa a abrir mão?

O que você merece em um parceiro?

Acho que não dá para saber sem a pressão do sofrimento.

Quero tudo de alguém.

Quero tudo de alguém e nada menos que isso.

Chase não poderia me dar isso, e talvez eu devesse agradecer que ele percebeu antes que as coisas ficassem mais profundas.

Talvez seja a minha maneira de encontrar uma desculpa para uma péssima jogada.

Suspiro, recuando.

— Ari — chama Mason, sentindo meu distanciamento. — Sinto falta de sair com você. Fica?

Com um sorriso bobo, abraço meu irmão e, quando olho por cima de seu ombro, o universo decide me testar.

Meus olhos se fixam nos castanho-dourados.

— Não vou a lugar nenhum. — Eu me afasto, pego a bandeja de carne pronta. — Devo levar isso para as mesas?

— Se puder. — Mason acena com a cabeça, voltando-se para a grelha.

No caminho em direção às mesas de comida, pego os olhos de Chase do outro lado mais uma vez, só que agora, sou eu quem desvia o olhar.

Uma mão desliza na minha frente, passando com uma tigela de macarrão, e eu coloco a montanha de frango na mesa forrada por uma toalha.

— Então seu irmão pegou o gene da culinária — brinca Noah.

Eu o cutuco com o braço, apertando as bordas do papel alumínio.

— É muito difícil virar o frango?

— Quem diria que churrasco é só isso? — brinca. — Vire-o e pronto.

Cruzo os braços e o encaro com um olhar brincalhão.

Noah ri, seu olhar indo para a direção que pretendo ignorar.

— Preciso ir, mas queria me despedir primeiro.

— Não precisava voltar só para se despedir. Podia ter me mandado uma mensagem.

Ele nega com a cabeça, seus olhos azuis observando meu rosto.

— Não tenho muito tempo livre nos fins de semana, mas talvez queira fazer alguma coisa durante a semana? As aulas de culinária continuam de pé.

— Isso porque ainda não viu como eu sou ruim.

— Entendo isso como um sim. — Ele sorri. — Então, esta semana, combinado?

Engulo um sorriso, concordando com a cabeça.

— Ótimo, porque eu ia te chamar até você dizer sim — acrescenta, me fazendo rir.

Noah olha além de mim outra vez conforme se afasta.

— É melhor eu ir.

— Eu quero que você fique.

Ele congela por um segundo antes de um sorriso radiante tomar conta de seu rosto, e ele ri, forçando o meu a escapar.

— Sua jukebox reproduz todos os gêneros.

— Sim.

Noah dá um passo em minha direção e, ao se aproximar, seus olhos, um pouco mais escuros do que o azul de sempre, fixam-se nos meus e, de repente, não tenho tanta certeza de estar respirando.

Está confirmado de que eu não estava quando um suspiro baixo enche minha garganta assim que pressiona os lábios no ponto mais alto da minha bochecha. Eles deslizam ao longo da minha pele, talvez por engano, quando ele se afasta, mas de qualquer maneira, o calor de seus lábios queima por todo o meu pescoço.

Noah aperta gentilmente meu bíceps e se afasta.

Meus olhos se recusam a se desviar de sua cabeça e só o fazem porque minha melhor amiga se aproxima e me cutuca com o quadril.

Ela abre um saco de batatas fritas e joga uma em mim.

— Bela Adormecida, uma ova.

CAPÍTULO 17

ARIANNA

— Tudo bem, vamos ouvir.

Noah sorri, lançando uma olhada enquanto se mexe.

— O que você quer saber?

— Seus segredos. — Faço uma pausa para efeito dramático. — Porque não tem como você preparar esse molho na meia hora que demorei para deixar minhas coisas no meu dormitório e chegar aqui.

— Você tem razão — concorda, colocando a longa colher de pau bem no balcão. — Não fiz o molho — admite quando passo por ele, levanto a colher e a coloco em um prato descartável. — Não fiz o molho em 30 minutos, demorei dez.

Minha cabeça vira de supetão para ele.

— Desculpa, o quê?

Ele sorri e começa a andar de costas para a sala, então, assim como ele quer que eu faça, eu o sigo.

— Certo, Gordon Ramsay. — Coloco nossas bebidas na mesa e sentamos nos lugares que nos acostumamos a comer nas últimas segundas-feiras. — Diga-me como.

— Desculpe, não posso fazer isso. — Ele nega com a cabeça, sem esperar que eu me sirva, e coloca para mim.

Estendo a mão e ponho um pedaço a mais de frango no meu prato.

— E por que não?

Os olhos de Noah deslizam para mim e ele sorri.

— O único jeito de aprender é fazer comigo.

— Isso parece coerção.

Ele arqueia uma sobrancelha escura.

— Foi preciso coerção para trazê-la aqui esta noite?

Mostro a língua coberta de comida para ele, e Noah balança a cabeça e ri.

Depois de algumas mordidas e sintonizando a cena em *Superbad – É hoje*, onde McLovin consegue sua identidade falsa, me viro para Noah.

— Então, posso escolher o cardápio?

— Só se revezar na cozinha.

— Sim, claro, se quiser uma noite comendo miojo acompanhado de salgadinho.

— Acontece que eu gosto de miojo.

— Que mentiroso.

— Nada.

— Como um cara que cozinha assim pode gostar de miojo?

— Você já incrementou o seu? Um pouco de limão, molho de pimenta mexicano e coentro?

Fico boquiaberta com ele, e ele ri, acrescentando:

— E ovo cozido, molho de soja e molho de pimenta tailandesa?

Pisco dramaticamente, e ele joga o guardanapo para mim.

— Tudo bem, você venceu. — Aceito a derrota. — Você escolhe, mas precisamos marcar uma noite de miojo em algum dia. Quero aprender tudo disso, desde miojo pobre ao refinado miojo e essas coisas aí.

Noah assente.

— Quero te ensinar.

— Bom. — Aponto o queixo e ele sorri. — Vamos começar no domingo?

Quando ele franze o cenho, acrescento depressa:

— Ou, quero dizer, quando tiver tempo. Quem sabe, depois da temporada, talvez.

Pare de falar, Ari.

— Não quero esperar até depois da temporada, Julieta. — Noah tenta esconder sua diversão ao olhar para mim. — Aos domingos não posso, só isso.

Porque você e a bailarina estão ocupados nesse dia...

Pensar nisso me faz querer fechar a cara, mas consigo me segurar.

— Que tal oficializarmos as segundas e acrescentarmos as quartas? — pergunta. — Esses são os dias mais tranquilos para mim, já que tenho treino cedo e as aulas terminam antes do almoço. E você?

— Sim.

Ele olha para mim, e eu balanço a cabeça, fechando os olhos por um momento.

— Quero dizer, idem. — *Não, espera.* Eu me viro um pouco para ele. — Não, não é igual. Não tenho treino, obviamente, mas, sim, esses dias também são bons para mim.

Noah deixa de sorrir e me pergunto que merda está acontecendo comigo.

Ainda bem que consigo não divagar pelo resto da noite e, quando Noah me acompanha até em casa, o curto trajeto é cheio de piadas e risadas.

Na manhã seguinte, acordo e encontro uma mensagem do nosso menu "proposto". Então, oficializando, anoto nossos planos no meu calendário e procuro por ele no meu aplicativo do banco. Ele disse que iria ao mercado, então mandei um pouco de dinheiro da minha reserva para alimentação.

Noah devolveu.

É quarta-feira, estamos quase terminando a primeira refeição, então vou até o banheiro e enfio quarenta dólares no zíper da frente da mochila dele. Estou de volta à cozinha antes que ele tenha tempo para suspeitar.

Noah leva a colher à boca, onde minha atenção se concentra quando ele sopra a mistura quente. Quando sabe que não vai queimar minha boca, ele traz a colher em minha direção.

— Prove.

Seus olhos estão tão diferentes do tom de azul que já vi antes. Tão sobrenatural e brilhante, mas tempestuoso, igual ao que você esperaria encontrar no deus do mar. Um pouco perdido e solitário, talvez. Uma pitada de selvageria. É intrigante, a cor. Ou talvez, seja a emoção que consigo ler dentro deles.

Como posso ler a emoção dentro deles?

— Julieta?

Pisco, baixando o olhar para a colher.

— Desculpa — murmuro, fechando os lábios em torno dela.

O saboroso molho preparado com pimenta caseira e mirtilo atinge meu paladar, a explosão dos sabores arrancando um gemido satisfatório de mim.

— Tão bom. — Deixo o molho repousar na língua por um instante. — Sabe, se a coisa toda de se tornar jogador profissional não der certo para você, pode ser um chef.

Não tinha percebido que fechei os olhos, e quando olho para Noah, ele afasta os dele da minha boca.

Ele se vira para a pia, largando a colher lá dentro.

— Você acha bom mesmo, ou precisa de mais pimentão amassado?

Quando não respondo, ele olha para mim, encontrando minha cara confusa.

— pimenta em pó...

— ...igual a pimenta das pizzas?

Ele sorri e se vira para apoiar o quadril na pequena bancada.

— Você prestou atenção quando colocamos os temperos?

Na comida? Não. Ao foco e tranquilidade que toma conta de você quando cozinha? Sim. Sim, nisso eu prestei atenção.

— Não?

Ele ri, me batendo de brincadeira com o pano de prato.

Dou de ombro.

— Achei que meu trabalho era entregar coisas para você e dar opiniões honestas a respeito do gosto.

— Uh-huh, e como vai cozinhar sozinha se faz isso? — provoca.

— Tá, uau. Se eu lhe dei a impressão de que seria uma possibilidade, sinto muito. — Sorrio, uma risada me escapa. — Basicamente, vou precisar de você e de suas habilidades dignas de um grande chef para sobreviver longe de casa.

Espero por sua risada ou piada, mas não o faz.

O olhar de Noah flutua em meu rosto, e ele dá um aceno quase imperceptível.

— Acho que pode dar certo.

Não sei por que, mas o calor se espalha pelo meu pescoço bem devagar.

Ele vê e, em vez de se virar e fingir que não viu, ele segue o calor passando pela minha clavícula. Eu deveria desviar o olhar, mas não quero. Eu quero vê-lo me olhar. Quando seus olhos escurecidos param nos meus, algo dentro de mim se revira. Enrola-se e estica, e eu me viro para encarar o balcão. Afasto o saquinho com os ingredientes do molho de lado, colocando o que está cheio de coisas para fazer a empada no lugar.

Meu corpo está pesado, confuso, mas respiro através disso tudo, engolindo o nó na garganta.

— Juro por Deus, Noah, se essa empada estiver gostosa, não vai congelar nada. Vou comer tudo esta noite, sem brincadeira.

A risada de Noah é baixa e sensual.

Ou estou perdendo a cabeça e preciso me controlar. Não sei.

Ele leva a panela quente de molho para a pequena mesa com os descansos de panela, colocando-a ao lado da travessa de almôndegas.

— Não vamos fazer uma grande. Não dá para congelar assim. Temos que fazer menores.

— Tá, vamos fazer... mas também fazer uma maior para comermos hoje à noite? — Sorrio parecendo uma psicopata, mostrando todos os meus dentes. — Podemos vegetar até minha legging encolher.

Ele me olha por cima do ombro.

— Você quer ficar aqui hoje à noite?

Meus olhos se arregalam.

— Minha nossa! Eu... me convidei para ficar, na caruda. — Desvio o olhar. — Ignore, continue. O que eu faço agora? Arrumar a temperatura do forno, certo? Esse é o primeiro passo?

— Julieta.

Meus músculos ficam um pouco tensos.

— Sim? — Alinho os ingredientes, sem saber em que ordem devem estar ou se isso importa.

— Você é meu único plano — revela.

Não sei por que, mas, de repente, fico nervosa.

Noah sente, rindo quando vem ficar ao meu lado, chamando meu olhar para o dele. Ele levanta a mão como se fosse estender e me tocar, mas muda de ideia, baixando-a depressa para a sacola ao nosso lado. Seus olhos, porém, permanecem nos meus.

— Você quer ficar, ficar de bobeira até sua legging encolher, e eu precisar te emprestar uma calça de moletom? — Sua boca se curva mais para cima. — Ver um filme comigo?

— Sim. — Minhas sobrancelhas franzem. — Eu quero.

Ele acena com a cabeça várias vezes antes de soltar um suspiro e se virar para a pia para lavar o frango. Quem sabia que era assim que fazia?

As empadas demoram mais tempo do que todas as refeições que fizemos hoje, se contar o tempo de cozimento. Assim que a maior está pronta para ser cortada, Noah pega os pratos, mas eu os guardo, enfio dois garfos no bolso do moletom e carrego a torta inteira para a sala.

Comemos direto da forma de papel alumínio descartável, assistindo *Bad Boys Para Sempre* em um silêncio confortável.

Em algum momento do filme, chego mais perto de Noah. Meu ombro agora está encostado no dele, meus joelhos dobrados descansando contra suas grossas coxas de jogador de futebol.

Quando coloco as mãos no colo, ele estende a mão para trás, pegando um cobertor. Ele o coloca sobre minhas pernas sem dizer uma palavra, deixando seu braço descansar ao longo do encosto do sofá.

Afundo um pouco mais quando ele se acomoda nas almofadas.

Um suspiro baixo escapa dele e minha mente começa a vagar.

Eu o observei de perto esta noite. O olhar pacífico em seu rosto. A facilidade de seus movimentos – é óbvio que está à vontade quando cozinha como se fosse uma segunda natureza para ele. O que me lembrou de estar em casa, observando meus pais na cozinha.

Ele meio que me lembra de casa.

E isso… é meio assustador.

CAPÍTULO 18

ARIANNA

Estacionando o carro, Noah desliga o motor e olha para mim.

— Quer dizer que nunca comeu sushi?

— Nunca — admito, pegando minha bolsa do chão.

Ele se recosta no assento.

— Como isso é possível?

— Sempre me deu nojo. — Dou de ombros. — Eu gosto de bagre.

— Bagre cozido, presumo?

— Correto. Tem um pequeno restaurante que meus avós costumavam nos levar chamado "A Casa do Bagre"; íamos comer bagre frito, quiabo e bolinho de milho-verde. Foi no interior em uma cidadezinha no caminho para a praia. Mas sushi? — Meu nariz enruga e eu estremeço. — Nem pensar.

— Vou fazer para você, daí vai mudar de ideia.

— Sem chance! — Finjo engasgar. — Feito em casa parece ainda muito pior.

— Confie em mim, Julieta.

Suspiro, de brincadeira, um único pensamento se passa pela minha cabeça quando olho para ele, e é, *cara, ele é um colírio para os olhos.*

Um pequeno sorriso surge em seus lábios carnudos antes de sair do carro, então o sigo, e como sempre, ele me acompanha até o meu dormitório.

Na porta, eu me viro para encará-lo.

— Só para esclarecer, devo usar minha cara de paisagem, pronta para experimentar um pouco de sushi em breve?

Ele dá um grande sorriso, olhando para o corredor.

Uma pequena mecha de cabelo cai sobre sua testa, e antes que eu perceba o que estou fazendo, minha mão a coloca de volta no lugar.

Noah não me impede. Ele não estende a mão, parando minha mão, mostrando que eu não deveria tocá-lo. Nem quando seu cabelo grosso e escuro desce mais, mas ao invés disso, permite que meus dedos testem a sensação de sua pele desde a têmpora até a mandíbula.

Meus olhos se erguem para encontrar os dele, e a porta atrás de mim é escancarada. O riso flui de dentro, mas silencia no mesmo segundo.

Baixo a mão depressa, e eu me viro, ficando cara a cara com uma Cameron paralisada de olhos arregalados. Brady está atrás dela com a cara fechada.

— Uh, oi — ofereço, sem jeito, meu rosto esquentando, ainda mais quando dou uma olhada e vejo Mason e Chase lá dentro. Ambos se levantam do sofá, com os mesmos olhares bravos nos rostos, e eu olho de volta para Cam.

O sorriso de Cam aparece aos poucos e ela cruza os braços.

— Ora bolas, bolinhas e bolões.

Volto a atenção para Brady, nervosa demais para olhar em qualquer outro lugar.

Vamos, Brady. Me ajude.

Seu rosto se contrai um pouco, mas ele relaxa, oferecendo a Noah um pequeno sorriso.

— Bem na hora. A FunWorks vai fechar para a estação neste fim de semana, então vamos dar uma volta nos *bumper boats*. Parece que estão livres para ir com a gente.

Olho para Noah por cima do ombro, e seus olhos se movem de onde estão apontados para os meus, e não preciso adivinhar para saber onde – ou melhor, para quem – estava olhando. Sua expressão contém tantas perguntas naquele momento, mas não diz uma palavra, esperando para ver o que sai de meus lábios.

Eu quero ir com meus amigos andar nesses botes com jatos prontos para atirar água? Claro que sim. Costumávamos fazer esse tipo de coisa o tempo todo, mas quero ficar nervosa e ansiosa a noite toda? Nem um pouco.

Meu dia foi tão bom. Eu merecia um bom dia e não vou permitir que ninguém o estrague desta vez. Então, talvez devemos desistir do passeio?

Analiso o rosto de Noah.

O que eu faço?

Noah dá um leve sinal com seu queixo, lembrando-me que não somos os únicos aqui, e preciso me mexer.

Certo, certo.

Dou um passo para dentro, passando por Cam e um atordoado e silencioso Brady que recuam, abrindo espaço para entrarmos. Estendo a mão para trás, agarro a camiseta de Noah e o arrasto comigo.

— Oi, pessoal — cumprimento, distraída, os outros, sem sequer olhar na direção deles.

— Ei, cara — diz Noah, atrás de mim, e só posso presumir que ele está falando com meu irmão quando diz: — Harper — cumprimentando-o.

— Faz tempo que não nos vemos — brinca Mason, e uma risada fácil escapa de Noah.

Eles ficam quietos depois disso, e não tenho dúvidas de que as sacolas penduradas nas mãos de Noah estão sendo inspecionadas conforme entramos na cozinha.

Eu me viro, encarando-o.

— Quer ir andar de bote? — sussurro, no segundo em que estamos ficamos o mais afastados possível.

Ele se aproxima, usando seu corpo para me proteger dos outros.

— *Quer* que eu vá com você? — Quando franzo a testa, ele continua: — Só porque eu estava aqui quando te chamaram não significa que você tem de me convidar. — Seus olhos azuis seguram os meus.

Eu olho feio para ele.

— Você já sabe a resposta. Só quer ouvir.

Juro que ele quer sorrir agora, sua mão roçando a minha ao começar a tirar os potes das sacolas.

— Talvez, mas tinha que ter certeza.

— Então você vai?

— Vou.

Satisfeita, meus ombros relaxam e sigo para abrir o freezer, empurrando algumas coisas para guardar os primeiros potes. Quando Noah me passa mais itens, eu me afasto e, assim que meus olhos se levantam, eles se fixam nos de Chase.

Ele está de cara fechada, olhando para todos os recipientes no balcão e de volta para mim. Ele se levanta como se fosse se aproximar, e meus músculos se contraem. Ele percebe, e as rugas ao longo de sua testa aumentam. Ele fica onde está.

Meu irmão está recostado no sofá, os braços e as pernas cruzadas. Seu rosto está inexpressivo ao absorver tudo. A comida, Noah, eu... Chase.

Os olhos castanhos de Mason erguem-se para os meus, a cabeça um pouco inclinada.

Não desvio o olhar.

— Nada de grupo de estudo hoje? — pergunta.

— Não.

— Cozinhando?

— Sim.

— Vai fazer comida para mim, Ari baby? — Brady se aproxima, alcançando as sacolas, mas sou mais rápida e fico na frente dele com a sobrancelha arqueada.

— Nem pensar, grandão.

Brady me faz rir quando faz beicinho.

— Não se sinta mal. Metade do que tem aqui, nem vou dividir com a Cam desta vez.

— Ei! — reclama, inclinando-se sobre o balcão para olhar todas as minhas comidas. — Mas aquelas coisas na vasilha de sopa eram tão boas!

— Eu sei, e se gostou daquilo, devoraria o que ele fez para mim hoje. Bom demais para dividir. — Eu me viro para ela com um sorriso.

— Espere. — Ela se vira para Noah. — Vocês *fizeram* isso? — Ela empurra os potes, tentando descobrir o que tem dentro, com um sorriso largo. — Queria perguntar de onde vinham, mas estamos nos desencontrando nas últimas semanas, e quando estamos aqui juntas, ficamos muito ocupadas comendo para que eu me importe. Achei que tinha entrado num daqueles cursos de culinária que todas aquelas modelos do Instagram tentam vender.

Noah e eu olhamos um para o outro, rindo.

— Você não sabe cozinhar — interrompe Chase, em tom monótono.

Minha garganta fica espessa, mas antes que eu tenha a chance de responder, Noah o faz, e com um tom muito mais amigável:

— Ela cozinha bem. — Sinto as palavras de Noah se espalharem pelo meu cabelo.

Ele está mais próximo.

Sabemos que isso não é bem a verdade, que sou melhor como a testadora, mas esse não é o ponto agora, e eu poderia beijar Noah por me proteger sem hesitar.

— Ah, é? — Chase continua pressionando. — Desde quando?

A culpa imerecida toma conta de mim, mas logo se transforma em aborrecimento.

Quem diabos ele pensa que é? Ele não está sendo conversador ou amigável. Está sendo um idiota, e sabe disso.

Eu o encaro.

— Desde agora. Ele está me ensinando.

Os lábios de Chase formam uma linha firme e, depois de um momento, ele não dá nada além de um breve aceno de cabeça, saindo pela porta, Brady e Cam logo atrás dele.

— Desçam em cinco minutos, pessoal! — grita, e então saem.

Mason mostra um rosto inexpressivo ao olhar de Noah para mim e depois para a porta por onde Chase acabou de sair.

— Qual é o problema dele?

Suspiro, tiro o dinheiro da bolsa e o enfio no bolso de trás.

— Não sei, Mase. Talvez devesse perguntar a ele.

— Estou perguntando a você.

— E eu respondi que não sei, tá bom? — Dou de ombros.

Ele olha por mais um segundo, então estende a mão e aperta o ombro de Noah.

— Pronto para molhar a bunda em alguns *bumper boats*, Riley?

Noah olha para mim, e quando eu aceno, ele se vira para Mason.

— Mostre o caminho, Johnson.

Lá vamos nós, caramba.

Rindo, Cam e eu viramos nossos barcos, passando estrategicamente pela cachoeira de pedra sem sermos sugados por ela.

Do outro lado, nos separamos.

— Tudo bem, entre naquele canto, e eu fico deste lado. — Ela recua, então fica escondida da abertura. — E agora esperamos.

Esperamos uns bons três minutos e estamos prestes a desistir e voltar para o poço principal quando fica assustadoramente silencioso.

A suspeita floresce entre nós, e eu murmuro sem emitir a voz "o que vamos fazer?".

Seus olhos se estreitam na hora e ela balança a cabeça, consciente, porque entende muito bem o que provavelmente farei.

Esse tipo de coisa me deixa nervosa e rindo sem parar, e não consigo aguentar. É aquela sensação que você tem quando está andando por uma casa mal-assombrada, sabendo muito bem que está prestes a ser assustada, então começa a rir ou gritar, seu estômago revirando.

Não dou conta disso; viro meu bote e ela revira os olhos com um sorriso.

A gente se aproxima, prontas para espreitar pelo lado, mas no segundo que o fazemos, somos recebidas por uma forte frente de quatro homens sorridentes, seus canhões de água apontados diretamente para nós.

Gritamos e berramos, e eles riem enquanto acabam com a gente.

A euforia e a água gelada fazem com que a adrenalina tome conta, e eu corro para a beira da água, pulo do barco e subo pela lateral da cachoeira.

— Que merda, Ari! — Mason grita, entre as gargalhadas, mas eu continuo, dando a volta pelas palmeiras falsas que formam um belo cenário de lagoa. A água espirra atrás de mim, as risadas dos meus amigos estão cada vez mais próximas, então sei que todos pularam, também.

— Ei! — grita a funcionária. — Vocês não podem subir aí! E não podem tirar os canhões dos botes!

Grito, cortando para a esquerda onde ela não pode me ver.

Os outros estão berrando atrás de mim, mas continuo andando. Pulo sobre o pequeno riacho que corre por entre as rochas e me escondo em um canto escuro atrás de uma pedra à sombra.

Abro um sorriso enorme, fecho os olhos com força e tento acalmar a respiração.

— Você me abandonou, vaca! — Cameron grita, de algum lugar e, no segundo seguinte, está berrando. — Droga, Mason!

Ele ri, e escuto os dois gritarem:

— Merda! — Na respiração seguinte.

O lugar ecoa com uma chamada para a segurança.

— Olha o que você fez.

Meus olhos se abrem e encontram um Noah armado. Eu me viro para a direita, mas encontro mais pedras, uma alta demais para escalar. Eu me viro, encarando-o mais uma vez.

Os olhos azuis de Noah brilham quando olha ao redor.

— Parece que está presa.

— Ou você poderia ser legal e me dar uma vantagem de cinco segundos? — Dou um sorriso gigante e cafona.

Seus olhos enrugam nas laterais ao mesmo tempo em que dá um passo mais perto, sua boca assumindo um sorriso diabólico.

— Quer dizer deixar você fugir?

Outro passo.

Concordo, mas meu sorriso desaparece quando olho para ele. Quero dizer, olho para ele, *de verdade*. Seu cabelo está encharcado e pingando, o escuro ainda mais escuro, mais brilhante. A camiseta está encharcada, junto com o short esportivo.

Quando olho para o rosto dele, percebo que seu sorriso também desapareceu, e seus olhos estão nas minhas pernas, pingando assim como ele.

Passo.

Minha respiração fica ofegante quando tento descobrir o que está acontecendo aqui.

Noah é meu amigo. Somos amigos.

Amigos não olham para amigos dessa maneira...

Ele está bem na minha frente agora, todo alto, lindo e confiante, e tão perto que respiramos o mesmo ar.

— Sou um homem inteligente, Julieta — sussurra, seu olhar caindo em meus lábios. — Só um bobo deixaria você escapar quando a tivesse bem onde queria.

— Ah — arfo.

Parece que Noah gosta da minha resposta ofegante porque um sorriso lento toma conta de seu rosto, e ele dá um passo para mim. Eu coloco a mão em seu peito, um pouco insegura e muito curiosa, conforme ele passa a língua pelos lábios, seus dentes afundando no lábio inferior um segundo depois.

E, então, nossos corpos entram em choque quando um balde de água gelada é derramado sobre nossas cabeças. Ofego, e Noah solta uma gargalhada.

— Puta merda, que gelo!

Noah sorri, jogando sua pistola na água abaixo de nós.

— Peguei vocês.

Minha boca se abre, e eu olho para o trapaceiro sujo.

Brady começa a rir.

— Achei que ela precisava de um banho, babaca — brinca com Noah e sorri para mim. — Corra, Ari baby, a segurança está chegando. — Ele corre, gritando. — A segurança está vindo!

De olhos arregalados, Noah e eu olhamos um para o outro.

— Eles estão ali! — um grita.

— Vi dois! — grita outro.

— Merda! — Olho em volta. — O que faremos?

Noah me puxa pela mão e pulamos pelas pedras, nos afastando do parque.

— Por aqui! — gritam Cameron e Mason.

Seguimos o som de suas vozes, localizando-os do outro lado da cerca, Chase acaba de pular ao lado deles. Noah e eu paramos na frente dele e, no mesmo instante, suas mãos grandes estão segurando minhas panturrilhas. Agarro a cerca azul-petróleo e me impulsiona para subir, jogando as pernas do outro lado.

Chase corre até mim, me descendo pelos quadris.

Noah pula uma fração de segundo depois que meus tênis tocam o chão, e eu inclino a cabeça para trás, rindo, meus braços disparando para cima e ao redor de seu pescoço.

Ele me gira, me soltando de lado e fico dobrada sob seu ombro.

— Corram, babacas!

Todas as nossas cabeças se voltam para a voz de Brady, percebendo que ele já está a meio caminho do Tahoe de Mason.

— Voltem aqui! — grita o segurança, e voamos.

Mason espia atrás de nós para ver se o segurança está muito perto, enquanto procura apressado as chaves em seus bolsos.

— Depressa, cabeçudo! — grita Cam, pulando para cima e para baixo, seus olhos se arregalando conforme o carrinho de minigolfe se aproxima. — Estão vindo, porra!

— Estou tentando, mulher! — Finalmente, Mason acha as chaves, a trava estala, e estamos nos enfiando no carro.

Noah me joga no assento antes de entrar ao meu lado. Ninguém se dá ao trabalho de pular para o banco da terceira fila, então eu subo no colo de Cam, e Mason sai do estacionamento.

Assim que estamos a uns bons cinco quarteirões de distância, todos caem na gargalhada.

Brady grita, dando um tapa no painel, empolgado.

— Essa merda foi divertida!

Sorrio, estendendo a mão quando Cameron empurra minhas costas.

— Vaca, saia de cima de mim. Você está encharcada! — Ela ri.

— Você também, imbecil. Que diferença faz? — Sorrio e tento me enfiar ao lado dela.

— Tem espaço aqui... — Chase começa, mas Noah já está me pegando.

— Peguei ela. — Ele me coloca em seu colo, desajeitado, puxa o cinto de segurança sobre mim e o trava.

Dou risada.

— Acho que vou ficar bem, Noah. Ninguém mais está usando cinto de segurança.

— Deixa assim, tá? — Ele fala baixo, mas estamos fechados em um carro sem música, então tenho certeza de que todos perceberam sua preocupação.

Concordo com a cabeça, desejando não corar.

Um ou dois minutos depois, eu olho para cima, flagrando os olhos de Mason no espelho retrovisor. Ele olha para mim, para o meu cinto de segurança e, depois, sua atenção volta para a rua à frente, a boca se curvando em um pequeno sorriso.

Algo dentro de mim se acalma naquele momento, só que não tenho certeza do que é.

CAPÍTULO 19

ARIANNA

— Não estou com vontade de sair esta noite. Estou morto. — Brady desaba contra a porta traseira da caminhonete de Chase; o jogo terminou há pouco mais de meia hora.

— Também, cara — concorda Mason, jogando a bolsa na caçamba. Ele se vira para nós. — E vocês, meninas? Que tal uma noite em casa? Venham para a moradia com a gente. Podemos pedir pizza ou outra coisa. Ficar no quarto meu e do Chase?

Uma festa da qual eu poderia me safar, mas uma noite tranquila na casa deles, quando tem festas de comemoração esta noite em todos os lugares? Acho que não, então dou de ombros, concordando com Cameron.

Meu telefone vibra, e o tiro do bolso de trás.

> **Romeu: Você viu como eu caí esta noite?**

Sorrio.

> **Eu: Vi. Você foi derrubado...**

Espero uns bons dez segundos, deixando sua cabeça processar a zoeira, então envio o resto. Citando *I Get Knocked Down* de Chumbawamba.

> **Eu: Mas você se levantou de novo.**

Ele responde com um emoji de cara sorridente e dou risada.

> **Romeu: Caso esteja se perguntando, nunca me canso disso.**

Encaro sua mensagem, sinto um calor estranho, e mordo o lábio inferior.

— Terra para Ari!

Ergo a cabeça e me deparo com quatro pares de olhos estreitados.

— Desculpe. — Meu rosto esquenta, mas está escuro, portanto, acho que não estão vendo. — Estamos prontos ou...?

— Sim, irmã. — Mason revira os olhos. — Estamos prontos.

Os garotos pulam na caçamba para dar uma volta curta pelo campus, e Cam e eu entramos na cabine. Se a minha atenção não estivesse em outro lugar, eu teria percebido que fui a primeira a entrar, forçando-me a sentar no meio do banco.

Não deixo de me lembrar da última vez que andei na caminhonete dele. Foi durante as férias de primavera, no último ano.

— Você não precisava vir me buscar. Eu disse a Mason que tinha carona.

Chase zomba, fazendo o retorno e vai para casa.

— Se acha que eu deixaria aquele babaca te levar para casa, está enganada.

— Ele não foi um babaca quando você o convidou para sua festa de Ano-Novo — eu o lembro quando ele para no semáforo.

— Ele se transformou em um babaca quando tentou te beijar na tal festa. — Ele me lança um rápido olhar. — Eu disse a ele para ficar longe de você. Parece que precisarei lembrá-lo disso na segunda-feira.

— Tudo bem, Mason. — Reviro os olhos, surpresa, quando a cabeça dele vira na minha direção.

— Não sou seu irmão. — Seu olhar se estreita. — E não disse isso a ele por causa do Mason.

Faço de tudo para acenar com a cabeça, tentando respirar conforme o ar escapa dos meus pulmões, o álcool aumentando o rubor da pele.

O semáforo fica verde e Chase olha para a frente, e faço o mesmo, mas meus olhos se recusam a focar na rua à frente.

Encaro seu perfil, a maneira como aperta os lábios quando está irritado ou com raiva. Na rápida subida e descida de seu peito ao pensar no que quer que esteja passando por sua cabeça.

Sou eu?

Eu estou em sua cabeça?

Meu estômago revira com a possibilidade.

— Posso sentir seus olhos em mim, Arianna.

Minha risada é baixa e ligeiramente arrastada.

— Podia jurar que estava sendo furtiva como sempre.

Sua risada é tão silenciosa quanto suas próximas palavras.

— Talvez, mas eu sempre sei quando está olhando.

— Como? — Não pretendo sussurrar.

A mão de Chase aperta o volante, um pequeno franzir aparece em seu rosto.

— Não sei.

Ele está estacionado na frente da minha casa momentos depois, e quando se vira para me olhar, prendo a respiração.

Ele tem algo a dizer. Eu sei.

Seus lábios se abrem, e então Mason está ali, abrindo minha porta com um sorriso bêbado.

— Oi, irmã.

Seguro meu suspiro.

— Oi, irmão.

Fiquei acordada naquela noite por horas, me perguntando o que aquele momento significava. Se é que existia alguma coisa. A esperança floresceu dentro de mim desde então, mas foi dissipada no dia seguinte, quando soube que sua namorada naquela época se tornou sua ex mais cedo naquela noite, e aquele "babaca" que ele se referiu como meu encontro foi o idiota por trás de seu término.

Ele estava frustrado e com raiva, e eu interpretei mal quando não deveria. Foi uma jogada tão ingênua pensar que ele queria o que eu queria há algum tempo.

Espere.

Queria?

Meu peito se agita, e eu tenho que me concentrar em manter a respiração estável.

Parece que Chase também precisa. Seu corpo está rígido ao meu lado, o ombro esfregando o meu a cada inspiração calculada.

Ele está ansioso ou nervoso ou algo assim. Ou talvez esteja aborrecido por eu ter acabado no meio.

Felizmente, estamos virando na rua dos meninos um momento depois.

— Mas que merda é essa? — Cam se inclina para a frente. — Achei que a festa fosse no fim da rua esta noite?

— Era para ser. — Chase desliga o motor. — Vamos ver o que está rolando.

Abaixamos as janelas enquanto Brady e Mason pulam da caçamba.

— Deixa eu perguntar ao porteiro o que está acontecendo. — Mason bate na porta e segue em direção à casa.

Cam decide descer e se juntar a eles na calçada, deixandoa mim e Chase na caminhonete.

Minha pulsação pula com o silêncio, sabendo que nenhum de nós pode ficar sentado aqui por muito tempo sem conversar. O que é péssimo é que não passará de palavras desperdiçadas, aleatórias e sem sentido para acabar com o desconforto. Antes, seria tudo bem, normal até, falar do jogo ou fazer um comentário do estilo de andar de Mason. Agora é só... triste. E é lamentável.

— BJ, e aí, cara? Por que todos estão aqui? — Mason grita do gramado, em vez de caminhar até a porta.

— A casa dos Blevens está sob investigação por pregar uma peça na república de trás deles. Sem festas por trinta dias.

— Droga.

Chase abre a porta e sai, oferecendo-me uma mão.

Quando não me mexo, um sorriso sombrio curva seus lábios.

— É só uma mão, Ari.

Uma risada baixa e nervosa me escapa, e eu aceno, deslizando a palma na dele.

Quando meus pés tocam o chão, seus dedos não soltam os meus, e olhamos um para o outro.

Parece que ele tem algo a dizer, mas eu já sei.

Ele não vai dizer nada.

Com um sorriso retraído, puxo a mão da dele devagar, já me virando.

— Vamos ver o que os outros querem fazer.

Quando olho para cima, meus pés congelam no lugar.

Noah está parado no topo da varanda, olhando direto para mim.

Ergo a mão em um pequeno aceno, desviando os olhos e sentindo algo que se parece muito com um nó de culpa por dentro, e não tenho certeza do porquê.

Talvez isso seja mentira.

Mason avança com um gemido.

— Vocês querem voltar para a casa de vocês?

Olho em volta, vendo garotas e garotos entrando de todos os ângulos da rua, parando em Cameron.

Ela cruza os braços, bocejando no ar.

— Sim, não quero festa hoje.

Uma mão quente encontra a base das minhas costas, e eu olho para cima quando Noah desliza ao meu lado.

— Oi. — Passo o braço pela cintura dele, abraçando-o, e só depois que percebo que pode ser a primeira vez que faço isso.

Ele é quente e sólido e cheira a... Noah.

Algodão fresco e lençóis limpos. Como a brisa e os pinheiros do inverno, um toque de menta misturado.

Noah me solta, acenando com o queixo para os outros.

— Acabaram de descobrir da troca de casa para a festa?

— Sim, acho que vamos voltar para a nossa casa. — Cam dá de ombros.

Os olhos de Noah deslizam em minha direção e, depois de um instante, movem-se para meu irmão.

— Querem subir? — Ele faz uma pausa antes de acrescentar. — Todos vocês.

— Sério? — Brady sorri. — Você quer levar a nós, filhos da puta humildes, para os aposentos do capitão? — provoca.

Meu irmão ri.

Todos parecem concordar, mas me pego franzindo a testa e não percebo até que Cameron me dá uma cotovelada de lado.

Ela arregala os olhos para mim, e eu abaixo os meus para a calçada.

Acho que não quero estar na casa de Noah com eles.

É sempre só nós dois, além um de seus companheiros de time aparecendo vez ou outra, prefiro assim. Quero manter dessa forma.

Os outros. Eles estão envolvidos em todos os aspectos da minha vida e, embora ame isso em nossa turma, não quero dividir a única coisa que tenho fora deles.

Não quero dividir meu tempo com Noah.

Com eles, conversaremos de trabalho, beberemos cerveja e assistiremos ESPN ou *Ninja Warrior*. Sempre adorei aquelas noites, mas não sei.

Com Noah, é... diferente.

Sou Arianna Johnson, não a irmã mais nova de Mason Johnson.

Gosto disso.

Preciso disso.

Preciso de...

Os dedos de Noah roçam a parte de trás do meu braço e encontro seu olhar.

— Vamos pedir alguma coisa — ele fala, com propósito.

Você percebe, não é?

Seu polegar desliza ao longo do meu cotovelo como se respondesse.

Noah sabe o que se passa na minha cabeça. Ele está me dizendo que vai ficar tudo bem, que não vamos dividir *nossa* diversão. Não vamos cozinhar juntos ou conversar sobre tudo ou nada, das coisas que não importam e que importam.

Ele quer ter certeza de que posso dizer não, e a ideia será descartada, simples assim.

Não tenho que dividi-lo; a escolha é minha.

O calor se espalha pelo meu peito, mas não vem de um rubor. É por dentro desta vez.

Os lábios de Noah começam a se curvar antes mesmo de eu concordar, e aceno.

— Tudo bem, vamos para o Noah. Agora, vamos antes que mais pessoas cheguem aqui e tentem nos seguir ou algo assim — cantarola Cam, ao me puxar como se soubesse para onde está indo.

Eu nos guio para a direita e nos afastamos para Noah destrancar a porta. Ele nos deixa entrar primeiro, depois subo as escadas.

Lá dentro, entro na sala, puxando o barbante pendurado no ventilador para acender a luz, e Noah aperta o interruptor ao lado do fogão.

Noah tira a jaqueta, colocando-a sobre a cadeirinha, e coloco meu suéter em cima dela.

Ele abre a geladeira para pegar algumas cervejas para os outros e uma água para ele enquanto eu pego os cardápios na gaveta abaixo do micro-ondas. Sento-me na bancada e ele se inclina, lendo as opções em voz alta para mim, mesmo sabendo que estou lendo na cabeça.

— Poderíamos pedir algo do tamanho família e pegar um pouco de tudo, igual da última vez? — sugere Noah, tomando um longo gole de sua garrafa de água.

— Sim, mas sem camarão. Juro que estava cru.

Ele sorri e abre uma garrafa, entregando-a para mim.

— Já falamos disso. Não vale contar camarão como sushi.

— Claro que posso. — Dou risada, apontando o gargalo da minha garrafa para ele antes de levá-la aos lábios.

Um barulho chama nossa atenção, e nossas cabeças se levantam, encontrando nossos convidados esquecidos parados ali, paralisados na entrada, olhando para nós como se fôssemos mutantes.

Minhas malditas bochechas queimam com vergonha, e abaixo a cabeça, tentando escondê-la com o cabelo.

Noah pigarreia para esconder o sorriso e se levanta, me bloqueando dos meus amigos.

— Cerveja?

— Claro que sim, cara. — Brady entra, puxando Cam junto, seu braço em volta do ombro dela. Ele dá um passo ao redor de Noah de propósito, arqueando uma grossa sobrancelha loira em minha direção.

Ofereço um sorriso de boca fechada, mas Brady dá uma piscadela, e meus ombros relaxam um pouco.

— Cam, tem refrigerante, também. — Pulo do balcão e Noah desliza alguns metros à esquerda para eu pegar um para ela de dentro da geladeira.

— Sim, por favor. — Ela tira o moletom, abrindo um sorriso malicioso quando o coloca por cima do meu e da jaqueta do Noah.

— Sente-se onde quiser. Tem YouTube TV e Netflix, ou um monte de DVD's nas gavetas. — Noah tira o telefone do bolso, preparando-se para fazer nosso pedido.

Com a cara fechadíssima, Chase desaparece ao redor da mureta da sala e, quando olho para meu irmão, seus olhos se estreitam.

Ele está com raiva, mas algo me diz que não tem nada a ver com a situação e tudo a ver com o fato de eu conhecer bem o apartamento de seu companheiro de time. Ele sabia que ficávamos aqui, às vezes – sem razão para dizer exatamente com que frequência esse "às vezes" é –, mas saber e ver são coisas bem diferentes. Não há como dizer o que está passando por sua mente agora. Ele recuou um pouco ultimamente e, para ser sincera, estou agradecida. Eu sei que, em parte, é porque está muito ocupado agora, mas olhando para ele, tenho certeza de que está se arrependendo. Acho que ele pode estar um pouco magoado, quase sentindo que há uma parte de mim que ele não conhece e, eu não sei, talvez exista.

Mason dá passos preguiçosos em nossa direção, procurando em sua carteira, às cegas.

— Aqui. — Ele entrega a Noah duas notas de vinte. — Pela comida, e não diga que vai bancar tudo.

Noah concorda, pega o dinheiro e passa uma cerveja para Mason, que aceita olhando ao redor da sala.

— Esse lugar é legal. — Ele olha de volta para Noah, bebendo um gole de sua bebida. — Obrigado por nos convidar. — Puxando Cam junto, ele contorna a parede indo para a sala.

— Você tem ESPN? — grita Brady.

Noah ri, olhando para mim.

— Vá. Vou fazer os pedidos.

Ele pisca, juntando-se a eles enquanto faço nosso pedido. Fico na cozinha um ou dois minutos depois de desligar e, então, com uma respiração profunda, me amontoo no pequeno espaço com meus mais antigos amigos, escolhendo o assento vago ao lado do mais novo.

Enquanto os garotos precisam esperar até o técnico liberar o filme do jogo às segundas-feiras, Noah tem acesso antecipado ao site, então ele o acessa e faz login na sua conta de capitão. Só assim, a tensão estranha que eu poderia ser a única a sentir se foi, e eu não poderia estar mais feliz.

Isso deixa os meninos na ponta de seus assentos, assistindo ao próprio jogo como se não tivessem os melhores lugares da casa, e não demora muito para que nossa comida seja entregue.

Pela próxima hora ou mais, estão completamente entretidos.

Pulam entre as mordidas, apontam coisas diferentes que viram, voltando e revendo várias jogadas enquanto Cam e eu ficamos sentadas, rindo da personalidade que mostram em campo. Estilos demais para um time.

Cheios de comida e cerveja, nos acomodamos para um filme, deixando Brady nos convencer a assistir a um filme da Marvel de duas horas.

Em algum momento, devo ter desmaiado porque quando dou por mim, Noah sussurra “oi” e eu abro os olhos.

Sento-me, encostando a cabeça na almofada do sofá.

— Oi.

Seus lábios se curvam de lado.

— Brady foi para o quarto dele um tempo atrás, mas os outros apagaram com você.

Eu me mexo, procuro Chase e o vejo dormindo na poltrona reclinável. Mason e Cam desmaiaram por cima de uma pilha de cobertores no chão.

— Reparei que ela está saindo cada vez mais com o Trey — diz, baixinho.

Concordo, olhando para eles.

— Sim. Estou feliz. Não tinha entendido meu irmão. Ele a ama, mas não do jeito que ela esperava.

— E ela, como se sente?

— Ela está... mais feliz agora — afirmo, meu sorriso gentil, e aponto para minha melhor amiga. — Cansou de esperar.

Quando um minuto se passa e Noah não fala qualquer outra coisa, eu me viro para ele e deparo com seu olhar.

Meus lábios se abrem e estendo a mão, afastando seu cabelo. É tão macio, tão inesperadamente reconfortante, que não paro.

Ele me olha com atenção, sem piscar, e quando fala de novo, seu tom é mais baixo que um sussurro:

— E você?

— Eu o quê?

— Esperando. — Linhas profundas cobrem sua testa e seu peito infla com uma inspiração funda. — Você ainda está esperando?

Meu batimento cardíaco dispara. Martela. Dá a porra de uma cambalhota.

Mas ainda sinto um pequeno incômodo quando viro os olhos para o garoto de cabelo castanho em questão, que não está dormindo, afinal, mas está deitado no escuro, bem acordado, olhando direto para mim.

Engulo em seco, voltando-me devagar para Noah. Para a minha mão, ainda acariciando seu cabelo. Para seus olhos, ainda fixos em mim.

— Não — acabo murmurando, e algo desperta em seu rosto. — Não estou.

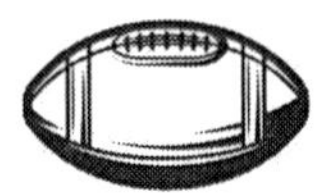

— Sempre que estiver pronta para contar à sua melhor amiga, sabe, né, *eu*, o que rolou ontem à noite, sou todo ouvidos.

Eu me jogo no sofá ao lado de Cam, apoiando os pés na mesa de centro ao lado dela. Sorrio, jogando um floco de cereal velho na boca.

— Do que você está falando?

— Vou te bater. — Ela arqueia a sobrancelha delineada, dando uma rápida olhada em mim antes de se concentrar no pequeno espelho em sua mão. — Abre o jogo. Você está pegando o nosso *quarterback* supergostoso e não me contou?

— Caia na real! — Dou risada, pegando o controle remoto do colo dela. — Como se eu não fosse te contar se tivesse pegando ele.

— Mas você quer.

— Cameron.

— Você o beijou? Tocou? Qualquer coisa?

— Santo Deus, não.

— Por que não? — Ela fica boquiaberta. — Você gosta dele.

— Ele é meu amigo. — Minhas têmporas latejam depois que digo isso, e esfrego os lábios. — Eu gosto de sair com ele.

Ela franze a testa, me avaliando.

— Você sabe que ele quer você, né?

Quando não respondo, ela se vira para mim.

— Ari. — Seus olhos se arregalam. — É tão óbvio.

Com a pulsação acelerada, nego com a cabeça.

Depois de um momento, Cameron suspira e se levanta.

— Sabe, para uma garota que passou tanto tempo esperando que um cara abrisse os olhos... talvez devesse abrir os seus, dessa vez.

Com isso, ela vai para o chuveiro, e eu não saio do sofá.

Sei o que ela está dizendo, e acho que está certa, mas...

E se não estiver?

E se Noah gostar de mim assim como Chase?

Muito, mas igual?

Não o suficiente?

Não sei se consigo superar outra decepção.

Algo me diz que não aguentaria.

Ainda mais vindo de Noah.

CAPÍTULO 20

ARIANNA

Finalmente em casa, tiro as roupas e vou para o chuveiro.

No segundo em que a água morna toca meu couro cabeludo, a voz de Cameron me alcança do corredor.

— Ei! — Ela bate duas vezes e abre a porta para entrar. — Como foi o treino com o Brady?

— Tão bem-sucedido quanto você imaginaria.

— Quantas vezes já te disseram para continuar a correr?

— Já perdi as contas. — Sorrio, massageando o shampoo no couro cabeludo. — Como foi sua prova?

— Bem até chegar na estúpida questão da redação, mas acho que não vai me prejudicar muito. Resumindo, inventei um monte de merda e escrevi com maestria, então espero que ele fique confuso e me dê os pontos mesmo assim.

— Parece um bom plano.

— Também achei — brinca. — Ei, então vou jantar com umas meninas do primeiro andar. Posso esperar você se arrumar, se quiser vir...

— Não, vou ficar aqui com os olhos fechados por dez minutos inteiros, e então é dia de usar a cinta modeladora.

— Parece o máximo. — Cameron ri. — Vou me trocar e sair. Chegarei tarde; acho que Trey vai me pegar no restaurante depois para ver um filme ou algo assim.

— Tá. Te amo.

— Amo você.

Cam sai e eu fico de molho no chuveiro até a água esfriar. Deslizando em um par de short de lycra e uma velha camiseta do time do colégio que Mason tentou jogar fora, vou para a cozinha.

Meu estoque de refeições não está exatamente baixo, mas estou com vontade de algo diferente, então me jogo no sofá, decidindo mandar uma mensagem para Noah.

Eu: Meu freezer está péssimo agora.

Coloco o telefone no peito e começo a repassar os novos filmes no Prime. Alguns trailers depois e meu telefone apita.

Romeu: Está acabando, né, Julieta?

Eu: Estou ficando sem nada...

Romeu: Lembrando do passado?

Eu: Essa é a grande vantagem da música, Romeu. É atemporal.

Romeu: Mais ou menos igual a Shakespeare?

Não posso deixar de rir.

Eu: Sim, Noah. Igualzinho a Shakespeare.

Eu me pergunto se ele sabe o quão distorcida é a verdadeira história de Romeu e Julieta.

Eu: Acontece que tenho o necessário para fazer espaguete de universitária. Significa que tenho uma lata de molho barato, carne e macarrão. Quer vir e garantir para que eu não bote fogo no lugar?

Mordo o lábio. Ele pode ter planos, e tudo bem.

Talvez eu devesse ter perguntado o que estava fazendo antes de convidá-lo?

Talvez ele esteja com uma garota.

Talvez... ele esteja com Paige.

Fecho a cara, mas afasto o pensamento quando meu telefone toca de novo. Aperto o aparelho com força, mas agora estou nervosa demais para olhar na tela.

— Dane-se. — Eu me levanto e volto para a cozinha, decidindo que mesmo que ele não possa ou não queira vir, vou preparar eu mesma. Não é como se eu não ajudasse Cam a fazer coisas para os meninos muitas vezes.

Normalmente, sou a ajudante que pega utensílios ou abre caixas, a que mexe nos ingredientes nas panelas e essas coisas, mas ainda assim... ajudo. Além disso, Noah me ensinou algumas coisas básicas, então, sim. Posso fazer sozinha.

Só que não quero fazer sozinha.

Assim que tenho tudo separado no balcão, estendo as palmas das mãos e fico olhando para os ingredientes por um tempo. Com uma bufada, pego o telefone para verificar sua mensagem. Meu sorriso se abre na hora.

Ele está a caminho.

Menos de trinta minutos depois, estamos acomodados na cozinha, mudando um pouco o cenário.

— Por que está fazendo isso? — Fico na ponta dos pés, tentando espiar por cima do ombro de Noah, fazendo-o rir. Ele se vira um pouco e, devagar, me afasta um pouco para ele poder ter espaço para dobrar o braço.

— Você coloca sal na água para melhorar o tempero do macarrão.

— Não faz sentido. Está na água. — Sento-me no balcão ao lado do fogão. — Não vai escorrer ou dissolver ou algo assim?

— Ou o próprio macarrão vai absorver — brinca e coloca a colher ao meu lado.

Reviro os olhos de brincadeira, pego a colher e a coloco no pequeno pires destinado a ela.

Noah se vira para a sacola que ele trouxe, tira uma lata de azeitonas, cogumelos frescos e algo verde.

Ele olha para mim e sorri.

— Você pode transformar uma lata de molho em algo que valha a pena comer só com alguns ingredientes extras.

Eu o observo preparar tudo e misturar no molho fervendo.

— Outra dica da sua mãe?

Ele acena e, embora demore um minuto para dizer mais, ele finalmente fala:

— A gente não tinha muito dinheiro sobrando, mas sempre dava um jeito de transformar gosto barato em requintado.

— Como sabe o que fica bom junto?

— Google.

Uma risada me escapa, e ele ri, continuando com sua culinária instrutiva.

Eu amo o jeito que ele fala comigo em cada etapa.

— Você deve sempre começar o molho antes do macarrão. Quanto mais tempo fervendo, mais os sabores ressaltam, mas agora estamos fazendo da maneira mais rápida.

Enfio o cabelo atrás da orelha, observando-o.

— Você sabe que estava sendo sincera antes quando falei do lance do chef. Acho mesmo que é algo em que você se sairia muito bem.

Noah olha um pouco para mim antes de olhar de volta na panela.

— Obrigado.

— Você sempre fazia o jantar com sua mãe?

— Toda noite.

— Sério? — Sorrio, apoiando o cotovelo no joelho, o queixo na palma da mão.

— Sim. Eu ia para casa depois do treino ou dos jogos, e ela voltava do trabalho mais ou menos na mesma hora, então fazíamos algo juntos. Às vezes, não passava de queijo grelhado, e outras noites estragávamos algumas porções de risoto até acertarmos.

— Então, nas noites de jogo, em vez de sair com os amigos depois, você ia para casa e jantava com a sua mãe? — pergunto, minha voz revelando meus pensamentos com um frio na barriga.

Que coisa mais gentil.

— Não me interprete mal, eu saía. — Ele ri.

— Mas depois do jantar com sua mãe.

— Sim, depois disso.

Mesmo que ele não esteja olhando para mim, eu aceno.

— Mas você foi bom, não foi? Era um bom garoto?

Os olhos de Noah estão em mim agora.

— Sim, você foi bom. — Sorrio, sincera. — E você está fazendo tudo isso por ela, faculdade e futebol. Você se esforça para ser o melhor que pode, para ela ver o que você está fazendo. Assim ela sabe que aprecia a ela e a tudo o que fez por você. — Suas sobrancelhas se estreitam e ele se move em minha direção. — Porque ela te deu tudo o que tinha para dar e mais, e você quer fazer o mesmo por ela.

— Eu não poderia viver comigo mesmo se a decepcionasse, não quando esteve sempre ao meu lado. Não quando me deu tudo o que podia e me fez quem eu sou. Devo a ela, fazer o melhor que posso com o que me foi dado.

— Você não ganhou nada, Noah — digo, baixinho, com um pequeno sorriso no rosto. — Você mereceu o que tem, e isso é algo de que deveria se orgulhar.

O peito de Noah estufa e ele se volta para o molho. Pigarreia, pega a colher de pau, mexe e a leva aos lábios, soprando de leve.

Ele se aproxima, segurando-a na minha frente. Já fez isso antes, muitas vezes. Todas as vezes, na verdade. Então, por que uma onda repentina de nervosismo me atinge?

Abro a boca e ele a desliza entre meus lábios. Meus dedos envolvem devagar a haste do utensílio e ele a solta. Esticando o torso, coloco-a no balcão e meu corpo escorrega um pouco.

Noah é rápido em me puxar para perto, impedindo-me de escorregar, sua mão grande e forte fechando em torno da minha coxa, me firmando.

Meus olhos se concentram nos dele, a respiração presa na garganta. Acabou a distância entre nós e parece que ele não a quer de volta entre nós.

Sua proximidade, seu toque, é inesperado, e não posso negar a forma como minha pulsação desperta. Os pelos da nuca se arrepiam e preciso me lembrar de respirar.

Devagar, sua palma áspera se afasta.

— Bom? — Sua voz é profunda e rouca, a atenção presa em minha boca.

— Sim. Noah?

Ele olha para cima.

Quero que você me beije.

Paraliso ao pensar nisso, meus olhos se arregalam como se tivesse gritado meu desejo em voz alta, e minhas bochechas ardem descontroladamente.

Ele vê, mas se vira para a comida antes que seu sorriso se alargue.

Eu o observo dar os toques finais em nosso molho, escoando a água do macarrão e ralando um pouco de queijo parmesão. Depois, Noah tira o pão de alho do forno e o corta em pedaços pequenos.

A precisão de seus movimentos, a flexão de seus braços, o foco em seu rosto, ele.

Não consigo desviar o olhar, e quando ele se vira e me pega olhando, ele para de se mover.

Tigela de espaguete em uma mão, tigela de pão na outra, ele sorri, terno e fácil. Pensativo.

Eu deveria desviar o olhar, mas eu me aproximo, os olhos fixos nos dele.

Há uma dor crescendo dentro deles, a cada segundo que passa.

Cameron estava certa?

Minhas sobrancelhas se erguem quando tento descobrir o que está acontecendo aqui. Dentro de mim.

Ao meu redor.

Noah...

Ele olha para mim.

— Quer comer aqui na sala, também?

— Sim. Noah?

Ele inclina a cabeça.

— Você quer me beijar? — solto e depois congelo.

Ele também. Noah sequer se move, pisca ou respira. Ele olha para mim, profundamente em meus olhos, e engole.

— Desde que te conheci.

Minha pele se arrepia, sinto um frio na barriga como se tivesse descido de uma montanha-russa.

— Sério?

— Sim, Julieta. — Deixando a tigela às cegas no balcão, ele se aproxima. — Sério.

Sinto um arrepio na coluna, meu corpo sacode quando a palma da mão toca minha bochecha, deslizando bem devagar até as pontas de seus dedos encontrarem meu cabelo, seus polegares acariciando a borda do meu lábio inferior.

Um arrepio percorre meu corpo e os lábios de Noah se franzem.

— Me beije — ofego. *Por favor.*

— Porra. — Ele fecha os olhos com força, a testa agora recostada à minha. — Você está me matando.

— Mas que maneira de morrer.

Sua risada é profunda, e quando recai em meus lábios, minha mão dispara para segurar seu pulso.

O peito de Noah vibra, fazendo com que os músculos do meu centro se contraiam.

Eu quero que ele me beije, devore minha boca com a dele.

Quero que sua língua deslize dentro, descubra o gosto da minha e guarde na memória enquanto a minha faz o mesmo.

Eu quero que ele me conduza do jeito que quer, que seja como ele gosta, e quero que me puxe para ele, o mais próximo que já achei ser possível.

Mas os lábios de Noah não se movem.

E quando tento me abrir para ele, implorar sem dizer nada, ele nega com a cabeça contra mim.

Abro os olhos, encontrando-o ainda tenso, como se estivesse lutando contra si mesmo.

Seu pulso bate forte em suas têmporas, e por trinta segundos inteiros, Noah fica parado até que, enfim, uma forte expiração o deixa.

Ele dá um passo para trás, seu olhar encontrando o meu conforme seus dedos percorrem minha mandíbula. Ele me admira com uma ternura que eu nunca soube que os olhos pudessem conter. É bruto e doloroso, lindamente confuso.

Meu coração para, pula e não consigo respirar. Mal consigo sentir meu corpo.

O que está acontecendo comigo?

Um sorriso perspicaz enfeita seus lábios, mas não tenho certeza do que descobriu, porque estou perdida.

Finalmente, volta a falar:

— Não posso te beijar ainda — murmura, a voz grossa de desejo, fazendo os dedos dos meus pé se curvarem e a confusão nublar minha cabeça.

O embaraço aumenta dentro de mim, mas antes que eu possa sacudir a cabeça e tentar recuar, Noah gesticula com a dele, tendo antecipado minha reação.

— Eu disse *ainda* — sussurra, baixo, aproximando-se. Desejo rodopia em seus olhos, mas estão tensos pelo tormento. — Acredite em mim, eu quero.

— Tem certeza? Porque estou sentindo a vibração oposta agora.

A risada de Noah é instantânea e adorável, e eu mordo o interior do lábio com o som.

— Tenho. — Ele ri, mas vai deixando de sorrir à medida que me encara com uma expressão calma, mas séria. — Caso ainda não tenha percebido, não há nada em você que eu não goste. Nada.

— ... Mas.

— Mas uma perda tão grande quanto você pode ser demais para mim. — Sua voz cai para um sussurro: — Então não posso fazer o que está me pedindo... ainda não.

— Eu não... — paro, engolindo a ardência queimando minhas vias respiratórias.

Não entendo, mas quanto mais olho nos olhos azuis de Noah, mais claro fica.

A calma compreensão de seu olhar me leva aonde ele pretendia, e uma dor aguda me ataca no peito.

Chase.

Não sei por que, mas sinto vergonha e, ao senti-la, percebo que essa é a razão.

Não a vergonha, mas o fato de que não entendo totalmente de onde ela vem.

Pode ser de eu ter percebido qual era a preocupação dele sem que ele dissesse em voz alta.

Pode ser porque sempre amarei Chase.

Talvez seja porque pensar nele ainda dói, mesmo que eu não sinta nada como antes.

Pode até ser porque não consigo nem me lembrar da última vez que pensei nele...

Tudo o que sei é que não tem nada a ver com o meu desejo de beijar o homem na minha frente.

Mas isso não o torna menos complicado.

Entendo o que Noah está pedindo, e isso só fortalece ainda mais seu caráter.

Noah Riley é um homem bom.

E se ele fosse o meu homem?

Minhas bochechas esquentam e mordo o interior da bochecha.

— Sabe o que acho que pode melhorar esse molho? — Tento mudar de assunto.

É obvio.

Seu sorriso se alarga, esticando o belo rosto, e estou corando de novo.

— O quê?

— Uma apimentada.

— Uma apimentada?

Dou um breve aceno, virando-me.

— Uma coisinha chamada... — Abro a gaveta à minha direita, tirando duas velhas embalagens da pizzaria Mountain Mikes. — Pimenta vermelha moída. — Arqueio a sobrancelha. — Também conhecida como pimenta vermelha moída, caso não saiba — brinco.

— Não fazia ideia. — Ele entra na brincadeira, pegando a tigela de espaguete agora morno, e nos conduz ao meu sofá. — Você pode ter razão.

Já estávamos na metade da tigela quando ele olha.

— O quê? — pergunto, com a boca cheia de pão francês.

— Só para deixar registrado, aquilo quase me matou, e foi um caso isolado que nunca *se* repetirá. — Seus lábios se abrem em um sorriso torto. — Então, da próxima vez que pedir, tenha certeza, porque não vou mais negar.

— Promete para mim.

Uma risada escapa de seus lábios, e ele cutuca minha perna com a dele, balançando a cabeça enquanto se volta para a comida.

— Prometo.

Sorrio para a minha tigela e, simples assim, está tudo bem.

Ao pensar nisso, percebo que já estava.

Não houve embaraço depois, apenas um momento humilhante da minha parte que Noah logo fez desaparecer.

É sempre assim com ele. Simples e sem esforço.

Quando nossos pratos estão vazios, Noah vira o corpo para mim, e eu faço o mesmo.

Depois de um momento, ele diz:

— Me diga uma coisa.

Respiro fundo.

— O que você quer saber?

— Tudo.

Paro por uma fração de segundo, ficando tensa e uma risada baixa me escapa.

— Hmm. — Penso. — Gosto de comédias.

— Eu sei.

— Gosto de massas.

Ele balança a cabeça.

— Já sei disso, também.

— Tudo bem... não gosto de flores. — Suas sobrancelhas se erguem. — Ou melhor, gosto, mas acho que são um desperdício como presentes. Muito caras para serem jogadas no lixo alguns dias depois.

— Anotado. — Ele ri, um olhar de expectativa em seu rosto.

— Quer saber mais?

Seu aceno é lento.

Dou risada de novo e, com um toque de timidez, revelo outra coisa, algo que ele, definitivamente, não sabe:

— Minha, hmm, minha cor favorita é azul.

Os olhos azuis de Noah se aguçam, e ele segura os meus por um longo momento, e quando o sorriso que se segue é charmoso de um jeito todo arrogante, jogo um travesseiro nele para arrancá-lo dele.

Ele ri e nós nos acomodamos nas almofadas.

Passamos as horas seguintes comendo pipoca, conversando sobre nossa infância e as coisas de que sentimos falta.

Quando ele vai para casa, já passa das três da manhã, e antes que eu tranque a porta depois que ele se vai, já estou ansiosa pela próxima vez.

CAPÍTULO 21

ARIANNA

Na quarta-feira, as provas semestrais estão em pleno vigor e a cafeína é a comida preferida. A maioria dos estudantes no campus está ocupada com grupos de estudo, trabalhos e um milhão de outras coisas que nos mantêm ocupados e em atividades. Eu vi Cameron duas vezes durante toda a semana, conversei com meu irmão uma vez além de algumas trocas de mensagens e, embora também não tenha visto Noah, os dois tiraram um tempo para responder às mensagens um do outro.

Exceto por hoje.

Hoje, não tive notícias dele, mas viajaram o dia todo ontem e esta manhã jogaram a primeira partida. Não tenho certeza de qual é a rotina dele no dia do jogo, então acho que gosta de ficar ocupado e focado, e talvez me mandasse uma mensagem mais tarde, mas, daí, o jogo acabou. Muito mal.

Seu *receiver* se atrapalhou com três minutos no relógio, e o time adversário se aproveitou disso e correu para marcar um *touchdown*. Como se isso não fosse ruim o suficiente, ele foi derrubado duas vezes na jogada seguinte, e o treinador o tirou do jogo quando percebeu que ele estava mancando.

Mason conseguiu entrar como reserva, mas já era a terceira descida. Não havia tempo suficiente e os Sharks forram derrotados.

Noah estava bem, porque eu o vi sair do campo após as entrevistas.

Mandei mensagem para ele depois do jogo, mas também não respondeu, então acho que ele pode ser do tipo que gosta de sentar e refletir depois de uma derrota, e é por isso que estou aqui olhando para Cameron, sem saber o que fazer.

Ela coloca a mão no quadril.

— E aí? Você vem ou não?

— Você disse que eles chegaram há duas horas. Tem certeza de que estão fazendo uma festa? Não deveriam, tipo, dormir?

Ela dá risada e se aproxima da minha mesa, colocando um par de brincos longos.

— Por favor, passaram pelas provas, igual a todos nós. Estão putos, cansados e precisam de um estímulo.

— Quem chamou?

— Brady. Ele disse que mandou mensagem para você também.

Franzindo a testa, pego meu telefone e, com certeza, tenho uma mensagem de voz de Brady e outra de Mason.

— Devem ter ligado quando eu estava tirando o lixo.

Eu olho para ela, e ela cruza as mãos como se fosse orar.

— E se ele não quiser sair? Ou se estiver ocupado?

— Querida, ele vai ficar desocupado quando você aparecer. Pode confiar. — Ela bate o pé como uma criança animada. — Venha, por favor! Você já está bonita, cara limpa, cabelo arrumado, então, vamos!

Mordendo o lábio, eu me levanto.

— Tá, se apresse antes que eu mude de ideia.

Cameron grita, jogando o braço em volta dos meus ombros, e saímos.

Menos de uma hora depois, estamos subindo a varanda para a moradia dos meninos.

Mason nos vê no segundo em que entramos – eu juraria que ele tinha rastreadores GPS em nós se eu não soubesse como ele é.

Ele se aproxima, me abraça e me levanta do chão, depois me abaixa.

— A porra da minha irmãzinha veio para a festa! Até que enfim! — Ele sorri, bêbado, e nos leva até o barril no canto.

Eu sorrio para ele, dando um tapinha em suas costas quando ele enche alguns copos e os passa para nós.

— Como você está?

— Puto. — Ele ri, dando de ombros. — Mas pronto para a próxima.

— Sim, é uma merda ser perdedor — provoca Cameron, e ele se encolhe de brincadeira na direção dela.

Cameron dá aquela risadinha familiar de sempre quando Mason demonstra atenção, mas logo a engole.

Ele pega o telefone do bolso com uma careta.

— Já volto. Meu amigo chegou, precisa de ajuda para carregar algumas coisas. Fique longe de todos esses filhos da puta até eu avisar que você é minha irmã.

Eu o saúdo com o dedo do meio, e ele sorri, mas Cam e eu pegamos dois copos de água e, ainda assim, Mase não voltou.

— Estou começando a achar que o amigo dele era uma menina.

— Com certeza era uma garota. Ah, Merda. Beleza, rápido, me diga como quer jogar isso. — Cam aperta meu braço.

— Jogar o quê?

— Ô, sua vaca… — sussurra.

— Acabei de ver Trey.

Ela se vira, o sorriso instantâneo.

— Certo, tudo bem. Estou indo lá, mas fuja ou chore, e você está morta.

— Espera aí, o quê?

Ela aponta dois dedos para mim no estilo "estou de olho em você" e sai correndo.

Com uma risada, eu me viro e, quando o faço, minha coluna se contrai. Não entendi o que ela estava querendo dizer.

Merda, danou-se.

Chase está a menos de três metros de distância, e está vindo direto até mim.

Um nó se forma na garganta, mas me forço a engolir.

Esta é a casa dele, claro que estaria aqui.

Por que não pensei nisso?

— Oi. — Ele se aproxima, mas antes que eu possa responder, ele está me puxando para um abraço.

Meu corpo fica rígido, mas só por um segundo, e me pego retribuindo o gesto.

Não posso deixar de inalar quando meu rosto se enterra em seu peito, e sou imediatamente atingida pelo cheiro quente e familiar gravado em minha memória. De repente, as imagens da nossa noite na praia estão bem na minha frente.

A gentileza de seu toque conforme suas mãos deslizavam sobre mim. A suavidade de seus lábios quando se inclinou para me beijar. A forma com que me segurou, as coisas que sussurrou. Seus olhos gentis olhando para mim como se eu fosse… mais.

Como se eu fosse importante.

Meus olhos se enchem de lágrimas, e meus dedos o apertam antes que eu possa detê-los.

A parte triste?

Ele me aperta de volta, pressionando minha pele como se sentisse falta da nossa amizade tanto quanto eu, como se precisasse disso. Abraçar, me sentir perto, só que foi ele quem me afastou.

— Arianna… — sussurra.

Sua voz é tão baixa e gentil que me afasto, colocando um pouco de distância entre nós. É preciso esforço, mas eu me obrigo a olhar para ele, e é como se estivesse confuso sem saber porque eu me afastaria.

Ele dá um passo em minha direção de novo.

— Chase, eu… — Meus olhos são atraídos para algo acima de seu ombro, minhas palavras morrem na garganta.

É quando eu o vejo.

Noah.

Ele está ao lado da linda garota do churrasco, Paige. Seu ombro está encostado na parede, uma garrafa de água na mão, e ela está com as costas na parede, olhando para ele com admiração.

Ele diz alguma coisa e ela ri, levanta a mão para empurrá-lo de brincadeira, e ele sorri para ela.

Um peso repentino recai sobre mim como se uma grande pedra tivesse caído no meu peito, e me esforço mais para respirar.

Chase diz outra coisa, estendendo a mão, mas não sinto se sua mão sequer me tocou. Não ouço suas palavras, embora sua boca se mova na minha visão periférica.

Vejo Noah e tudo que ouço é a risada de Paige ecoando em minha cabeça. Algo se agita dentro de mim, baixo e repetitivo. Sem parar.

Chase acompanha meu olhar, pousando no casal cinematográfico a menos de seis metros de distância. Ele volta sua atenção para mim.

— É sério isso? — solta, irritado.

Pisco depressa, e seu olhar bravo passa pelo meu rosto, todo nervoso.

Chase se vira para a direita para bloquear minha visão, mas meu braço dispara, parando-o. Seus lábios se estreitam, as narinas dilatadas.

Volto a olhar para Noah.

Assim que o faço, ele olha por cima do ombro. Ele me vê e não se vira. Não olha para Chase ou para a mão que ainda está tocando meu braço. Não volta sua atenção para Paige quando a palma da mão dela cai em seu peito, criando calor no meu.

Por que ela está tocando nele?

Noah, no entanto, *estende* a mão, aqueles olhos não se afastam dos meus quando se desculpa e vem até mim.

Não consigo evitar o contrair de meus lábios ou de suavizar meu olhar.

A tensão em meus músculos diminui, mas então Chase segura meus braços, forçando-me a encará-lo. Ele olha feio, encara, e balança a cabeça, soltando as mãos.

A mandíbula de Chase cerra, e ele se concentra em tudo ou qualquer coisa, menos em mim.

— Encontre um de *nós* quando... terminar aqui. Não ande sozinha.

— Eu sei — respondo, mas ele já se foi, e Noah está parando ao meu lado.

— Oi.

— Oi. — Ele olha para onde Chase desapareceu, uma ternura em seu olhar que me faz sorrir. — Você não veio me encontrar.

— Não sabia se estava em casa.

O canto de seus olhos enruga.

— Mason disse que mandou uma mensagem para você, dizendo que perdi meu telefone.

— Eu provavelmente deveria ter lido isso. — Dou risada. — Parei de ler depois que a quinta ou sexta chegou.

Um pequeno sorriso se forma em seus lábios.

— Estava esperando um pouco, caso Cameron aparecesse. Achei melhor pedir a ela para te ligar do que pedir a Mason.

— E se ela não aparecesse?

— Então você estaria abrindo a porta para mim quando eu batesse nela.

Uma risada baixa escapa de mim, e me mexo um pouco, me permitindo olhar para ele, como se estivesse procurando alguma mudança nele desde a última vez que o vi. Seu cabelo está uma bagunça perfeita, mechas escuras sedosas recém-aparadas nas laterias, e está sempre impecável de camiseta e jeans.

Ele fica bem sem qualquer esforço, ainda mais com sua tatuagem aparecendo por baixo do tecido ao redor do bíceps. É a provocação da amostra de um livro digital – só dá um gostinho da história, mas suficiente para fazê-lo comprar e devorar o livro todo.

Nunca vi a tatuagem inteira, até onde as marcas escuras viajam, e eu meio que quero.

Estou tentada em arregaçar a manga dele agora mesmo.

A mão na base das minhas costas se estende, pressionando-me com mais firmeza conforme ele acena, uma expressão confusa, mas contente, cobre seu rosto.

— Tinha certeza de que teria que ir na sua casa — fala, em um sussurro curioso e rouco, seus olhos implorando. Se a faísca que pisca em seu olhar me diz alguma coisa, é que ele está satisfeito.

Meu olhar passa por ele, em direção à porta de onde saiu, onde Paige continua sozinha e olhando em nossa direção.

Tento me virar assim que percebo para onde meu olhar inconscientemente apontou, mas Noah vê mesmo assim.

Ele desliza na minha frente, e eu inclino a cabeça para trás para poder olhar em seus olhos.

— Estava conversando com Paige sobre os alunos dela. Estão dando um pouco de trabalho para ela, e como participei de grupos de jovens quando menor, ela achou que eu teria alguns conselhos.

— Ah, eu não estava...

Não estava o quê, Ari? Jesus.

Meu rosto esquenta e tento desviar o olhar, mas Noah não permite.

Seus dedos sobem para deslizar sob meu queixo, e meus lábios se abrem com uma respiração ofegante quando ele guia minha atenção de volta para ele.

Ele não diz nada, mas é como se não precisasse. Está tudo bem ali, escrito em seu rosto bonito e no jeito que seu polegar acaricia meu queixo. É breve, impercetível, mas é sentido. Em todos os lugares.

Meu Deus, estou ferrada.

Quando ele está convencido, abaixa a mão.

— Não posso deixar Paige ir embora sozinha. Não é seguro.

Concordo com a cabeça e começo a dar um passo para trás, mas ele também não permite.

Não sei por que estou agindo assim.

Chase deve ter me desorientado.

— Uma amiga furou com ela, então preciso levá-la para casa...

— Nossa, sinto muito. — Saio do estranho estupor em que caí. — Vá. Não pretendia segurá-lo, faça o que precisa fazer.

Seus olhos se estreitam.

— Sério, aproveite a noite. Você não tem que tomar conta de mim. Cameron e os outros estão por aqui em algum lugar; ficarei bem. Não vou andar por aí sozinha se é com isso que está preocupado.

A postura de Noah se alarga um pouco e sua língua se projeta, passando pelos lábios.

— Vou explicar isso para você, então preste atenção porque preciso que me ouça. — Sua resposta é imediata e forte, e ele se aproxima, mantendo meus olhos como reféns. — Não quero que pense que Paige está aqui comigo esta noite. Ela não está, mas é minha amiga e preciso garantir que chegue bem em casa. Não quero que fique aqui, porque estou achando que veio aqui por mim esta noite e, para ser totalmente honesto agora, não quero te dividir com a pessoa que tenho certeza de que acaba de perceber isso. Então, se veio atrás de mim, venha comigo. — Ele faz uma pausa, mas só por um segundo. — Porque eu também estava indo atrás de você. — Noah respira fundo, acenando. — Acabei de sofrer uma derrota hoje. Faça minha noite parecer uma vitória. Venha comigo, Julieta.

— Tá.

Ele faz uma cara confusa, inclinando a cabeça um pouco como se estivesse surpreso.

— Tá?

— Sim, tudo bem.

Noah ri, esfregando a nuca sem perceber.

— Foi mais fácil do que pensei.

Dou de ombros, sorrindo para ele. Antes, eu poderia ter parado e pensado, mas não quero. Eu não preciso.

Noah me leva a sério, e eu sinto o mesmo por ele. E me aceita como sou.

— Deixa eu avisar ao Mason que estou indo embora para ele não enlouquecer. — Eu paro. — Bem, ele ainda pode enlouquecer, mas pelo menos saberá onde estou.

Noah sorri, afastando-se.

— Vou pegar minhas chaves.

A gente se separa, e eu só me viro, dou um único passo à direita, e meu irmão está à vista, como sempre, com Brady e Chase ao lado.

Eu sigo até eles.

Brady me vê primeiro, e um assobio baixo escapa dele ao me encarar.

— Ari baby! — Brady estende os braços e eu escorrego em seu abraço.

Ele me ergue no ar, mas Mason empurra seu ombro para baixo, fazendo-o rir.

— O que foi, irmã? — Mason arqueia uma sobrancelha, lançando um rápido olhar na direção de onde vim. — Parece que tem algo a dizer, e aposto que não é dar oi.

— Oi, de novo. Senti sua falta na última hora. E, pela segunda vez, sinto muito pelo jogo. — Dou risada quando ele me dá um revirar brincalhão de olhos, aproximando-se para beijar minha têmpora.

Sorrio.

— Só passei para avisar que estou indo com Noah levar a amiga dele para casa. Voltarei mais tarde. Acho.

Ele leva a garrafa de cerveja aos lábios, olhando por cima da borda ao mesmo tempo em que toma um gole.

— Só você?

— Só eu.

— Você não pode levar Cam com você?

— Ela está com Trey.

— Certo. — Ele assente, olhando para mim.

Meu irmão sabe que tenho saído sozinha com Noah, e estou aqui viva e bem hoje. Ele não teve um ataque quando saí com Noah antes, mas agora é diferente. Está de noite; as pessoas estão bebendo; *ele está* bebendo, o que o torna mais protetor e paranoico, mas sabe onde Noah mora. Com certeza tem um plano para acabar com ele já traçado na cabeça, caso sinta necessidade de fazê-lo. Garanto que é a única razão pela qual ele não me pressiona mais.

— Atenda ao telefone se eu ligar.

— Sim...

— Por que não pode esperar aqui? — Chase se afasta da parede. — Por que precisa ir junto com ele levar uma garota para casa?

A cabeça de Mason se inclina em direção ao amigo e Brady tosse, virando-se de lado para esconder uma risada.

Eu me obrigo a encontrar o olhar de Chase.

— Eu quero ir.

— Por quê?

Sinto a pulsação na garganta, e balanço a cabeça.

— Por que você liga?

Seus olhos se estreitam e ele se aproxima... e meu irmão também.

Chase balança a cabeça e passa por mim.

— Tanto faz. Vou pegar mais bebida.

Mason vira a cara fechada para mim.

— Qual é o problema dele?

— Ele é seu amigo. Pergunte a ele.

— Ele é *nosso* amigo.

— Certo. — Eu quase esqueci. — Preciso ir. Noah está esperando.

— Sim, tudo bem. — Mason acena, e eu me viro, irritada, seguindo até a porta, onde Noah me aguarda, mas o aborrecimento desaparece quando o encontro esperando por mim, um moletom na mão.

— Pronta? — pergunta.

Concordo, virando-me para Paige com um sorriso.

— Oi, de novo.

— Oi, que bom que veio. — Ela sorri, atravessando a porta. — Estava prestes a rolar uma autopiedade com o Noah aqui.

Olho para Noah, e ele pisca para mim.

Não sei por que, mas todo o meu corpo esquenta, então me apresso ao sair, dando boas-vindas ao ar fresco.

Quando chegamos à caminhonete de Noah, Paige abre a porta, mas dá um passo para trás, acenando com a cabeça para que eu entre primeiro, portanto, eu entro. Seguimos para o lado oposto do campus e, surpreendentemente, não parece estranho.

Paige retoma a conversar que estava tendo com Noah, pedindo minha opinião, e faço o possível para oferecer uma solução que pode ajudar. É legal ser incluída em uma discussão que poderiam ter interrompido ou retomado em outro momento.

Quando chegamos em seu prédio, ela desce, vira-se para nós e acena. Pouco depois, a observamos desaparecer lá dentro. Noah espera a porta se fechar depois que ela entra, e saímos do estacionamento.

Ele para em um posto de gasolina e nós dois pegamos raspadinhas, apesar do ar frio. Voltamos para a caminhonete, mas quando me sento perto da porta, Noah olha para mim, erguendo um pouco o queixo, os cantos dos lábios curvados. Então, com uma sensação agitada e ansiosa por dentro, deslizo até ficarmos coxa a coxa.

— Posso te levar a algum lugar? — pergunta.

Com um gesto afirmativo, puxo o canudo entre os lábios, e seus olhos seguem o movimento.

Com uma respiração profunda, ele se vira para frente e lá vamos nós.

Dirigimos com o rádio desligado por uns trinta minutos antes de Noah sair da pista principal e estacionar no acostamento.

Solto o cinto de segurança e me inclino para tentar ver além da escuridão.

— Este parece um bom lugar para enterrar um corpo.

— Não sei enterrar, mas perder um no mar, com certeza.

Minha cabeça vira para a dele, e ele ri, abrindo a porta.

Ele pega o moletom que trouxe e me espera descer pelo lado do motorista.

Tirando da minha mão a raspadinha que ainda não terminei, ele coloca o copo no teto do carro, passando o moletom sobre a minha cabeça.

Dou risada e deslizo os braços pelas mangas. É algodão macio e limpo por dentro e cheira a Noah.

— Obrigada.

Ele sorri, entregando-me a minha raspadinha.

— Por nada.

— Você planejou isso, não foi?

— Achei que gostaria de uma pequena viagem.

Dou um sorriso de canto de boca.

— Venha.

Caminhamos lado a lado por uma pequena encosta que leva a uma trilha larga e, além dela, só o mar.

Meu sorriso é instantâneo.

— Puta merda — sussurro, dando um passo à frente dele em direção à beirada estendida de um penhasco no centro.

A lua reflete no mar do jeito que eu amo, mas é ainda mais bonita porque estamos mais alto do que nunca, então brilha abaixo de nós parecendo gelo. Dou risada, olhando para Noah conforme se aproxima de mim.

— Gostou?

Assinto e me viro para frente de novo.

— É incrível.

— Venha aqui. — Noah segura minha mão, levando-me alguns metros à esquerda, onde tem uma leve depressão na pedra. Nós nos sentamos com os pés pendurados, e vejo outra pedra achatada alguns metros abaixo para evitar nossa queda, caso avancemos demais pela borda.

Não tem como segurar o riso, cutucando-o no ombro.

— Que louco.

— Chama-se Sunset Cliffs.

— Cara, vamos precisar voltar para ver o pôr do sol. Eu amo a lua refletida no mar, mas o pôr do sol é uma visão que tenho que ver daqui, com certeza.

Olho para ele.

— Se quiser voltar, eu te trago — oferece.

— Promete para mim.

Rindo, ele olha para frente.

— Prometo.

— Quando eu era pequena, meus pais nos levavam ao litoral todos os domingos para um piquenique. Meu pai montava uma barraquinha, sabe, daquelas toda rendada? — Sorrio. — Minha mãe arrumava uma mesa com a comida enquanto Mase e eu ajeitávamos as cadeiras e enchíamos de cobertores por cima. Comíamos, brincávamos de jogos de tabuleiro e, quando o sol começava a se pôr, nossos pais nos contavam histórias de quando eram pequenos ou de quando éramos bebês. Sempre tinha algo novo, que ainda não tínhamos ouvido. — Adorava aquelas noites.

— Sua família significa muito para você.

— Minha família significa tudo para mim. Eu quero ser tudo que minha mãe é. Forte e independente à minha maneira, um verdadeiro exemplo, mas humana com meus erros. Quero ser orgulhosa e encorajadora, acolhedora, mas firme, mesmo quando doa. Ainda que seja difícil. Quero fazer frango e bolinhos quando minha filha sentir que seu mundo está desmoronando, como sentem os adolescentes, e quero assar cupcakes com cobertura bobas quando meu filho for muito duro consigo mesmo por causa de uma nota ruim ou reprovar. — Dou risada, abaixando a cabeça. — É óbvio que tenho muito que batalhar para chegar lá, mas...

Eu olho para Noah.

Ele passa a mão pelo antebraço, um olhar de reverência adornando seu rosto.

— Você quer ser mãe?

Meus lábios se abrem em um sorriso largo.

— Claro que sim.

Ele balança a cabeça e um leve franzir se constrói ao longo da minha testa.

— É — começa ele. — Agora sei. É por essa razão que você não ligou para onde iria estudar. É por isso que não teve opinião quando se tratou de escolher um lugar, e por esse motivo que não me disse quando adivinhei que havia mais nisso tudo.

Minha garganta fica espessa, mas afirmo.

— Você disse que era constrangedor. — Ele me lembra. — Não é.

— Mas é, sim.

Ele quase parece ofendido, e uma risada ansiosa escapa de mim.

— Noah, você se esforçou a vida inteira em direção a um objetivo e está no caminho certo para alcançá-lo. Está prestes a ter o mundo ao seu alcance, e é uma homenagem à qual dedicou sua vida. Aqui estou eu, sonhando em ser dona de casa, e ainda nem descobri como *não* queimar pão francês.

Começo a rir, mas Noah franze a testa, balançando a cabeça.

— Não se diminua. O que você quer é se entregar à felicidade dos outros. Isso é altruísta.

— Alguns diriam que é egoísta querer ficar em casa e criar uma família enquanto meu parceiro se desdobra na rua.

— Um bom homem discordaria.

Pisco para ele, e seu peito infla.

— Sim, talvez você tenha razão. — Suspiro e balanço a cabeça. — Meu pai iria gostar de você — digo a ele. — Alguém que ama a mãe, joga futebol com maestria e arrasa na cozinha.

Noah desvia o olhar, humilde demais para me encarar enquanto o elogio, mas seu sorriso é evidente nas rugas emoldurando seus traços.

Depois de um momento de silêncio, ele diz:

— Fui a um piquenique uma vez.

Fico boquiaberta.

— Uma vez?!

Ele ri, olhando para baixo.

— Sim. Uma vez. Minha mãe trabalhava muito, mas uma vez no meu aniversário, ela me pegou mais cedo na escola, colocou o almoço em uma cestinha de roupa suja e lá fomos nós.

— Para onde ela te levou?

Ele encontra meu olhar.

— Ela me trouxe aqui.

E meu coração se derrete.

— Aqui?

Ele afirma.

— Ela me deu meu presente, uma bola de futebol. — Ele ri, lembrando-se, e eu observo cada linha de seu rosto. — Era assim todos os anos. Ela perguntava o que eu queria e eu respondia uma bola de futebol. Ela falava para eu escolher outra coisa, mas eu era irredutível.

— Nunca são demais.

— É exatamente o que eu diria. — Ele me olha de canto de olho. — Mason?

— Sim. Meus avôs não tinham muito dinheiro, então sempre pedia bola. Ele sabia que ela daria mais alguma coisa mesmo assim, então queria garantir que não gastasse muito.

— Isso mesmo. — Ele me encara, e algo me atinge.

É por isso que pedia a bola. Sabia que sua mãe não podia gastar muito mais, mas morreria tentando, então facilitou para ela.

Não tenho dúvidas de que ela sabia. Deve ter sido tão difícil ter apenas um dos pais. Uma pessoa, e só.

Se ela trabalhava muito, ele ficava sozinho com frequência?

Ele se sente sozinho agora?

Pigarreio de leve.

— O que ela trazia para o almoço?

— Sorvete.

Uma risada borbulha de mim, e Noah me acompanha.

Juntos, nos viramos para o mar, ouvindo o som das ondas quebrando até que a noite esfria demais, e voltamos para o campus.

Assim que paramos na frente do meu dormitório, não estou pronta para sair, e me viro para ele, dobrando os joelhos e os abraçando contra o peito.

— Me conte uma coisa.

— O que você quer saber? — murmura, um sorriso escondido nos lábios.

Recostando a cabeça, sussurro:

— Tudo.

CAPÍTULO 22

ARIANNA

Passa das onze quando Mason, Brady e Chase chegam.

Brady me gira em um abraço, e Mason dá um beijo mal-humorado no topo da minha cabeça ao passar, caindo de bunda no sofá e fechando os olhos no mesmo instante.

— Alguém teve uma noite daquelas. — Dou risada, virando-me para Chase, que hesita perto da porta; o encontro da noite passada provavelmente passando por sua cabeça, mas eu o acalmo, oferecendo um sorriso. — Oi.

Funciona, seus ombros relaxam um pouco, e ele sorri, o olhar se focando na minha roupa.

— Oi, você está bonita.

— Obrigada. — Aliso a blusa por instinto, olhando para as botas cor de vinho combinando. — Cameron disse que pediram pizza?

— Sim, a gente achou que não ia dar conta de assar hambúrgueres como planejamos.

Dou risada, e ele me acompanha até a cozinha, recontando-se no lado oposto da bancada.

— A derrota foi um golpe e tanto, hein?

— É um saco. Nós nos repreendemos.

Solto um longo suspiro.

— Verdade, mas, ei, talvez tenham sua chance de recomeçar esta semana. Teve três erros dos primeiros *receivers* só neste jogo.

— Odeio admitir, mas...

— Mas foi a primeira coisa que pensou?

Ele concorda.

— Ei, esse é o nome do jogo. — Dou de ombros. — Nossos pais disseram a vocês várias vezes, o erro de um homem...

— É o ganho de outro. — Ele franze a testa, de repente, trazendo os olhos para os meus.

Eles permanecem nos meus, só abaixando quando a porta é escancarada e Cameron entra, um cara que vi nos corredores atrás dela, com caixas de pizza na mão.

— A comida chegou. — Eles as colocam no balcão e ela dá um tapinha no ombro do garoto, empurrando-o de volta para o corredor. — Obrigada, cara. Eu te devo uma.

— Vou cobrar!

— Tá, tchau! — grita, virando-se para nós com um sorriso. — Vamos comer para dizer aos nossos pais que somos bons filhos e depois cada um pode seguir o rumo. Estou cheia de coisas para fazer hoje.

Começo a passar os pratos, agradecida pela opção rápida, já que Noah me pediu para ir em um lugar com ele hoje.

Levamos as caixas para a sala e, desta vez, a TV fica desligada.

Sentamos, ouvindo as jogadas dos meninos como se não tivéssemos assistido ao jogo na TV, mas não ligamos. Enquanto crescíamos, esse era um dos nossos momentos favoritos da semana, quando nossas famílias se reuniam no final da semana e conversavam.

Falamos da faculdade e das provas, e os rapazes nos deram a ideia de ir acampar durante as próximas férias, em vez de ir para nossa casa de praia como planejado. Eles marcaram um jogo na quinta-feira, então, quando voltarem à cidade, estarão livres até segunda-feira. No segundo em que concordamos, o plano é oficial.

Estou encostada na mesa de centro ao lado de Cameron quando meu telefone toca no chão ao meu lado. O nome de Noah, ou melhor Romeu, pisca na tela.

— Alguém comprou um telefone novo. — Cameron, sendo a babaca que é, pega, atendendo no viva-voz. — Oh, Romeu, Romeu, onde estás…

— Cale a boca! — Dou risada, arrancando-o dela, só para Brady tirar de mim.

— Alô? — Ele faz de tudo para imitar a voz de uma mulher, e erra feio, nos fazendo rir.

— Vou arriscar um palpite e dizer que é o… Lancaster? — O sorriso de Noah é evidente.

Sorrio e Brady acena.

— Estou impressionado, cabeção. Agora, por que está ligando para a nossa garota?

— Tá bom! — Dou um pulo, tirando o celular das mãos grandes de

Brady, e pulo por cima das pernas estendidas do meu irmão. Coloco-o no meu ouvido. — Oi.

— A garota deles, hein? — brinca, e meu rosto esquenta quando percebo que esqueci a parte do viva-voz.

Eu me viro rápido para não ficar de frente para eles, desligando o viva-voz.

— Sim, Mason tentou reeducar o garotos por anos. É inútil — brinco.

— Anotado. — Noah ri, e depois fica quieto um pouco. — Você ainda é minha hoje?

O calor toma conta de mim e aceno, embora ele não possa me ver.

— Sou.

— Ótimo, porque já estou a caminho.

— Perfeito. — Vou para o meu quarto pegar a bolsa. — Cameron está para sair, vou descer com ela. Encontro você na porta?

— Espere lá dentro até ver minha caminhonete.

Engulo um sorriso.

— Sim, Noah. Mason me treinou bem.

Sua risada leve enche meu ouvido.

— Cinco minutos, Julieta.

— Tá.

Eu me viro para chamar Cameron para irmos, só que as palavras morrem em meus lábios quando encontro todos os olhares em mim.

— O quê?

Depois de um segundo de silêncio, é Mason quem se levanta com mais energia do que vi dele o dia todo.

— Nada, irmãzinha. — Ele para, me encarando por um minuto antes de beijar minha têmpora e ir para a porta. — Amo você.

— Amo você. Não precisa ir embora.

— Não vou. Estou trancando para que nenhuma de suas colegas de corredor tente entrar quando saírem.

Dou risada, enfiando meu telefone dentro da bolsa.

— Boa ideia.

Cameron se aproxima, vestindo um suéter.

— Pronta?

— Sim.

Olhamos para os outros.

— Tchau, pessoal.

— Até mais! — grita Brady.

Chase não diz nada, de frente para a TV mais uma vez, e saímos.

Noah estaciona assim que chego à saída, e saio com Cameron.

Ele se inclina, abrindo o lado do passageiro para mim, e eu entro, acenando para Cameron por cima do ombro quando Trey estaciona logo atrás dele.

Eu me viro para ele.

— Oi.

— Oi. — Ele sorri, aumenta o volume do rádio e já pegamos a estrada.

Ele entra na rodovia, indo na direção oposta de onde fomos ontem à noite, mas não pergunto para onde estamos indo, e só quando estamos no estacionamento do Tri-City Medical é que a necessidade repentina de saber me invade.

Noah olha para a frente quando tira as chaves da ignição, acomodando a mão no colo como se o peso do chaveiro em sua palma fosse demais.

Com uma respiração profunda, ele começa a descer, e eu faço o mesmo, encontrando-o na frente do capô.

Demora vários segundos, mas ele aponta para um pequeno prédio perto dos fundos, não bem parte do hospital, mas no mesmo terreno.

— Aquilo é um centro de reabilitação.

Olho para o prédio, confusa, mas suas próximas palavras esclarecem tudo:

— Minha mãe mora lá. — Ele acena. — Tem dois anos.

Meu peito aperta, sinto o desejo de estender a mão e abraçá-lo forte.

— Ela teve um derrame no meu último ano do ensino médio, perdeu o movimento do braço esquerdo. — Sua risada é triste. — Ela disse que não precisava mais dele, porque tinha um *garanhão como filho*. — Ele tenta sorrir, mas falha.

— O braço de arremesso dela — adivinho. — Ela jogou com você.

— Todos os dias desde que consegui segurar uma bola. — Ele desvia o olhar. — Ela não deixou que isso a impedisse de nada, ainda fazia o jantar, continuou como se nada tivesse acontecido, e ela podia, se quisesse. Ela era contadora de uma pequena empresa, então o ritmo dela diminuiu. Ela perdeu um pouco de trabalho, mas estava bem, então não importava.

Subo a mão no peito, segurando a gola do meu suéter, a tristeza em seu tom é doloroso.

— É por isso que escolheu Avix. — Percebo agora. Ele não queria deixá-la, mas depois de tudo, não tinha como. Ele queria estar com ela.

Noah assente.

— Ela foi boa por muito tempo depois, e então veio o último jogo da minha temporada de calouro na Avix. Nós ganhamos. Não errei um único alvo naquela noite. Cara, eu nunca tinha pegado fogo como naquele jogo. — Seus lábios se contraem ao se lembrar, e faço uma anotação mental para encontrar os vídeos dele mais tarde. — Tudo o que eu conseguia pensar era que não via a hora de ligar para minha mãe depois, e liguei. Ainda estava no campo, ainda de uniforme, com os repórteres me flanqueando de todos os ângulos, mas eu tinha que falar com ela primeiro. Tocou várias vezes e, quando finalmente atendeu, não era a voz dela. Sabia sem ser dito que aconteceu de novo. Só não esperava que fosse pior do que antes.

A dor em sua voz é demais, então me aproximo e seus olhos encontram os meus.

— Vamos entrar. — Concordo, precisando que ele entenda que não precisa me explicar ou me preparar. Vou entrar de qualquer maneira. Eu quero. Preciso.

Acho que ele precisa de mim para…

— Gostaria de conhecê-la.

Ele me encara por um longo momento, e depois acena de volta.

— Sim, vamos, porque ela está morrendo de vontade de conhecê-la.

— Ela sabe que estou indo junto?

— Sim, Julieta, ela sabe — sussurra, virando o corpo, e fica cara a cara comigo e a apenas um palmo de distância.

Minha garganta fica seca e, quando ele tenta segurar a minha mão, eu mesma a estendo.

Juntos, entramos no centro de reabilitação para encontrar a mulher responsável pelo homem ao meu lado.

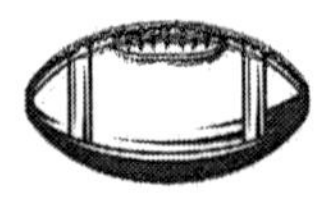

Uma risada me escapa, e eu cruzo os pés.

— Para ser sincera, minha mãe e meu pai tentaram me mostrar, mas nunca acabou bem.

A sra. Riley, que insistiu várias vezes para que eu a chamasse de Lori, sorri.

— Mas você está aprendendo bem agora, pelo que ouvi.

Você ouve coisas?

— Talvez não estivesse pronta para algo novo antes — diz, gentil, e eu aceno. — E talvez agora esteja... — Ela fala com a sabedoria de uma mãe, calorosa e gentil.

Meus batimentos aceleram no peito e seus traços suavizam diante de mim.

— Sim, talvez. Tenho um professor muito bom. — Olho para o filho dela, que pisca como se esperasse que eu olhasse para ele. Com um sorriso, olho de volta para Lori. — Minha mãe, literalmente, pegava todas as receitas do livro e me prendia em uma cadeira até que eu fizesse mágica se ela me ouvisse reclamar de como suas instruções eram fracas, e então meu pai se sentia mal e forçava Mason a ajudar, também. E isso inspirava minha mãe a convidar todos os nossos amigos. — Suspiro. — Foi por água abaixo.

Lori e Noah riem, e o calor se espalha por mim enquanto, ao mesmo tempo, eles seguram as mãos um do outro. Noah está encostado na lateral da cama de hospital, meio sentado, meio em pé.

Ele só quer estar o mais próximo possível de sua mãe. Ele quer que ela saiba que a ama e sente falta dela. Aprecia cada palavra falada e a força interior necessária para rir e sorrir quando seu mundo é um pouco menor do que costumava ser.

Noah vê meu olhar, uma tranquilidade no dele que ainda não testemunhei, presente sem perceber.

— Então você tem uma grande família? — Lori pergunta, baixinho, desviando minha atenção de Noah.

— Tenho, sim. Tias e tios, primos. Amigos que são como uma família.

— E eles são bons com você?

Acabo sorrindo.

— Incríveis. Meus pais, bem... — Dou uma risada baixa e reviro os olhos. — Meu irmão os chama de nojentos, mas sempre com um sorriso. São só... todas as coisas que uma pessoa poderia desejar, sabe? — Ergo um dos ombros. — Fomos abençoados.

— Maravilhoso. — Sua voz é baixa como se fosse um sussurro esperançoso.

Olho para Noah, que encara a mão esquerda flácida de sua mãe colocada cuidadosamente sobre seu colo.

— Querido — murmura, encarando-o —, pode pegar um pouco de suco de laranja para mim antes de ir?

— Sim, mãe. — Ele beija a bochecha dela, erguendo os olhos vivos para os meus. — Já volto.

Mordo o interior do lábio, balançando a cabeça enquanto o vejo sair.

— Obrigada — sussurra Lori, assim que ele sai, chamando minha atenção. Ela sorri e, embora apenas o lado direito de seus lábios se levante, ainda saberia se não tivessem se movido. Está no tom dela, no azul dos olhos, quase da mesma cor dos do filho único.

— Eu que agradeço à *senhora* por ter me deixado vir.

— Não, querida. — Ela pisca para afastar as lágrimas. — Obrigada por devolver a vida ao meu menino. Faz muito tempo que não presencio todos os seus tons de azul, mas a cada visita nos últimos tempos, tenho sido presenteada com um pouco mais.

— Últimos tempos? — Suspiro.

— Sim, querida — afirma, estendendo a mão do corpo, então eu me levanto, deslizando a minha na dela. — Ultimamente. Há semanas, talvez mais.

Minha pele cora, mas como seu filho, ela não se atenta a isso, permitindo-me um momento para desviar o olhar. Pigarreando, eu a encaro outra vez.

— Que isso, pode ser porque ele é, basicamente, um deus do futebol nesta temporada — brinco, com um dar de ombros brincalhão.

Uma risada alta jorra de Lori, e ela sorri.

— Sim. Pode ser, né?

Estamos trocando um sorriso quando Noah retorna, olha com desconfiança, e devagar, coloca um pequeno copo de suco ao lado dela.

— O que eu perdi? — Ele olha entre nós.

— Eu experimentando aquele simpático senso de humor de que me falou — diz Lori, e minha cabeça vira na direção dele.

Suas sobrancelhas se levantam.

— Obrigado, mãe. — Ele ri. — Nós devemos ir.

Bem nessa hora, suas palavras começam a ficar um pouco mais arrastadas, mas sorri mesmo assim.

— Sim, querido, melhor ir. — A travessura floresce em seus olhos. — Leve a garota para casa, e a coloque para dormir.

— Mãe.

Lori ri, virando a cabeça para mim. Uma calma recai sobre ela, suas piscadas ficando mais lentas a cada segundo.

— Estou ansiosa para te ver de novo, querida.

Uma melancolia toma conta do quarto, engrossando o nó na garganta.

Aceno e me despeço, saindo antes de Noah para dar aos dois um momento a sós.

Quando chego à saída, ele está ao meu lado, saindo no ar fresco comigo.

Não temos muito frio no inverno aqui no sul da Califórnia, e quando se mora aqui por tanto tempo, você se acostuma com o tipo de frio que temos, então, embora haja um friozinho no ar, não é nada que nossos suéteres não deem conta.

— Sua mãe é gentil.

— Ela é impossível — brinca.

Rindo, eu passo por ele e começo a andar de costas para a rua e de frente para ele.

— Não mais do que a minha.

Ele sorri, mas seus olhos mostram o contrário.

Percebo então como eu estava errada antes quando me disse que seus domingos estavam comprometidos, assim como os de sua linda amiga loira. Não tinha nada a ver com ela e tudo a ver com sua mãe, mas ele diz que seus domingos estão lotados e sua mãe ficou exausta após uma visita de duas horas. O que significa que ele sai daqui toda semana e faz a única coisa que acha que pode. Vai para casa, sozinho, porque depois de algumas horas com a mulher que lhe deu o mundo, porém que não consegue mais fazer praticamente nada sozinha, um sentimento de desamparo do qual ele não é capaz de escapar o oprime.

Não hoje, não quando acho que posso ajudar a amenizar isso.

Dentro da caminhonete, eu o encaro.

— Assim, eu sei que é domingo e tudo mais, e você tem treino amanhã, mas ainda é um pouco cedo, e nós somos jovens...

Noah ri, encosta a cabeça no apoio do banco, mas vira os olhos para os meus.

— O que tinha em mente?

— Fazendas Pasco Bella.

Ele semicerra os olhos, mas há uma pontada de diversão neles.

— Já sabe, o canteiro de abóboras? Onde come coxas de peru maiores que meus bíceps, bebe cerveja quente, se perde no labirinto do milharal... — Fico boquiaberta com ele. — Você nunca foi?

Ele sorri, e nega com a cabeça.

— Ah, mas isso é *errado*. É uma obrigação, então o que me diz, Romeu? — Sorrio. — Topa?

Noah me encara por um longo tempo, o sorriso em seus lábios se abranda, mas nunca diminui. No mais calmo e silencioso dos sussurros, ele diz:

— Se você topa, eu topo.

Minha boca se abre, mas nada sai, e Noah estende a mão, colocando uma mecha do meu cabelo atrás da orelha.

Sua mão permanece ali um tempo, seus olhos ainda nos meus.

— Me mostra o caminho?

Sinto o nervosismo e a expectativa até na alma, suas palavras pesando do jeito que sei que pretendia, a dupla insinuação alta e clara.

Ele precisa de mim para mostrar o caminho.

Para a fazenda... e muito mais.

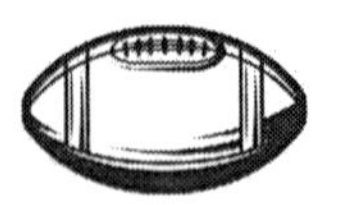

— Mentira. — Noah avança, fazendo cócegas na minha barriga quando giro, evitando suas mãos.

— Eu vi o pavor em seus olhos! — A gente se abaixa sob a corrente do corredor, disparando para o portão antes que o funcionário o feche. — Você, Noah Riley, se assustou com uma criança de dez anos.

— Uma menina de dez anos com um vestido de cem anos atrás, sangue no rosto e um corte no olho... que pulou do nada.

— Sim, não vamos esquecer disso tudo — provoco, pulando no último carrinho para o passeio pelo labirinto do milharal.

Noah desliza ao meu lado, apoiando o braço por cima do encosto do metal frio.

— Que tal falarmos de como você *viu meus olhos*, Julieta.

Sacudimos quando o trator que conduz as carroças parte, e rápido nos encaramos mais uma vez.

— Continua.

Ele arqueia uma sobrancelha escura.

— Alguém estava com muito medo de olhar em cada canto da casa mal-assombrada de tão animada que estava.

— E outra pessoa estava mais do que disposta a fazer isso por mim.

— Droga.

Os dedos dos meus pés se curvam dentro do sapato, e eu ergo o queixo em triunfo.

— Sabe, você queria ser o cara durão que ia primeiro.

A língua de Noah passa pelo lábio inferior e ele balança a cabeça.

— Sim, queria.

— Só tem... um problema nisso.

Ele me observa, atento.

— Qual?

Meu pulso martela no pescoço, e então eu me viro, pulo e desapareço no milharal.

— O quê... Ari! — grita Noah, e logo, suas passadas ecoam atrás de mim.

Corro para a esquerda, depois à direita, depois suas mãos grandes envolvem meu bíceps, e sou virada.

Ofego, olhando em seus olhos azuis com um sorriso.

Eles se estreitam, suavizam e, em seguida, seu aperto aumenta.

Eu engulo em seco, meu peito arfa quando estendo a mão, deslizando as mãos ao longo de seu peito.

— Você me pediu para mostrar o caminho.

A confusão em seu rosto é instantânea e ele se aproxima, balançando a cabeça com sutileza.

Minha pele cora na hora, mas me recuso a desviar o olhar.

Seus olhos azuis me penetram, indo além da superfície e entrando na cabeça. É como se estivesse vendo cada parte de mim. É enervante, mas emocionante.

É Noah.

Percorro cada traço dele, desde os olhos vívidos até a barba por fazer em volta da mandíbula e queixo, a barba rala perfeita. Muito viril, mas bem suave. Estendo a mão, as pontas dos pelos curtos me deixando nervosa. Eu o observo atenta, mas para saber que seu olhar estaria em mim eu nem precisava fazer isso. Sempre está.

Sempre.

Traço sua mandíbula, deslizando o polegar ao longo do queixo, depois com dedos trêmulos, passo por seus lábios. Começo pela parte inferior, seguindo o formato com precisão e, quando encontro a curva, sua respiração quente atravessa minha pele, meu corpo estremece diante dele. Para ele.

Por causa dele.

Eu me aproximo mais.

Noah não se mexe.

Minha mão desce, e eu engulo em seco como ele quando meu toque desliza por sua garganta, descendo o pescoço até que estou segurando o tecido macio de sua camisa de algodão. Eu o puxo para mim.

Ele se move, mas não pressiona.

Noah espera.

Quando fico na ponta dos pés, deixando meus lábios a uma polegada dos dele, uma tempestade se enfurece dentro de seus olhos, e eles se tornam o azul profundo que aprendi a amar.

Ele não esmaga a sua boca na minha como pensei que faria, sequer a pressiona. Noah me encara.

Percebe o rubor das minhas bochechas, o rápido subir e descer do meu peito e os meus lábios ansiosos, bem aqui esperando pelos dele.

Devagar, com a paciência de um santo, ele se inclina, permitindo que a boca paire sobre a minha. A sensação me sobressalta, e o canto de seus lábios se curva em um sorriso lindo, quase arrogante e impecável.

Meu centro se contrai.

No segundo seguinte, ele me beija sem me beijar, seus lábios tocando os meus com uma pressão suave que não consigo explicar. É pesado, ponderado, enquanto ainda mantêm uma contenção cuidadosa, como se estivesse me permitindo ter certeza.

De mudar de ideia.

Para me afastar.

Eu não vou.

— Você se lembra do que eu disse a você? — murmura, o calor de sua respiração fazendo muito mais do que deveria. — Caso isolado que nunca se repetirá, Julieta.

Ele não vai me negar de novo...

Eu não quero que ele negue.

Então, eu toma a iniciativa.

Eu me pressiono contra ele, e isso era tudo que ele precisava.

Suas mãos seguram o meu rosto, me agarram, me puxam para mais perto, assumindo o controle com um beijo profundo e entorpecente.

Meus braços enlaçam seu pescoço, os dedos mergulhando em seu cabelo quando os dele desaparecem nos meus. Uma mão se acomoda na parte inferior das minhas costas, deslizando sob a camisa. Seus dedos beliscam minha pele, e eu gemo em sua boca. Sua língua invade a minha boca, mergulhando e conhecendo o meu gosto, persuadindo a minha a dançar com a dele. Dou a ele o que quer e quando morde meu lábio, solto um gemido alto.

— Droga — murmura, geme, e então seus lábios estão no meu pescoço, provocando. Provando.

Aperto sua nuca e ele me pressiona mais.

Meus olhos se abrem com um arfar, apontados para o céu.

O sol se pôs, a lua está alta acima de nós, e o homem chupando os pontos sensíveis da minha pele é a… *perfeição*.

Então uma luz me cega, e solto um grito.

Noah me solta, e ao mesmo tempo me empurra para trás dele com sua mão voando para bloquear o brilho.

— Tá legal, vocês dois, vamos. — O segurança sacode a lanterna.

Minha pele cora, não que já não estivesse, e abaixo a cabeça, permitindo que Noah me arraste por trás dele para fora do milharal.

Enquanto cruzamos o caminho de terra, soam gritos de alegria, e minha cabeça se ergue e vejo as pessoas na fila torcendo por nós.

Olho para Noah, horrorizada, mas quando não recebo nada além de um sorriso radiante, logo estamos rindo com eles.

Conforme nos afastamos, percebo que hoje foi um dos melhores dias que tive em muito tempo, e devo agradecer a Noah por isso.

Saí com meus amigos e familiares, aproveitando cada segundo. Não doeu ver Chase, e não havia constrangimento em falar. Parecia normal. Bom, e tenho a sensação de que o homem ao meu lado é a razão disso.

Depois, estar com a mãe de Noah e o jeito calmo e amoroso com que ela falava aliviou a nostalgia que eu não sabia que estava sentindo. Ela é uma mulher honesta e gentil e meio que me lembra a minha própria mãe.

E há o agora.

A euforia.

O beijo.

Noah.

Não sei o que significa, mas sei que quero mais.

Noah deve sentir o mesmo porque, quando o segurança nos deixa, depois de esperar até chegarmos à caminhonete, ele segura o meu pulso e me puxa para ele.

Noah se inclina, tomando meus lábios com os dele mais uma vez.

— É a segunda vez que a segurança nos expulsa de algum lugar — brinca, falando no tom mais gentil possível. — O que vou fazer com você?

Pressionando minha boca à dele, sussurro com um sorriso:

— O que você quiser.

CAPÍTULO 23

ARIANNA

A área comum inteira pula dos assentos quando Noah cai para trás, disparando uma espiral perfeita da linha de quinze jardas do time adversário para um passe épico de setenta jardas direto para os braços de Chase.

Cameron e eu gritamos, pulando sem parar, entrelaçando nossas mãos.

— Vamos! Vamos!

Nossos olhos voam pela tela, indo da direita para a esquerda enquanto ele empurra defensor atrás de defensor, e então ele está pulando, abrindo os braços só o suficiente para entrar na *end zone*. É *touchdown* da Avix U.

Enlouquecemos, nos abraçando, gritando e batendo palmas.

— Puta merda, Ari! O primeiro *touchdown* dele na faculdade!

Pegamos nossos telefones para tirar fotos quando fazem uma conversão de dois pontos, assumindo a liderança do jogo faltando vinte segundos para a jogada acabar.

Gravamos uma curta mensagem de vídeo, gritos e risada e giros, pegando todos ao nosso redor e, em seguida, postamos no grupo que temos para que não percam nossas reações.

Cameron nos serve uma dose, e a viramos de uma vez, torcendo enquanto se preparam para reiniciar o jogo.

Cameron dança ao redor, deslizando perto para sussurrar:

— Vamos sair daqui antes que fiquemos presas os ajudando na limpeza.

— Boa ideia — sussurro. — Mas primeiro… — Deslizo até a mesa, pegando uma garrafa pela metade e, juntas, corremos pelo corredor.

— Aí, sim, mulher! — grita Cameron, e quando entramos em nosso quarto, a TV ligada, os garotos estão entrando em campo para comemorar a vitória.

— Uau! Graças a Deus. Noah precisava disso.

— Ah, Noah precisava, né? — Ela agita as sobrancelhas.

Mostro o dedo do meio, escapo para o meu quarto e tiro minha mala debaixo da cama. Eu a arrasto para a sala, deixando-a ao lado dela no sofá.

— Sim, imbecil. Ele precisava de uma animada.

— Querida, você é a *animação* dele, pode acreditar — provoca, plenamente consciente de que nosso domingo foi mais do que as atividades físicas que ela vive atribuindo a tudo.

Bato meu ombro com o dela.

— Tá, o que vai levar para a viagem?

— Aff! — Ela cai na poltrona. — Temos que fazer isso? Não podemos ficar bêbadas e falar besteiras como nos bons velhos tempos?

Reviro os olhos e me viro, pegando a garrafa e tomando um gole antes de passar para ela.

— Aí, sim! — Ela empurra nossas malas do sofá e pula na almofada. Cameron muda para o Spotify na TV e dançamos, bebendo e compensando todo o tempo que perdemos nos últimos tempos.

Meia hora depois, estamos sentadas no chão, tirando selfies e navegando nas redes sociais, quando meu telefone toca, o nome do meu irmão pisca na tela.

— Ali está ele! — A gente se atrapalha com a tela, atende a chamada do FaceTime e vemos os rostos suados dos meninos, com as bochechas todas manchadas de tinta preta.

— Aí, sim! — gritamos, com um sorriso largo combinando com o deles, e Mason e Brady estão com os braços em volta do pescoço de Chase.

— Você viu a porra do nosso garoto?! — berra Brady. — Ele pegou aquela filha da puta com uma das mãos!

— Caramba, ele pegou. Essa é a mão forte, não é, Chase? — brinca Cameron.

Chase abaixa a cabeça com uma risada, e Mason dá um soco no peito dele de brincadeira.

— Você sabe — diz Chase a ela, com os olhos em mim. — Recebi sua mensagem.

— Meu Deus, você destruiu aquele cara, foi pra cima dele ao estilo Randy Moss! — Sorrio. — Espere só até você ver o replay! Praticamente pulou acima da cabeça daquele cara!

— Que tal eu esperar para assistir com você?

Minha resposta trava na língua, minha barriga se contrai.

Daí Chase ri, apontando os olhos para além da câmera.

— Estávamos comemorando! — Cameron sorri, mostrando a garrafa na mão para a câmera.

— Droga! — Mason ri de nossa garrafa quase vazia, aproximando-se do telefone, para podermos o ouvir melhor no meio do barulho crescente ao fundo. — Não bebam demais. Viajar pelas montanhas amanhã à noite não será divertido se fizerem isso.

— Para ser sincera, já estava pela metade quando a confiscamos da festa do jogo.

— Ladras de bebida! — acusa Brady.

— Ei, ajudamos na festa em troca de alguns favores. Não dá para usar nossas identidades falsas naquele mercadinho para comprar coisa boa. — Cameron ri, tomando outro gole. — Por que acha que estamos bebendo vodca de melancia? Até parece que a gente ia escolher essa merda!

— Esse é o vestiário deles? — pergunto, inclinando-me como se eu fosse conseguir dar uma espiada por trás.

— Cara, sim, e eu me sinto um caipira nos Hamptons — brinca Brady.

— Espera. — Chase pega o telefone de Mason. — Dá uma olhada!

Ele vira o telefone para longe deles, passando devagar pelo lugar. Quando seu time percebe que estamos na tela, assobiam e brincam de *strippers* com seus uniformes, fazendo Cam e eu rirmos.

— Conheça esse cara! — Chase vira o telefone de volta, ele e um cara loiro suado e sem camisa aparecem na tela. — Se não fosse o bloqueio dele, eu nunca teria alcançado a *end zone*.

— Isso e a bomba do passe de Noah!

— Não é, porra?! — O loiro ri, dando um tapa no peito de Chase.

Chase lambe os lábios e desvia o olhar, Mason aparece no próximo segundo.

— Amo vocês, irmãzinhas! — Ele sorri. — Vejo vocês amanhã! Vamos encher a cara!

— Pode apostar! — Cam ergue os braços.

— Tchau!

Sorrimos, e ele encerra a ligação.

— Uh-hu! — Cameron pula, corre para a cozinha e abre o freezer. — Nossos garotos são feras, e estou morrendo de fome! Essas vasilhas de fettuccini são boas?

— Boas pra cacete. Estou falando do tipo… o melhor da culinária italiana.

Cameron suspira.

— Não!

— Sim.

— Um viva para o *quarterback* culinário — brinca ela. — Vem me ajudar.

Abro o aplicativo de mensagens e envio uma para Noah.

Eu: Oi, MVP! PARABÉNS pelo jogo arrasador! Aquele passe foi perfeito, vai para os destaques principais!

Eu: PS. Cam está prestes a provar o seu Alfredo! Esteja preparado para as consequências. Minha garota não tem a menor vergonha em implorar.

Jogo meu telefone de lado, correndo para a cozinha com Cameron.

Mais ou menos meia hora depois, estamos cheias, nossa névoa bêbada começa a transição para a exaustão e caímos em nossas camas, mas mais duas horas se passam e eu ainda estou acordada, então pego o telefone.

Noah me respondeu enquanto comíamos, agradecendo e dizendo que me ligaria amanhã; estavam pegando o ônibus para a longa noite de volta para casa.

Mesmo assim mando uma mensagem para ele agora.

Eu: Está acordado?

Ele responde quase que na mesma hora.

Romeu: Estou.

Eu: Achei que apagaria pelo colapso de adrenalina.

Romeu: Nem, não durmo bem depois dos jogos. Demoro muito para apagar. Claro que o resto do pessoal desmaiou. As luzes estão apagadas desde que pegamos a estrada.

Eu: Está com fones de ouvido?

Sorrio, sabendo que ele também está do outro lado.

Romeu: Estou. Você está com o seu headset?

Uma risada jorra de mim, e não hesito.

Aperto a chamada no FaceTime.

Ele demora alguns toques para atender e, quando atende, leva o dedo aos lábios. Noah coloca os fones de ouvido, se mexendo, de modo que seu corpo fique um pouco encostado na janela, e contra o assento.

Ele veste o capuz para ficar mais confortável, o algodão cinza grosso fica encostado nas maçãs do rosto, acentuando a nitidez de seus traços e projeta uma sombra baixa em seus lábios. Mas a cada poucos segundos, a janela emite uma luz fraca, permitindo que eu o veja por inteiro. É como assistir a um filme de suspense, nada mais do que um rápido lampejo de visão clara para fazer seu sangue bombear.

Finalmente, ele sorri.

— Gostaria que não estivesse tão longe. — As palavras me escapam antes mesmo de eu perceber o quanto são verdadeiras.

Seus olhos focam nos meus e não desviam.

— Ah, é?

O calor se espalha por mim, e eu afirmo.

— Sim.

Noah passa a língua no lábio inferior, chamando minha atenção para sua boca.

— E por que isso?

— Porque você não consegue dormir e eu não consigo dormir. — Sorrio. — Podíamos ficar juntos *sem* conseguir dormir.

A risada de Noah é baixa e ele ergue a gola do moletom, deslizando o tecido entre os dentes devagar.

— Estarei em casa em oito horas.

— Desculpe, o convite expira em sete.

Seus lábios se curvam de um lado, seus olhos baixos e cansados.

— Claro que expira. — Ele para, depois pergunta baixinho: — Tudo pronto para a viagem?

— Em vez de arrumar tudo, bebemos uma garrafa de bebida de segunda, inteira.

Ele ri, balançando a cabeça.

— Não estou preocupada com isso. Não somos campistas sofisticadas. Moletons, shorts e casacos são basicamente o que levamos. E elástico de cabelo para os rabos de cavalo. Contanto que tenhamos alguma coisa em nossas malas quando os meninos estiverem prontos, estamos bem.

— Sairão assim que voltarmos?

— Sim. — Eu luto contra um sorriso. — Queremos passar o máximo de tempo possível lá, e fica a algumas horas daqui.

Ele acena, olhando pela janela lateral.

— Eu deveria deixar você ir dormir, então. Não quer ficar de ressaca na viagem — repete o que Mason disse antes.

— Sim, já passei por isso. — Um bocejo sobe pela garganta, e eu me jogo no travesseiro, virando o telefone e o apoiando em alguns cobertores embolados.

Os olhos de Noah desviam do meu rosto e, embora eu não tenha certeza de quais partes de mim ele consegue ver, ele torce todo o tronco, posicionando-se todo contra a parede do ônibus, aproximando ainda mais o telefone.

— Tudo bem, eu preciso mesmo ir.

Para ser brincalhona, eu me alongo ainda mais, então minha blusa sobe um pouco mais no quadril.

— Julieta — ele adverte, com uma cara feia. — Estou preso neste ônibus com outros trinta e três homens pelas próximas sete horas, não a verei por mais setenta e duas depois disso. Desliga.

Uma leve risada me escapa, e eu sorrio.

— Boa noite, *quarterback*.

Os olhos de Noah ficam calmos, o canto da boca sobe.

— Noite, linda.

Meu corpo inteiro se arrepia, e sinto uma sensação estranha. Eu me despeço, mas não desligo, de alguma forma, eu sei que ele também não vai, e ele não desliga.

Puxo as cobertas até o queixo, enfiando as mãos sob o travesseiro, e sua cabeça encosta no vidro.

Fecho os olhos e durmo.

Como ele disse que faria, Mason me mandou mensagem com sua localização quando o ônibus estava quase chegando, também nos lembrando que é melhor começarmos a fazer as malas agora, se ainda não a tínhamos feito – ele nos conhece tão bem que literalmente terminamos de fazer as malas menos de cinco minutos antes da sua mensagem chegar.

O plano é que voltem correndo para tomar banho, pegar suas malas e colocar as nossas no Tahoe de Mason no máximo uma hora depois, o que vai dar certo, mas espero que seja um pouco diferente.

Eu me recosto na árvore, colocando na localização de Mason e descubro que estão descendo a rua em frente ao campus, e alguns segundos depois, o grande ônibus azul e dourado está entrando no estacionamento. Fica parado por alguns segundos e as portas se abram e o time comece a sair.

Eu desencosto da árvore e me aproximo.

Vejo meu irmão primeiro, e uma pitada de ansiedade se insinua, apertando minhas costelas.

Ele vai direto para o bagageiro que o motorista acabou de abrir e começa a procurar suas malas.

É Brady quem me vê primeiro.

— Ari baby! — grita, e várias cabeças olham para mim, mas logo voltam ao que quer que estivessem fazendo. Ele corre, incapaz de esperar que eu o alcance primeiro, e me puxa para um abraço. — Está pronta para dar uma saída, porra?

— Estou. — Sorrio, virando-me para abraçar meu irmão quando ele se aproxima, com a cara um pouco confusa.

— O que está fazendo aqui? — Ele olha atrás de mim. — Onde está Cameron e suas malas?

— Ela está no banho, mas estamos prontas.

Ele acena, seu semblante confuso se aprofundando, e é quando ele olha para o meu moletom. Seus olhos encontram os meus, mas Chase se coloca entre ele e Brady antes de poder dizer qualquer coisa.

Seu sorriso é largo e ele avança para um abraço, como os outros dois fizeram.

— Você veio — diz, recuando. — Diz que tem o replay? Esperei por você.

Franzo o cenho, mas percebo rápido o que ele quis dizer. Seu *touchdown*. *Espera, ele estava falando sério?*

— Eu... não. Só o vídeo da reação que enviamos.

Ele lambe os lábios com um sorriso.

— Legal, deve estar no *Huddle* amanhã. Podemos vê-lo nas montanhas.

— Sim, claro — concordo, inclino-me um pouco para ver por trás dele. Agora as pessoas estão saindo mais devagar.

— Então, e aí? — Ele olha de Mason para mim. — Você vem para casa com a gente?

— Ah, não, eu ia...

Eu paro de falar quando Noah aparece.

Ele está descendo as escadas do ônibus com um moletom cinza da Universidade Avix, quase idêntico ao que estou usando. Ele ergue a mão e abaixa o capuz, passando a palma atrás da cabeça.

Seu pé esquerdo toca no asfalto e, no segundo em que o direito desce, seus olhos se voltam para a esquerda. Bem para mim.

Ele para no lugar, e uma risada baixa me escapa.

Encaro os meninos, um toque rosado inundando o meu pescoço.

— Você chamou alguns dos garotos, né? — pergunto ao Mason.

Seus olhos se estreitam no início, mas depois concorda.

Ele dá um passo à frente, suspirando contra o meu cabelo ao pressionar um beijo no topo da cabeça.

— Sim, irmãzinha. Chamei.

Chase franze a testa para o meu agasalho, vendo o grande número dezenove na manga. Seus olhos encontram os meus, estreitando-se, mas quando os garotos começam a se virar, indo pegar suas malas, ele vai junto. Finalmente, eu me afasto, indo até Noah.

No começo, Noah não se mexe, a cabeça se vira na direção para onde foram meu irmão e os garotos, mas depois se volta para mim devagar. Demora um momento, mas sua atenção recai no moletom que estou usando, enfim, e seus olhos se voltam para os meus. Ele entende que não vim atrás deles.

Eu vim por *ele*.

Ele larga a mochila no chão e elimina a distância entre nós com dois passos.

Antes de me alcançar, eu giro, mostrando as costas, onde seu número está impresso em negrito, mas já sabe disso. Afinal, foi ele quem me deu o moletom.

Estendo os braços e olho para ele por cima do ombro.

— Isso conta como eu o usando num jogo?

Seus lábios se curvam e ele balança a cabeça de leve.

— Nem pensar.

Eu me viro, fico de frente para ele agora, e me aproximo.

— Conta para alguma coisa?

Noah estende a mão, segura a frente do moletom e me puxa para ele. Ele me gira até que estarmos meio escondidos pela porta aberta, sua mão deslizando em meu cabelo.

— Você já sabe a resposta — responde, e então me beija.

Seus lábios se movem com maestria, buscando uma entrada que sabe que não vou negar, a força aquecida de sua língua me faz sentir um redemoinho descontrolado por dentro.

Tão rápido quanto assume o controle, ele se afasta, e sinto suas respirações ofegantes na orelha. Eu fico ainda mais excitada, sabendo que fui eu quem roubou o seu fôlego.

— Você me mata, sabia? — Seu peito arfa contra o meu, e coloco a palma contra o dele. — Me mata, caralho. — Seus lábios deslizam na minha bochecha até encontrar a boca de novo.

Desta vez é um beijo único, calmo e lento.

Quando meus olhos finalmente se abrem, ele já está para trás, com os olhos radiantes e animados, mas há um indício de algo mais, também. Não tenho certeza do que é, mas desaparece quando começo a falar:

— Venha com a gente.

Seu franzir de cenho é instantâneo.

— O quê?

— Acampar — respondo, nervosa. — Eu sabia que estaria exausto do jogo e da viagem, e meio que me convenci de que diria sim se eu pedisse, então não quis te chamar antes de você sair, caso dissesse *sim*, e então estaria cansado demais para ir, mas, ainda assim, iria, só para manter sua palavra, o que é bem a cara do Noah de se fazer, a propósito. — Faço uma pausa para respirar e seus lábios se contorcem. — Então, sim, quis esperar até hoje, estar aqui para te receber, e te chamar para ir comigo. Eu meio que achei melhor perguntar *depois* que você tivesse chegado... na esperança de que não quisesse que eu fosse.

— Eu não quero. — A resposta dele é imediata, e solto a respiração pesada que aparentemente estava segurando.

Meu sorriso é largo e deixo a cabeça descansar no ônibus atrás de mim.

— Então, você vem?

— Já te disse uma vez, Julieta, não vou mais te negar. — Ele se aproxima, sussurrando: — Você me quer lá, eu estou lá.

— Parece que vai acampar então. Pode ficar na minha barraca comigo.

Seu olhar analisa meu rosto, e ele segura minhas mãos, me puxando de volta para o ônibus.

— Então é melhor irmos para eu arrumar minhas coisas.

Concordo, entrelaçando nossos dedos com mais força conforme nos leva para a lateral do ônibus.

— Só para deixar claro... — Noah para e, depois, diz algo que eu não fazia ideia de que precisava ouvir até que as palavras me envolvem: — Eu teria te beijado na frente de todo mundo se tivesse certeza de que ficaria bem com isso, e essa é a *única* razão pela qual te puxei de lado.

Meus batimentos martelam no peito, e abro a boca para falar, mas nada sai.

Noah me quer e não tem medo de demonstrar.

Ele não se importa com quem sabe... contanto que eu saiba.

Eu sei, Noah.

Noah me entende perfeitamente e pisca ao me soltar, pegando sua mochila de onde a deixou no chão. Em seguida, corre para pegar sua mala da pilha colocada ao lado do ônibus.

Mason se aproxima, um pouco inquieto.

— Imagino que vai no carro do Noah, então?

— Sim.

Enquanto sua mandíbula está firme, ele acena, se vira e chama seu nome.

Quando Noah se volta para nós, Mason o cumprimenta.

— Bata o carro com a minha irmã na subida da montanha e acabo com você.

Reviro os olhos, mas Noah apenas sorri.

— Bato com sua irmã, e eu deixo você fazer isso.

Dou risada, e Mason bufa ao meu lado.

Ficamos frente a frente.

— Eu daria conta dele. — Ele lança um olhar irritado, mas seu sorriso aparece. — Vejo você em casa?

— Sim.

Ele corre até a caminhonete de Brady, onde Chase está parado, de braços cruzados, o quadril encostado na porta.

Seus olhos passam pelos meus, e ele sobe na caçamba.

Lá vão eles. Noah e eu não muito atrás.

CAPÍTULO 24

NOAH

Chegamos ao Monte San Jacinto algumas horas atrás e, assim que nossos pés pisaram na terra, começamos a nos preparar para o fim de semana.

Ajudei Brady a descarregar a churrasqueira e as caixas térmicas da traseira de sua caminhonete enquanto Mason e Chase montavam as barracas. Cameron e Ari pegaram as vassouras que trouxeram e começaram a limpar o mato, empilhando-o na beirada do acampamento. As garotas abriram algumas mesas e, assim que Brady e eu preparamos os botijões de gás e fomos ajudar com o restante das barracas, Ari me interceptou.

— Noah vai começar com a comida. — Ela olha para mim com um sorriso orgulhoso, me puxando em direção às caixas empilhadas perto da estrada. — As coisas aqui dentro dessa maravilha são tudo o que tem para cozinhar, chefe Riley. — Ela ergue uma, empurrando-a em meus braços. — Acha que pode fazer mágica?

Minhas mãos se fecham em torno da caixa, mas ela não solta.

— Ainda não vi o que tem dentro...

— A magia está no homem, não em suas ferramentas.

— Discordo, incondicionalmente. — Cam passa por perto, pegando a caixa menor de lado.

Ari ri, olhando para mim ao dar um passo para trás e, juntos, levamos as caixas até o acampamento. Deixamos na beirada das mesas, empurrando a que ainda não precisamos para debaixo dela; ela se afasta para acender a churrasqueira e me deixa verificando o que tem dentro.

Cameron se aproxima, amarrando toalhas de mesa de plástico, depois para e me observa enquanto faço o que posso com os temperos disponíveis.

— Tudo bem, Noah. — Ela sorri para a panela, colocando alguns guardanapos ao meu lado antes de se afastar.

Não é muito mais tarde quando estou tirando as primeiras coxas de frango do fogo, bem quando vários pares de faróis chegam ao acampamento vindos da estrada. E, assim, virou festa.

As cervejas são distribuídas, mais barracas são montadas e, quando todos chegam e comem, ainda sobra uma panela cheia de carne para as pessoas comerem mais tarde.

O sol se pôs há uma hora, e o fogo está queimando alto.

Sento-me, observo os outros conversando e rindo por vários minutos, percebo que esta é a primeira vez em muito tempo que me afasto da vida.

Droga, se eu precisava disso, não acredito nem por um segundo que Ari não sabia.

Ela sabia, e eu não.

Quando ela me disse que iria acampar neste fim de semana, tentei não pensar no assunto quando, na verdade, eu só pensava nisso.

Ela indo.

Ele estando lá...

Um franzir repuxa as minhas sobrancelhas, mas afasto o pensamento.

Não esperava que ela me convidasse para vir, nem um pouco, então quando o fez, eu não me preocupei em pensar além do fato de que ela me queria aqui.

Porque... o que importa fora isso?

Nada.

Ari ri de algo que alguém diz, sorrindo ao afastar o cabelo do rosto, e não posso deixar de sorrir.

Dando uma escapada, vou para minha caminhonete, uso uma velha garrafa de água para lavar as mãos e pego o moletom do banco da frente, vestindo-o. Apesar da oferta de Ari de dividir sua barraca, na qual tenho quase certeza de que Cameron também vai dormir, trouxe a que ganhei em um sorteio na Award Gala do ano passado. Nunca tinha usado, mas era boa e fácil de montar. É daquelas que se monta sozinha, projetada para a caçamba da caminhonete. Demorou dois minutos para abrir e amarrar, e trouxe o protetor do colchão de casa para fazer de cama.

Trancando a caminhonete, retorno para o acampamento e, quando volto, meus olhos imediatamente a encontram.

Ela está na traseira da caminhonete de Brady agora, cantando e dançando com Cameron e alguns outros que não conheço. A maluca está de short e camiseta, os tênis jogados em algum lugar. O cabelo está preso em um rabo de cavalo, as pontas roçando nas costas, onde a regata subiu um pouco. Ela está relaxada em seu ambiente, rindo e dançando no ritmo da música, uma Corona pela metade na mão.

Sentindo-me por perto, ela olha para mim por cima do ombro.

Ela se vira na hora, o corpo voltado para mim agora, um grande e lindo sorriso em seus lábios macios, mas não para de dançar. Seus quadris continuam a balançar conforme me chama curvando o dedo, um brilho em seus lindos olhos castanhos.

Vou até ela, em passos lentos e intencionais.

Quero que ela sinta minha chegada.

Quero que seu corpo aqueça com a expectativa.

Eu sei que vai.

Assim que estou ao seu alcance, sua mãozinha macia se estende, pedindo a minha.

Quando eu a faço esperar um segundo a mais, ela baixa a cabeça, com timidez, e se o brilho da fogueira não a estivesse iluminando, eu poderia testemunhar o jeito que ela fica vermelha para mim.

Subo na caçamba da caminhonete de Brady, um sorriso malicioso esticando meus lábios quando seguro sua mão na minha, mas não tenho que puxá-la para mim. Ela se aproxima por conta própria e sem um segundo de hesitação.

Um pouco tonta por causa da cerveja e meia que bebeu, ela olha para mim, e com o polegar, solto seu lábio inferior de seus dentes. Uma risadinha de boca fechada sobe por sua garganta, e ela fica na ponta dos pés, as mãos enlaçando meu pescoço.

— *Só para deixar claro* — repete minhas palavras com um sorriso —, você pode me beijar onde quiser.

Arqueio uma sobrancelha com suas palavras brincalhonas, mas nós sabemos o que ela quer dizer.

Posso beijá-la quando quiser, não importa onde estejamos, não importa quem esteja por perto, e essa garota... vai me beijar de volta.

Incapaz de esperar mais, afasto o capuz da cabeça e me inclino, cobrindo os lábios dela com os meus.

Ela sorri contra a minha boca, seu aperto aumenta. Sua inspiração pesada me faz recuar, mas não antes de pressionar meus dentes em seu lábio inferior. Ela ri, abrindo os olhos para encontrar os meus.

— Se continuar, isso iria se transformar em algo que ninguém mais tem que ver. — Pressiono o polegar em sua garganta, minha pulsação acelera com a batida descontrolada da dela.

Ari sorri e começa a rebolar os quadris de novo, então eu sigo seu exemplo, trazendo minhas mãos para baixo até estarem enfiadas nos bolsos traseiros de seu short.

Estamos dançando ao som da música animada, perfeita para a fogueira, mas nem estou ouvindo.

Ela também não deve estar, porque seu queixo descansa no meu peito, seus sussurros suaves alcançam meu ouvido conforme ela canta, mas as letras que vêm dela não combinam com as dos alto-falantes.

Está ouvindo aquela jukebox interna dela, cantando junto com a música que se repete em sua cabeça, *Play It Again*, de Luke Bryan, e eu não poderia concordar mais.

Quero reviver a noite com ela dez vezes e depois repetir tudo outra vez. E de novo. É simples e singelo, mas é perfeito.

Ela é perfeita.

Ari se afasta, para poder olhar para mim, as manchas douradas em seus olhos captam a luz da lua e refletem os meus próprios. Podia até ser apenas ela e eu aqui em cima.

Ela é tudo que vejo.

Minha Julieta.

CAPÍTULO 25

ARIANNA

O dia amanhece rápido e bem cedo, como sempre acontece aqui. Final do outono ou não, o sol bate na tela das barracas, exigindo que abra os olhos para apreciar o ambiente ao seu redor.

Ainda bem que a noite passada não foi das que acabam muito tarde, e isso porque praticamente todas as pessoas aqui jogam no time – menos as garotas –, então estavam exaustos quando chegaram. As montanhas, no entanto, sempre oferecem um novo fôlego, no qual o devoram, apenas para capotar ainda mais quando suas bebedeiras o pegam de jeito.

— Ainda bem que Brady é esperto e só serviu metade da cerveja ontem à noite. — Cameron boceja, ligando o gerador.

— Você quer dizer que, felizmente, ele aprendeu com a experiência em esconder bebida ou estar pronto para uma segunda noite sóbrio? — Dou risada, colocando alguns galhos na fogueira apagada.

— É exatamente isso que quero dizer.

Cameron prepara o café enquanto coloco uma caixa de Corona vazia perto da pilha de arbustos, pegando um pouco e jogando sobre os galhos para ajudar a pegar fogo.

— Inteligente.

Olho para cima do ombro, sorrindo para Noah.

— Oi.

— Oi. — Ele sorri, olhando para mim e voltando com o fósforo longo. Ele se agacha ao meu lado, mas o entrega, e eu o deslizo sob o mato, entre os troncos.

— Acampa bastante, né? — Ele observa.

— Quatro ou cinco vezes por ano, sim. Mais se contar todas as vezes que armamos barraca na areia da casa de praia — revelo. — Sempre era engraçado quando íamos para as montanhas porque meu pai me pedia para ajudá-lo a juntar lenha ou subir a escada para pendurar o varal enquanto

Mason quebrava ovos para minha mãe ou a ajudava a descascar batatas. — Paro, rindo ao olhar para Noah. — Agora que penso nisso, provavelmente estavam com medo de que eu, de alguma forma, queimasse a floresta se ajudasse a cozinhar.

Levantando-se, ele me puxa com ele.

— Ainda bem que está aprendendo a mexer no fogão, hein?

— Algo fantástico. — Opto para o dramático agitar de cílios.

Noah balança a cabeça com um sorriso e se dirige para Cam.

— Posso ajudar?

— Pode. — Ela o empurra alguns metros para a esquerda, deixando cair alguns sacos plástico com batatas já cortadas na frente dele. — Passe em um pouco de óleo e...

— As tempere? — ele a interrompe.

Cameron sorri, tirando o creme da caixa de gelo.

— Esqueci. Bobby Flay, o chefe de cozinha mais famoso, está transando com minha melhor amiga.

— Cameron! — Dou risada, e embora a de Noah não chega aos meus ouvidos, seus ombros tremem de leve, delatando-o.

— Desculpe, eu quis dizer *sonhando* em transar com minha melhor amiga. Melhor?

— Meu Deus. — Cubro o rosto.

— Aposto que é *exatamente* isso que vai dizer.

Desta vez, a cabeça de Noah se inclina para trás com a risada, e tudo que posso fazer é virar o rosto para ela quando se vira para mim. A única razão pela qual não a xingo é porque ela está me trazendo um copo de isopor com café fumegante.

— Idiota — sussurro.

— Também te amo — ela *não* sussurra.

O zíper de uma barraca soa ao nosso redor, e alguns retardatários saem com cabelos desgrenhados e olhos sonolentos, o cheiro de café quente deve ser a única razão pela qual não voltaram para as barracas.

— Noah, cara — Um cara grande e corpulento se aproxima, pegando água de uma das caixas térmicas. — Você é um faz-tudo ou o quê?

— É, Georgie — Cameron o chama pelo que deve ser seu nome. — O C não é só para capitão. É para cozinheiro habilidoso e um expressivo...

— Cameron! — advirto, e braços grandes estão ao meu redor.

Olho para cima e vejo Brady.

Ele beija minha cabeça e termina a frase de Cameron como o idiota que é:

— Cacete.

— Não a encoraje.

— Só estou falando verdades, Ari baby. Eu já vi nos chuveiros — brinca, rindo quando a cabeça de Noah vira em nossa direção.

— É, Lancaster, você é o último a entrar no vestiário — provoca Noah.

— Não ligo, irmão. Adoro ser a última coisa que as repórteres veem. Facilita para elas se lembrarem de quem sou quando aparecem para a festa mais tarde.

Reviro os olhos, cumprimentando os caras que começam a se amontoar em volta da fogueira.

Alguns outros acendem suas próprias churrasqueiras, alguns passando itens de café da manhã para Cameron e Noah para contribuir com a refeição que estão preparando.

Chase e Mason emergem de suas barracas, e nenhum deles sai sozinho.

Um pequeno franzir se constrói ao longo da minha testa antes que eu consiga evitar, e desvio o olhar, confusa com a dormência que a visão oferece.

De frente para o fogo, estou tomando pequenos goles de café, e Mason espreme sua cadeira entre mim e um cara chamado Hector. Meu irmão inclina a cabeça para trás, fazendo beicinho para mim.

Meu suspiro é brincalhão quando me levanto.

Os olhos de Noah se movem em minha direção, observando conforme pego duas xícaras, enchendo-as com café, uma com um pouco de creme e a outra com uma colher de açúcar. Jogo uma uva para ele, e ele sorri, voltando a mexer a massa de panqueca.

Vou até Mason, passando por ele primeiro antes de ir até onde Chase está sentado na caçamba aberta de Brady. Ele passa os dedos pelo cabelo castanho, acenando com a cabeça para algo que o cara à sua direita diz.

Quando me aproximo, ele olha para cima e um sorriso aparece em seus lábios.

— Uma colher de açúcar…

— Ajuda a tirar as porcarias do corpo — termino a frase, e ele ri, pegando-a das minhas mãos, devagar. — Obrigado, linda.

Congelo um momento, mas logo, forço um sorriso tenso ao me afastar.

— Sim.

Com passos lentos, encontro minha caneca e retomo meu assento, sem tirar os olhos da fogueira de novo depois disso, então, assim que Cameron anuncia que a comida está pronta, eu me levanto, ansiosa para ajudar a preparar os utensílios descartáveis para todos. Parada na parte de trás da mesa, ajusto as bandejas enquanto as pessoas se arrastam ao longo dela, enchendo seus pratos. Imagino que vou esperar até que todos estejam acomodados antes de pegar o meu, mas então os braços de Noah me enlaçam por trás, e um prato é estendido na minha frente, a pilha de mini panquecas fumegando e recém-saídas da grelha.

Olho para ele, que aponta para o prato, pressionando-me para pegar um garfo ao meu lado. Ele enfia um no topo e o deixa lá para eu pegar.

— Prove.

Eu faço o que ele diz, sem tirar os olhos dele e levo aos lábios para dar uma mordida. O sabor da coalhada atinge minhas papilas gustativas, e elas ganham vida quando uma sugestão de algo doce vem a seguir.

Minha expressão deve revelar meu orgasmo culinário, porque ele sorri.

— Se colocar um pouco de açúcar mascavo na massa, não precisa passar na calda.

— Talvez eu goste de calda.

— Diz a garota que gosta das empadas bem crocantes, do frango empanado e do pão de milho crocante.

Dou risada, cobrindo a boca com a mão, já que ainda não engoli o imenso bocado que mordi.

— Certo, tudo bem. Você tem razão. Odeio comida encharcada.

— Eu sei.

— Assim como sabe que acertou em cheio, outra vez. Tão gostoso.

— Bom. Talvez tenhamos que acrescentar o café da manhã em nosso menu, em algum momento.

Eu giro e sussurro:

— Seria um café da manhã para o jantar ou...

Seu sorriso é lento.

— Ou...

Dou um tapa em seu peito.

— Não me faça dizer isso.

Ele ri e se vira para ajudar Cam quando ela o chama para o fogareiro.

Depois de comer, todo mundo fica conversando até algumas pessoas voltarem para suas barracas para tirar uma soneca, o resto joga cartas, enquanto alguns caras começam a jogar futebol.

Passamos algumas horas fazendo caminhada, mostrando a todos os caminhos rochosos e a pequena ponte que leva ao lado oposto da montanha.

O resto do dia se passa da mesma forma, e só quando o sol começa a se pôr, com Mason agora na churrasqueira, me curvo atrás de Noah, que está sentado tomando cerveja e conversando com um grupo de rapazes.

Com a boca grudada em seu ouvido, digo, baixinho, para que só ele possa ouvir:

— Tem um caminho que evitei de propósito hoje.

Noah inclina a cabeça um pouco, para conseguir me ver, e coloco um braço sobre ele, meus dedos tamborilando em seu peito.

— Ah, é? — responde baixinho, erguendo a mão para segurar a minha.

— Uhum — concordo, pressionando a testa em sua têmpora. — O que me diz, está a fim de dar uma voltinha no escuro?

Noah responde colocando sua garrafa no chão e se levantando. Ele desliza a mão na minha e eu sorrio, liderando nosso caminho.

Damos a volta pelo acampamento, descendo pelas árvores, e contornamos uma pequena trilha de rochas. Grandes arbustos bloqueiam a visão, mas quando avançamos um pouco mais, passando pelos galhos finos, lá está.

A cachoeira formando uma pequena piscina, paredes de pedra ondulando da esquerda para a direita, isolando-a de tudo ao seu redor.

— Cara — diz Noah, e eu aceno, me aproximando.

Sendo esta a única área ao redor não coberta pelas copas das árvores, as estrelas ficam visíveis, criando um brilho ao nosso redor, permitindo confiar em nossos olhos em meio à escuridão.

Retiro o tênis e as meias, mergulhando os pés na água. Está frio, mas não tão frio quanto o mar, já que acabamos de sair do verão. Um momento depois, Noah está ao meu lado.

Ele avança um pouco mais.

— Imaginei que estivesse congelando.

— Nada mal, hein? — Sorrio, e quando ele olha para longe, eu o empurro um pouco, mas ele é um *quarterback* rápido.

Com água na altura do tornozelo, ele me cerca, agora posicionado às minhas costas com os braços fechados e firmes em volta da minha barriga.

— O que foi isso, srta. Johnson? — Ele sorri no meu ouvido. — Seu jeito de me dizer que quer dar um mergulho?

Fico tensa, me contorcendo em seu aperto quando ele me empurra para frente.

— Não, não, não! — Dou risada. — De jeito nenhum.

— Mas pensei que amava a água? — provoca.

Grito, as panturrilhas agora molhadas.

— Nossa, Noah, não posso!

— Por que não?

Eu o empurro, tentando encontrar algum apoio para usar como alavanca.

— Não nado onde não consigo ver o fundo!

Ele afunda o rosto no meu pescoço e meus músculos relaxam um pouco.

— E se seus pés não tocarem o chão?

— O quê...

Noah me gira, se curva e me levanta. No segundo seguinte, estamos com água gelada até a cintura, de roupa e tudo.

Grito com uma risada, escondendo os olhos em seu peito, meus braços e pernas apertando em torno dele. Algo roça minha coxa, e grito de novo, segurando-o num aperto excruciante.

— Você está morto. Espere até eu te pegar no mar. Vou enfiar caranguejos no seu calção!

Sua risada suave flutua sobre a minha pele, seus braços deslizam pelas minhas costas e me mantêm perto.

— Te peguei.

— É melhor mesmo.

Seus lábios se curvam no meu pescoço, e pressionam a pele de leve, no início, mas aumentam a cada segundo.

Minhas pernas se apertam ao seu redor, os dedos dos pés se curvando atrás de suas costas enquanto ele suga a pele sensível, e assim, as águas escuras são completamente esquecidas.

Levanto a cabeça e leva só um segundo para ele fazer o mesmo.

Seus olhos, de um profundo azul-escuro, estão repletos de desejo e, por trás, uma ternura esperançosa que atinge profundamente dentro de mim.

Eu sinto também, a atração invisível do meu corpo para o dele.

Minha cabeça para a dele.

Meu coração para o dele?

Eu me inclino para frente, pegando seus lábios com os meus.

Ele me beija com o mesmo vigor. Nossas línguas se entrelaçando, as respirações profundas e calmas se transformando em rasas e ofegantes, e meu corpo começa a tensionar.

Noah geme, levantando-nos alguns centímetros para fora da água conforme se esforça para nos aproximar, sua ansiedade alinhada com a minha.

— Cuidado, Julieta — avisa, apertando meus quadris com as mãos grandes e firmes. — Estou prestes a perder meu cartão de cavalheiro aqui.

— Poderia ir mais rápido com isso?

Ele ri contra minha boca, e empurro a língua dentro da dele, engolindo o grunhido que ele solta. Noah nos vira, nadando até chegarmos à beira de uma rocha. Ele encosta a minha bunda nela, suas mãos soltam meu corpo para segurar meu rosto, me deixando tonta com seu beijo.

Eu me inclino para trás, trazendo-o comigo, e algo desliza pela sola do meu pé; dou um berro e pulo para trás.

Noah se afasta, olhos arregalados passando pelo meu rosto.

— Meu Deus, um peixe está tentando me comer! — grito, correndo mais para cima na rocha, e quando coloco a mão na pedra de novo, algo faz cócegas nas pontas dos dedos. Grito de novo, pulando, só para afundar até o pescoço.

Noah começa a rir, se vira e me coloca nas suas costas enquanto nos leva até a borda.

Em apenas alguns segundos, estou rindo descontroladamente e, quando chegamos ao chão frio e seco, caio encostada em um tronco de árvore, cobrindo o rosto com as mãos.

— Eca! — Não consigo me conter, e Noah está se divertindo tanto quanto eu. — Juro que um peixe chupou meu dedo!

Ele esfrega a boca para conter a risada.

— E sua mão?

— Tá bom, pode ter sido uma folha ou algo assim. — Sua cabeça se inclina para trás de tanto rir. — Na hora, tive certeza de que era o Monstro do Lago Ness! — Sorrio, balançando a cabeça.

— Ela nada com facilidade em mares com tubarões, mas um girino minúsculo? Esquece.

Fecho a cara para ele de brincadeira, e um pequeno arrepio me percorre, a brisa da montanha passando sobre as rochas.

— Devemos voltar, nos trocar. — Noah calça os tênis, enfiando as meias nos bolsos e pega as minhas.

Ele fica de costas para mim, estendendo a mão por cima do ombro para pegar a minha, então eu me levanto, e seguro a dele. Mais uma vez, ele me coloca em suas costas e me carrega de volta ao acampamento.

Quando entramos na clareira, algumas pessoas olham em nossa direção.

— Mas que merda é essa? — grita Brady, sua cerveja parada nos lábios.

— Caímos num lago — brinco.

— Uhum, vagina primeiro ou o quê? — Ele arqueia uma sobrancelha.

Mason dá um tapa em sua nuca.

— Que porra, mano? — Ele olha dele para nós, mas Brady só ri e volta para sua conversa.

O olhar de Mason intensifica, mas eu também desvio o olhar, e Noah continua indo em direção à fileira das barracas.

— Cameron vai me matar se eu molhar nossas camas. — Sorrio, apertando meu abraço em seu pescoço.

— Quer se trocar na minha caminhonete? Está bloqueada pela do Brady. — Ele para de andar, olhando por cima do ombro. — Podemos voltar. Pedir a ela para pegar algumas roupas suas bem rápido?

Meus dentes batem.

— Tudo bem.

Apesar da minha resposta, Noah continua andando em linha reta, seu ritmo aumentando um pouco mais. Trinta segundos depois, estou sentada em sua porta traseira e ele está entrando na cabine de sua caminhonete, voltando com uma pilha de roupas nas mãos.

— Estas são calças de compressão. Eu as uso sob o uniforme quando está frio. Podem ficar um pouco largas, mas vão servir melhor em você do que minha calça de agasalho. — Ele coloca uma camiseta e uma blusa moletom ao meu lado, uma pilha de roupas secas para ele debaixo do braço.

Ele empurra os sapatos de lado, olhando sem entender quando ergo os braços e espero.

Suas sobrancelhas se juntam um pouco, os itens em seus braços logo esquecidos. Ele os deixa cair no chão e vem em minha direção.

Ele começa no punho das mangas, puxando-as devagar sobre meus pulsos, e move-se para a outra. O tecido molhado grudou na minha camiseta de baixo, então, quando a levanta, pouco a pouco, e passa por cima da cabeça, ela sobe junto.

Meu cabelo molhado cai na nuca, causando um arrepio na minha espinha, ou talvez seja por causa da aprovação radiante no olhar de Noah. Ele não desvia o olhar ao pendurar minhas roupas molhadas na lateral de sua caminhonete, nem quando eu me inclino para trás, minhas palmas pressionando a porta traseira, meu torso se alongando.

Ele entende, a mandíbula flexiona com sua respiração pesada e suas mãos encontram o botão da minha calça jeans.

Minha pulsação dispara quando ela é aberta, o zumbido suave do zíper fazendo arrepios descerem pelas pernas. Ele espera, com os olhos em mim, então eu ergo o quadril em um pedido, e ele atende, tirando-a de mim com cuidado.

Seus braços descem de lado, seu corpo fica imóvel ao olhar para mim, sua expressão é uma mistura pensativa de incerteza e convicção.

Eu me sento, chegando mais perto da borda outra vez, e pego um punhado de seu moletom sujo. Minhas pernas se abrem e ele avança até suas coxas encostarem no metal frio. Ele não diz uma palavra, não se move, a não ser da maneira que eu tiro suas roupas dele.

Meus pulmões incham quando seu corpo aparece, o peito em plena exibição para mim pela primeira vez. Mesmo na praia, ele usava uma camisa que o escondia.

— Você deveria tirar a camiseta com mais frequência. — Minha respiração é uma confusão gutural e cheia de desejo, e fico feliz quando a risada dele soa igual.

Meus olhos voam direto para a tatuagem com a qual admito que fantasiei.

Pensei em suas linhas, o que seria e até onde ia, mas vê-la por sua pele não se compara a nada que eu pudesse ter imaginado.

É fascinante, escuro e definido.

Estende-se desde a parte superior do braço e desce até o lado esquerdo do abdômen. Tem uma *end zone* e uma bola de futebol que parece estar rasgando de dentro de sua pele, mas é o que está escrito ao longo da linha da bola que me chama a atenção. É uma outra língua, latim, talvez, e lindamente escrito.

— O que significa? — quero saber, baixando as pontas hesitantes dos dedos em sua pele, traçando as palavras em câmera lenta.

— Não sei. — Ele estremece e meus lábios se contraem, minhas palmas se achatam sobre ele conforme me inclino para mais perto.

— Não sabe ou não quer dizer? — Dou uma olhada nele enquanto pressiono os lábios em seu peito, deslizando mais para o canto de onde posso ir mais alto.

Deslizo ao longo da clavícula até o pescoço, paro quando chego em sua orelha. Respiro fundo, e a testa de Noah repousa no meu ombro, suas mãos me ladeando.

Não digo nada, apenas respiro contra ele ao mesmo tempo em que meu toque se atreve a descer mais. Traço os cumes de seu abdômen, me familiarizando com cada parte de seus músculos magistralmente construídos.

Ele é rígido em todos os lugares certos, e aposto que se eu descer mais, eu o acharia rígido lá, também.

Sinto isso na forma como seu abdômen se contrai, nas respirações curtas subindo e descendo ao longo do meu peito nu.

Meus mamilos endurecem por baixo do sutiã, e agora sou eu quem está tremendo.

Isso chama a atenção de Noah, e sua cabeça se levanta, o calor em seus olhos quase insuportável.

— Está esfriando mais.

— Não estou com frio.

Suas narinas dilatam, e ele abaixa, segurando meu cabelo com suas mãos e o torce em seu punho, a água pingando de seu antebraço e respingando em minhas costas. Avanço, e Noah se vira para pegar meus lábios com os seus. Ele me beija forte desta vez. É quase uma punição e completamente viciante.

— A culpa será minha se ficar doente — fala, entre os golpes de sua língua. — Não posso deixar isso acontecer. — Ele estende a mão para o moletom ao nosso lado, aquele que trouxe para mim, mas estico a minha mão sobre a dele para interromper seus movimentos e pego primeiro o que ele pretende usar.

Ele dá um pequeno olhar de advertência, mas quando ouve minha risada rouca, sua necessidade de saber o que acontece agora o faz ceder. Com o rosto tenso, ele me permite vesti-lo.

Enfia os braços nas manga depressa, deslizando os meus para cima e se preparando para fazer o mesmo, mas apoio as mãos na porta traseira mais uma vez e começo a recuar. Não paro até meus dedos arranharem o náilon de sua barraca.

Suas sobrancelhas se abaixam quando encontro o zíper às cegas, minha mão deslizando até estar acima da minha cabeça, a entrada caindo nas minhas costas.

O maxilar de Noah cerra quando tira suas calças molhadas, e veste uma seca. Ele pega as roupas que tem para mim, e depois está rastejando sobre mim, comigo, enquanto eu nos guio para dentro de sua barraca.

Ainda um pouco incerto, ele demora para nos fechar por dentro, e eu quero acabar com a sua hesitação que sei que vem apenas de sua preocupação por mim porque, de alguma forma, não sinto nenhuma.

Não estou envergonhada, insegura ou ansiosa.

Não sinto aquele mal-estar me avisando, como se tivesse medo de que ele me *afastasse*.

Ele jamais faria isso.

Olho para ele, em seus olhos azuis, minha cabeça não está confusa.

Está chamando o nome dele.

Existe algo em Noah que me liberta. Com um único olhar ou noção implícita, ele acalma partes de mim que não sei se precisam ser colocadas em ordem e, embora ainda não entenda direito, eu sei o que quero.

E agora, quero conhecê-lo um pouco melhor. De um jeito um pouco... diferente.

Deito no travesseiro, e ele me segue. Quando seu corpo paira sobre o meu, nenhuma parte de nossa pele está se tocando, mas o calor dele está presente, e uma onda de expectativa me assola.

— O que você está fazendo, Julieta? — murmura, seus olhos pousando nos meus seios, quase para fora do sutiã molhado.

A tensão aumenta dentro de mim, criando uma dor no peito e, em vez de responder com palavras, deslizo a mão para trás e o solto, mas não o tiro. Afasto a mão, deixando-o decidir o que fazer agora.

Noah se ajeita de lado, os nós dos dedos subindo para deslizar ao longo do meu ombro enquanto seus dedos engancham sob a alça.

— Quer que eu toque em você? — Ele a desliza para baixo.

Um pequeno gemido sobe pela minha garganta, e Noah o tira do meu corpo, minhas mãos descendo para agarrar o saco de dormir abaixo de mim.

Meus seios estão expostos para ele, e sem pressa, seu olhar passa sobre cada centímetro meu, sua atenção parecendo uma carícia acalorada, assim como as respirações lentas e deliberadas se espalhando ao longo da minha pele.

Sua boca encontra meu esterno, e solto uma respiração áspera.

— Me diga onde. — Seu comando é gentil, e meus mamilos se transformam em pontas afiadas.

Meu corpo esquenta, a pele fica vermelha, e Noah me espia através de seus cílios grossos e escuros.

Meus lábios se entreabrem e os dele se curvam de lado.

— Aí está — murmura, com a voz rouca. — Era o que eu estava esperando. O rubor. — Seu toque cria um caminho ardente pela minha barriga e não para por aí. Sobe até que sua mão está suavemente esticada ao longo da minha garganta. Engulo, e seus dedos se contorcem em resposta.

Seus olhos encontram os meus, e ele repete:

— Me diga onde.

Eu jogo o nosso jogo.

— Já sabe a resposta.

— Mas… — Ele morde minha barriga e eu me contorço.

Mas ele quer que eu diga.

Encorajada por seu jeito travesso, eu o supero.

Guio sua mão pelo meu torso sem pressa, e não paro as pontas de seus dedos mergulhando sob o cós da minha calcinha.

É aí que eu os deixo, porque embora eu não conheça Noah dessa maneira… eu *conheço* o Noah.

Seus olhos se fixam nos meus, estreitando-se, e não consigo conter a risada subindo pela garganta.

— Aí.

Suas feições brilham com adoração e, com aquele olhar, a faísca em meu centro se torna uma chama completa. Ele sabe disso e alimenta o fogo, sua boca descendo no meu mamilo direito, apertando-me como uma vingança. Seus lábios começam a vibrar e eu me contorço.

Minhas pernas sobem, esfregando-se em uma tentativa de aliviar a dor, e o movimento faz com que sua mão deslize mais ao sul. Isso resolve.

Noah desce seu toque, os dedos se unindo, para não perder um único centímetro de pele em sua descida. Ele me segura primeiro, aplicando uma quantidade provocante de pressão com a palma da mão.

Meus olhos se fecham, sua língua agora girando em torno dos picos duros conforme fica de joelhos. Ele arrasta os lábios molhados pela minha pele, dando igual atenção ao meu mamilo esquerdo.

Sua mão desliza para baixo, o peito vibrando quando a ponta do dedo indicador encontra minha entrada.

— Porra — murmura. — Abra.

Minhas pernas se abrem na hora.

Seu toque é quente e forte. Preciso…

Sua boca ataca a minha, cortando meus pensamentos, mas os respondendo quando começa a falar:

— Estou prestes a sentir você. Vou descobrir como está excitada, como é macia…

Assim que diz isso, ele afunda os dedos, empurrando com precisão lenta.

Meu gemido é instantâneo.

— Que macia, porra. — Ele morde meu lábio. — Que molhada. — E minha mandíbula.

Quando sua mão se retrai, meus olhos se abrem, meu centro tenso pela perda, mas depois, seu dedo desaparece entre os lábios.

Seus olhos flamejam, e eu quase engasgo.

— Tão doce, caralho.

Preciso gozar.

Sua boca volta para a minha e ele sussurra:

— Você está prestes a fazer isso.

Seus dedos voltam para dentro, mergulhando dentro e fora enquanto seu polegar pressiona meu clitóris, os lábios tocando meu corpo feito um libertino. Ele está no meu peito, nas minhas costelas.

Ele está em toda a parte.

Eu preciso de mais.

Choramingo, levantando os quadris, desejando que se aprofunde mais, e minha nossa, Noah me dá o que eu quero.

Ele empurra até que a pressão de sua mão endurece na minha entrada.

— Me beije — murmuro, fechando os olhos com força. Gemo de novo, procurando cegamente o calor de sua pele. Minhas mãos deslizam por seu peito e começo a tremer. — Agora, Noah.

Ele geme, me dando o que quero, tocando meu clitóris repetidas vezes, apertando, pressionando e segurando enquanto meu corpo se contorce sob ele, engolindo os sons que saem da minha garganta. Sons que nunca me ouvi fazer.

Sons que o deixam louco, criando fogos de artifício entre as minhas pernas.

A mão de Noah se afasta, mas seu beijo não.

Ele se aprofunda, fica mais intenso até eu choramingar em sua boca, e então diminui como se estivesse em sintonia com o meu orgasmo. Como se soubesse a altura que meu corpo alcançaria e a lenta e saciada descida a que me levaria.

Que *ele* me levaria.

Noah se deita ao meu lado, mas não abro os olhos, ainda não, e apenas alguns instantes depois, ele começa a brincar com as mechas molhadas do meu cabelo.

A necessidade de vê-lo é forte demais, e como se sentisse assim que olho para ele, seus olhos se erguem vagarosos para os meus.

Fico toda vermelha, e o homem sorri, uma risada baixa escapando de seus lábios inchados.

Ele se senta, pegando as roupas há muito esquecidas que me trouxe, e me ajuda a sentar, passando o moletom por cima da minha cabeça. Seus dedos deslizam pelo meu pescoço até juntar todo o cabelo, e ele o solta por cima do algodão grosso.

— Devo ajudar com isso também? — brinca, e pego a calça que ele estende para mim.

— Quero dizer, não sei. Ainda não consigo sentir as pernas, então... — entro na sua brincadeira, sem perder o sorriso que ele aponta para seus pés ao vestir meias secas.

Noah sai da barraca para calçar os tênis e, quando saio fechando a barraca, ele está voltando da cabine de sua caminhonete.

— Aqui. — Ele me entrega um par de meias compridas, e eu as coloco sobre a "calça de compressão", que nada mais é do que uma palavra chique para legging masculina.

Calço o tênis e me viro para encará-lo.

Seus olhos percorrem meu corpo, coberto por suas roupas, e seus dentes afundam em seu lábio inferior. Ele me puxa para ele, pressiona os lábios nos meus, mas depois os afasta antes que minhas mãos tenham a chance de abraçá-lo.

— Vamos, se eu não ficar com gente te rodeando...

— Se não for assim, *vamos acabar de volta na barraca...* é uma porcaria para fazer eu me mexer.

Noah inclina a cabeça para trás, praguejando, e dou risada. Ele segura a minha mão e dou um grito quando me puxa para o acampamento.

Assim que chegamos à clareira, ele sorri para mim, apertando minha mão antes de soltá-la.

Ele vira à esquerda para as caixas térmicas, e eu vou direto para o fogo, pegando uma cadeira pelo caminho. Cam se senta na ponta do grupo em volta da fogueira e me sento no lugar vazio ao lado dela.

Ela está ouvindo o que quer que os meninos estejam dizendo, mas quando olha na minha direção, me olha atenta e gira todo o seu corpo para me encarar. Sua cabeça pende de lado, uma única sobrancelha loira arqueada assim que se prepara para falar, mas suas palavras congelam nos lábios quando uma cerveja é baixada na minha frente.

Inclino a cabeça para trás, olhando para Noah.

— Ora, obrigada.

— De nada.

Esqueço de desviar o olhar, e sua garrafa de água surge para esconder o sorriso que se esgueira em seus lábios. Ele começa a se afastar e meu olhar vai junto com ele.

Cameron arranha minhas coxas, então me viro para ela. Só então ela percebe que estou usando roupas gigantes que não são minhas, e meu cabelo está uma bagunça ensopada.

— Vaca. — Ela agarra o encosto da cadeira, inclinando-se mais perto. — Você transou com o gostoso humilde? — sussurra.

Sorrio, dobrando as pernas abaixo de mim, e nego com a cabeça.

Seus olhos se estreitam.

— Ele brincou de marionete com a sua boceta, não foi?

Minha cabeça inclina para trás e solto uma gargalhada.

Seu suspiro faz minha cabeça se voltar para ela, e quase caio quando ela puxa a gola do meu moletom.

— Você ganhou um chupão do Kenickie — brinca ela, citando o garanhão de *Grease – Nos Tempos da Brilhantina.*

Minha mão cobre o pescoço, meus dedos apertam o lugar em que deve estar, a memória de seus lábios se repetindo na cabeça.

Espiando Cam, levo a cerveja aos lábios, e minha garota ergue as mãos em um movimento de prece, estendendo-as.

— Muito *bem*, irmã.

Uma sensação calma de felicidade toma conta de mim e me viro para minha amiga.

— Conte tudo das crianças da sua aula de educação infantil.

Cam sorri, muda de posição igual a mim e começa a falar. Ficamos em nossas cadeiras por mais de uma hora, rindo e brincando de tudo e de nada.

Um pouco depois, Mason deixa cair uma cadeira ao nosso lado, juntando-se à nossa conversa e, claro, Brady e Chase seguem assim que avistam nós três juntos.

Dividimos algumas das histórias que nossos pais nos contaram da viagem em grupo ao exterior – já que todos nós temos histórias diferentes – e fazemos planos para passar o Dia de Ação de Graças na casa de praia com nossos primos e amigos.

Mason pega os marshmallows, então Brady e eu afiamos e preparamos alguns palitos para assar.

Depois de comer meu primeiro, coloco outro, encontrando meu tom de azul favorito na fogueira.

Noah me encara, seus amigos ao seu redor, os meus me cercando.

Sem tirar os olhos dele, deixo o doce tocar a chama antes de levá-la à boca, mas não sopro.

Deixo a chama ficar maior, mais brilhante.

Deixo o calor tomar conta até não passar de uma bola de fogo.

E em uma respiração rápida, sopro.

Ele está muito longe para eu ouvir sua risada, mas sei que está rindo.

Ele pisca, e desta vez, eu sinto na alma.

CAPÍTULO 26

ARIANNA

Estava esperando por um convite para dormir na barraca de Noah ontem à noite, mas menos de uma hora depois da nossa diversão com os marshmallows, Cameron estava acabada, o que me colocou no dever de melhor amiga.

No entanto, coloquei meu alarme para tocar no mesmo horário que ele disse que levantaria, assim eu poderia ajudá-lo a fazer as malas e me despedir antes que fosse embora. Conhecendo os garotos, ficaremos aqui o maior tempo possível, aproveitando até o último minuto antes de voltarmos para o campus. Eles são homens de aventura ao ar livre, de colocar a mão na massa.

Às seis da manhã, em ponto, Noah está saindo do acampamento, indo visitar sua mãe.

O mais silenciosa que consigo, pego os últimos galhos perto da caminhonete de Brady e, com cuidado, ajeito tudo em volta da confusão de cinzas. Ainda há gravetos queimando um pouco por baixo, assim, não preciso acender de novo – é óbvio que alguns campistas ficaram até mais tarde do que eu, já que essa bonitinha ainda tinha um pouco de brasa –, então fico agachada, cuidando para que queime por igual ou o fogo apagará mais cedo do que queremos.

— Precisa de outro galho?

Olho por cima do ombro e vejo Chase se aproximar, com as mãos enfiadas nos bolsos do moletom, o gorro cobrindo a metade da cabeça como se tivesse se esquecido de abaixá-lo quando se arrastou da cama.

— Estes são os últimos.

Ele acena, vindo para frente.

— Você acordou cedo. Cam está bem?

Dou risada, ficando de pé.

— Estava babando no meu travesseiro da última vez que verifiquei. Sua viagem para casa não será divertida.

Ele sorri, seguindo meus passos.

— Quer ajuda? — Aponto para a bagunça do *beer pong* da noite passada, pego dois sacos de lixo debaixo da mesa de comida.

Sem dizer uma palavra, ele pega o saco e começamos em lados opostos, pegando primeiro as latas vazias no chão, depois as que estão nas mesas.

— Sinto falta de me divertir assim. — Chase olha por entre as árvores. — Bem, acho que esta é só a nossa terceira viagem de acampamento sem nossos pais, mas, ainda assim. Acharia bom se tivesse mais.

— Ainda bem que temos toda aquela prática de nos esgueirar para a parte de trás da propriedade dos avós de Brady, ou estaríamos vindo para cá com nada além de barracas e uma caixa térmica.

Ele sorri.

— Sim, descobrimos da maneira mais difícil que você tem que *trazer* madeira para acampar, não é? Aquele foi um fracasso de viagem.

— Tivemos que sair no meio da noite e dormimos na caminhonete do lado de fora da minha casa porque Mason não queria ver o sorriso no rosto do meu pai quando dissesse "eu te avisei", no dia em que disseram que não tínhamos experiência para irmos sozinhos.

Chase ri, balançando a cabeça.

Suspiro, olhando para ele.

— Você se lembra do verão do segundo ano, quando seus pais nos deixaram fazer aquela festa na piscina em sua casa?

— Nosso primeiro dia na piscina sem adultos.

— Demorou *duas semanas* para fazê-los concordarem, e no final, só nos deram *uma* condição... — Ergo uma sobrancelha para ele.

Chase volta sua atenção para a mesa.

— Sem brigas.

— Sim, sem brigas, e aí, eles voltam para casa e encontram o filho com um olho roxo porque você *teve* que dar em cima da namorada de Jake Henry.

Dou risada, pensando nisso, mas quando lanço uma olhada, vejo Chase franzindo a testa para o resto de cerveja que está jogando na terra, então fecho a boca e continuo limpando.

Depois de um tempo, ele suspira.

— Você comprou um maiô novo para aquela festa. Rosa com listras brancas.

Minha cabeça se vira em sua direção.

Comprei?

— Coloquei você em meus ombros para uma brincadeira de luta na água contra Cam e Brady, e nós vencemos — continua, lambendo os lábios enquanto seus olhos se erguem para os meus. — Eu nos joguei na água para te derrubar, e foi o que fiz... mas então me virei e estendi a mão para você. — Ele segura meu olhar. — Puxei você para mim e, sem dizer uma palavra, você enlaçou minha cintura com as pernas. Sorriu e depois se soltou. Só percebi quando alguém pulou na água. Ainda estava segurando você.

Balanço a cabeça, confusa, e seus olhos se movem entre os meus.

— Foram dez segundos no total, no máximo — revela. — Mas foi só isso que Mason precisou ver.

— Estávamos brincando, comemorando uma vitória. — Engulo. — Não foi nada.

— Era sim, Ari, e ele sabia. — Os lábios de Chase se contorcem. — Ele tem um gancho de direita forte.

A pressão aumenta no meu peito.

— Foi Mason? Mason que te deu o olho roxo.

Minha cabeça gira, procurando ansiosa pelo motivo. Pelo significado.

Do que Mason fez e porquê.

Das palavras de Chase e a razão pela qual as está revelando.

— Por que mentiu? — Minha voz sai mais baixa do que o pretendido.

Uma sombra recai sobre ele, e mesmo seu queixo abaixando um pouco, ele não desvia o olhar.

— Ah, qual é.

Porque eu teria ficado com raiva.

Porque eu teria socado Mason.

Porque teria presumido que eu significava mais para Chase quando tinha tanta certeza de que não era assim...

Então eu era mais importante para você?

Quando abriu mão de mim?

Dobro os joelhos depressa, meus movimentos espasmódicos ao pegar algumas latas descartadas do chão.

— Arianna...

— Por que me contou agora?

— Você disse que dei em cima da namorada do Jake. Eu queria que soubesse que isso não era verdade.

Mas por quê, quero perguntar. Foi há dois anos, então o que importa agora? Não pergunto nada, por que o que mudaria?

Ele disse que queria que eu soubesse, tudo bem. Agora eu sei. Então é isso.

Ergo um ombro toda dramática de mentirinha e faço o melhor que posso para acabar com a conversa usando algumas provocações despreocupadas.

— Bem, é um alívio. Ela era uma vadia e combinava muito bem com o namorado idiota, então considere seu comportamento redimido.

— Uma meta cumprida — brinca também. — Falta só mais uma dúzia.

Olhando para cima, encontro seus olhos verdes e dividimos um pequeno sorriso antes de voltar para a nossa tarefa.

Chase e eu amarramos as sacolas e, quando ele me encara, seu gorro desce ainda mais, agora quase todo caído. Com uma risada baixa, dou um passo à frente, colocando-o de volta no lugar. Meus olhos se movem para os dele, e o canto de sua boca se abre em um sorriso triste.

— Obrigada — murmuro, quando me afasto.

Voltamos para as lixeiras de metal, localizadas a vários metros de distância, mas o leve guincho de freios soa atrás de nós.

Olhamos por cima dos ombros, vendo Noah parando no topo da montanha.

— Queria saber por que ele voltou — penso, em voz alta, dando um passo em sua direção, mas paro e me viro para Chase.

— Deve ser alguma coisa que ele não queria deixar para trás. — Ele encara por um momento, virando-se para mim devagar, e no próximo segundo, sua mão está estendida ao mesmo tempo em que seu semblante fecha.

Hesitante, eu passo o saco.

Ele já está indo embora antes do meu "obrigada" me deixar, então giro, correndo pelo pequeno morro.

Os olhos de Noah estão apontados para além de mim, mas se abaixam para os meus quando o alcanço, um pequeno sorriso aparecendo em seus lábios.

Estou prestes a perguntar o que aconteceu quando noto dois cafés quentes nos porta-copos e dois lanches de café da manhã no painel.

— Não poderia deixar você queimar a floresta tentando fazer o seu café da manhã — fala, devagar, a cabeça encostando no assento atrás dele.

Uma risada borbulha de mim, e seguro o batente da porta, me aproximando dele.

— Obrigada.

Noah olha nos meus olhos, desliza a mão no meu cabelo e me puxa para um beijo. Ele me beija sem pressa, quase dolorosamente, e eu quero me recostar a ele.

Depois de um momento, ele suspira e diz:

— Não quero deixar você aqui.

Eu amo o jeito que ele diz o que quer. Ele nunca me deixa pensativa, e se eu fizer isso, ele percebe e responde às minhas preocupações sem eu fazer perguntas.

Apoio o queixo no meu antebraço e sussurro:

— Então não deixe.

Os olhos de Noah ficam curiosos e eu sorrio.

— Não preciso atrapalhar sua visita. Pode me levar para casa primeiro, ou posso tirar uma soneca na caminhonete. Posso me familiarizar com a comida da cafeteria — brinco.

Noah lambe os lábios.

— Você iria comigo agora?

Suspiro alto, dando de ombros.

— Eu teria ido com você trinta minutos atrás se tivesse pedido.

Noah segura meu queixo e meus lábios se contraem em um sorriso.

— Vá arrumar sua mala, Julieta.

Dou um passo para trás e abro sua porta.

Ele olha para mim como se eu fosse louca, passo por cima dele quando seguro o volante e me arrasto para dentro, esmagando-me nele.

— Sou uma boa campista, sr. Riley. Tudo fica embalado e bem fechado, para que nenhum inseto entre. Cam vai levar para mim.

Ele me olha, parando-me com a palma da mão nas minhas costas quando tento passar por ele.

— Simples assim?

Inclino a cabeça.

— A menos que você tenha problemas comigo parecendo uma moradora de rua, seja lá o que decidir fazer comigo, sim. Simples assim.

Seu aceno é lento, seus dedos estendendo-se pela minha barriga. Ele me segura ali um pouco e depois me solta. Eu rastejo para o lugar ao lado dele.

Noah me espera colocar o cinto e, assim que estou pronta, ele me passa o café.

— Extra forte.

— Bem do jeito que eu gosto.

Noah sorri, sua mão agora na minha coxa, e só sai dali quando é absolutamente necessário.

A viagem é tranquila, cheia de risadas e histórias, e quando finalmente chegamos na cidade, ele não me deixa em casa. Pega a estrada contrária, indo para a casa de sua mãe.

Quando chegamos, ele desce e estende a mão para mim.

— Não tem vergonha de entrar com um desastre igual a mim?

— Para. — Ele me puxa da caminhonete, dando um passo para trás e dá uma olhada em mim, o sorriso arrogante demais. — Você fica melhor com as minhas roupas do que com as suas.

Uma risada passa por meus lábios, e eu o empurro, saindo na frente dele, mas ele logo me alcança, seus lábios em meu ouvido.

— E a marca no seu pescoço que achou que eu não tinha visto, devíamos conversar sobre torná-la um pouco mais permanente, hein?

Meus passos vacilam, e ele me deixa com sua risada leve; ele só se vira quando está na entrada e segura a porta aberta para eu entrar.

Ele e eu entramos no prédio lado a lado, de mãos dadas, e quando viramos no corredor, entramos no quarto de sua mãe, que dá um grande sorriso.

— Rezei para que estivesse com ele hoje, e aqui está você — admite. — Venha se sentar. Tem muitas coisas que preciso lhe dizer.

Ela estende a mão direita para mim, a mão normal, então solto a de Noah e desta vez me sento na cadeira oposta. Deslizo a palma sob sua mão esquerda, minha outra por cima da sua.

Lágrimas transbordam de seus olhos, mas pisca para afastá-las, sua mão livre cobrindo a minha.

Não olho para Noah, não seria capaz, mas não tenho a menor dúvida de que seus olhos estão em mim. Sinto o peso de seu olhar. Perfura através de mim, queima minha alma, onde suspeito que um pedaço dele vive agora.

— Gostei do seu moletom. Acho que o reconheço — brinca Lori, malícia em seus olhos quando minhas bochechas ardem com um vermelho-vivo.

— Eu também, mas está meio quente aqui. Tem certeza de que não quer tirar? — Noah toma o lugar à sua direita, um sorrisão no rosto quando o fuzilo com uma expressão de "vou te matar" enquanto, subconscientemente, puxo a gola um pouco mais perto do pescoço.

Dou toda a minha atenção para Lori.

— Me conte a coisa mais embaraçosa que já aconteceu com ele.

Noah ri alto e a risada de sua mãe o acompanha.

— Sabe, odeio desapontar, mas ele nunca foi do tipo envergonhado. Um pouco quieto, às vezes, mas nervoso ou envergonhado… — Ela nega com a cabeça.

Estreito os olhos para Noah, seu sorriso ainda em pleno vigor ao se recostar em sua cadeira, inclinando-se todo preguiçoso e lindo.

— É, acho que não. Ele sempre te surpreende.

— Enquanto crescia, seus amigos eram seus companheiros de time, então a cada ano, conforme as crianças cresciam ou mudavam de curso, as novas crianças que chegavam se tornavam seus amigos. Ele nunca saía muito com eles fora da escola. Gostava de ficar em casa.

Ele gostava de garantir que nunca estivesse sozinha.

Ele entendeu seus sacrifícios quando menino e cresceu com o coração aberto e uma cabeça forte, ambos vindos do amor inflexível e apoio de sua mãe. Ele não tinha um exército ao seu redor como eu, mas ele a tinha, e garantiu para que ela se sentisse o suficiente.

Sinto um peso cálido no peito, mas tento não demonstrar, apoiando o queixo na palma da mão aberta.

— Conte do seu primeiro treino de futebol.

— Ele chorou igual a um bebê — responde na hora, me fazendo rir. — Implorou para eu não o obrigar a ir, mas eu disse, filho, me escute — continua Lori contando sua história, e devagar, olho para Noah.

Ele pisca na minha direção, mas é calmo e diferente, e quando ele olha para a mãe, percebo uma coisa.

Noah não é tudo o que os garotos são para mim.

De alguma forma, ele é... mais.

CAPÍTULO 27

ARIANNA

— Brady disse que o jogo desta semana é importante para eles.

Concordo, virando meu cartão. Meus ombros cedem.

Errado de novo. *Droga.*

— Sim. — Recosto-me no assento de plástico. — Noah disse que perderam para esse time na prorrogação na última temporada e, agora, estão empatados em primeiro lugar na tabela. — Verifico a hora no meu telefone, então começo a guardar meus materiais na mochila. — Vamos, se eu não tomar um energético ou um café ou algo assim, vou morrer, e eles ainda têm quarenta e cinco minutos de treino.

Cameron pula, pronta para ir comigo.

— Queria que a gente pudesse ir com eles. Este é o terceiro jogo consecutivo fora de casa.

— Eu sei, e vão ficar fora por três dias desta vez. É uma viagem de quatorze horas até o Novo México. Que saco…

— Nossa, quase esqueci. Alguém pode estar sofrendo de abstinência do *quarterback*.

— Cale a boca antes que eu te empurre pela passarela.

Rindo, ela nos guia pelas escadas do estádio.

Conforme nos aproximamos do final das escadas, Chase sai para uma jogada ensaiada. É um passe rápido, e Noah joga em sua direção, mas escapa por entre seus dedos, ricocheteando em sua joelheira e caindo bem nas mãos de um *defender*.

O apito encerra o jogo e Chase arranca as luvas. Em vez de correr de volta para a linha como os outros, ele caminha.

Noah estende a mão para cada um que se aproxima, e eles batem a palma da mão na dele ao passar. Cada um, menos Chase.

Em vez disso, Chase o acerta no ombro e volta à posição.

Cameron cruza os braços.

— O que foi aquilo?

Balanço a cabeça, observando enquanto, desta vez, os *receivers* correm para o campo, cada um protegidos por um *defender*. Chase vira para a esquerda, mas está duplamente bloqueado, dois *defenders* em sua cola e Noah encontra seu companheiro de time livre na direita, então dispara, a bola caindo direto nas mãos de seu alvo.

O apito soa e começam a voltar, então Noah se vira para falar com os *linemen* e espera que os outros corram para a próxima jogada; eu respiro fundo quando Chase esbarra nele de novo, mas desta vez, Noah não está prestando atenção.

Noah tem que pular para não tropeçar em um dos caras abaixados, amarrando a chuteira.

Noah se vira e Chase empurra seu peito no de seu capitão. No peito de seu *quarterback*.

As pessoas gritam e Noah coloca a mão no peito de Chase para mantê-lo afastado, mas Chase dá um tapa no seu braço.

Noah arranca seu capacete, avança e aponta a mão para o campo, mas Chase grita com ele.

Nem um minuto depois, Chase o empurra, e toda a equipe está ali, gritando com Chase enquanto Noah tenta acalmá-los, mas Chase não cala a boca.

A regra número um no campo é nunca tocar no *quarterback*.

Que merda ele está pensando?

— Vamos. — Fecho a cara, entrando no túnel que leva ao estacionamento.

— Ari, sério! — Cameron me chama, ficando ao meu lado um pouco depois. — Não quer esperar para ver o que acontece?

— Não.

Sem dizer mais nada, Cameron e eu deixamos o estádio, e só quando entramos na cafeteria do campus é que ela se vira para mim.

— Caso se recuse a reconhecer o que acabou de acontecer, farei isso por você. — Ela desliza os polegares pelas alças da mochila. — Depois do fim de semana passado, seria muito difícil fingir que não era óbvio que você e Noah estão juntos.

— E daí?

— E daí... talvez você e Chase precisem conversar.

Chocada, eu a encaro, boquiaberta.

— O quê?

— Não me venha com essa. Vocês nunca conversaram sobre o que aconteceu.

— Conversamos. Ele disse que foi um erro, e absorvi suas palavras como carvão absorve gás. Não há mais nada a ser dito. Parece que as coisas quase voltaram ao normal entre nós, então não me venha tentar dizer que o pequeno ataque que ele teve por causa de um passe que não foi enviado direito pra ele tem algo a ver comigo. Confie em mim, não tem.

Ela tenta, mas não consegue conter os pensamentos.

— Só acho que é, ou pode ser, um pouco difícil para ele, só isso.

— O que, exatamente, é difícil para ele, Cameron? — Vou até o balcão, peço uma bebida, e ela faz o mesmo. Pagamos e ficamos de lado para escapar dos outros que estão na fila.

— O fato de eu ter chorado por ele *durante meses* ou de não estar mais chorando?

Seus ombros cedem.

— Ari, isso não é justo.

— Não é justo ser aquela que faltou às primeiras experiências da faculdade com seu irmão gêmeo porque sabia que seu melhor amigo estaria lá dividindo esses momentos com ele, e ela não conseguia suportar a ideia de estar tão perto dele. Ou que tal deixar sua melhor amiga fazer as mesmas coisas, coisas que elas combinaram de fazer juntas por *anos* pelo mesmo maldito motivo?

Lágrimas transbordam de seus olhos, e balanço a cabeça, segurando sua mão.

— Não estou chateada, Cameron. Eu fiz a escolha. A responsabilidade é toda minha, e não queria arrastar você comigo. Fiquei toda fodida por um bom tempo e não sabia quando me sentiria melhor, mas…

— Mas agora sabe.

Meus lábios se curvam de lado e aceno.

— Sim. Eu sei. Meu irmão não está mais bravo comigo, ou pelo menos, não está agindo como se estivesse, e Chase e eu podemos estar no mesmo lugar sem uma bola gigante de tensão nos envolvendo. Tudo parece bem. Só quero focar nisso.

Cameron pisca para conter as lágrimas, mas desta vez, não são de tristeza.

Ela ri baixinho, olhando para o céu enquanto mostra a língua.

— Uh, odeio quando é inteligente e lógica e essas merdas todas. — Ela sorri, me abraçando.

O barista chama nosso pedido. Nós o pegamos e saímos.

— Vamos furar com os meninos e não ir ao bar, tomar sorvete no jantar e assistir a umas porcarias na TV. O que me diz?

Entrelaçamos nossos braços.

— Digo que parece um ótimo plano.

— Porra, aí sim.

Então, é exatamente o que fazemos.

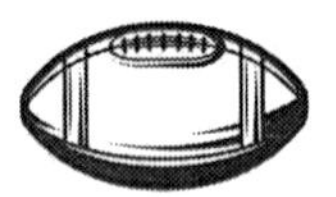

— Então essas pequenas ligações do FaceTime... — Noah sorri para a tela, sussurrando: — Talvez você não queira me provocar como antes.

— Ah, sim, e por quê?

Noah contém uma risada e seus olhos se erguem por cima da tela. No segundo seguinte, uma voz muito familiar grita de algum lugar:

— É melhor que esteja sorrindo para minha irmã, idiota.

Caio na minha cama com uma risada e um revirar de olhos dramático.

— Claro que ele é seu colega de quarto.

— Ele vai jogar a maior parte do primeiro tempo amanhã, então eu queria tentar repassar mais algumas coisas com ele sem ninguém por perto.

Eu me sento de supetão, de queixo caído.

— Ele vai começar jogando?

Noah sorri.

— Sim. Temos um plano de jogo que achamos que irá derrubá-los, então vamos seguir com ele.

— Meu irmão vai começar um jogo da faculdade amanhã?! — Fico de pé, corro para o quarto de Cameron e tropeço no caminho. — Ai, merda! — Dou risada, batendo na porta dela, e invado um segundo depois.

Ela tira os fones do ouvido, os olhos arregalados em pânico.

— Mason começa jogando amanhã!

— O quê? — Ela pula, se atrapalhando e caindo no chão, mas se levanta no mesmo segundo.

— Eu sei!

Gritamos, abraçadas.

— Ah, merda, você contou para ela, né? — A voz de Mason ressoa, e eu olho para minha tela a tempo de ver sua cabeça aparecer ao lado da de Noah.

— Puta merda! — Sorrio, batendo os pés.

— Eu sei. — Uma risada orgulhosa escapa dele.

Lágrimas nublam meus olhos, e uma expressão divertida cobre seu rosto.

— Pare com isso.

Rimos e respiro fundo.

— Meu Deus, Mase. Você vai arrasar.

— Amo vocês, meninas. — Ele sorri.

— Amo você.

Mase desaparece e grito com Noah, cujos olhos calmos estão colados nos meus.

— Vou te deixar dormir agora — diz, baixinho.

— Depois dessa notícia? Tá bom, sei! Vou tentar falar com meus pais. Acho que é dia na Alemanha, mas reprovei duas vezes em história, então posso estar enganada.

Noah ri.

— Talvez eu não esteja acessível amanhã.

— Foco total, já sei como é o esquema. — Mordo os lábios. — Arrasa lá, Romeu.

— Por você, irei.

Meu sorriso é lento.

— R&B dos anos 90, gostei.

O sorriso de Noah é absolutamente letal, e eu quero pular dentro da tela.

— Tchau, linda.

Com um aceno rápido para a tela, eu desligo.

Amanhã, meu irmão alcançará mais uma meta a que se propôs, e eu não poderia estar mais orgulhosa.

Eu sei que ele merece; sei que ele é mais do que só bom, mas não posso deixar de pensar que Noah o ajudou ao dar a oportunidade de ele começar, e Mason agarrou com as duas mãos.

— Tudo bem, as asinhas estão prontas. Batatas fritas na tigela e a porta... — Cameron sai da cozinha, virando a fechadura. — Está trancada.

— As cervejas são abertas e o volume — pego o controle remoto — está alto.

Ajudo a carregar tudo para a mesa de centro, e então está na hora do *kickoff*.

Na linha lateral, vemos Mason colocar o capacete, puxando a gola enquanto pula para cima e para baixo com os dois pés para manter o sangue fluindo forte.

Nosso jogador cai na linha de vinte jardas e o ataque corre para o campo, liderado por meu irmão.

Batemos palmas e torcemos, ficando bem perto da tela enquanto ele conversa com seus companheiros da jogada. Eles se separam, assumem suas posições e, menos de cinco segundos depois, Mason dá o comando.

A bola é jogada com força nas mãos dele e ele gira, fingindo jogá-la para o *running back*, antes de recuar e arremessá-la para uma rápida primeira descida.

— Uh-huu! — Batemos palmas.

Eles se preparam de novo e, desta vez, Mason vê uma brecha e corre por mais onze jardas antes de deslizar no chão para evitar o *tackle*.

— É isso aí! Dois *snaps*, duas primeiras descidas!

— Nossa, essa merda está boa demais para os treinadores agora! — Cameron sorri, virando metade da cerveja.

Eu pego a minha, observando quando Mason olha para a linha lateral. Ele dá um breve aceno de cabeça e se vira, apontando para a direita antes de levantar e colocar o pé esquerdo no chão. A bola é jogada e ele cai para trás, olhando para o campo, mas o outro time ataca, rompendo sua linha de defesa.

Mason é derrubado por trás pela direita e de lado pela esquerda na frente. Seu torso gira de seus quadris, suas costas se curvam. Seu capacete voa com o impacto e Mason desaba na grama.

Cam e eu ficamos paralisadas por vários segundos antes de sairmos do transe.

— Puta merda.

— Filho da puta.

O pânico toma conta e nos aproximamos da TV.

— Não, não, não.

— Ari, ele não está se levantando.

Cruzo as mãos na minha frente, torcendo-as de um lado para o outro.

— Levante-se, Mase.

— Ari… ele não está se levantando!

— Porra.

Fora os poucos que estão perto de Mason, o resto do time só agora está percebendo que seu *quarterback* ainda não se levantou.

Brady abre caminho através dos companheiros de time agrupados no campo enquanto Chase corre pela linha lateral no mesmo segundo.

Cerro os dentes, com lágrimas nos olhos enquanto o medo que atravessa os meninos me domina. Eles ficam a alguns metros de Mason, mas ambos são rapidamente empurrados para trás por várias pessoas da equipe técnica da Avix. Eles gritam, tentando ver além do grupo de pessoas correndo para o lado do meu irmão, mas são forçados a ficar parados.

Brady arranca o capacete, erguendo-o ao gritar frustrado, mas tudo o que faz é atrair mais dois *linemen* em sua direção. Eles agem como um escudo, bloqueando e empurrando-o para trás. Ele joga o capacete no chão, segurando a cabeça ao se virar, e minhas mãos cobrem a boca.

Eu me assusto quando meu telefone vibra na mesa de centro, meu peito aperta quando atendo.

— Pai! — Entro em pânico.

— Arianna, está tudo bem — ele me assegura, em um tom baixo e calmo. — Respire fundo por mim, tá bom?

Eu tento, mas é instável e causa tensão no meu corpo.

— Pai, ele não está se mexendo.

— Eu sei, querida. Estamos assistindo. Estou no viva-voz?

Pressiono o botão do alto-falante.

— Agora está.

— Cameron, querida, você está bem? — pergunta, com delicadeza, nem precisa perguntar porque sabe que ela está bem ao meu lado.

Ela acena com a cabeça, embora ele não possa vê-la roendo as unhas.

— Uhum. — Ela funga.

— Bom, isso é bom. Suas mães estão bem aqui, seu pai, também, Cam, e os Lancasters — informa, e Cameron estende a mão para apertar a minha.

Sento a bunda na mesa e ela fica de pé ao meu lado.

Olhamos para a tela enquanto os médicos estabilizam o pescoço de

Mason, três outros agachados ao redor dele, seus companheiros de time não muito longe.

— Mamãe está bem? — Minhas pernas balançam.

— Ela está assustada — diz, sincero. — Mas todos estamos. Só que estamos todos juntos e é isso que importa. Mason sabe que estamos com ele, mesmo que estejamos em lugares diferentes.

Fungo. Fico de pé quando Noah pisa no campo.

Um árbitro tenta fazê-lo recuar, mas ele argumenta, e prendo a respiração quando seu treinador, parado a poucos metros de Mason, o vê.

O treinador corre, diz alguma coisa, e Noah dá um tapinha em seu ombro, correndo em direção à *end zone*.

— O que ele está fazendo? — Cameron sussurra, e eu balanço a cabeça.

— Quem está fazendo o quê? — pergunta meu pai.

Noah estende a mão, agarrando a câmera gigante logo à direita da trave, e eu ofego quando a transmissão do jogo divide a tela, o rosto de Noah exibido em uma delas.

Os comentaristas param de falar da trajetória do golpe de Mason e começam a adivinhar o que o *quarterback* está fazendo, mas não têm a menor ideia.

Eu sei.

Porque assim que ele tem certeza de que está ao vivo, Noah olha direto para a câmera, direto nos meus olhos... e acena.

Tudo dentro de mim se parte, quebra e depois se funde de novo. Caio no sofá, lágrimas escorrendo pelo rosto.

— Ele está bem — murmuro.

— O que você quer dizer, querida? — insiste meu pai.

A cabeça de Cameron se vira de supetão da tela para mim.

— Como você sabe?

— Noah — respondo aos dois. — É o que ele está dizendo. Ele está me avisando que Mason está bem.

As lágrimas de Cameron escorrem e ela se joga no sofá.

— Eu amo esse cara.

Uma risada rouca me deixa, e eu sorrio.

— Pai, ele está bem.

— Querida... ele continua sem se mexer.

Concordo com a cabeça, mas momentos depois Mason dobra o joelho e o suspiro de minha mãe me sufoca.

A equipe médica se levanta, reposicionando-se perto dos ombros de

Mason e, ao fazê-lo, Mason ergue o braço esquerdo no ar, mostrando a todos assistindo que ele está bem. O carrinho entra no campo, mas Mason não é colocado em uma maca. A multidão enlouquece quando o ajudam a se levantar e, em seguida, com cuidado o acomodam no banco. Ele foi levado embora e meus pais comemoram do outro lado da linha.

Conversamos um pouco mais, e meu pai me garante que ligará se tiverem alguma notícia. Mason tendo dezoito anos, há uma chance de nenhum de nós ouvir nada até que ele possa nos ligar pessoalmente.

Horas se passam antes que meu telefone toque, e quando toca, é uma ligação de Brady.

Cam e eu nos esprememos na tela.

— Brady.

— Oi, meninas — diz, baixinho, com um sorriso triste nos lábios, Chase bem ao seu lado. — Tiveram alguma notícia?

— Ainda não. O que vocês sabem? — pergunta Cameron.

— Eles o levaram a um hospital a alguns quilômetros daqui para seguir o protocolo de concussão, fazer exames e essas merdas. — Ele suspira. — É tudo o que ficamos sabendo do treinador.

— Vocês podem ir vê-lo?

Entristecidos, eles negam.

— A gente vai pegar o ônibus daqui, mas um treinador foi com ele. O treinador diz que vai nos atualizar quando puder, mas sem a permissão de Mason, não podem falar. O treinador acha que podem tê-lo dopado, então deve acordar e apagar o tempo todo.

— Quiseram levá-lo na maca, mas ele não quis. — Chase passa as mãos pelo rosto coberto de suor. — Acho que foi por causa de você e da família.

Concordo.

— Sim, tenho certeza. Eles ligaram. Estavam assistindo.

— Droga. — Brady olha para trás, para o lado e de volta. — Um dos caras disse que ouviu ele chiando, falando alguma coisa de costelas, então não sei.

Aceno de novo, mordendo o lábio por dentro.

— Vou ligar para o meu pai. Se souber de mais alguma coisa, eu ligo.

— Idem.

— Ari, ele vai ficar bem. — Chase me olha. — Ele vai ficar bem. Ligue para Brady ou para mim, já sabe, se quiser conversar.

— Iremos. — Olho para Cam, segurando a mão dela.

— Tentem descansar no ônibus. — Cam recosta a cabeça no meu ombro. — Não há nada que possam fazer. Não se preocupem muito.

Sorrisos sombrios cobrem os lábios dos garotos, e Brady suspira.

— Temos que tomar banho. Não temos muito tempo antes de entrarmos no ônibus.

— Vão. Te mando mensagem.

Com isso, eles desligam e nos jogamos contra as almofadas.

Ligo para o meu pai e conto o pouco que descobri, e ele diz que acabou de falar com o hospital, mas sem sucesso. Cameron e eu passamos as horas seguintes andando de um lado para o outro, aquecendo e reaquecendo a comida depois de deixá-la esfriar de novo.

Ainda estávamos acordadas quando o sol começou a nascer, mas devemos ter adormecido em algum momento porque, de repente, estou acordando com uma batida na porta. Cam pula, correndo para abrir, e Brady e Chase entram correndo. Brady abraça Cameron primeiro, puxando-me depois.

— Alguma novidade? — Ele espera.

Balanço a cabeça em negativa, me virando para Chase, que me abraça.

— Por que ele não ligou para ninguém? Por que o hospital não ligou para os seus pais?

Meus olhos se fecham.

— Não sei. Ficamos acordadas a noite toda esperando e nada. Estou assustada.

— Eu sei — sussurra, me apertando ainda mais, e enterro o rosto em seu peito. — Eu sei que está.

Um toque suave faz minha cabeça levantar, e todos nós olhamos para a porta que Cameron deixou aberta.

Noah está na entrada.

— Noah — suspiro, e meus músculos relaxam.

Corro em direção a ele, e um pequeno sorriso surge em seus lábios quando ele entra, seus braços me envolvem devagar enquanto me jogo nele.

Começo a chorar, mas seus lábios encontram meu ouvido.

— Shh, Julieta — murmura. — Você não quer que ele te ouça chorar.

Minha cabeça se ergue e franzo a testa quando os olhos de Noah se suavizam.

Ele acena com a cabeça, e me solta quando ergue o telefone.

— Estou com ela agora — diz ao homem parado e desajeitado do outro lado da videochamada.

O homem acena com a cabeça e anda de um lado para o outro. Ouve-se um clique, a câmera vira e Mason, deitado em uma cama de hospital, aparece na tela.

Solto um soluço e arranco o telefone das mãos de Noah.

— Mase...

— Oi, irmãzinha. — Sua voz está rouca e um sorriso fraco surge em sua boca.

— Você está bem — grito. — Você está bem?

Ele ri, e quando faz isso, geme, suas mãos apertando o cobertor sobre ele.

— Sim, estou bem.

Cameron se espreme ao meu lado, e então os garotos estão aqui também, se aglomerando.

Os olhos de Mason passam por nós três, e ficam marejados, então ele desvia os olhos.

— Os manés sentem a minha falta? — Mase brinca, gratidão em seu olhar castanho.

— Claro, viemos direto para cá, irmão — afirma Brady, sabendo que é exatamente o que ele precisa de seus melhores amigos. — Direto do ônibus.

Mason acena, olhando para seu colo. Ele lambe os lábios antes de voltar sua atenção para a tela.

— Duas costelas fraturadas e uh... — pigarreia. — Um ombro deslocado. Estou fora por, pelo menos, quatro semanas, talvez mais. — Seu maxilar cerra.

Ninguém diz nada porque conhecemos Mason. Ele não quer ouvir nada. Ele aceitou, e é isso.

— Que jeito de se livrar do treino, imbecil — brinca Brady, embora não sinta isso.

Mas Mason sorri, e essa é a razão.

— Ari, não diga nada para mamãe e papai. Vou ligar para eles agora, mas vou dizer que estou machucado e preciso descansar. Só isso.

— Tem certeza?

Ele concorda.

— Não preciso que se preocupem ou abandonem a viagem para a qual passaram quatro anos economizando.

— Ela já reservou voos, provavelmente.

Ele sorri.

— É, é melhor eu desligar e ligar para ela rapidinho.

— Quando estará em casa?

— Estou sendo liberado agora, só esperando a papelada. Esse cara... — Ele acena com a cabeça para o homem que está segurando a câmera. — Me trouxe um moletom e outras coisas para vestir, e o treinador me arranjou um voo para casa. É um voo curto, um empresário ex-aluno estava assistindo, viu o golpe e ajeitou tudo, portanto, não preciso esperar no aeroporto assim.

— Bom. A que horas devemos buscá-lo?

Ele balança a cabeça e, em seguida, uma expressão tensa surge em seu rosto.

— Vou ligar para o Nate. Pedir para me buscar e me levar para a casa de praia.

— O quê? Por quê?

— Tenho que pegar leve por duas semanas, Ari, praticamente ficar de cama, e não posso fazer isso na moradia.

— Fique aqui. Eu posso ajudar.

— Você tem aula e nós temos uma casa inteira desocupada. Vou dormir e ficar deitado. Lolli e Nate estão por perto, Parker e Kenra, também. Payton. Se eu precisar de algo, eles estarão lá.

Eu o encaro, mas aceno. Digo tudo bem quando, na verdade, quero discutir, e ele sabe, e é por isso que um pequeno sorriso cobre seus lábios.

— Ari.

— Está bem. — Dou de ombros, fungando. — Mas se não atender minhas ligações, *uma ligação, Mase*, vou dirigindo até lá, juro.

— Combinado. — Sua expressão se torna terna e ele suspira, inclinando a cabeça para trás quando seus olhos começam a ficar nublados.

Meu coração se parte por ele.

— Mase...

— Amo vocês — ele me interrompe.

— Amo você.

— Te ligo mais tarde. — Ele olha para o homem de novo. — Desliga.

Meu corpo inteiro relaxa quando a ligação acaba, e eu jogo o telefone no balcão, enterrando o rosto nas mãos.

— Jesus Cristo, que merda.

A mão de alguém toca minhas costas, esfregando círculos suaves.

— Temos certeza de que ele está bem? — Cameron se preocupa.

— Ele é o Mason — diz Brady. — É exatamente o que eu esperaria dele nessa situação.

Lanço um olhar e Chase está bem ao meu lado. Ele acena, concordando.

— Quer que fiquemos? — pergunta, seu tom melancólico.

Mas nego com a cabeça com um suspiro.

— Vão para casa. Parece que dormiu tanto quanto nós.

— Tem certeza? — Sua voz suaviza, mas só afirmo, e a mão nas minhas costas, a mão dele, se afasta.

Os meninos se abaixam, pegando suas malas do chão, e voltam a olhar pra gente.

Cameron olha para mim.

— Trey acabou de mandar mensagem... você quer que eu fique ou... — Ela olha para Noah.

— Vá. Estou bem agora. — Aceno, enxugando o olho esquerdo, exausta. Olho atrás de mim para Noah, que se afastou vários metros, agora encostado na parede. Eu me viro para ele e ele se aproxima, devagar. Eu o encontro no meio do caminho, e ele estende a mão, colocando uma mecha de cabelo atrás da minha orelha.

Ele me encara com firmeza, seus azuis apreensivos, portanto, aceno, erguendo a mão para dar um breve aperto em seu pulso.

Estou bem agora, prometo.

Ele dá um curto sinal com o queixo.

— Obrigada. — Minha voz falha.

Noah balança a cabeça, sem vontade de aceitar porque, em sua cabeça, ele não fez isso para ser agradecido. Ele fez porque sabia que eu precisava e foi capaz de me dar isso.

— Estaremos em casa, meninas.

Olho para eles, balançando a cabeça.

Chase olha para a frente ao sair pela porta, e Brady cumprimenta Noah, agradecendo.

— Me liga depois, Ari baby. — Ele me encara com uma expressão séria.

— Ligo. — Dou um breve abraço em Cameron, e ela fecha a porta ao sair.

Assim que se vão, encaro Noah e minhas emoções me vencem.

Lágrimas escorrem, e me viro, pressionando os dedos nos olhos.

— Me desculpe — sussurro, tentando engolir o choro que está subindo pela garganta.

— Não se desculpe, e não se esconda de mim. — Ele dá a volta, me puxando para seu peito. — Para que eu sirvo se não para te abraçar quando precisa de um abraço?

— Consigo pensar em algumas coisas — choro, rindo em meio às lágrimas quando ele me abraça. Suspirando, eu olho para ele. — Só estou preocupada. Mason não é Mason sem futebol e sua tentativa de não nos preocupar apenas significa que tem algo com que se preocupar.

As pontas de seus polegares gentis afastam as lágrimas sob meus olhos.

—Talvez precise de alguns dias para ficar com raiva e aceitar o que aconteceu?

Concordo, inclinando o queixo para beijar sua mão.

O canto da boca de Noah se curva e solto um suspiro profundo.

Ele pressiona a testa na minha.

— Você me mandou mensagens a noite toda. Dormiu um pouco?

Dou de ombros.

— Eu me lembro do sol nascendo e então os meninos bateram na minha porta.

Suas palmas fortes e quentes seguram meu rosto.

— Você deveria tentar dormir um pouco. — Ele me solta, recuando para pegar o telefone e o enfia no bolso.

Eu o sigo até a porta, e ele me encara enquanto segura a maçaneta.

— Me ligue quando acordar? Posso preparar algo para você, trazer café...

Ele gira a maçaneta, abrindo-a, mas eu a seguro antes que esteja totalmente aberta, e os olhos de Noah se voltam para os meus.

Meu peito se contrai quando deslizo a mão até cobrir a dele, e a solto do metal frio.

Um leve franzir se forma ao longo das sobrancelhas de Noah, mas ele não discute quando fecho a porta, o clique da fechadura é o único som a ser ouvido.

Seu peito sobe com uma respiração profunda, e fico na ponta dos pés, roubando-a de seus lábios. Ele ergue as mãos e as enfia no meu cabelo, e então me beija. Sua boca pesada e faminta. Curando.

Preciso disso.

Preciso dele.

Nossos olhos se abrem ao mesmo tempo, e ele deve ver algo dentro dos meus, porque seu corpo treme com o que descobre.

Meu coração bate descontrolado quando deslizo as mãos por seus braços até alcançar as dele. Entrelaçando nossos dedos, sussurro:

— Fique.

CAPÍTULO 28

ARIANNA

Noah não diz nada, mas também não recua, e não pensei que ele faria isso.

Seus olhos permanecem fixos nos meus, então eu nos guio em direção ao meu quarto, às cegas, e a cada passo, seu cenho franzido se aprofunda.

Na minha porta, ele pausa, seus olhos azuis ofuscantes procurando por algo, então eu o solto, me afasto mais um pouco e agarro a barra da minha camiseta. Bem devagar, eu a tiro por sobre a cabeça, deixando-a cair entre nós. Noah olha de mim para ela, e quando estendo a mão atrás de mim para abrir o sutiã, seu olhar se levanta.

— Se eu entrar neste quarto...

— Entre, Noah. — Minha voz é um sussurro rouco.

Sua mandíbula se contrai e ele avança, e quando o faz, vem com força total.

Sua palma esquerda envolve minha nuca, a direita segura meu rosto, seu corpo quente contra o meu. A boca desce na minha, mas no último segundo ele desvia, indo para o meu queixo.

Ele suga de leve, provocando a pele com os lábios macios até alcançar o ponto sensível em meu pescoço. Ele me morde, e eu ofego, minha mão esquerda se alojando em seu cabelo.

Só percebo que ele me puxou para trás porque sinto os joelhos baterem na beirada da cama, mas quando vou nos abaixar, Noah morde com mais força e meu corpo estremece.

Suas mãos sobem pelas costas, empurrando o sutiã pelos meus braços. Ele tira os tênis, e quando agarro sua camiseta, ele se abaixa, permitindo que eu a tire de seu corpo, mas seus lábios roçam minha barriga, fazendo com que a sua camiseta fique emaranhada na cabeça.

Ele ri contra a minha pele, e os dedos dos meus pés se enrolam no tapete.

— Alguém sente cócegas. — Aperta meus quadris.

Eu tento de novo, e desta vez, consigo tirá-la, sorrindo quando ele olha para mim.

Ele se endireita e, ao fazê-lo, me leva com ele, com as mãos sob as minhas coxas. Travo as pernas em torno de seu corpo, e Noah sorri, colando a boca à minha.

Ele me beija com força, gemendo quando puxo seu cabelo. Um joelho bate no colchão, depois o outro, e seus olhos viajam para os meus.

— Não tenho certeza se entende o que isso está prestes a fazer comigo — declara, suas palavras pesadas e fortes. Seu olhar escuro e deliberado. Cheio de promessas.

Hipnotizante.

Aumento meu aperto sobre ele, e seus joelhos se ajustam no colchão.

— Quero te contar uma coisa — digo, de repente.

— Fale.

Baixo um pouco a cabeça.

— Estou com vergonha.

Uma de suas mãos sobe, os nódulos dos dedos provocam ao longo da cavidade da minha garganta, esticando o pescoço até forçar meus olhos a encontrar os dele.

— Me conte assim mesmo.

O desespero em seu tom é quase doloroso.

Meus polegares traçam seu lábio inferior e levo a boca até sua orelha.

— Pensei em você — sussurro. — Quando você viajou... pensei em você. De manhã, à tarde e à noite. — Beijo a ponta de sua mandíbula. — Ainda mais à noite...

O peito de Noah retumba, seus dedos grandes se enroscam no meu cabelo e puxam com gentileza até meu queixo se erguer.

Ele puxa até estarmos olhando um para o outro, os vincos ao longo de suas têmporas se aprofundando.

Engulo, e seu olhar move-se para o meu pescoço, mas sobe.

— Fiquei imaginando como seria ter você na minha cama — admito, o fogo queimando em seus olhos inebriantes. Encorajador. — Sonhei com isso... fantasiei com isso.

Ele treme de desejo.

— Tanto que meu corpo doía — ronrono. — Então eu tive que...

— Se tocar. — Sua testa recosta à minha, a língua passando rápido por meus lábios. — Você teve que se tocar?

Concordo.

Devagar, Noah me deita na cama, soltando minhas pernas e mãos de seu corpo.

Ele desliza as dele pelas minhas coxas, segura meu short e o tira, descendo minha calcinha junto. De quatro outra vez, ele pressiona as palmas das mãos no edredom ao lado das minhas costelas e diz:

— Me mostre.

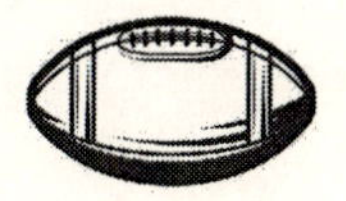

NOAH

Seus olhos dourados se arregalam, seu corpo perfeito fica um pouco tenso, então eu a acalmo.

Digo a ela o que está acontecendo na minha cabeça, minha boca se alinhando com a dela.

— Eu fiz o mesmo, Julieta — confesso. — No banho. Na cama. — Levo a língua além de seus lábios, e ela, ansiosa, sem palavras, implora por mais. — Na *minha* cama.

Seus olhos se abrem, procurando um engano que ela não encontrará.

Aos poucos, mas sem hesitação, seus dedos dançam ao longo de seu peito, um rubor subindo pelo corpo conforme sua mão abaixa, desaparecendo entre as pernas.

Meu corpo vibra, o pau duro e lutando contra o jeans.

— Me diga o que eu estava fazendo com você — sussurro.

Seu rosto fica vermelho, mas ela fecha os olhos e revela.

— Primeiro, você beijou meu pescoço.

Abaixo os lábios para seu lugar favorito, bem no centro do lado esquerdo.

— E depois você usou os dentes e os arrastou até o ombro.

Sigo o caminho, sugando onde paro, e ela solta respiração profunda.

Seus dedos roçam minha calça ao tocarem em seu clitóris, e eu fico tenso, desesperado para senti-la contra mim.

— Você desceu, mas não até o fim.

Puxo seu mamilo na boca, girando a língua em torno do pico endurecido, bem devagar. Chupo um pouco mais forte do que antes.

— Seu zíper… você — sussurra ela, se contorcendo embaixo de mim.

Sua mão se move mais rápido agora, os olhos se abrindo quando o suave ruído do meu jeans se abrindo ressoa. Seu olhar baixa, os lábios se separam quando pousa no volume na cueca.

Eu me livro do resto das minhas roupas, e recosto a cabeça no travesseiro.

Suas coxas se apertam, e ela começa a fechar as pernas, perseguindo a pressão que o esse movimento a proporcionará, mas quando abaixo um pouco, minha ereção se aloja entre suas coxas e seus músculos relaxam.

Seus olhos encontram os meus.

— Você não usou a mão dessa vez. — Seu rosto queima e ela aperta o clitóris entre os dedos, as coxas tremendo ao se aproximar do orgasmo.

Volto a me mexer, desta vez colocando um joelho entre as pernas dela. Baixo os lábios aos dela, e sussurro:

— O que eu fiz, baby?

Ela geme, e eu alcanço entre nós, tirando sua mão e a prendendo acima de sua cabeça enquanto coloco o outro joelho entre suas pernas.

— Me diga o que eu fiz.

— Você pressionou o corpo ao meu.

Eu me abaixo todo, os dois gemendo quando nossos corpos aquecidos se encontram pela primeira vez.

Minha mandíbula se contrai, e enterro o rosto em seu pescoço. Ela está encharcada, e eu fico escorregadio de excitação na mesma hora. Não consigo me segurar e me esfrego nela.

— Sim — murmura. — Bem desse jeito.

Afundo os dedos no edredom no lado oposto.

— Deslizei meu pau em você? — Eu me afasto um pouco, avançando com mais pressão, e minhas coxas se contraem.

— Sim — murmura, levanta a cabeça até seus lábios se prenderem no meu pescoço. Ela suga, morde e sussurra: — E depois você deslizou dentro de mim.

Eu a mordo de volta, e seus joelhos sobem, pressionando meus quadris.

— Deslize para dentro de mim, Noah.

Meu peito ruge, os músculos ficam tensos pelo desejo.

— Não quero te machucar.

Uma calma recai sobre ela, e segura minhas bochechas, balançando um pouco a cabeça.

— Você jamais faria isso — suspira, puxando minha boca para a dela. Seu beijo é suave e doce, mas sua voz quando se repete é fogo puro: — Deslize dentro de mim.

Afastando-me, eu faço o que ela pede.

Entro com um golpe longo, lento e constante.

Ela arfa, o pescoço esticando até seus olhos revirarem, e eu levanto, olhando para a deusa diante de mim.

Ela espia pela ponta do nariz, olhando nos meus olhos enquanto a preencho inteira. Completamente.

A ternura que a envolve faz meu pulso disparar, e quando o mais doce dos sorrisos curva seus lábios com a próxima respiração, é isso.

Está feito.

Estou acabado.

Estive acabado.

Balanço em cima dela, dentro e fora, lento e constante. Meus golpes são longos e profundos, uma tortura tentadora. Uma necessária e doce espécie de agonia, do caralho.

Ari me circula com as pernas, seus calcanhares pressionando na parte inferior das minhas costas e me impulsionando para frente.

Nosso ritmo acelera, e ela fica mais barulhenta.

Seus gemidos, seus suspiros.

Seu batimento cardíaco.

Pressiono os lábios sobre o órgão que bate descontroladamente, e ela aperta minha cabeça, então dou o que ela quer. Meus dentes.

Eu mordo e ela grita.

Lambo e ela treme.

Chupo... e ela se despedaça.

Seus músculos ficam tensos, seus braços me envolvem quando começa a gozar.

Mas ela luta contra o orgasmo, puxando meus lábios nos dela. Seu beijo é forte e faminto, perseguidor, e eu a retribuo da mesma forma.

Meu quadril avança e recua, balança, gira e pressiona, cuidando para que seu clitóris seja estimulado com meu corpo, tanto quanto sua boceta. Eu a ataco, prolongando seu orgasmo o máximo possível conforme arfa, descontrolada.

Ela se afasta, encontrando meu ouvido de novo, sua voz um coaxar ofegante, seu corpo uma bola de tensão, soltando-se com tremores espasmódicos. Ela quer que continue, lutando contra o fim pelo qual está desesperada, mas explode. Suas costas arqueiam da cama, os gemidos soam ásperos e enlouquecedores ao erguer os quadris para mim, me querendo mais fundo. Seus lábios se abrem e ela ofega.

— E depois eu gozei.

— No meu pau? — murmuro, entredentes, dobrando os joelhos, assim estou sentado sobre eles, e seus quadris estão no ar.

— S-sim. No seu pau.

Sua pele fica vermelha e meu corpo se contrai, o calor aumentando cada vez mais.

Ari avança, pega meu lábio inferior em sua boca, seus olhos atordoados, fixos nos meus e sussurra:

— E então você gozou, também.

E, porra, já era para mim, ela me leva ao limite.

Preso em transe pela garota que meus sonhos mais loucos não ousariam imaginar, eu gozo. Sem parar e forte.

Suas paredes se apertam ao meu redor, vibrando por dentro, e eu gemo, meus membros tremendo.

Eu a abraço, nossos corpos escorregadios de suor até conseguirmos respirar com mais facilidade.

Só então eu saio dela, abaixando-nos no colchão.

Seus olhos nunca se afastam dos meus, e depois de alguns minutos de silêncio, ela começa a morder o lábio por dentro, as mãos dobradas sob a cabeça, virando o corpo para ficar de frente para o meu.

Estendo a mão, soltando seu lábio de seu abuso.

— O quê?

— Você pensou mesmo em mim?

Minha risada é baixa, mas concordo contra o travesseiro.

— Você... se tocou... de verdade pensando em mim?

Volto a acenar, deslizando a mão por seu pescoço e ao longo do ombro.

Meu sorriso abre devagar quando o seu sorriso, escondido, brinca em seus lábios, e ela sussurra *exatamente* o que eu sabia que faria:

— Me mostre...

E dou a ela o que deseja.

Tenho certeza de que sempre darei.

CAPÍTULO 29

ARIANNA

Minha mão desliza sob as cobertas, mas Noah a pega com uma sobrancelha erguida.

— Você deveria dormir um pouco. — Seu olhar é brincalhão.

— Vou dormir quando estiver velha.

Rindo, ele sai da cama, o corpo gloriosamente nu em plena exibição. Ele veste sua boxer e jeans, virando-se para mim com sua camisa na mão.

Ele bate na beirada da cama, e eu rastejo até lá, ele a passa sobre minha cabeça, me vestindo com ele e dá um beijo em meus lábios antes de me jogar por cima do ombro.

Grito, tentando cobrir a bunda nua, mas ele estende a mão, acariciando meu bumbum enquanto me carrega para a sala. Paro de tentar, gostando do calor de seu toque.

— Se você não vai dormir, precisa me deixar alimentá-la. Seu estômago começou a roncar há uma hora.

Ele me abaixa no sofá, sorrindo malicioso ao ganhar um pequeno vislumbre quando sua camisa sobe um pouco em volta da minha cintura. Ele joga um cobertor em cima da minha cabeça, seus passos o levando para a cozinha.

Incapaz de conter o sorriso, eu me aconchego nas almofadas, puxando o cobertor até o queixo e coloco o jogo da noite passada. Continuo de onde paramos ... logo depois que Mason foi retirado do campo, preocupada demais na hora para ver o resto da partida.

Assim que aperto o play e os comentaristas começam a falar, Noah também fala, a gentileza de seu tom me aquecendo em lugares que não posso negar.

— Você não tem que assistir — diz.

Lambo os lábios, mantendo os olhos na tela.

— Meu homem é o *quarterback*. — Sorrio contra o cobertor. — Portanto, sim, eu tenho.

Noah não diz mais nada, mas sei que está sorrindo, e o meu sorriso cresce por causa disso.

O que quer que Noah faça, não tenho a menor ideia, porque a próxima coisa que sei é que estou acordando em uma casa escura e ele tinha ido embora.

Bebo um copo de água e me arrasto para o chuveiro, ficando sob o jato quente até a água esfriar, repassando a manhã uma e outra vez.

Quando saio, vou para a cozinha e pego o telefone na bancada.

Encontro uma mensagem de Noah.

> Romeu: Tentei te acordar para dizer que precisava ir, mas você não se mexeu. Sim. Eu verifiquei sua pulsação. A comida está no micro-ondas.

Uma risada me escapa.

> Romeu: Estou indo para a casa da minha mãe. O time vai numa pizzaria a alguns quarteirões do campus, às sete. Me avise se quiser ir.

Meu peito aperta, sabendo que meu irmão não estará lá, mas ficará chateado se eu não for só porque ele não pode, odiando o tempo todo eu estar lá com um bando de caras.

Mas estarei com Noah. Isso, e Brady e Chase também estarão lá.

Então respondo que quero ir.

No micro-ondas acho dois burritos de ovo e queijo, praticamente a única opção que havia na geladeira. Já são cinco da tarde, portanto só esquento um, guardando espaço para a pizza mais tarde.

Ligo pelo FaceTime para Mason, aliviada quando vejo que ele está acomodado em casa, com um prato gigante de rabanada ao lado dele, que a Lolli trouxe.

Ele está sorrindo e está mais corado que esta manhã, mesmo ainda com aspecto exausto, mas estamos só no primeiro dia, então desligo me sentindo bem, o que me faz querer estar com boa aparência.

Então me arrumo sem pressa.

Meu cabelo está solto com cachos grandes e soltos, os olhos delineados com sombra brilhante e acentuados com delineador escuro. Meu batom é tão vermelho quanto minha blusa, e o jeans é de cós alto e justo.

Acabei de amarrar as botas pretas quando Noah chega para me buscar, seus lindos olhos azuis o entregando. A última coisa que ele quer fazer... é sair daqui.

Ele inclina a cabeça, abrindo os lábios, mas tudo o que sai é uma risada rouca.

Reprimo um sorriso e lidero no caminho até a porta.

A pizzaria é um estabelecimento familiar encantador. A mulher de cabelo grisalho atrás do balcão é gentil e acolhedora, com uma língua ousada que me lembra da minha avó.

A comida é deliciosa e farta, o que é a chave do sucesso com duas dezenas de atletas em volta. Vários deles vêm até mim, perguntando do meu irmão, e respondo a cada um deles a mesma coisa. Que está bem, descansando e ansioso para voltar a jogar. Aposto que Brady e Chase foram para casa e disseram algo parecido, mas os garotos barulhentos gostam de conversar com as meninas. Tenho certeza de que suas perguntas foram usadas como desculpa para vir até mim, Cameron e as outras garotas que vieram ficar com a gente. Não demora muito para a jukebox começar a tocar uma música lenta e sedutora, e os garotos cheios de cerveja empurram algumas mesas de lado. Logo, sou a única sentada, todas as garotas pularam para se juntar a eles.

Noah tenta voltar para mim, mas Trey é rápido em agarrá-lo quando uma mesa de bilhar fica livre.

Ele olha para mim, mas eu aceno.

— Vá. — Sorrio. — Ele está atrás de você para jogar desde que chegamos aqui.

Noah solta um gemido brincalhão, seguindo o amigo.

Brady se aproxima então, colocando um copo de cerveja na minha frente.

— Beba. Sei que a noite passada deve ter acabado com você porque eu estou só o bagaço.

— Você não está errado. — Eu a ergo e ofereço um brinde, tomando um pequeno gole. — Conversou com ele?

— Não, ele não quer falar com a gente ainda. Vou dar dois dias e nem um minuto a mais a ele.

— Ele não esperaria nada menos. — Sorrio, tomando outro gole. Meus olhos deslizam sobre o ombro de Brady, e eu me inclino para frente. — Não olhe agora, mas há um rosto muito familiar que acabou de entrar, e parece que ela viu você.

Brady gira todo o corpo e dou risada. A garota vira a cabeça, colocando o cabelo atrás da orelha. Sorrindo, ele volta sua atenção para mim.

— É a mocinha tímida da biblioteca, não é?

— É, sim.

— Uau — sussurra, termina sua bebida e a coloca na mesa com uma batida forte. Ele se levanta, inclinando-se mais perto. — E você disse que foi por pouco que não a tive.

Rindo, eu ofereço um brinde a ele, e nem um segundo depois, Chase se senta ao meu lado.

Ele se inclina para trás e quase escorrega do assento, mas rapidamente se endireita, com um sorriso bêbado nos lábios.

Entretida, mordo os lábios.

— Sentindo-se bem?

Ele balança a cabeça, toma outro gole e me encara.

— Oi.

— Oi. — Dou risada.

— Você está com ele?

Minha diversão fica entalada na garganta, minha boca se abre, mas nenhuma palavra sai. Sua pergunta, tão repentina e inesperada, me paralisou.

Seus olhos me olham intensamente, e sinto meu corpo ficar tenso.

— Você está falando sério agora?

— Só me… — Suas sobrancelhas franzem. — Apenas me diga. Por favor.

Um vazio surpreendente rasteja sobre mim, mas aceno.

— Sim, estou. — Minha voz é forte, clara, e sei que ele ouve.

O queixo de Chase abaixa e ele bate os nós dos dedos na mesa em batidas suaves e silenciosas.

— Tudo bem. — Ele olha para o lado e depois se afasta.

Eu o observo, uma pitada de tristeza tomando conta de mim, mas é superada pelo alívio que se segue agora que está tudo esclarecido.

Cameron desaba no lugar ao meu lado, olhando para mim em expectativa.

— Ele queria saber sobre mim e Noah.

— E?

— E eu disse a verdade, que estamos juntos.

Cameron suspira de alívio.

— Bom. Isso é bom. Talvez ele só precisasse ter certeza de que estava bem agora.

Assinto, mas ainda franzo o cenho.

— Sim.
Talvez.

Algumas horas e várias cervejas depois, o lugar está tão turbulento quanto se esperaria, mas o pouco de energia que ganhei depois de voltar a dormir esta manhã está desaparecendo aos poucos.

Coloco a cabeça no ombro de Noah, e ele esfrega minhas costas.

— Você quer ir?

Eu olho para ele.

— Sim, mas você pode ficar. — Olho para a Cameron. Ela e Trey estão se despedindo de alguns outros na mesa deles. — Acho que Cameron já está indo. Posso ir com ela.

Os nódulos dos dedos de Noah sobem para correr ao longo da minha mandíbula, e eu sorrio.

— Quero te levar, te dar um beijo de boa-noite.

O calor se espalha por mim, e eu aceno.

— Tudo bem.

— Ei, piranha, estamos indo. — Cameron desliza na minha frente.

Eu me levanto e Noah me acompanha.

— Nós, também.

— Legal. — Cameron desliza seu braço no meu, me arrastando com ela.

— Vou me despedir de alguns caras, encontro vocês na porta — avisa Noah, e seguimos em direções opostas.

— Então — sussurra Cameron, Trey em seu telefone alguns metros à frente. — Vou passar a noite com Trey.

— Ah, é?

— Sim. — Ela agita as sobrancelhas e rimos. — Você vai ficar bem? — pergunta, preocupada.

— Perfeitamente. — Eu a abraço, e depois a Trey, e assim que vão embora, Noah está do meu lado.

Chegamos ao meu dormitório em minutos.

— Foi divertido — digo, deslizando meu cartão-chave na porta da frente e apertando o botão do elevador.

— Depois que te chamei, me senti um babaca.

Eu o encaro.

— O quê? Por quê?

— Mason. — Ele dá de ombros. — *Timing* de merda da minha parte.

Balanço a cabeça, abraçando-o pela cintura.

— Como você pode ser tão… você? É um cara de vinte e um anos na faculdade que joga futebol como ninguém. Deveria ser um idiota arrogante e egoísta.

A cabeça de Noah se inclina para trás e ele ri, trazendo um sorriso ao meu rosto.

— Mas você é gentil e humilde e muito altruísta.

Um sorriso presunçoso cobre seus lábios, e ele aperta meus quadris.

— Puxei minha mãe — brinca, e aí sou eu quem ri.

Depois de um momento, suspiro e continuo:

— Não duvido nem por um segundo… e só para você saber. Mason iria me xingar se eu não fosse por causa dele.

— Bom…

Minha boca se abre e Noah ri, segura minhas mãos e me puxa pelo corredor.

— Mala. — Dou um tapa em sua barriga com a mão livre, e ele agarra meu pulso, beijando meus dedos.

Pego minhas chaves, destranco a porta e olho para Noah.

— Então, a respeito daquele beijo de boa-noite…

Ele sorri, aproximando-se, e traz seus lábios aos meus, mas coloco os dedos entre nossos lábios depressa, e seus olhos se estreitam de brincadeira.

— Julieta.

— Noah.

Ele me puxa para mais perto pelos passadores do cinto, me fazendo rir.

— Me dê esses lábios — exige, baixinho.

— Cameron vai dormir na casa de Trey esta noite.

Seus olhos cintilam.

Quase me acovardo, e ele sabe disso porque seus polegares começam a desenhar círculos ao longo dos ossos do meu quadril.

Ele dá um passo adiante, escondendo-nos contra a minha porta, seu cheiro quente, fresco e amadeirado invadindo meus sentidos, e meu corpo derrete no dele.

— Ainda vai ficar tímida comigo? — brinca, seu sorriso totalmente pecaminoso. — Mesmo depois de hoje? — Suas mãos deslizam em meus bolsos traseiros e apertam, me puxando contra ele. — Mesmo depois de eu estar dentro de você?

O calor aperta entre as minhas pernas, e os lábios de Noah se curvam ainda mais.

Porque ele sabe o que está fazendo comigo… assim como sabe o que está *prestes* a fazer comigo agora.

Seguro os cordões de seu moletom e o puxo para frente.

Sua risada é profunda e promissora e cria uma agitação no meu estômago.

Então Noah nos tranca lá dentro.

CAPÍTULO 30

ARIANNA

Lori aperta o botão de chamada da enfermeira no controle remoto ao seu lado, e Noah se levanta, preocupado.

— Relaxe, querido. — Ela vira a cabeça na direção dele. — Só preciso de um pequeno favor, só isso.

— Posso te ajudar. — Ele franze a testa, desligando, mas ela volta a apertar.

— Noah. Pare. — Ela sorri, olhando para a mulher que entra no quarto. — Cathy, você finalmente vai conhecer Ari a… amiga do Noah.

Dou risada, e ele olha para mim, o aborrecimento sumindo de seu rosto. Aceno para a mulher.

— Prazer em conhecê-la.

— Igualmente. — Ela sorri, caminhando em direção ao pé da cama de Lori. — O que posso trazer para vocês, queridos?

— Sabe aquela impressora nova que me falou no saguão? — pergunta Lori. — Poderia tirar uma foto desses dois para mim? Talvez perto das abóboras que você disse que estão no pátio dos fundos, se ainda estiverem lá?

O sorriso da mulher é gentil quando acena.

— Claro que posso. — Ela olha para nós. — Me acompanham?

Noah hesita, mas se levanta devagar.

— Me encontre no corredor em um minuto?

Minhas sobrancelhas franzem, mas concordo.

— Sim, claro.

Assim que saem, Lori se vira para mim.

— Você não se importa de tirar uma foto, não é?

— De jeito nenhum.

— Eu só… eu quero me lembrar disso, do meu filho feliz. — Seus olhos ficam cheios de lágrimas, mas ela pisca para afastá-las. — A maioria dos sorrisos que ganho são disfarçados de tristeza. Eu me preocupo toda vez que ele vai embora. Não por mim, por ele. Sabia que ele quase nasceu na véspera de Ano-Novo?

— Sério?

— Uhum. Eu estava no hospital e essas coisas, mas ele estava sendo teimoso. Achei que viria alguns dias depois disso, mas não, ele me fez esperar.

— Até vinte e nove de janeiro.

— É — murmura, como se estivesse orgulhosa por eu saber.

Olho para a porta, inclinando-me rápido para dentro.

— Gostaria de fazer algo por ele, mas preciso de sua ajuda.

Faço um resumo para ela, e seus olhos brilham, a mão tremendo quando a estende para tocar meu rosto.

— Minha querida menina. — A voz dela é rouca. — Eu nem sei o que posso dizer para você entender o que fez por mim. O que continua fazendo por mim.

Um leve rubor toma conta de mim.

— Então posso te ligar mais tarde?

— Claro que pode. — Ela acena, gentilmente me cutucando, então saio correndo para encontrar Noah no corredor.

Sua expressão está dividida, mas ele desliza a mão na minha, e seguimos Cathy até os fundos.

É um lindo pátio de pedra forrado com grandes lâmpadas delicadas que brilham em um amarelo suave. Tem fardos de feno empilhados no canto mais distante, abóboras de todas as formas e tamanhos estrategicamente empilhados ao redor deles. Cathy lidera o caminho e pega seu telefone.

— Fiquem onde quiser. — Ela sorri.

Noah olha para a decoração do feriado e algo reflete em seu rosto, talvez a realidade do tempo. Então, em vez de vincular o momento ou pensamento a uma época do ano que pode pesar muito mais tarde na vida, eu o pego pela mão e nos levo em direção à fonte no centro, grandes potes de pedra cheios de peônias dispostos como escadas nos dois lados, à esquerda e à direita.

O olhar de Noah encontra o meu, e com aquele único olhar, a tristeza silenciosa que tomou conta dele desaparece. Ele se abaixa na beirada e me puxa para seu colo, virando um pouco, então meu ombro direito está descansando no seu peitoral direito. Ele beija meu rosto antes de olhar para frente, e deixo a cabeça recostada à dele. Seus braços me envolvem e a mulher levanta o telefone.

— Prontos?

— Sim.

Sorrimos e ela tira a foto, acenando com o telefone no ar enquanto se afasta.

Antes que eu possa me levantar, Noah desliza a mão no meu cabelo, puxando meus lábios para os dele. Seu beijo é tão suave, tão lento, que minha garganta ameaça fechar.

— Obrigado — sussurra.

— Pelo quê?

— Por tudo.

O calor se espalha por mim e ficamos sentados ali por mais um instante, apenas olhando um para o outro.

Juntos, voltamos para o quarto da mãe dele e conversamos um pouco mais, mas a visita é interrompida quando ela começa a confundir as palavras.

A gente se despede e, desta vez, a caminhada até o carro é um tanto sombria.

Ele está quieto, muito quieto, então quando pegamos a estrada, alguns minutos se passam e abaixo a janela, assuntando-o com ar frio, e seus olhos se voltam rápidos ara mim.

Como eu sabia que aconteceria, um pequeno sorriso encontra seus lábios.

— Me leve a um lugar.

Ele estende a mão, puxando-me para o assento do meio, sua mão se encaixa entre as minhas coxas cobertas pelo jeans.

— Aonde quer ir?

— Em um lugar que você ama. Um lugar onde pode ir a qualquer hora, e só de estar lá você sorri.

Os olhos provocantes de Noah se viram para mim, e dou risada.

— Ah, qual é, você tem que ter um lugar favorito. Todo mundo tem, né?

— Você me mostra o seu? — retruca.

— Mostro.

— Aposto que já sei onde fica.

— Aposto que sim.

Ele ri, e então volta com o carro.

Juro que poderia ter adivinhado aonde iríamos parar se tivéssemos jogado um jogo de adivinhação. Não fico nem um pouco surpresa quando Noah estaciona e nós saímos, indo em direção ao trecho de cem metros de grama verde e linhas brancas.

— Sua escola? — Olho para o grande prédio à esquerda, uma águia gigante pintada na lateral.

— Minha escola. — Assente, e ele não conseguiria tirar o sorriso do rosto nem se tentasse. Suspira, permitindo-se olhar cada centímetro. Do campo à pista ao seu redor, da escada ao camarote dos locutores no alto da arquibancada.

Ele vai para o campo de futebol, batendo o dedo do pé ao longo da linha de quatro jardas.

— Foi aqui que Thomas Frolly pegou o passe final que fiz neste campo e correu para o *touchdown* da vitória.

Bato palmas e ele faz uma reverência zombeteira.

Ele corre como se estivesse percorrendo uma rota, pisa para a esquerda, mas passa à direita e salta como se estivesse pulando sobre um *defender*. De onde seus pés pousam, ele olha para mim, não exatamente nas cinquenta jardas.

— Foi aqui que eu estava quando anunciaram o rei do baile. Eu perdi.

Dou risada, e Noah pisca.

Ele corre em direção ao portão e eu giro, seguindo sem pressa.

Ele dá um tapa em uma placa de metal preto e branco, alertando a proibição de fumar no campus.

— Aqui — diz — foi onde beijei a rainha do baile.

— Sortuda. — Fico na ponta dos pés, encontrando sua boca com a minha. Ele sorri, mas se afasta, uma pitada de cautela cobrindo suas feições.

Ele lambe os lábios.

— Paige era a rainha do baile.

— Sabia. — Minhas palavras escapam antes que eu possa detê-las, e meus olhos se arregalam. — Desculpe. Não quero ou falei por mal, só presumi que vocês dois tivessem uma história.

— Não foi assim. — Ele balança a cabeça, mas pensa melhor. — Ou era, mas não era... não se tratava dela e de mim. O pai dela ficou doente na mesma época que a minha mãe, e nós meio que precisávamos encontrar conforto em algum lugar, mas foi tudo o que aconteceu. E nunca mais se repetiu depois da escola.

O alívio que eu não sabia que precisava me atinge quando ele me conta aquela última parte, e penso em Noah quando recebeu a primeira ligação a respeito de sua mãe. Como, depois disso, foi para uma casa vazia enquanto sua mãe dormia em uma cama de hospital. Eu sei que ele tinha amigos, mas pelo que Lori disse, não iguais aos que eu tinha enquanto crescia. Não os do tipo com quem você pode contar a qualquer hora, por qualquer motivo.

Paige deu apoio a ele de uma forma que o fazia se sentir menos sozinho porque ela entendia sua dor. Um sentimento de gratidão recai sobre mim, só de saber que ele tinha alguém com quem contar.

— Vocês estavam sozinhos e tinham um ao outro — sussurro. — Se eu não tivesse minha família e amigos? Não consigo nem imaginar, para ser sincera. Estou feliz que ela esteve do seu lado.

Seus ombros parecem aliviar, então.

— Ela é uma boa amiga.

— Sim — concordo. — Ela é.

Um momento depois, Noah sorri, seus braços em volta da minha cintura.

— O quê? — Olho para ele quando uma arrogância sedutora assume.

— Tive a sensação de que gostava mais de mim do que imaginava naquela época.

— Ah, é? — Estreito o olhar, lutando contra a tentação de seus lábios.

— Uhum. Você e Cam pensaram que eram habilidosas com aquela parte do *Príncipe Encantado*. — Ele ri, dando uma bitoca no meu nariz, mas depois seu rosto se suaviza, uma ternura tomando conta.

— Ela se achava genial.

Seu mindinho sobe e ele afasta o cabelo do meu rosto.

— Ela poderia não ter dito nada, e eu ainda assim acharia isso.

— Me fale mais disso, sr. Riley.

Ele fica quieto um pouco antes de falar:

— Percebi, senti você e seus pensamentos. Tenho essa sensação profunda a seu respeito desde o dia em que te conheci, mas toda vez que te vi ou estava com você, tentei não tirar conclusões precipitadas.

Minha garganta engrossa, a pergunta sai em um sussurro áspero:

— Por quê?

— Porque eu não tinha certeza se você se daria tempo para descobrir.

Suas palavras tocam profundamente dentro de mim, muitas emoções para nomear tentando atravessar meu peito de uma só vez, e procuro seus lábios, beijando-o com tudo além da minha boca.

Com mais do que com a minha cabeça.

Com uma parte de mim, que acho poder ser dele…

O beijo dura minutos, talvez até mais, e quando ele se afasta, me ataca com um sorriso.

— Funcionou.

— O quê?

— Você superou a rainha do baile.

Minha cabeça se inclina para trás e começo a rir. Noah se abaixa, me abraçando, então coloco os braços em volta de seu pescoço.

— É melhor que eu tenha superado a rainha do baile *mesmo*.

A risada de Noah é baixa e reconfortante, assim como a promessa que seus olhos oferecem naquele momento.

— Baby, você supera todas as mulheres em todos os lugares, até dormindo.

Meu peito aperta e enterro o rosto em seu pescoço.

Seus braços apertam, e ele me carrega de volta para a caminhonete.

NOAH

Observá-la dançar no assento ao meu lado, com um grande sorriso enquanto pega pedaços do pão de seu hambúrguer, comendo igual a um pássaro como sempre, é como se tudo se encaixasse. Bem aqui e agora.

Eu a amo.

Eu amo tudo nela.

Amo a maneira como suas expressões faciais se transformam com as palavras que ela canta, sentindo todas as emoções de cada música. O jeito que abaixa a cabeça e aperta os lábios quando se sente tímida comigo. Amo que ela *seja* tímida, inclusive agora, e amo que, em um piscar de olhos, não é. Ela é descarada e ousada quando estamos apenas nós dois atrás de portas fechadas. Ela é aberta e autêntica, adora dividir partes de sua vida e pergunta da minha, não para manter conversa, mas porque quer mesmo saber.

Eu amo o sorriso que curva seus lábios quando me vê. É sempre o mesmo, grande e radiante, como se eu aparecesse para surpreendê-la quando sabia que eu viria o tempo todo. Eu amo a forma que ela é com minha mãe, paciente e gentil, só que não por pena, mas por orgulho. Como se soubesse a mulher boa que é, como se entendesse tudo o que minha mãe significa para mim e, por sua vez, significa algo para ela, também.

Ari me faz ter pensamentos que nunca tive antes, a respeito de coisas que eu nem não sabia que queria, mas agora me sinto desesperado por elas. Raízes mais profundas e uma família.

O amor de uma vida.

Sei que ela está apenas começando sua jornada aqui e me formo este ano. Espera-se que eu seja escolhido no *draft*, primeira rodada, diz meu treinador, sendo que estou classificado tanto como *receiver*, minha posição original, quanto como *quarterback*, onde brilhei durante toda a faculdade. Minha vida será na estrada, minha agenda quase cheia na maior parte do ano, todos os anos.

Mas e se não fosse?

E se eu dedicasse minha vida a amar a garota ao meu lado?

E se eu encontrasse uma maneira de fazer as duas coisas?

Naquele momento, olhos castanho-amendoados se viram para os meus, prendendo os meus aos dela, e sua cabeça inclina-se no encosto de cabeça.

— Ei, Noah? — Ela sorri, lambendo a pitada de sal dos lábios.

Meus olhos seguem o caminho de sua língua.

— Sim?

O humor marca sua voz quando ela responde:

— Talvez queira dirigir.

Meus olhos se erguem, a cabeça vira para a frente e, com certeza, não vejo o semáforo, o verde voltando ao vermelho e quase não dá tempo de frear.

Volto a olhar nela, e aquele sorriso aparece, o calmo e caloroso que sempre me premiou, sua risada leve e descontraída, um brilho de algo mais escrito em seus olhos.

Aperto seu joelho, precisando tocá-la, observando e adorando o rosa-claro que se espalha por sua pele macia. Meu coração bate mais rápido, sabendo que algo tão simples quanto minha mão em sua pele ganha essa reação dela.

— Venha comigo ao baile do futebol.

Ela sorri.

— Um baile? Parece chique.

— E é. Traje a rigor. Tudo.

— Quando é?

— Janeiro.

— Janeiro… — sua voz vai sumindo. — É daqui a dois meses.

Aceno, lentamente.

— Sim. É. Me diga que irá, marque naquele seu calendário?

Ari morde o lábio, a voz baixa.

— Você já sabe a resposta.

Tomara a Deus que sim.

Quando o sinal fica verde, acelero, sorrindo quando um suspiro suave escapa dela.

Estou apaixonado por ela, e se eu estiver certo, o que espero estar, ela está prestes a se apaixonar por mim, também.

Se ela se apaixonasse, eu não precisaria de mais nada.

Só dela.

CAPÍTULO 31

ARIANNA

— Tenho treino em dez minutos. O treinador tem algumas reuniões, então meu dia está um caos. Tenho vídeo depois disso e treino às quatro.

— Mas quanta diversão. — Sorrio para a tela. — Estou a caminho de uma palestra obrigatória: "Infinitas possibilidades aqui na Avix U" — imito o discurso de campanha que meu professor fez hoje.

— Ei, quem sabe não acaba saindo com uma especialidade — brinca Noah.

— Seria devastador. Já contei meu projeto de vida. — Dou risada. — Mas, pelo lado bom, esse será o *A* mais fácil que já consegui.

— Muito bem. — Ele acena para alguém que entra no vestiário, depois volta para a tela. — Tenho que ir antes que os caras comecem a tirar a roupa.

— Ou poderia me deixar conectada.

Ele me dá um pequeno olhar de advertência, e eu sorrio.

— Me liga mais tarde?

— Sabe que eu vou.

Desligamos e eu me levanto.

A caminho da aula, coloco o telefone no silencioso, mas me assusto quando uma mão agarra meus ombros por trás.

Olho para cima e vejo Chase.

— Oi. — Dou um sorriso, mas uma expressão de confusão logo o substitui. — Você não tem treino agora?

Ele balança a cabeça, caminhando ao meu lado.

— Não. Tenho que me apresentar depois, para revisar as notas e essas merdas, mas nada mais até o vídeo. — Ele bate com o ombro no meu. — Acredite em mim, tentei sair dessa coisa.

— Aposto. — Dou risada, depois ficamos quietos quando pegamos a longa fila de estudantes.

Sentamo-nos lado a lado no meio da sala e, durante os próximos quarenta e cinco minutos, ouvimos as pessoas falarem de como as escolhas que fazemos agora ajudarão a moldar nosso futuro.

É um senso comum meio chato e limítrofe, mas apresentam uma tonelada de opções de carreira que não são, necessariamente, especificadas nas listas de cursos.

Na saída, eu me viro para Chase.

— Vou me encontrar rapidinho com a Cameron na cafeteria. Gostaria de vir?

Ele concorda, mas depois balança a cabeça e para de andar.

— Podemos conversar?

— Sim, o que aconteceu? — Eu me viro para ele.

— Não, quero dizer, podemos conversar, conversar? — Ele me olha bem nos olhos. — De tudo. De...

Ele não consegue nem dizer a palavra "nós", e tenho certeza de que não serei eu a dizer.

— Quero explicar. Pedir desculpas — insiste.

— Tudo bem. Não precisa. — Balanço a cabeça. — Não preciso mais ouvir isso. Entendo. De verdade.

É verdade. O fato é que perdoei Chase, por tudo. Não sei bem quando aconteceu, mas aconteceu, e não é que ele sentisse que precisava de perdão. Não sei se ele precisava ou não. Também não é porque fez algo que deveria exigir meu perdão, porque isso também não é bem verdade.

Éramos adultos, ambos conscientes do que estávamos fazendo, ambos livres de expectativas e repercussões.

Eu sabia, lá no fundo, que ele nunca poderia ser verdadeiramente meu. Sabia disso o tempo todo. Só que me permiti não ligar naquela noite. Ele me ofereceu algo que eu desejava há muito tempo e, com mãos gananciosas, aceitei, e as consequências que fossem para o inferno.

Não significava que não doeu quando a euforia passou e a realidade veio com a maré da manhã, levando embora a memória que fizemos na areia apenas algumas horas antes.

Eu estava magoada, mas não era culpa dele; era minha.

Então eu o perdoei *por mim* porque eu precisava. Porque ele é meu amigo e tê-lo na minha vida é importante para o meu irmão e para mim.

Repassar tudo agora seria como abrir uma ferida cicatrizada, e para quê? Eu segui em frente; ele está indo bem e nossa turma não está mais sofrendo com nossas decisões.

— Me deixa tentar fazer você entender onde eu estava com a cabeça e por que fui um babaca. — Ele estende a mão para a minha, mas eu apenas aperto a dele, depois a solto.

— Já sei o porquê, Chase. Sei há anos. Estou sendo honesta quando digo que está tudo bem. Que *estamos* bem. Vamos só... deixar isso para trás. Esquecer tudo isso.

Aceno, mantendo seu olhar no meu, e devagar, ele acena de volta.

— Preciso ir. Cameron está esperando por mim.

— Sim, uh... — Ele pigarreia. — Diga a ela para me ligar. Tenho as anotações que ela queria de psicologia.

Concordo e saio correndo, encontrando Cameron já acomodada na mesa de canto, bebidas e baguetes me aguardando.

Está tarde da noite quando meu telefone toca com uma mensagem, mas não é de Noah como eu suspeitava.

É do Chase.

Chase: E se eu não quiser esquecer?

Fico sem fôlego e olho para o teto.

Memórias me atingem, criando uma tensão no fundo do peito. Eu o aperto para aliviar a dor e as gotas de suor ao longo do meu pescoço.

Isto é ridículo.

Não sei por que ele está me dizendo essas coisas. Eu já disse o que precisava. Eu o perdoei por mim. Ele sabe disso. Não tem mais raiva e tristeza entre nós.

Estamos bem.

Estou bem, melhor do que antes, na verdade. Estou feliz demais.

Não é problema meu o que passa pela cabeça dele quando está sozinho. Se não quer esquecer, não precisa. Não é como se qualquer um de nós fosse capaz, na verdade.

As memórias não morrem quando as possibilidades morrem. Elas se transformam em dor.

A dor que você precisa decidir alimentar ou se *defender*.

Eu escolhi me *defender*.

E ganhei.

Não tenho ideia do que dizer a ele, então não digo nada.

CAPÍTULO 32

ARIANNA

O dia de Ação de Graças em minha casa sempre foi um grande evento. Minha tia e meu tio vinham de Alrick com nossos primos, e as famílias de Brady, Chase e Cameron também participavam, traziam mais algumas pessoas junto, dependendo do ano.

Meu pai arrumava a garagem, que na verdade, no dia a dia era o canto dele com os garotos. As esposas cuidavam da comida dentro de casa, enquanto os homens disputavam quem cozinhava o melhor peru. Não tínhamos permissão para saber quem fez qual, quando os pratos chegavam à mesa já estavam cobertos por papel alumínio, e no final, votamos no que mais gostamos – tio Ian, pai de Nate, ganhava todos os anos.

Claro que quando a esposa dele se servia do prato, ele piscava para ela com a intenção de ganhar o seu voto.

Pode ser meu feriado favorito, em termos de tradição, então sinto um pouco de tristeza este ano sabendo que nossos pais não estarão aqui... mas nunca diremos isso a eles.

A única aventura da vida deles termina logo depois do primeiro dia do ano, quando o pai de Brady tem que se reportar à base, então sempre tem uma próxima vez.

Este ano, porém, estamos tentando ignorar a diferença ao fazer tudo sozinhos na casa de praia e, quando formos embora, levaremos meu irmão para casa.

— Você não conseguiu entrar na casa da última vez, né?

— Não. — Noah pega nossas malas da caminhonete. — Você me deixou na areia.

Giro para encará-lo, arqueando uma sobrancelha.

— Você não devia ter me batido na cabeça com aquela bola de futebol.

Noah solta nossas coisas no chão, corre e me abraça. Ele me gira, plantando um beijo forte e rápido em meus lábios.

— A melhor coisa que já fiz foi errar aquele passe.

— Hmm. — Beijo seus lábios. — E aqui estava eu pensando que a melhor coisa que você já fez foi me jogar na cama e...

— Não termine essa frase.

Eu me viro, meu sorriso se abrindo ao ver meu irmão. Esperneio e Noah me desce. Corro até Mason, jogando os braços em volta dele, e ele geme, a mandíbula tensa.

Minhas mãos se afastam, meus olhos arregalados.

— Merda. Desculpe.

— Está tudo bem. Venha aqui. — Seus braços me puxam, uma longa expiração escapa dele. — Estou bem, irmãzinha. Juro.

— Está? — Pisco para disfarçar as emoções.

— Fiquei estropiado por algumas semanas — admite. — Mas estou bem agora.

— Graças a Deus.

Eu me viro e vejo Payton encostada no batente da porta, a barriga enorme e com cara de que está prestes a estourar.

— Meu Deus — grito, correndo. — Olhe para você. — Eu a abraço e, quando olho para sua barriga, ela dá uma risadinha.

— Vá em frente, me apalpe.

Sorrindo, coloco as mãos em sua barriga, sinto a firmeza do lado esquerdo e deslizo a palma para a direita, onde volta a ficar mais macia. Então volto para a direita.

— É ele?

Payton assente.

— Ele gosta de esmagar meus pulmões.

— Muito legal, né? — Mason entra na conversa.

Dou um olhar curioso para o meu irmão.

— É, sim.

— Para quando é? Parece que você está grávida desde sempre.

— Semana que vem. Seu primo e eu acabamos de montar o berço. Você precisa ver.

— Kenra também?

— Não. — Ela suspira de brincadeira. — Nate.

Uma risada me escapa, e ela sorri.

— Acredite em mim, eu também fiquei surpresa enquanto isso acontecia.

— Aposto que sim — concordo, virando-me para Noah quando ele se aproxima, segurando a mão estendida de Mason.

— Riley. — Ele ergue uma sobrancelha. — Parece que minha irmã ainda está inteira. Agora essa merda é séria, ou o quê? — Ele franze a testa.

— É o que ela quiser.

Os lábios de Mason se curvam.

— Boa resposta, cara. — Ele ri, virando-se para Payton. — Payton, Noah, Noah, Payton.

— Oi, Payton.

Suas bochechas ficam um pouco rosadas, e eu escondo a risada.

— Oi. — Ela olha para ele.

— Tudo bem, as apresentações acabaram. Entrem. Está esfriando pra caralho aqui fora. — Ele se vira, passa na minha frente, e nós o acompanhamos.

— Ari, você sabia que seu irmão é a pessoa mais mandona do planeta? — comenta.

— Sim, você se acostuma. — Sorrio.

Mason geme, mostrando o dedo do meio para mim, e não posso deixar de sorrir. Ele está se sentindo melhor.

Cameron aparece do corredor, pula e me derruba no sofá, e Mason leva Noah para a cozinha, reapresentando-o à turma, caso tenham se esquecido de sua pequena passada durante o verão.

— Sara e Ian não vieram — Cam me fala de meus tios. — Nate disse que a mãe dele machucou as costas quando saíram de quadriciclos alguns dias atrás. Ele mentiu e disse que nos estaríamos fora no dia de Ação de Graças para que ela não se sentisse mal e viajasse com dor.

— Isso é a cara do Nate. Por que ele não me contou?

— Para o caso de você dar com a língua nos dentes, aposto.

Minha cabeça vira na direção dela, e nós rimos porque, sim. Eu poderia ter falado sem querer.

Payton se levanta, momentos depois de se sentar, e coloca uma mão na parte inferior das costas, a outra apoiada na mesa. Mason vem correndo até ela, passa um copo de água e puxa a cadeira com almofadas.

— Estou bem — diz a ele, mas Mason, sendo Mason, não se mexe.

Payton se acomoda na cadeira.

— Ele parece bem. — Cam assente.

— Sim. Eu também acho.

— Acha que tem alguma coisa a ver com a mamãe grávida que ele está cuidando?

— Cameron. Pare.

— Só estou dizendo — sussurra. — Ele não saiu do lado dela.

— Ela está prestes a parir. Seu irmão e Kenra provavelmente pediram ajuda.

— Verdade. Não pensei nisso.

Entro na cozinha, dou um abraço de 'oi' a todos enquanto Cameron repassa as tarefas para amanhã.

Todo mundo recebe uma, e eu mando os outros à merda quando acabo presa em descascar batatas.

— Um dia, vou deixar todos vocês boquiabertos com uma receita da família Riley.

Vários olhos se arregalam, brilhos brincalhões passando por outros, e eu gaguejo.

— Só disse… eu só estava dizendo que eu sei cozinhar algo que ele… — Sorrisos surgem em seus rostos, então dou risada. — Ah, vão se foder.

Noah aperta minha coxa debaixo da mesa, mas não olho para ele.

Vou corar igual doida se fizer isso, e ele sabe.

— Bem, vamos ver se as receitas de família do homem são boas porque ele ficou com o peru.

— O quê?! — Brady se vira, meio pãozinho pendurado na boca. — Eu queria o peru.

— Você pegou o pernil — argumenta Cam.

Brady acena com a cabeça e se volta para a geladeira aberta.

Conversamos um pouco mais, aproveitando que não temos para onde ir e nem estamos com pressa.

Um pouco depois, Mase leva os outros para casa, já que escureceu, e não querem andar quase um quilômetro no frio com Payton.

Assim que Mase volta, Brady olha ao redor, percebendo que a terceira peça do quebra-cabeça está faltando.

— Cadê o Chase?

— Ele foi para a cama há uma hora — informa Mason, levantando-se. — Por falar em cama. Estou exausto.

Todos concordam, e vamos para os nossos quartos, mas não antes de Mason prender Noah com um olhar firme.

— Você dorme no quarto de hóspedes, filho da puta.

— É o que ele está tentando fazer. — Brady balança em sua cadeira, olhando para nós.

Noah apenas ri.

— Minhas malas já estão no quarto extra. Obrigado por me deixar ficar.

— Hmm, a casa é minha também, então não depende deles.

Com um sorriso malicioso, Noah responde:

— É, sim.

Dou a ele um olhar maligno, e Mason empurra minha cabeça, apertando a mão no ombro de Noah ao repetir seu comentário de antes:

— Boa resposta, porra.

— Vá para a cama já — provoco, relaxando ao lado de Noah.

Alguns de nós ficam na sala para ver um filme, e menos de uma hora depois de todos irem dormir, os gritos de Mason acordam a casa inteira.

— Payton está em trabalho de parto e está com medo!

Simples assim, vamos todos para o hospital.

— Sempre demora tanto para ter um filho? — Cameron se levanta, esticando o pescoço.

— Não sei. — Dou de ombros, ergo a cabeça do ombro de Brady. — Quando foi a última vez que Parker trouxe alguma notícia?

— Uma hora atrás, mais ou menos?

— Aí vem ele. — Nate acena com o queixo em direção às portas duplas quando começam a se abrir, e o irmão de Payton aparece do outro lado.

Ele balança a cabeça.

— Nada ainda. Eles deram algo a ela para acelerar as coisas, e está chorando um pouco agora. — Uma expressão de dor cobre seu rosto. — Eles queriam verificá-la, então ela me expulsou, mas não largou a mão de Kenra.

Aceno, esfregando os olhos.

— Esse bebê já é teimoso, e ainda nem nasceu. — Lolli sorri.

Parker dá uma risada zombeteira.

— Né?

Cam se senta de novo, batendo o joelho no meu.

— Você falou com Noah?

— Não desde que o mandei para casa. O Trey já está lá?

Ela acena, mostrando-me uma foto que ele enviou deles sentados ao lado de nossa fogueira no pátio dos fundos.

Dou risada, balançando a cabeça.

Depois das primeiras oito horas, mandei Noah para casa. Ele tentou recusar, mas eu insisti. Ainda mais porque Trey estava vindo sozinho. Ele precisava de alguém para recebê-lo, e quem melhor que seu amigo?

— Onde está Mason? — Eu olho em volta.

— Ele estava aqui agorinha…

— Ele entrou escondido pela porta quando aquele médico saiu. — Chase ergue os olhos do telefone, logo abaixa a cabeça para o telefone de novo. É o máximo que ele disse hoje.

Parker suspira, franzindo a testa.

— Claro que entrou. Vou ao banheiro e já volto.

Cinco minutos depois, quando Parker está voltando pelas portas duplas, Mason vem correndo do outro lado.

— O bebê está nascendo! — grita, batendo palmas.

— O quê?! — Os olhos de Parker se arregalam e começa a correr pelo corredor ao mesmo tempo em que todo pulamos de nossos assentos.

Ficamos nas portas, esperando por notícias, e não demora muito para que minha prima Kenra saia com um sorriso.

— É um menino!

— Que lindo! — Eu me emociono. — Ela estava certa.

— Podemos entrar? — Cam se adianta.

— Sim, mas só dois de cada vez.

Cam e eu nem nos damos ao trabalho de olhar para os outros, corremos pela porta e viramos no corredor, parando em frente ao quarto dela.

Payton olha para cima.

— Oi. — Entramos em silêncio, parando ao lado de sua cama, Mason e Parker logo atrás dela.

O pequeno embrulho em seus braços é tão pequeno, e quando chego ao lado de Payton, seu rostinho aparece, um pequeno gorro já em sua cabeça.

Um garotinho, tão precioso.

Payton está pálida e cansada, uma mistura de emoções estampadas em seu rosto, sendo o amor a mais óbvia.

— Ele tem nome? — sussurro.

Ela acena, seus olhos cheios de lágrimas.

— O nome dele é Deaton.

Em homenagem ao pai. Quem ele nunca terá a chance de conhecer.

— É um nome lindo para um menino lindo. — Sorrio, passando as pontas dos dedos por sua mãozinha macia. Ele se mexe, os pequenos sons mais doces escapando dele que derretem meu coração. — Feliz dia de Ação de Graças, Deaton.

Exaustos, saímos do Tahoe de Mason e subimos o deque até a porta da frente.

— Acho que pediremos delivery para o jantar… — Cam bufa.

— Estão abertos no feriado? — Brady boceja.

— Não sei. Cereais servem para mim, neste momento. Estou morrendo de fome.

Passando pela porta, somos atingidos pelos cheiros mais reconfortantes, carne assada e o molho da minha avó.

Corro para a cozinha, meu estômago revirando quando viro no corredor e paro bruscamente.

O balcão está coberto pela tradição do dia de Ação de Graças, e meu sorriso se alarga.

Cameron dá a volta tão rápido quanto eu, seu peito batendo nas minhas costas, e ela ofega.

— Puta merda!

Os outros se aglomeram ao meu redor, avançando e examinando os pratos ao meu lado.

Tem purê de batata com molho, inhame e ensopado de feijão verde. Um pernil cintilante coberto com rodelas de abacaxi e uma tigela de molho.

Noah empurra a porta do pátio e, em suas mãos, tem um peru.

Ele para quando nos vê, mas um sorriso curva seus lábios um momento depois, e prossegue até o balcão, colocando a grande travessa na mesa.

— Oi.

— Cara, Noah. É sério isso? — Brady sorri, enfia o dedo na lateral do purê de batata e ganha um tapa de Cameron.

— Mano. — Mason dá um passo em direção a ele, apertando suas mãos. — Obrigado, cara. Está com a cara ótima, porra.

Dou a volta na ilha, os outros ainda verificando a comida, e me aproximo de Noah.

— Você fez o jantar de Ação de Graças para nós?

— Achou mesmo que eu ia deixar você no hospital só para voltar aqui e descansar?

Eu paro.

— Bem, agora que disse isso, era algo bem diferente de você.

— Estava animada para hoje, e eu não queria que perdesse nada. — Ele me vira, me abraçando por trás e me empurra em direção à comida, os outros já pegando pratos e bebidas. — Algumas dessas receitas eu nunca fiz. Espero que esteja bom.

— Google?

Noah ri, me empurrando para frente.

— Coma.

Não discutimos.

E comemos.

Noah não tinha nada com que se preocupar. Tudo estava incrível e, embora eu não pudesse contar para minha mãe, a receita de inhame da mãe de Noah era um espetáculo, os marshmallows crocantes em cima de uma sobremesa eram de outro mundo.

Quase todos repetem algum prato, e não demora muito para que estejamos empanturrados e saboreando alguns drinques junto à lareira.

Afasto-me sozinha por um momento, desço o pátio e saio para a areia.

Deixando os sapatos para trás, sorrio para o mar, aproximando-me cada vez mais até meus pés alcançarem a beira da água. Afundo os pés na areia molhada, puxando as mangas sobre as mãos quando o vento aumenta, chicoteando meu rosto como se estivesse me dando boas-vindas.

Ando um pouco mais pela faixa de areia, até que o cais aparece, e paro bem ao lado dele, no lugar onde antes tínhamos ficado...

— Chase.

Não queria dizer o nome dele em voz alta, mas escapa de mim mesmo assim, e sua atenção se volta para mim.

Ele não se mexe, então chego um pouco mais perto.

— Oi.

Ele franze a testa para o mar.

— Você está bem? — Fico preocupada.

A princípio, ele fica quieto, mas depois sua cabeça abaixa um pouco.

— Na verdade, não — diz ele, com um forte sentimento de frustração em seu tom. — Não estou.

Espero, cruzando os braços.

— Achei que tivesse entendido. — Ele dá um passo em minha direção.

Ergo a cabeça.

— Entendido o quê?

— A mim. — Ele enfia o dedo no peito e percebo que está tonto. Talvez até bêbado. — Achei que me entendia. Achei que tinha entendido.

— Não sei do que você está falando.

— Esse é o problema. — Ele se inclina, enfatizando cada palavra, quase bem na minha frente agora. — Como isso aconteceu? Como não consegue ver?

— Ver *o quê*, Chase? Você não está falando coisa com coisa. O que devo ver...

— Que eu quero você! — Ele me interrompe com um grito.

Cada parte minha endurece, mas aos poucos, eu balanço a cabeça.

— Sim, Arianna. — Suas sobrancelhas sobem. — Eu quero você.

Meu Deus.

Meu peito afunda e eu me viro, mas ele agarra meus braços, me virando para ele.

— Chase...

— Eu quero você — sussurra, todo o seu ser se acalmando a cada respiração. — Eu quero você... — murmura.

Meus dentes cerram, minha cabeça girando.

— Por favor, não diga isso.

— Diga que você também me quer. Diga que não desistiu de mim.

— Chase. — Minha voz é um murmúrio entrecortado, e tento me soltar. — Me solta.

Mas ele só balança a cabeça, se aproximando.

— Ari, olhe para mim. Me escute.

— Preciso que tire as mãos dela. — A voz de Noah atravessa a noite.

Chase fica vermelho na mesma hora, raiva deslizando por ele conforme seus olhos apontam por cima do meu ombro.

Calmo como sempre, e com as mãos nos bolsos da calça jeans, Noah se aproxima devagar, com os olhos em Chase.

— Você deveria ir.

— Você deveria ir — retruca Chase.

Minha pulsação bate descontrolada quando olho entre os dois.

— Você está bêbado — diz Noah a ele.

— E daí?! — Chase estende a mão. — Ela está segura comigo mesmo assim. Ela sabe disso.

— Você deveria ficar sóbrio. Tente de novo amanhã. — A voz de Noah é desprovida de emoção.

Minhas sobrancelhas se estreitam e me viro para encarar Noah, mas Chase ainda está segurando meu braço.

Chase zomba.

— Eu nunca a machucaria.

Noah o encara.

— Você já a machucou.

Minhas costas enrijecem, e Chase empalidece, me soltando ao tropeçar para trás, choque desenhando suas feições.

— Você contou a ele. — Ele fica boquiaberto. — Você disse a esse maldito estranho?

Baixo a cabeça, pela culpa, mas forço os olhos a não desviarem.

— Aquilo foi para nós! Foi *nosso*! — Ele balança a cabeça, com cara de repulsa, então se vira e cambaleia.

— Chase! — Meu corpo dói. — Espere, eu... — Dou um pulo para a frente, mas paro no meio do passo, virando-me rápido para Noah. — Noah, eu só...

— Tudo bem. — Seu rosto está inexpressivo quando acena. — Vá atrás dele. — Seu tom diminui. — Eu sei que você quer ir.

— Não é bem assim — asseguro, minha garganta entalada.

Ele dá um passo para mim, segurando meu rosto ao pressionar os lábios na minha bochecha. Afastando-se, ele me olha nos olhos.

— Não é?

Nego com um aceno de cabeça.

— Noah...

— É a última vez que vou falar... *vá*.

— Não quero que entenda mal. Eu...

— Julieta — adverte.

Cerrando os dentes até doerem, seguro as lágrimas, então me viro e corro atrás de Chase.

Demora alguns minutos, mas eu o encontro a cerca de cinquenta metros na direção oposta, a cabeça entre as mãos, sentado em uma pedra.

— Que merda foi aquilo?!

Sua cabeça se levanta e ele olha para mim, e quando percebe que estou sozinha, seus olhos voltam para os meus. Algo se expressa em seu rosto, mas ele apenas olha para mim.

— Chase — digo, correndo para frente. — Você queria conversar, tudo bem, estou aqui. Fale.

— Estou farto desta merda. — Ele vai direto ao ponto.

— Farto de quê?

— Dele. De você. De tudo isso!

— O quê? — Estendo as mãos, confusa. — O que você quer que eu faça, Chase? Que eu me esconda?

— Não...

— Deixar que aproveite a vida à qual pertenço tanto quanto você, para que se sinta melhor...

— Ari, não é...

— Porque eu já fiz isso, e quer saber? Foi horrível! Eu perdi tanto, e não vou mais fazer isso, então pode parar de tentar me fazer sentir culpada por escolher ser feliz.

— Eu quero que você me escolha! — grita.

Minhas palavras evaporam, meu corpo se transforma em pedra.

Seus olhos abrandam, e ele se aproxima.

— Quero que você seja feliz, mas quero que seja feliz comigo.

Tudo dentro de mim gira, aperta e estica.

— Não faça isso.

— Quero que você me queira de novo.

— Chase. — Tudo dói.

— Quero que olhe para mim como antes.

— Pare.

— Quero que você me escolha — sussurra, estendendo a mão em direção ao meu rosto, mas eu me afasto, evitando seu toque. — Arianna...

Balanço a cabeça, uma sensação nauseante abrindo caminho dentro de mim, só que ele está bem ali.

E então seus lábios estão nos meus, pressionando, roubando.

Implorando.

Escolha a mim...

Atordoada, fico paralisada, mas minha cabeça me liberta, gritando não.

Nem pensar.

Que isso está errado.

Minhas mãos sobem e eu o empurro.

— Você… é um babaca. — Minha voz vacila, lágrimas começam a escorrer pelo meu rosto. — Por que fez isso?

Suas feições se repuxam, a cara fechada vincando sua testa.

— Eu te disse que estou com alguém, que estou *com* Noah, e agora faz isso? — Minhas palavras falham.

A coluna de Chase se endireita.

— O que devo fazer quando sinto que estou te perdendo?

— Meu Deus. — Engulo o nó na garganta, mas ele continua ali. — Não acredito em você agora. Como pode ser tão egoísta?

Ansioso, ele estende a mão para mim.

— Ari.

— Não. — Eu recuo. — Por meses fiquei sentada esperando que aparecesse na minha porta, sabendo lá no fundo que você nunca faria isso, então não fique aqui e diga que sentiu que está me perdendo quando estive bem na sua cara por *meses, anos até*, se parar mesmo para pensar. Você simplesmente não viu.

— Eu vi você. — Ele balança a cabeça, as sobrancelhas franzidas. — Ari, estou vendo você.

Cerro a mandíbula, raiva desliza sobre a tristeza e a enterra.

— Sim, bem, é tarde demais.

— Não acredito nisso.

— Acredita, sim. — Engulo, dando passos para trás. — Você não teria me beijado se não acreditasse.

O tormento de ficar diante dele é demais, então me afasto.

— Eu vejo você, Arianna. — Suas palavras repetidas são derrotadas, abatidas.

Quando meus pés param na areia, não olho para ele, mas sim para o nada.

— Não quero mais ser vista, Chase. — A emoção luta para subir pela garganta, mas eu a engulo. — Eu quero ser amada.

Lentamente, volto a andar, a tensão envolve meus músculos a cada passo, mas, ainda bem que Chase não diz nada e nem tenta me seguir.

Quero cair na areia e chorar, gritar na noite ao meu redor e implorar pela compreensão que nunca vou encontrar e que nem tenho certeza se quero. Não faço nenhuma dessas coisas, no entanto.

Volto para casa, meus pulmões esvaziam quando encontro Noah sentado no último degrau.

Ele olha para cima e, devagar como sempre, se levanta, o cordão em que suas chaves estão presas está pendurado no bolso direito.

O pânico me ataca, mas meus pés não se movem.

Balanço a cabeça, com lágrimas brotando no fundo dos olhos, e ele inclina a cabeça, me encorajando.

— Ele me beijou. — A culpa queima minhas veias e minha mão aperta a barriga.

Sua mandíbula flexiona, mas seu tom é calmo.

— E?

— Eu não o beijei de volta. Eu o empurrei.

Ele acena com a cabeça de novo, baixando os olhos para a areia a seus pés, e quando os ergue, a incerteza dentro deles é quase debilitante.

Ele se aproxima, as pontas de seus polegares roçando sob meus olhos, enxugando as lágrimas que eu não sabia que estavam caindo.

— Eu o afastei — repito, desesperada.

— Eu sei. — Ele aperta a boca na minha testa, falando contra ela. — Eu sei que você o empurrou.

— Me diga o que está pensando.

— Não é óbvio?

Eu me afasto, forçando-o a olhar para mim.

— Não, não é. Me diga.

— Qual é, Julieta — murmura, a dor em seu tom esmagando minha alma. — Não posso competir aqui, não quando tudo que você sempre quis está ao seu alcance agora, apenas esperando que você o pegue.

— Não quero.

— Tem certeza?

Meus lábios se fecham, mas aceno, e tudo o que sai é o nome dele.

— Está tudo bem — diz, seguro.

— Não, não está. — Pego as mãos de Noah, puxando-as para o meu peito. — Não está. Ele não pode fazer isso com a gente. — Balanço a cabeça, respirando ele. — Eu não deveria ter feito isso. Não deveria ter ido atrás dele. Eu tinha que ter voltado para dentro com você. Tinha que ter deixado ele pra lá.

Uma sombra recai sobre nós, e ele acaricia meu rosto.

— Algumas conversas precisam ser ditas. Mesmo que sejam difíceis.

— Eu sei. — Recosto a testa à dele. — Mas não quero fazer parte de nada que possa prejudicar a nós. — Meu nariz começa a formigar. — Noah, eu quero o que temos. Quero você.

— Baby. — Suas mãos emolduram meu rosto, as palmas tremendo.

— Eu quero você. Só você.

Seus lábios pulsam contra os meus, seus olhos se fecham, depois o penetrante cetim azul se abre e sussurra:

— Promete para mim.

Minha risada está mais para um choro, e pressiono os lábios nos dele, minhas emoções rodopiando.

Ele me beija, o toque de sua língua contra a minha servindo como uma promessa.

Um sussurro não dito, de seu coração para o meu.

Um sussurro que estou pronta para responder com um dos meus:

— Prometo.

CAPÍTULO 33

ARIANNA

Após o fiasco no dia de Ação de Graças, Noah e eu encontramos maneiras de passar ainda mais tempo juntos, seja uma caminhada rápida para a aula ou um café da manhã, até passamos algumas noites juntos em minha casa.

Uma das noites em que ele esteve aqui foi bastante embaraçosa porque meus pais ligaram bem tarde, então precisei deixar cair na caixa-postal para ficar apresentável e arrastar Noah para a sala comigo, assim pude ligar de volta. No minuto em que contei que ele estava aqui, minha mãe insistiu em uma ligação do FaceTime, como eu sabia que faria.

Ela ficou apaixonada na hora, e meu pai foi conquistado quando Noah desviou todos os elogios que recebeu a respeito de seu jogo, encontrando uma maneira de transformá-lo em algo que não o colocasse no centro das atenções, mas destacasse o time como um todo.

Não poderia ter sido melhor e, no final, eles o convidaram para as férias, o que tive que lembrá-los prontamente de que nem estariam em casa.

Claro que isso só fez mamãe dar um jeito sorrateiro de dizer que era para o Natal do ano que vem – sua maneira de dizer que era um bom partido.

Eu tive que concordar.

Mason está de volta com força total e melhor do que nunca. De acordo com vídeos dos treinos recentes de Noah, decidi não ir. O plano de jogo que seguiram quando Mason se machucou está sendo treinado de novo esta semana, mas com vários ajustes em jogo.

Brady é titular agora. Ele só sai de campo quando a bola volta para o time adversário, e é a vez da defesa.

Chase também está indo bem, eu acho, mas não consigo nem olhar para ele, muito menos falar com ele.

Estou com raiva e com razão.

Mas gostaria de não estar, porque a raiva sempre leva à ruína.

E parece que a minha não foi exceção...

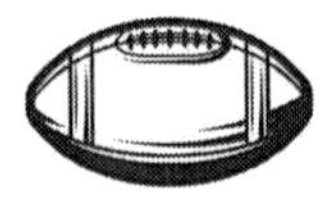

Noah teve que faltar ao treino esta manhã porque tinha uma prova que já havia remarcado do último jogo, então quando me mandou mensagem dizendo que iria ao estádio para usar a academia, já que tinha a chave, perguntou se eu queria ir junto.

Ele está a mil tem uns quarenta minutos agora, mas para mim já deu.

Completamente sem fôlego, desço da esteira, pego minha toalha do corrimão para enxugar o rosto e, quando me viro, ofego, minha mão parando no ar.

Um Noah sem camisa está a menos de três metros de distância. Seu corpo está no ângulo certo, permitindo-me a visão perfeita de seu abdômen, esticando e contraído, conforme exercita seus braços deliciosos.

Mordo o lábio, seguindo as gotas de suor escorrendo pelo centro de seu peito, sobre e entre os cumes lambíveis de suas costelas e abdômen, antes de desaparecer em seu cós.

Minha respiração fica pesada, meu centro se contrai à medida que seus músculos fazem cada movimento, enviando um desejo ardente por mim. A música Skin, de Rihanna, toca no alto-falante do meu iPod, e tudo em que consigo pensar é na sensação do corpo dele no meu.

Minha mão sobe, os dedos deslizando pelo queixo e se arrastam devagar para baixo a partir daí, passando pela garganta, até estarem esparramados na clavícula.

Noah levanta os pesos de mão sobre a cabeça com movimentos fluidos, os braços dobrados para trás, o cotovelo dobrado no ar, dando-me uma visão completa de seu treino. A escrita de sua tatuagem me provoca, implora para ser tocada, beijada.

Para sentir minhas mãos como tantas outras vezes, esperando que a cor de seus olhos mudasse.

Escurecesse.

Esperando meu homem perder a paciência e descontar em mim.

Quando traz os braços de volta para frente, ele para e olha. Seus olhos tempestuosos se fixam nos meus, enviando um raio de eletricidade da minha cabeça aos pés. Arrepios atacam cada centímetro do meu corpo.

Aí está o meu sorriso favorito.

Cada terminação nervosa está em alerta máximo, e aperto as coxas, uma tentativa patética de aliviar um pouco a pressão.

Ele sabe disso e mantém meu olhar como refém, fazendo um gesto para que eu vá até ele.

Caramba, a esta altura, estou pronta para ir, mas não da maneira que está pedindo.

Eu não me mexo.

Sinto-me como um animal faminto, enlouquecida e atordoada. Eu deveria estar envergonhada, mas não estou.

Este é Noah.

Não preciso esconder nada dele.

Sem romper o contato visual, ele vira seu corpo glorioso em minha direção, sua frente agora em plena e magnífica exibição conforme continua seu treino, uma pequena curvatura em seus lábios suculentos.

Ele sabe que está me excitando e adora.

Com os olhos semicerrados, ele me observa, ciente de que estou totalmente paralisada.

Minha frequência cardíaca aumenta e lambo os lábios, sem saber que estou me movendo até sentir as costas baterem na parede espelhada atrás de mim.

Ele começa um novo movimento, trazendo os dois pesos logo acima do umbigo, e abre os braços a cada respiração. Isso exige que ele fique de pé, firme os quadris e estufe só um pouco o peito esculpido a cada extensão dos braços, e eu não suporto mais. Estou queimando em todos os lugares, por toda a parte.

É um desejo cru e desesperado que não posso e não preciso resistir.

Então eu cedo.

Enquanto minhas palmas deslizam ao longo da minha silhueta, imagino que sejam as dele, deslizando bem devagar pela lateral dos meus seios, descendo abaixo da barriga. Minha cabeça pende contra o espelho e meus olhos decidem fechar.

Assim que alcanço a barra do short de ginástica, uma mão quente envolve suavemente meu pescoço e eu congelo, um sorriso curvando meus lábios.

Peguei ele.

Estou longe demais para abrir os olhos, ainda mais quando sua respiração quente sopra no meu rosto da maneira mais erótica, suave, quente e irregular.

Viro a cabeça, incapaz de lidar com a sensação crescente dentro de mim.

Desejando alívio, meus dedos deslizam para o cós do short, mas ele me impede de ir mais longe, pressionando seu corpo firme contra o meu.

Choramingo, seu corpo superaquecido me imprensando, uma intensa provocação quando conheço a sensação de sua pele na minha. Noah geme ao som.

Sua mão desliza pelo meu pescoço e clavícula, e minha respiração fica presa na garganta.

Ele mergulha a cabeça na curva do meu pescoço exposto, seu lugar favorito, meu lugar favorito, e sua língua se projeta, provando minha pele coberta de suor.

— Hmm. — Ele geme. — Adoro o gosto do seu suor. — Sua língua corre do fundo da garganta até orelha. — Quero provar você inteira.

— Você já provou.

— Aqui não. — Ele me segura pelo bumbum. — Não com a minha língua.

Minhas coxas apertam e ele agarra o lóbulo da orelha entre os dentes, mordendo de leve. Ele ataca meu pescoço depois, ganhando outro suspiro de mim. Sua mão pressiona com mais firmeza contra mim, deslizando para cima até as pontas de seus dedos mergulharem além do cós.

— Eu gosto desse. — Ele dá beijos molhados e quentes no meu peito.

— Gosta? — sussurro, inclinando mais a cabeça.

— Uhum — murmura. A vibração de seus lábios contra a minha pele envia um arrepio pelas minhas costas.

— Então é todo seu — arquejo. — Vá em frente, pegue-o agora.

Seu corpo vibra com uma risada silenciosa.

— Que bom que sou engraça… — Interrompo a fala com um gemido quando seus dedos ásperos passam pelo meu clitóris, antes de parar no ponto certo.

Empurro em seu toque, meu apelo desesperado e carente.

— Por favor.

Ele geme, a mão livre segurando minha bunda. Apertando.

— Me diga, baby — pede com a voz mais sexy que eu já *ouvi*. — Diga o que você quer.

Fecho os olhos com mais força.

— Me faça gozar.

Meu homem não me faz esperar nem mais um segundo.

Ele empurra depressa uma perna entre as minhas, abrindo-a mais, e desliza um dedo dentro. E depois outro.

Ele geme, colando os lábios nos meus, minha excitação revestindo seus dedos enquanto entra e sai. Seu polegar fazendo mágica no meu clitóris.

— Você está encharcando minha mão, Julieta.

— Porra — estremeço.

Sentindo seus olhos em mim, os meus agora abertos, ele sorri, mordendo meus lábios.

— Você está se contorcendo, assim como faz no meu pau — murmura, seus olhos escurecendo.

— Então me dê — gemo. — Deixa eu apertar você.

— Em um minuto. — Sua atenção recai sobre o meu corpo, e ele lambe os lábios, seus olhos subindo até os meus ao se ajoelhar no tapete abaixo. Seus dedos deslizam para fora de mim, segurando e descendo a calcinha, parando quando seus dedos estão no mesmo nível do meu clitóris, sem me revelar inteira. Estendo a mão, segurando a parte de trás de sua cabeça, e o puxo para mim.

— Você será o primeiro — admito, sabendo o que isso fará com ele.

Seus olhos ficam radiantes.

— Diga sim.

— Sim.

Tremo, ansiosa, e então seus lábios se fecham sobre mim e meus quadris se movem, minhas mãos voando para seu cabelo, pressionando-o contra mim.

A língua varre, rola e chupa, e meu olhar passa rápido por ele, observando os músculos de suas costas se moverem no espelho do outro lado da sala enquanto me leva ao limite.

Olho para mim mesma, observando meu rosto corado e olhos selvagens. É insanamente estimulante me ver, ver minhas reações no espelho enquanto ele me observa. Como me masturba com a boca pela primeira vez.

É muito. Estou prestes a explodir.

— Abra os olhos, Julieta. Abra esses lindos olhos cor de mel e olhe para mim.

Faço como ele pede. Seu azul-escuro está ainda mais escuro, suas pálpebras estão baixas, totalmente nublados, e minha boceta está em sua boca.

Minha respiração acelera, as mãos puxando seu cabelo.

— Assim — murmura. — Goza para mim, baby.

— Me beije enquanto gozo.

Ele geme, chupando com força, e quando meus quadris se movem de novo, ele se levanta, tomando minha boca. O homem me come viva, sua língua exigindo entrada, enrolando-se em torno da minha e me persuadindo através do meu orgasmo.

Eu me afasto, desesperada por ar, fôlego que Noah também não consegue encontrar. Ele está respirando com tanta dificuldade quanto eu agora.

Seus olhos assumem um brilho travesso quando sua mão mergulha entre minhas pernas, e ele, de leve, empurra dentro, sorrindo conforme eu me contorço em torno dele. Gemo ainda mais quando ele sai de mim, lambendo cada pedacinho meu de sua mão.

Estou pegando fogo de novo, meu corpo zumbindo em lugares que eu não sabia que eram capazes de ficarem excitados.

Quero um repeteco do que acabou de acontecer. Fato.

Minhas mãos sobem, segurando um punhado de seu cabelo quando ele me abraça com força. Possessivo.

Algo cai no chão ao nosso redor e nos sobressaltamos.

Noah não me puxa para trás ou me solta para não expor meu corpo, mas olha para o espelho onde minhas costas estão pressionadas, e seus músculos se contraem.

— Merda — murmura, seus olhos viram para os meus.

A rigidez dentro deles faz meu estômago revirar, mas eu me mexo, espiando por cima do ombro dele.

Chase está parado na porta, olhando direto para nós. O barulho era sua bolsa caindo de sua mão, batendo no chão.

Um frio toma conta de mim, e não desvio o olhar, mas ele desvia. Seu rosto endurece, o olhar fixo na cabeça de Noah.

E como ele ousa.

Passo a mão pelo braço de Noah, chamando a atenção de Chase mais uma vez, e os olhos de Noah se estreitam.

— Vamos para algum lugar privado terminar isso.

Algo reflete em Noah, mas some tão rápido quanto apareceu. Ele não diz uma palavra, mas olha para baixo, ajustando meu short para cobrir tudo que for essencial, antes de ir até os pesos pegar sua camiseta.

Chase ainda não disse nada, mas está olhando diretamente para mim, seguindo cada passo meu em direção a ele à medida que conduzo Noah à única porta de acesso deste lugar, aquela atrás de Chase.

Quando estou prestes a passar, paro, e o corpo de Noah quase bate no meu.

— Você pode ficar com o lugar só para você agora — digo, e então saio, Noah logo atrás de mim. Diminuo o passo para acompanhá-lo, mas ele passa por mim e continua andando.

De repente, ele para, levanta o queixo antes de se virar para me encarar. Sua expressão é difícil de compreender. É uma mistura de raiva e decepção, de tristeza.

E então, eu quero me afundar no chão e nunca mais sair.

A humilhação me queima, e mal consigo encará-lo. Corro para frente, minha mão subindo para cobrir a boca.

— Meu Deus, Noah. Eu…

Ele vai falar, mas fecha a boca, balançando a cabeça.

— Não sei por que fiz isso. — Passo as mãos no cabelo. — Desculpa. Eu não… eu não…

Que merda tem de errado comigo?

Não sou vingativa e não quero machucar ninguém, ainda mais ele.

Mas isso, isso foi absolutamente repugnante.

Maldoso.

Estou enojada.

Vômito ameaça subir na garganta, meus ombros cedem derrotados, e eu desvio o olhar, com vergonha de encará-lo.

Depois de um momento, Noah suspira.

— Venha cá — diz ele, gentil, tentando esconder a mágoa em seu tom, mas eu ouço.

Sinto.

Sinto na porra dos ossos.

Como um cachorro com o rabo entre as pernas, eu vou até ele, e ele coloca meus cabelos soltos atrás da orelha, sua mão permanece um pouco ali.

— Vamos sair daqui, tá? — Ele tira as chaves da bolsa. — Está esfriando.

Assentindo, eu o sigo até sua caminhonete.

Eu me sinto como, não, eu sou uma supervadia que nem sei o que dizer a ele. Não há palavras para desculpar o que acabei de fazer.

As incertezas que ele expressou há menos de duas semanas provavelmente devem ser só o que ele deve estar pensando agora, e fui eu quem as colocou lá.

Eu o usei para deixar Chase com raiva, e nós dois sabemos.

O tempo demora a passar, a tensão no ar aumenta a cada segundo e a viagem de carro para casa fica desconfortável.

Quando chegamos ao meu dormitório, ele estaciona em frente à entrada em vez de estacionar no lugar de sempre.

Alguns segundos se passam sem uma palavra, então com as palmas das mãos trêmulas, eu saio, forçando-me a fechar a porta. Eu me viro para encará-lo, percebendo que suas mãos ainda não deixaram o volante.

— Noah, eu sinto muito, de verdade.

— Eu sei. — Sua voz está magoada, mas a nova ferida sangra apenas compreensão. — Eu sei.

É mais devastador do que a raiva porque significa que ele pensa que, antes de tudo, existe algo a se entender. Não tem.

— Mas preciso que faça uma coisa por mim — sussurra, com a voz rouca.

— Qualquer coisa — asseguro, preparando o estômago para o que ele tem a dizer e notando sua mandíbula ficar tensa como se fosse doloroso para ele fazer isso.

— Preciso que pare e pense mesmo. Em tudo. Tudo isso. — Ele abaixa o rosto franzido, e traz seus olhos para os meus bem devagar. — Preciso que pense nele.

O choque faz gelo se espalhar pelo estômago, apertando meus músculos a ponto de doer.

— Se ainda o ama — murmura, entredentes. — Se houver a menor chance para você e ele, preciso que me deixe ir.

O ar me deixa em um silvo rápido, o coração batendo descontrolado.

— Noah.

— Preciso que tenha piedade de mim, Julieta... e me deixe ir.

A angústia explode, meus músculos convulsionam quando um soluço ameaça rasgar meu peito.

Frenética, eu me atrapalho com a maçaneta da porta, mas Noah balança a cabeça, e eu paro, segurando a porta mais uma vez.

— Entre, Julieta. — Ele olha para frente, engolindo. — Por favor.

Demora um pouco, mas consigo soltá-la. Tropeço para trás, sem fôlego, dilacerada.

Minha visão começa a nublar, e pressiono as têmporas, fazendo o que pede enquanto ele se afasta.

Não tenho certeza de como consegui chegar ao dormitório porque não me lembro de ter aberto a porta ou de ter entrado no elevador. Não me lembro de ter entrado ou de Cameron ter saído do quarto.

Não me lembro de ter caído no chão, mas aqui estou, com minha melhor amiga ao meu lado, acariciando meu cabelo. Seus lábios estão se movendo, mas não ouço nada, e então, não *vejo* nada, mas droga, eu sinto tudo.

Absolutamente.

Tudo.

CAPÍTULO 34

ARIANNA

O sol traz consigo a escuridão da noite passada, então puxo os cobertores sobre a cabeça e me aqueço. E é lá que fico o dia todo, igual ao seguinte, mas quando chega o terceiro dia, Cameron sobe na minha mesa, puxa as cortinas para baixo. Literalmente.

Ela as joga no chão, chutando-as para debaixo da cama, com as mãos nos quadris.

— Levanta. Já para o banho. Vou fazer comida para você.

— Não estou com fome. — Viro para o outro lado, olhando para a parede.

Ela arranca minhas cobertas e eu fecho os olhos com força, rolando de costas.

— Amiga, eu sei que tudo está uma merda agora, mas não pode fazer isso.

Meus olhos se viram para os dela, e me oferece um pequeno sorriso. Dando um passo à frente, ela dá um tapinha no colchão.

— Levante-se, tome um banho. Carregue o seu telefone.

Estremeço, e seus ombros cedem.

— Você sabe que ele não ligou — sussurra. — Ele disse que precisava de alguns dias.

A umidade arde em meus olhos, e aceno.

— Eu sei.

Ela pega meu telefone da mesa e o coloca para carregar ao lado da minha cama.

— Então não tem nada a temer, irmã. Agora, levanta. Ou vou usar as armas pesadas... e ligar para Mason.

Apertando meu braço, ela sorri e sai, então, antes que eu possa me convencer do contrário, me arrasto até o banheiro, me trancando lá dentro.

Mesmo tendo passado os últimos dois dias na cama, não tinha falsas esperanças de conseguir dormir, e não dormi. Eu tinha ficado acordada a maior parte do tempo, procurando palavras para dizer a Noah, mas não importa quantas versões eu repassasse de "me desculpe, por favor, me perdoe" nenhuma basta. Nem de perto.

Noah entrou na minha vida quando eu precisava de um amigo, e foi bem isso que ele se tornou. Foi ele quem inadvertidamente me ajudou a sair do próprio caos em que me permiti cair depois de tudo o que se passou com Chase, depois viu o quão profundos eram meus sentimentos. Como foi difícil esquecer e todos os outros momentos embaraçosos que, com avidez, revelei. Caramba, Noah é quem me ajudou a curar, e eu nem sabia que isso aconteceu até que um dia algo mudou. De repente, o homem que me fazia perder o sono não era mais o mesmo.

Eu me apaixonei por Noah, e perdidamente.

Se me perguntasse há alguns dias se havia um ponto problemático em nosso relacionamento, eu teria jurado que tal coisa não existia. Agora percebo o quanto fui cega. Ele e eu, temos um calcanhar de Aquiles.

Chase.

O lance é, apenas um de nós percebeu.

A inquietação sem fim.

O medo de que, a qualquer momento, a pessoa que você deseja possa decidir que deseja outra pessoa.

Eu sabia que Chase estaria em minha vida para sempre, de uma forma ou de outra. Sabia disso antes e depois de passarmos dos limites, e Noah escolheu aceitar isso. Ele me conheceu, passou a gostar de mim e mostrou o quanto me queria, embora soubesse que o único homem do meu passado seria uma constante no meu futuro.

Portanto, para eu fazer o que fiz e, por descuido, usar um momento com Noah para mostrar minha raiva pelo homem para quem ele temia me perder, foi uma... merda.

Eu estraguei tudo e não tem como voltar atrás.

Machuquei um homem por quem eu faria tudo.

Nunca fui tão burra.

Tudo o que quero fazer é ligar para ele, correr até a sua casa e derramar meus arrependimentos a seus pés. Quero implorar por seu perdão.

Mas não vou. Ainda não.

Ele pediu um tempo, então estou tentando dar a ele.

É o mínimo que posso fazer.

Infelizmente para mim, quando volto para o meu quarto, pego meu telefone pela primeira vez em dias, a outra pessoa envolvida quer o oposto de espaço.

Várias mensagens me esperam, todas elas de Chase.

Com uma respiração profunda, eu as abro, sendo a primeira da noite em que ele nos surpreendeu.

00h05, Chase: Que merda foi aquela?

00h15, Chase: Por que não responde?

00h25, Chase: Tanto faz, Ari. Espero que esteja se divertindo.

1h47, Chase: Podemos conversar?

Lágrimas de raiva ardem em meus olhos e solto um rosnado.

Odeio isso.

Está tudo errado e não sei como consertar, então faço a única coisa que posso e me entrego aos estudos, determinada a, no mínimo, terminar o semestre com as melhores notas possíveis, o tempo todo querendo que a hora que se passa seja o momento em que Noah me ligue.

Mas ele não liga, e isso está me matando.

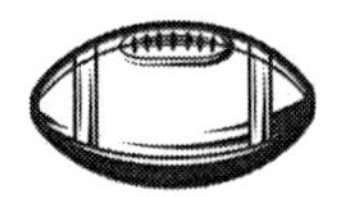

NOAH

Está me matando.

Nos três dias desde que vi Ari desaparecer dentro de seu dormitório, é como se eu tivesse me esquecido de como viver em um mundo onde ela não está comigo, porque mesmo quando não estava fisicamente, sempre permanecia comigo, nos meus últimos pensamentos, nos *primeiros*. Ela estava por todos os lugares, porra.

Mas a cada dia que passa, parece que ela está se esvaindo um pouco mais.

Um pouco mais distante.

Antes, se eu não estava com ela, contava os minutos até poder estar.

Agora, fico sentado observando o relógio bater sem parar. A mão gira e gira, sinto o peito apertar como se tivesse uma chave inglesa o fechando, me estraçalhando e destruindo sem chance de reparo.

Todo mundo sabe que a única maneira de consertar um parafuso estragado é arrancá-lo, e estou sentindo isso. É como se meu coração estivesse sendo arrancado, direto das minhas costelas machucadas.

Não sei o que diabos eu estava pensando, pedindo a ela para pensar nele.

E se ela pensasse?

E se essa for a nossa realidade?

E se ela se tornar minha maior perda enquanto eu me transformo em seu arrependimento mais profundo?

E se meus piores medos estiveram o mais distante da porra da verdade?

E se meu amor estiver sofrendo, morrendo por dentro igual a mim?

Aos poucos, e um pouco mais a cada dia?

E duas vezes pior a cada noite?

E se ela sentir minha falta e tudo o que quiser for que meus braços a envolvam, que eu a puxe para mim e diga que está tudo bem? Que estamos bem e que a amo com tudo o que sou e a quero por tudo o que ela é?

Só isso já basta para me matar.

O mero pensamento de ser a razão por trás de sua dor é demais para mim.

Como me sinto mal. Meu corpo dói.

Minha cabeça e coração estão em guerra, e não tenho certeza se algum deles pode vencer.

Porque eu fui responsável por isso.

Pedi à minha garota que considerasse que talvez eu não fosse a pessoa certa para ela, sabendo o tempo todo que ela era a *única* para mim.

Preciso do meu amor, e, cacete, só torço para que ela também precise de mim.

CAPÍTULO 35

ARIANNA

Como apenas cinco dias pesam feito cinco anos, não sei, mas pesam. Cada minuto está passando a passos de tartaruga, cada passo corrido no corredor do meu dormitório, minha cabeça me engana que talvez, apenas talvez, seja ele do outro lado. Que os nós dos dedos vão soar com a batida, e quando eu abrir a porta, ele estará lá com um sorriso, mas isso nunca acontece.

A ansiedade por si só dificulta muito mais ficar em casa, então eu me escondia na biblioteca quando não estava na aula e não fui ao jogo deles duas noites atrás, só que por mais doloroso que fosse, assisti na TV.

Mason está puto porque não conto a ele o que está acontecendo.

Brady fala comigo todas as noites.

E Chase tem me ligado e mandado mensagens duas vezes por dia, todas sem resposta.

Não sei por que, mas esta manhã ficou insuportável. Acordei com uma forte sensação de desespero, de necessidade, e não pude me controlar.

Liguei para Noah quando soube que deveria estar livre, mas ele não atendeu, então mandei mensagem para ele, esperando que desse certo.

Ele nunca respondeu.

Cameron disse que o viu uma ou duas vezes ao visitar Trey, mas ele passa reto sem conversar com ninguém, vai direto para o quarto. Ela *conversou* com Chase.

Segundo ela, ele decidiu passar em casa agora que não tem como negar que o estou ignorando. E parece que ele já passou aqui duas vezes esta semana, nas duas eu estava fora, graças a Deus.

Com a determinação que ele parece estar para tentar falar comigo, não tenho certeza de quanto tempo mais serei capaz de evitá-lo, fato que soa verdadeiro quando viro no final do corredor da biblioteca, onde tenho me escondido a maior parte dos dias, e lá está Chase, sentado a menos de quinze metros de distância.

Paro no lugar, um milhão de pensamentos correndo pela cabeça, o mais alto deles me diz para fugir, mas meus pés não se movem.

Talvez esteja na hora de deixar ele falar o que pensa. Ter uma verdadeira conversa, como deveríamos ter feito há muito tempo. O problema é que eu não estava pronta para isso na época e, para ser sincera, acho que ele também não.

Nos últimos dias, pensei muito em Chase, mais do que gostaria de admitir, mas foi o que Noah me pediu, e percebi bem depressa como era necessário.

Eu havia bloqueado tudo, a dor que vinha só com a menção de seu nome era demais na época e fez com que tudo ficasse confuso. Eu o coloquei em uma caixa e a afastei.

Precisava lembrar, revisitar cada momento com Chase, perceber onde erramos... e onde acertamos. Antes de mais nada, minhas memórias me lembraram do porquê me apaixonei por ele. Sozinha com meus pensamentos, chorei e ri, e então percebi...

Eu tinha saudades dele.

Sinto falta do cara que tinha calma comigo quando os outros pegavam no meu pé por causa de uma saia que achavam um pouco curta demais. O cara que deu a Cameron e a mim algumas cervejas em segredo quando Mason disse que não podíamos ficar bêbadas.

O cara que ficava na água comigo muito tempo depois dos outros saírem reclamando do frio porque sabia que eu odiava quando estava na hora de sair do mar.

Mas não era só ele.

Sentia falta das noites junto com a nossa turma, onde ninguém mais era convidado, apenas nós cinco.

Eu, Cameron, Mason, Brady e Chase.

Desde o colegial, a única vez que nos separávamos era algumas semanas todo verão, quando os meninos iam para a concentração do futebol, mas, mesmo assim, conversávamos por vídeo pelo menos uma vez por dia.

Claro, Cam e eu nos divertíamos muito sem nossos guarda-costas, mas logo sentíamos falta das outras peças do nosso quebra-cabeça. Mesmo quando estávamos nos divertindo muito em St. Petersburgo no verão passado, onde Cam conheceu Trey, sentimos falta de nossos garotos.

Depois da briga com Chase no início da faculdade, as coisas mudaram, e não foi justo com os outros, ainda mais porque não tinham a menor ideia do porquê o ar estava diferente.

Está na hora de fazer o certo para todos nós, de verdade, desta vez. Eu sei disso, mas, mesmo assim, não consigo expressar o quanto me sinto culpada por sentir falta de Chase.

Como eu poderia sentir falta do homem por quem sentia tanta raiva que machuquei o meu de forma tão insensível?

Eu sofro por Noah, profunda e desesperadamente.

Nunca senti nada igual à perda me consumindo dia após dia. Tantas vezes pensei em dizer "foda-se tudo" e ir até a casa dele, mas me contive. Por muito pouco.

Fui até lá uma vez quando estava me sentindo muito sozinha, mas assim que a caminhonete dele apareceu, as lágrimas caíram e eu me virei.

O que mais me mata é que sei como ele está vivendo agora. Sozinho e calado.

Ele não sai muito, se é que sai, e não aparece no meio de muitas pessoas. Todo o tempo livre que tinha passava comigo, e sei que não preencheu esses espaços com mais nada.

Eu sei que ele é tão solitário quanto eu, mais ainda.

O pior é o que deve estar passando pela cabeça dele, a dúvida que plantei.

É meu trabalho acabar com isso.

É com esse pensamento em mente que não me viro e caminho na direção oposta.

Vou à procura de Chase.

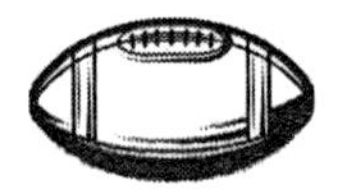

Vestido de conjunto de moletom com sua bolsa de futebol jogada na frente dele, a cabeça pende. A perna está balançando como se estivesse nervoso, e ele olha para as palmas das mãos enquanto as esfrega.

— Oi — digo, assim que estou a alguns passos de distância.

Sua cabeça levanta, inquietação escrita no rosto.

— Oi.

Chase se aproxima, abrindo a boca, mas nada sai, então ofereço um pequeno sorriso, e isso parece aliviá-lo um pouco.

— Você tem um segundo? — pergunta.

Meu estômago revira de nervoso, mas indico a mesa mesmo assim.

Ele estende a mão para mim, e deixo que ele me puxe para o assento da mesa de piquenique.

Meus olhos pousam em nossas mãos unidas e, devagar, me solto, olhando para ele.

Ele balança a cabeça, engolindo.

— Sinto sua falta, Ari. Sinto falta de tudo. — A apreensão aparece em suas feições. — Me desculpe por tudo que fiz e por tudo que deveria ter feito, e que não fiz.

— Eu sei, e me desculpe por ter agido daquele jeito depois. Não podia ter ficado chateada com você quando não ficamos juntos depois daquela noite. Eu sabia o que estava fazendo e não me importei com o que aconteceria depois. Foi responsabilidade minha.

— Não — diz ele, sério, mudando de posição para ficar frente a frente. — Não faça isso. Eu fui, não, eu *sou* um burro. Eu devia... eu não devia... porra. — Um suspiro frustrado o deixa, e ele encontra meus olhos.

A gente se encara por vários segundos.

A dor e o arrependimento me olham, a confusão segue depois.

Com um pequeno sorriso, Chase estende a mão, colocando uma mecha de cabelo atrás da minha orelha. Seu toque se prolonga um tempo, e quando seu polegar acaricia minha bochecha um pouquinho, não sou capaz de me segurar e me inclino no seu toque.

Ele tinha muito do meu passado, e não é que seja difícil de esquecer. Eu já tinha feito isso antes. É ver a dor que ele sente que dói. Ele nunca mostrou isso, não assim.

Mas a sensação de sua pele na minha é toda errada, então cubro sua mão com a minha, e seus olhos brilham quando a afasto do meu rosto.

— Gostaria que pudéssemos recomeçar — diz, então.

Uma leve risada me escapa, e nego com a cabeça.

— Eu não. Sim, as coisas ficaram um caos, mas só porque deram errado não significa que aquela noite não foi especial.

— Foi — sussurra. — Foi especial.

Meus lábios se contraem e eu abaixo os olhos para o meu colo.

— Tenho pensado muito.

— Eu também — ele se apressa, segurando minhas mãos, e eu olho para ele. — Há muito mais que eu quero dizer, mas estou meio sem tempo agora. Já estou aqui há algumas horas, esperando te encontrar um pouco mais cedo — admite, um pouco sem graça. — Acha que podemos conversar depois do treino de amanhã?

Meu estômago revira, mas consigo sorrir, concordando.

— Playoffs. É superépico.

Chase ri, mas seus olhos se abaixam.

— Sim. Superépico.

Depois de um instante, ele suspira, ficando de pé, e eu o acompanho.

Hesitante, ele dá um passo à frente, seus braços me envolvem, e mesmo ficando tensa por um segundo, eu retribuo o seu abraço.

Há tensão entre nós, é óbvio, então, em uma tentativa de aliviar o clima, eu brinco:

— Fico feliz que você me perseguiu antes do treino, ou eu estaria vomitando agora.

Chase ri, e eu me afasto, sorrindo para ele, mas quando meus olhos encontram os dele, minha garganta fica seca.

Um formigamento familiar percorre minhas costas, e eu estremeço, ficando rígida na mesma hora.

Ele faz cara de confuso, e devagar, eu olho por cima do ombro.

Não sinto o chão abaixo de mim, uma onda instantânea de náusea me assola.

Não...

Parado no lugar com as chaves penduradas nos dedos, olhos azuis me queimam.

Minhas mãos baixam ao lado, e ele dá uma olhada rápida para Chase.

Ele acena, e eu balanço a cabeça de um lado para o outro.

— Noah — murmuro seu nome, o desespero transparecendo em meu tom de voz. Dou um passo em direção a ele.

Ele se vira.

— Noah, espera! — Corro para a frente, mas ele já está entrando na caminhonete e depois vai embora.

Lágrimas inundam meus olhos e aperto a barriga com uma mão, tentando me controlar.

— Ari... — Chase começa a falar de trás de mim.

— Preciso de um minuto — digo, sem me virar, seguindo a caminhonete de Noah desde o estacionamento.

— Arianna...

— Eu disse que preciso de um minuto. Por favor. — Engulo.

Na minha visão periférica, ele acena, pega a bolsa e vai embora.

Por vários minutos, engasgo com a falta de ar, luto contra as lágrimas e grito por dentro.

Depois endureço as costas, respiro fundo e sigo em frente.

Vou direto para o campo de treino, indo na direção oposta que Chase foi, e fico perto do estacionamento.

A caminhonete de Noah não está à vista.

Entro no estádio, confiro o campo à medida que o time entra.

Noah não está lá.

Fico esperando, e antes que eu perceba, o sol se põe, e o treinador anuncia o término do treino.

Noah nunca aparece.

CAPÍTULO 36

ARIANNA

Empurrando a porta de entrada, faço uma curva para a direita e bato na pequena porta por bons cinco minutos antes de Brady aparecer ao meu lado. Com calma, ele estende a mão, segurando e abaixando minhas mãos de lado.

— Ari baby, acho que ele não está aí — diz, baixinho, e eu desmorono.

Ele me abraça, tentando me manter em pé, e Cameron desliza na minha frente, a preocupação estampada em seu rosto.

— Faz dois dias. — Lágrimas escorrem dos meus olhos, e desvio o olhar quando alguns jogadores de futebol passam, olhando. — Ele não estava no treino ontem e não está aqui hoje, então onde ele está?

— Talvez tenha saído para comer ou algo assim? — O tom de Brady é abatido, sua tentativa inútil, e ele sabe disso.

— Vamos. — Cameron envolve seu braço no meu. — Vamos para casa. Você precisa...

— Não diga dormir, Cameron. — Esfrego os olhos.

— Querida, ele não está aqui, e não sabemos se esteve nos últimos dois dias. O que você vai fazer, acampar na entrada?

— Se for preciso, sim.

— Ari, não faça isso com você.

— Você não viu o rosto dele. — Eu olho para eles. — Ele estava... Deus, ele estava... — Devastado. — Não consigo nem imaginar o que ele está pensando.

A porta da frente se abre, outro grupo de caras entra, e prendo a respiração, mas é Chase que entra por último.

Ele olha de mim para a porta de Noah e de volta para mim.

Então se aproxima.

— Ari.

— Por favor, só me... — Saio correndo, erguendo as mãos enquanto passo. — Agora não.

— Arianna! — grita Cameron, indo atrás de mim até a varanda, mas já estou descendo e pegando a rua.

Giro no lugar, confiro a região, as mãos entrelaçadas sobre a cabeça.

Meus olhos se fecham e aperto a mandíbula, dobrando os joelhos até estar agachada ali mesmo.

— Porra! — grito, enfim, com o corpo tremendo.

Várias cabeças se voltam para mim, mas eu as ignoro.

Eu me endireito e começo a andar.

Ando por cada centímetro do campus, circulando cada prédio e por todos os cantos de um lado ao outro. Acredito que não esperava encontrá-lo, mas, quando não há mais para onde ir, percebo que esperava encontrá-lo.

A derrota toma conta de mim, e sinto vontade de cair na grama e me enrolar em uma bola, mas meus pés não param de se mover.

Ando até o sol nascer e depois vou para casa. Tranco-me no meu quarto e choro até dormir.

Mais tarde naquele dia, quando Cameron bate na porta, eu a mando ir embora, e quando acordo de novo, já passa das nove e meia, o jogo desta noite provavelmente está quase no fim.

Tomo um rápido banho para tirar o suor da noite passada do corpo; eu me visto e saio correndo pela porta, cabelo molhado e tudo, mas quando o estádio está à vista, ainda a uns bons cem metros de distância, o campus já está inundado com fãs indo terminar a noite de sábado em algum lugar. Eu me sento no banco mais próximo, abro o site da faculdade, onde a pontuação já está publicada.

Os Sharks perderam a primeira rodada dos playoffs, a temporada deles chega ao fim nesta noite.

Significa que esta noite foi o último jogo de Noah como *quarterback* da faculdade, e eu não estava lá para ver.

A desesperança dói dentro de mim e fecho os olhos.

Noah não aceitou nenhuma das minhas tentativas de contatá-lo, então é com a alma trêmula e puro desespero que abro nossas mensagens, mando uma mensagem que espero que ele não consiga ignorar.

Desligo o telefone, sento no mesmo lugar até o estacionamento ficar quase vazio, depois sigo para a moradia deles, rezando para que quando eu chegar lá, Noah esteja esperando.

Infelizmente para mim, não está, mas um barril cheio de cerveja barata, sim.

Então encho um copo.

E depois outro.

Com mais uma bebida na mão, eu me viro, ficando cara a cara com Chase.

Eu paro bruscamente, sorrindo, e ele franze o cenho.

— Oi. — Ele olha além de mim para o cara que está servindo as bebidas e depois espia dentro do meu copo.

Meus olhos acompanham, e dou risada.

— É, ele não é muito bom em servir. Tem mais espuma que tudo, mas está dando conta do recado. — Passo por ele, atravesso o jardim e entro em casa.

Ele me acompanha, e posso sentir sua inquisição.

— E que recado é esse?

— Pense em todos os motivos pelos quais as pessoas recorrem ao álcool e selecione cada uma deles.

Olho em sua direção, e sua confusão se aprofunda.

— Pode não ser a melhor hora, mas era pra gente conversar e não tivemos chance.

— É, a gente nunca teve chance de muita coisa, não é? — Paro de andar, levando meu copo aos lábios. — Nós dois juntos parece que foi há milhões de anos.

— Não, não parece.

Zombo, balançando a cabeça.

— Parece, sim.

Suspirando, ele estende a mão, mas eu me curvo, fugindo dele.

— Não me toque. — Dou risada, termino minha bebida e inclino a cabeça para ele. — Da última vez que me tocou, você estragou tudo de novo, mas digo, ei, eu estraguei tudo primeiro, então nada disso importa.

— As coisas não precisam ser assim, sabe?

— De que outra forma poderia ser, Chase?

— Melhores. — Ele se aproxima. — Poderia ser melhor para nós.

— Por favor. — Reviro os olhos. — Até Mason ver, né? Já passei por isso. E superei, merda.

Ele se inclina para a frente de repente, e demora um pouco para minha visão se ajustar à sua proximidade.

Do nada, ele está na minha cara.

— Me diga que posso te beijar, e eu beijarei. Bem aqui, agora, onde todos verão. — Ele segura meu queixo. — Diga que posso te beijar.

— Que porra é essa?! — A voz de Mason ressoa de algum lugar.

E, assim, a conversa ao redor da sala diminui, e meu irmão me empurra de lado com delicadeza e se coloca entre mim e Chase.

Os olhos de Chase se arregalam por uma fração de segundo, mas depois se apruma, encarando seu melhor amigo.

— O que você acabou de dizer para a minha irmã? — Mason dá um empurrão no peito de Chase, empurrando-o alguns passos para trás.

Brady corre até nós, Cam ao lado dele.

Chase balança a cabeça, erguendo as mãos.

— Me desculpe, mas... você vai precisar se acostumar com isso.

— O quê?! — Mason e eu gritamos ao mesmo tempo, nossas cabeças se viram uma para a outra.

Ele franze o cenho, confuso, seu olhar feio logo se fixa em seu amigo.

Cam tenta intervir.

— Pessoal, talvez fosse melhor se saíssemos?

— Que se foda! — Mason ergue as mãos. — Que porra você quer dizer com 'eu vou ter que me acostumar'? Me acostumar com o quê? Você está fodendo a minha irmã? — Mason exige saber antes de se virar para mim. — Você está trepando com ele?

— Mason — tenta Brady. — Pare.

— Não, quer saber, está tudo bem, Brady. Vamos fazer uma maldita sessão de terapia aqui mesmo no meio de uma festa. — Se minhas palavras estão arrastadas, é sem o meu conhecimento. Fixo meus olhos em meu irmão. — Não, Mase. Não estou "trepando" com ele.

— É melhor não estar, caralho! — berra.

E quer saber, foda-se essa merda.

— Ah, é? — Eu me afasto, cruzando os braços, em tom desafiador. — Por que isso? Não suporta a ideia de seu melhor amigo em cima de sua "pequena" irmã?

— Ai, merda — murmura Brady, ao meu lado.

Cameron tenta intervir de novo, mas eu a afasto e ela fecha a boca.

— Cuidado com a boca, Arianna — avisa Mason, bravo.

— Bem, adivinhe, imbecil? — Eu ouço o "não" de Chase ao meu lado, mas foda-se ele também. — Já aconteceu!

Observo meu irmão virar seu olhar assassino para Chase e começar a partir para cima dele antes de Brady entrar no meio deles, segurando Mason para trás.

— Ah, mas não se preocupe, Mase, eu estava falando a verdade. Não estou *trepando com ele*. Sua amizade foi mais importante do que eu, bem como você esperava, portanto, parabéns, Mason. — Abro os braços. — Ele é todo seu.

Saio pisando firme pela porta da frente, ignorando a comoção que se segue com a minha saída.

— Ari, espera! — grita Chase, correndo atrás de mim, mas não paro até que ele segura meu braço, me girando. — Ari, espera, cacete!

Ele pula na minha frente.

— O quê?! O que você quer, Chase? — Esgotada emocionalmente, baixo os ombros, em derrota. — O que você quer de mim?

— Tudo! — grita. — Eu quero tudo, Arianna. — Vou gritar, mas ele ergue as mãos. — Espere. Me deixa falar, tá?

Eu o encaro por alguns segundos antes de assentir.

— Olha, eu sei que você disse que era tarde demais, mas não precisa ser. Ari, neste verão... — Ele engole. — Fui um burro. Tudo o que aconteceu entre nós não deveria ter acontecido assim. Agora entendo. Preciso que acredite em mim quando digo que não voltará a acontecer. Não vou afastá-la de novo e não vou permitir que nada se interponha entre nós se você nos der a chance que merecemos.

Estou balançando a cabeça antes mesmo de ele terminar.

— Chase, não. Não sou a mesma que era neste verão.

— Entendo — diz, com insistência, estendendo a mão e segurando as minhas. — Eu entendo, sério. Só quero que saiba que estou pronto. Estou aqui. Eu sei que você está com medo. Sei que fui eu quem te deu uma razão para estar assim, mas...

— Chase...

Minha cabeça continua a negar.

Ele não está entendendo.

Ele não entende.

Meus dedos esfregam as têmporas.

— Por favor, pare de falar.

Volto a andar, mas ele entra no meu espaço de novo.

— Não. Você precisa me ouvir. Precisa entender o que estou dizendo. — Ele gesticula em direção à porta. — Eu praticamente mandei meu melhor amigo se foder agora mesmo porque preciso que saiba o quanto estou falando sério. Só me dê uma chance de mostrar que posso te amar como você merece, porque, Arianna, eu amo...

— Eu não te amo mais! — grito, meu corpo paralisa.

Chase fica rígido e, por cima de seu ombro, vejo minha família, todos correndo nessa direção, todos parando no mesmo segundo. Aos poucos, eles se aproximam, cada um com sua versão de surpresa e confusão.

Eles ouviram o que eu disse, talvez mais.

Lágrimas ardem no fundo dos meus olhos e meu nariz formiga.

Chase esfrega o rosto, e sua boca forma uma linha firme.

Engulo o nó na garganta. Eu nunca disse a Chase que era apaixonada por ele. Esta é a primeira vez que ele ouve. A primeira que meu irmão ouviu.

É difícil entender a ironia deste momento, como minha omissão é também minha rejeição.

Como o segredo foi revelado, mas a necessidade da revelação dele acabou.

Eles não deveriam ter ouvido isso antes de Noah.

Ninguém deveria.

Não até que eu o tenha olhado nos olhos e falado em voz alta.

Não até que ele soubesse, sem dúvida, que eu era dele.

Eu me afasto, mas Chase me segura.

— Não faça isso — implora.

— Me solta.

— Arianna, por favor.

— Ela disse — meu irmão desliza entre nós — para soltá-la — rosna, empurrando Chase com força no peito.

Meu corpo desaba para frente quando Chase cambaleia para trás, mas ele me solta, e eu me apoio na grama.

Cameron corre, mas eu consigo me levantar, bem quando Mason avança em Chase, dando um gancho de direita antes que Chase possa dizer qualquer coisa, e sangue escorre de seus lábios.

— Venha, filho da puta, não amarele agora. — Mase cospe de lado, partindo para cima dele.

Ele o derruba no chão e Chase o acerta uma chave de braço, mas Mason rola, acertando o seu nariz com o cotovelo.

— Porra — murmura Brady, entrando no meio. — Tudo bem, já chega.

Brady agarra Mason pelos braços, puxando-o para trás, e Chase se levanta.

— Não acredito em você, caralho! — esbraveja Mason. — Você fodeu a minha irmã?! — Mason chuta, mas Brady o segura.

— Não foi assim!

— Foi, sim, porra. É por isso que ela estava deprimida quando chegamos aqui. Porque você transou com ela, e a deixou.

— É por sua cau…

— Porra, não termine essa frase, babaca. Você escolheu ficar com ela, e depois virou as costas para ela.

— Não queria te machucar! — confessa Chase, mas isso só deixa Mason mais furioso.

— Isso é papo-furado, e sabe disso! Se me machucar significa que a está protegendo, então é o que você faz. É o que eu ia querer que fizesse. Você me conhece, cara! — Ele balança a cabeça. — Você sabe disso.

Chase desvia o olhar, envergonhado.

— Não queria estragar nada.

— Você estragou tudo quando tirou a virgindade dela e a deixou desolada.

O rosto de Chase empalidece, seus olhos disparando para os meus. Todos acompanham a cena.

Fico boquiaberta, meus olhos cheios de lágrimas.

— Não… — sussurra, avançando sem perceber. — Arianna, não.

Mason estica um braço, estendendo-o a tempo de agarrar a camiseta de Chase antes que ele possa passar, e o puxa para seu rosto.

Mas quando Mason olha nos olhos de seu melhor amigo e os ombros de Chase cedem, a cara fechada de Mason me encontra atrás dele.

— Você não contou a ele?

Meu pescoço está rígido, mas nego com a cabeça, freneticamente, como se estivesse pedindo desculpas, arrependida.

Olho para Cameron, que roe as unhas, e para Brady, que abaixa a cabeça.

— Preciso ir. — Dou passos para trás, minha mão sobe quando esbarro no carro na calçada, e corro ao redor dele, atravessando a rua.

— Ari, por favor — grita Mason, e juntos, todos saem da grama em direção à calçada. — Volte aqui.

— Arianna, espera! — Chase chama, e eu aperto as têmporas.

— Para trás, porra! — Mason grita.

— Vou pegá-la!
— Você não vai chegar perto dela! — grita. — Ari! Aonde está indo?!
Balançando a cabeça, minha visão embaça.
Não sei.
Não consigo pensar.
— Não me obrigue a bater em você, Chase, porque eu vou, caralho.
— Vá se foder, Mason.
— Gente, para! — grita Cameron. — Mason, solta ele!
Fecho os olhos, bloqueando-os da minha cabeça.
Quase não consigo respirar.
Preciso encontrar Noah.
Quero falar com ele.
Preciso dizer a ele que sei o que quero.
Que é ele.
Preciso dizer a ele que o amo.

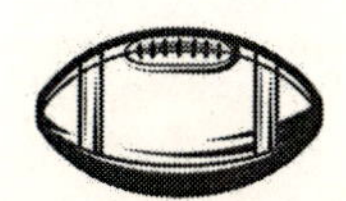

NOAH

Meus pés param e eu me curvo, colocando as mãos nos joelhos. Meu peito bate furioso, e tento respirar fundo, mas é mais fácil dizer do que fazer.

No segundo em que vi a mensagem de Ari chegar, já tinha bebido um fardinho de cerveja, mas sabia que tinha que ir até ela, então tranquei a caminhonete e comecei a correr.

Corri nada menos que oito quilômetros sem parar.

Minha respiração se acalma um pouco, então eu me endireito, e quando me afasto alguns metros, um grito chega aos meus ouvidos. Olho para cima, estreitando os olhos pelas últimas casas antes da minha, e é quando eu a vejo.

Ari, segurando a barriga enquanto dá passos para trás.

Corro até ela, meus olhos se arregalando quando vejo Mason e Chase se empurrando, e Mason dá um soco, gritando na cara de Chase, mas paro na beira da calçada.

— Mason, solta ele! — grita Cameron.

Saio da calçada, ignorando-os.

— Julieta — eu a chamo.

Seu corpo se ergue como se tivesse batido numa parede invisível e, devagar, ela me encontra.

Seus lábios se abrem, um grito desolado escapa de seus lábios.

— Noah...

A saudade em seu tom de voz me destrói, e aperto o peito.

Baby...

Seus ombros curvados, apreensivos, seus braços a envolvem como se estivesse se preparando para levar um golpe, no caso de eu fazer igual fiz no outro dia.

Como fiz na semana passada.

Minha Julieta, eu também te machuquei.

Arrependimento queima todas as minhas veias, e olho para Mason e os outros.

Para Chase, que está a menos de três metros de mim, tanto o lábio quanto a sobrancelha direita sangrando. Eles estão parados na beira do gramado, a tensão girando no ar ao redor deles, ambos olhando de mim para ela, uns para os outros. Não sei o que está acontecendo aqui, mas não importa.

Eu me viro para minha garota, erguendo o telefone no ar, e seu corpo cede.

Ela fica de frente para mim agora, suas palavras são um sussurro esperançoso:

— Você recebeu minha mensagem?

Faço que sim.

— Recebi.

— E você veio.

Meus lábios se contraem, e volto a acenar.

— Eu deveria ter vindo antes.

Lágrimas caem de seus olhos e uma risada abatida escapa dela.

— Tudo bem. Só não faça isso de novo — brinca, mas não é suficiente para esconder a dor em sua voz.

Dor que alimentei, temendo ser o único a sentir nosso término.

Não fui o único. Ela sentiu.

Ela sente essa perda.

Ela é minha.

— Nunca, baby. — Meu peito aperta. — Nunca mais.

As costas da mão dela cobrem a boca, e ela funga quando contorno a velha caminhonete na calçada.

Seus braços abaixam, ela sorri e começa a correr.

Dou risada, mas então um flash chama minha atenção.

Minha cabeça vira para a esquerda, o pânico se apodera de mim.

E corro.

— Não!

— Ari! — berra Mason, o grito de Cameron ecoando ao redor dele.

Braços envolvem meus ombros e sou puxado para trás.

No mesmo segundo, o guincho dos freios atravessa o ar, seguido por um estrondo tão alto que me sacode a alma. Gritos enchem o ar, e eu me solto do corpo atrás de mim.

Vidros estilhaçados cobrem a rua, cortando meus joelhos e mãos quando rastejo por eles, meu corpo avançando quando chego ao para-choque amassado da velha picape.

Um grito me rasga a garganta e, de repente, outros estão caindo ao meu lado.

Alguém agarra minha camiseta.

Alguém chora.

Alguém implora.

Eu não me mexo.

Não consigo respirar.

Tudo o que faço é olhar para a garota que amo caída sem vida no meio da rua.

CAPÍTULO 37

NOAH

Sete horas sem notícias é uma tortura, mas as quatro que se seguem, quando a enfermeira finalmente aparece para nos dizer que houve uma complicação, são as piores.

Eles estão cheios de nada além de medo e arrependimento.

De dor e de "e se".

E se eu tivesse chegado até ela a tempo esta noite?

E se eu não tivesse me afastado dela no outro dia?

E se eu nunca fosse conseguir dizer a ela que a amo?

Que ela é mais do que eu sabia que existia, tudo o que eu poderia precisar e tudo o que sempre desejarei.

Arianna Johnson compõe todo o meu ser.

Sem ela, eu não sou nada.

Não se fala muito nas próximas dezesseis horas, e isso vale para todos nós. Andamos pela sala de espera e, de vez em quando, um de nós dá um soco na parede ou chuta uma cadeira, anda agitado pelo corredor, só para voltar e enterrar o rosto nas mãos.

Enfim, o médico sai, a exaustão aparecendo nas olheiras. Ele puxa a máscara para baixo com um aceno.

— Acompanhantes da senhorita Johnson? — pergunta, embora já saiba a resposta.

— Ela está bem? — Mason corre para frente.

Cameron agarra minha manga, tremendo.

— Ela está estável.

Uma respiração entrecortada explode em meu peito, e caio contra a parede. Pressionando as palmas nos olhos, inclino a cabeça para trás.

Uma mão aperta meu ombro, e quando olho, vejo Chase.

Ele acena, a mandíbula cerrada, e olhamos de volta para o médico.

— Quando podemos vê-la? — pergunta Brady.

— Em breve, mas preciso dizer que ela ainda não está fora de perigo.

— Continue, doutor. — Engole Mason.

Ele olha para nós e é óbvio que está escolhendo as palavras com cuidado.

— Arianna sofreu muitos ferimentos ao longo da parte superior do corpo e encontramos uma pequena fratura em seu crânio. Como consequência, seu corpo entrou em choque e fomos forçados a colocá-la em coma induzido.

— Meu Deus — chora Cameron, e Mason logo se vira, abraçando-a. Ele a puxa para perto, esperando ouvir o resto.

— Ela está com dor? — pergunto, entredentes.

— Não mais. — Ele abaixa a prancheta na frente dele. — Ela estava com muita dor, e com os ferimentos, pode levar ao coma. O cérebro dela simplesmente desligaria reagindo ao trauma, e é por isso que achamos mais seguro seguir com esse procedimento escolhido.

— Por quê?

— Para evitar que o cérebro reaja ou responda. Temos que dar tempo para cicatrizar, pois o próximo passo é monitorá-la quanto ao inchaço.

— E se isso acontecer? — Chase se adianta. — Se o cérebro dela inchar?

O homem assente.

— Então temos que abrir e aliviar a pressão.

— Quanto tempo vai mantê-la dormindo?

— O tempo que ela precisar. Um dia, talvez dois. Talvez um pouco mais. Tudo depende de como será esta noite. Se conseguirmos passar esta noite sem complicações, poderemos respirar um pouco mais aliviados amanhã.

Acenamos, olhando um para o outro para ter certeza de que ninguém mais tem perguntas nas quais ninguém não pensou.

O médico acena, e a enfermeira que recebeu ordens para nós atender quando chegamos aqui se aproxima.

— Dr. Brian, este é o sr. Johnson. — Ela o apresenta a Mason.

O rosto do homem permanece inexpressivo ao estender a mão.

— Um minuto no corredor? — pergunta o médico e então se afasta.

Fecho os olhos, girando e pressionando a testa na parede.

Minha respiração está irregular e meus pulmões queimam.

A conversa suave dos outros abafa ao meu redor, e fecho os olhos com mais força.

Um flash de seu sorriso aparece, depois um eco de sua risada.

Ela estende a mão para mim, mas quando estou perto a ponto de tocá-la, ela some, e então não tem mais nada.

Estou vazio.

Sozinho.

Meus dedos doem, e uma mão está na minha.

Estou caído contra a parede, Brady, Cameron e Chase ajoelhados na minha frente, e Mason aparece no fim do corredor.

Seus olhos se arregalam e ele olha para seus amigos, mas quando percebe que o sangue escorrendo pelo meu braço é o meu, sigo sua linha de visão até o buraco na parede. Devo feito isso.

Sua mandíbula flexiona e ele atravessa a sala de espera, arrancando a foto emoldurada da parede, levando o prego junto.

Pega um livro da mesa e o usa para bater o negócio na parede, cobrindo o dano inteiro.

Com olhar cabisbaixo, ele estende a mão.

— Vamos, cara.

Meu queixo se recosta ao peito, mas seguro a dele.

Ele me levanta e me abraça, um verdadeiro abraço, se desculpando como se me devesse isso quando não deve nada.

Ele se afasta, seus olhos estão vermelhos ao assentir.

Ele se vira para Chase, que fica inseguro, mas Mason o abraça do mesmo jeito.

Saio aos tropeços dali, ignorando seus chamados conforme navego neste maldito hospital estúpido feito o profissional que sou. Corto à esquerda no final e saio onde as enfermeiras fazem seus intervalos. Faço a curva pela fonte de água e deslizo entre os prédios até chegar a um escondido à esquerda.

Entro, ignorando a folha de registro, e ando às cegas pelo corredor.

Ela está acordada quando chego, e a preocupação que desliza nela faz meu coração se partir.

Tudo se despedaça.

— Ah, querido. — A mão dela levanta. — Venha aqui.

Eu caio na cama de hospital da minha mãe e perco o controle.

As duas únicas pessoas que amo neste mundo estão aqui, suas vidas nas mãos de outra pessoa, e não há nada que eu possa fazer a respeito.

Nunca me senti tão impotente na vida.

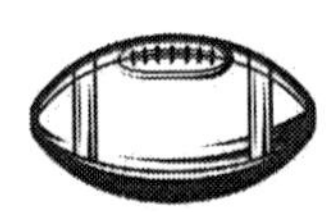

Tri-City, mais uma vez, se torna minha casa.

A casa de todos nós, na verdade, já que ninguém sai por mais do que algumas horas, aqui e ali, seja para tomar banho ou talvez alguns minutos para dormir em uma cama normal.

Mason ainda não entrou em contato com seus pais, a última parte da viagem sendo no meio do nada e isolados, viajando pela Europa e sem comunicação por trinta dias, portanto, não têm ideia de que sua filha foi atropelada por um carro, muito menos de que está em coma.

Era véspera de Natal quando o médico veio com a notícia que esperávamos. Depois de seis longos e torturantes dias, o risco de inchaço finalmente havia desaparecido, a dor esperada havia diminuído e estavam prontos para permitir que acordasse.

Algo em mim desperta um segundo fôlego, e uma ansiedade que nunca vivi me acorda.

Logo, eu seria capaz de olhar em seus olhos.

Poderia dizer a ela o quanto me arrependo por ir embora, por questionar seus sentimentos por mim.

Prometo nunca mais fazer isso e confio que sou suficiente para ela quando sei que, no fundo, ela é mais do que qualquer homem jamais poderia merecer, ainda mais um homem simples como eu.

Não tenho família grande para amá-la e adorá-la. Não tenho uma casa cheia de lembranças para levá-la ou um caminho a seguir para fazê-lo nosso. Eu não tive o que ela teve enquanto crescia, então já estou em desvantagem, mas tenho o amor de uma mãe que me mostrou o que é ser homem. Trabalhar duro e apreciar as coisas que tenho.

Amar com toda a sua alma, e eu amo.

Eu a amo com tudo que sou, tudo que não sou e tudo que serei.

Eu deveria ter conseguido olhar em seus lindos olhos e contar tudo isso no dia de Natal, mas não pude porque Ari não acordou.

Disseram que poderíamos esperar que ela acordasse após as primeiras quarenta e oito horas.

Já se passaram quatro dias, e a única mudança é o leve desbotamento de seus hematomas.

O roxo profundo se desvaneceu em um amarelo suave, e o volume de seus lábios desapareceu, o beicinho perfeito agora familiar, uma nova e minúscula cicatriz logo abaixo do lábio inferior.

Estendo a mão, guiando o polegar pela ponta de seu cabelo, desejando poder passar meus dedos por ele como fiz tantas vezes antes.

Com a ajuda de uma enfermeira, permitiram que Cameron fizesse o que pudesse para lavar o cabelo de Ari à mão, e então ela o trançou de lado, assim como Ari havia feito no primeiro dia em que saímos. E a cada seis horas, como um relógio, Cam cobria seus lábios com protetor labial, uma coisa a menos da qual ela precisava se recuperar, disse Cam.

Ari não poderia pedir uma amiga melhor.

Mason não fala muito, apenas franze a testa para a TV no canto, embora eu não esteja convencido de que ele assista ao que está passando. Está enlouquecendo e prestes a explodir a qualquer momento.

Todos nós estamos.

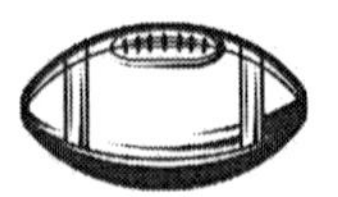

— Alguma novidade?

Cameron olha para cima de sua pilha de bolinhas, oferecendo-me um pequeno sorriso.

— Não, Noah, não aconteceu nada nos dois segundos que você demorou para mijar.

Solto uma risada baixa, mas some quando vou para o lado da cama de Ari.

O telefone de Cameron apita, então ela se levanta.

— Os garotos disseram que finalmente serviram café fresco lá embaixo. Vou fazer Mason comprar um pra mim. Você quer?

— Não, mas obrigado. — Gentilmente colocando o cabelo de Ari atrás da orelha, eu me inclino, dando um beijo suave em sua testa antes de me sentar na poltrona.

Não tenho que olhar para cima para saber que Cameron hesita na porta.

— Noah… — sussurra, preocupação em seu tom.

Só balanço a cabeça e, na próxima respiração, ela sai.

E então somos apenas nós, uma raridade que eu, de forma egoísta, quero mais.

Deslizo a mão sob sua mão sem vida, o movimento é um gatilho para mim, se parar para pensar, mas necessário. Preciso tocá-la. Segurá-la.

— Julieta, baby, abra os olhos. Está na hora de acordar — sussurro. —

Abra esses olhos grandes e lindos e olhe para mim... por favor, olhe para mim. — A última palavra mal sai da boca e, de repente, sou tomado por todas as emoções que tentei reprimir. Cerro os dentes a ponto de doer, o maxilar flexionando enquanto desejo que a umidade em meus olhos não caia. Aqui não. Não onde ela possa sentir minha agonia, como sempre sente.

Sentado ali sozinho com ela, imploro, rogo e rezo para que algo aconteça, qualquer coisa.

Virando sua mão, deixo cair a cabeça na cama, embalando minha bochecha na sua palma macia, e eu fico assim, a cabeça uma confusão de memórias.

Não tenho certeza de quanto tempo se passou quando uma mão toca meu ombro, e olho para cima vendo Cameron parada ao meu lado.

— Por que não vai um pouco para casa? — O sorriso dela é gentil.

Sento-me, pigarreando de leve ao olhar pelo quarto, os meninos em seus lugares habituais.

Balançando a cabeça, passo as mãos pelo rosto, e respondo:

— Estou bem.

— Noah, você não saiu do hospital. — Mason se senta, inclinando-se para apoiar os cotovelos nos joelhos. Ele arqueia uma única sobrancelha. — Você toma banho aqui, dorme aqui, come aqui... quando come.

— Eu como quando estou com fome.

Ele acena, olhando para Chase quando ele se levanta, seus olhos acompanham seu amigo quando se aproxima de mim com uma caneca de café.

— Não está mais escaldante, e o gosto está péssimo, mas ainda está um pouco quente. — Chase estende a mão. — Parece que precisa de um pouco.

Esta é sua oferta de paz, assim como a pizza não consumida na noite passada e o lanche do café da manhã de ontem. Eu não queria nada disso e não quero, mas não tem nada a ver com quem está me dando. Meu estômago não aceita nada. Não importa o que eu tente forçar a engolir, acaba voltando.

Estou descompensado da cabeça aos pés, porra.

Ele deve pensar que quero dar um murro na cara dele, e tudo bem. Às vezes, é bem isso que quero fazer, dar um soco no queixo dele.

Nele e em todas as outras coisas ao meu alcance.

Ele fica parado ali, então aceito a bebida.

— Obrigado. — Tomo um pequeno gole, seguindo-o conforme volta para a cadeira perto da janela.

— Onde está Lancaster? — pergunto a Mason, pois acabei de perceber que falta uma perna do tripé.

— Já deve estar a caminho. Ele teve treinamento mais cedo.

Aceno.

— Bom, isso é bom. Ele precisa manter a rotina. O treinador disse que tem uma proposta para a posição de *center* que esperam conseguir para o ano que vem.

— Ouvi a respeito. — Chase se senta. — Alguém do último ano do colégio de Detroit. Ele deveria ser uma fera.

— É. Vi vídeos dele.

— Não importa. — Mason dá de ombros. — As estatísticas de Brady este ano foram insanas, e ele só está melhorando. Ninguém sabe ver a próxima formação igual a ele.

— Sim, ele é rápido nos ajustes. Com vocês na liderança, devem ir longe na próxima temporada. — Quando as palavras saem da minha boca, gostaria de poder retirá-las, sabendo que deixei esse assunto indefinido, e tudo o que temos é tempo para passar, então continuarão a conversa.

No segundo em que abaixo o olhar, Mason fala:

— Portanto está pronto para o *draft*, meu amigo? — pergunta Mason, com uma pitada de empolgação, a primeira vez que a ouço nele em semanas. — Essa merda deve ser surreal, estar tão perto depois de anos de muito trabalho, né?

Aí está, justo o assunto que não quero discutir, ainda mais com candidatos promissores que passei os últimos seis meses liderando.

— Ainda faltam meses.

Eu não olho para cima; a resposta atrasada de Mason me diz que está ficando curioso.

— Sim, mas você tem muito trabalho para isso. Merda, o *Senior Bowl* é daqui a algumas semanas. Você deve viajar em…

— Eu não vou.

Do chão, Cameron gira, de frente para mim, mas não olho para cima.

Passo os dedos sobre os de Ari, sentindo o esmalte lilás claro com que Cam pintou suas unhas.

— Quer dizer que não vai mais cedo para se familiarizar… vai só esperar para ir no dia do jogo?

— Avisei ao treinador Rogan para dar meu lugar a outra pessoa. Eu não vou. — Viro a mão de Ari, deslizando os dedos por sua palma da maneira que a enfermeira sugeriu. — Saí do *Pro Day*, também.

— Meu Deus — murmura Cameron, a voz de Mason quase a interrompendo.

— Espere um minuto, porra — diz, bravo.

Eu olho para cima.

Mason me olha feio, Cameron está com os olhos arregalados e Chase franze a testa para o chão.

— Como é que é? — Mason inclina a cabeça.

— Não — digo, o mais sério que consigo. — Todos os treinadores do time, o resto da equipe, e, ah, isso inclui os preparadores também, já me encheram o saco. Acabou. Chega de conversa.

— Noah, cara. — Mason balança a cabeça, furioso. — Não faça isso. Você trabalhou muito para chegar em Avix e merece essa merda. Sem falar em todos os anos de colégio e escolinha de futebol. Não faça isso. Você vai se arrepender.

— Me arrepender? — Não quero rir, mas é o que acontece. — Me arrepender? — digo, frio.

— Noah, porra...

— Você acha que eu ligo para minha carreira no futebol agora? — Minha voz sobe uma oitava a cada palavra, e solto a mão de Ari para protegê-la da raiva que vibra em mim. — Acha que penso nisso desde que estou aqui? Desde que *ela* está aqui? Porque não pensei, nem uma vez, caralho.

— Entendo que isso é fodido, e as coisas não estão normais agora, tá bom? Não se esqueça de que é a *minha* irmã deitada aí! — grita Mason, apontando o dedo para Ari. — Mas não pense nem por um segundo que isso é o que ela gostaria que fizesse, porque não é. — Ele está bem na minha frente agora. Seu olhar é penetrante, mas todo o seu rosto entristece, assim como o tom de sua voz. — Não é, cara. — Seus olhos abrandam um pouco, e sua voz abaixa mais: — Não é, cara. Ela não iria querer isso para você.

Eu o encaro por um minuto, balançando a cabeça devagar.

— Eu te entendo. Sério, eu já sei, e sei que está certo, mas se existe um momento para eu ser egoísta, é este. Porque, apesar do que ela ou qualquer outra pessoa possa pensar no que é certo para mim agora, não existe nada neste mundo fodido em que estamos vivendo que me faça entrar naquele campo e jogar, seja como for, enquanto minha razão de viver está deitada aqui. — Balanço a cabeça, lentamente. — Meu arrependimento viria de deixá-la, não por ficar. Eu jamais me arrependeria de estar onde estou agora. Aqui é onde pertenço. É aqui que vou ficar. Nada vai mudar isso, e *nada* é mais importante.

A mandíbula de Mason flexiona, as sobrancelhas se estreitam. Ele estende a mão, segurando meu ombro, e me dá uma pequena sacudida.

— Essa é a razão, mano, por que ainda não te dei uma surra — diz, rindo, fazendo a todos se juntarem a ele.

O clima se acalma um pouco e todos voltam ao que estavam fazendo antes, então respiro fundo, engolindo alguns goles de café quente.

— Sabe que não importa se desistiu do *Pro Day*, né? — diz Chase, sem se importar em tirar os olhos da TV. — Você já terminou sua qualificação para a faculdade e já foi confirmado como jogador disponível. — Ele olha na minha direção. — O departamento de adesão já o liberou com um grande sinal verde. Você está nele.

Seguro seu olhar até ele o desviar, só então abaixo o meu, forçado a considerar suas palavras.

Ele não está errado. Sei para o que me inscrevi, assim como sei quem está interessado.

Também sei que vou rejeitar todas as ofertas que chegarem.

Levantando a mão de Ari, inclino-me para a frente e a levo à boca, dando um beijo em seus dedos. Meus olhos se fecham e os aperto um pouco mais forte, segurando sua mão com as minhas e falando contra sua pele sem dizer uma palavra sussurrada.

Imagino seu polegar roçando o meu, igual faz agora.

Meu corpo fica rígido, meus olhos se abrem. E não ouso me mexer.

Não ouso falar.

Seu polegar se contrai mais uma vez, e minha cabeça levanta. Eu me aproximo depressa.

Os outros voam de suas cadeiras.

— O quê?! O que foi?!

— O que aconteceu?!

— Noah! — diz Mason, assustado.

— Ela... — Balanço a cabeça, sem tirar os olhos de seu rosto. — Ela se mexeu. A mão dela. Ela se mexeu.

Meus olhos disparam de seu rosto para sua mão, em um vai-e-vem, e seu pulso mexe.

As mãos de Cameron me apertam, forte.

— Meu Deus! Ela se mexeu! Mason, ela se mexeu!

Minha cabeça se volta para olhar para os outros, mas meus olhos esperam até o último segundo para virar na direção deles.

Os olhos de Mason brilham e ele olha de mim para ela.

— Ela finalmente... acha que ela... — Ele engole, incapaz de dizer as palavras em voz alta.

Abro a boca, mas nada sai, então eu me viro e a solto, estendendo a mão para segurar seu rosto em minhas mãos. Com cuidado, acaricio suas bochechas.

— Abra os olhos para mim, baby — arfo, quando Mason agarra meu ombro com força para me apoiar. — Julieta, abra os olhos.

Suas pálpebras começam a tremer e o quarto se enche de pequenos suspiros.

Minha frequência cardíaca dispara, meus pulmões apertam, implorando para que ela os encha de esperança mais uma vez, com propósito.

— Isso — choraminga Cameron, com lágrimas caindo dos olhos. — Ela está acordando. Ari, vamos, garota, acorde.

— Baby... por favor — sussurro, tentando ao máximo manter as emoções sob controle, mas falho.

Eu observo, esperando que meu mundo volte a girar conforme minha garota abre os olhos devagar.

Metade risada, metade choro sai do meu peito, e minha testa repousa em sua barriga. Meu corpo treme de alívio e aperto os olhos para tentar me acalmar, mesmo que apenas por um segundo.

Ela pisca algumas vezes, seus olhos se arregalando ao passar os olhos pelo quarto, devagar.

Eles param em Mason, e ela ergue o braço esquerdo.

A visão por si só já faz meu sorriso se espalhar.

Movimento de ambos os lados.

Graças a Deus.

Mase se aproxima, segura a mão dela e aperta.

— Ei, pirralha. — Sua voz falha. — Você nos assustou pra caralho.

Isso faz ela dar um pequeno sorriso, e todas as nossas risadas abafadas acompanham.

Ela tenta se sentar um pouco, mas estremece, levando as mãos às costelas.

— Tente não se mexer muito — digo, baixinho.

Seus olhos viram para os meus e permanecem ali.

E, simples assim, meu corpo crivado de tensão relaxa. Cada parte de mim se acalma, o canto esquerdo da minha boca sobe mais e mais até ser humanamente impossível sorrir mais.

— Oi, Julieta.

Minha voz está tensa, e seu peito sobe, a boca se abre, mas então a mão sobe para tocar o pescoço.

Ela tenta pigarrear, estremecendo mais uma vez.

Há uma agitação no quarto, mas ela não desvia o olhar até que alguém coloca um copo d'água na frente dela.

Ela olha, e seus lábios se curvam.

— Oi, sumida. — Chase sorri de volta, passando o copo para a mão aberta dela.

No segundo em que ela toma um pequeno gole, Cameron está lá para pegá-lo. A água se espalha por todo o chão quando Cam envolve Ari com os braços, tomando cuidado para não a apertar com muita força.

— Não acredito que finalmente acordou! Você me assustou, sua vaca. — Ela ri em meio às lágrimas.

A risada rouca e baixa de Ari me percorre, me acordando ainda mais.

Cada nervo do meu corpo está despertando para a vida, quase não consigo ficar parado.

Ari respira fundo, deixando-se cair no travesseiro.

Estendo a mão, uso os nós dos dedos do dedo indicador para afastar o cabelo de seu rosto, e ela espia por entre os cílios.

— Como está se sentindo, baby? — pergunto, percebendo como a pergunta pode ser boba, mas preciso saber. Preciso ouvi-la falar. Preciso saber se está bem.

Ela hesita no início, um franzir curioso entre as sobrancelhas, mas acena.

— Estou bem. Meu corpo dói em todos os lugares e a cabeça está começando a latejar, mas acho que estou bem.

Engulo, cerrando os dentes, para não assustá-la ao desabar, mas sua voz…

Senti falta disso, porra.

Eu senti a falta dela.

Nossa, eu a amo.

Não conseguia admitir isso antes, mas por um instante, eu não tinha certeza se teria a chance de dizer.

— Espere. — Ela fica tensa, olhando ao redor de novo. — Por que estou aqui? O que aconteceu?

Meus olhos encontram os de Mason, e então me inclino para frente, chamando sua atenção.

— Você atravessou o meio da rua.

— Você me atropelou? — Ela agarra o cobertor e o monitor atrás dela começa a apitar descontrolado.

— O quê? Não. — Balanço a cabeça, freneticamente, e inclino o queixo, antes de ela olhar nos meus olhos. — Não, baby. Um carro veio e não consegui chegar até você a tempo. Eles não te viram até que foi tarde demais.

Ela relaxa visivelmente, mas sua respiração está ofegante, e estremece de novo.

— Está tudo bem, maninha — murmura Mason, estende a mão e a coloca no tornozelo dela. — Você está bem agora.

— Que porra de merda é essa? Minha garota acordou e ninguém me ligou?! — Brady rasga a pequena bolha que formamos em torno de Ari. — Mas que bela merda! — Ele sorri, inclinando-se para dar um beijo gigante na bochecha dela, e eu quero limpá-la, colocar um beijo meu no lugar. — Que bom que voltou, Ari baby. Nosso garoto aqui está virando uma mulherzinha a cada dia que passa. — Ele a examina, humor é a sua maneira de lidar com as preocupações. — Eu disse a ele que você só precisava do seu sono da beleza, não é? — brinca, batendo com o punho no meu ombro.

— Engraçadinho, Lancaster. — Sorrio, recostando-me na cadeira.

As sobrancelhas de Ari se estreitam e ela ri.

— Também senti sua falta, Brady.

— Que barulho é esse, senhores? Eu disse a vocês, seus vândalos, para não assistirem mais futebol neste quarto se não conseguirem… Ah! Bem, oi, querida! — A enfermeira Becky sorri, vendo Ari acordada na cama. — Graças a Deus, acordou. Esses homens são piores que crianças. Tão carentes. — Ela brinca com uma piscadela.

— Não deixe que ela te engane, menina. Ela nos ama. — Assente Brady.

A enfermeira Becky solta um suspiro brincalhão.

— É, eu amo.

Ela sorri e caminha até Ari, dando um tapinha gentil em sua perna.

— Meu nome é Becky. Tive o prazer de ser sua enfermeira diurna desde que chegou aqui, e devo dizer que é muito bom ver seus olhos, querida. Estou vendo aquelas manchas douradas das quais aquele seu garoto estava sussurrando.

Abro a boca, mas a fecho, rindo por ter sido pego.

Mason me cutuca com o joelho, sorrindo.

— Sei que acabou de acordar, mas aposto que está exausta e com muitas perguntas. Vou buscar o dr. Brian.

— Obrigada — responde, o zumbido suave de seu tom voltando mais e mais a cada palavra dita.

Aperto sua mão, e ela olha para o contato, seus olhos indo para os meus como se só percebesse agora que eu a estou segurando.

Eu permito ela ter um momento quando pede sem palavras, sem dizer nada ao me observar desde a leve barba crescendo ao longo da mandíbula, desde a recusa em gastar mais dez minutos me barbeando quando sabia que ela estava sentada nesta cama sem mim, até as roupas amassadas, tiradas de uma mochila bagunçada que meu amigo me trouxe.

Devagar, seus olhos voltam para os meus.

— Oi, linda. — Inclino a cabeça. — Senti falta desses olhos cor de chocolate.

Sorrio ainda mais quando um toque rosado colore suas bochechas, mas depois ela desvia o olhar. Aos poucos, tira a mão da minha e começa a ajeitar o cobertor.

Sinto uma sensação estranha, e lambo os lábios, escorregando para a beirada da cadeira.

— Bem, oi. — Dr. Brian entra correndo, com um sorriso, lavando as mãos na pia do outro lado do quarto.

À medida que ele avança, o grupo recua para dar algum espaço. Eu não me mexo.

— Sou o dr. Brian. — Ele ergue o queixo. — E você é?

Ela franze a testa.

— Hmm, Arianna Johnson.

— Sim, você é — concorda. — Passou no teste.

Uma risada preocupada a deixa.

— Como a enfermeira Becky, aqui, estou cuidando de você desde a sua chegada. Farei algumas perguntas e depois falaremos de seus ferimentos. Tudo bem?

— Sim, senhor — murmura, nervosa, torcendo as mãos no colo.

— Tudo bem, bom. Suponho que pode falar agora? — Ele levanta as mãos como se estivesse se referindo a nós, e ela assente. — Bom. Vamos começar com uma fácil. Em uma escala de um a dez, sendo dez a mais forte, como classificaria sua dor?

— Cerca de oito.

— Que bebezão — Mason fala, apenas para aliviá-la, limpando a garganta conforme as emoções tomam conta.

Dá certo. Sua boca se contrai, mas mantém a atenção no médico.

— Certo — assente. — Onde está doendo mais?

— Minha cabeça está latejando mais do que qualquer outra coisa. — A palma da mão repousa logo abaixo do peito. — E meu peito. Está difícil de respirar.

O quarto fica tenso de preocupação enquanto ouvimos, e aperto os lábios.

— Isso é normal, considerando tudo. — Ele junta as mãos, deixando-as penduradas à sua frente. — Antes de detalhar seus ferimentos, preciso perguntar. Arianna, você sabe o que aconteceu? Como veio parar aqui?

Seu rosto se contorce um pouco e ela olha para Mason com olhos suplicantes. Ele dá a ela um pequeno aceno encorajador, e ela olha para o dr. Brian.

Ela balança a cabeça.

— Fui atingida por um carro?

— Sim, está certo. — O homem assente. — Você levou um belo golpe. Suas pernas e braços passaram quase ilesos, mas o ombro direito teve que ser recolocado no lugar. Sua costela inferior direita está fraturada, mas bem pouco e nada com o que se preocupar, mas a da esquerda é onde as coisas complicam. Veja bem, duas de suas costelas superiores direitas estão quebradas. — Ele aponta para o próprio corpo, para que ela visualize, conforme explica: — Quando isso aconteceu, você sofreu uma lesão traumática na aorta. Sua aorta, a principal artéria do seu corpo, foi rompida, causando sangramento extenso. Por sorte, seu corpo cumpriu seu dever e os tecidos adjacentes a conteve enquanto precisávamos. Se seu pulmão tivesse sido perfurado, talvez não estaríamos aqui para ter essa conversa, mas não vamos falar disso.

Ari acena com a cabeça, avisando que está acompanhando, e minha perna começa a balançar descontrolada quando ouço a explicação do médico a respeito do que aconteceu com minha garota pela primeira vez.

— Você também sofreu uma fratura na base do crânio no lado esquerdo, bem do lado do olho esquerdo. Inicialmente, estávamos preocupados com vazamento de líquido cefalorraquidiano, mas depois de fazer alguns exames, conseguimos descartar essa possibilidade. Por causa disso, porém, você foi colocada em coma induzido nos dias seguintes para observação. Depois, paramos com a medicação e esperamos que acordasse sozinha, e agora estamos aqui.

— Espere... — Ela se inclina para frente, seus olhos verificando seu corpo. — Há quanto tempo estou aqui?

— Onze dias.

Os olhos dela se arregalam e ele ergue as mãos.

— Eu sei que é um pouco assustador e confuso, mas você está aqui, sua família esteve aqui o tempo todo e vai ficar bem.

Seus ombros ficam tensos, mas ela acena.

— Ainda bem que o mais complicado já passou. O tratamento convencional é tudo o que precisa. Vamos mantê-la o mais confortável possível com medicação para a dor e também podemos dar algo para a náusea que ainda deverá sentir. É claro que ficará mais um tempo aqui para observação, mas não deve passar de um ou dois dias.

— Tudo bem. — A voz de Ari está baixa e assustada, e eu só quero ir até ela. — Não parece muito ruim.

— Sim, você teve muita sorte. — Dr. Brian pigarreia, a expressão fica sombria, e a enfermeira Becky olha para baixo, ocupada com o arquivo de Ari.

Tem algo errado. Estou sentindo.

— Sra. Johnson, após o acidente, seu corpo entrou em choque hipovolêmico devido à quantidade de sangue que perdeu.

— Sim… — Ela espera.

Ele assente.

— Seus órgãos começaram a entrar em falência em reação aos seus ferimentos. Uma transfusão de sangue foi necessária…

Pulo da cadeira, incapaz de ficar parado por mais tempo.

— Dr. Brian, com todo o respeito, pode dizer logo de uma vez? Porque estou começando a enlouquecer aqui, e sei que o senhor quer revelar alguma coisa.

— Noah, por favor, cara — murmura Mason.

— Não. Você teve um colapso total e isso… — Aponto um dedo na direção do dr. Brian. — Não foi o que nos contou. Você fez parecer que ela bateu a porra da cabeça! Eu não tinha ideia de todas essas outras merdas que estavam acontecendo.

— Por favor, Noah. — A enfermeira Becky tenta acalmar. — É muita informação e tensão para todo mundo assimilar. Talvez agora não seja a hora?

Eu olho para Ari, que está franzindo a testa para seu colo, e me sinto como um idiota no mesmo instante. Concordo, e volto a me sentar.

— Quer saber, na verdade… — Mason se aproxima. — Acho melhor sairmos enquanto o senhor conversa com ela. — Sua voz treme, nervosa. — Sabe, dar um pouco de privacidade para ela.

— Você não po… — Estou prestes a perder a cabeça quando minha garota fala, me interrompendo:

— Não, não vá — implora, segurando o olhar dele por alguns segundos.

Finalmente, suas feições desmoronam, a derrota crescendo em seu rosto. Seus olhos viram para mim antes de os abaixar, os braços cruzam atrás de sua cabeça.

— Dr. Brian — pede ela.

Ele acena.

— Sra. Johnson?

— Senhorita — corrijo, automaticamente.

— Senhorita? — O médico olha de mim para o arquivo dele. — Becky? — Ele se vira para a enfermeira, confuso.

Ela lança seu olhar para Mason.

— *Sr.* Johnson? Você é ou não o marido de Arianna? — pergunta ela, em tom bem maternal.

Os outros riem de seu erro, mas meu olhar feio, se fosse possível o fuzilaria, ainda mais quando ele se recusa a erguer os olhos do chão.

— Não, senhora, sou irmão gêmeo dela.

— O que *diabos* está acontecendo? — Dou a volta na cama, olhando para ele.

— Meu Deus — sussurra Becky, seus olhos deslizam em minha direção. — Acho que presumi que a situação não era nada convencional.

— Mason — digo, irritado.

— Noah, por favor. — Cameron agarra meu braço e se volta para o médico. — É só um mal-entendido.

Não estou entendendo nada, virando-me, então meu corpo está de frente para o de Ari, o médico parado à sua direita.

— Está bem. Por favor, diga o que precisa dizer — insiste Ari.

— Sinto muito ter que lhe dizer isso, mas quando percebemos já era tarde demais...

— Tarde demais para quê? — ela o interrompe, a tensão a envolve conforme agarra o cobertor em suas mãos.

— Sinto muito, sra. Johnson, você perdeu o bebê.

CAPÍTULO 38

NOAH

Sobressaltado, meus músculos têm espasmos quando uma camada de gelo recai sobre mim, imobilizando-me de dentro para fora. Suspiros enchem o quarto, e meu corpo fica pesado demais para me segurar, alguém ao meu lado agora segurando o meu. Os lábios do médico continuam a se mover, mas suas palavras não chegam aos meus ouvidos.

Uma onda de náusea me atinge e eu oscilo.

Sinto uma mão no meu ombro.

Confusão, mágoa, raiva, fúria, tristeza, perda.

Eu sinto tudo.

Agonia, verdadeira e completa.

Não consigo respirar.

Bebê. Meu bebê.

Nosso bebezinho...

Se foi?

— Eu... o quê? — A voz do meu lindo anjo corta a névoa e meus olhos se erguem. — Eu estava grávida? — Seu sussurro dilacerado me atravessa, e minhas mãos se fecham em punhos.

É preciso toda a minha força de vontade para me levantar e, mesmo assim, alguém me ajuda a ficar de pé.

O médico diz outra coisa, e depois vai embora.

Eu engulo a bile que ameaça derramar pela garganta.

— Sinto muito, Julieta. Ninguém me disse. Eu não sabia.

— Meu Deus — ela chora, as lágrimas escorrendo pelo rosto antes de enterrá-lo nas mãos.

— Baby — murmuro, com a voz fraca, raiva e tristeza ardendo em meus olhos na forma de lágrimas, e eu saio desse nevoeiro, indo até a cabeceira dela.

Sua cabeça finalmente se levanta e meu coração racha com a visão.

Ela abre os olhos, mas eles não estão na minha direção.

Ela estende a mão, mas não para mim.

E sussurra, mas não é meu nome que ela chama.

Ela chama *por ele*, e todos os orifícios do meu corpo se apertam, torcem e rasgam.

Ela o chama e meu mundo explode. Lava, lava pura, quente e obliterante ferve dentro de mim, trazendo gotas de suor na minha pele. Forço meus olhos para ele.

Chase permanece enraizado no lugar, sem ousar se mover um centímetro, o quarto inteiro agora se transforma em uma cela silenciosa.

— Chase — ela chora por ele. — Nós íamos ter um bebê?

Eu me sinto sufocar, meu coração para.

— Ai, merda. — Alguém sai correndo, e então um corpo está na minha frente, braços me prendendo, e depois aparece outro.

Não percebo que estou indo para cima do idiota de olhos arregalados do outro lado do quarto até que um braço circula meu pescoço por trás e outro nas minhas costas pela frente.

— Noah, não — sussurra Mason, em meu ouvido. — Por favor, agora não. Só... porra, só espera um pouco.

Cameron corre para o lado de Ari, abraçando-a.

— Noah, cara... — Chase nega com a cabeça. — Não. Tem algo errado. — Ele olha para Mason. — Mason, eu juro. Eu... ela... — Ele balança a cabeça de novo, espiando Ari com o canto do olho.

— Porra — resmunga Brady, baixinho.

E então a ficha cai, é como ser atingido por um caminhão de dez toneladas descendo a ladeira, sem freios.

— Humm. — Minha cabeça balança, frenética, enquanto me solto do aperto de Mason. — Não.

Corro para a cabeceira dela, caindo de joelhos ao lado dela.

— Não — repito, num sussurro, sem querer acreditar no que está acontecendo. — Olhe para mim. — Minhas palavras são uma exigência suave.

O quarto fica em silêncio, e quando seus ombros se encolhem em hesitação, minha pressão sanguínea sobe, o coração bate na caixa torácica parecendo um animal tentando escapar.

— Ari? — sussurra Cameron, mas ela não faz nenhum movimento.

Com delicadeza, coloco o dedo sob seu queixo, eu o levanto do ombro de Cameron.

Trago seu olhar para o meu, procurando, rezando para encontrar o que estou procurando.

— Julieta… — sussurro, para que só ela ouça.

Ela olha fundo nos meus olhos, com lágrimas nos seus, e seu corpo estremece quando aquela minha palavra viaja por todo o seu ser, do jeito que sempre faz. Do jeito que tem sido desde o momento em que nos conhecemos, mesmo quando não percebia.

Mas vejo além da resposta que ela não pode controlar.

Vejo o brilho curioso e inseguro por trás de seus grandes olhos castanhos, aquele que ela tinha meses atrás, antes de esquecer o seu primeiro amor.

Antes que ela se abrisse para nós.

Antes de ela se tornar minha.

Minha mão amolece, caindo na coxa com um tapa alto. Cameron chora ao lado dela, tendo acabado de perceber o que eu já descobri.

Cambaleio para trás, caindo de bunda no chão, e rápido me levanto meio sem jeito. Tropeçando em nada antes de chegar à porta e voltando a tropeçar ao atravessar o batente.

Eu me apresso para sair antes que eu perca o controle por completo.

Eu os ouço gritar meu nome, mas não paro. Continuo me movendo.

Para longe do hospital.

Longe do lugar onde meu filho não-nascido morreu.

Longe do homem que escondeu isso de mim.

Longe do cretino apaixonado pela minha garota.

E longe da garota que amo… que não tem ideia de que também me ama.

CAPÍTULO 39

ARIANNA

O bipe repetitivo fica mais longo e mais alto, penetrante.

Fica cada vez mais rápido, criando um eco agudo no fundo da minha cabeça, e então alguém está gritando.

Meu corpo está queimando, o calor me deixa enjoada, e quando tento encher os pulmões, não consigo.

Ouço um grito e meu rosto está coberto de palmas úmidas, mas não sei de quem.

Está tão embaçado.

O rosto, minha cabeça… minha vida.

Está tudo confuso… mas então fecho os olhos, e de repente, tudo fica claro.

A névoa se foi.

Consigo ver.

Meu estômago está grande.

Meu sorriso é largo.

Uma mão desliza em meu cabelo, grande e forte, mas gentil. E, então, seus olhos se abrem e uma calma toma conta de mim.

Seus olhos, eles são o tom mais lindo de…

Vozes surgem e afastam o sonho.

— *O que você deu a ela?*

— *É um calmante. Precisamos baixar a frequência cardíaca dela.*

O bipe está de volta e tudo fica preto.

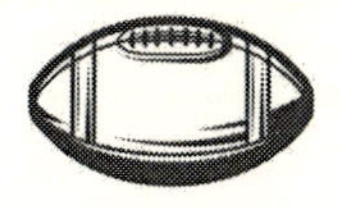

NOAH

Já se passaram algumas horas desde que saí do hospital, e nem cinco minutos depois que minha bunda bateu no banco da caminhonete, Mason ligou. E ele ligou de novo e de novo, mas não atendi.

Enquanto ligava, Brady criou um tópico de mensagens no aplicativo que o time de futebol usa para bate-papos em grupo e compartilhamento de informações. Ele o criou com um punhado de caras com quem deve presumir que converso mais, Trey sendo um deles, perguntando se alguém me viu e, caso contrário, onde acham que podem me encontrar. Alguns caras citam os lugares óbvios, como a academia, o campo e minha casa, mas as pessoas com quem morei no hospital sabem muito bem e, minutos depois, meu telefone volta a tocar. Tanto Mason quanto Brady ligam e mandam mensagens sem parar.

Eu deveria apreciar a preocupação deles e o fato de que se preocupam com o lugar onde estou e o que estou fazendo, mas minha cabeça não consegue manter nenhum outro pensamento agora, então coloco as notificações no silencioso, vou até a adega da esquina e dirijo alguns quilômetros para fora da cidade sem um destino específico. A primeira curva depois da placa dos limites da cidade é a que pego, e enfio a caminhonete no meio de um pomar. Escondo as chaves no porta-luvas, abro a porta traseira e subo.

Não sou do tipo que bebe, nunca fui, mas esta noite, vou beber com categoria.

Um pouco de vodca barata é o que escolho. É nojenta, arde feito fogo, mas não consegui ir na direção do uísque, não quando a única coisa que eu teria feito era me afogar na imagem de determinado par de olhos, então mergulho na bebida clara.

Bebo até a última gota, precisando ficar bêbado.

Quero apagar. Desligar-me, total e completamente, porque se minha garota não se lembra de nós, eu não quero me lembrar de nada.

Nem mesmo da porra do meu próprio nome.

Pela primeira vez na vida, gostaria de ser outra pessoa.

Eu gostaria de ser ele.

CAPÍTULO 40

ARIANNA

Um clarão azul me acorda e, quando abro os olhos, Cameron está lá.

— Oi, amiga. — Ela boceja, a parte de cima do corpo curvada na cadeira, a cabeça apoiada nas minhas pernas. Ela cruza os braços sob a bochecha e sorri. — Como está a cabeça?

— Pesada, só que não mais excruciante. Minhas costelas são uma história totalmente diferente.

— Aposto que sim.

Olhando ao redor, vejo Mason debruçado na cadeira do canto, o resto do espaço vazio.

— Brady e Chase foram tomar banho e dormir um pouco há algumas horas. Mase não cedeu, é claro.

O canto da minha boca sobe, mas desvio o olhar quando meus olhos umedecem, e nem sei porquê.

— Que dia é hoje?

Ela fica em silêncio antes de sussurrar:

— Ainda é 29 de dezembro. Você só dormiu por algumas horas. — Seu tom está cheio de preocupação.

Aceno, mas meus lábios começam a tremer, e ela se senta, Mason está do meu lado num piscar de olhos.

— Desculpe. Não sei porque isso continua acontecendo.

— Não se desculpe. Faz menos de vinte e quatro horas que acordou. Claro que vai ficar sensível, nós entendemos, e estamos felizes por estar bem.

— Estou?

Mase estende a mão, mas faço que não com a cabeça, enxugando as lágrimas antes que caiam. Meu peito dói com a inspiração completa, mas sofro o processo, tentando afastar os milhões de emoções que me deixam tonta.

— Ari…

— Queria que mamãe e papai estivessem aqui — choro, meus ombros tremem, e Mason se mexe, sentando na beirada ao meu lado na cama agora.

— Eu sei disso. Eu também. — Ele me abraça, a voz embargada. — Já tentei de tudo, mas vão nos ligar assim que voltarem para a civilização. Deve ser em dois dias, no máximo.

Mais dois dias até conseguir ouvir a voz da minha mãe. Até meu pai chegar, prometendo que tudo ficará bem e implorando por instruções do que ele pode fazer para melhorar.

Não sei o que pode ser melhorado, se é que existe algo a se fazer.

Estou com muito medo de pensar além do que sei e, aparentemente, não sei nada. Nada recente, pelo menos.

O médico disse que isso acontece mais do que as pessoas percebem, e a própria perda de memória, embora menos comum, não é anormal em lesões relacionadas a concussões. Ele disse que assim que meu cérebro tiver tempo de se curar, as coisas voltarão aos poucos para mim, que eles têm esperança, e eu também deveria ter.

Quero ter, mas sinto esse desamparo do qual não consigo me livrar, e acho que meu irmão gêmeo sente, também.

Fungando, eu olho para cima, e ele enxuga minhas lágrimas com as pontas dos polegares, tentando dar um sorriso, mas nunca se abre inteiro.

— Se conseguir falar com eles, acho que não devemos contar até que estejam em casa. — Tento ocupar sua cabeça com algo que não seja a meu respeito. — Eles vão se estressar durante todo a volta.

— Estava pensando a mesma coisa. — Ele assente, esfregando os olhos como fazia quando éramos pequenos.

Estendo a mão, segurando a dele.

— Vá para casa, Mase.

Sua cabeça se vira para mim, e ele se senta direito.

— O quê? Não, eu estou bem.

— Não, *estou* bem, prometo. — Quando fica óbvio que não concorda, acrescento: — Além disso, quero tentar tomar um banho. A enfermeira Becky disse que eu poderia, com ajuda. Eu só tenho que me mexer sem molhar o acesso na veia.

— Posso ajudar — argumenta.

— Mase, sua irmã vai ficar nua no dito chuveiro — provoca Cameron, sabendo que não pensou muito nisso. — Vá, eu fui um pouco para casa ontem à noite, e nós dois sabemos que Ari vai ficar entediada de nos ouvir e desmaiará de qualquer jeito mesmo — brinca.

Mason dá risada, ciente do que ela está fazendo, mas está exausto e sabe que estou em boas mãos. Os riscos acabaram, então se há um momento perfeito para ele ir, é agora.

— Sim, tudo bem. Preciso fazer uma coisa também.

— Sim, tipo dormir.

Seu sorriso é pequeno quando pressiona seus lábios no topo da minha cabeça.

— Volto logo, tá? Peça para a Cam me ligar se precisar de mim. E volto na hora.

— Eu sei, e ligo, sim.

Ele pega algumas coisas da cadeira e, com uma última olhada para trás, sai.

Meus ombros cedem e, quando me viro para Cameron, seus olhos começam a lacrimejar.

— Vamos, mulher — sussurra, ao se levantar. — Vamos te deixar limpinha.

Demoro vários minutos para me levantar, mas é mais rápido do que ontem, quando a enfermeira me pediu para atravessar o quarto e voltar.

Tudo ainda dói, mas me já sei quais movimentos evitar e os que doem um pouco menos.

Cameron estica bem o soro, permitindo o máximo de alongamento possível, e entro sob o chuveiro – ela a menos de trinta centímetros de mim o tempo todo.

Depois de lavar o corpo o melhor que consigo, aplico um pouco de xampu no cabelo, com cuidado para não tocar nos arranhões que agora estão surgindo no lado esquerdo da cabeça, com medo de arder.

Cameron ajuda a espremer um pouco de condicionador nas minhas mãos, e no minuto em que passo nas pontas do cabelo, meus olhos decidem se fechar, um estranho lampejo de algo formando um franzir no meu rosto.

Eu me inclino na parede, ergo as pontas do meu cabelo até o nariz e o inalo.

O cheiro tem uma pitada de eucalipto, mas fresco, limpo e... familiar.

Um calor inesperado toma conta de mim, mas traz consigo lágrimas de confusão e, de repente, estou ofegante, sentindo falta do ar que não sabia que estava negando a mim mesma.

— Você está bem? — pergunta Cameron, do outro lado da cortina.

— Uhum. — Minha resposta de boca fechada me denuncia.

Cam enfia a cabeça para dentro, uma sombra recaindo sobre seus olhos quando encontram os meus.

— Ari...

— Você pode, hmm, me ajudar a enxaguar o condicionador bem rápido? — pergunto, avisando que não quero falar disso, falar de nada. — Não aguento mais ficar aqui.

Ela empurra a cortina para trás com um aceno de cabeça, imperturbável com a água espirrando em seu moletom, e com cuidado me gira, segurando meu cabelo em suas mãos.

— Vamos lavar. Trouxe *leave-in* para você dias atrás, só por precaução, assim podemos cuidar um pouco do seu cabelo quando estiver sentada.

Aceno de novo, e ela começa a enxaguar. Quando fecha o chuveiro e me passa uma toalha, sussurro o nome dela:

— Cam?

— Coisinha linda.

— Obrigada. — Não quero chorar. — Por isto. Por estar aqui. Por todas as coisas que não consigo me lembrar, mas tenho certeza de que esteve comigo nos últimos meses.

— Estarei sempre aqui, Ari, sabe disso. — Cameron funga e fecha a minha camisola, colocando meu cabelo de lado com cuidado. Ela desliza na minha frente, com lágrimas em seus olhos. — Aconteça o que acontecer.

Volto a acenar, aproximando-me da minha melhor amiga, que me abraça.

Ela disse: aconteça o que acontecer.

Essa é a parte assustadora de tudo isso, não é? A realidade por trás de tudo.

Que isso pode ser o começo.

E de como as coisas podem piorar.

Se esse for o caso, como diabos eu fico nessa?

Presa no passado... ou perdida no futuro?

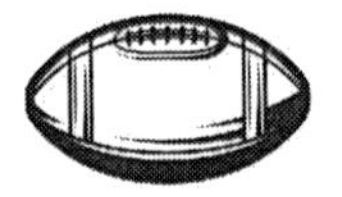

NOAH

O ar fresco da Califórnia me acorda, e com o frio vem uma ressaca que eu nem havia pensado. Não posso nem virar sem estremecer, mas consigo me levantar e cambalear até a cabine da caminhonete. Uso toda a minha força para entrar, mas o barulho faz meu estômago revirar conforme gotas de suor se formam na testa. Virando, inclino rápido o meu corpo para fora da porta, bem a tempo de não vomitar no colo.

Parece que vomito o veneno que ingeri para sempre, e mesmo assim, ainda acontecem uma dúzia de ânsias secas depois. Bufando, tiro a camisa do corpo, usando-a para enxugar o suor do rosto e da cabeça. Lavo a boca com metade da garrafa de água que deixei no banco, usando a outra metade para engolir um analgésico – algo que aprendi a sempre ter comigo depois da primeira semana de treino no meu primeiro ano na Avix.

Deixando a cabeça descansar no encosto, meus olhos voltam a se fechar, uma dor que nunca senti queima meus ossos, e não tem nada a ver com o batuque nas têmporas.

Um mês atrás, minha vida parecia completa pela primeira vez, implodindo com uma tranquilidade que jamais soube que existia. Doze dias atrás, aquela paz foi destruída, completamente arrasada quando minha garota foi levada de ambulância lutando por sua vida e, sem saber na época, pela de nosso filho. E, ontem à noite, ontem à noite, meu coração foi obliterado, pulverizado quando olhei nos olhos da pessoa mais incrível que já conheci, olhos que me olhavam como se *eu* fosse o prêmio, como se *eu* fosse a coisa mais incrível do mundo dela, só para não ver mais um "nós" neles.

Simples assim, meu mundo desmoronou e não sei se pode ser consertado.

E isso é insuportável, porra.

Fecho os olhos com força e repasso cada momento, desde o primeiro sorriso até a última risada, e então repito tudo de novo.

Devo ter apagado de novo depois disso, porque quando dou por mim de novo, já se passaram horas. Não sei quanto, não conferi o horário antes, mas deve ter sido pelo menos algumas horas, pois meu vômito está seco na terra e o martelar na cabeça passou de heavy metal para dois tons de punk.

Está batendo nas têmporas, mas agora é suportável.

Pegando o telefone do banco, verifico as chamadas perdidas e as mensagens, mas quando nem o centro de reabilitação da minha mãe nem o nome da minha garota estão entre as dezenas destacadas, eu o jogo de lado.

Em vez de ir para casa, uso o que sobrou da minha reserva financeira do último semestre e me hospedo em um quarto de hotel, onde fico os próximos dois dias, repetindo a bebedeira anterior.

Não melhora. A distância ou a distração.

Toda vez que meus olhos se abrem, a realidade me sacode até a alma.

E o lance do álcool é esse. É uma solução temporária, que deixa você mais fodido do que antes. E, acredite em mim, estou fodido.

Minha cabeça, meu corpo.

Meu futuro.

Cerro a mandíbula, encostando na parede do chuveiro e prendendo a respiração enquanto a água desce pelo meu rosto.

Que futuro?

Dou um soco na parede e, depois, bato a testa nela.

E então caio na porra do chão.

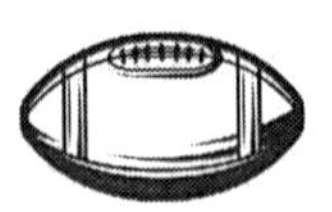

Ouço os passos vindo antes de seu rosto aparecer, e quase me sinto humilhado suficiente para me virar.

Quase, mas não totalmente.

A última coisa que quero é que o cara com quem trabalhei junto durante toda a temporada, treinando-o para ser o próximo líder da minha posição, me veja com a cabeça baixa em um quarto que cheira a bebida quando o homem que ele conhece nunca ficou bêbado na frente dele.

Mas nem de pé estou.

Estou sentado no chão, na merda de uma sacada em um hotel caríssimo, com as costas na parede.

— Como você me achou?

— Só tem quatro hotéis a cinco minutos de carro do hospital. Sabia que acharia sua caminhonete em um deles. — Ele está com raiva, e com razão. — Você precisa voltar para o hospital.

Suspirando, eu me levanto e vou até a grade. Cruzando o braço sobre o metal frio, inclino-me para a frente, olhando para o playground vazio.

— Acha que não quero estar lá? Que isso não está me matando? Que não me sinto um lixo por sair e deixá-la lá? — Olho para ele por cima do ombro. — Porque eu me sinto.

— Não parece.

— Ela perguntou por mim?

— Ela tem que perguntar para você saber que ela precisa de você?

Porra.

Suas palavras são um insulto afiado envolto em vidro, cortando tão fundo quanto ele pretendia, porque não. Ela não precisa. Isso fazia parte da nossa beleza. A dor dela era minha e a minha era dela. Nunca precisamos de palavras para saber que o outro estava sofrendo... mas ela não se lembra disso.

Olho para frente.

— Ela não se lembra de mim, Mason.

Ele não diz nada por um bom tempo que eu meio que espero que ele tenha ido embora, mas quando me viro, ele ainda está parado no mesmo lugar.

Seus lábios foram uma linha firme.

— Eu vi a mensagem que ela te mandou. A daquela noite.

Meus olhos se estreitam, meus ombros formigam e eu os endireito.

— Você lê nossas conversas particulares?

— Não. — Ele se mantém firme, sem remorso. — Não li, mas teria feito isso se sentisse que precisava. O que fiz foi levar o celular quebrado dela até a loja, comprar um novo e pedir que passassem tudo que tinha no velho para o novo. Tive que abrir para ter certeza de que deu tudo certo antes de jogar o antigo fora. A mensagem que ela te mandou foi a última coisa que ela fez naquele telefone.

Meu peito aperta quando olho para ele.

— Foi por isso que você voltou para casa naquela noite. — Ele se aproxima. — Para vir buscá-la. Para dizer a ela que a ama, também. Não é? Você também a ama?

Rangendo os dentes, faço um movimento para passar por ele.

— Não vou ter essa conversa com você.

Mason desliza na minha frente, as sobrancelhas franzidas. Ele está com raiva, mas é mais do que isso. A incapacidade de proteger a única pessoa que ele passou a vida protegendo o está consumindo.

Conheço o sentimento.

As duas únicas pessoas que já tive na vida que não pude proteger.

Mason balança a cabeça, admitindo.

— Não sei por que, mas lá no fundo, eu disse a mim mesmo que minha irmã gostava de você, mas estar com você era a sua maneira de fazer o que podia para ser feliz enquanto secretamente guardava outra coisa dentro dela.

— Você quer dizer outra pessoa. Não há razão para não dizer o nome dele. — Tiro a mão dele de cima de mim.

— Então sabe tudo o que aconteceu com ela e ele?

— Por que acha que dei espaço a ela, em primeiro lugar? Por que acha que eu me afastei? — Não dou tempo para ele responder. — Foi porque, de repente, ele percebeu o que estava perdendo e sabia que tinha que pelo menos tentar. Levou meses, anos, na verdade, para ver o que eu vi no minuto em que a conheci, e não posso nem culpá-lo, porque vale a pena arriscar quanto se tem a chance de cinquenta por cento de acabar com ela em seus braços.

A expressão de Mason se contorce.

— Mas ela escolheu você, sabe disso, então por que diabos não está naquele hospital onde você pertence?

— Porque o destino interveio e mostrou as cartas dele, e eu nem estou no baralho, muito menos no fundo dele.

Sua mandíbula se contrai com raiva, e eu desvio o olhar.

— Faça um favor a nós dois e apague nossas conversas antes de dar o novo telefone a ela.

— Como? Não. — Ele recua. — Porra, não. Por que está agindo como se as coisas tivessem acabado? Como se tudo tivesse acabado, e sua memória apagou e não voltará mais?

Engulo em seco, a possibilidade real demais para digerir.

— Talvez seja assim.

— Não me faça te esmurrar, cara. — Ele me encara, os punhos cerrados ao lado do corpo. — Qual é a porra do seu problema? Minha irmã está perdida agora, e você desiste dela? Que tipo de merda...

Eu o pego pelo colarinho, suas costas se chocando na parede atrás de nós em uma fração de segundo.

— Nunca vou desistir dela. — Meu corpo treme. — Jamais.

— Então o que diabos está fazendo ficando bêbado enquanto ela mal consegue respirar? — esbraveja, puto de raiva.

— Não sei! — admito, os músculos do meu pescoço tensos. Eu me afasto dele, passando as mãos no topo da cabeça até começar a puxar o cabelo. — Não sei o que estou fazendo, cara. Não sei merda nenhuma. Estou morrendo de medo de que, se eu entrar naquele quarto, eu possa fazer ou dizer algo que só vai piorar ainda mais para ela, machucá-la mais, e eu não suportaria isso.

— Acha que não tenho medo? — murmura, e meu olhar se volta para ele. — Acredite, eu tenho, todos nós temos, mas ela precisa... Não sei do que ela precisa, mas não sou eu. Não é a Cam ou os outros. Tem que ser você, cara. Tem que ser.

Balançando a cabeça, passo por ele e entro na sala, seguido por sua sombra.

— Ela não se lembra *de nós*, Mason.

— Eu sei.

— Sabe? — Eu me jogo na beirada da cama, olhando para ele. — Sabe como dizer a uma mulher que acha que só teve relação com *um* homem... que *você* é o pai do bebê que ela perdeu?

Como se não tivesse parado para pensar neste lado das coisas, meu lado, o ruim, o lado indefeso, seu corpo perde a tensão e ele desaba na cadeira à minha frente. Mason inclina a cabeça para trás, olhando para o teto, derrotado, porque ele entende agora. Ele sabe o que eu sei.

Que não tem como.

Não. Tem. Como. Porra.

CAPÍTULO 41

NOAH

Estou sentado ao lado de sua cama há pouco mais que vinte minutos quando seus olhos começam a se abrir, e me esforço ao máximo para sorrir.

— Oi, mãe.

— Querido, você deveria ter me acordado. — Ela coloca a palma da mão por cima da minha e, ao me olhar com mais atenção, seu rosto entristece. — Noah, não. Ari está... ela não...

— Não, não, ela está bem. — Balanço a cabeça, minha voz rouca e áspera de exaustão.

— Noah?

Mordo o interior da bochecha, desviando o olhar conforme meus olhos começam a nublar.

Além de quando era um menino, minha mãe só me viu chorar uma vez, e foi no dia que vim aqui para contar a ela do acidente de Ari.

Nos onze dias em que Ari esteve em coma, eu não saía do hospital, mas quando o médico fazia sua visita, pedindo para sairmos do quarto enquanto ele e a enfermeira examinavam seus sinais, eu corria até aqui para ver minha mãe, algo que nunca poderia fazer durante a temporada, e agradeço a Deus por aqueles poucos minutos fui forçado a me afastar da cabeceira do meu amor. Se eu não tivesse esse tempinho com minha mãe, não tenho certeza do que teria feito.

Pode ter sido apenas uns vinte minutos de cada vez, menos nos dias em que ela mesma ficava muito ansiosa e me dizia para voltar correndo para minha garota, mas era a única coisa que me mantinha são.

Mas não me sinto mais são.

Minha mãe aperta minha mão e encosto o queixo no peito, respirando fundo.

— Ela não se lembra de mim, mãe. — Eu olho para ela, o rosto embaçado pela bagunça que meus olhos ameaçam fazer. — Ela acordou, mas acordou para um mundo do qual eu não fazia parte.

A inspiração trêmula de minha mãe me faz engolir, tentando ser forte por ela como ela sempre faz por mim, mas não consigo encontrar uma gota de força interior dentro de mim, e o olhar nos olhos de minha mãe diz que não preciso disso.

— Venha cá, meu menino. — Ela puxa minha mão, e eu permito que meu corpo caia encostado no dela.

Sua mão acaricia minhas costas, e odeio ter vindo aqui assim, arrastando-a para o meu pesadelo, mas ela não aceitaria de forma diferente.

Fecho os olhos, lembrando a mim mesmo que tenho sorte de não estar sozinho na vida, que preciso ser grato pelas coisas que tenho, mas minha cabeça resiste, gritando para eu calar a boca.

Que estou sozinho.

Que não tenho nada.

Por que o que será da minha vida sem Arianna Johnson?

Vazia, será assim.

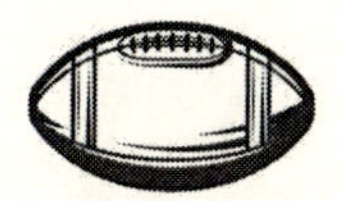

ARI

— Acho que quero saber — admito, e deparo com o olhar ansioso de Mason.

Ele dá a volta pelo médico, parando perto de Cameron, do meu lado oposto. Eles trocam um olhar, ambos de frente para mim.

— Ari. — Mason segura a minha mão quando se senta na cama ao meu lado, uma expressão dividida esculpida em seu rosto. — Tem certeza de que é uma boa ideia? O médico acabou de dizer…

— Que pode ser um gatilho ou traumático, eu sei, eu estava ouvindo, mas como acha que é acordar e perceber que sua cabeça está presa em julho? — A prova de minhas emoções fracassadas aquece meu rosto, e o aperto de Mason aumenta. — Preciso saber por que todo mundo está olhando para mim como se eu não fosse eu. Minha vida mudou tanto em um semestre?

Mason olha para baixo, os olhos cheios de lágrimas quando finalmente se erguem para os meus.

— Por que não paramos um pouco, que tal? — intervém dr. Brian. — E voltar a entender onde estamos. O que você acha?

Mason espera até eu acenar para olhar para frente.

— Tudo bem, como você disse, a última coisa que lembra é de sair da praia, certo?

Sinto uma enorme ansiedade, mas pigarreio de leve.

— Sim. Passamos o final do verão em nossa casa de praia, mas saí um pouco antes do planejado. Lembro-me de ir embora, mas não me lembro da viagem ou de voltar para a minha casa.

— Você mencionou luzes brilhantes?

Fecho os olhos, pensando nisso.

Estava escuro quando saí, a caminhonete do meu pai me esperava para me levar de volta para casa. Atravessei a rua e vi uma caminhonete estacionada algumas ruas à frente. Não pude ter certeza, mas achei que podia ser a do Chase. Antes que conseguisse ver melhor, os faróis se acenderam. Ergui o braço, tentando ver além da luz, mas não adiantou.

A claridade me cegou.

E depois tudo se... apagou.

— Foi, hmm, foram os faróis. Eu estava atravessando a rua, e eles acenderam, brilhando direto nos meus olhos.

O médico acena, olhando para Mason quando continua:

— Igual àquela noite. — Ele franze a testa, olhando para o médico. — É quase isso. Ela estava atravessando a rua, e aí veio a caminhonete. Ela olhou, mas... — Ele engole. — Era tarde demais.

Meu coração acelera um pouco, e eu estremeço ao tentar soltar uma respiração profunda.

Dr. Brian abaixa a prancheta, inclinando a cabeça de lado.

— Arianna, aconteceu alguma coisa naquela noite? A noite da qual você se lembra?

O pânico toma conta de mim e, embora eu não saiba se isso transparece, os monitores em que estou conectada me denunciam.

A postura de Mason enrijece, e a palma da mão de Cameron toca meu braço, com medo de que eu tenha outro ataque de pânico.

— Ei, ei, acalme-se. — Mase se apressa em dizer, e quando encaro os olhos de meu irmão, encontro compreensão e respiro fundo. — Eu já sei — diz ele, baixinho.

Assentindo, seguro seu olhar.

— Sabe?

— Sim, irmã, eu sei de você e de Chase. Talvez não todos os detalhes, provavelmente nenhum, mas sei do que importa. Eu sei... — Ele olha rápido para o médico, engolindo ao trazer sua atenção de volta para mim. — Eu sei que ele te machucou, talvez até... partiu seu coração. — Suas sobrancelhas se estreitam.

Sinto uma forte vontade de chorar, então contraio os lábios porque seu tom é revelador, assim como a tristeza em seus olhos.

— Mas...

Ele entende, balançando a cabeça enquanto a abaixa.

Chase me machucou, me deixou desolada, e esta é a maneira de Mason me dizer que seu melhor amigo não juntou os pedaços.

Fechando os olhos, aceno de novo, lágrimas salgadas caindo nos cantos da boca.

— Arianna — o médico me acalma. — É assim que você se lembra daquela noite?

Confirmo, e me forço a olhar para ele.

— Sim. Foi um dia difícil — respondo, resumindo.

Ele assente, virando algumas páginas e lendo algo na minha ficha. Ele a fecha e me encara mais uma vez.

— Muitas vezes, em casos de amnésia como essa, o cérebro vai ligar trauma a trauma, e acredito que é disso que estamos tratando aqui.

— Não entendo.

— É mais ou menos como expliquei a você o porquê tivemos que colocá-la em coma. Seus ferimentos lhe causaram muita dor e seu cérebro corria o risco de parar de funcionar por causa disso. O que estamos enfrentando agora parte do mesmo princípio, mas relacionado à memória. Você viveu um trauma e seu cérebro o conectou a um trauma passado, apagando o tempo entre eles.

Minha garganta fica seca, as pernas formigam.

— Acho que não estou entendendo. Que trauma? *Novo* trauma?

O que poderia ter acontecido comigo para doer igual àquela noite?

Era por causa do bebê?

Eu já o tinha perdido?

Minhas fungadas se tornam mais agitadas, e não demora muito para que meu peito comece a vibrar, o movimento criando uma dor em toda a parte superior do corpo, lembrando-me dos meus machucados externos, mas nada comparado à dor interna.

Eu ia ser mãe, algo que sempre sonhei, mas imaginei que aconteceria mais tarde na vida. Era a única coisa de que eu tinha certeza, a única coisa que eu queria mais do que qualquer outra, e nem me lembro se sabia da pequena bênção antes de perdê-la.

Uma boa mãe se lembraria disso, não importa o que acontecesse.

Ela se lembraria, não?

O dr. Brian diz alguma coisa, mas não faço ideia do quê, e depois sai.

Meus olhos se fecham.

Disseram que eu estava grávida de apenas sete semanas, não dava para saber o sexo ainda... e nem para ter engravidado durante o verão.

Significa que Chase não era o pai. É o que meu irmão me contou.

A menos que a gente tenha ficado de novo e ninguém soubesse?

Ele teria vindo até mim quando chorei, me abraçado e chorado comigo se fosse verdade, não teria?

Meu corpo sofre com soluços silenciosos e, quando me obrigo a abrir os olhos, deparo com o olhar do meu irmão.

Ele hesita um momento, e enrolo os dedos dos pés nas meias, ansiosa.

— Ari...

Ele é interrompido quando há uma batida suave na parede.

Todas as nossas cabeças se voltam para a porta, e meu estômago revira com o que vejo.

Olhos azuis desolados aparecem em minha cabeça, e minha mão se contrai, lembrando a sensação daquela que segurou a minha no dia em que meus olhos se abriram neste quarto.

Julieta, abra os olhos...

Minhas sobrancelhas arqueiam quando o encaro.

Cabelo escuro desgrenhado, olhos de um azul profundo e inconstante.

É o cara que conheci neste verão. O cara da praia.

Um amigo do meu irmão.

Um amigo meu?

— Noah. — Não quero dizer em voz alta, mas escapa dos meus lábios.

Meu irmão estremece ao meu lado, e uma exalação entrecortada sai dos lábios de Noah.

Sinto uma dor no estômago, e sua testa franze.

— Levei uma bolada sua.

Ele engole.

— Levou.

— Você veio para a fogueira.

— Não fiquei muito tempo.

— Eu sei, eu me lembro.

Ele lambe os lábios, dando um aceno rígido.

— Eu provoco esse efeito.

Uma risada curta me escapa, mas a interrompo assim que percebo, e algo suaviza em seu olhar. Como se fosse preciso esforço, ele desvia os olhos, bruscamente. Ele olha para o meu irmão, mas só por um momento antes de se concentrar de novo em mim.

Há algo um pouco diferente nele, mas não consigo identificar o quê.

— Eu, hmm — ele começa, a rouquidão em seu tom agitando a minha garganta. — Não posso ficar.

Mason se levanta tão rápido que seus sapatos rangem no chão, e uma estranha sensação de mal-estar se forma dentro de mim.

— Tá bom.

Noah olha para o teto por um instante e, quando volta a me olhar, está derrotado.

— Encontrei algumas pessoas que você ficará muito feliz em ver — diz.

Não desvio o olhar dele quando ele lança uma olhadela para trás, então se afasta de lado, e outra pessoa entra.

Alívio me inunda, e cubro o rosto com as mãos, chorando muito e completamente subjugada pela visão mais do que bem-vinda.

Soluço, meu corpo tremendo, e então braços fortes me abraçam, me segurando apertado.

— Pai.

— Está tudo bem, garotinha. — Sua voz falha. — Tudo bem. Estou aqui. Sua mãe está aqui.

Mason funga ao meu lado, e então minha mãe está ali, passando as mãos pelo meu cabelo. Caio em seu peito, e meu pai nos abraça, mas não antes de minha atenção ser desviada para o outro lado do quarto.

Para Noah.

Que já está me encarando, mas embora seu olhar pareça relaxar diante dos meus olhos, os dele contam uma história diferente. Só que, antes que eu tenha a chance de conferir com mais atenção, ele se foi.

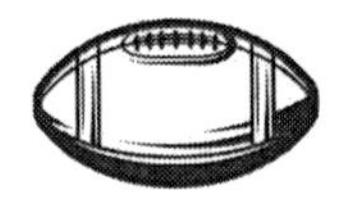

NOAH

Do lado de fora da porta, recosto-me à parede, fecho os olhos e respiro fundo pelo nariz, soltando o ar pela boca devagar.

Saí de novo. Eu a deixei.

Olhei nos olhos do meu amor, vi aquele lampejo familiar queimar dentro deles e o observei desaparecer.

De novo.

Fiz de tudo para não ir até ela, cair de joelhos ao seu lado e beijá-la. Beijar o lugar em que logo cresceria nosso filho se o mundo fosse mais gentil.

Não é. Sei disso por experiência própria, mas daria qualquer coisa para evitar que ela descobrisse.

Com a palma da mão no peito, empurro a parede, mas não me afasto dela antes de ouvir passos atrás de mim.

— Aonde você vai? — A voz de Mason me segue pelo corredor. — Pra que vir se vai sumir de novo?

— Sua mãe me viu no estacionamento e me pediu para acompanhá-la. Não tinha como eu dizer não, mas talvez devesse ter dito.

— Por que estava no estacionamento?

Engulo em seco.

— Volte para a sua família, Mason.

— Volta você pra *sua* família!

Com isso, eu me viro, pronto para atacá-lo, mas o sorriso em seus lábios me desconcerta.

Claro, só fica ali tempo suficiente para isso, sumindo no próximo segundo, e aquele mesmo desamparo que me consome, se apodera dele.

— Você é da família, Noah. No minuto em que ela decidiu que você era, foi o que se tornou. — Ele se aproxima. — Não vá. Ela precisa de você.

— Ela nem me conhece.

— Você a ouviu; ela se lembra de tudo o que aconteceu durante o verão. É tudo depois de seu último dia lá que está confuso, mas ela se lembra de você.

Balanço a cabeça, um forte latejar se insinuando.

Droga, por que isso parece quase pior?

— Ela se lembra de um cara da praia com quem ela sentou e conversou por um minuto, assim como se lembra de estar apaixonada por outra pessoa naquele dia. O mesmo alguém com quem ela se sentou naquela cama de hospital e por quem *procurou* quando o quarto *inteiro* descobriu que ela estava carregando uma criança dentro dela e a perdeu. Nosso filho, *meu* filho que ela pensa que era *dele*. Que ela se sentou e chorou com outro homem em mente, não eu. — Uma sensação ardente de tormento se espalha por mim, e eu engulo. — Não consegui consolar a mulher que amo depois de uma perda que ninguém deveria ter que enfrentar, e nunca vou me perdoar por isso. Nunca.

Aflito, seu rosto se contorce.

— Não foi culpa sua, Noah.

— Mas vai permanecer comigo. Sempre. Volte... para lá. Eu sei que seu pai quer falar com você.

— Venha comigo, cara. O médico disse que ela vinculou dois eventos traumatizantes, e é por isso que sua cabeça deu um salto ou algo assim, então precisamos encontrar uma maneira de ajudá-la a separá-los. Preciso de você para isso. Volte para dentro.

As portas do elevador se abrem ao nosso lado, revelando Brady e Chase.

A gente se encara enquanto Brady sai, Chase logo atrás com um buquê de flores nas mãos.

Uma corrente fria percorre minhas veias e meus músculos se contraem.

— Noah, mas que porra é essa, mano? — Brady se aproxima, mas Mason levanta a mão e eles param.

— Meus pais estão lá, vão dizer oi — diz, sem olhar para eles, e com passos hesitantes eles o obedecem, caminhando devagar em direção ao quarto do hospital.

A cada passo dado por eles, uma dor aguda ataca minhas costas.

Eles entram, e eu me afasto, incapaz de ficar lá e vê-los fazer a única coisa que eu gostaria de poder fazer.

Apenas estar com ela, perto dela, porra. Qualquer coisa.

As portas do elevador se fecham de novo e não suporto esperar ele voltar. Eu me dirijo para a escada.

— Eu contei a ela! — grita Mason, antes que eu possa desaparecer.

Meu corpo estaca, e a porta de vaivém volta, quase me dando um tapa na cara. A raiva ondula através de mim, e olho para ele por cima do ombro.

— Como assim, você contou a ela?

Mason desvia o olhar e eu me aproximo dele.

— Mason. — Eu invado o espaço pessoal dele, imobilizando-o no lugar.

— Ela sabe que o bebê não era dele.

Juro por Deus, algo racha dentro de mim.

— Não brinque comigo a respeito disso.

— Por que faria isso? — pressiona, mas se acalma depois de alguns segundos. — Deixei isso claro, mas não expliquei mais nada.

Coloco as mãos nos quadris, inflando as bochechas quando olho para o outro lado. Mordendo a língua ao lutar para não desmoronar.

— Não sei o que fazer. Eu preciso que ela saiba que não está sozinha — enfatiza.

Nós se formam no meu estômago.

— Ela não está. Nunca.

— Eu sei. — Seu tom é baixo, compreensivo. — Noah, ela sempre faz perguntas e, por mais que eu odeie admitir, não tenho certeza se tenho todas as respostas certas. Por favor, ajude ela a lembrar.

Minha pulsação acelera, meu corpo retesa.

— E se ela não lembrar?

— Então foda-se a memória.

Uma risada sarcástica me escapa, e um pequeno sorriso desliza nos seus lábios.

— Ela se apaixonou por você uma vez, certo? — Ele dá de ombros. — Dê a ela a chance de se apaixonar de novo.

Engolindo meus medos, faço a pergunta que está me assombrando:

— E se ela não me quiser?

Mason inclina a cabeça.

— Ah, qual é. Estamos falando da Ari. Ela ainda é ela, e você ainda é você. — Quando hesito por muito tempo, suas feições se contraem. — Noah, por favor. Preciso saber que ela vai ficar bem, e do jeito que vejo, ela não pode ficar se não estiver com você.

— Você não sabe.

— Eu apostaria.

Se eu estivesse pensando direito, eu também acreditaria nisso. Apostaria nela, em nós, mas o mundo continua encontrando maneiras de me lembrar de que a vida é difícil, e que para cada coisa boa, vem um punhado de ruins. Toda vez que penso que tudo está mudando, que finalmente estou superando o fardo, um desmoronamento de pedras acontece e tenho que me esforçar para passar por ele. Mas desta vez, não posso fazer isso.

Estou à mercê de uma mente onde não tenho mais lugar.

Meu suspiro vem, e eu olho para a porta por onde Chase e Brady desapareceram.

— Ela nem gosta de flores.

Ele solta uma risada, mas a tristeza no som não passa despercebida.

— Sim, cara, eu sei. Isso seria culpa do meu pai.

Meus olhos se voltam para os dele, o menor indício de calor piscando em meu peito.

— Ah, é?

Ele sorri, o homem sabe que me pegou, suas palavras oferecendo um pouco mais da minha garota para mim, mas a resposta "sim" vem do corredor.

Viramos para encontrar o sr. Johnson se aproximando.

Eu me aprumo e ele segura o ombro do filho, de frente para mim.

— As flores são bonitas, mas ficam mais bonitas na terra e não mortas depois de uma semana. — Sua boca se curva em um largo sorriso. — Minhas garotas são mimadas com comida, guloseimas e coisas do tipo.

Meus lábios se contraem, e Mason arqueia uma sobrancelha, vitorioso.

— Por que acha que ela só queria cozinhar com você? Você a estava conquistando quando nem sabia.

As lembranças da primeira vez que cozinhei para ela vêm à tona e desvio o olhar.

— É por isso que estou aqui. — Olhamos para o sr. Johnson. — Ela está morrendo de fome e não quer o que eles trouxeram.

— Posso ir buscar um frango apimentado para ela no Popeye's? — Mason já está tirando as chaves do bolso.

— Não, ela, hmm, ela foi bem específica quanto ao que queria. — Seus olhos castanhos se movem para os meus, um pensamento oculto dentro deles. — Sabe onde podemos encontrar uma empada por aqui?

Meus músculos travam, uma faísca de algo me sacode por dentro, o menor indício de escuridão se transformando em luz do dia.

Incapaz de falar, eu aceno.

— Então mostre o caminho, filho. — Ele ergue o queixo. — Nossa garota está esperando.

Eu oro a Deus, para que em algum lugar lá no fundo, ela esteja mesmo me esperando.

E então me lembro de que o homem que ela pensa que ama está com ela agora, e qualquer lampejo de esperança que eu possa ter sentido desaparece.

CAPÍTULO 42

ARIANNA

Satisfeita, inclino a cabeça para trás, feliz por ter meus pais em casa.

— Aquilo estava tão bom.

Meu pai pega a vasilha e a joga em uma sacola na bancada.

— Sim, esse Noah com certeza sabe cozinhar.

— Noah Riley? — Olho para o meu pai. — Ele fez a empada?

— Ah, sim, e desde a massa. Bem impressionante, se quer saber. Por que acha que levamos três horas para voltar aqui?

— Não pensei que fosse porque o *quarterback* do Avix U se destacou como chef, com certeza. — Suspiro, olhando para Mason. — Meu Deus! Sua temporada? Como foi? Você jogou?

Mason ri, abrindo a boca, mas eu o interrompo antes que ele possa falar.

— Espera, não me diga! Mudei de ideia — digo à minha família e todos os olhares se voltam para mim.

Assim que meu pai e Mason voltaram, pudemos chamar o dr. Brian de volta e, desta vez, ele foi acompanhado por um especialista. Eles repassaram tudo mais uma vez, para que meus pais pudessem entender, e a maneira como o especialista explicou o que estou enfrentando me fez pensar nas coisas de maneira um pouco diferente, levando-me à minha decisão final.

— Não quero que me falem dos últimos meses.

— Ari. — Mason nega com a cabeça. — Há coisas que precisa saber.

Subconscientemente, minha mão toca a barriga, e eu aceno.

— Eu sei, e vou perguntar um pouco de algumas coisas, mas quero ter a chance de fazer exatamente isso quando precisar. O médico disse que os pensamentos de outra pessoa podem me confundir mais do que já estou, e não quero arriscar. Eu quero me lembrar sozinha. Eles disseram que eu consigo.

— Claro que consegue, querida. — Minha mãe afasta meu cabelo para trás. — Nada de pressão. O que você decidir, estamos aqui.

— Por falar nisso, tenho alta amanhã, e não… não quero ir para o dormitório.

Minha mãe olha de mim para meu pai, e Mason adivinha.

— Quer ir para a casa da praia?

Concordo, olhando entre os três.

— É o último lugar de que me lembro, e quero ficar mais perto. Também quero voltar para a faculdade quando o semestre começar.

— Falta menos de um mês.

— E o médico disse que eu poderia lembrar a qualquer dia. O acidente foi há quinze dias. Tudo deve voltar em breve. Amanhã mesmo.

O quarto fica em silêncio por um tempo, e minha mãe oferece um pequeno sorriso.

— E se demorar um pouco mais?

Uma onda de náusea me atinge, mas me controlo.

— Continuo querendo voltar, ainda mais naquela época. Estar no campus, frequentar as mesmas áreas e as mesmas pessoas pode ajudar. Estava no campus, certo?

— Claro que estava. — Mason pigarreia. — Acho que vai ficar tudo bem. Vou falar para a Cameron arrumar algumas coisas para você esta noite, deixar tudo pronto para amanhã.

Meu pai franze o cenho, preocupado, mas assente em concordância, colocando a mão nas costas da minha mãe quando ela se levanta.

— Papai e eu podemos ir às compras, abastecer a geladeira e outras coisa — minha mãe emenda, ansiosa. — Mas se acha que eu vou para casa, está maluca. Vou ficar no nosso apartamento na praia.

Estendo a mão, apertando a dela.

— Achei que você diria isso.

Ela pisca, e então todos se levantam, o horário de visitas quase no fim, e agora que não estou mais em estado crítico, a regras se aplicam. Honestamente, é um alívio, e admitir isso me faz sentir culpada, mas eles percebem meus olhos pesados e me dizem para descansar. Vem de um lugar de amor, mas se soubessem como meu estômago revira ao pensar no anoitecer, se preocupariam até a morte.

Então, quando se despedem, coloco uma máscara de tranquilidade, mas no minuto em que se vão, ela desaparece, a ansiedade me paralisando.

Em breve, todas as luzes estarão apagadas e nenhuma conversa virá dos corredores. As enfermeiras não gritam de seus postos, mas falam baixinho entre si.

O andar ficará em silêncio e a exaustão irá me abater.

Eu odeio isso.

O mero pensamento de dormir é aterrorizante.

E se eu fechar os olhos e esquecer mais coisas?

E se eu fechar os olhos e nunca mais os abrir?

E se abrirem e eu nem souber quem sou?

Agora, ainda sou eu, faltando apenas algumas peças.

E se amanhã eu for uma estranha presa no corpo de Arianna Johnson?

Inclinando a cabeça para trás, afasto as lágrimas com um grunhido.

Uma leve batida me faz levantar, surpresa quando avisto Noah na porta, com um saco plástico na mão.

— O Gasparzinho está te irritando de novo? — Seu tom é tenso, mas caloroso.

Pisco para afastar as lágrimas.

— Sim, ele está sendo um idiota. Continua jogando água nos meus olhos. Estou um tanto cansada disso.

Ele solta uma risada baixa, e balança a cabeça como se entendesse o que quero dizer.

Estou farta de chorar.

— Trouxe uma coisa pra você. — Ele hesita um pouco na porta, mas quando não digo nada, entra.

Ele me entrega a sacola e, devagar, estendo a mão para pegá-la.

— O que é?

— Uma coisinha para você passar a noite. — Ele se vira para a porta, mas algo me faz chamá-lo.

— Você não precisa sair... a não ser que queira.

A princípio ele não olha para trás e, quando o faz, um peso recai sobre o quarto.

Ele não quer ir embora; posso sentir isso.

Como é possível eu sentir isso?

Eu pigarreio.

— Poderia esperar até que alguém venha te expulsar? Não deve demorar muito.

Aos poucos, ele assente com a cabeça, suas mãos deslizando no bolso do moletom quando se aproxima, sentando-se ao meu lado.

Ele me observa de perto enquanto enfio a mão na sacola, tirando um par de fones de ouvido e um iPod velho.

O calor toma conta de mim, e eu olho para ele.

— Você me trouxe música?

Seu olhar está fixo ao meu.

— Achei que, talvez, precisasse se perder um pouco.

Como você sabe que não consigo dormir? Que música vai ajudar? Como sabe o que eu preciso?

— Obrigada — sussurro, e quando ligo o aparelho e coloco os fones de ouvido, passo um para ele.

Noah mantém seu olhar no meu ao ajustar o fone em seu ouvido, e eu me deito na cama. Aperto o play, e com três acordes meus olhos se fecham, a história se desenrolando por trás deles.

Algo se apodera de mim e minha respiração fica mais profunda, mais completa.

— É tão bom ver esse homem finalmente dormindo um pouco.

Olho para cima e vejo a enfermeira Becky entrar, sem saber quanto tempo se passou, mas deve ter sido pouco porque quando olho para Noah, descubro que ele está dormindo, com a mão em cima do meu colchão, ao meu lado.

— Desculpe — sussurro. — Eu sei que o horário de visitas acabou.

— Você tem o quarto todo só para você; eles não vão incomodá-la. — Ela gesticula com a mão, o casaco pendurado no braço. — Além disso, estou indo embora, só queria dar uma passada e me despedir caso não te veja amanhã antes de você receber alta.

— Obrigada por tudo que fez por mim.

— Foi um prazer. Foi bom ver uma família tão amorosa. É triste ver como isso é raro aqui. — Ela suspira, sorrindo ao olhar para Noah. — E aquele homem não saiu do seu lado.

Meu estômago se contrai.

— Ele não saiu?

Ela balança a cabeça em negativa, olhando para ele com um ar maternal.

— O coitado só fechava os olhos uma ou duas horas por dia durante todo o tempo em que estava inconsciente, e menos ainda nos últimos dias, conforme se escondia na sala de espera no final do corredor. Se não estava naquele chuveiro, estava ali naquela cadeira, inquieto, parecendo uma criança na véspera de Natal.

Um franzir se constrói pela minha testa.

— Parece que ele está dormindo muito bem. — Seu olhar se volta para mim, um leve brilho cintilando. — Vou antes de acordá-lo.

Balançando a cabeça, eu aceno, mas assim que ela sai, meus olhos se voltam para Noah, para sua mão, a um centímetro de encontrar minha coxa coberta pela coberta.

Olho um pouco para ele, para seus dedos longos e a leve curvatura de seus dedos. Na maciez de sua pele e nas veias de seu antebraço quando sua manga sobe um pouco.

Olho para o rosto dele, para os longos cílios encostados nas maçãs do rosto. Seu cabelo escuro aparece por baixo do capuz, e há uma leve barba por fazer em sua mandíbula.

Seu peito sobe e desce com respirações profundas.

Coloco o fone de volta no ouvido e, antes que eu perceba, a manhã chega com o assento ao meu lado vazio e uma batida na porta.

Meus olhos se abrem, meu sorriso é instantâneo.

— Chase.

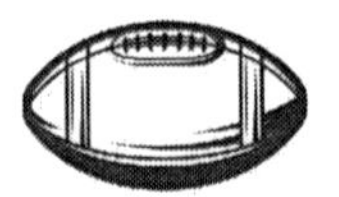

NOAH

Se passa um pouco mais de uma hora sentado no banco da calçada antes que a voz de Ari me alcance, tirando-me de meus pensamentos, e quando viro a cabeça, ela aparece, seus olhos encontrando os meus como se eu tivesse falado o nome dela.

— Noah. — A alegria em seu tom faz minha pulsação disparar, e não consigo evitar o sorrisinho.

Quero pegá-la, abraçá-la. Eu quero segurá-la.

Em vez disso, fico sentado, entrelaçando os dedos porque não confio em mim mesmo para não estender a mão.

— Julieta.

Seus olhos se estreitam um pouco, mas depois ri, e caramba, é bom ouvir isso. Ela se lembra do apelido que dei a ela naquele primeiro dia.

— Sabe. — Ela inclina a cabeça. — Eles falaram do perigo dos perseguidores na orientação dos estudantes.

Eu fico nervoso, minhas palavras se prolongam.

— Agora falam?

— Uhum — provoca. — E você sentado aqui mostra tendências de um quase perseguidor.

Engulo em seco.

— E se eu dissesse que não estava aqui por sua causa?

— Eu diria que é um grande mentiroso.

Dou risada, a facilidade dessa conversa se acomoda de uma forma que não consigo explicar, mas um peso vem junto porque enquanto estava sentado aqui, esperando vê-la sair, ela deveria saber por que outro motivo eu estaria aqui em um domingo à tarde. Ela foi comigo tantas vezes. Afasto o pensamento e me levanto, seu queixo erguido, para poder manter os olhos nos meus.

— Você estaria certa.

Seus lábios começam a se curvar, mas ela reprime o sorriso, depois olha para trás, e o calor fermentando em meu peito morre ali.

Chase sai com um sorriso, mas quando me vê, o sorriso some. Ele desvia o olhar um pouco, mas depois volta a me olhar.

— E aí, cara.

A culpa está estampada em seu semblante, como deveria estar.

Meu cérebro se recusa a permitir que eu responda, mas então Cameron e Brady saem um atrás do outro, e o rugido de um motor acelera atrás de mim. Mason estaciona na calçada.

Ele logo desce do carro, e os outros colocam suas bolsas no maleiro quando abre o porta-malas, Ari ainda está na calçada, trinta centímetros à minha frente.

— Liguei para você duas vezes ontem à noite. — Ele me encara.

Meus olhos deslizam para Ari, e ela abaixa o queixo, mordiscando o lábio, e os olhos de Mason se estreitam, curiosos.

Todo mundo sobe no Tahoe de Mason, mas os dois e Ari olham para mim, as olheiras um pouco mais claras hoje.

— Vamos passar o resto das férias na casa de praia — ela me diz, e meu peito aperta.

— Ah, é?

Ela assente.

Vamos...

— Você tem... você tem planos com sua família?

Você é a minha família.

Nego com um aceno de cabeça, meus batimentos acelerando, uma mistura de emoções fluindo através de mim.

— Ah. — Ela faz uma pausa.

Quase.

— Ficaremos só nós cinco, e temos um quarto extra se quiser vir — diz, como se eu não tivesse estado lá. Isso me mata, mas não tanto quanto o toque de incerteza em seu tom.

Nos olhos dela.

No jeito que ela fica.

Quero acabar com tudo isso, dizer a ela que nunca terá que pensar onde quero estar, porque a resposta é, e sempre será, onde quer que ela esteja.

Bem ao lado dela.

Mas não posso dizer.

Então mantenho como está. Guardo isso para nós.

— Você sabe a resposta para isso.

— Sei? — Ela ri, mas não tem ideia do porquê, e pela primeira vez, isso traz um sorriso ao meu rosto porque enquanto ela não se lembra, sua cabeça faz a conexão no subconsciente. — Talvez eu queira ouvir?

Com isso, um pequeno sorriso se forma.

Claro que sim, baby.

— Sim, Julieta — digo. — Eu adoraria ir.

Seus lábios se contraem em um sorriso, e ela dá um breve aceno de cabeça.

— Então parece que a casa vai ficar cheia.

Demora um segundo, mas ela passa por mim, deslizando no banco da frente, onde Mason tem alguns travesseiros esperando por ela.

Ele para ao meu lado.

— Que tipo de garota convidaria "um cara da praia com quem se sentou e conversou por um minuto" para dormir no final do corredor onde ela está, por duas semanas?

Meus pulmões se enchem e eu me viro para ele.

— Do tipo que se lembra de um tópico da sua orientação de caloura.

Suas sobrancelhas se franzem.

— Mas... isso foi depois que ela foi passar o verão. Semanas depois.

Um pequeno sorriso estica os meus lábios, e eu aceno.

— Eu sei.

Com isso, sigo em direção à minha caminhonete, deixando Mason explicar por que não preciso correr para casa pra pegar algumas coisas antes de fazermos a curta viagem.

Eu já tinha tudo arrumado.

CAPÍTULO 43

NOAH

Dois dias se transformam em quatro, e quatro se transformam em uma semana e, ainda assim, a memória de Ari não voltou. São vinte e dois dias no total e, a cada hora que passa, meus dias ficam um pouco mais sombrios.

A memória subconsciente sobre a orientação é o último e único comentário que captei que contém qualquer tipo de prova de que as memórias dela ainda estão lá em algum lugar. Pelo que sei, é a única vez que ela se referiu a *antes*, não que ela tenha percebido. Mais uma vez, tanto quanto eu sei.

Uma garrafa de cerveja gelada surge na minha frente, e eu olho para cima e vejo o sr. Johnson.

Sem querer ser rude, pretendo aceitar, mas hesito um pouco demais, e ele solta uma risada baixa.

— Sim, conheço esse rosto. — Ele se abaixa na cadeira ao meu lado, toma um gole lento e coloca a segunda garrafa entre as pernas. — Essa é a cara de um homem que já trata o cara da adega pelo primeiro nome.

Minha boca se curva um pouco e olho para o deque de madeira sob meus pés.

— O nome dele era Darrel, e ele tem um fraco por refrigerante de cereja.

O sr. Johnson dá um pequeno sorriso, mas que não cintila em seus olhos. Suas feições suavizam e ele concorda.

— Você acha que pode ser franco comigo? — pergunta.

— Não tenho motivos para não ser, senhor.

Ele acena para mim.

— Eu gosto dessa resposta, mas nada de senhor. Não, sr. Johnson. Apenas Evan. — Ele abaixa o queixo e eu concordo.

— Não vou mentir para você, Evan. — Eu o encaro. — Posso optar por não responder com base na pergunta, mas somente por boa intenção. Nada mais.

— Que tipo de pergunta você escolheria não responder?

Abro a boca, mas ele ri.

— Eu só quero saber como você está, filho, como você está *de verdade*.

— Não tenho muita certeza — respondo, sincero. — Considerando tudo, estou bem, mas *tem um monte de coisa a se considerar* e, hmm…

— E você é a porra do caos?

Meus olhos se voltam para ele, e ele sorri, arrancando uma risada minha.

— Sim, senhor. — Ele ergue uma sobrancelha e eu ergo as palmas das mãos. — Desculpa, maldição de atleta. Se não fosse um professor meu, era senhor ou treinador. Não é fácil de mudar isso.

— É um bom problema de se ter — concorda. — Dessa coisa toda de atleta.

Desvio o olhar.

— Isso pode levar a uma daquelas perguntas do tipo "escolha não responder".

— Porque não quer que eu diga para você não se afastar dos seus sonhos.

— Se foi isso que me disse agora, senhor, agradeço por entender por que estou aqui e não em outro lugar.

Sua mandíbula cerra, e ele desvia o olhar com um aceno lento, tentando disfarçar a umidade em seus olhos.

— Evan, filho. Senhor, não. — Ele toma um longo gole de sua cerveja e, quando olha para mim, acena com a cabeça de novo. — Como você está? Sério, Noah. Eu sei que sua mãe ainda está se recuperando, você tem o último semestre chegando e o futebol está em aberto. E com tudo que está acontecendo com Ari, me preocupo por você. É muito para qualquer um lidar, mas no que diz respeito à minha filha, imagino que sua posição seja a pior para se estar.

— Não me sinto preso, senhor, quer dizer, Evan. Um pouco impotente, um pouco sobrecarregado, sim, mas preso, não.

— Eu sei que é difícil, e não sei se concordo necessariamente com a escolha dela de manter todas as nossas bocas fechadas assim, mas agradeço por concordar com o que ela pediu. — Bufa, balançando a cabeça. — Tenho certeza de que trancaria minha esposa em um quarto comigo e aprofundaria cada detalhe naquela primeira noite.

Minha risada é baixa.

— Sim.

Adoraria nada mais do que fazer isso. Está em minha cabeça o tempo todo, como eu começaria e o que eu diria, exatamente. Já tive a conversa imaginária com ela uma centena de vezes, mas no final de cada uma, lágrimas transbordam de seus olhos, confusão nadando dentro deles enquanto olha para o homem dizendo que o ama ao mesmo tempo em que internamente jura que ama outro.

Não vou machucá-la só para me ajudar.

Olho para o sr. Johnson.

— Controlar a boca nunca foi muito difícil para mim. É só mais outra coisa que vem ao ser atleta.

— Um atleta em plena forma para os treinos, de qualquer maneira.

Concordo.

Como um atleta, em boa forma e que pode ser treinado, como ele apontou, nem sempre gosta do que vê, ouve ou é solicitado a fazer, mas faz mesmo assim por vários motivos.

— Isso é muito diferente, Noah — diz meu pensamento exato em voz alta.

— É, sim, mas não é a parte de "segurar a boca" que é difícil para mim.

A compreensão aparece em sua feição e ele suspira.

— Não, filho, imagino que não.

Ambos os nossos olhares se voltam para frente, para o mar, para a faixa de areia, onde Ari está parada, o cabelo balançando na frente de seu rosto, um largo sorriso espalhado em seus lábios quando ri... de algo que Chase disse.

A tensão aumenta em meu esterno, e me obrigo a encarar o chão.

Sentar, desta vez, significa observar em primeira mão como meu futuro fica mais confuso a cada dia, mas o que ela quer é o que eu quero para ela, então, na verdade, não há nenhuma decisão a ser tomada de minha parte.

Estou aqui até que ela esteja pronta para mim.

Ou até que eu seja forçado a deixá-la.

— Você ama minha garotinha — fala o sr. Johnson, baixo, virando-se para mim.

— Não sou o único. — Meus lábios se fecham em uma linha tensa, meus olhos levantando para a areia mais uma vez. — Estou começando a me perguntar se algum dia terei a chance de contar a ela.

Sua mão toca meu ombro, dando um pequeno aperto.

— Se começar a parecer que não vai, pode muito bem ir atrás e falar de qualquer maneira. — Seu queixo abaixa e consigo acenar.

Sem pressa, ele se levanta.

— É uma honra tê-lo aqui, filho.

— Obrigado, senhor.

Ele me encara, e uma risada baixa me escapa.

Mason sai da casa então, olhando entre nós dois, mas seu olhar é rapidamente direcionado para Chase e Ari. Ele fecha a cara na hora.

Sr. Johnson ri, dá um tapa em seu ombro e dá a volta para entrar.

— Estou indo pegar minha esposa para almoçar. Até mais, rapazes.

Ele sai, e os dois na praia voltam por esse caminho, parando não muito longe de nós agora.

Chase diz algo, e a mão coberta pelo suéter de Ari cobre a sua risada, mas ainda ecoa em meus ouvidos.

Meus lábios se contorcem, meu corpo confuso pela felicidade que sua risada traz e a devastação sangra em mim por não ter sido eu quem a recebeu.

— Porra. — Mason suspira, e olhamos um para o outro. — O que está fazendo, cara?

— Querendo saber como mostrar a uma garota que desejou um homem a vida toda que ela não o quer mais.

Mason estremece, seu olhar se aguçando cada vez mais conforme encara os dois.

— Que se foda.

Ele avança e eu me levanto, agarrando-o pelo pulso para impedi-lo de continuar.

Seus olhos se estreitam em mim.

— Noah.

— Preciso que me prometa uma coisa.

Suas sobrancelhas franzem.

— Não.

— Mason, qual é. Por favor.

Irritado, ele para e me olha.

— O quê?

— Quando ele disser que mudou de ideia, não interfira.

— Que porra é essa? — rebate. — Você está falando sério?

— Sim, e sei que você não quer fazer ela sofrer. Ter um ataque de fúria fará exatamente isso.

— Não se trata de manter minha irmã longe do meu amigo. Pode ter sido antes, mas agora é diferente. Trata-se de ela recuperar a vida que perdeu. Você precisa entender isso.

— Confie em mim, eu entendo, mas estou tentando fazer o que é certo aqui. É o que ela quer.

— O que ela quer é você.

— Mason.

— Ela te ama, mano! Isso é que é o certo, fim da porra da história!

— Fale baixo — advirto, mas é tarde demais.

Ari ouve os gritos de seu gêmeo e, com certeza, seus olhos são atraídos para cá.

Com passos vacilantes, ela coloca o cabelo atrás da orelha ao puxar o canto do lábio inferior entre os dentes. Seu peito sobe com uma respiração profunda e ela não desvia o olhar.

Ela não se move.

Mas os olhos dela não estão em Mason. Estão em mim.

— Olhe para ela, Noah. — O sussurro de Mason é desesperado. — Só... merda, olhe para ela. Está escrito nela, e nem sabe disso. Ela é sua, cara. Não a deixe perder o que sempre quis e finalmente encontrou.

Um nó se forma na garganta e eu o engulo. Mas nem isso esconde a turbulência em meu tom.

— Em sua cabeça, agora, ela o ama. Ela o quer. Preciso que a deixe descobrir por conta própria.

Frustrado, ele passa a mão no rosto.

— Me diga o porquê.

— Porque ela está perdida, você mesmo disse. Ela só tem o que sabe, e o que ela sabe é... — Engulo. — O que ela sabe é como ele a faz sentir.

Ficamos em silêncio um pouco antes de eu acrescentar:

— Ele é a única coisa que faz sentido para ela agora.

— Você sabe que isso é fodido, né? Que poderia sair pela culatra? Se ele a ama mesmo e ela der a eles a chance que não tiveram porque eu sou um cretino, isso pode significar que você a perderá. — Ele se vira e me encara. — Está preparado para isso? Porque pode acontecer, porra.

As artérias ao redor do meu coração se apertam e fica um pouco mais difícil respirar.

Ari sorri então, acena, e tudo dói. Queima.

Pigarreando de leve, eu me viro, encarando Mason.

— Não estou pedindo para você empurrá-la para ele. Só estou pedindo que permita a ela a chance que você tirou, caso ela decida o que quer.

Mason balança a cabeça.

— Este não é um cara qualquer. Tem passado, laços familiares. Amizade que dura há anos. — Ele me olha. — Chase é um bom homem, Noah.

— Se não fosse, eu não estaria aqui.

Ele suspira, longo e alto.

— Tá bom. Mas para deixar claro, esta é uma péssima ideia, e você pode aprender isso da maneira mais difícil. — Com isso, ele desce os degraus, cortando à direita e desaparecendo na praia.

Ari e Chase observam ele desaparecer, e quando a atenção dela se volta para mim, eu me sento outra vez.

Pressiono os dedos nos olhos, torcendo para estar fazendo a coisa certa e desejando que haja uma maneira de descobrir, mas como posso encontrar a resposta quando eu nem sei a maldita pergunta?

A vida nunca foi simples para mim, mas isso está em outro nível e não estou lidando muito bem.

Eu quero minha garota de volta.

Quero o futuro que ousei sonhar.

Eu quero *ela*.

CAPÍTULO 44

NOAH

— Obrigado por vir conversar com Kalani — diz Nate, o primo de Ari, quando me acompanha para fora. — Imagino que a última coisa em sua cabeça agora seja futebol, então significa muito que a tenha entretido.

— Não quero que pense que não estou interessado em jogar pelos Tomahawks. — Eu me viro para encará-lo. — Estou. Eu ficaria honrado em fazer parte de qualquer time, ainda mais um que quer que eu volte para minha posição original, mas eu só…

— Não consegue pensar além do momento presente?

Concordo.

— Ei, conheço a sensação, cara. Confie em mim. Meu mundo se despedaçou por um minuto, também, antes de chegarmos aonde estamos agora. Não como o seu, mas…

— Não, não diga isso. Sofrimento é sofrimento, certo?

— Essa merda dói de qualquer jeito — concorda, estendendo a mão, então eu bato minha palma na dele. — Você vem ao churrasco no domingo?

— Estarei aqui — cumprimento o homem e volto para a casa de praia de Ari.

No caminho, Trey me liga, fazendo desta sua quarta tentativa de falar comigo desde que Ari acordou do coma, mas não consigo atender, assim como não consegui responder às mensagens de Paige ou de meus treinadores.

Não sei o que dizer a eles, ou a qualquer outra pessoa. Imagino que tenham ouvido alguma coisa, mas não tenho certeza e não estou pronto para ter essa conversa com ninguém.

Falar do que aconteceu só vai tornar tudo mais real do que já é, e não estou bem.

Não demoro muito a chegar ao deque da casa de praia. Brady e Cameron estão sentados no sofá, jogando em seus telefones. Quando chego ao topo, Cameron olha para cima, com um sorriso nos lábios.

— O quê? — Meus passos são lentos.

— Martha Stewart chegou, oficialmente. — Ela ergue as pernas, pegando uma batata frita da tigela no colo de Brady. — Entre aí, Snoop Dogg.

— Não estou entendendo…

Ela olha de volta para sua tela.

— Você irá.

Com um pequeno sorriso, balanço a cabeça e entro.

Coloco um único pé na porta e, instantaneamente, meus sentidos são agredidos, o aroma que eu poderia reconhecer em qualquer lugar, e meus pés param, meus olhos disparando ao redor do lugar.

O sr. Johnson está sentado à mesa lendo uma revista de esportes, e Mason se inclina na ilha da cozinha.

E atrás dele, de frente para o fogão, está… Ari.

Ela está mexendo algo em uma panela, e se minha memória não está me pregando peças, eu sei bem o que ela está tomando cuidado extra para provar.

A receita que mostrei para ela. Que fiz com ela.

A receita da minha mãe.

Minha garganta fica obstruída e, devagar, eu me aproximo, juntando-me a Mason no balcão.

— Mãe, você achou?! — grita Ari, mergulhando o dedo na colher para provar o molho quente.

— Não, querida, aqui atrás não tem. — A sra. Johnson dá a volta pela cozinha, seu rosto se iluminando quando me vê. — Noah, você voltou. Como foi com a Lolli?

— Tão louco quanto o esperado, tenho certeza. — Mason aperta meu cotovelo, e solto uma risada baixa.

— Ela é gentil. Foi uma boa conversa.

Ari olha por cima do ombro então, e meu peito infla.

— O que, uh, o que estava procurando? — pergunto, tiro a jaqueta e a coloco sobre a cadeira. Arregaço as mangas, contornando a lateral da ilha, cautelosamente.

Faço uma pausa ao lado dela e um sorriso nervoso surge em seus lábios.

— A mamãe estava procurando algumas pimentas — explica Mason.

Aceno, tentando manter a respiração estável porque acho que sei onde isso vai dar.

— Tem alguns *jalapeños* na geladeira.

— Acha que ficaria bom? — pergunta Ari, olhando rápido para mim.

— Talvez, mas de que tipo estava procurando?

— Pimenta em pó.

Eu não digo nada de propósito, e ela olha para mim.

— Aquelas usadas nas pizzas, sabe?

Eu luto contra um sorriso, minha pulsação acelerando.

— Sei, sim. Pimentas de pizza.

A mão de Ari para no meio do movimento, a cabeça virando na minha direção. Um pequeno franzir surge em sua testa, mas um pequeno sorriso desliza no segundo seguinte.

— Espere! — Ela vai até a gaveta lateral e vasculha, tirando alguns pacotes de pimentas da pizza do Benito. Ela segura a embalagem, triunfante. — Sabia que isso seria útil.

Ela volta, rasga cada pacotinho e os despeja na panela.

Inclino o cotovelo no balcão, de frente para ela.

— Deve dar uma bela apimentada, hein?

Seu sorriso é largo.

— Exato.

Seus olhos param nos meus e um nó se forma na minha garganta.

Nossa, ela é tão bonita.

— Ah, merda! — Brady entra com um grito, e porra, isso quebra o feitiço. — Temos extintores de incêndio, né?

— E seguro residencial? — acrescenta Cameron.

— Ha-ha. — Ari balança a cabeça. — Eles juram que sou inútil, Noah.

Deslizo um pouco mais perto, seu cotovelo roçando meu peito quando ela se mexe, e o seu peito sobe com uma inspiração profunda.

Seus olhos se voltam para os meus, seus cílios longos e escuros sobem e descem pelas maçãs do rosto.

— Parece que está indo bem. — Meu tom está um pouco mais rouco do que eu gostaria, mas não me importo.

Ela pisca, um lampejo de algo piscando em seu rosto, e então ergue o queixo, aquela doce timidez que eu amo aparecendo.

Sinto sua falta.

Ela franze a testa, mas rapidamente a desfaz, sacudindo a cabeça por cima do ombro.

— Sim, estou indo muito bem. Talvez eu não seja tão ruim, afinal. — Ela faz uma pausa. — *Mãe.*

— Oi. — A senhora Johnson se encosta no marido, levando uma caneca de café aos lábios para esconder um sorriso. — Eu não disse isso.

Todos riem, e antes que eu desvie o olhar, o sr. Johnson chama minha atenção.

Ele pisca e volta para sua leitura.

Meus olhos não saem dela depois disso.

Ela está trabalhando com uma memória, uma que eu dei a ela, e ela nem sabe disso.

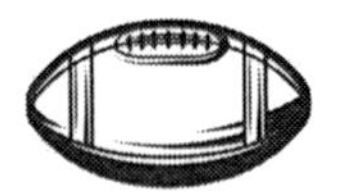

Mason e eu estávamos jogando futebol na rua quando Ari saiu cambaleando de casa, tropeçando nos tênis de Mason.

— Merda, Mason! — Ela ri, se apoiando na cadeira perto da porta.

— Desculpa! — grita, olhando para trás quando o rugido do Hummer de Nate se aproxima.

— Droga, diga para eles esperarem. Esqueci meu telefone! — Ela corre de volta para dentro, e nos viramos para encarar as garotas.

As janelas estão abaixadas, a música está alta e Lolli não pisa no freio até estar bem na frente da casa, parando bruscamente, enfim.

A prima de Payton e Lolli, Mia, sorri por trás, meio inclinada para fora da janela.

— Beleza, rapazes?

— Beleza, estamos jogando bola. — Aponto para Mason, que se aproxima com o cenho franzido.

— Cadê o pequeno D? — Ele enfia a bola embaixo do braço.

Payton olha para ele, seus olhos passando depressa pelos meus.

— Ari parece estar mantendo distância dele, então, eu… — Seus olhos se voltam para os meus e seus lábios se fecham com um sorriso tenso. — Desculpe, Noah.

Uma dor aguda apunhala meu peito e aumenta, sabendo que Ari está evitando ficar perto do filho de Payton, mas balanço a cabeça, sem querer fazê-la se sentir culpada quando não deveria.

— Tudo bem.

— Não queria incomodá-la, então deixei ele com meu irmão.

— Eu poderia ter ajudado — argumenta Mason.

As bochechas de Payton ficam vermelhas.

— Não precisava da sua ajuda.

Mason se vira para mim, joga a bola e corre de volta para casa.

Lolli se vira no banco da frente, erguendo uma sobrancelha para Payton, que se ocupa com o telefone.

— Desculpe, pronto. — Ari corre, com o cabelo pingando e fazendo um coque na cabeça.

— Dia das garotas? — pergunto.

— Sim. Deve ser divertido.

Eu sorrio, feliz em vê-la saindo para algo diferente. Ela não saiu muito de casa desde que chegamos aqui, a não ser para descer e ficar perto do mar.

— Estou aqui à força, caso esteja se perguntando. — Lolli franze a testa.

— Cala a boca, Lolli. Vamos alimentá-la com tequila. Não se preocupe — brinca Mia.

— Estamos indo na cidade dar uma olhada em algumas butiques — comenta Payton, sem erguer os olhos. — Kenra soube do "baile" e enlouqueceu.

Meus músculos travam, e é preciso esforço para abrir os lábios.

Olho para Ari.

— Baile?

Ela sorri.

— Sim, o evento de seu time está chegando super rápido, então preciso encontrar algo agora, ou estarei ferrada.

Meu estômago se agita, meu corpo formiga.

— Você... — Engulo.

Ela lembra?

Devo parecer louco, porque ela ri.

— No começo, eu não tinha certeza se estava a fim, sabe? — responde, e eu balanço a cabeça, ansioso, desesperado para estender a mão e tirar o cabelo solto de seu rosto. — Mas aí eu decidi, dane-se, preciso me divertir.

— Sim. Você precisa. — *Precisamos, baby.*

— Então eu disse que ia. — Ela dá de ombros, abrindo a porta traseira.

— Disse que você ia.

Ela disse que ia?

Um nó se forma na garganta.

Na boca do meu estômago.

Na porra do meu peito.

Ari acena, uma ansiedade repentina encolhendo seus ombros.

— Hmm… — Confusão nada em seus olhos, então eu limpo a garganta, tentando oferecer um sorriso por ela, mas não tenho certeza se consigo.

E então giro, voltando para a casa, mas não entro.

Saio correndo pelos fundos, meus ouvidos zumbindo quando vozes chegam até mim do pátio.

Minha visão turva, entrando e saindo de foco, mas só preciso de uma visão clara.

Um alvo certo.

E eu o acho.

Eu me afasto, o punho acertando a mandíbula de Chase.

Ele desaba da cadeira, caindo no chão, e quando se levanta, a cabeça se vira para mim, eu o agarro pela camisa, empurrando-o para trás até suas costas baterem na grade.

Prendo seus braços atrás das costas e levanto um pouco suas pernas, para que ele fique meio pendurado na borda do deque. Pressiono o antebraço no seu peito, forçando-o a segurar todo o peso da parte superior do meu corpo.

Ele geme, tentando se libertar, mas pressiono com mais força.

Ele grita de dor desta vez, e Brady aparece ao meu lado, uma porta batendo atrás de nós, e então Mason aparece.

— Noah, solta ele.

Aperto a barriga de Chase com o cotovelo e afundo a palma da mão em seu ombro. Eu poderia arrancá-lo com um pouco mais de força.

— Você vai quebrar o braço dele. — A mão de Brady se fecha sobre meu pulso.

Meu estômago revira.

— Talvez ele mereça.

Meu corpo treme, os dentes cerrados, e eu me afasto dele, mas não recuo.

Chase é forçado a ficar diante de mim, bem na minha frente.

Sangue pinga de seu lábio, e ele o enxuga com o polegar.

Meus ombros cedem, e balanço a cabeça.

Um tipo distorcido de tormento queima dentro de mim; é um misto de raiva e culpa, fica difícil respirar, porque aqui estou com raiva do cara na minha frente quando fui eu que coloquei ele nessa posição.

Eu fiz isso. Tentei fazer a coisa certa, abaixei a maldita espada porque era isso que ela pedia, era disso que precisava, e ser tudo o que ela precisa é tudo que eu sempre quis. É tudo que eu sempre vou querer.

Então eu a segui, recuei, e esse filho da puta...

Ele se aproveitou.

Mas eu não entendo.

Balanço a cabeça.

— Por que está fazendo isso?

Chase tem a audácia de estremecer e desvia o olhar.

— Sério? Você é homem suficiente para dar em cima dela, mas não é para dizer isso em voz alta?

Sua cabeça se ergue de uma vez, e ele levanta as mãos.

— O que você quer que eu diga, Noah?

— Quero que me diga por que não devo nocauteá-lo. Por que eu não deveria ir até ela agora e lembrá-la exatamente do que a vida dela se tornou depois de você, porque era melhor. Ela estava mais feliz. Ela era...

Amada. Estava apaixonada.

Ela era minha.

— Eu só quero estar aqui por ela, Noah, e quero que ela saiba que eu... que estou aqui se ela decidir que... — Ele se interrompe.

— Como você vai ser metade do homem que ela precisa se nem consegue admitir em voz alta o que quer?

— Me desculpe, mas não preciso dizer nada a você.

— Não, só continue fingindo ser o cara que ela implorou para você ser meses atrás e veja como isso resulta para você.

— Acha que não sei que fiz merda? — grita ele. — Porque eu sei, tudo bem. Eu sei, mas não posso me afastar agora. Durante meses, procurei algum tipo de sinal de que o que fizemos foi certo, de que somos o que é certo, e não posso ignorar o fato de que ele veio. Este é o sinal mais claro que já vi.

Uma risada sem humor me escapa, e tento engolir por cima do nó no meu peito.

— Um sinal — concordo. — Você esteve há meses, anos até, esperando que alguém ou alguma coisa aparecesse e o convencesse de que ela vale a pena?

Mais uma vez, ele desvia o olhar, mas eu me aproximo, ficando em seu rosto e, por fim, ele traz seus olhos de volta para os meus.

— Eu sabia que aquela garota valia o mundo desde o momento em que a conheci. — Pisco com força, querendo não me descontrolar quando encaro o idiota tentando roubar meu mundo bem debaixo do meu nariz.

A mão de Mason pousa no meu ombro, mas eu me solto, giro e começo a me afastar, mas só dou um único passo.

— Ela me amou uma vez, Noah... poderia voltar a amar. Talvez você devesse começar a considerar isso.

O gelo se espalha dentro de mim.

Eu me viro tão rápido que me sinto enjoado, tonto, mas meu punho estala em seu nariz, e a dor que isso cria é bem-vinda.

— Porra! — Chase toca o rosto, sangue escorrendo.

Mason abaixa a cabeça e Brady desvia o olhar. Nenhum dos dois diz nada, porque, sério, o que podem dizer?

Isso demorou muito para acontecer, e sabem disso.

Precisando fugir e rápido, subo os degraus de dois em dois, me arrasto pela casa para que eles não possam mais me ver.

Meu corpo está tremendo numa punição cruel. Uma dor cruel subindo pela garganta, e ela vence.

Tropeço em direção à lata de lixo no canto, meu estômago se esvaziando no saco de lixo preto, levando embora o pouco de esperança que ontem à noite me trouxe.

Talvez eu esteja cometendo um erro.

Talvez esta seja a maneira errada de fazer as coisas.

Talvez eu precise ir contra o que ela pediu.

Talvez eu devesse jogar a toalha e ir embora.

CAPÍTULO 45

ARIANNA

Desço correndo as escadas, atravesso a porta e entro rápido no carro da minha mãe.

— Desculpe. — Limpo a chuva da testa e coloco o cinto. — Mia me segurou por mais tempo do que o esperado, tentando ajustar meu vestido.

— Quando é esse baile? — Ela sai para a rua.

— Mãe. — Dou risada. — Não é o ensino médio. Não é como o baile de formatura. É basicamente uma cerimônia de premiação de final de temporada.

— É obrigatório traje social e em um salão alugado, pelo que ouvi.

— Verdade. — Sorrio, olhando para ela. — De qualquer forma, sim. É na próxima quarta-feira.

— Hmm — murmura minha mãe, seus olhos se voltando para mim.

— O quê?

— Nada.

— Mãe... — Eu me viro no banco, olhando para ela.

— Nada, querida. — Ela dá um tapinha na minha perna. — Falta pouco, só isso, e as aulas começam na semana seguinte, né?

— Sim. Dia 27 é o primeiro dia das aulas. Chase vai me levar para ver meu dormitório alguns dias antes. É tão estranho que não faço ideia de como é, mas morei lá um semestre inteiro.

Paramos no estacionamento do hospital para meu acompanhamento com o neurologista comportamental. Ela para em frente ao prédio e se vira para mim.

— Você tem passado muito tempo com Chase.

O calor sobe pelo pescoço e eu dou de ombros.

Ela inclina a cabeça, uma ternura em seu olhar.

— Como estão as coisas?

— Estão indo. — Solto uma risada baixa. — Estamos nos divertindo.

Recuperando o que suponho ter sido o tempo perdido. Ele está me chamando para ir a lugares com ele o tempo todo, mesmo que seja na praia. No começo, isso me deixou ansiosa, mas agora é, eu não sei... — Paro, um pequeno revirar se formando no estômago.

— Excitante? — sussurra.

Um sorriso curva meus lábios, e olho para ela, as rugas ao redor de seus olhos se aprofundam, mas ela sorri apesar do que a incomoda, sua mão se esticando para tocar meu rosto.

— É estranho. É como se ele fosse o mesmo Chase, mas não mais. Só que não consigo entender o que mudou nele, mas sinto, sabe? Algo está diferente. — É frustrante, às vezes, a forma que a névoa invisível não se dissipa, mas o estresse constante só piora as coisas, dificulta ainda mais para respirar, então tento me manter ocupada, para não ter que pensar além do presente.

Eu não digo isso a ela.

— Você já se perguntou se talvez não seja ele quem mudou? — Minha mãe dá um sorriso calmo. — Que talvez seja você quem está diferente?

— Eu... — Balanço a cabeça. — Não estou diferente. Perdi minhas memórias, mas ainda sou eu, e além disso, elas vão voltar a qualquer momento. Hoje à noite, talvez. Talvez depois desta consulta.

Meu coração dispara e afundo os dedos no couro barato do apoio de braço.

— Não quis dizer que seu acidente mudou você. — Ela segura a minha mão, inquietação em seu tom. — Ari, querida, você se destacou na Avix, e com certeza, pode ter sido apenas um semestre, mas aquele primeiro gosto de mudança foi bom para você.

— E, logo, vou me lembrar de tudo. — Aceno, apertando a mão dela. — Devo entrar antes que me atrase. Eu sei que eles disseram que ninguém é permitido na sala, mas você tem certeza de que não quer subir e ficar na sala de espera?

— Tudo bem — murmura. — Vou tomar um café na cafeteria no final da rua e volto, e ler enquanto te espero. Estarei aqui quando sair.

Balançando a cabeça, saio do carro.

Quando desço, meus olhos são atraídos para a esquerda, em direção a um pequeno prédio ao lado do principal com o nome *Centro de Reabilitação Tri-City*, em letras grandes e destacadas penduradas sobre as portas duplas.

A pressão cai sobre meu peito conforme observo as janelas escuras.

— Você está bem? — A voz da minha mãe me desperta, e eu forço um sorriso.

— Sim. Te vejo daqui a pouco.

Entro no prédio e, embora pareçam horas de espera, na verdade, demora só alguns minutos, e logo estou sentada em um sofá aveludado; o homem que se juntou ao dr. Brian para explicar o que pode ter acontecido comigo, está sentado atrás da mesa diante de mim.

Ele sorri, e eu me sento por cima das mãos, um pouco nervosa, de repente.

— É bom ver você de novo, Arianna. Está parecendo muito mais saudável.

— Sim, consigo me mexer sem sentir que estou sendo esfaqueada agora.

Ele ri, cruzando uma perna, e eu faço o mesmo.

— Então, eu reli tudo e...

— Desculpe, não estou sendo rude, dr. Stacia, mas podemos não fazer nenhuma das coisas básicas de preparação?

O homem oferece um pequeno sorriso e se inclina para frente.

— Por que não vai em frente e me diz o que está pensando, e podemos partir daí? O que acha?

Concordo, me alongando para aliviar a tensão no peito.

— Não me lembro de nada — deixo escapar. — Já faz um mês e nada. É como se eu acordasse e houvesse uma camada de neblina sobre meus olhos, mas consigo enxergar muito bem. Minha cabeça está constantemente funcionando, mas apenas com pensamentos incompletos. Olho para alguma coisa e perco o fôlego, mas não sei porquê. Ouço uma música triste e choro, mas porquê? Sinto cheiros familiares que nem são familiares, se é que isso faz sentido, e é como se minha garganta inchasse e eu não conseguisse respirar. Quase como se tudo estivesse na ponta da língua, na ponta dos dedos, mas quando avanço para alcançá-lo, não há nada para segurar.

— Tem essa... essa sensação que continuo tendo. — Lágrimas ardem em meus olhos agora. — É como uma sensação de urgência avassaladora, exigindo minha atenção, quase como uma necessidade ou consciência. Continua gritando que estou perdendo alguma coisa, algo importante. Algo que faz parte de mim, mas não sei o que é. É fisicamente doloroso, parece que é debaixo dos ossos, amargurado, onde não posso tocar, não consigo encontrar, mas é pesado, e o desespero que cai sobre mim quando isso acontece é debilitante.

— É tão frequente que agora estou evitando as coisas que conheço, e tenho medo de não conseguir fazer isso logo e enlouquecer. Sinto como se tivesse sido jogada no meio do oceano, e se eu deitar e tentar flutuar, tentar lembrar, vou me afogar, então continuo nadando. Eu me mantenho ocupada. Mas, ultimamente, estou correndo no vazio. Minha família tem sido incrível, mas é porque eu sorrio o tempo todo, e não sei quanto tempo mais serei capaz de fazer isso.

Respiro fundo, olhando para o dr. Stacia.

O homem acena, considerando tudo o que eu disse, e quando começa a falar, decompõe o que eu expressei e relaciona a minha situação de uma forma que clinicamente faz sentido para ele, então um peso recai sobre mim.

Sinto vontade de gritar, chorar. Eu quero fugir.

Mas, em vez disso, faço o que tenho feito nas últimas semanas.

Eu afasto essas sensações, enterro-as com um sorriso, e quando ele se levanta, oferecendo-me a mão, eu a aperto e saio pela porta, desejando nunca ter entrado por ela.

Como prometido, minha mãe está esperando do lado de fora do prédio, e quando me acomodo no banco da frente, sem dizer nada, minha mãe percebe.

Suas lágrimas são tão instantâneas quanto as minhas e, quando me viro, ela olha para frente.

Eu viajo nos meus pensamentos, e a próxima coisa que sei é que estamos chegando à casa de praia, a caminhonete do meu pai estacionada atrás da de Chase na garagem.

Como não saio, minha mãe pergunta:

— Quer voltar para o nosso condomínio?

Nego com a cabeça, mordo o interior da bochecha e pulo do carro.

Eu entro, meus movimentos espasmódicos, olhos lacrimejantes e bochechas vermelhas.

Todo mundo está sentado na sala assistindo TV, mas quando colocam os olhos em mim, paralisam.

Os olhos de meu pai voam para a minha mãe, e Mason franze a testa, inclinando-se para frente.

Chase se levanta, vindo em minha direção, mas levanto as mãos, largando a bolsa no chão e continuo andando.

Eu preciso… preciso…

Que porra você precisa, Ari? Que droga!

Saio pela porta dos fundos e corro para a praia em segundos.

O vento chicoteia meu rosto, queimando minha pele, mas não ligo. Continuo correndo.

Cerca de oitocentos metros na praia, minha garganta incha, minhas lágrimas me sufocam e eu rosno, limpando-as com movimentos raivosos.

Paro bruscamente e algo me faz girar, olhando para frente, e é quando eu o vejo.

Noah.

Meus ombros cedem e, como se eu falasse seu nome em voz alta, ele se vira, me vendo em um instante.

Ele franze a testa, segura a borda do cais, as pernas estão penduradas, mas não se move quando algo me diz que ele quer fazer isso.

Antes que eu perceba, estou a um metro e meio dele, e ele está olhando para mim.

— Não estou com vontade de falar agora. — Não sei por que digo isso quando sou eu quem se aproxima, mas é o que sai.

Noah assente, suas sobrancelhas franzidas.

— Falar é superestimado.

Uma risada me escapa, e eu fungo, vendo a pequena contração de seus lábios.

Sentindo-me nervosa, estendo a mão.

— Nós poderíamos… ficar juntos sem conversar?

Sua língua se projeta para fora, correndo por seus lábios, e um peso se acomoda em mim conforme espero por sua resposta, mas não tenho certeza do porquê, porque quando ele acena de novo, é como se eu soubesse qual seria sua resposta antes que ele a dissesse.

Algo me diz que eu sabia.

NOAH

Ari olha para mim, um pequeno sorriso nos lábios, a mão estendida e os olhos vermelhos. Soube no segundo em que a vi que estava chateada, que estava chorando, mas eu também sabia que ela não estava com humor para conversar. Ela precisa de um tempo para si mesma para processar seus pensamentos, assim como eu.

Então, seguro sua mão estendida.

Quando minha palma toca a dela, é como se uma agulha espetasse nossa pele, e ela estremece com o pequeno choque.

Uma risada escapa dela, e não consigo segurar o sorriso quando me levanto.

Assim que estou de pé, eu me viro, então meu corpo está voltado para a mesma direção que o dela e, desta vez, ofereço a mão. É com um sorriso tímido que ela a segura.

A cabeça inclina um pouco para trás, para poder me ver inteiro, e lentamente, muito devagar, uma calma recai sobre ela. Seus olhos percorrem meu rosto, seus dedos se contraem nos meus, e antes que ela perceba, antes que fique nervosa e se afaste confusa, como fez todas as outras vezes que se permite ficar perto de mim, eu aceno.

— Vamos para aquele "sem conversar" então, hein?

Ari sorri e nos conduz ao longo do cais, mas em vez de caminhar até o final, onde a floresta encontra a areia, ela nos vira na metade do caminho.

Saltamos de lado, o chão a menos de um metro de altura.

No segundo em que tocamos a areia, ela olha para mim, e o brilho em seus olhos castanhos faz meus músculos se contraírem.

Eu logo a solto, enfiando a mão no bolso do moletom, e ela faz o mesmo.

Com nada além do som do mar ao nosso redor, ela nos leva mais longe na costa até uma rampa para barcos a cerca de um quilômetro e meio de distância.

Ela se curva e começa a desamarrar um pedalinho para duas pessoas.

— Devo ficar de olho?

Por cima do ombro, ela me lança um sorriso, e eu quero cair de joelhos ao lado dela.

— É da Lolli. Ela não vai se importar.

Aceno, me aproximando quando ela começa a subir, mas não precisa da minha ajuda.

Ela já fez isso um milhão de vezes.

Eu pulo ao lado dela e lá vamos nós, remando para o mar aberto, mas nos mantendo perto da areia.

Demorou uma boa hora, e depois de passarmos pela segunda vez por sua casa de praia, ela parou de pedalar e plantou a bunda no banco, as pernas jogadas por cima, a cabeça inclinada para trás no encosto.

Ela olha para o céu nublado e eu me junto a ela.

— Você já desejou poder ir para um novo lugar e viver uma outra vida? Tipo, dizer a todos que seu nome é John, e que é um carpinteiro sem família e se mudou por capricho?

— Não.

Sua cabeça vira para mim com a minha resposta rápida e simples à sua noção de desejo.

— Eu diria a todos que meu nome é McLovin.

Ela ri, seu corpo tremendo, e quando ela olha de volta para o céu, é com um suspiro.

— Adoro aquele filme.

Eu sei.

Uma melancolia recai sobre ela, e eu espero.

Demora um minuto, mas então ela fecha os olhos e, quando os abre de novo, eles se concentram no esmalte amarelo que agora está lascado do polegar.

— Tive consulta hoje, sabe, para ver como eu estava depois do acidente.

Eu sabia disso. É por isso que vim aqui, para começo de conversa, para o único lugar onde eu poderia sentir que estava perto dela, mesmo quando não estava.

Eu deveria estar lá com ela, sentado na sala de espera, para poder pegar sua mão e abraçá-la quando saísse, comemorando o bom ou confortando pelo ruim.

Um nó se forma na boca do meu estômago.

— Eles, humm, eles acham que estou bloqueando as memórias. Eles disseram que, às vezes, as pessoas que estão... severamente deprimidas fazem isso. — Lágrimas se acumulam em seus olhos e ela balança a cabeça. — Como vou saber se esse é o problema quando não consigo me lembrar se estava deprimida?

Eu me esforço para não deixar escapar a respiração estremecida alojada no peito, a aflição em seu tom de voz é demais, porra. Seus gritos silenciosos sacodem seu corpo, e ela desvia o olhar, envergonhada.

Ela está desmoronando ao meu lado, e eu não aguento. Não posso fazer isso.

Ela quer aprender as coisas sozinha, mas precisa de algo em que se segurar. Ela precisa saber que está bem. Que vai ficar bem.

Toco seu queixo com o nódulo do dedo, e quando meu polegar se arrasta abaixo de seu lábio inferior, sua boca se abre com um suspiro baixo, e seus olhos voam para os meus antes mesmo de eu virar seu rosto na minha direção.

Há um apelo dentro deles, mas, porra, meu amor não tem ideia do que está pedindo.

É subconsciente, seu coração e cabeça sabem que estou bem aqui, morrendo de vontade de acabar com sua dor, de confortá-la e apoiá-la em qualquer coisa. Sempre.

Para sempre.

Seu peito sobe e meus lábios se curvam em um pequeno e gentil sorriso.

— Você se magoou e pareceu a pior coisa que você poderia imaginar. — Seus lábios tremem, mas não ousa desviar o olhar. — Você chorou muito, se escondeu e fingiu que as coisas não estavam tão ruins quanto estavam, mas devagar… — Engulo. — Muito devagar, a alegria voltou para os seus olhos.

Suas piscadas ficam lentas, as lágrimas escorrem e rolam para encontrar minha pele.

— Por que tenho a sensação de que você ajudou nisso? — sussurra.

Afasto minha mão na marra e desvio o olhar.

— Você ajudou nisso? — repete.

Sei que ela quer se lembrar sozinha, mas já estraguei tudo ao contar o que fiz. Agora ela está pedindo mais.

Um pedacinho.

Prometi que nunca falaria 'não' para ela, então não irei.

Pigarreio de leve e respondo da melhor possível:

— Espero que sim.

Seu sorriso é lento e ela encara o mar aberto, murmurando:

— Acho que ajudou.

Acho que estou te perdendo…

CAPÍTULO 46

ARIANNA

Luzes brancas cintilantes penduradas na parede, cortinas azuis transparentes se entrelaçam para criar uma atmosfera sonhadora do tipo 'país das maravilhas' do inverno. Grandes pilares atravessam os cantos das paredes e na frente, erguida em um pequeno palco, está uma mesa cheia de troféus e placas.

Os garotos estão vestidos com ternos elegantes e as garotas com vestidos esvoaçantes, todos, menos a comissão técnica, que optou por seus uniformes.

A música está baixa e a comida é uma mistura cultural no estilo canapé.

Depois que o pessoal do buffet limpa as mesas do jantar, taças de champanhe são passadas para aqueles com pulseiras. Cidra espumante para o resto. O treinador principal sobe ao palco, toca no microfone e começa a dar as boas-vindas a todos no nonagésimo baile anual de inverno.

— Não é incomum ter um bom time e uma boa temporada. Estou aqui há vinte e dois anos e não houve um único ano em que não pudesse reivindicar o mesmo, mas há uma diferença entre bom e o ouro, e este ano, rapazes, os Sharks, o time de futebol da Universidade de Avix, foi ouro puro, porra.

A sala irrompe com aplausos e gritos, o latido alto de Brady ouvido acima de todos.

O homem fala do time, elogiando-os como um todo, compartilhando alguns de seus testes com aqueles que não sabiam nada, e então ele para. O homem agarra a borda do pequeno púlpito que está na frente e acena, um sorriso se formando em seus lábios.

— Você sabe, como treinador, não há muito que eu possa fazer, e faço o melhor que posso, mas sei que muitos dos meus meninos me xingam internamente todos os dias. Um treinador é só um treinador — concorda. — O verdadeiro herói do sucesso desta temporada está no coração do capitão.

As pessoas assobiam e meu estômago revira. Sem perceber, eu me inclino para frente.

— Agora, infelizmente, Noah Riley não está aqui esta noite, mas se estivesse, eu tiraria o meu chapéu para o homem. Ele pegou um time, desenvolveu um terço de novatos, e nos levou aos playoffs em um ano em que esperávamos estar por último na nossa divisão. Ele colocou muitos de vocês sob sua proteção, e todos podem não saber disso, porque ele certamente nunca disse nada, mas aquele jovem mudou toda a sua agenda para estar disponível para treinar e orientar cada um que pediu. Ele nos fez uma família.

Sinto os olhos arderem.

— Por isso, ele é, sem dúvida, unânime nos votos entre todos os trinta e nove desta lista, o MVP – *Most Valuable Player* – O Jogador Mais Valioso, deste ano. Gostaria de convidar Trey Donavon ao palco para receber este prêmio em nome de Noah.

A sala explode em aplausos, e Cameron, sua acompanhante, grita da cadeira ao meu lado.

Trey arregaça um pouco as mangas, e alguns caras assobiam, fazendo-o sorrir.

— Parem, por favor, eu tenho uma garota, e ela é do tipo ciumenta — brinca, e eu bato em Cameron de brincadeira.

Ele pigarreia, ergue o pequeno troféu e o olha.

— Noah é meu melhor amigo há três anos, e sei que poderei dizer a mesma coisa daqui a trinta anos.

— Ei — sussurra Chase, e com relutância olho para ele. — Quer ir tomar uma bebida? Meu amigo está cuidando do bar.

Nego com a cabeça, virada para o palco mais uma vez enquanto Trey continua:

— Não existe homem mais trabalhador e merecedor de tudo de bom que o mundo tem a oferecer do que ele. Eu, hmm, eu sei que o treinador me pediu para receber este prêmio, mas há outra pessoa aqui que eu gostaria de convidar para recebê-lo. — Trey olha para Cameron atrás de mim, e fico confusa quando ele tira o microfone do suporte e pula do palco, indo direto para ela. Mas então diz: — Arianna Johnson. — No microfone, e minhas costas se endireitam. Trey sorri. — A melhor amiga da minha borboleta, você deve estar pensando que sou maluco agora, e eu meio que sou, então tudo bem. — Ele está na minha frente, e eu olho para Cameron quando ele cai de joelhos com uma piscadela. — Recebe este prêmio pelo nosso garoto Noah?

— Uh… — Minha boca se abre, mas tudo o que sai é uma risada nervosa, sabendo que todos os olhos estão em mim.

— Aceita, por favor? — Ele me mostra aqueles olhos grandes de cachorrinho.

Ergo as mãos, dando de ombros.

— Claro. — Dou risada, pegando-o dele.

A sala vibra e ele ri ao voltar para o palco, jogando o microfone para o treinador.

O treinador distribui alguns outros prêmios, Brady sendo o único calouro a receber um, e então as luzes diminuem, a música aumenta um pouco.

Chase se vira para mim, estende a mão e acena em direção à pista de dança.

— Ninguém está dançando ainda.

— E daí? — Seu sorriso é radiante. — Quero dançar com você e não quero esperar.

O calor se espalha por mim, e me levanto. O sorriso de Chase aumenta quando segura a minha mão, levando-me para o centro da pista.

Ele me gira, me fazendo rir, e um rubor cobre as minhas bochechas enquanto espio ao redor e vejo vários pares de olhos em nós, alguns não tão amigáveis quanto eu esperava. Meus músculos ficam um pouco tensos e Chase balança a cabeça.

Ele se inclina, encostando a bochecha no meu rosto enquanto sussurra:

— Ignore-os. — Ele se afasta, a palma deslizando ao redor do meu corpo, sua mão direita unida à minha, mas puxada ao nosso lado. Seus suaves olhos verdes seguram os meus quando seus lábios se abrem, e os pressiona contra meus dedos. — Você é linda, Arianna. Tão linda. — Seu tom baixa ainda mais, e meu peito aperta.

Alguns outros se juntam a nós na pista de dança, mas não presto atenção neles.

Mantenho o foco no homem diante de mim.

— Eu costumava sonhar com coisas assim — confesso. — Dançar com você, abraçar você...

Sua testa recosta na minha, e meus olhos se fecham.

— É só nisso que tenho pensado — ele declara. — Não tinha certeza se algum dia teria a chance. Fui um burro antes, mas não mais. Eu escolheria você acima de qualquer um, Ari. Não importa o que acontecesse. Eu escolheria você.

Meu estômago revira e enterro o rosto em seu pescoço, inalando seu cheiro. É doce e apimentado, sutil.

Onde está o cedro e a sálvia, o frescor mentolado?

Meus olhos se abrem, um franzir se formando na minha testa, mas então a mão de Chase deixa a minha, e sua palma macia se curva na minha bochecha.

Onde está a textura áspera, a pele aquecida?

Eu me afasto um pouco, e seus olhos se fixam nos meus.

— Ari — sussurra, deslizando para mais perto, e meu peito aperta.

Mas não sei dizer se é por expectativa ou apreensão.

É confuso e dói, mas talvez seja por ele?

Por nós.

Por algo mais.

Então, quando seus olhos pousam em meus lábios, eu ergo o queixo em um convite.

A boca de Chase cobre a minha, e meus olhos se fecham.

Meu batimento cardíaco acelera, e ele se aproxima, a mão mergulhando em meu cabelo.

É quando um soluço me escapa, e eu me afasto, mas antes que eu seja forçada a olhar para ele antes que ele possa dizer qualquer coisa, meu irmão está lá.

Mason desliza entre nós, me puxa para seus braços e enterra minha cabeça em seu peito. Ele protege meu rosto do resto da pista. Eu agarro seu paletó e ele nos balança devagar.

— Está tudo bem, querida — murmura, beijando minha cabeça. — Está tudo bem.

— Não sei o que tem de errado comigo. Não sei por que estou chorando. — Estremeço, e seus braços me apertam. — É avassalador, sabe? Esperei tanto tempo.

Sinto o suspiro de Mason.

— Sim, eu sei.

A frustração dolorida em seu tom me faz levantar a cabeça. Deslizo os olhos e encontro os dele.

— O que foi?

— Nada.

— Mason, o que foi? — imploro. — O que é?

Seu queixo baixa e ele balança a cabeça.

— É muito difícil ficar quieto e deixar você conduzir as coisas. Me assusta, só isso.

— Não é só isso, e você já sabe. — Paramos de nos mexer. — Te incomoda me ver com ele?

— Não do jeito que está acostumada.

— Não sei o que isso significa.

— Eu sei, mas você não vai me deixar dizer o que significa. — Ele estende a mão, passando no canto do meu olho e me mostra a pequena mancha preta na ponta do polegar. — Tudo bem. Só me prometa que você vai... ir devagar. Pense bem antes de... qualquer coisa.

Minhas bochechas ficam rosadas, e eu aceno, soltando uma risada baixa.

— Eu deveria ir atrás do meu acompanhante, para que ele não pense que sou louca.

— Ele sabe muito bem que você não é. — Os lábios de Mason se curvam de lado, e ele me solta. — Vá.

Com uma respiração profunda, eu aceno e me viro.

Para minha surpresa, Chase não está longe e nem perturbado. Ele espera por mim, a menos de cinco metros de distância com taças de champanhe na mão.

Mordendo o lábio, eu me aproximo dele, aceitando a taça quando a oferece. Ele segura a minha mão com gentileza, levando-me para a nossa mesa.

— Obrigado por vir comigo esta noite. — Ele passa a palma da mão pelo meu braço. — Essa não deveria ter sido nossa primeira dança. Eu deveria ter levado você ao baile de boas-vindas do primeiro ano e em todos os outros depois disso. Deveria ter te mostrado o quanto era importante para mim há muito tempo, e quero compensar isso — revela, dando um beijo suave no meu ombro. — Me deixe levá-la para sair neste fim de semana. Só nós.

— Você está me convidando para um encontro, Chase Harper?

Uma pitada de timidez toma conta dele, e ele acena.

— Sim, estou. Então, o que me diz? Vai sair comigo?

Meu estômago revira e eu concordo, ganhando um sorriso vitorioso de Chase. Olhamos para a frente depois disso, sentados confortavelmente enquanto ouvimos a música tocar.

Conforme olho em volta para todos os rostos sorridentes, nossos amigos a poucos metros de distância, um se espalha sobre o meu rosto.

E, pela primeira vez em muito tempo, uma pequena sensação de esperança acende dentro de mim.

Isso parece certo.

Então, por que é preciso esforço para manter a cabeça erguida?

Mais tarde, naquela noite, quando chegamos em casa e nos acomodamos, procuro Noah para mostrar a ele o prêmio que ganhou, mas não o encontro em lugar nenhum, então coloco seu troféu na minha cômoda e tiro o vestido para tomar um banho rápido.

Meu sorriso é largo quando entro debaixo do jato quente, a noite se repetindo diante dos meus olhos, a promessa do amanhã intensa na minha cabeça, mas assim que a animação aumenta por dentro, ela começa a me apertar. Torce até doer e, de repente, não consigo respirar.

A calma de momentos atrás vai embora com a água, escorrendo pelo ralo, levando-me com ela. Antes que eu perceba, estou enfiada no canto, as pernas curvadas, a cabeça enfiada entre os joelhos.

Eu começo a chorar.

A princípio, são lágrimas confusas e sem emoção, mas aos poucos a dor se revela.

A vergonha invade.

E a culpa é quase insuportável.

Há semanas, como disse ao médico, tenho gritado em silêncio para lembrar do que esqueci, bloqueando o que sabia, porque o que eu sabia era muito doloroso e o que não sabia, eu estava desesperada para saber.

Então afastei tudo, o bom, o ruim e o triste.

O precioso.

Um soluço me atravessa, e eu cedo a ele.

Permito que isso me consuma.

Sozinha no canto do chuveiro, choro por todas as coisas que tentei forçar para longe da cabeça, mas que doem dentro de mim todos os dias, no entanto.

Choro pela criança que perdi, que mal consigo reconhecer porque a agonia e a perda que ela traz são insuportáveis. Totalmente devastadoras.

Ser mãe é o que mais quero no mundo, e aqui estou, fraca demais para sequer pensar na vidinha que não existe mais.

A porta é escancarada e os olhos arregalados de Cameron aparecem.

— Ah, irmã...

Tirando a toalha do balcão, ela rapidamente fecha a torneira, cai de joelhos ao meu lado e me envolve nela, me abraçando.

— Não sei o que tem de errado comigo. Hoje foi muito divertido, mas… — Eu paro com outro soluço sufocado.

— Mas o quê?

— Não sei! — grito. — Não sei para que serve o "mas", mas sinto. Constantemente. Ele me segue. A cada passo que dou, o "mas" está bem ali.

Alguma coisa dói demais, e ela não entende.

Ninguém entende.

Nem mesmo eu.

Uma sensação avassaladora de autoaversão toma conta de mim, e meus ombros se contorcem.

— Não me permito pensar no que perdi em semanas, Cameron. Eu afastei a única coisa que eu tinha certeza na vida. Quem faz isso?! — Lágrimas escorrem pelo meu rosto. — Quem afasta uma lembrança que deveria ser estimada?

Não falei ou permiti o menor indício de lembrança da criança que crescia dentro de mim. Meu filho.

Não consigo nem chegar perto do bebê da Payton. É difícil assim.

— Dói, Cam. Meus ossos parecem que estão quebrando quando penso nele, literalmente — admito. — Acho que teria sido ele. Um menino. Eu não sei porquê. — Balanço a cabeça. — Mas toda vez que toco a barriga ou acidentalmente penso nele, sinto como se estivesse tendo um ataque cardíaco.

— Está tudo bem, Ari — murmura.

Uma risada amarga me escapa, e limpo o nariz.

— Não, não está. Você só não sabe mais o que dizer.

— Está tudo bem…

— Não está — retruco, mesmo sem querer. — Sou tão ridícula. Uma ridícula do caralho.

O pânico queima atrás do meu peito e aumenta, bloqueando minhas vias respiratórias, e começo a suar. É como se meu cérebro começasse a piscar todas essas imagens e palavras em movimento, cada uma mais borrada que a outra.

Acho que vou vomitar.

— Não quero mais me esconder de mim mesma, mas não posso fazer isso. Às vezes tenho vontade de engolir um punhado de pílulas para dormir e torcer para que, ao acordar, tudo esteja diferente.

— Não diga isso.

— Eu sinto isso, Cam. Não vou fazer nada, mas quero. Eu me sinto desamparada. Como a porcaria de uma fraude, e não sei como consertar isso.

Meus músculos vencem e meu corpo fica pendurado como um peso morto.

Minha cabeça cai no piso e, enquanto meus olhos estão abertos, não vejo nada.

Acho que grito, mas não tenho certeza.

Não ouço nada.

Mas um estrondo me faz piscar, e encontro meu irmão parado ali.

Seus olhos estão arregalados e as narinas dilatadas. Ele se curva, me levantando do chão. E quando fala, sua voz falha:

— Venha cá, maninha.

Ele me coloca no colchão, e Cameron joga um cobertor sobre mim depressa, tirando a toalha por baixo.

Lágrimas rolam no meu rosto, encharcando o travesseiro.

— Não dou conta mais, Mason.

O aperto de meu irmão na minha mão aumenta. Ele mantém o olhar no meu por um longo tempo, seu peito subindo com a longa respiração. Ele lambe os lábios, mas não fala até que meus lábios se abrem em um pequeno sorriso encorajador.

O nervosismo o deixa inquieto, mas então endireita os ombros, seus olhos fixos nos meus.

— Eu sei que está confusa e com o coração partido de maneiras que nem consigo imaginar, mas preciso que saiba de uma coisa, algo que estou morrendo de medo de dizer, mas que precisa ser dito mesmo assim. — Ele se ajoelha, sua mão livre segurando as nossas juntas. — Preciso que saiba que, por mais que esteja sofrendo agora, por mais que tenha sofrido, tem um homem lá fora que está sofrendo tanto quanto, a cada respiração dele. — Prendo a respiração entrecortada, e os olhos do meu irmão ficam marejados. — E não por ele, mas por você. — Sua atenção recai para a minha barriga. — Por vocês dois.

Meus lábios tremem.

— Tem?

— Tem, irmãzinha. — Ele pisca, a umidade brilhando pela linha dos cílios. — Tem, sim.

Meus olhos se fecham e eu aceno. Devagar, ele se inclina, beijando minha têmpora antes de me soltar e encostar na parede atrás dele.

Cameron rasteja para a cama ao meu lado, ficando de frente para mim por cima das cobertas.

Aos poucos, minha respiração se acalma e um sorriso tranquilo aparece em seus lábios.

Lágrimas caem dos olhos de Cameron e, quando estendo a mão para enxugá-las, ela ri.

Meus olhos se fecham e, um pouco depois, o som da minha porta abrindo e fechando me deixa agitada. Meu irmão saiu, mas Cameron está dormindo na minha frente. Sussurros do corredor chegam aos meus ouvidos.

— *Me diga que ela está bem.*

— *Ela não está. Ela está afastando tudo que sabe e sente. Ela vai desmoronar.*

— *Vou entrar.*

— *Não acho que seja o melhor momento para isso.*

— *Ela é minha, Mason. Deveria ser eu a segurá-la. Lembrar a ela de que é mais forte do que imagina.*

Volto a dormir, meu sonho cheio de cores brilhantes.

De azul.

De um azul infinito, radiante, da cor do oceano à noite.

Dele.

Eu sou sua.

De quem?

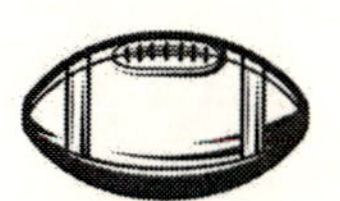

NOAH

Ontem de dia foi difícil. E de noite foi pior.

Essa parece ser a tendência do fundo do poço.

Acordo ansioso e vou dormir fraco e pesado. Fico esperando o momento em que as coisas vão melhorar, mas não melhoram. Cada dia traz uma nova montanha para escalar, e ela só fica mais alta, mais íngreme. É como se eu estivesse no fundo do abismo com um arnês quebrado e sem corda.

Só que parece ter um invisível em volta do peito, e ele aperta cada vez que olho para cima e vejo seu rosto sorridente, apontado para um homem que não sou eu.

Minha mãe vai perceber que as coisas estão piorando assim que me vir, então dou uma rápida passada no banheiro, jogo um pouco de água no rosto e faço uma pausa para mascarar o homem acabado no espelho.

É preciso um pouco menos de esforço quando a alcanço, encontrando sua cama elevada na posição mais alta e um sorriso em seu rosto.

— Oi, mãe. — Eu me aproximo, meu sorriso parecendo um pouco estranho. Percebo a cadeira de rodas ao lado da cama, e então Cathy passa por mim.

— Oi, Noah. — Ela me dá um pequeno sorriso, encontrando meus olhos antes de se concentrar em minha mãe. — Esta jovem aqui esteve olhando o relógio à sua espera hoje.

Minha mãe dá um tapa de brincadeira nela, e então faz algo que eu ainda não a vi realizar, manobra os quadris em um ângulo de noventa graus sozinha.

Seus olhos se voltam para os meus, e eu solto uma risada baixa.

— Uau, olha só. O que é isso? — Eu me aproximo rapidamente, incapaz de controlar o sorriso no rosto quando ela estende a mão para mim.

Segurando sua mão direita na minha, eu a guio, pronto para apoiar seu lado esquerdo, caso ela precise de mim, mas ela se vira, sentando direto na cadeira. Dobrando os joelhos, olho para ela, e quase sucumbo à emoção, mas não quero estragar o momento, então engulo.

— Alguém anda arrasando na terapia, né?

Minha mãe ri baixinho.

— Estou me sentindo ótima, filho.

— É assim que gosto de ouvir. — Eu me levanto, inclinando-me para abraçá-la. — Então, para onde vamos?

— Cathy disse que tem bolinhos no refeitório ao lado. Pensei em experimentá-lo, ver se é parecido com o meu.

Dou risada, meu joelho quicando.

— Duvido.

— Bem, teremos que ver. Além disso, o café aqui tem gosto de pó velho, então eu gostaria de provar algo mais forte.

— Sabe que eu teria trazido para a senhora se tivesse me pedido.

Ela acena, dando tapinhas na roda, portanto deslizo atrás dela, segurando as manoplas.

— Eu queria ir com você. Ouvi dizer que as decorações ainda estão lá.

Sorrindo, aceno para Cathy e lá vamos nós.

Duas fatias de bolo de chocolate e uma xícara de café abandonada depois, minha mãe suspira, seus olhos no quebra-nozes gigante do lado de fora das longas janelas. Ela passa da guirlanda iluminada até o boneco de neve segurando um livro de Natal.

— Lembra-se do ano em que passamos o Natal nas montanhas? — Ela olha para mim. — Você disse que não queria nenhum presente, mas uma noite na neve, então reservamos aquela pequena cabana por uma noite?

— E depois ficamos presos na neve e passamos mais uma noite de graça.

Minha mãe ri, uma calmaria a domina.

— Sim, tivemos sorte, não foi?

Ela se volta para a mesa, pegando o glacê deixado em seu prato, seus olhos percorrendo o lugar com tanta alegria que minha garganta se fecha.

Esperei tanto tempo por isso, em vê-la feliz por voltar a estar no mundo, mas seu corpo estava muito fraco. Ela tentava, mas sentar-se sozinha na cadeira exigia tanta energia que acabaria cansada demais para qualquer coisa que não fosse uma curta caminhada pela clínica de reabilitação.

A parte mais difícil para mim foi não saber como ela se sentia quando estava sozinha, mas imagino que a culpa injusta que ela sentia, no começo, se infiltra às vezes, e segue uma onda de desamparo, mas ela ainda tem tanta vida nela; vejo isso quando a visito. Toda vez que entro no quarto, ela é a mãe que sempre conheci, gentil, amorosa e altruísta.

Hoje ajuda a provar isso.

Ela está ficando mais forte, há luz em seus olhos e seus movimentos ainda não ficaram pesados, embora já estejamos sentados aqui há mais de uma hora.

Eu precisava disso.

Meu mundo está tão fodido, mas agora, vendo minha mãe se virar para a mulher na mesa ao lado, conversando sobre flores e como o vermelho é a cor clássica que todos deveriam usar, tudo parece bem. Pela primeira vez em muito tempo, eu me sinto capaz de respirar.

Um pouco mais tarde, chega a hora de levar minha mãe de volta.

Dentro de seu quarto, ela aponta para que eu me sente, então me jogo na cadeira em frente a ela.

— Tive um sonho ontem à noite — sussurra, baixinho. — Era véspera de Natal e você estava sentado perto de uma árvore com uma caixinha na mão. Você abriu e isso… — Ela enfia a mão no pequeno bolso sobre o peito. — Estava lá dentro.

Fico confuso quando minha mãe coloca uma aliança de casamento na palma da minha mão.

— Você se lembra desse anel? — pergunta.

Nego com a cabeça e o observo, vendo os pequenos diamantes pela lateral.

— Você o encontrou quando tinha seis ou sete anos. Viu o vizinho usando o detector de metais dele, e ele te emprestou, assim nós o levamos até o píer. Passamos horas andando e não encontramos nada. Nem sequer uma tampa de garrafa. Você estava prestes a desistir, quase chorando, quando de repente, ele apitou.

Uma vaga memória me ocorre quando coloco o anel na palma da mão e olho para ela.

— Este é o anel que desenterrou. Depois o embrulhou e me deu no Natal daquele ano.

— Eu me lembro — murmuro, um sorriso esticando meus lábios. — Você chorou.

Ela ri.

— Chorei. E então o limpei direitinho e guardei para você. Quase me esqueci disso até ontem à noite.

— Seu sonho?

Ela acena.

— Sim, estava na caixinha, e suas mãos começaram a tremer quando o tirou de lá, mas pararam quando você o deslizou no dedo dela.

Engulo em seco, e os olhos de minha mãe abrandam. Ela segura a minha mão, apertando.

— Mãe…

Ela estende a mão, tocando meu rosto conforme as lágrimas se acumulam em seus olhos.

— Estou tão orgulhosa de você, Noah Riley. Você se tornou o homem que sempre esperei que fosse.

Lágrimas se acumulam em meu olhar e minha mandíbula flexiona.

— Tive uma mulher e tanto que me mostrou o caminho certo.

— Você teve, não foi?

Minha risada sai misturada com emoção, e ela sorri.

— Te amo, meu amor. Com todo meu coração. Para sempre.

— Eu também te amo.

Com uma respiração profunda, ela dá um tapinha na minha bochecha e eu a ajudo a ir para a cama.

— Hoje foi um bom dia — sussurra, um peso crescendo em suas palavras, e eu sei que está na hora de ir.

Saio sob o ar fresco de janeiro e ignoro o momento de alívio que sinto.

Pego meu telefone do bolso, rolando a longa lista de ligações perdidas e clico para chamar.

Trey atende no primeiro toque.

— Olha só, que beleza, ele está vivo.

Aponto meu sorriso para o céu.

— Que tal aquela cerveja?

— Já estou a caminho, meu amigo. Vejo você em vinte minutos?

— Até daqui a pouco.

Subindo na minha caminhonete, abro as janelas e aumento o volume da música.

Sentindo-me mais leve como há muito tempo não sentia, sigo para o campus.

CAPÍTULO 47

ARIANNA

Na frente do dormitório, Chase pula do banco e dá a volta correndo pelo capô, alcançando minha porta assim que eu a abro.

Ele me prende com um sorriso vitorioso e estende a mão para a minha.

— Sabe. — Eu me aproximo da beirada e deslizo minha mão na dele. — Eu pulei deste mesmo banco várias vezes.

— Ah, eu sei. — Sua mão livre sobe, pegando a minha outra, e eu pulo no chão, seus dedos segurando os meus ao me puxar para mais perto. — Mas esta noite é um pouco diferente.

— É, de que jeito? — pergunto, entrando no jogo dele.

— Você esteve aqui como minha amiga todas essas vezes.

Algo faísca dentro de mim.

— E hoje à noite?

— Esta noite, você está aqui como meu encontro — sussurra, e minhas panturrilhas se contraem. — E eu gostaria de dar um beijo de boa-noite na minha garota antes de entrarmos, caso não tenha chance depois.

Dou uma risada baixinha, prestes a responder, mas algo sobre seu ombro chama minha atenção, e eu me afasto de lado devagar.

Mason, Brady e Cameron saíram de casa, e a inquietação toma conta de mim.

Meus olhos os percorrem mais uma vez, e percebo quem está faltando. A mesma pessoa que procurei, mas não o vi desde uns quatros dias antes do baile, embora tenham dito que ele voltou naquela noite, mas saiu antes do amanhecer.

Noah.

A tensão envolve meus ombros.

Cameron retorce as mãos diante dela. Abre a boca, mas a palma da mão sobe para cobri-la e balança a cabeça. Ela olha para o chão, afastando-se para o lado, e meus olhos se voltam para a porta da frente.

Olhos meigos encontram os meus.

— Oi, Ari.

— Paige. — Franzo a testa, meu estômago embrulha. — Onde está o Noah?

Seus olhos se arregalam e ela gagueja ao falar:

— Hmm, ele... ele está... — Ela para, diminuindo a distância entre nós, e segura as minhas mãos. Seus olhos começam a lacrimejar, e meus dentes cerram.

— Paige... — Meu sangue gela. — Ele está bem?

Seus lábios tremem e ela nega com a cabeça, as lágrimas caindo de seus olhos.

Algo em mim se quebra, e meu rosto esquenta quando solto um soluço. De repente, sinto dificuldade de respirar e minha visão fica turva. Não percebo que estou tremendo até as mãos do meu irmão se fecharem em volta dos meus antebraços por trás, me firmando. Eu me viro para ele, e ele sussurra em meu ouvido, mas suas palavras são abafadas.

Mãos macias encontram as minhas e eu olho para cima.

Um sorriso desolado curva os lábios de Paige enquanto acena.

— Posso contar o que aconteceu?

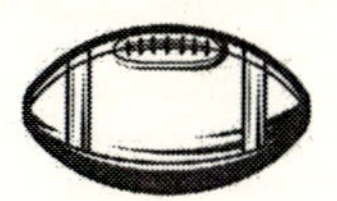

Desço em silêncio do Tahoe, virando-me para olhar a longa fila de caminhonetes entrando no estacionamento, cada uma carregada com três ou quatro jogadores de futebol do Avix Sharks. Um por um, eles saem em fila, juntando-se, melancólicos, a nós na calçada.

Meus olhos estão cheios de lágrimas, e aceno quando seu treinador se aproxima, segurando meus braços brevemente como se entendessem a dor que estou sentindo quando eu ainda estou tentando descobrir do que se trata.

Depois que todos os carros estacionam, Mason, Cameron, Brady, Chase e eu levamos o grupo pelos fundos, onde o funeral está prestes a começar.

Não sei dizer se isso é o que Noah gostaria, mas acho que é. Parece certo.

Quando damos a volta, Trey e Paige aparecem, ambos sentados na única fileira de assentos no jardim, e o padre diante deles com uma Bíblia na mão. Ele olha para cima, avistando nosso grande grupo e um pequeno sorriso aparece em seus lábios.

Só quando entramos no espaço aberto, o lago e o jardim agora à vista, que seu corpo aparece.

Com passos vacilantes, desço o pequeno caminho e, com lágrimas nos olhos, sento no último lugar disponível.

Com o corpo trêmulo, olho para seus olhos fechados, colocando as mãos por cima das suas dobradas, minhas palavras um desastre rouco.

— Meus sentimentos, Noah.

O corpo de Noah fica tenso, seus olhos disparam para a esquerda e me veem ao seu lado.

O choque agita suas feições, mas só por um segundo, e depois um suspiro trêmulo passa por seus lábios.

Seu olhar vazio se enche de lágrimas no mesmo instante, e ele solta a mão esquerda e a coloca sobre as nossas ainda unidas. Seu toque aperta e, com isso, cada músculo de seu corpo parece relaxar.

A minha faz o contrário, o peso em meus ombros dobra conforme eu o encaro.

Ele está tão triste, desolado e talvez esteja lutando muito contra uma raiva. Não o vejo há dias e, nesse tempo, sei que não dormiu muito.

Ele está exausto, destruído.

Eu também ficaria se perdesse minha mãe.

O time começa a se reunir atrás de nós, e Noah franze o cenho, olhando com relutância para longe de mim na direção das pessoas que não param de chegar.

Sua mandíbula fica tensa quando acena, agradecendo em silêncio aqueles que ele consegue ver. Voltando-se para mim, ele quase perde o controle, a gratidão sangrando por todos os seus poros.

— Achei que pudesse precisar de apoio.

Ele engole, sem confiar na própria voz, e então sua mão sobe, deslizando pelo meu rosto conforme coloca uma mecha do meu cabelo atrás da orelha. É a sensação mais relaxante e calmante do mundo.

Não percebo que fechei os olhos, pois voltam a se abrir e sua mão está, mais uma vez, segurando a minha.

Atrás dos ombros de Noah, Paige acena, um pequeno sorriso nos lábios conforme olha para frente.

Momentos depois, o jardim fica em silêncio quando o homem diante de nós lê a homenagem feita para a mulher que deu Noah Riley ao mundo.

Que mulher incrível deve ter sido.

Algumas horas depois, estamos de frente para o estacionamento, observando a última caminhonete lotada de jogadores de futebol, buzinando ao sair.

Então Mason se vira para Noah, indo dar um abraço de irmão, e quando se afasta, ele olha para mim.

— Vai voltar com a gente?

Eu olho para Noah.

— Meus pais estão na nossa casa fazendo um monte de comida, e acenderam a fogueira. Trey e Paige foram convidados.

Ele fica confuso.

— Vem pra casa? — Não tinha a intenção de sussurrar. — Quero dizer, venha. Por favor? Você não deveria ficar sozinho.

Noah assente. Afasta o olhar e depois volta a me encarar.

Por alguma razão, eu me aproximo e ergo o queixo para olhar para ele.

— Não quero que fique sozinho, Noah. Por favor, venha com a gente.

Embora a perda queime em seu olhar e a saudade grite no azul profundo, os lábios de Noah se contraem. Sua atenção vai para a minha mão, então eu seguro a dele. Algo se agita dentro de mim, e ele inclina a cabeça um pouco.

— Vem comigo na minha caminhonete. — Ele aperta minha mão.

Eu aperto de volta.

Todo mundo conversa ao meu redor, bebidas na mão e todos com a barriga cheia da melhor comida revigorante da minha mãe. Mason convidou um monte de colegas que ele disse que Noah havia orientado de perto, bem como alguns de quem havia estado próximo ao longo de seus quatro anos na Avix.

Não acredito que ele é veterano. É seu último ano de vida universitária, e sua mãe não vai conseguir ver o que Noah se tornará depois, seja lá o que for.

Ele está sozinho agora. Deve se sentir tão vazio.

Minhas juntas enrijecem, e olho para o meu colo.

Ele está sozinho...

Noah não tem família.

Levanto a cabeça e olho para ele a menos de seis metros de distância, e a dor nas minhas costas aumenta.

Noah está sentado, olhando para o nada, Paige ao seu lado dando apoio.

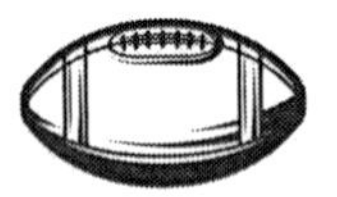

NOAH

Minha cabeça não para, mas é estranho porque é como se meus pensamentos estivessem vazios, como se não processasse nada, mas aqui estou eu. Estou morto em pé, sem fôlego por causa de uma corrida da qual não consigo me lembrar.

Hoje está um pouco pesado, e parece que o ritmo agora é esse.

A segunda-feira me testa, e a terça-feira é pior, mas aí chega a quarta-feira e manda os dias anteriores à merda. Quinta-feira causa estragos, e então, a sexta-feira me fode de lado, levando-me para o fim de semana do tipo "deixa comigo, segure minha cerveja". É uma longa corda sem fim, sem sino para tocar, dilacerando meus membros a cada tentativa de puxar.

Não tenho energia, nem impulso.

Você não tem nada, Noah.

Meu queixo recosta no peito.

— Posso adivinhar a resposta, mas só para perguntar, quer conversar? — fala Paige, sua voz hesitante, mas carinhosa.

Nego com a cabeça e me forço a olhar para ela.

Ela se senta em uma cadeira, seu corpo virado para ficar de frente para mim, uma xícara de chá quente na mão. Paige sorri, descansando a cabeça no encosto e me observa.

Seu nariz fica um pouco vermelho e ela puxa a boca de lado, tentando lutar contra as lágrimas que a consomem.

Quero desviar o olhar, não quero pena e odeio que o modo como me sinto esteja afetando as pessoas ao meu redor. Não quero ninguém triste por minha causa.

Não quero que ninguém sinta o que estou sentindo.

Completo e totalmente indefeso.

— Paige. — Estendo a mão, colocando a palma da mão em seu joelho, e ela funga com um aceno.

Seus olhos passam por mim, e seu peito sobe quando seu olhar se volta para o meu.

— Ela se lembrou de alguma coisa?

Minhas sobrancelhas arqueiam e volto a olhar para frente.

— Não exatamente. — Penso em como ela mencionou a orientação e seu conforto na cozinha. — Nada que tenha percebido, ou que desencadeou qualquer outra coisa, pelo menos não que tenha dito.

— Ela me chamou pelo nome.

Minha cabeça se vira para ela, e Paige acena.

— Não tive a chance de dizer a ela quem eu era. Ela me viu e me chamou pelo nome.

Meu estômago revira.

— O que ela disse?

— Ela perguntou por você.

A esperança me atravessa o peito, mas me sufoca ao mesmo tempo.

Não é tão simples mais.

Agora, se Ari se lembrasse, não tem garantia.

Chase está na jogada e tudo o que ela precisa fazer é aceitá-lo.

Algo me diz que ela está perto disso.

Está em seus olhos, um brilho que era reservado para mim quando o universo decidiu roubá-lo.

É mínimo, mas está lá, se desenvolvendo mais a cada dia que passa.

Sabia quando a conheci que ela não estava livre para ser minha, como eu sabia que quando me apaixonasse com tudo, me recuperar seria difícil, se é que seria possível, mas saber como as coisas poderiam terminar não era suficiente para eu desistir.

O caminho de três vias é um que eu percorreria dez vezes, não importa aonde leve, porque amar Arianna Johnson vale o risco.

Ser amado por ela não tem preço.

O tempo valeu o tormento.

Ainda mais quando fui obrigado a enfrentar o que tentei negar, uma possibilidade de que não havia pensado antes.

Apaixonar-se por mim não significava que ela deixou de amar ele.

Significava que ela *nos* amava.

Eu quero que ela me ame mais.

Girando no bolso o anel que minha mãe me deu, fecho os olhos, imaginando o sorriso no rosto de minha mãe no outro dia. Nem sequer me liguei na hora, mas devia ter percebido.

Aquele era seu último dia ensolarado.

A última vez que sua alma brilharia neste mundo cruel antes que a tirasse dele. De mim.

As pessoas dizem que esse dia chega quando você aceita o fim de sua vida; é aquela última explosão de energia e gargalhada final com aqueles que ama, protegidos por uma falsa esperança.

Minha mãe amava apenas duas pessoas quando morreu, uma era eu e a outra era a garota que não se lembra dela.

Como ela poderia aceitar o fim quando não sabia aonde ele ia dar?

Eu me sinto envergonhado ao pensar isso, e faço uma oração silenciosa, agradecendo a quem ouvir pelo sonho que ela teve antes que chegasse a hora de ela partir.

Ela me viu feliz, e isso era tudo que sempre quis deste mundo.

A felicidade de seu filho.

Farei o que puder para dar isso a senhora, mamãe. Vou encontrar essa alegria. Em algum lugar.

A mão de Paige toca meu ombro e, às cegas, a alcanço, aceitando o calor que ela oferece, pois, por dentro, um gelo está tomando conta, e não sei como pará-lo.

Uma segunda mão toca meu joelho, e olho para cima vendo os olhos gentis da sra. Johnson.

— Estão todos lá fora agora — sussurra, estendendo a mão para tocar meu rosto, igual minha mãe fazia, e algo se acalma dentro de mim.

Eu aceno, e ela se endireita. Observo ela caminhar até Ari e se sentar na cadeira atrás dela. Ari, que está olhando para mim, não desvia o olhar quando me levanto.

Pigarreando, chamo a atenção de todos e a conversa ao nosso redor para.

— Eu... hmm... — Limpo a garganta de novo, incapaz de me orientar, sem saber o que quero dizer e desejando não ter pedido à sra. Johnson para me avisar quando seria um bom momento para falar, mas assim que olho para cima, direto para o par de olhos castanhos mais suaves e perfeitos, as palavras ficam claras. — Acordei de madrugada hoje. O sol ainda não tinha nascido, e não dava para enxergar além da mão. A névoa era tão espessa. Eu sabia que estava prestes a passar por um pesadelo e não tinha certeza de como ia fazer para chegar ao anoitecer, mas então você apareceu — digo, olhando nos olhos de Ari, vendo os dela ficarem brilhantes antes de eu encarar a todos. — Sabe, minha mãe era uma mulher altruísta, a pessoa mais altruísta que já conheci, na verdade. Durante toda a minha vida, eu a testemunhei fazendo de tudo para ajudar e agradar aos outros, cuidando pouco ou nada de si mesma. Demorei muito tempo para perceber que era assim que ela gostava.

— Se ela não estava fazendo algo para melhorar a minha vida ou a de outra pessoa, então não estava fazendo nada. Ela era gentil e generosa assim. — Endireito os ombros, olhando ao redor das pessoas. — Pensei em comparecer diante do pastor hoje, apenas minha mãe e eu, e pensei que era tudo de que precisava, mas me enganei. Ela merecia mais do que isso.

— Ela… — Hesito, olhando para Ari mais uma vez. — Ela me disse uma vez que tudo o que sempre quis foi ser a mãe de um filho que se orgulhasse dela, e ela conseguiu isso. — Uma expressão curiosa e pensativa surge na testa de Ari, e desvio o olhar. — Ela mereceu ser homenageada pelas pessoas que respeitaram a missão de sua vida, e essa missão foi me criar, então significa muito ter todos vocês aqui porque sei que valorizam nossa amizade. Ao fazer isso, vocês realizaram o único sonho da minha mãe. Hoje foi suportável porque todos vocês estiveram comigo.

Ari aperta o peito.

Porque você estava comigo.

— Se minha mãe estivesse aqui, agradeceria a vocês por terem vindo, mas não por ela, nem mesmo no dia que era para ser lembrado dela. Ela agradeceria por mim, então quero fazer o que ela nunca faria, e quero pedir que pensem nela por um momento. Não em mim.

As pessoas fazem um minuto de silêncio, e então o sr. Johnson se aproxima, me segurando em um abraço.

Alguns outros caminham até mim para prestar suas homenagens antes de saírem, e quando consigo me libertar, eu saio.

Não é minha intenção, mas não posso deixar de pensar se ela virá atrás de mim na praia como fez com ele.

Passados vinte minutos, aceito a resposta.

E como dói, porra.

CAPÍTULO 48

ARIANNA

O mar é muito parecido com a vida, em constante mudança e imprevisível. Sempre achei que a beleza por trás dele era isso, mas ultimamente me pergunto se é verdade.

Onde está a beleza da possibilidade de um furacão com o poder de destruir tudo em seu caminho, tanto as memórias do passado quanto as previsões do futuro? Não é por isso que voltamos a lugares que amamos? Pela paz que oferece e pelas lembranças que nos trazem?

O que acontece quando essas memórias são apagadas e não há o que se recordar?

Como se deve seguir em frente sabendo disso?

A brisa aumenta e cruzo os braços, mas algo atrai meus olhos para a esquerda. A uns nove metros de distância vejo Noah, e ele está vindo até mim. Meus pés estão se movendo antes mesmo que eu perceba, e o encontro na metade do caminho.

Um pequeno sorriso se forma em seus lábios, e ele me passa um dos cafés que estava segurando.

Aceito ansiosa, e uso o calor do copo descartável para aquecer as mãos.

— Como sabia que eu estaria aqui? — brinco, fingindo que o motivo de ele estar aqui sou eu.

— Você sempre está. — Ele não titubeia e, por um momento, meus músculos se contraem.

Noah sabia onde me encontrar, tanto que fez um pequeno desvio até a cafeteria primeiro, sabendo que eu estaria ali quando voltasse.

Sinto um aperto profundo no peito, mas respiro através dele e, sem dizer nada, caminhamos em direção à fogueira, sentando juntos em volta dela.

Ergo o copo, inalando o aroma forte.

— Não se preocupe. — Noah arruma a sua tampa. — Não é de caramelo.

Minha cabeça vira em sua direção, e a suavidade de seu olhar me faz sussurrar:

— É do quê?

— Hortelã.

Meu favorito. Noah conhece o meu favorito.

Ele sabia que eu estaria aqui, perto da água.

A confusão me domina, e acho que Noah percebe. Ele responde rompendo o contato visual e ergue o copo aos lábios, deixando-me curiosa.

— O seu é de quê?

— Batizado.

Solto uma risada alegre, e seus lábios se curvam de lado.

— Bem... — Abro a tampa do meu e estendo. — Divide aí comigo.

Ele me estuda um momento, e com uma pitada de diversão em seu olhar, pega uma pequena garrafa do bolso do moletom, colocando um pouco de Bailey's no meu copo.

Dou uma mexida devagar, tomando um pequeno gole.

— Nada como um pouco de bebida antes da comida.

— Ainda não são nem oito horas.

— Sim, mas rimou com comida.

Noah ri.

— Estou surpreso por você não ter lançado um Allan Jackson e citado: *"It's Five O'Clock Somewhere"*, são cinco horas em algum lugar. A tradicional hora do *happy hour.*

Meu sorriso é instantâneo, e admito.

— Eu pensei.

Ele solta "hmm" baixinho, e algo se aquece dentro de mim quando seus olhos encontram os meus.

— Aposto que sim.

Meu sorriso se abre com um bocejo, e os olhos azuis de Noah se abrandam.

— Ainda não está dormindo bem? — Sua voz soa áspera com a própria inquietação.

Eu estremeço.

— É óbvio, né?

Noah nega com a cabeça, devagar e firme, antes de sussurrar:

— Não. Não é.

Ele me olha fixo por um bom momento, e um calor tão estranho quanto familiar me cobre. Não, não é óbvio. Ele sabe, simples assim.

Porque ele conhece você, Ari.

Eu pisco.

Você o conhece.

Eu pisco de novo.

Olhamos um para o outro, e é ele quem encara o mar primeiro, e eu o acompanho.

Ficamos sentados em silêncio, aproveitando o calor que nossas bebidas oferecem e a calma que a companhia um do outro traz. Fiquei no limite por tanto tempo, mas esta é a primeira vez em muito tempo que sinto que posso apenas ser, como se eu pudesse deixar minha dor mostrar até onde vai, sem me preocupar com os outros e com a preocupação que tentam esconder ao meu redor.

Minha família tenta fingir que está tudo normal, e sei o quanto isso deve ser difícil.

Noah não faz isso. Ele está aqui comigo, e só.

Não sinto que preciso sorrir e apenas isso é revigorante.

Somente quando consigo ver o fundo do copo é que decido que quero revelar algo com ele, mesmo sem ter certeza do que isso significa ou por que preciso que ele saiba.

Mas preciso, então me viro para encará-lo.

— Procurei você ontem à noite. — Minha voz sai mais baixa do que o planejado, e a cabeça de Noah se vira para mim tão rápido que sinto um nó na garganta. Seus olhos azuis procuram os meus, uma mistura de choque e determinação, com uma dor não dita nublando a dele. — Achei que talvez tivesse saído com Paige.

Sua expressão de confusão é intensa e instantânea. Noah balança a cabeça, lambendo os lábios como se estivesse engolindo as palavras que deseja falar, mas aceno, pedindo por elas em silêncio.

— Paige é minha amiga — diz, a tensão apertando seus traços enquanto acrescenta: — Do colégio e da Avix.

Meus batimentos aceleram um pouco e espero por mais.

— Eu sei que não percebeu, mas foi lá que a conheceu. Na Avix. — Seus olhos se movem entre os meus. — Não antes. Não no verão. No campus, nas semanas durante o semestre.

Meus lábios se abrem, meus ombros encolhendo.

— Eu a conheci na faculdade?

Ele faz que sim com a cabeça.

— Entre todas as coisas, por que eu me lembraria do rosto e do nome dela? — pergunto. — Ela era importante para mim?

Ele nega.

— Não, não necessariamente.

A implicação mais profunda de suas palavras me atinge, e uma inesperada sensação de pavor vem a seguir.

— Ela era importante para você.

Seu rosto se contorce, um milhão de pensamentos passando por ele antes de falar:

— Não do jeito que pode estar pensando.

— Nem sei o que estou pensando — admito, baixinho. — É como se eu tivesse pensamentos e preocupações, ou raiva e tristeza, mas não sei por que ou para onde direcioná-los. Fico pensando se cometi um erro. Que talvez eu devesse ter deixado todo mundo preencher as lacunas, mas não queria sufocar o que eu realmente sentia pelo que outra pessoa achasse o que eu sentia, porque será que alguém revela mesmo todos os seus sentimentos com outra pessoa? Quero dizer, de verdade, e sem restrição?

Noah me olha bem nos olhos e diz:

— Nós, sim.

Duas palavras, ditas com ternura e franqueza, criam uma dor tão profunda em meus ossos que não faço ideia de onde termina ou começa, não faço ideia se a dor é minha que estou sentindo… ou dele.

Noah inclina a cabeça. Seu sorriso é tenso, mas as palavras são genuínas:

— Discordo, aliás. Acho que o que está passando é corajoso. Qualquer um poderia ter sentado e ouvido alguém contar a história de sua vida, mas você escolheu vivê-la. Independente da confusão que eu sei que sente, e da dor de que não consegue se livrar. Você é forte, Julieta. — Ele engole. — Muito mais forte do que imagina.

Ela é mais forte do que imagina…

Minha garganta se fecha, e ao olhar para Noah, minha cabeça faísca.

Parece um raio durante o dia, os flashes estão ali, mas quando seus olhos os seguem, não tem nada. Nenhuma prova do que testemunhou, nenhum sinal do que foi.

— O que está pensando? — pergunta.

— Em como sua mãe estava orgulhosa de você. — A dor reflete em seu rosto e seu peito estufa. — Deve ter sido.

Seus olhos se abaixam depressa, e acena, virando-se para frente e ficando em silêncio um pouco.

— Eu a vi no dia em que morreu. Ela estava… foi um dia muito bom.

Ela me deu algo que encontramos anos atrás, algo que eu havia esquecido, e bem ali perto daquele píer foi onde o encontramos. — Ele suspira. — Não me lembro bem onde, mas em algum lugar perto de lá.

Isso traz um sorriso ao meu rosto, e eu olho para a água.

— O mar sempre oferece uma surpresa. Espero que demore muito, mas também gostaria de ser cremada.

Noah se vira para mim e, pela primeira vez, sinto que acabou de aprender algo a meu respeito que ainda não sabia.

— Ah, é?

Concordo.

— Assim, minhas cinzas podem ser enterradas ou espalhadas, e será como estar no meu lugar favorito para sempre. — Olho para ele. — Quer saber onde fica?

— Eu sei onde é.

— Ah, sabe? — Dou risada, sua resposta rápida e inesperada.

Noah assente.

— Aqui. Na praia.

Fico boquiaberta.

— Como você... deixa pra lá. — Fico um pouco envergonhada e desvio o olhar.

— Julieta... — diz. Meus olhos voltam para ele. Está balançando a cabeça devagar. — Você não me contou. Uma vez, você me pediu para levá-la ao meu lugar favorito. — *Pedi?* — Então eu perguntei se faria o mesmo.

— Eu trouxe você aqui? — sussurro, meu estômago revirando sob a palma da minha mão.

— Você concordou em me mostrar, mas eu disse que apostava que já sabia, e você respondeu... pode apostar que eu também. — O sorriso dele é pequeno e depois desaparece. — Nunca confirmei o que achava, mas você acabou confirmando.

— Essa foi a primeira vez que você adivinhou?

— Foi, mas não parece um palpite. — Ele engole. — Parece que eu sabia.

Um arrepio percorre meu corpo e mordo a bochecha.

— Porque você me conhece.

— Sim. Conheço. Assim como você sabia o que eu precisava para deixar o dia de ontem um pouco menos insuportável.

A pressão cai em meu peito, e eu me preparo para a tontura, para a névoa e o sufocamento, mas o pânico nunca ataca.

A curiosidade, sim.

Então, volto-me para Noah e pergunto:

— Onde era seu lugar favorito?

Com isso, seus olhos se acalmam, sua voz não passa de um sussurro quando ele diz:

— Eu poderia te mostrar...

Olhando para o comprimento do campo de futebol, dobro as pernas até o queixo.

— Gostaria de saber se este seria o lugar favorito de Mason também, se eu perguntasse a ele. — Eu me viro para Noah, o pescoço se esticando para segui-lo conforme fica de pé.

Ele estende a mão, depois, com um olhar crítico, eu permito que ele me levante.

Noah ri, e então, sem hesitar, ele me puxa para ele. Uma mão no meu quadril, a outra segurando a da direita. Sem pressa, Noah começa a nos balançar, e só quando ele fica em completo silêncio, percebo a suave melodia chegar aos meus ouvidos.

Espiando atrás de mim, vejo seu telefone na grama e olho para ele.

— Você me devia uma dança — sussurra, o calor de sua respiração faz uma corrente elétrica descer pelas minhas costas.

Minha pulsação dispara, e eu tento dar um sorriso leve.

— Devia?

Noah apenas acena com a cabeça e continuamos a dançar.

É um tipo estranho de tortura, a suave pureza que estar em seus braços oferece e a história devastadora que a letra da música tocando ao nosso redor conta de forma tenra.

É uma tortura aniquiladora, mas Rascal Flatts faz isso com você.

A música fala de amor e boas graças. De desejar nada além do melhor para alguém. Mas, acima de tudo, fala de abnegação, da aceitação que só vem com a perda ou com a possibilidade de um adeus, e os lábios de Noah se movem com as palavras da música como se as cantasse em silêncio.

É como se ele soubesse o que a música faz comigo e falasse comigo através da letra.

Ele quer que eu seja feliz acima de tudo, e eu gostaria de entender exatamente o porquê.

Você deve saber o porquê, Ari. Lembra.

Pisco, engulo, e então a música muda, e só piora.

Porque desta vez, o aperto de Noah não é só dele me segurando. É dele precisando de mim.

Consigo sentir no fundo da alma. Eu o sinto.

A derrota, a perda de que a música canta, sangra dele, e eu anseio por acabar com ela.

Fala de oportunidades perdidas e sonhos futuros. Fala da agonia que vem dos "e se" que a vida nos deixa. Aquele momento tão próximo, quando tudo parece possível, sua felicidade bem ao seu alcance, para tudo acabar despedaçado e queimado.

Quando não há nada que você possa fazer a não ser sentar e assistir as cinzas desaparecerem ao vento.

Uma sensação de impotência toma conta de mim, e é como se um peso enorme tivesse caído em meu ombro quando Noah encosta a testa na minha.

Minhas costelas doem, piorando quando tento respirar fundo, e eu percebo o porquê quando ele estremece em mim.

Noah está desabando diante de mim. É óbvio nas rugas que se aprofundam ao longo de sua testa. No jeito que seus olhos se fecham com força e seus movimentos começam a ficar mais lentos. Ele está se segurando por pouco.

Minha intuição é comprovada quando sua próxima respiração é um pedido de desculpas, ele pede licença e sai.

Fico ali, sozinha no meio da *end zone*, querendo saber por que a cada passo que ele dá, meu corpo fica mais pesado.

CAPÍTULO 49

ARIANNA

Meu joelho pula inquieto quando entramos no estacionamento em frente ao meu dormitório.

É estranho reconhecer tudo tão plenamente, mas não sei se é da visita que fizemos aqui no ano passado ou do semestre em que chamei esse lugar de casa.

Já que nós todos precisávamos buscar algumas coisas, decidimos vir juntos no Tahoe de Mason. Os meninos carregam as malas de Cam e as minhas, conversando da bagunça que deixaram em seus quartos enquanto entramos e subimos no elevador.

Cameron pressiona o número três, e eu registro isso na memória. Os garotos falam e eu sorrio, mas não tenho ideia do que dizem. Sinto o coração bater forte nos ouvidos, sem deixar espaço para mais nada.

Talvez eu não devesse estar nervosa, mas estou.

E se eu odiar?

Significa que sou diferente? Que mudei e nem sei?

E se eu entrar e todas as minhas memórias voltarem, me dominando?

E se eu entrar e elas não voltarem?

Antes que eu perceba, estou parada na frente de uma porta de madeira barata, com o número 311 pendurado ao lado. Pego a chave do bolso e a deslizo na fechadura, virando.

A porta se abre e prendo a respiração.

É com passos trêmulos que entro, e assim que atravesso a soleira, o peso em meus ombros diminui.

Um sorriso surge em meu rosto conforme olho para as velas nas bancadas, uma tigela transparente cheia até a metade com rolhas de vinho e tampas de garrafa entre elas.

Olho para Cam.

Ela a pega e sacode um pouco.

— É tudo que consumimos como melhores amigas desde o dia da mudança. Limites de grupo são inúteis.

— Com certeza. — Passo a ponta dos dedos sobre o balcão, entrando na sala.

Os travesseiros são roxos e brancos, fofos, e tem dois cobertores combinando muito bem dobrados – definitivamente não por mim – e escondidos sob o vidro da mesa de centro.

Os controles remotos estão em um copo gigante que diz "tamanho importa", e o tapete sob meus pés é preto e felpudo.

— Vejo que ganhei no tapete.

— Sim, ganhou, e graças a Deus, porque Brady derramou refrigerante nele inteiro.

— Eu me declaro culpado — grita da entrada.

Eu me viro para eles, todos os três fingindo que não estão esperando que eu tenha um colapso mental, o que é compreensível.

Não tenho conversado muito desde tudo o que aconteceu com Noah. Claro que foi apenas dois dias atrás, mas ainda assim. É percetível, talvez até mais, quando soube que ele foi embora para o campus, sem dizer uma palavra, e só algumas horas depois de voltarmos de seu lugar favorito.

— Vou dar uma olhada no meu quarto — digo a eles. — Podem ir para a moradia de vocês. Só voltem quando acabarem de arrumar suas coisas.

Ninguém se mexe, portanto vou para o quarto, e só então Cameron se vira para eles e começa a sussurrar.

Ela promete que estamos bem e que ligará se precisar, mas não fico por perto para ouvir o resto.

Entro no quarto que tem meu nome estampado na porta, fechando-a devagar e girando depressa para encarar o compensado por um bom momento antes de me convencer a me virar.

Meu estômago revira, mas quando me permito olhar pelo pequeno espaço, minha cabeça se acalma.

Sorrio para a parede de pequeninas luzes e caminho até encontrar o interruptor da tomada. Ligando-os, as luzes brancas brilhantes começam a piscar, ganhando uma risada baixa minha, e eu me jogo no edredom branco e fofo que meus pais compraram para mim antes da mudança.

Tem post-its espalhados pelo espelho e canetas cor-de-rosa em uma caneca da Avix, na minha cômoda, algumas outras bugigangas espalhadas. Acima da cabeceira tem um poster gigante com tinta respingada e um par de lábios rosados enrugados e sangrando no centro. Os livros estão empilhados ao lado do armário, então vou até eles e me sento no chão para dar uma olhada.

Abro no primeiro post-it destacado na lateral e leio um trecho dos sofrimentos da história americana. Ao lado tem alguns pensamentos rabiscados com a minha caligrafia, uma proposta de como nós, como a próxima geração, podemos fazer melhor.

Não me lembro de ter escrito.

Não me lembro deste quarto.

Mas também não odeio.

Eu amo ele.

Significa que ainda sou eu?

Levantando-me, espio pela janela e, quando o faço, ofego.

Noah está aqui, passando no estacionamento com sua caminhonete em marcha lenta.

Não consigo ver seu rosto daqui, mas ele está olhando para frente, na mesma direção em que a caminhonete de Mason ainda está estacionada.

Tiro meu telefone do bolso, preparando-me para enviar uma mensagem para ele, mas então sua caminhonete começa a andar, e resolvo guardar o telefone na mesa de cabeceira do meu lado.

Uma batida suave soa na porta, e quando olho para lá, Chase enfia a cabeça para dentro.

Seus olhos passam pelo lugar, um pequeno sorriso aparecendo em seus lábios, e percebo que esta é a primeira vez que ele o vê.

Ele nunca esteve no meu quarto.

Minha pele se arrepia com desconforto, e ele se aproxima.

— Nós vamos para a moradia, mas queria ver você antes. — Ele coloca uma mecha do meu cabelo atrás da orelha e fico um pouco confusa com o gesto, o que reflete em meu rosto. — Como se sente?

— Estou bem — concordo. — Sério, só quero dar uma olhada e me familiarizar com o lugar.

— Tá — sussurra, e quando se aproxima, um nó se forma em meu peito.

Tento afastar essa sensação, ignorá-la, mas não funciona.

Seus lábios tocam minha testa, e esse nó aperta, meu esterno afunda, mas quando meus olhos se abrem, encontrando os seus verdes tranquilos, torna-se um pouco mais suportável.

Ele sorri e sai, fechando a porta em seguida.

Solto uma respiração profunda e me sento na cama, enterrando-me na montanha de travesseiros, então fecho os olhos.

Inspiro profundamente e meus músculos se contraem.

Volto a inalar.

E, de novo, depois fico cega em uma névoa densa e nublada.

Meus sentidos enlouquecem, procurando por algo.

Sou atingida por manhãs nas montanhas e noites no mar.

Com temperos e pinho e hortelã.

Meus olhos se abrem quando um flash do hospital me vem à cabeça.

O cheiro estava lá, permanecia, e sob o vapor quente do chuveiro, o aroma foi trazido de volta à vida, invadindo e ultrapassando meus sentidos.

Ele me chama, me acalma e então me cobre.

Não sei quanto tempo passa antes de a voz baixa de Cameron me acordar.

— Ei, dorminhoca — sussurra, se aninhando na minha frente. — Bom ver que você apagou de verdade pela primeira vez.

— Parece que dormi por um dia.

— Só faz uma hora.

— Bem, nada como o doce lar.

Rimos e Cameron começa a roer as unhas.

— O que foi?

Ela franze a testa.

— Estou nervosa por você.

— Não fique. Eu me sinto bem.

— Você ainda está tendo ataques de pânico, Ari. Como podemos ir para a aula, sem saber se está bem para ir à sua?

— Você não pode ficar de babá o tempo todo, Cameron.

— Eu sei, mas... o que vamos dizer para as pessoas do nosso prédio? Devemos fazer um diagrama de fotos como fizeram em *Operação Cupido*, para você fingir que os conhece? Quero dizer, isso é permitido? A faculdade não acharia ruim de você ser estudante do segundo semestre quando não se lembra do primeiro? E se ir mal nas provas? For expulsa?

— Uau. — Dou risada, sentando-me, e ela se senta, também. — Se acalme, tá bom? Sério. Vai ficar tudo bem. Eu estou... — Por cima do ombro dela, vejo um calendário pregado na parede.

— Ari? — Ela se mexe na cama, olhando na mesma direção que eu. — Meu Deus — arfa, pula e o arranca da parede. Ela o aperta em seu peito, e eu já estou saindo da cama.

— Cameron.

— Ari... — Ela nega com a cabeça.

Dou um pulo, minha pressão subindo.

— Me dê.

Seus olhos se enchem de lágrimas, e os fecha antes de entregá-lo.

Virando de costas, eu o seguro na minha frente e meu corpo começa a tremer.

Meus olhos são atraídos para as grandes letras azuis, com corações rosa, roxos e amarelos em volta da data de 19 de janeiro, mas são as palavras escritas no pequeno quadrado que fazem uma dor pulsante correr por todo o meu corpo.

Baile com o Noah.

Minha respiração fica ofegante. Toda grama de ar expelido a cada sopro não circula a ponto de voltar e repetir o processo da respiração, nem de perto.

Fico tonta, caio no chão e puxo o calendário com estampa de onça para mais perto.

Meu estômago embrulha e gemo. Eu olho para Cameron.

— Que porra é essa?

— Ari — murmura.

— Cameron — solto, sacudindo o calendário. — Que merda é essa?

Seus ombros cedem e, com passos hesitantes, ela caminha até o meu armário.

Ela dá uma olhada para mim e, depois, abre as portas, o queixo encostando no peito.

Pendurado bem no meio, e virado para frente, como se eu quisesse o ver toda vez que eu entrasse neste quarto, está um vestido.

Um elegante vestido estilo sereia de um ombro só.

É cintilante e sedoso e de um intenso tom lindo de... azul.

Cubro a boca com a mão, e choro, abaixando o rosto.

Cameron cai na minha frente, e me abraça.

— Desculpa, mas você nos fez prometer que não diríamos nada. Estávamos só tentando atender ao seu pedido.

— Como ele pôde... por que não... — resmungo, arranco a folha do resto do calendário e me levanto com um pulo. Estou fora da porta tão depressa quanto meus pés são capazes de se apressar.

— Ari, espera! — Cameron vem atrás de mim.

Saio correndo, descendo pelas escadas, e logo seus gritos ecoam acima de mim.

— Ari!

Mas já estou voando pela saída.

O ar de janeiro está frio, mas o sol está brilhando e esquentando a cada minuto.

Continuo correndo.

Pelo estacionamento, contorno a cafeteria e atravesso o campus, corro até estar a um metro da caminhonete de Noah, a de Mason não está longe dela.

Avanço quando Mason sai correndo pela porta da frente, com o telefone no ouvido.

Ele me vê na hora e abaixa o celular, a tensão estampada nele.

— Ari...

Eu o empurro no peito, e suas mãos sobem.

— Como pôde me deixar virar essa garota?!

— Isso não é justo.

— Eu disse a ele que ia com Chase naquele maldito baile, e ele me encarou com aquele... — Minhas costelas se contraem. — Meu Deus, foi desolador e de partir o coração, e eu não entendi, e pensei que ele só estava... triste, e agora sei que é por minha causa. Foi ele, não foi? Ele é... ele era...

— Ari, você precisa se acalmar.

— Não quero me acalmar! Eu quero lembrar! — grito. — Eu quero minha vida de volta!

Os olhos do meu irmão lacrimejam, e ele me puxa para si, segurando-me contra o peito igual o nosso pai faria se estivesse aqui.

— Eu sei, irmã. Eu sei. — Ele hesita, e então olha para mim.

— Vou entrar aí, Mason. Preciso falar com ele.

— Tem certeza de que é uma boa ideia?

— Não tenho certeza de nada, então que mal pode fazer?

— A ele.

Eu me viro e vejo Cameron, com as mãos nos quadris, respirando fundo. Ela caminha até nós, com uma expressão pesada em seu rosto.

— Pode fazer mal a ele, e ele só tem sofrido desde o dia em que você foi atropelada por aquela caminhonete, que estava nessa rua, diga-se de passagem. Bem aqui, na frente desta casa.

— Cameron! — esbraveja Mason, mas ela continua.

— Foi logo depois do último jogo da temporada, uma derrota nos playoffs. Você veio aqui para encontrá-lo, mas Chase encontrou você primeiro.

Sem entender, balanço a cabeça.

— Você tinha algo a dizer naquela noite, para Chase e para Noah. Mas você só teve a chance de falar com um. Cara a cara, quero dizer.

— Cameron! — grita meu irmão.

— Você mandou uma mensagem para o outro.

Minha pele se arrepia e eu me retraio.

Ela me joga meu telefone, e eu o pego.

— Se está mesmo preparada para tudo isso, ressincronize sua nuvem, Ari.

Mason se afasta de mim, ficando na cara dela.

— Que porra você está fazendo?

— O que você deveria ter feito há muito tempo. — Ela o encara, brava. — Foi você quem comprou um telefone novo para ela, colocou a conta dela.

Meus olhos disparam para Mason, seu olhar ainda apontado para Cameron.

Ela dá de ombros.

— Sou a melhor amiga dela. Também sei as senhas e, depois que decidiu que não queria saber, fui até o telefone dela planejando fazer o mesmo, mas tudo já havia sido apagado. A conversa inteira. Você excluiu, não foi?

— Fiz o que me pediram. — Depois de um momento, seus olhos encontram os meus, a vergonha transparecendo neles. — Ele não queria dificultar as coisas para você.

Ele…

Noah.

Meu peito sobe e desce com várias respirações, e então eu me viro, correndo para dentro da moradia. Tranco a porta assim que atravesso, e o forte estrondo de Mason começa a bater na mesma hora.

Alguém aparece vindo do corredor, franzindo a testa para mim ao ir destrancá-la, mas já estou abrindo a porta que leva ao quarto de Noah.

Quando alcanço o último degrau, a cabeça de Noah aparece e nós dois congelamos.

— Eu… hmm. — Pisco, olhando de um lado ao outro. — Ninguém me disse onde era seu quarto…

As sobrancelhas de Noah se erguem e, aos poucos, ele acena.

— Sim — responde à pergunta que não precisei fazer. — Você esteve aqui.

— Bastante?

— Depende.

— Noah.

— Sim, muito.

Aceno, olhando para baixo, e é aí que me lembro do porque vim aqui.

Dou a volta por ele e entro, para quase ser derrubada.

É o cheiro. A menta e o pinho. É Noah.

— Ari...

Ergo o calendário e me viro para encará-lo, batendo-o em seu peito.

Ele tem a opção de vê-lo cair ou segurar para ler, e escolhe deixá-lo cair aos nossos pés.

Uma ternura toma conta dele, e a cabeça inclina um pouco.

Ele já sabe o que tem lá.

— Lamento que tenha visto isso — murmura.

Solto uma risada sem um pingo de graça, e balanço a cabeça.

— O quê? — Eu o encaro. — É isso o que você tem a dizer? — Volto a balançar a cabeça. Eu me viro e começo a andar pelo flat dele.

— Não quero te magoar — diz, baixinho, o calor de sua presença cada vez mais perto. — Só que cada vez mais não tenho ideia de como continuar. — Ele está bem atrás de mim agora. Meu corpo sente o dele. — Mentiras machucam as pessoas, e sinto que tudo que faço é mentir quando olho para você.

Eu engulo.

— Então não faça.

— Não fazer o quê?

Os cabelos da minha nuca se arrepiam quando o calor de sua respiração me alcança.

— Mentir. — Lentamente eu o encaro, e meus pulmões se expandem. — Não minta para mim, Noah.

Seus olhos azuis penetram nos meus, e ele dá um breve aceno.

— Tudo bem.

— Promete para mim.

Um respiração entrecortada sai de seus lábios, e ele acena de novo.

Com ondas ansiosas me atacando, aponto para o calendário no chão.

— O baile. Eu deveria ter ido com você.

Ele concorda, e uma dor se forma em meu peito.

— Eu tinha um vestido.

Seus lábios se curvam um pouco.

— Tinha?

— Você não sabia?

Ele nega.

— Aposto que queria me surpreender. De que cor é?

— Adivinha.

Ele aponta o sorriso para o chão como se soubesse, mas não diz nada.

— O baile. Foi o que quis dizer quando falou que eu te devia uma dança. Porque eu deveria ter dançado com você lá.

Outro aceno.

Lágrimas se formam no fundo dos meus olhos, mas eu as seguro.

— Por que desenhei corações ao redor da data?

— Você não desenhou.

A frustração floresce e eu me curvo, pegando-o do chão e o enfio em sua mão.

— Você me prometeu.

— Você escreveu no calendário. Eu desenhei os corações.

— V-você desenhou os corações? — gaguejo. — Com três cores? No calendário no meu…

— Em seu quarto. — Ele olha, hesitante, mas só por um segundo. — E na sua agenda da faculdade. E no do meu.

— No seu… o quê?

— Quarto — sussurra.

Minha garganta se fecha.

— Mostre pra mim.

Assentindo, Noah estende a mão, então eu me afasto, ando devagar pela pequena sala e atravesso a porta aberta que leva a uma cama recém-arrumada.

Tem um par de sapatos aos pés dela e papéis espalhados pela pequena escrivaninha no canto.

Eu paro quando vejo uma camiseta velha jogada no canto, uma que se parece muito com a velha camisa do colégio de Mason, aquela que eu roubei para usar de pijama.

Olho por cima do ombro, minhas bochechas esquentam quando Noah acena.

Ele desliza na minha frente, pegando o calendário de sua mesa e o entrega para mim.

Continua no mês de dezembro, que está completamente vazio, então eu o viro e, com certeza, está ali, corações e tudo mais.

Minhas mãos tremem e passo o polegar sobre a escrita.

— Noah…

— Estávamos empolgados — murmura. — Só isso.

— Como pôde permitir que eu fosse com Chase? — Eu olho para cima.

— Eu não permiti nada. — Seus ombros cedem. — A escolha foi sua.

— Mas eu já tinha feito uma. Se eu soubesse, não teria aceitado.

— Mas você não sabia.

— A culpa é sua também! — Não quero gritar, e a culpa me envolve.

— Você pode me culpar. Por qualquer coisa que você queira me culpar, faça isso. Por favor. — Seu tom é dilacerado, impotente, e a dor sangra em minhas próprias veias. — Eu carrego esse peso. Com prazer. Feliz, se tirar um pouco da sua dor. Não quero te ferir. — Ele se aproxima, quase implorando para passar a dor de dentro de mim para ele. — Se eu fosse contra o que pediu, se eu te olhasse nos olhos e contasse qualquer coisa do passado, teria arriscado te assustar. Eu não poderia correr esse risco.

— Você não teria me assustado.

— Você não sabe disso. — O tormento arde em seus olhos, e meus lábios começam a tremer.

— Você pediu a Mason para apagar alguma coisa do meu telefone?

Ele estremece visivelmente, implorando em silêncio para não responder a isso.

Eu não permito.

Você prometeu...

Noah assente.

— O que foi?

Ele engole.

— Uma mensagem... todas as nossas mensagens.

Tinha muito?

— Você apagou as do seu?

Noah abaixa a cabeça.

— Não.

— Por quê?

Ele fecha os olhos, e quando os abre, estão claros, e me sinto cativada pela tristeza dentro deles.

— Porque eu precisava me agarrar ao que você me deu com sua última mensagem.

— O que eu te dei? — sussurro.

— Objetivo, Julieta — sussurra de volta. — Você me deu um propósito quando eu não tinha tanta certeza de que tinha um.

Meus olhos se fecham e percebo que as lágrimas caíram quando o calor dos polegares de Noah encontra minha pele, me assustando, me aquecendo.

Acalmando-me?

Meus olhos se abrem, travando com os dele.

Seu toque para, mas não se afasta.

O calendário cai e minhas mãos pressionam seu peito.

Eu me assusto, mas depois o toco. Seu coração bate na palma da minha mão e minha pulsação o acompanha. Começa a oscilar, devagar, e a cada segundo que passa, o ritmo aumenta e aumenta, e meus olhos se erguem.

Os dedos de Noah torcem meu cabelo e ele engole.

Fico na ponta dos pés, e seu rosto se contrai.

— Julieta... — fala, com aspereza. — O que está fazendo?

— Não sei — admito, seus lábios bem perto agora.

— Não sei o que sentir.

— O que você sente por mim?

Ele não diz nada, então olho para cima, e quando o faço, de repente, seu silêncio faz sentido.

Noah não precisa dizer nada. A verdade está escrita nele.

Ele não conseguiria esconder se tentasse, e acho que pode estar tentando...

NOAH

Porra, ela é linda, perfeita.

Aqui.

Ela veio até mim com raiva, me encontrou na memória e agora me encara com desejo.

Mas meu amor não tem ideia do que precisa quando a resposta, embora difícil de encontrar, é tão simples.

É uma palavra, uma coisa.

Sou eu.

A dor em sua voz me assola. E está me matando.

Como me sinto com relação a ela?

Meus dedos passam por seu rosto, a palma aberta um instante depois, e ela pisca, devagar.

Eu te amo, baby. Cada parte de você.

Eu amo o jeito que liga a vida às letras musicais, como sorri para a lua e ama igual ao oceano, por todas as partes, e sem desculpas. Eu amo a forma que é altruísta, honesta e gentil, mesmo que a vida não tenha sido tão gentil com você ultimamente. Eu amo como tenta ser corajosa por sua família porque não quer que eles sofram, mesmo quando isso acabe um pouco com você.

Eu te amo tanto que quero voltar para casa, acordar ao seu lado e passar a vida inteira te adorando. Quero a casa de que você falou e a família dos seus sonhos. Não quero ser apenas o homem que você precisa, mas o que você deseja. Aquele que não consegue viver sem. Eu quero te amar por toda a vida, e ainda mais depois disso.

Mas acima de tudo, eu só quero a chance de te fazer minha de novo.

Porque eu sou seu. Para sempre.

Aconteça o que acontecer.

— Noah — murmura, e eu pisco de volta para o agora.

Para a garota vulnerável diante de mim, confusa pela forma que seu coração bate quando está perto de mim, e entendendo muito bem o que ela está sentindo quando está comigo.

Ela se sente segura e calma. Está em paz e surpresa com o fato de não sentir vontade de correr, como sabe que não tem motivos para isso.

Porque comigo, ela está em casa.

Estou em casa por você, baby. Por favor, lembre…

Ari respira fundo.

— Faz uma coisa pra mim?

— Qualquer coisa.

— Mostre o que sente por mim — implora ela.

Sinto um frio na barriga, mas minha cabeça se ilumina com alegria.

Ela mordisca o lábio.

— Eu sei que estou confusa e…

— Você não está confusa.

— Nada parece real desde que acordei, mas estar aqui… — Hesitante, sua mão desliza para cima e não para. — Não sei explicar.

Meu sangue bombeia descontrolado, cada músculo do meu corpo se contrai.

— Eu te fiz uma promessa antes.

— Que promessa?

— Nunca negar um pedido seu, então preciso que pense muito bem no seu próximo movimento porque não sou forte suficiente para ser um homem melhor aqui. Uma promessa para você é algo que nunca vou quebrar, mesmo que não se lembre de mim, mas não tenho certeza se isso sou eu sendo nobre ou egoísta. — Minha mão abaixa, meu polegar deslizando por seu lábio inferior. Ela estremece e o calor se espalha por mim. — Você deveria se afastar, Julieta.

— Não quero. — Lágrimas inundam seus olhos, e sua cabeça abaixa, então encontro sua testa com a minha. O mais devagar possível, ela pressiona os lábios no canto dos meus e fica ali por um bom tempo.

Quase não consigo respirar, e impedir minhas mãos de afundar em seu cabelo é quase impossível, mas de alguma forma consigo me manter imóvel.

Quando ela finalmente se afasta, é com o mais suave dos sorrisos.

— Acha que podemos conversar um pouco?

A possibilidade envia uma faísca pelo meu peito, e os músculos do meu pescoço se esticam.

— Sempre. O tempo que você quiser.

Achei que talvez ela fosse nos levar até a sala, mas apenas se abaixa no chão, encostando as costas na minha cama, então faço o mesmo, me recostando à parede em frente a ela, e espero.

ARI

Noah me encara conforme ergo as pernas e apoio o queixo nos joelhos.

— Me diga alguma coisa — pergunto.

Uma ternura o envolve, e ele olha para baixo, reprimindo um sorriso como se tivesse um segredo e, de repente, quero saber tudo dele.

Com humor em seu olhar, ele encontra o meu.

— O que você quer saber?

— Tudo.

Seus olhos penetram nos meus, e eu juro que ficam vidrados, mas no instante seguinte, ficam claros e encantados por mim.

Noah sorri, e algo em meu peito se agita.

Ele começa a falar, e eu ouço cada palavra sua.

CAPÍTULO 50

ARIANNA

Passava da meia-noite quando meu irmão finalmente decidiu que não era mais capaz de se segurar e ligou para Noah. Encontrei-o no final da escada e nos amontoamos em seu Tahoe, Chase e os outros já enfiados lá dentro.

Não conversamos muito no caminho de volta para a casa de praia e, quando chegamos, todos estavam prontos para dormir.

Mais uma vez, não dormi muito, os eventos do dia não saíam da cabeça, os pensamentos do que poderia ter acontecido. É difícil não saber se o que vejo é uma memória ou uma fantasia distorcida que surge da vontade desesperada de saber em que me encontro queimando.

Quando o sol nasce, já estou saindo do banho e indo direto para o primeiro lugar que senti necessidade de estar.

Como suspeitava, ela se levantou e me viu pela janela da sacada.

Com um pequeno sorriso, Payton abre a porta, o cabelo bagunçado e os olhos cansados.

— Ari, oi. — Ela gesticula para eu entrar, retomando seu lugar no balcão, onde prepara uma mamadeira para o filho. — O que está fazendo acordada tão cedo?

— Eu… Payton.

Seus olhos levantam para os meus.

— Desculpa.

— Por quê? — Ela fica confusa.

Quando eu a encaro com um olhar compreensivo, ela suspira, se aproxima e me abraça.

— Confie em mim, Ari. Eu entendo.

Assinto, apertando suas costas e soltando um longo suspiro quando ela me solta.

— Alguma chance de você precisar descansar e dormir um pouco?

Sinto o nervosismo me atacar quando seus passos param e ela olha por cima do ombro. Mas depois se aproxima de mim.

— Precisava era de um banho ininterrupto…

Mordendo meu lábio, eu aceno, pego a mamadeira das mãos de Payton e vou até o berço.

Aproximo-me dele, virando-me para ela antes que saia.

— Payton.

Ela para.

— Obrigada.

Com um pequeno sorriso, ela acena e desaparece no corredor.

Passo as mãos ao longo da borda do cobertor felpudo azul, e quando meu rosto aparece, os olhos de Deaton me encontram.

— Ei, amigo — sussurro, rindo quando ele chuta.

Com uma respiração profunda, eu o pego com cuidado, seus pequenos sons de arrulho aquecendo partes de mim que eu estava com medo de sentir.

Quando me sento na cadeira de balanço com ele nos braços, meus olhos marejam, mas não é de tristeza. Não tenho certeza do porquê. Tudo o que sei é que o bebê em meus braços é precioso. Ele agarra a mamadeira com facilidade, suas mãos subindo para cobrir as minhas como se estivesse determinado a segurar a coisa sozinho, e uma risada baixa me escapa.

— Já tentando ser homem.

Olho para cima de vejo meu irmão entrando na cozinha.

— Oi. — Estreito os olhos para ele. — Não sabia que estava acordado.

Ele acena e vem se sentar ao meu lado, e assim que Deaton o vê, sorri ao redor do bico da mamadeira. Mason dá risada.

— E aí, amigão?

— Ou talvez você não soubesse que *eu* estava acordada. Mase?

Ele dá de ombros, se acomodando na cadeira perto da poltrona onde estou.

— Eu caminho de manhã, às vezes. Parker sai muito para trabalhar e Kenra também é ocupada.

Meus olhos se estreitam, mas ele não diz mais nada.

Mason olha do bebê para mim, seus traços se suavizando.

— Estava pensando quando viria aqui.

— Sim — sussurro, acariciando o cabelo macio de Deaton. — Eu, também.

Segurar um bebê traz uma sensação de paz que nada mais se compara. Parece que o tempo desacelera e os pulmões se abrem além da capacidade. É como prender a respiração e respirar fundo ao mesmo tempo, um calor inigualável que te preenche da cabeça aos pés.

— Você está bem? — sussurra meu irmão.

— Estou — respondo, sincera, minha mão formiga quando passo a ponta do polegar pelas bochechas macias do bebê. — Queria ter passado mais tempo com ele nas últimas semanas.

Eu olho para o meu irmão, e ele assente, mas começa a fechar a cara enquanto olha para o menino em meus braços.

— Se você tivesse feito isso, hmm, talvez seria um pouco mais difícil para você ir embora amanhã.

— Seria? — pergunto.

Ele olha para mim.

— Será mais difícil para você ir embora amanhã?

O peito de Mason sobe, só que mais uma vez, ele não diz nada, e a preocupação toma conta de mim.

— Mase...— Balanço a cabeça. — Ela não está pronta.

— Eu sei. — Seus olhos pousam em Deaton.

Vários minutos se passam, e só quando estou colocando o bebê em seu berço, dormindo profundamente, é que Mason volta a falar:

— O que você vai fazer, Ari? — pergunta. — A respeito de Noah e Chase?

Balançando a cabeça, eu me viro para ele.

— Não sei.

— O que seu coração está dizendo?

Sinto vergonha quando respondo:

— Que eu quero o que sempre tive e que talvez seja meu, enfim.

— Que *ele* é, finalmente, seu, você quer dizer? — Olho para baixo, e ele continua: — Eu conheço você, e sei que saber um pouco de você e Noah deixou as coisas mais difíceis.

— Eu só... não quero fazer ninguém sofrer.

Mason suspira, uma gentileza o cobrindo.

— Eu sei que não, mas aconteça o que acontecer, alguém vai, irmã. É inevitável.

— Sim, eu sei.

Meus pais sempre disseram que você deve seguir seu coração, que ele nunca vai te desviar do caminho certo, mas o meu não está funcionando bem.

Porque se seu coração é o líder, o corpo e cabeça devem estar alinhados.

O meu não está, e não tenho ideia do que fazer a respeito.

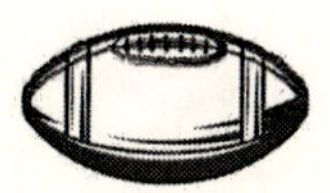

Cam e eu passamos o dia desfazendo as malas enquanto minha mãe faz sua mágica em nossa pequena cozinha, reabastecendo e organizando toda a porcaria que apenas jogamos nos armários às pressas. Ela prepara bifes e purê de batatas, e os garotos vêm para nosso primeiro jantar depois que voltamos.

Algumas horas depois, quando todos já foram para casa, eu me tranco no quarto.

Abro a janela para ouvir melhor o tamborilar da chuva e pego o calendário de debaixo da cama antes de o colocar em cima.

Você consegue fazer isso.

Tenho uma conversa interna para me encorajar e depois volto para setembro.

Além de alguns lembretes de provas e dos dias de jogo, como se eu precisasse deles, não tem muito mais, então eu viro para a próxima folha.

Fico boquiaberta, e eu o aproximo do rosto.

Depois da primeira semana, tem pelo menos dois dias coloridos, pequenas notas para os planos que fiz. Planos que não tenho ideia se segui ou não, mas os rabiscos espremidos na seção de notas na parte inferior mostram que sim, parece. Mas depois viro a folha e quase perco o fôlego. Outubro não foi nada comparado a novembro.

Cozinhar com Noah.

Noite de cinema com Noah.

Viagem de carro com Noah.

Jogo do Noah.

Mais ou menos na metade do mês, parei de escrever em seu nome, mas os planos parecem os mesmos. O mês inteiro está cheio, os rabiscos na beirada da folha com pratos irreconhecíveis e frases de filmes familiares, uma montanha e salpicos de água.

De corações com rostos sorridentes.

Vou para dezembro e sinto um aperto no peito.

Balanço a cabeça, lendo tudo, e a inquietação envolve meus ombros quando, depois de alguns dias, tudo começa a parecer muito diferente.

As palavras "desculpa" são rabiscadas algumas vezes, corações partidos e pequenas chamas espalhadas pelas bordas.

— Aconteceu alguma coisa — sussurro, sozinha.

Mas o quê?

Ele me deixou?

Ele me magoou?

Estávamos namorando, ou era… o que éramos?

E então chego à última anotação da folha.

Vinte e três de dezembro, portanto, depois do acidente, as palavras são CB, com um endereço anotado.

Pesquisei no Google e descobri que é uma gráfica não muito longe do campus. Tento ligar, mas estão fechados.

O resto da noite, fico pensando o que eu poderia ter pedido e, quando a manhã chega, estou mais do que pronta para descobrir, mas as aulas começam hoje, então, seja o que for, terá que esperar.

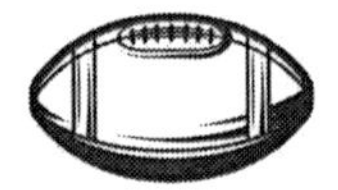

NOAH

Acordei esta manhã com um pouco menos de peso nos ombros.

Nada está bom, nem de longe, mas ela veio até mim por conta própria. Ela olhou para mim como costumava fazer.

Ela me sentiu como eu a sinto.

Por toda a parte, em cada parte dela, ela simplesmente não entendia. Eu deveria ter ficado de boca fechada e a beijado, mas beijá-la seria a forma mais cruel de tortura, e não tenho certeza de quanto mais consigo aguentar. Minha mãe não está aqui para me convencer disso, e não vou incomodar meus amigos com problemas que não serão capazes de encontrar uma forma de resolver.

Foram as seis semanas mais longas da minha vida, mas espero que melhore.

Estamos de volta ao campus agora. De volta à agitação da vida universitária, e espero que aonde quer que ela vá, onde quer que ela olhe, ela me veja como eu a vejo.

Vejo-a na fonte onde nos sentamos na noite em que a encontrei no bar.

Eu a vejo na cafeteria e nas mesas de piquenique.

Na biblioteca e na pista.

Na academia, no campo e a cada centímetro deste lugar, porque eu segurei a mão dela em cada parte dele. Eu a beijei em todos os cantos.

Eu a amei em segredo, mas não tenho tanta certeza se era um segredo tanto assim.

Acho que ela sabia.

Espero ter mostrado a ela o que significava para mim.

O que sempre significará para mim.

Se ela não for minha no final, eu ainda serei dela.

É uma tortura.

Mas é verdade.

Não tem como se recuperar de uma garota igual a ela.

A esperança é de que não precise, mas quando saio da cafeteria, me lembro por que deixei a esperança para trás há muito tempo, depois do segundo derrame de minha mãe.

Ari está parada ao lado do prédio, um café com menta na mão, sem dúvida, extra forte como o que está queimando a minha palma esquerda neste exato instante. Chase um passo antes dela.

Meu amor sorri para um homem que não sou eu, e quando ele passa o braço em volta do ombro dela, o meu se desfaz.

Deslizo para a sombra da árvore quando começam a vir nesta direção, meus olhos se fecham quando sua risada ameaça arrancar meu coração do peito.

Só depois que se foram é que saio de trás da árvore, jogando o café intocado que comprei para ela, no lixo.

Tenho aula em uma hora, mas não ligo.

Meus pés me levam até minha caminhonete, e minha caminhonete me leva até a estrada.

A mesma em que a levei comigo tantas vezes que nem sei quantas.

É como eu disse, ela está em todo lugar.

Minha Julieta.

Solto uma risada amarga, e balanço a cabeça.

Talvez a resposta para o nosso final tenha sido dada desde o início.

Se eu sou o Romeu e ela é a Julieta, talvez seja esse o destino que coloquei sobre nós naquele primeiro dia. Amor proibido, mas em nossa história, somos proibidos pelo destino.

Talvez eu fosse o substituto, como Mason pensou.

Quem sabe eu não seja o homem dos sonhos dela, mas o substituto que fez o nobre trabalho. Que fez amizade com uma garota desolada. Que mostrou a ela o que significava ser importante para um homem, como era ser amada. Ela sabe agora que vale o mundo e merece ainda mais.

Ari é forte suficiente para exigir o que sempre quis agora, e a pessoa que ela ainda acredita que quer está pronta para dar isso a ela.

CAPÍTULO 51

ARIANNA

Quando meu dia acaba e consigo encontrar Mason para pedir seu Tahoe emprestado, a gráfica está fechada de novo. Eles não puderam dizer muito por telefone, além de confirmar que eu tinha um pedido que estava pegando poeira na prateleira de coleta.

Chase ligou algumas vezes, mas depois de sua chegada inesperada esta manhã, quando na verdade, eu esperava ter um tempo para explorar o campus sozinha, algo que acredito que ele deveria ter percebido, deixei suas tentativas de contato sem resposta.

Ainda bem que Mason concorda em deixar as chaves e o carro para mim amanhã de manhã antes da aula, então tomo a decisão de faltar pelo resto das aulas no primeiro dia.

Mando um e-mail para os professores antes de dormir para ter certeza de não ser dispensada dos cursos, e pego a estrada na manhã seguinte, minutos antes de a gráfica abrir.

Demoro cerca de quinze minutos para chegar, e sorrio para o grande letreiro de néon acima da porta que diz: *Paper Dreams and Things*.

A mulher atrás do balcão sorri quando entro e se vira para a parede gigante feita de pequenos cubos.

— Você vai adorar o resultado disso! — Ela balança a cabeça, colocando um pacote do tamanho de uma caixa de sapatos na minha frente. — Vamos abrir para ver se está tudo certo. — Ela começa a puxar o laço dourado que a mantém fechada, e estendo a mão.

— Não, espera — eu me apresso em dizer.

Ela para.

— Eu, hmm, fica tão bonito com a fita. Não quero estragar. Tenho certeza de que ficou perfeito. — Eu aceno, ansiosa.

— Ah, sem problemas. — A mulher dobra alguns pedaços de papel, coloca em cima da caixa e a empurra para mim. — Ah, quase esqueci!

Isso... — Ela tira um post-it do lado da caixa que não consigo ver, e o coloca em cima. — Uma mulher veio e deixou este endereço. Pediu que falássemos para você ir lá depois de pegar isso. Acho que ela está tentando entrar em contato com você, também.

— Ah, peço desculpas pelo inconveniente. Meus e-mails estão lotados agora.

— Muito bem, querida, tenha um bom feriado.

E assim ela vai atender o outro cliente e, com os músculos tensos, carrego a caixa, não mais pesada que um par de sapatos, até o carro.

Em vez de abrir, coloco o endereço do post-it no GPS de Mason e, quinze minutos depois, estou entrando em um estacionamento que ficaria feliz em nunca mais ver.

Desligando o motor, eu saio e espero estar indo para a área certa, um pouco insegura quando me aproximo e vejo o nome do lugar.

Centro de Reabilitação Tri-City.

Eu me lembro deste lugar. Eu o vi quando voltei para o meu retorno no médico.

Com uma respiração profunda, entro e uma onda de náusea me atinge.

A mulher atrás do balcão sorri, acenando para que eu me aproxime, então, com passos lentos, sigo em frente, e quando ela desliga o telefone, sorri.

— Assine aqui, querida. Quem você veio ver?

— Ah, hmm...

— Ari?

Minha cabeça se vira para a esquerda e vejo uma mulher mais ou menos da idade da minha mãe se aproximando com uma prancheta na mão.

— Oi.

— Estou tão feliz que apareceu! Estou tentando entrar em contato com você há dias. Eu ia ligar para o Noah, mas ela me fez prometer não ligar.

Meu coração bate descontrolado, e aceno.

Quem a fez prometer?

Ela faz uma cara estranha, indo sem pressa para trás do balcão.

— Aguarde só um pouquinho, está bem, querida?

— Sim, claro. — Engulo, penso em me virar e sair correndo, mas não sei porquê. Há um peso rastejando sobre mim, ameaçando me derrubar.

Passa pouco menos de dez minutos e a mulher volta, com um envelope lacrado na mão, e tem algo duro dentro.

— Desculpe pela demora. Aqui. — Ela me passa, falando com gentileza: — Meus sentimentos. Ela era muito querida aqui.

Meu sorriso é tenso, e assinto em concordância.

— Cuide-se, Ari.

— Obrigada, Cathy. — Com isso, saio do prédio, mas fico paralisada do lado de fora.

Cathy.

Como...

Eu me afasto, agora mais confusa do que antes.

Volto para o campus, meu joelho quicando o tempo todo, e corro para o meu quarto. Ainda bem que Cameron não está em casa, então tranco a porta e coloco a caixa e a carta na minha frente.

Minutos, talvez até horas, passam e eu não me mexo. Ando de um lado para o outro no quarto, penteando o cabelo uma dúzia de vezes, sem tirar os olhos do edredom nem uma vez.

Meu telefone toca, mas ignoro.

Meu estômago ronca, mas ignoro também.

— Que se dane.

Pulo na cama, rasgo o envelope e despejo o que tem dentro.

Minha boca se abre quando *outro* envelope lacrado cai, um pedaço de papel dobrado endereçado a mim cai por cima dele.

Uma carta.

É uma carta.

Demora um momento, mas encontro coragem para abri-la, abaixando-a na minha frente.

Pego um travesseiro para me apoiar, enterro a boca nele conforme o abraço e prendo a respiração.

E, então, olho para baixo e leio.

Querida Arianna,

Não tenho certeza de como começar esta carta, então vou ir direto ao assunto e dizer que você, doce menina, é um presente que nunca pensei que receberia. Você é o presente. Aquele que me permitiu respirar pela primeira vez em muito tempo. Por sua causa, minha luta diária diminuiu e, finalmente, posso colocar minha bandeira branca para descansar.

O que isso significa? Bem, significa que minha cabeça e coração estão se entendendo com meu corpo, enfim. E se estou compreendendo os segredos que meu corpo divide comigo, eu o deixei.

Deixei meu filho.

Se você ainda não adivinhou, esta carta é minha, Lori Riley, mãe de Noah.

Arfo, meu aperto no travesseiro aumentando.

Sei que não se lembra de mim, mas somos boas amigas, você e eu, mas podemos falar disso depois. Vamos falar de Noah.

Como já sabia, eu era tudo o que ele tinha neste mundo. Durante toda a sua vida, éramos só ele e eu, e embora eu não mudasse em nada a vida que vivíamos, acabei me arrependendo muito disso. Com esse arrependimento veio o ressentimento, e ele apontou diretamente para mim.

Sabe, eu falhei em perceber que por amá-lo, por derramar cada grama de energia que eu tinha em nossas vidas e no futuro dele, eu não deixei espaço para mais, algo que não percebi até depois de ter meu primeiro derrame no último ano do colegial de Noah.

Daquele dia em diante, no fundo da minha cabeça está o medo.

Medo de que algo acontecesse comigo e meu filho ficasse sozinho neste mundo.

E então tive meu segundo derrame, aquele que me trouxe aqui.

O medo se tornou paralisante, mas tentei escondê-lo e me segurei com todas as forças que me restavam. Alguns dias eu mal conseguia falar porque meu corpo estava tentando me dizer que estava na hora. Que eu precisava aceitar e deixar as coisas acontecerem, mas não consegui. Ainda não. Não quando, ao fazê-lo, Noah ficaria com nada além de tristeza. Nunca me senti tão fracassada.

Eu era uma mulher que, não muito tempo atrás, tinha orgulho do trabalho que fazia criando sozinha um homem tão incrível e, de repente, me odiava. Eu estava me afogando em um desamparo do qual não via saída. Eu ia murchar aos poucos diante dos olhos do meu filho, tentando aguentar.

A derrota me consumiu.

E então eu conheci você.

Lágrimas inundam meus olhos conforme seguro a carta, trazendo-a para mais perto.

Senti que a conhecia antes de conhecê-la e a amei assim que a vi.

Como eu disse a você no dia em que me pediu para ajudá-la a fazer um presente para meu filho, você devolveu a vida a ele. Fazia tanto tempo que seus olhos não brilhavam. Já que seu sorriso era verdadeiro e não colocado ali para eu ver. Isso não quer dizer que ele não estava feliz. Ele estava. Ele fez o que se propôs a fazer e conquistou seu lugar na Avix, algo que eu sei, lá no fundo, que fez por mim. Então, sim, ele estava feliz, mas sua felicidade vinha em momentos que não duravam até o anoitecer. Meu filho andava com o fardo de um homem nos ombros e, por causa desse fardo, ele se fechava para as coisas que uma pessoa precisa para seguir em frente.

Até que você apareceu.

Ele se apaixonou por você, Arianna, talvez até no dia em que a conheceu.

Você estava sofrendo e ele ansiava para ser a razão pela qual você se curou. E ele era.

Doce Arianna, meu Noah se tornou seu Noah, e, querida, ele era o seu tudo, assim como você era o dele.

Você se apaixonou por ele, e você nunca mais deixou de amá-lo.

Com amor, Lori, a mãe eternamente em dívida com a mulher que ama seu filho.

Lágrimas caem dos meus olhos quando leio a última frase, e depois passo para a mensagem abaixo dela, escrito em um idioma diferente.

Non temere la caduta, ma la vita che nasce dal non aver mai saltato affatto. Nunca tenha medo da queda, mas da vida que surge de nunca ter se arriscado a pular.

Meus dedos são atraídos para a caligrafia, e devagar deslizo as pontas dos dedos por ela.

Um flash passa diante dos meus olhos e congelo.

Prendo a respiração e repito o movimento.

Outro clarão.

De novo.

E então a folha se transforma.

De repente, meus dedos não estão traçando as palavras no papel pautado da faculdade, mas no peito bronzeado e liso de um homem. Um homem que está deitado no meio da minha cama.

Minha mão formiga quando a dele desce para cobrir a minha, e uma respiração trêmula me escapa assim que ele desliza meu toque ao longo do calor de seu corpo, e eu sigo o caminho até seus lábios.

Ele beija meus dedos, então seu corpo se levanta dos travesseiros até que sua respiração roça minha pele. Ele se inclina e meus olhos se fecham, um flash de azul revelando-se do outro lado.

Mas não qualquer azul.

É escuro e sem fim.

Ousado e radiante, como o meio do oceano ou o céu noturno de uma montanha.

Eles são ternos, ilimitados e presos aos meus.

— *Julieta...*

Ofego, sufocando com nada. A carta cai das minhas mãos e eu da cama, batendo e escorregando pela parede.

Não posso ver nada, mas enxergo.

Eu o vejo.

Vejo a noite da fogueira e a noite na boate.

Vejo o café da manhã e as refeições durante o dia.

Eu vejo os botes e sua boca a um centímetro da minha.

Sinto suas mãos em mim ao me sentar em cima do balcão da cozinha e o calor de seus olhos.

O calor de seu corpo.

A batida de seu coração… contra o meu.

Eu o sinto. Por toda a parte.

Em todos os lugares.

Uma onda de desejo me atinge, arrancando o ar dos meus pulmões, e meu corpo sacode com os soluços.

— Meu Deus… Noah.

CAPÍTULO 52

ARIANNA

Se eu pudesse voltar no tempo, faria tantas coisas diferentes.

É triste como é preciso um golpe forte para aprender uma grande lição.

Como a perda abala seu âmago de uma forma que o amor não consegue.

O amor dói, mas o amor é uma bênção, algo que você teria sorte de experimentar.

A perda dói, mas a perda é necessária, algo que você tem que vivenciar.

A perda faz as pessoas perceberem o que querem. Ela acende um fogo em um caminho cego e o guia através da chama, queimando as incertezas que estão na frente conforme avança. Leva você a descobrir o que deseja, porque a vida é curta. Muito curta.

E imprevisível.

A perda te obriga a reconhecer com quem não se pode viver sem, quem você se recusa a perder. A perda transforma você numa pessoa imprudente porque a perda? Ela o liberta.

Pelo menos, foi o que fez para mim.

É estranho como uma pessoa presa em sua própria cabeça caminha sem medo.

Medo é a única coisa que não tenho certeza se senti nesse tempo todo.

Tenho nervosismo, ansiedade e insegurança, estou à beira de um colapso, mas com medo, nunca.

Mas agora, eu estou.

Estou apavorada pra caralho.

Porque estou prestes a destruir alguém.

As pessoas dizem que amar alguém com todo o seu ser é a coisa mais altruísta que se pode fazer, mas acho que o oposto é verdadeiro.

O amor me tornou egoísta porque não posso viver sem o homem a quem meu coração pertence. O homem a quem pertence *de verdade*.

Pensei muito durante a noite. Refletindo sobre os últimos quatro anos da minha vida, e quando acordei esta manhã, é como se meus olhos estivessem nítidos pela primeira vez.

Significa que tenho que quebrar o coração de um homem cujo único defeito é meu desejo por outra pessoa.

Vai ser difícil.

Talvez devastador até.

Mas como eu disse...

O amor me deixou egoísta.

A perda me fez enxergar.

E com uma saudade com a qual não consigo viver.

É por isso que já estou saindo de casa.

Está na hora de ele saber qual é o seu papel na minha vida.

Que é sério.

E que nós somos para sempre.

Subo dois degraus de cada vez e, quando chego à porta da frente, o homem a quem vim ver aparece.

Seus olhos encontram os meus no mesmo instante, e um sorriso calmo aparece.

Eu retribuo o gesto.

— Eu liguei.

— Eu sei.

Chase estende a mão e eu a seguro.

CAPÍTULO 53

ARIANNA

Nada obriga mais um homem a enfrentar seus sentimentos por uma mulher do que o interesse de outro homem por ela.

Foi o que Noah me disse no dia em que nos conhecemos.

Chase estava do outro lado da fogueira, observando preocupado quando um homem que eu tinha acabado de conhecer chamou a minha atenção, e a prendeu.

Foi quando o "nós" teve início.

A massagem na sala.

O sorvete na cozinha.

Nossa noite na praia.

Assim que ultrapassamos aquele limite, aquele do qual dizem não ter volta, acabamos voltando.

Chase fez uma escolha e, embora doesse, eu entendi.

Respeitei sua decisão e depois desmoronei.

Foi quando Noah apareceu.

Aos poucos fui me recompondo. Eu me apaixonei, e então meu mundo virou de cabeça para baixo, e percebi que já estava apaixonada. Antes.

Muito antes.

Sentada aqui hoje, vejo o que não enxergava na época. A beleza no toque sutil, a saudade no olhar roubado. Essas coisas voltaram para mim de forma avassaladora, assim como o tempo delas.

Depois do bilhete com o número de Noah.

Depois do moletom com o número dele.

Depois que peguei de volta o que tinha dado e ofereci a outro.

E, desta vez, o homem a quem implorei para aceitar isso não só também me ama.

Ele me amou primeiro.

Assim que Chase percebeu isso, o medo o sacudiu, tirou-o do canto em que se colocou, mas já era tarde demais.

Eu já tinha seguido em frente.

Mas quando penso em nosso tempo, não existe mais tristeza. Não me sinto inferior ou enganada. Agora percebo que tinha que acontecer como aconteceu. Tinha que ser o Chase, ou as coisas teriam terminado de maneira muito diferente.

Acho que ele também sabe, e é por isso que seus olhos verdes olham para as nossas mãos entrelaçadas quando pergunta:

— Então, hmm, se eu nunca tivesse te afastado? Se eu tivesse lutado por você desde o começo?

Demoro um pouco para responder, mas ele volta a me olhar.

— Então seria eu quem teria te magoado. — Meu tom é gentil, mas honesto.

Chase assente. Ele sabe o que estou dizendo. A culpa toma conta dele, e ele suspira.

— Desculpa, Ari. De verdade. Eu queria muito não ter te ferido e que as coisas fossem diferentes para nós, mas entendo. Entendi, para ser sincero. Percebi o jeito que você o amava, e quando, de repente, você não se lembrou dele, pensei que talvez significasse que você deveria ser minha desde o começo. Eu não deveria ter interferido. Devia ter esperado para ver qual decisão você iria tomar e estar ao seu lado quando precisasse de mim... se precisasse de mim. Fiquei com medo e não tenho outra desculpa, mas estou envergonhado e gosto de você. Espero que você saiba disso.

— Eu sei — murmuro em concordância, e quando me levanto, ele me acompanha e me puxa para um abraço.

— Preciso ir — sussurro.

— Eu sei. — Ele me solta, o sorriso triste nos lábios, mas encorajador. — Estou feliz por você, Arianna. Você merece um homem igual ao Noah.

Com um pequeno sorriso, eu me viro e saio.

O que eu disse a Chase era verdade.

Se não tivesse sido ele quem me magoou desde o início, teria sido eu quem o teria machucado e de uma maneira muito diferente porque ainda teria encontrado Noah. Não resta sombra de dúvidas.

Assim como já sei onde encontrá-lo agora.

O sol está prestes a se pôr quando estou saindo da estrada, então faço um apelo silencioso para que ele ainda esteja aqui, e não me desaponto. Quando termino a curva, sua caminhonete aparece, então estaciono o Tahoe, pego as coisas do banco e subo correndo a pequena encosta.

Quando chego ao pico, todo o meu corpo se aquece. Ele está sentado bem onde eu esperava, o brilho do sol criando a silhueta perfeita do tamanho de Noah.

Meus passos são quase silenciosos, mas ele já sabe que estou chegando, e se vira tão rápido que dou um pulo.

Seus olhos se arregalam, depois se estreitam, e então enfia algo no bolso depressa, mas não antes de eu ter um vislumbre do que é.

Meu coração para, e eu me ajoelho ao lado dele, meu corpo de frente ao dele conforme se senta para mim.

Coloco a mochila de lado e dou um pequeno sorriso, lutando contra a sensação de formigamento que ameaça as lágrimas a caírem.

— Posso ver?

A umidade nubla os olhos de Noah e, sem tirar os olhos de mim, ele enfia a mão no bolso e tira o que tentou esconder. Uma bola de futebol, mas não uma bola de futebol qualquer.

Um pequenina branca e bonitinha, do tamanho da palma da mão.

Pegando-a entre os dedos, giro-a e minha garganta se fecha.

Costurado na frente, onde deveria estar a costura da bola de futebol, há uma linha amarela macia que diz *Pequeno Riley*.

— Isso... isso é para... — Engulo em seco, encontrando seu olhar.

A mandíbula de Noah está travada, mas consegue acenar com a cabeça.

— Nem chegamos a amá-lo. Ou a ela. — Minha voz falha, as lágrimas caindo. — Nem por um dia.

Noah fica rígido, seu olhar passando pelo meu rosto com urgência.

Segurando a pequena bola de futebol perto do peito, eu pego a mochila ao meu lado, procurando o que tem dentro, às cegas.

É com as mãos trêmulas que coloco a pequena bolsa entre nós. Eu tento, mas não consigo manter a voz entrecortada quando encontro seu olhar de novo.

— Feliz aniversário, Noah.

Suas narinas dilatam, seu nariz fica vermelho.

— Julieta...

— Abra — murmuro.

Seu corpo treme quando abre o papel, e assim que vê o que é, nada além de uma única bola de futebol de vinte dólares, o mesmo presente que sua mãe lhe dava todos os anos em seu aniversário, mas que não está aqui para fazer isso hoje, as lágrimas se formam em seus olhos.

O queixo de Noah encosta no peito, e ele enterra o rosto nas mãos, os ombros tremendo com soluços silenciosos, e os meus ficam mais agitados.

Dou um pulo e, no segundo em que minha mão toca a dele, ele olha nos meus olhos e vê.

Ele *me* vê.

Suas mãos levantam, segurando meu rosto com carinho, e eu me inclino em seu toque, estendendo a mão para segurá-lo lá conforme me olha, ansioso.

— Baby... — murmura, desesperado. — Você voltou para mim?

— Meu Deus, Noah — engasgo com minhas próprias lágrimas, encostando a testa na dele. — Desculpa. Por favor. Desculpa por não estar com você quando ela morreu, e desculpa por você ter estado sozinho, e eu só... estou tão arrependida — choro, segurando as mãos dele com as minhas. — Eu te abandonei.

— Shh, baby, não. — Ele engole, balançando a cabeça. — Não peça desculpas. Nunca se sinta assim. Você só tinha que encontrar o caminho de volta. — Seus olhos se fecham. — Achei que tinha perdido você. Você é minha? — pergunta, sua voz mais baixa que um sussurro trêmulo. — Por favor... diga que é minha.

Assinto depressa, as mãos deslizando por seu rosto.

— Sempre. E para sempre.

Uma respiração áspera passa por seus lábios, e ele treme.

— Diz.

Meus olhos se abrem, travando com os dele enquanto o seguro e o mantenho parado, sussurrando:

— Prometo.

Noah não hesita. Sua boca esmaga a minha.

Seu beijo é forte e profundo. É devastador e despertador. É uma reivindicação.

Seu beijo é a promessa de sua alma para a minha de que não importa o que aconteça, este é o meu lar.

Ele está em casa.

EPÍLOGO

ARIANNA

DIA DOS NAMORADOS

Nas semanas que se passaram, Noah e eu amadurecemos muito, tanto como casal quanto como pessoas. Juntos, decidimos tirar um semestre de folga da faculdade para que pudéssemos processar e aceitar tudo o que aconteceu com a gente. Meus pais foram mais do que compreensivos e, embora eu não quisesse isso para Noah, que seu último semestre e formatura fossem adiados, foi ele quem sugeriu.

Com tudo o que estava acontecendo, ele não teve tempo para se curar. Ele foi partido ao meio em dezembro, só para ser despedaçado em um milhão de pedaços em janeiro. Ele pensou que me perdeu, perdeu nosso bebê e depois perdeu sua mãe. Ele não apenas queria tempo para se curar, mas também precisava disso. Precisávamos disso.

Então tiramos o tempo que merecíamos. Arrumei meu dormitório, bem como o flat do capitão, já que nenhum de nós voltaria ao campus até o outono, quando um novo capitão seria transferido para o antigo lugar de Noah. E depois partimos para a casa dos meus pais. Meu pai nos surpreendeu quando chegamos, o lugar onde ficava com os garotos foi transformado em um pequeno espaço aconchegante onde insistiu que Noah e eu ficássemos.

Todos se perguntavam por que não ficamos na casa de praia, mas eu queria um novo começo em algum lugar onde ele e eu não sentíssemos dor, então é onde fomos parar.

Mas hoje é Dia dos Namorados, e Noah queria me levar ao meu lugar favorito, portanto quem era eu para negar isso a ele?

Com um suspiro longo e firme, olho pela janela conforme paramos na entrada; minha ansiedade atinge o auge e estou com pressa de descer.

Assim que Noah estaciona a caminhonete, estendo a mão para a maçaneta, mas ele aperta a trava depressa, e olho para ele.

Com um sorriso malicioso, ele sai e abre a porta para mim. Ele me vira e se coloca entre as minhas pernas e me beija, as mãos afundando em meu cabelo. Eu respiro seu cheiro, meu peito expande e meus braços envolvem seu pescoço. Ele me levanta do banco, as mãos seguram minha bunda ao pressionar minhas costas na lateral da caminhonete.

— Devíamos entrar — diz, entre beijos.

Minha pulsação dispara e eu assinto em concordância, apertando seu peito, então ele me desce.

Quando dou a volta pelo capô e pulo para a porta da frente da casa de praia, não consigo conter o sorriso, porque Noah e eu temos a casa só para nós durante todo o fim de semana.

Quando destranco a porta, eu me viro rápido, meus ombros caindo contra ela enquanto observo meu homem caminhar até mim.

A expectativa prolongada está me matando, faz meu coração bater forte no peito, e Noah sente. Uma sobrancelha castanha arqueia quando fica desconfiado.

— Julieta...

— Perdemos tanto tempo, Noah. Quero de volta.

— Baby. — A angústia enche sua voz, vincos profundos se formando ao longo de seus olhos ao se aproximar de mim.

Seguro seu pulso, soltando sua mão do meu rosto e cruzando seus dedos. Beijo seus dedos, e um franzir se constrói em seu rosto.

Giro a maçaneta e abro a porta, dando passos para trás sem me virar porque não quero perder a reação dele.

Ele demora vários momentos para desviar o olhar para longe de mim, mas, com relutância, os dele são atraído para a sala.

Seus olhos se arregalam, passando rápido pelo lugar, e depois pousam em mim.

— Ari... — Quase não escuto seu sussurro.

Pego os chapéus vermelhos e brancos nas costas do sofá e caminho até ele. Ele se inclina um pouco, seu olhar não deixa o meu uma vez sequer enquanto coloco o gorro de Papai Noel em sua cabeça, e quando vou colocar o meu, ele o pega, colocando-o em mim.

Ele me abraça, o polegar provocando logo abaixo do meu lábio inferior, e o sorriso que curva meus lábios é calmo. Seus olhos me deixam então, e ele olha para a árvore branca e alta no canto da sala. Está decorada com luzes vermelhas e verdes, lâmpadas prateadas brilhantes a cobrindo de cima a baixo, um único presente embrulhado embaixo dele. Cada parede está forrada com luzes coloridas e duas meias penduradas na lareira.

— Feliz Natal, Noah — sussurro.

Sua mandíbula flexiona quando olha para a árvore de Natal e depois para a lareira, onde vê um minúsculo conjunto de porcelana com asas de anjo, uma fita vermelha amarrada na base.

E ele está me beijando de novo. É lento e terno, e a dor no meu peito se aprofunda, mas desta vez, é de saudade e amor.

Segurando sua mão, eu o levo para a cozinha, tirando nossos gorros e os jogando no chão assim que viramos no corredor.

Enfeites prateados e dourados pendem do teto, confetes combinando brilhando no chão.

Solto a mão dele e vou até o canto e aperto um botão, e a minibola de discoteca na ilha da cozinha acende, girando e brilhando nas paredes.

Sento-me no balcão e olho para Noah.

Seu peito arfa quando olha ao redor, e estende a mão, deslizando os dedos por uma das flâmulas penduradas acima dele.

Seus olhos encontram os meus, uma guerra de emoções furiosas por trás deles.

— Venha aqui.

Ele vem, e abro as pernas para ele. Noah desliza entre elas, as mãos descendo para segurar minhas coxas, apertando.

Pego a tiara de plástico atrás de mim e coloco na cabeça, e então coloco a cartola na dele.

Entregando a ele uma corneta, eu seguro a minha.

— Oi, Google — digo, para a Eco Dot. — Solta o play.

Os olhos de Noah se estreitam e então começa uma contagem regressiva de dez segundos.

Os lábios de Noah se contorcem e solto uma leve risada.

Conto os últimos quatro segundos e ele me acompanha, levando a buzina aos lábios e, juntos, assopramos.

Mas Noah logo a tira da minha boca, colando os lábios nos meus, e desta vez, não é calmo ou devagar.

É profundo e safado, e meu centro se contrai.

Eu gemo em sua boca, e quando ele finalmente se afasta, morde meus lábios, um gemido rouco me escapando.

— Feliz Ano-Novo. — Minhas palavras são entrecortadas, carentes e seus olhos escurecem ainda mais.

Eles se fecham e sua testa recosta à minha.

Deslizando da bancada, fico na ponta dos pés, beijando o canto de sua boca e sussurro:

— Espere aqui. Eu volto já.

— Baby… — Ele agarra meus quadris, me segura e procura meus lábios, mas eu o evito com um sorriso, rindo quando seu olhar de advertência encontra o meu.

— Um minuto, Noah. — Sorrio e me afasto depressa, prendendo-o com um último olhar. — Fique aqui.

Corro para o banheiro do andar de baixo, onde escondi o que preciso, sabendo que ele provavelmente vai me caçar se eu demorar mais do que o tempo prometido.

Tirando a *legging* e a camiseta, eu me troco rápido, e, com cuidado, tiro os grampos estrategicamente colocados no cabelo. No alto da cabeça, parecia uma bagunça, mas solto e quando balanço, é como se eu tivesse tirado bobes quentes dos fios.

Saio correndo, pegando o controle remoto do sistema de som no caminho, e quando entro na cozinha, não sei por que, mas sinto um frio na barriga.

Ele sente minha aproximação e olha para trás.

Seu corpo inteiro enrijece e, como se estivesse em câmera lenta, seu corpo se vira devagar para mim.

Seus olhos pousam nos meus pés e vão subindo aos poucos, e minha nossa, ele não tem pressa, cobrindo cada centímetro do meu corpo antes de encontrar meu olhar, enfim. Seus lábios se abrem, os ombros cedem e ele engole.

Meu coração bate descontrolado, e me aproximo mais, engancho meu dedo ao dele e o arrasto lentamente ao meu lado.

Ele não olha para onde vamos, não resiste. Ele olha para o meu rosto, e eu poderia chorar com a expressão espantada dele.

Abrindo a porta deslizante, eu nos levo ao pátio dos fundos, apertando o interruptor antes de sair.

As luzes se acendem, piscando acima e ao nosso redor. A mobília do pátio foi empurrada até as paredes da varanda e estendi um tapete azul sobre o piso de madeira.

Os lábios de Noah formam uma linha tensa quando ficamos no meio dele, e ele sabe o que fazer.

Ele segura minha mão em uma das suas, a outra espalmada na base das minhas costas.

Ele me puxa, o cetim do meu vestido agora encostado em seu peito.

— Olhe para trás — sussurro.

O olhar de Noah se estreita, seus olhos permanecem nos meus até o último segundo possível, e então ele os move em direção à parede, onde uma pequena faixa escrito "Baile Anual Avix de Futebol" está pendurada.

Suas mãos se contorcem contra mim, apertando. Ele me puxa para mais perto, seus olhos voltando para os meus.

Sorrio e aperto o play, jogando o controle remoto de lado.

Sua cabeça se levanta quando a voz do treinador vem dos alto-falantes, e ele para de se mover, ouvindo as palavras gentis que o homem que o orientou nos últimos quatro anos falou dele naquela noite, as palavras que perdeu.

Seu peito sobe e desce, uma respiração entrecortada escapando de seus lábios, e quando Trey se aproxima, me pedindo para aceitar o prêmio em seu nome, Noah ri, e, meu Deus, é um som que me acalma.

No segundo seguinte, Noah está me abraçando, me apertando com força.

— Baby. — Uma respiração pesada sai de seus lábios, e ele se afasta, as palmas das mãos cobrindo minhas bochechas. — O que você fez?

— Eu disse a você… — Lágrimas transbordam de meus olhos. — Nós perdemos muito, e não aceito isso. Queria tudo de volta. Então eu dei para nós. Passei pelo que deveria ter sido nosso primeiro Natal, Ano-Novo e o baile anual do futebol. — Balanço a cabeça. — Recuso-me a perder qualquer coisa que era para ser nossa.

Uma respiração trêmula o deixa, e ele aproxima sua boca, deslizando seus lábios nos meus.

— Eu te amo, Noah. Com tudo o que sou e muito mais.

— Eu te amo, baby. Sempre. — Seus olhos ficam emocionados, as mãos tremem contra mim. — Eu preciso sentir você.

Com um sorriso malicioso, deslizo os braços ao redor de seu pescoço e sussurro:

— Então me leve para o meu quarto.

Grito, quando no mesmo segundo, sou jogada sobre o ombro de Noah, e assim… estamos indo para o meu quarto.

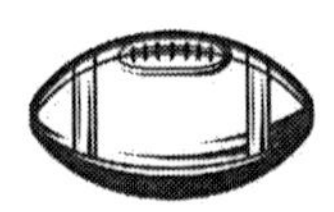

Subo dois degraus de cada vez e, quando entro no quarto dela, meus pés param bruscamente. Puta merda.

Porra.

Eu a coloco de pé devagar, meus olhos indo para os dela.

— Feliz Dia dos Namorados — sussurra, um toque de timidez inundando suas bochechas.

Aperto as palmas das mãos dela, mas logo a solto, movendo-me para o calendário aberto em sua cama, com pétalas de rosas vermelhas ao redor.

O quarto em si está forrado com luzes vermelhas esmaecidas, e velas eletrônicas estão acesas ao redor, algo que eu deveria estar fazendo por ela. Algo que planejei fazer por ela, os itens da minha bolsa na caminhonete são a prova, mas isso…

O calendário.

O item que a levou de volta para mim.

Mas não é o mesmo. Está aberto até fevereiro – este mês – e a imagem na metade superior é dela, vestindo minha jaqueta de capitão. Vestindo *nada além* da jaqueta.

Ela está um pouco inclinada de lado, sentada sobre os joelhos, as pernas dobradas bem no ponto de esconder o que é meu, a jaqueta fechada, mas só a ponto de os botões da jaqueta esconderem seus mamilos, a protuberância de seus seios, seu esterno e a barriga em plena exibição.

Seu cabelo castanho está solto e sedoso, os olhos cobertos de glitter dourado, os cílios grossos e pintados de preto. Seus braços também estão dobrados, segurando a gola ao olhar direto para a câmera, as pontas de suas unhas pintadas de azul são a única coisa que aparecem sob as mangas. É tão grande em seu corpo minúsculo.

Eu o pego e olho para ela.

Ela sorri da porta, o vestido refletindo o brilho das velas no quarto.

— Espere até ver os da sua jersey.

O calor estica minha virilha, e ando até ela, mas suas mãos disparam para cima, me parando, e eu a encaro.

Ari ri baixinho, as palmas das mãos deslizando pelo meu peito.

— Vá para julho.

— Você está coberta de tinta vermelha e azul? — pergunto, imaginando seu corpo pingando de cor e nada mais.

Ela solta uma risada e nega com cabeça, uma calmaria tomando conta dela.

Ansioso por mais, volto logo para agosto e meus músculos enfraquecem. Não me lembro de ter andado para trás, mas, de repente, estou sentado na beirada da cama, olhando para uma foto dela e minha, aquela que a enfermeira de minha mãe tirou de nós em novembro.

Mas a foto não é a que eu vi. Não é aquela em que estamos sorrindo para a câmera, aquela que minha mãe colocou em seu quarto para ela ver, para a gente ver. São dos momentos de antes.

Quando fui sobrecarregado com a compreensão de Ari conforme nos levou para a fonte, em vez de marcar a tristeza com a lembrança das abóboras de outono e fardos de feno.

Sentei, abaixei-a em meu colo, eu a deixei no angulo certo, para que ficasse de lado, seu ombro pressionado em meu peito, e atraí seus olhos para os meus. A foto foi tirada naquele instante, quando ela olhou para mim, e eu vi ali o que eu esperava, então, mas não ousaria reivindicar, por precaução.

O amor dela por mim.

É tão óbvio.

Minha Julieta.

— Onde… onde conseguiu isso? — Minha voz é um sussurro rouco.

Ela se aproxima, se posiciona entre minhas pernas e levanta minha cabeça, suas mãos deslizando em meu cabelo.

— Sua mãe… ela deixou para mim.

Meus pulmões apertam e eu a seguro apertado, deixando cair o calendário no chão do outro lado da cama.

— Tem mais — diz, mas eu a puxo para baixo, possuindo seus lábios como meus.

Porque são.

Cada maldita parte dela é minha.

Eu a beijo descontroladamente, minha língua enredando com a dela, e então estou chupando, mordendo seus lábios, queixo, pescoço.

— Esse "mais" terá que esperar. Preciso estar dentro de você. Agora. Agora mesmo.

— Então por que ainda está de calça?

Eu gemo, jogando-a na cama e tirando o tênis com um movimento, e, logo, estou acomodado sobre ela, entre suas coxas e aquele toque de surpreso e descontrolado colide em seus olhos castanhos.

Minha mão desliza sob o vestido, as palmas apertando sua coxa, e eu arrasto o tecido comigo.

— Esse é o vestido? Aquele que ia usar para mim naquela noite?

Ela acena, lambendo os lábios enquanto observa minha mão ficar cada vez mais perto de seu lugar doce.

— Minha cor favorita.

Eu gemo, e então meus músculos travam porque quando chego ao ápice de suas coxas, não tem algodão macio, nem tecido sedoso. Nenhuma calcinha para ser encontrada.

Ari morde o lábio, pressiona a cabeça no travesseiro e sorri.

— Exatamente o que você teria encontrado naquela noite. Eu, nua para você.

Solto outro gemido, deslizando os joelhos para trás no colchão, meus olhos concentrados nos dela enquanto me abaixo, pairando um centímetro sobre seu clitóris.

Minha língua desliza para fora, passando por ela tão rápido que não tem um único segundo para aproveitar a sensação de calor. A sugestão de um olhar bravo se forma nas bordas de seus olhos, e eu sopro um hálito quente no local úmido, e seu peito sobe.

— Não seja um provocador.

— Que música separou para isso? — Belisco seu clitóris entre os dedos e ela se contorce.

Sua boca se abre e, quando nada sai, abre mais, mas desta vez em estado de choque.

— Você acabou de me apertar? — arfa, com um franzir.

— Eu disse que um dia faria isso.

— Isso é sacanagem, sr. Riley.

Rindo, eu abaixo, pisco, e então abocanho sua boceta.

Eu a chupo devagar, rolando a língua ao longo do clitóris, e quando ela começa a puxar meu cabelo, deslizo dois dedos dentro dela, oferecendo a pressão de um pênis e a magia quente de uma língua.

Seus joelhos sobem, apertando meus ouvidos, e passo o braço livre em torno dela, apertando suas coxas ao me ajoelhar. A metade inferior de Ari está completamente para fora do colchão, nada além de suas omoplatas e cabeça deitada.

Ela se contorce.

— Meu Deus, Noah, por favor. Mais.

Ela dança contra o meu rosto, em busca do orgasmo, e estou prestes a dar a ela.

Mas então ela se solta, minha mão se afasta dela, e ela me empurra para trás, minha cabeça encontrando a beirada da cama.

Meu amor sobe em cima de mim, e com o vestido azul royal enrolado em volta da cintura, a cauda puxada em volta de nós, a boceta suga meu pau dentro dela.

— Você quer sentar em mim? — Empurro o cabelo dela sobre o ombro e seus olhos brilham. — Hmm? — Ela trava ao meu redor e meus olhos se fecham.

— Segure-se em mim, Noah.

Meu peito ruge, e eu faço o que ela diz. Aperto sua bunda, dando um tapinha, e suas palmas se apoiam no meu peito.

Seu quadril começa a circular, e trago as pernas para cima, permitindo que sua bunda desça um pouco mais, meu pau deslize um pouco mais para dentro, e ela geme.

— Mais rápido, Julieta.

Ela aumenta o ritmo, erguendo os quadris, depois volto para baixo com tapas fortes e completos. Estendo a mão, enganchando o dedo na alça de seu vestido, e a puxo para mim.

Seus lábios descem nos meus, a língua mergulhando dentro da minha boca, e eu levanto os quadris, pressionando de volta nela. Ela puxa meu cabelo, e quando se afasta, enterra o rosto no meu pescoço, seus gemidos me dão arrepios nas costas.

Ela começa a tremer, seu ritmo diminui, então desço mais no colchão até meus pés tocarem o chão; eu me levanto, levando-a comigo.

Ela grita, uma risada baixa escapando de seus lábios, mas reivindica minha boca outra vez, seu corpo rebolando em cima de mim, procurando por mais.

— Um segundo, baby. Vai ser muito bom. Prometo, mas o vestido... o vestido tem que sair. Preciso ver isso. — Eu a mordo através do tecido conforme a giro, sentando-a na beirada da cômoda. Suas mãos me deixam e alcançam a parte de trás do vestido com dificuldade, abrindo o zíper, mas minhas mãos se aproximam para terminar de tirá-lo. Eu o puxo por cima de sua cabeça, deixando-o cair no chão.

Os ombros de Ari encostam na parede com um baque, e ela usa isso como alavanca para balançar os quadris contra mim. Puxo sua bunda para a borda, trazendo seus joelhos para cima, assim os arcos de seus pés ficam pressionados na beirada.

Avançando com o quadril, afundo nela em um ângulo que ainda não tentamos, e é a porra do paraíso.

— Tão fundo — resmungo.

Ela responde com um pequeno chiado excitante, a língua se esgueirando para umedecer os lábios.

Curvando-me para a frente, capturo o mamilo direito com a boca e suas costas se arqueiam contra mim. Giro os lábios em torno do pico duro, fodendo-a com força e indo fundo.

E ela implora por mais.

— Noah. — Meu nome é uma exigência suave.

— Você quer mais? — Eu a mordo um pouco, pressionando com força e me esfregando contra seu clitóris. — Quer que eu vá mais rápido?

— Você sabe que sim.

Eu me afasto e ela choraminga, seus olhos se abrindo.

Meu pau dói, mas ela adora isso. A expectativa, a ardência em seu íntimo.

— Mais?

Ela treme, sem terminar nosso joguinho, vai direto ao ponto, dizendo o que quer:

— Me dê o que é meu, Romeu. Mais rápido. Mais forte… *agora.*

Um rosnado estremece em meu peito, e curvo as mãos sob sua bunda para segurá-la melhor.

— Segure firme, baby, e rápido.

Suas pernas se cruzam atrás das minhas costas, os braços envolvem meu pescoço e se esticam até o seu queixo estar apontado para o teto quando puxo seu cabelo, agora amarrado firme em volta do meu pulso.

E então dou a ela exatamente o que pediu.

Eu a fodo forte, rápido e brutal.

O barulho alto de corpos escorregadios e suados se encontrando preenche o ambiente, e ela choraminga no ar, seus músculos contraindo ao meu redor.

— Chupe meu pau, Julieta. Me aperte.

Ela faz, as paredes de sua boceta apertando ao meu redor, flexionando mais e mais, e então ela começa a tremer.

O sangue corre em minhas veias e os dedos dos meus pés se curvam, os das mãos cravando em sua pele. Solto seu cabelo e, na hora, sua boca desce sobre a minha, mas ela só consegue começar a me beijar porque no próximo segundo está gozando.

Seus lábios se abrem, os olhos se fecham e um longo e inebriante gemido ecoa de sua garganta.

Ela segura o meu rosto, afastando meus lábios a um centímetro dos dela, e sussurra:

— Sua vez. Goze para mim, Noah. Agora.

— Sempre, baby.

Deixo a boca cair em seu pescoço, chupando sua pele enquanto sua boceta suga o esperma do meu corpo. É poderoso pra caralho.

Avassalador.

Momentos depois, seu corpo colapsa contra o meu, e eu aceito alegremente seu peso, saindo dela e a pegando em meus braços. Mas quando vou para a cama, ela balança a cabeça em negativa, descansando-a no meu ombro.

Sua mão sobe para deslizar pela minha mandíbula, o sorriso tão tranquilo que o meu maldito peito fica apertado.

— Me leve para a sala. Eu quero te mostrar uma coisa.

Sem dizer nada, empurro uma mecha de cabelo atrás de sua orelha, pego o cobertor pendurado na cama e o coloco sobre ela. Ela o arrasta até o queixo, os olhos grudados no meu rosto enquanto faço o que pediu.

Carrego meu amor porta afora, desço as escadas e entro na sala, onde nosso Natal perdido nos espera.

ARIANNA

Assim que Noah me coloca no tapete fofo em frente à árvore, ele vai até a lareira e ajeita as toras colocadas lá dentro. Ele desliza atrás de mim, puxando minhas costas para seu peito ao observarmos as chamas subirem, acrescentando um pouco mais de luz ao Natal cintilante que nos cerca.

Olho abaixo da árvore, e meu estômago nada de ansiedade.

Demorou meses para preparar, muito antes do meu acidente, e nunca estive tão orgulhosa de algo na vida. Estou prestes a dar a Noah um presente que, sem dúvida, significará mais do que posso imaginar.

Esticando os dedos dos pés por baixo do cobertor, bato no embrulho vermelho, e a cabeça de Noah se move, seu rosto encostado no meu.

— Esse é para mim?

Assinto em concordância.

— É.

— Não é justo, Julieta. — Ele beija minha têmpora.

— Posso pensar em várias maneiras de igualar o placar...

Ele geme de brincadeira, suas mãos baixando para fazer cócegas em minhas costelas.

Dou risada, inclinando a cabeça para trás em seu ombro para poder ver seus olhos, e ele abaixa seus lábios nos meus. Sorrio contra a sua boca, sussurrando:

— Abra, Noah.

Ele segura meu olhar por um bom tempo e depois, com delicadeza me afasta de lado e se inclina, pegando o presente debaixo da árvore. Ele olha para a caixa, a etiqueta diz de "Papai Noel para Noah", e um pequeno sorriso se forma em seu rosto.

Ele olha para cima de novo, e eu aceno, minhas mãos entrelaçadas, supernervosa.

Como se estivesse em câmera lenta, ele puxa as fitas e elas caem de lado. O papel é rasgado e ele pega a caixa branca que estava por baixo.

Meus lábios se contraem em uma linha tensa, e então Noah abre a tampa, o que tem dentro aparece, paralisando suas mãos no ar.

Todo o seu corpo está imóvel, mas muito, muito devagar, ele deixa a tampa cair, e é com os dedos trêmulos que ele enfia a mão lá dentro, pegando o livro de couro macio e preto.

Relutante, seus olhos encontram os meus, mas só por um segundo, antes de voltarem para o livro.

Noah cai de bunda no chão e engole.

— Julieta... — Ele quase não respira. — O que é isso?

Lágrimas nublam meus olhos, e luto para evitar que minha respiração fique ofegante.

Eu me aproximo, traçando lentamente a letra cursiva na capa.

O título não mais do que duas palavras.

Receitas de Riley.

Noah ergue a mão, apertando a boca e mandíbula, e balança a cabeça.

— Baby... não acredito... — murmura, com os olhos turvos ao olhar para mim.

— Olhe dentro.

Ele expira e endireita os ombros, fazendo o que falei.

Assim que seus olhos param na página amarelada, o livro de receitas cai no chão e ele enterra o rosto nas mãos.

Quando olha para cima, é para me segurar, me arrastar para ele e me colocar em seu colo, trazer meus lábios aos dele, para me beijar com cada parte de si.

Demora vários momentos para ele se afastar e, quando se afasta, dou um leve sorriso.

— Posso ler para você?

Ele concorda, passa os braços ao meu redor e fecha os olhos, escondendo o rosto no meu peito enquanto pego o livro de receitas.

Este livro é para o meu menino favorito. O menino que deu sentido e propósito à minha vida. É para o menino que me tornou mãe, a única coisa que aspirei ser desde antes que pudesse me lembrar. É para o garoto que superou todas as minhas expectativas e se tornou um homem do qual eu não poderia estar mais orgulhosa. Na verdade, minha alma não é capaz de se orgulhar mais, pois você já ocupou cada centímetro, e sei que só se tornará ainda mais surpreendente.

Este livro de receitas é para você, meu querido Noah, e dentro dele me encontrará como recordação. Meu coração está tão cheio, pois espero que um dia a barriga de sua esposa e de seus filhos estejam saciadas quando você virar a página e preparar para eles todas as refeições que criei para você. E, assim, descobrirá que estou para sempre com você, viva em aromas que um dia encherão sua casa como encheram a nossa.

Minha esperança é de que você acrescentará alguma receita nova aqui algum dia, criará mais receitas da família Riley com a mulher que tem o seu coração na palma da mão, assim como você tem o dela.

Com cada pedacinho do meu amor,

Mamãe.

Lágrimas escorrem de meus olhos, e os polegares de Noah sobem para pegá-las, os seus turvam emocionados.

— Em uma de nossas visitas com ela, perguntei se estaria disposta a me ajudar a fazer isso para você e, é claro que disse 'sim'. Comecei a ligar para ela quando dava certo e gravava enquanto ela falava. Em alguns dias, conseguíamos gravar só metade de uma receita e, em outros, ela falava duas. Eu digitei todas, e o pessoal da gráfica me ajudou a colocar em um livro.

A garganta de Noah se agita ao engolir, e ele balança a cabeça.

— Isso é...

Ele está sem palavras, mas não precisa delas para eu entender o que está sentindo.

Eu entendo.

Seus olhos se prendem aos meus, e sou dominada pela pura adoração dentro deles.

Este homem me ama com tudo o que é... e mais um pouco.

Não tenho certeza do que fiz na minha vida para merecê-lo, mas ele é tudo que sempre esperei, muito além.

Giro em seu colo, as pernas o circulando por trás, minhas mãos deslizam por seu pescoço e meus polegares passam ao longo de sua mandíbula, as pontas dos outros dedos roçando pelas laterais.

— Eu te amo, Noah Riley.

Uma respiração entrecortada escapa dele, seus olhos se fechando.

— Papai Noel foi tão bom.

Uma risada me escapa, e um pequeno sorriso curva sua boca.

Noah me beija então, suas mãos afundando em meu cabelo, como sempre fez, mas agora é sua nova rotina cada vez que saímos, chegamos, nos encontramos ou nos separamos. Seu toque nunca está longe. Nunca. É tão reconfortante quanto doloroso, mas só por causa da profundidade das razões para isso.

Noah está com medo. Com medo de que, a qualquer momento, algo possa vir e me tirar dele, mas não vamos deixar isso acontecer. De novo não. Nunca mais.

A partir da noite em que minhas memórias voltaram, deitei nos braços de Noah e escrevi a noite em que ele e eu nos conhecemos, a conversa que tivemos, assim como a fogueira que se seguiu. Todas as noites depois disso, fiz a mesma coisa, contando nossa história em um diário com desenhos e rabiscos e, sim, corações coloridos. Já acabei com dois, comecei meu terceiro ontem.

— Não vejo a hora de esperar para escrever hoje no meu diário.

— Você acabou de começar o nosso acampamento ontem à noite. Tem muita coisa para colocar ainda.

— Eu sei, mas mesmo assim.

Os lábios de Noah roçam os meus, os olhos se fechando, o tom de voz bem suave, quando volta a falar:

— E se... você nunca terminar de escrever? — Confusão estreita minhas sobrancelhas, e Noah enrola uma mecha do meu cabelo em seu dedo, pensativo. — E se eu continuar dando a você mais memórias para escrever?

A mão agora traçando suas tatuagens para os movimentos, e meus olhos disparam para os dele. Ele não tem pressa de me olhar, observando a mecha castanha se soltar e, depois, empurra-a por cima do meu ombro, vendo-a cair. Só então seus olhos encontram os meus.

— E se todos os dias, a partir de agora, eu der outra memória para você escrever?

— Noah. — Meu coração bate descompassado.

Seus lábios se curvam em um pequeno sorriso, e ele engancha o dedo sob meu colar, o presente que me deu quando acordei esta manhã – um coração de prata pendurado nele.

Ele disse que vai escurecer com o tempo, a joia é incapaz de manter o brilho, mas disse que talvez, quando chegar a hora, ele possa comprar uma de verdade para substituí-la.

— Eu disse que minha mãe me deu uma coisa no dia em que morreu, uma coisa que ela e eu encontramos no cais, mas nunca contei o que era. — Ele gira o coração até o fecho ficar de frente e o abre, segurando-o na palma da mão. Seus olhos nunca se afastam dos meus. — Eu quero você, Arianna Johnson, como nenhum homem jamais desejou uma mulher antes. Estou certo disso. Quero dar a você a vida que sonhou, aquela que revelou para mim. Quero te dar uma casa à beira-mar, uma que será nossa, onde o deque dá para o mar, para nos sentarmos do lado de fora à noite enquanto o sol se põe, mas só para observar a forma como a lua reflete no mar do jeito que você adora. Quero voltar para casa e cozinhar para você enquanto se senta e cuida do nosso filho em seus braços.

Minhas lágrimas caem pesadas pelo meu rosto, mas não quero nem piscar. Não quero perder uma única expressão em seu rosto.

— Eu quero te dar tudo o que você imaginaria querer, e depois quero te dar ainda mais. Mas primeiro. — Ele abre a palma da mão, e então aquele coração que estava em volta do meu pescoço se abre, e um pequeno anel prateado cai bem nas minhas mãos.

Ofego, ser ter ideia de que era um medalhão.

— Noah.

— Primeiro — repete ele, os nódulos dos dedos erguendo meu queixo, atraindo meus olhos para os dele. — Primeiro, quero me casar com você.

Um grito escapa de meus lábios, então cubro a boca com a mão.

— Case-se comigo, Julieta. Podemos esperar até você se formar, ou podemos dirigir até uma capela agora mesmo. Eu não ligo. Case comigo.

Estou acenando com a cabeça antes mesmo de ele terminar de falar, meus lábios esmagando os dele quando o puxo o mais perto possível, e ainda não é perto o bastante.

Nunca será.

Mas para sempre é um ótimo começo.

— Vai se casar comigo? — murmura.

— Claro que vou.

Suas palmas tremem quando ele segura o meu rosto, seus olhos penetrantes nos meus.

— Promete para mim?

Colocando a palma sobre sua tatuagem, recito seu significado.

— Nunca tenha medo da queda, mas da vida que surge de nunca ter se arriscado a pular. — Sorrio em meio às lágrimas. — Sempre vou pular se o salto me levar até você, Noah Riley. Sempre.

— E para sempre.

— Prometo.

Ele me beija, e eu me perco no homem diante de mim.

Meu Romeu.

Meu noivo.

Meu tudo.

NOTA DA AUTORA

Você acabou!!!

Como está se sentindo?! Risos.

Cara, não tenho ideia de como expressar o que a conclusão deste livro fez comigo. Este bebê teve cinco anos de gestação. Comecei a escrevê-lo há cinco anos, literalmente, mas o medo que senti com esse livro era absurdo. Achei que não seria capaz de contar a história como os personagens pretendiam, mas não tenho palavras para dizer o quanto estou orgulhosa de como tudo aconteceu.

Prometa para mim é um livro que fala de crescimento e de descobrir seu caminho por conta própria, de encontrar a si mesmo e deixar de ser o que sempre soube que era para descobrir seu verdadeiro destino. E, caramba, nosso menino Noah???!!! MEU DEUS, ESSE HOMEM! É de matar.

Acho que o termo namorado literário foi aniquilado, porque aquele homem é digno de ir direto para a posição de marido literário! Risos.

Com um suspiro profundo e feliz, do fundo do coração, agradeço a leitura. Foi esta história que me serviu de inspiração para começar a escrever, e estou além de emocionada que agora está em suas mãos.

Abraços e beijos,

Meagan.

AGRADECIMENTOS

Este é fácil. Tenho que agradecer a algumas pessoas por me ajudarem a passar por esse processo e, acredite, foi uma jornada e tanto! Este livro quase me matou. Como sempre tento fazer, coloquei tudo de mim nessa história, mas algo nesse bebê pesava de forma diferente. Era pesado e profundo, e nenhuma parte dele poderia ser forçada ou apressada, então MUITO obrigada ao homem da minha casa por segurar a barra nos últimos meses enquanto eu estava absorta nesta história por muitas, muitas noites sem dormir. E, por amar Gordon Ramsay tanto quanto eu! Risos.

Rebecca, você não tem ideia do que fez por mim neste livro! Sua honestidade e feedback tiveram um impacto enorme! Tanto que posso dizer, sem sombra de dúvida, que a história de Noah e Ari não teria se tornado o que se tornou sem você. Serei eternamente grata por seu trabalho duro e apoio. Você foi além dos limites e não tenho como agradecer.

Melissa! Como sempre, você me convenceu e me incentivou a continuar! Seu encorajamento e amizade significam o mundo para mim e estou muito feliz em tê-la como minha parceira. Desculpe ter torturado você com alguns capítulos de cada vez! Risos.

Serena! Obrigada por fazer parte dessa jornada! Sua contribuição significa muito!

Ellie e equipe do *My Brothers Editor*, muito obrigada por sempre trabalharem comigo em prazos tão apertados! Sou um desastre, mas é por isso que tenho vocês!

Blogueiros e primeiros leitores!! Vocês são uma parte tão importante do processo! Muito obrigada por tirarem um tempo de suas agendas lotadas para conhecer meu mais novo casal e ajudar a divulgar!

E, por último, aos meus leitores!!!! VOCÊS SÃO A RAZÃO POR EU ESTAR AQUI HOJE!

Muito obrigada por me acompanharem nessa jornada! Estou tão honrada por escolherem ler minhas palavras e se apaixonar pelos mundos que crio. Sempre darei tudo de mim e nunca lançarei um livro do qual não tenha 100% de segurança, porque vocês merecem isso de mim! OBRIGADA por me permitirem escrever o que sinto e estar aqui para ler!

SOBRE A AUTORA

Autora best-seller do *USA Today* e do *Wall Street Journal*, Meagan Brandy escreve romances para jovens adultos com uma reviravolta daquelas. Ela é doida por doces e viciada em *jukebox* que tende a falar através de letras. Nascida e criada na Califórnia, ela é casada e mãe de três meninos malucos que a mantêm pulando de um campo esportivo para outro, dependendo da estação, e não queria que fosse de outra maneira. A Starbucks é sua melhor amiga e as palavras são sua sanidade.

A The Gift Box é uma editora brasileira, com publicações de autores nacionais e estrangeiros, que surgiu no mercado em janeiro de 2018. Nossos livros estão sempre entre os mais vendidos da Amazon e já receberam diversos destaques em blogs literários e na própria Amazon.

Somos uma empresa jovem, cheia de energia e paixão pela literatura de romance e queremos incentivar cada vez mais a leitura e o crescimento de nossos autores e parceiros.

Acompanhe a The Gift Box nas redes sociais para ficar por dentro de todas as novidades.

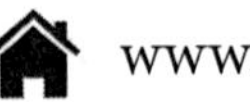
www.thegiftboxbr.com

/thegiftboxbr.com

@thegiftboxbr

@GiftBoxEditora